Zu diesem Buch

Neben ihren vielfach ausgezeichneten Romanen hat Ruth Rendell immer auch Kurzgeschichten geschrieben. In ihren Stories stellt sie die gleiche Meisterschaft in der Charakterisierung der Figuren, in der Beschwörung der Atmosphäre und in der Raffinesse der Handlungsführung unter Beweis. Aus scheinbar harmlosen, alltäglichen Situationen entwickelt sich unaufhaltsam die Katastrophe – zum Vergnügen und Schauder der Leser.

In diesem Band sind ihre besten Kurzgeschichten zusammengefaßt, allesamt intelligent, geschliffen und sarkastisch.

Ruth Rendell ist die im Krimi-Genre am häufigsten mit Auszeichnungen bedachte Autorin. Sie hat alle wichtigen Preise erhalten, die für Kriminalromanautoren ausgesetzt werden, und kürzlich den Diamond Dagger der British Crime Writers' Association, mit dem in besonderer Weise ihr gesamtes schriftstellerisches Werk gewürdigt wird.

In dieser Reihe liegen außerdem folgende Romane der Autorin vor: Alles Liebe vom Tod (Nr. 2731), Dämon hinter Spitzenstores (Nr. 2677), Die Verblendeten (Nr. 2763), Durch das Tor zum Himmlischen Frieden (Nr. 2664), Durch Gewalt und List (Nr. 2989), Flucht ist kein Entkommen (Nr. 2712), Das geheime Haus des Todes (Nr. 2814), Die Grausamkeit der Raben (Nr. 2741), Der Herr des Moores (Nr. 3047), In blinder Panik (Nr. 2798), Der Kuß der Schlange (Nr. 2934), Leben mit doppeltem Boden (Nr. 2898), Der Liebe böser Engel (Nr. 2830), Mancher Traum hat kein Erwachen (Nr. 2879), Die Masken der Mütter (Nr. 2723), Mord am Polterabend (Nr. 2848), Mord ist des Rätsels Lösung (Nr. 2899), Mord ist ein schweres Erbe (Nr. 2789), Phantom in Rot (Nr. 2875), Schuld verjährt nicht (Nr. 2878), See der Dunkelheit (Nr. 2974), Sprich nicht mit Feinden (Nr. 2869), Der Tod fällt aus dem Rahmen (Nr. 2754), Die Tote im falschen Grab (Nr. 2874), Urteil in Stein (Nr. 3042), Die Verschleierte (Nr. 3092), Den Wolf auf die Schlachtbank (Nr. 2996) sowie Mord ist des Rätsels Lösung (Nr. 2899).

Ruth Rendell

Der Tag des Jüngsten Gerichts

Die besten Stories

rororo

Rowohlt

rororo thriller
Herausgegeben von Bernd Jost

Die besten Stories von Ruth Rendell wurden
aus den folgenden Einzelausgaben zusammengestellt:

«Die neue Freundin» erschien 1986 als rororo thriller Nr. 2778.
Deutsch von Edith Walter
«Der Fieberbaum» erschien 1992 als rororo thriller Nr. 3004.
Deutsch von Ilse Bezzenberger
«Der gefallene Vorhang»
erschien 1990 als rororo thriller Nr. 3009.
Deutsch von Ilse Bezzenberger

Veröffentlicht im Rowohlt Taschenbuch Verlag GmbH,
Reinbek bei Hamburg, November 1995
Die Originalausgaben der Kurzgeschichten erschienen
bei Hutchinson, London

Umschlagtypographie Peter Wippermann/Susanne Müller
Umschlagfoto Viesti/Bavaria
Gesamtherstellung Clausen & Bosse, Leck
Printed in Germany
1200-ISBN 3 499 43224 2

Inhalt

Für Paul Sidey

Die neue Freundin

«Du weißt, was wir das letzte Mal gemacht haben?» sagte er.

Auf diesen Anruf hatte sie seit Wochen gewartet. «Ja.»

«Wie wär's mit einer Wiederholung? Hättest du Lust dazu?»

Das hatte sie, wollte aber auch nicht allzu eifrig auf seinen Vorschlag eingehen. «Warum nicht?»

«Dann am Freitag nachmittag, ja? Ich habe den ganzen Tag frei, und Angie fährt am Freitag immer zu ihrer Schwester.»

«Nicht *immer*, David.» Sie kicherte.

Auch er lachte kurz auf. «Aber diese Woche fährt sie. Ob wir wohl deinen Wagen nehmen können? Angie braucht unseren.»

«Aber klar doch. Ich hol dich gegen zwei ab, ja?»

«Ich lasse die Garage offen, damit du direkt hineinfahren kannst. Ach, und noch etwas, Chris – richte es so ein, daß du ein bißchen länger bleiben kannst. Ich wäre so gern einen ganzen Abend mit dir zusammen.

«Ich will's versuchen», sagte sie und dann: «Ich kann's bestimmt einrichten, ich sag Graham einfach, ich treffe mich mit meiner neuen Freundin.»

Er sagte auf Wiedersehen und er freue sich auf den Freitag. Christine legte den Hörer auf. Sie hatte es fast aufgegeben gehabt, auf seinen Anruf zu warten. Trotzdem mußte noch ein Körnchen Hoffnung in ihr gewesen sein, denn sie hatte den Hörer nie neben den Apparat gelegt, wie es ihre Gewohnheit war.

Das letzte Mal hatte sie es an einem Donnerstag vor drei Wochen getan, an dem Tag, an dem sie Angie besuchen wollte und David allein zu Hause gewesen war. Christine hatte sich angewöhnt, den Hörer in der Tagesmitte neben den Apparat zu legen, um nicht ständig Anrufe für die Midlandbank entgegennehmen zu müssen. Ihre Telefonnummer unterschied sich nur um eine Zahl von der der

Bank. An den meisten Tagen nahm sie den Hörer um halb zehn ab und legte ihn um halb vier wieder auf. Am Donnerstag nachmittag ging sie fast regelmäßig zu Angie und kümmerte sich nicht um das Telefon.

Christine kannte Angies Mann ziemlich gut. Wenn sie an den Donnerstagen ein bißchen länger blieb, sah sie ihn, sobald er von der Arbeit kam. Manchmal gingen sie und Graham, Angie und David zu viert aus. David war Firmenvertreter wie Graham – oder Verkaufsrepräsentant, wie er sich lieber nannte, und nach dem Lebensstandard ihrer Freundin zu schließen, mußte er wesentlich erfolgreicher sein als Graham. Sie hatte ihn nie besonders anziehend gefunden, denn obwohl er groß war, wirkte er irgendwie mädchenhaft und hatte hellblondes, welliges Haar.

Graham war ein schwer gebauter, sehr dunkler Mann mit dunkel gebräunter Haut. Er mußte sich zweimal täglich rasieren. Christine war mit ihm gegangen, seit sie fünfzehn gewesen war, und an ihrem achtzehnten Geburtstag hatten sie geheiratet. Sie hatte nie einen anderen Mann näher gekannt, und wenn sie jetzt mit einem Mann allein war, war sie verlegen und fürchtete sich vor ihm. Sie hatte Angst, daß ein Mann über sie «herfallen» könnte, und der Gedanke allein erschreckte sie. Lange Zeit trug sie ein Taschenmesser in ihrer Handtasche herum, für den Fall, daß sie sich verteidigen mußte. Als sie eines Abends mit ein paar Freunden von Graham aus gewesen waren und sie ein paar Gläser getrunken hatte, vertraute sie ihm ihre Ängste an.

Er sagte, sie sei albern, schien sich jedoch zu freuen, daß sie so empfand.

«Als du weggingst, um mit diesen Leuten zu reden und ich mit John allein blieb, war mir furchtbar zumute. Ich war schrecklich nervös und wußte nicht, was ich mit ihm reden sollte.»

Graham brüllte vor Lachen. «Willst du damit etwa sagen, daß du gedacht hast, der gute alte John könnte versuchen, dich mitten in einem überfüllten Restaurant zu vergewaltigen?»

«Ich weiß nicht», antwortete Christine. «Ich weiß nie, was sie tun werden.»

«Solange du dich nur nicht vor dem fürchtest, was ich tue», sagte Graham und fing an sie zu küssen. «Alles andere ist unwichtig.»

Es hatte keinen Sinn, ihm jetzt – zehn Jahre zu spät – noch zu sagen, daß sie sich vor dem fürchtete, was er tat. Daß sie sich immer davor gefürchtet hatte. Natürlich hatte sie sich inzwischen daran gewöhnt, hatte keine panische Angst davor. Sie ließ es resigniert über sich ergehen und fand es manchmal sogar recht lustig. David war jedoch der einzige Mann, bei dem sie sich wohl fühlte, wenn sie mit ihm allein war.

Beim erstenmal, an jenem Donnerstag, an dem Angie zu ihrer Schwester gefahren war und Christine telefonisch nicht erreicht hatte, um ihr abzusagen, hatte sie sich bei ihm wohl gefühlt. Und hinterher war sie glücklich und sorglos gewesen, obwohl das, was vorgegangen war, ihr am nächsten Tag wie ein Traum vorkam. Es schien einfach unglaublich. Schon ziemlich bald hatte er gefragt:

«Wirst du es Angie erzählen?»

«Nicht, wenn du es nicht willst.»

«Ich glaube, es würde sie aufregen, Chris. Es könnte sogar das Ende unserer Ehe bedeuten. Siehst du...» Er zögerte. «Siehst du, es war das erste Mal, daß ich... Ich meine, bisher hat niemand...» Er hatte ihr tief in die Augen gesehen. «Dem Himmel sei Dank, daß du es warst!»

Am nächsten Donnerstag hatte sie Angie besucht, wie gewöhnlich. In der Zwischenzeit hatte sie von David kein Wort gehört. Sie war lange geblieben, um ihn zu sehen, und ihr war vor lauter Spannung ein bißchen übel geworden. Als er hereinkam, hatte sie Herzklopfen bekommen.

Er sah ganz anders aus als am vergangenen Donnerstag, als er am Tisch gesessen und bei Radiomusik gelesen hatte. Er trug einen grauen Flanellanzug und eine graue gestreifte Krawatte. Als Angie das Zimmer verließ, war Christine mit ihm eine Minute allein, und sie fühlte das Aufflackern jener Wachsamkeit, die der Vorläufer ihrer Angst war. Er brachte ihr einen Drink. Sie sah auf, begegnete seinem Blick, und alles war in Ordnung. Er lächelte ihr mit Verschwörermiene zu und legte den Zeigefinger auf seine Lippen.

«Ich ruf dich an», flüsterte er ihr zu.

Sie mußte aber noch zwei Wochen warten. In der Zwischenzeit war sie zweimal bei Angie, und Angie war zweimal bei ihr. Dann gingen sie zu viert zusammen aus, und während Graham die Drinks holte und Angie sich hinter der Tür mit der Aufschrift *Damen* aufhielt, sah David sie lächelnd an und berührte unter dem Tisch ihren Fuß ganz leicht mit dem seinen.

«Ich ruf dich an, ich hab's nicht vergessen.»

An einem Mittwoch rief er schließlich an. Am nächsten Tag erzählte Christine ihrem Mann, sie habe eine neue Freundin, ein Mädchen aus ihrer Firma. Am Freitag wolle sie mit dieser neuen Freundin ausgehen und komme nicht vor elf zurück. Sie hatte große Angst, daß er den Wagen nehmen würde – der *ihm* beziehungsweise der Firma gehörte –, aber zufällig hatte er den ganzen Tag im Büro zu tun, und dann fuhr er immer mit dem Zug. Christine hatte kein schlechtes Gewissen, weil sie ihn anlog, denn es handelte sich ja nicht um eine schmutzige Affäre. Es war ganz anders.

Am Freitag zog sie sich sehr sorgfältig an. Wenn sie zu Angie ging, trug sie normalerweise Jeans, ein T-Shirt und darüber einen Pullover. Das hatte sie auch das erste Mal angehabt, als sie mit David allein gewesen war. Jetzt schlüpfte sie in Rock und Bluse und holte ihre schwarze Samtjacke aus dem Schrank. Sie nahm die vorgeheizten Wickel aus dem Haar und bürstete es zu Locken, die ihr offen auf die Schultern fielen. Für Kleidung konnte sie nie viel ausgeben, dazu war nicht genug Geld da. Die Hypothek für das Haus fraß ein Drittel von Grahams Verdienst und die Hälfte des Gehalts, das sie für ihren Halbtagsjob bekam. Aber sie konnte sich eine schwarze Strumpfhose leisten, zu der sie die Schuhe mit den höchsten Absätzen trug, die sie besaß – ihre schwarzen Pumps.

Das Tor von Angies und Davids Garage stand weit offen, und der Wagen war nicht da. Christine bog in die Zufahrt ein, fuhr in die Garage und machte das Tor hinter sich zu. Eine Tür am Ende der Garage führte auf den Hof und in den Garten hinter dem Haus. Die Küchentür war unverschlossen wie am Donnerstag vor drei Wochen und eigentlich an jedem Donnerstagnachmittag. Sie machte die Tür auf und trat in die Küche.

«Bist du das, Chris?»

Die Stimme klang männlich. Nur sein Anblick konnte ihre Unruhe beschwichtigen. Als sie in der Halle stand, kam er die Treppe herunter.

«Du siehst bildhübsch aus», sagte er.

«Du aber auch.»

Er trug ein Kostüm aus marineblauer Seide mit einem Muster aus hellroten und weißen Blumen. Der Rock war sehr kurz, die Jacke mit einem breiten marineblauen Wildledergürtel an der Taille eng geschnürt. Das lange goldblonde Haar fiel ihm über die Schultern, er war stark geschminkt und hatte sich diesmal auch die Fingernägel lackiert. Er war viel schöner als das erste Mal.

Damals, vor drei Wochen, hatte laute Radiomusik Christines Eintritt übertönt, und sie hatte plötzlich vor diesem Mädchen gestanden, das am Tisch gesessen und in der *Vogue* gelesen hatte. Im ersten Moment hatte sie geglaubt, es sei Davids Schwester. Sie hatte vergessen, daß Angie ihr erzählt hatte, David sei ein Einzelkind. Das Mädchen hatte langes blondes Haar und trug ein rotes, getupftes Sommerkleid, weiße Sandalen und um den Hals eine weiße Perlenkette. Als Christine sah, daß sie kein Mädchen, sondern David vor sich hatte, wußte sie nicht, wie sie reagieren sollte.

Stumm und reglos hatte er sie angestarrt und dann das Radio ausgeschaltet. Und dann hatte Christine etwas absolut Albernes, in dieser Situation ganz und gar Unangebrachtes gesagt.

«Was machst du um diese Zeit zu Hause, David?»

Darüber hatte er lächeln müssen. «Ich bin fertig für heute, also habe ich mir den Rest des Tages freigenommen. Ich hätte die Hintertür abschließen müssen. Aber setz dich, da du schon mal hier bist.»

Sie setzte sich. Sie mußte ihn ununterbrochen ansehen. Er sah nicht aus wie ein als Mädchen verkleideter Mann, er sah aus wie ein Mädchen und war viel hübscher als sie oder Angie.

«Weiß Angie Bescheid?»

Er schüttelte den Kopf.

«Aber warum tust du es?» platzte sie heraus und sah sich im Zimmer um, in Angies kleinem, unordentlichem Wohnzimmer, betrachtete das Radio, das Exemplar der *Vogue*. «Was hast du davon?» Plötzlich fiel ihr etwas ein, das sie in einem Illustriertenartikel gelesen hatte. «Hat deine Mutter dir Mädchenkleider angezogen, als du noch klein warst?»

«Ich weiß nicht», erwiderte er. «Vielleicht. Ich erinnere mich nicht. Ich will kein Mädchen sein. Ich ziehe mich nur gern manchmal wie ein Mädchen an.»

Der erste Schock war vorüber, und sie fand zu ihrer alten Ungezwungenheit zurück. Sein Aussehen hatte nichts Groteskes. Er erinnerte sie auch nicht an einen dieser Männer, die auf der Bühne

Frauen darstellten. Ihr kam der sonderbare Gedanke, daß es *schöner* und irgendwie kultivierter war, eine Frau zu sein, und wenn alle Männer den Frauen ähnlicher gewesen wären … Das war natürlich albern, es war unmöglich.

«Und es genügt dir, dich schick zu machen und allein hier zu sitzen?»

Er antwortete nicht sofort. Dann meinte er: «Da du schon fragst – am liebsten würde ich ja so ausgehen und …» Er unterbrach sich und sah sie an. «Am liebsten möchte ich, daß viele Leute mich so sehen. Bisher hatte ich noch nie die Courage dazu.»

Die kühne Idee kam ihr, ohne daß sie einen Moment überlegen mußte. Sie wollte es tun, und sie begann vor Erregung zu zittern.

«Komm, dann gehen wir eben aus, du und ich. Und zwar jetzt sofort. Ich fahre mein Auto in eure Garage, damit du einsteigen kannst, ohne daß die Nachbarn dich zu sehen bekommen, und dann fahren wir irgendwohin. Genau das tun wir jetzt, David. Einverstanden?»

Sie wunderte sich hinterher, daß es ihr so großen Spaß gemacht hatte. Nach außen hin war es doch nichts anderes als ein Spaziergang zweier Mädchen in Hampstead Heath. Hätte Angie ihr den Vorschlag gemacht, hätte sie gedacht, daß sei eine trübsinnige Art, einen Nachmittag zu verbringen. Aber mit David … Es hatte ihr nicht einmal etwas ausgemacht, daß er viel besser angezogen, größer, hübscher und anmutiger war als sie. Es störte sie auch jetzt nicht, als er die Treppe herunter auf sie zukam und vor ihr stehenblieb.

«Was unternehmen wir heute?»

«Diesmal gehen wir nicht in den Park», antwortete er. «Machen wir einen Einkaufsbummel.»

In einem der großen Warenhäuser kaufte er sich eine Bluse. Christine ging mit ihm in die Kabine, und er probierte die Bluse an. Später gingen sie doch in den Park. In den Hyde Park diesmal. Später am Abend aßen sie in einem Restaurant, und Christine stellte fest, daß sie die einzigen Frauen ohne männliche Begleitung waren.

«Ich bin dir dankbar», sagte David und legte auf dem Tisch die Hand über die ihre.

«Es macht mir Spaß», antwortete sie. «Es ist so – verrückt. Es macht mir wirklich einen Heidenspaß. Aber du solltest meine Hand lieber nicht festhalten. Der Mann dort drüben guckt schon komisch.»

«Aber Frauen halten sich bei den Händen», wandte David ein.

«Nur *diese* Sorte Frauen – David, das könnten wir doch an jedem Freitag machen, an dem du nicht arbeiten mußt.»

«Warum nicht?» sagte er.

Es gab nicht den geringsten Grund für Schuldgefühle. Sie tat Angie nicht weh und war Graham nicht untreu. Sie ging nur ganz harmlos mit einem anderen Mädchen aus. Graham interessierte sich nicht für ihre neue Freundin, er fragte nicht einmal, wie sie hieß. Christine begann sich nach den Freitagen zu sehnen, konnte sie kaum erwarten – besonders nicht jenen Moment, in dem sie Angies Haus betrat und David die Treppe herunterkam, und auch nicht jenen Moment, in dem sie aus dem Wagen stiegen und er die ersten Blicke auf sich zog. Sie besuchten den Holland Park, sie gingen in den Zoo, in die Kew Gardens. Im Kino legte der Mann auf dem Nachbarsitz David die Hand aufs Knie. David war begeistert, es war ein Triumph für ihn, aber Christine flüsterte ihm zu, sie müßten die Plätze wechseln, und das taten sie auch.

Wenn sie sich am Ende eines Abends trennten, küßte er sie zart auf die Lippen. Er duftete nach *Alliage*, *Je Reviens* oder *Opium*. Im Lauf des Nachmittags gingen sie gewöhnlich in eines der großen Kaufhäuser und besprühten sich aus den Probierflaschen.

Angies Mutter lebte im Norden Englands. Da sie nach einer Operation noch erholungsbedürftig war, fuhr Angie zu ihr, um sie zu pflegen. Sie rechnete damit, zwei Wochen auszubleiben, und in der zweiten Woche ihrer Abwesenheit mußte Graham mit dem Verkaufsmanager seiner Firma nach Brüssel reisen.

«Wir könnten übers Wochenende wegfahren», sagte David.

«Graham ruft bestimmt an», wandte Christine ein.

«Dann nur für eine Nacht. Nur von Samstag auf Sonntag. Du kannst ihm sagen, daß du mit deiner neuen Freundin ausgehst und erst spät nach Hause kommst.»

«Na schön.»

Sie war traurig, weil sie nichts Hübsches zum Anziehen hatte. David hatte eine kleine, aber sehr elegante Auswahl an Kostümen, Kleidern, Schuhen, Schals und schöner Unterwäsche. Er bewahrte sie in einem Schrank im Büro auf, zu dem nur er einen Schlüssel hatte. Hin und wieder nahm er in seinem Aktenkoffer das eine oder andere Stück heimlich nach Hause mit und brachte es auf demselben Weg wieder zurück ins Büro.

Christine fand es einfach ungerecht, daß sie in ihrem grauen Flanellrock, der weißen Seidenbluse und der schwarzen Samtjacke wegfahren sollte, während David in einem Kleid von Zandra Rhodes erschien. In einem Anfall von Leichtsinn kaufte sie sich für zwei Wochengehälter ein Leinenkostüm.

Sie fuhren mit Davids Wagen. Er hatte alle Vorbereitungen übernommen, und Christine dachte, ihr Ziel sei ein Motel, ungefähr zwanzig Meilen außerhalb von London. Sie hatte geglaubt, es sei David ziemlich gleichgültig, wohin sie fuhren. Doch er überraschte sie durch seine Wahl eines Hotels in einem dreihundert Jahre alten Haus an der Küste von Suffolk.

«Wenn wir's schon tun, dann auch mit Stil», sagte er.

Sie fühlte sich bei ihm geborgen, und sie war sehr glücklich. Immer wieder versuchte sie sich vorzustellen, was sie empfinden würde, wenn sie jetzt unterwegs wäre, um eine Nacht mit ihrem Geliebten in einem Hotel zu verbringen? Wenn die Person neben ihr kein schwarz und weiß gemustertes Seidenkleid mit scharlachroter Jacke, sondern einen Männeranzug mit Hemd und Krawatte getragen hätte? Wenn das Gesicht, das sie so gern ansah, nicht mit Rouge und Mascara geschminkt und gepudert, sondern rauh und nicht mehr ganz frisch rasiert gewesen wäre? Es gelang ihr nicht, sich das vorzustellen. Eigentlich konnte sie nur daran denken, daß sie dann wohl an der ersten roten Ampel aus dem Wagen springen würde.

Sie hatten nebeneinanderliegende Einzelzimmer. Sie waren sehr klein, aber Christine sah ein, daß ein Doppelzimmer für David ein paar Peinlichkeiten mit sich gebracht hätte, da er sich irgendwann einmal – sie dachte höchst ungern daran – rasieren und ausziehen, sich gewissermaßen in seinen Urzustand zurückversetzen mußte.

Als sie ihr Nachthemd und das zweite Paar Schuhe auspackte, kam er herein und setzte sich aufs Bett.

«Das macht Spaß, nicht wahr?»

Sie nickte, blinzelte ihr Spiegelbild an und bearbeitete ihre Lider mit einer kleinen Bürste. David schminkte sich die Augen immer sehr schön. Sie drehte sich zu ihm um und lächelte.

«Komm, jetzt gehen wir runter und trinken etwas», sagte er.

Der Speisesaal, die Bar, die Hotelhalle hatten niedrige Balkendekken und geschnitzte Wandtäfelungen. David sagte, es sei eine Täfelung mit Faltwerkfüllung. An den Wänden hingen goldgerahmte alte Landkarten und Jagdszenen, und auf den Tischen standen kupferne Krüge mit Rosen. Hohe, weitgeöffnete Türen führten auf eine Terrasse. Die Sonne stand noch hoch am Himmel, und es war sehr warm. Während Christine auf der Terrasse in der Sonne saß, holte David die Drinks. Als er zurückkam, brachte er einen Mann mit, einen untersetzten, dicken Mann von etwa vierzig Jahren, der ein Tablett mit vier Gläsern trug.

«Das ist Ted», sagte David.

«Ich bin entzückt», sagte Ted, «und ich habe meinen Freund gebeten, sich uns anzuschließen. Sie haben doch nichts dagegen?»

Die Spielregeln verlangten, daß sie sagte, sie habe nichts dagegen. David sah sie an, und sein Blick verriet ihr, daß er Ted ganz bewußt «angemacht» hatte.

«Aber warum denn?» fragte sie ihn hinterher. «Warum wolltest du das? Du hast mir doch gesagt, es war dir unangenehm, als dir der Mann im Kino die Hand aufs Knie legte?»

«Das war so direkt – so körperlich. Das hier ist nur Spaß. Du glaubst doch nicht, daß ich mich von ihm anfassen lasse!»

Ted und Peter saßen beim Abendessen am Nebentisch. Christine war schweigsam und zurückhaltend, aber David flirtete mit den beiden. Ted beugte sich immer wieder herüber, flüsterte mit ihm, und David kicherte und lächelte. Man sah ihm an, daß er sich unglaublich amüsierte. Christine wußte, daß die beiden sie und David nach dem Abendessen auffordern würden, mit ihnen auszugehen, und sie begann sich zu ängstigen. Angenommen, David trieb den Spaß auf die Spitze und ließ sich dazu hinreißen, mit Ted zu verschwinden, ließ sie mit Peter allein? Peter hatte ein rotes Gesicht, ein schwarzes Bärtchen und einen Kinnbart und auf der linken Wange eine Warze, aus der schwarze Haare wuchsen. Christine und David aßen Steaks, und der Ober brachte ihnen scharfe und spitze Steakmesser. Sie benutzte ihr Messer nicht. Das Steak war sehr zart. Als niemand aufpaßte, steckte sie das Steakmesser in ihre Handtasche.

Ted und Peter tranken noch Kaffee und Brandy, als David plötzlich aufstand. «Kommst du?» wandte er sich an Christine.

«Ich nehme an, du hast mit den beiden noch eine Verabredung für später getroffen?» fragte Christine, nachdem sie den Speisesaal verlassen hatten.

David sah sie an. Seine scharlachroten Lippen verzogen sich zu einem breiten Lächeln. Dann lachte er.

«Ich habe ihnen einen Korb gegeben.»

«Hast du das wirklich?»

«Ich hab dir angesehen, daß du am liebsten das Weite gesucht hättest. Außerdem wollen wir doch allein sein, nicht wahr? Ich jedenfalls möchte mit dir allein sein.»

Ihre Erleichterung war so groß, daß sie fast laut seinen Namen gerufen hätte, so daß jeder es hören konnte. Sie beherrschte sich, aber sie zitterte. «Natürlich möchte ich mit dir allein sein», erwiderte sie.

Sie hakte ihn unter. Es war schließlich ganz alltäglich, daß Mädchen untergehakt gingen. Männer drehten sich nach David um, und einer pfiff sogar hinter ihm her. Sie wußte, daß der Pfiff nur David gelten konnte, weil er mit seinem langen blonden Haar und den hochhackigen roten Sandalen so attraktiv aussah. Sie schlenderten die kleine Seepromenade entlang. Es war auch jetzt, um halb neun, noch zu warm für einen Mantel. Es waren viele Leute unterwegs, aber keine Menschenmassen. Der Ort war zu exklusiv, um die Masse anzuziehen. Sie gingen bis ans Ende des Piers, tranken noch ein Glas im *Ship Inn* und ein zweites in den *Fishermen's Arms*. In den *Fishermen's Arms* versuchte ein Mann, David anzusprechen, doch diesmal war er kalt und abweisend.

«Ich würde gern den Arm um dich legen», sagte er auf dem Rückweg. «Aber ich glaube, das geht nicht gut, obwohl es dunkel ist.»

«Laß es lieber», sagte Christine. Und dann plötzlich: «Das war der schönste Abend meines Lebens.»

Er sah sie an. «Meinst du das wirklich ernst?»

Sie nickte. «Es war der schönste, ehrlich.»

Sie kamen ins Hotel. «Ich lasse uns noch ein paar Drinks heraufbringen. In mein Zimmer. Einverstanden?»

Christine setzte sich aufs Bett. David ging ins Bad. Um sich zu schminken, dachte sie, vielleicht auch, um sich zu rasieren, bevor der Kellner ihn sieht, der die Drinks bringt. Es klopfte, und der Kellner kam mit einem Tablett herein, darauf standen zwei hohe Gläser mit einer Flüssigkeit, in der Früchte und Blätter schwammen. Daneben zwei rosafarbene Servietten, zwei aufgespießte Oliven und zwei grün verpackte Pfefferminzbonbons.

Christine kostete den Drink. Sie aß eine Olive. Sie machte die Handtasche auf, nahm Spiegel und Lippenstift heraus und zog sich die Lippen nach. David kam aus dem Badezimmer. Er hatte die goldblonde Perücke abgenommen und sich das Gesicht gewaschen. Rasiert hatte er sich nicht, und auf Kinn und Wangen waren helle Bartstoppeln zu sehen. Er war barfuß, hatte nackte Beine und trug einen sehr männlichen marineblauen Frotteebademantel. Sie bemühte sich, ihre Enttäuschung zu verbergen.

«Du hast dich aber verändert», sagte sie strahlend.

Er zuckte mit den Schultern. «Es gibt Grenzen.»

Er hob sein Glas, und sie hob ihr Glas, und er sagte: «Auf uns!»

Irgendwo, ganz tief in ihr, begann sich Panik zu regen. Plötzlich war er so ganz, so unverwechselbar Mann. Sie rutschte ein Stückchen von ihm weg.

«Ich wünschte, wir hätten das ganze Wochenende für uns.»

Christine nickte nervös. Ihr wurde bewußt, daß sie angefangen hatte, am ganzen Körper leicht zu zittern. Er hatte es ebenfalls bemerkt. Schon einmal war ihm aufgefallen, daß starke Gefühlsaufwallungen sie zum Zittern brachten.

«Chris», sagte er.

Völlig passiv und verängstigt saß sie da.

«Ich bin in Wirklichkeit gar nicht wie eine Frau, Chris. Ich spiele es nur manchmal zum Spaß. Das weißt du doch, nicht wahr?» Die Hand, die sie berührte, roch nach Nagellackentferner. Auf dem Handgelenk wuchsen Haare, die sie bisher noch nie gesehen hatte. «Ich bin dabei, mich in dich zu verlieben», sagte er. «Und dir geht es genauso, nicht wahr?»

Sie konnte nicht sprechen. Er nahm sie bei den Schultern. Er preßte die Lippen auf ihren Mund, legte die Arme um sie und begann sie zu küssen. Seine Haut war ein wenig rauh, und er roch genauso nach Mann wie Graham. Sie schüttelte sich, ein Schauer überlief sie. Er stieß sie aufs Bett und fing an sie auszuziehen – seine Lippen lagen noch auf den ihren, sein Körper lastete schwer auf ihr.

Sie tastete hinter sich, schob die Hand in die offene Handtasche und zog das Messer heraus. Weil sie seinen regelmäßigen Herzschlag an ihrer rechten Brust fühlte, wußte sie, wohin sie stechen mußte, und sie stach und stach und stach. Hellrotes Herzblut sprudelte auf ihre Kleider, auf das Bett und auf die beiden Pfefferminzcremebonbons auf dem Tablett.

Ein dunkelblaues Parfum

Man könnte ruhig sagen, daß noch kein Tag vergangen war, an dem er nicht an sie gedacht hatte, denn es war die reine Wahrheit. Es traf allerdings nicht auf seine mittleren Jahre zu. Damals hatten andere Frauen ihn abgelenkt, nur hatte ihm keine so viel bedeutet, daß er sie zu seiner zweiten Frau gemacht hätte. Als er jedoch in die Fünfziger kam, kehrte die Erinnerung an sie zurück und war so lebhaft wie früher. Wenn er andere Männer beobachtete, die mit einer liebenden Ehefrau an der Seite dem Alter ruhig entgegensehen konnten, sagte er oft ihren Namen vor sich hin: Catherine, Catherine…

Er hatte, seit sie ihn verließ, nie wieder in dem Land gelebt, in dem er geboren und aufgewachsen war. Seine Firma schickte ihn in der ganzen Welt umher. Jahrelang hatte er sich in Südamerika, Afrika, Westindien aufgehalten, war nur auf Urlaub nach Hause gekommen, und manchmal nicht einmal dann. Er wollte jedoch heimkehren, sobald er in den Ruhestand trat, und hatte während eines Urlaubs ein Haus gekauft. Es stand in der Stadt, in der sie beide geboren waren, aber er hatte sich einen Bezirk ausgesucht, der von jenem, in den sie mit ihrem neuen Ehemann gezogen war, so weit entfernt war wie möglich und noch weiter weg von dem Viertel, in dem sie zusammen gewohnt hatten. Denn gerade als er das Haus kaufte, hatte er wieder angefangen, jeden Tag an sie zu denken.

Mit fünfundsechzig hörte er auf zu arbeiten und kam nach Hause. Er selbst nahm ein Flugzeug. Sein Hab und Gut vertraute er einem Schiff an. Darunter war auch die Waffe, die er vor vierzig Jahren erworben hatte und mit der er sich hatte erschießen wollen, wären die Dinge unerträglich geworden. Aber sie waren selbst damals nicht völlig unerträglich geworden. Zorn und Haß hatten ihn aufrechterhalten, und er war nicht einmal soweit gekommen, die kleine, ungebrauchte Automatic zu laden.

Es war Winter, als er nach Hause kam, düster, naß und viel kälter, als ihm erinnerlich war. Als es anfing zu schneien, blieb er zu Hause, heizte gut und bekam niemanden zu Gesicht. Es gab auch niemanden, den er besuchen konnte, sie waren alle weggezogen oder gestorben.

Als seine Sachen in drei Schrankkoffern eintrafen – mehr war es in vierzig Jahren nicht geworden, nur drei Schrankkoffer hübscher Nichtigkeiten –, packte er staunend aus. Nur die Pistole hatte er selbst hineingelegt, den Rest hatte sein Diener gepackt. Es kamen Dinge ans Licht, von denen er längst nicht mehr gewußt hatte, daß er sie besaß, Bücher, Kuriositäten und in einem Umschlag alle Fotografien, die er von ihr gemacht hatte. Und er hatte sich eingebildet, er habe sie seinerzeit vernichtet.

An einem Abend im Vorfrühling sah er sich die Fotos an. Seine Putzfrau hatte ihm eine Schale mit blauen Hyazinthen mitgebracht, und ihr süßer Duft hing schwer und schwül im Raum. Catherine, Catherine, sagte er, während er ein Bild betrachtete, das sie in ihrem gemeinsamen Garten zeigte, und ein anderes von der See mit im Wind wehenden Haaren. Wie anders wäre sein Leben verlaufen, wenn sie bei ihm geblieben wäre! Wenn er ein nachgiebiger Ehemann gewesen wäre, der alles ertragen, alles hingenommen und ihr verziehen hätte. Aber wie hätte er das ertragen können? Wie hätte er sie bei sich behalten können, obwohl sie von einem anderen Mann schwanger war?

Die Hyazinthen dufteten so stark, daß er sich schwach und matt fühlte. Er steckte die Fotos in den Umschlag zurück, schien aber auch durch das starke, undurchsichtige braune Papier hindurch ihr Gesicht zu sehen. Sie war ein bißchen älter gewesen als er und war jetzt fast siebzig. Sie war alt geworden, wahrscheinlich häßlich, vielleicht dick, vielleicht arthritisch, die festen Wangen zu Hängebakken erschlafft, die Augen in Hautfalten eingesunken, der weiße Hals sehnig, das glänzende kastanienbraune Haar ein graues Büschel. Kein Mann würde sie jetzt noch wollen.

Er stand auf und blickte in den Spiegel. Er war nicht sehr gealtert, hatte sich nicht sehr verändert. Das sagten alle. Das kam natürlich daher, daß er nicht intensiv gelebt hatte, und es war das Leben, das die Menschen altern ließ. Er hatte keine Glatze, er war schlanker als mit fünfundzwanzig, seine Augen hatten ihren Glanz bewahrt, waren wehmütig und voller Hoffnung. Die vier Jahre, die sie älter war als er, würden sich jetzt gravierend bemerkbar machen, wenn sie nebeneinanderstünden.

Vielleicht war sie schon tot. Er hatte nie wieder von ihr gehört, nachdem die Scheidung ausgesprochen worden war und sie diesen Mann geheiratet hatte. Aldred Sydney. Vielleicht war Aldred Sydney gestorben und sie vielleicht Witwe? Er dachte an all das, was dieser Name in jeder Beziehung für ihn bedeutet, wie emotional er auf ihn reagiert hatte.

«Ich möchte dich mit dem neuen Generaldirektor Sydney Robinson bekannt machen.»

«Ja, man schickt uns nach Australien, nach Sydney, genauer gesagt.»

«Cameron und Sydney, Geometer und Taxatoren. Was kann ich für Sie tun?»

Lange Zeit hatte er gezittert, wenn er nur ihren Familiennamen hörte. Er fragte sich, wieso er anderen Leuten so mühelos von den Lippen ging. Aldred Sydney war kaum älter als siebzig, es gab keinen Grund zu glauben, er sei schon tot.

«Kennen Sie Aldred und Catherine Sydney? Sie wohnen in Nummer 22. Ein älteres Ehepaar, ja, das stimmt. Die beiden hängen sehr aneinander, es ist irgendwie rührend...»

Sie wohnte bestimmt nicht mehr hier, nicht nach vierzig Jahren. Er holte sich das Telefonbuch aus der Halle, saß dann einen Moment mit dem Buch auf den Knien stocksteif da und atmete tief durch, weil sein Herz so schnell schlug. Dann schlug er das Buch auf und blätterte bis zum S. Aldred war ein so ausgefallener Name, daß es vermutlich im ganzen Land nur einen Aldred Sydney gab. Er konnte ihn jedoch nicht finden, obwohl viele A. Sydneys unter Adressen lebten, die ihm nichts sagten, keinerlei Bedeutung für ihn hatten. Hinterher fragte er sich, warum er noch weiter unten nachgesehen, mit den Augen der langen Reihe der B gefolgt war und schließlich ihren Namen entdeckt hatte, unverkennbar, unbestreitbar den ihren. Sydney, Catherine, Aurora Road 22...

Sie war noch da, sie wohnte noch da, und das Telefon war auf ihren Namen angemeldet. Aldred Sydney mußte tot sein. Er wünschte, er hätte nicht im Telefonbuch nachgesehen. Warum hatte er es getan? Er konnte in dieser Nacht kaum ein Auge zutun, und als er sehr früh am Morgen aus einem leichten Schlaf erwachte, hatte er ihren Namen auf den Lippen: Catherine, Catherine.

Er stellte sich vor, daß er sie anrief.

«Catherine?»

«Am Apparat. Wer spricht dort, bitte?»

«Weißt du's nicht? Rate mal. Es ist schon sehr, sehr lange her, Catherine.»

In der Phantasie war es möglich, in Wirklichkeit nicht. Er würde jetzt ihre Stimme nicht mehr erkennen, und wenn er ihr auf der Straße begegnete, würde er sie nicht mehr erkennen. Um zehn Uhr holte er den Wagen aus der Garage und fuhr nach Norden, über den Fluß und durch die nördlichen Vorstädte. Vor vierzig Jahren hatte das Haus, in dem sie lebte, weit außerhalb der Riesenstadt gestanden, durch Felder und Wälder von ihr getrennt.

Er fuhr durch neue Straßen, neue Stadtviertel. Ohne seinen neuen Stadtplan hätte er keine Ahnung gehabt, wo er war. Die Landschaft war in diesen vier Jahrzehnten abgedrängt, weggestoßen worden. Sie drückte sich noch scheu am Rand der kleinen Stadt herum, die Vorstadt geworden war. Und hier war die Aurora Road. Er war noch nie hier gewesen, hatte nie ihr Haus gesehen, obwohl er die Straße auf jedem Stadtplan sofort fand, als sei ihr Name rot gedruckt und brenne ihm in den Augen.

Daß er sie endlich sah, tatsächlich hier war und das Haus sah, machte ihn schwindelig. Er schloß die Augen und blieb reglos sitzen, den Kopf tief über das Steuer gebeugt. Dann richtete er sich auf, drehte sich zur Seite und betrachtete das hübsche, kleine Haus. Es war frisch gestrichen, die Farbe lebhaft; die fünfzig Jahre alte Haustür war durch eine paneelierte Eichentür und die Mauerlücke durch ein Bogenfenster ersetzt worden. Trotzdem war es ein armseliges, schäbiges Haus. Er empfand nichts als Spott für den toten Aldred, der seiner Frau nichts Besseres leisten konnte als das.

Angenommen, er ging zur Tür und klingelte? Aber er würde es nicht tun, der Schock wäre vielleicht zu groß für sie. Er war schließlich gewappnet. Sie aber müßte sich ohne Vorbereitung dem Mann stellen, mit dem sie vor langer Zeit verheiratet gewesen war und der sich kaum verändert hatte. Wie hätte er früher die Grausamkeit, die Rache genossen! Der gutaussehende Mann, der noch im mittleren Alter zu sein schien, tropische Bräune auf den Wangen, die Figur noch schlank und rank, und die gebrochene, alte Frau, gebeugt, grau, welk. Er seufzte. Sein Verlangen nach grausamer Rache war verflogen. Er wollte statt dessen gnädig sein, gütig. Wäre es nicht am gütigsten, sie in Frieden zu lassen? Sie ihrem alten Haus und den einfachen Freuden des Alters zu überlassen?

Er startete den Wagen wieder und fuhr ein Stück weiter. Überrascht stellte er fest, daß die Aurora Road sich am Rand der zurückweichenden Landschaft hinzog, daß Asphalt und Steinpflaster in Felder mündeten. Als sie jünger war, war sie wahrscheinlich manchmal hier spazierengegangen, unter den Bäumen, den Fußweg entlang. Er stieg aus dem Wagen und schlug selbst den Weg ein. Nach einiger Zeit sah er in der Ferne einen Zug, der zwischen Wiesen, Baumgruppen, roten Dächern auftauchte, wieder verschwand und schließlich an einem Wegweiser vorbeikam, der zum Bahnhof zeigte. Vielleicht war sie hier Aldred Sydney entgegengegangen, wenn er nach der Arbeit nach Hause kam.

Er setzte sich auf eine Bank, die am Wegrand stand. Es war ein hübscher Platz, ganz frei, überhaupt nicht verbaut, man sah kaum ein Haus. Das Gras war von einem klaren, frischen Grün, die Hekken schimmerten weiß, die winzigen Blüten der wilden Pflaumen verströmten einen noch stärkeren Duft als die Hyazinthen. Es war warm für die Jahreszeit, und die Sonne schien. Eine Hummel, übriggeblieben vom letzten Sommer, flog brummend vorbei. Er legte den Kopf an die Lehne der Bank zurück und schlief ein.

Er hatte einen unerfreulichen Traum, sah sich in die Zeit versetzt, in der er fast noch ein Junge, sie aber schon eine erwachsene Frau gewesen war. Sie kam zu ihm, wie sie damals gekommen war, und sagte ihm ohne Umschweife, ohne Scham und ohne Scheu, daß das Kind, das sie erwartete, nicht von ihm war. Im Traum lachte sie ihn aus, obwohl er sich nicht erinnern konnte, daß sie das auch in Wirklichkeit getan hätte. Nein, gewiß nicht. Er wurde mit einem Ruck wach und wußte im ersten Moment nicht, wo er war. Ein paar Leute hatten ihn geweckt, die laut redend an ihm vorbeigekommen waren. Er stand auf, ging den Weg zurück und fuhr nach Hause.

Die ganze Woche wollte er sie anrufen. Er wollte sich unbedingt mit ihr treffen. Der Wunsch war so heftig, als sei er wieder verliebt, von einer sehnsüchtigen Besessenheit, unvermuteten Ängsten erfüllt, und er hatte merkwürdige Stimmungen. Eines Nachmittags sagte er sich, er werde sie Punkt vier Uhr anrufen; sobald es vier Uhr war, wollte er bis zehn zählen und dann ihre Nummer wählen. Aber als es vier war und er bis zehn gezählt hatte, weigerte sich sein Arm, ihm zu gehorchen und den Hörer von der Gabel zu nehmen, es war, als ob er gelähmt sei. Was war nur los mit ihm, daß er es nicht fertigbrachte, eine alte Frau anzurufen, die er einmal gekannt hatte.

Am nächsten Tag fuhr er am Spätnachmittag wieder in die Aurora Road. Drei ältere Frauen kamen auf ihn zu, sie gingen nebeneinander, aber nicht zum Haus, sondern in die entgegengesetzte Richtung. War sie eine von ihnen?

In den drei Gesichtern, eines blaß und runzlig, das andere rot und fest, das dritte wächsern, schlaff, suchte er nach den Zügen seiner Catherine. Er suchte im Gang der drei Frauen nach einer Ähnlichkeit mit ihrer Art zu gehen. Eine der Frauen trug einen burgunderroten Mantel und, tief über das graue Haar gezogen, einen burgunderroten Filzhut, der wie ein formloser Pudding aussah. Catherine hatte Weinrot sehr gern gemocht. Sie hatte Weinrot getragen, als sie ihn heiratete und vielleicht auch bei ihrer Hochzeit mit Aldred Sydney. Aber diese Frau war nicht sie, denn als sie an ihm vorbeikamen, drehte sie sich um und spähte in den Wagen. Ihre Augen begegneten ohne eine Spur des Erkennens den seinen.

Nach einer Weile fuhr er die Straße hinunter, ließ den Wagen stehen und schlenderte über den Fußweg. Die Blätter der Pflaumenblüten lagen verstreut im Gras, und der Weißdorn setzte grüne Knospen an. Schwach schien die Sonne aus einem wie geronnen aussehenden weißen Himmel. Diesmal setzte er sich nicht auf die Bank, sondern verließ den Pfad und ging unter den Bäumen weiter, denn heute war das Gras trocken und federnd. In der Ferne hörte er einen Zug.

Er war nicht darauf gefaßt gewesen, daß so viele Leute vom Bahnhof aus diesen Weg nahmen. Während der letzten zwei Minuten mußte ein gutes Dutzend vorbeigekommen sein. Er schritt energisch aus, als gehe er nicht nur einfach spazieren, sondern aus gesundheitlichen Gründen; denn was, würden sie denken, macht er denn dort unter den Bäumen, allein, ohne Skizzenblock? Einen Hund hatte er auch nicht. Der letzte kam vorbei – er vermutete zumindest, daß es der letzte war. Und dann hörte er leise Schritte, das Geräusch leichter Schuhe auf trockenem, sandigem Boden.

Hinterher sagte er sich, er habe ihren Gang erkannt. Als er die Schritte hörte, war er, ehrlich gesagt, nicht ganz sicher, er wagte es nicht, seiner Erinnerung zu vertrauen, konnte sich nicht auf sie verlassen. Und als sie auftauchte, geschah es ganz plötzlich an der Stelle, an der der Pfad aus dem Baumtunnel ins Freie trat. Sie ging in Richtung der Aurora Road und war, auf gleicher Höhe mit ihm, höchstens drei Meter von ihm entfernt.

Er stand völlig reglos, benommen und wie erstarrt. Es war durchaus möglich, daß er tot umfiel, wenn er sich bewegte. Sie ging nicht schnell, aber so leicht und federnd wie früher, und sie trug ihre Jahre mit der gleichen Leichtigkeit, mit der ihre Füße beim Gehen den sandigen Boden berührten. Ihr Haar war grau geworden, und sie war nicht mehr so schlank wie früher. Er entdeckte ein leichtes Doppelkinn, und die zarten Gesichtszüge hatten sich ein wenig vergröbert, aber wirklich nur ganz wenig. Also war auch sie jung geblieben, wie er. Es war, als hätten sie sich ihre Jugend für diesen Moment bewahrt. Er wollte ihre Augen sehen, die so blau waren wie seine Hyazinthen, aber sie blickte starr geradeaus, dann machte der Weg eine Biegung, und sie verschwand aus seinem Blickfeld. Er schlich zu der Bank und setzte sich. Kein Wunder, die Überraschung hatte ihn zu sehr mitgenommen. Er hatte sie sich alt vorgestellt, und als er sie fand, war sie jung. Aber sie hatte ihn immer überrascht. Ihre Wandlungsfähigkeit, ihre Fähigkeit, ihn zum Staunen zu bringen, waren unbegrenzt.

Sie war, wie die anderen, mit dem Zug gekommen. Fuhr sie denn noch zur Arbeit? In ihrem Alter? Das taten viele. Warum nicht auch sie? Sydney war gestorben oder hatte sie verlassen, zweifellos war sie unversorgt. Sydney war tot... Er dachte daran, wieder um sie zu werben, sie zu lieben, ihr zu verzeihen, um sie anzuhalten.

«Willst du mich heiraten, Catherine?»

«Ja, willst du mich denn noch – nach allem?»

«Alles war nur ein sehr langer, böser Traum...»

Sie würde in sein Haus ziehen, ihm am Abend gegenübersitzen, mit ihm auf Urlaub fahren, seine Frau sein. Sie würden ihre Freunde mit kleinen Scherzen amüsieren.

«Wie lange seid ihr beiden eigentlich verheiratet?»

«Vorige Woche hatten wir unseren zweiten Hochzeitstag, und nächsten Monat feiern wir den fünfundvierzigsten.»

Er würde sie aber nicht anrufen, sondern morgen um die gleiche Zeit hier auf der Bank sitzen und warten, bis sie vorbeikam und ihn erkannte.

Bevor er von daheim fortging, sah er sich seine alten Fotografien an, die bei den ihren lagen. Er hatte damals ein volleres Gesicht gehabt und keine Brille getragen. Er legte die Hand auf seine hohe, fliehende Stirn und wunderte sich, weil sie auf den Bildern so niedrig wirkte. Die Männermode änderte sich nicht sehr. Das Sportjackett, das er heute trug, war dem, das er auf der Hochzeitsreise getragen hatte, sehr ähnlich.

Beim Verlassen des Hauses fiel ihm auf, daß die Hyazinthen, die schon am Verblühen waren, jetzt einen unangenehmen, fast widerlichen Geruch verströmten. Dunkelblaue Blüten mit einem dunkelblauen Parfum … Aus einem Impuls heraus knipste er ihre Köpfe ab und warf sie in den Papierkorb.

Es war ein schöner Tag, und er öffnete das Schiebedach seines Wagens. Die Aurora Road, das Feld, der Fußweg … Er nahm die Brille ab und schob sie in die Tasche. Ohne Brille sah er jedoch nicht sehr gut und stolperte ein paarmal beim Gehen.

Die Bank war leer. Er setzte sich genau in die Mitte. Er hörte den Zug. Dann sah er ihn zwischen büscheligen Bäumen, den welligen, kleinen roten Dächern und den grünen Rechtecken dahinrattern. Er bringt mir, dachte er, mein Lebensglück. Angenommen, sie erreichte den Zug nicht immer, was dann? Oder es war eine einmalige Ausnahme gewesen, daß sie gestern hier vorbeigekommen war, nicht von der Arbeit, sondern von einem Besuch zurückgekehrt war?

Er hatte kaum Zeit, das gründlich durchzudenken, dann kamen auch schon die Pendler, einer und noch einer und dann zwei zusammen. Es sah ganz so aus, als seien es nicht so viele wie gestern. Er wartete, die Hände ineinander verschlungen, und als sie kam, hörte er sie fast nicht, so leise ging sie.

Ohne Brille sah er so schlecht, daß sie ihm wie hinter einem Dunstschleier verborgen schien, fast wie eine Erscheinung, ein Geist. Doch sie war es, ihre lebhaften Bewegungen, ihr kraftvoller sportlicher Gang, unverändert seit ihrer Mädchenzeit, unverändert auch das, was sie ausstrahlte und an dem er sie auch erkannt hätte, wenn er nicht nur kurzsichtig, sondern blind und taub gewesen wäre.

Das Zittern, das ihn wieder überfallen hatte, hörte auf, als sie näher kam. Den Blick fest auf sie gerichtet, erhob er sich halb von der Bank. Und jetzt sah sie ihn auch an. Sie war sehr nahe, und plötzlich stand ihr Gesicht ganz deutlich vor ihm, ein Gesicht, in dem er Verständnislosigkeit, Wachsamkeit und dann ein leichtes Erschrecken las. Doch er war sicher, daß sie ihn erkannte. Er versuchte, etwas zu sagen, und brachte mit krächzender Stimme heraus:

«Erkennst du mich nicht?»

Sie ging rascher, begann zu laufen. Ungläubig starrte er ihr nach. Jetzt kam noch jemand vom Bahnhof, ein Mann, der den Baumtunnel verließ und sie einholte. Sie schauten sich um, sagten etwas zueinander. Und da hörte er ihre Stimme, nur ein bißchen älter geworden, ein bißchen rauher als an dem Tag, an dem sie sich kennenlernten. Er stand auf und ging, den Kopf in die Hände gestützt, unter den Bäumen auf und ab. Sie hatte ihn angesehen, schien ihn erkannt zu haben – und hatte ihn nicht erkennen wollen.

Als er wieder zu Hause war, begriff er, was er sich, seit er in den Ruhestand getreten war, nie ganz eingestanden hatte – daß es für ihn nichts gab, wofür es sich zu leben lohnte. In der vergangenen Woche hatte er für sie und für die Hoffnung gelebt, sie zurückzugewinnen. Er holte seine Pistole heraus, die kleine, noch ungebrauchte Automatic, lud und sicherte sie und sah sie dann lange an. Er wollte Catherine schreiben, was er getan hatte, denn wenn sie seinen Brief bekam, würde er es getan haben, oder – besser noch – er wollte sie noch einmal sehen, wollte sie zwingen, ihn zu sehen, und dann würde er es tun.

Am nächsten Nachmittag fuhr er zu ihrem Haus in der Aurora Road. Es war fast halb sechs, sie mußte jeden Augenblick auftauchen. Er saß im Wagen und betastete die harte Waffe, die seine Tasche ausbeulte. Wenig später kam der Mann vorbei, der sie am Tag vorher eingeholt hatte, doch jetzt war er allein, ging bis ans Ende der Aurora Road und bog dann in eine Seitenstraße ab.

Sie hatte sich verspätet. Er ließ den Wagen stehen und machte sich auf, sie zu suchen, denn er ertrug es nicht mehr, noch länger stillzusitzen, der Schmerz und die quälende Spannung waren zu groß. Wie sie ihn angesehen hatte! Mit Widerwillen zuerst und dann voller Angst. Es gelang ihm einfach nicht, ihren Gesichtsausdruck zu vergessen.

Der nächste Zug tauchte zwischen den Baumkronen und den

roten Dachfirsten auf. Er hörte ihn in den Bahnhof einfahren. Hatte das Grün, hatten diese so verschiedenen Grün gestern auch schon so satt geleuchtet? Das Grün des Grases, der jungen Birkenblätter und Maiknospen tat seinen Augen weh. Er ließ die Bank hinter sich und ging weiter, viel weiter, als er bisher gegangen war, und gelangte in einen dämmrigen Wald, in dem sich die Baumwipfel über dem Fußweg wölbten. Das Geräusch ihrer Schritte war so leise, als trippelten Tauben über den Sand. Er blieb stehen. Er wartete auf sie.

Sie ging langsamer, als sie ihn sah, kam zögernd auf ihn zu und hob eine Hand vors Gesicht. Er machte einen Schritt auf sie zu. «Bitte», sagte er, «bitte, geh nicht. Ich möchte mit dir reden, möchte es so gern...»

Heute trug er die Brille, und kein Irrtum war möglich, seine Augen täuschten sich nicht. Ihr Gesichtsausdruck war nicht mißzuverstehen. Er war eine Mischung aus Haß und schrecklicher Angst. Aber diesmal konnte sie nicht weitergehen, ohne ihm direkt in die Arme zu laufen. Sie machte kehrt, um in die Richtung zurückzulaufen, aus der sie gekommen war, und als sie sich umdrehte, schoß er.

Er traf mit dem ersten Schuß, und sie stürzte zu Boden. Er lief auf sie zu, doch er konnte sie nicht ansehen und nahm sie nur sehr klein und wie von fern durch einen roten Nebel der Rache wahr. Er schoß wieder und wieder, und endlich fiel die ringlose weiße Hand, mit der sie unsicher ihr Gesicht schützen wollte, leblos herab. Sie war tot.

Die Pistole war leer. Er war mit ihrem Blut bespritzt, doch das war ihm egal. Ihm war egal, wer ihn sah oder ob jemand etwas merkte, wenn er nur bis nach Hause kommen und die Waffe für sich selbst neu laden konnte. Er war überrascht, daß er gehen konnte, doch soweit er es beurteilen konnte, ging er ganz normal. Er fühlte nichts, weder Schmerz noch Furcht, und sein Atem beruhigte sich allmählich, wenn auch sein Herz noch heftig schlug. Einen letzten flüchtigen Blick warf er noch auf die Tote, dann ging er, verließ den Baumtunnel, folgte dem Weg. Die Sonne warf helle Lichtstreifen und lange, sich verjüngende Schatten auf das Gras. Er ging die Aurora Road entlang zu seinem Wagen, der vor ihrem Haus parkte.

Als er den Wagen aufsperrte, wurde die Haustür geöffnet. Eine alte Frau trat ins Freie. Er erkannte sie, es war eine von den dreien, die er getroffen hatte, als er das zweite Mal hier gewesen war, und zwar die, die einen dunkelroten Mantel und einen dunkelroten Hut getragen hatte. Sie kam an die Gartenpforte, beugte sich leicht vor und schaute über die Pforte hinweg ein wenig besorgt nach links. Dann trat sie zurück und lächelte ihm zu. Etwas in seinem Blick schien sie jedoch zu einer Erklärung zu zwingen, offenbar wollte sie gegen den Fremden nicht unhöflich sein.

«Ich habe nur nachgesehen, ob meine Tochter schon kommt», sagte sie. «Sie hat sich heute ein bißchen verspätet, gewöhnlich nimmt sie den ersten Zug.»

Er legte die kalten Hände auf den oberen Querbalken der Pforte. Ihr Lächeln verschwand.

«Catherine», sagte er, «Catherine...»

Fragend hob sie den Blick zu ihm auf. Ihre Augen waren so blau wie die Hyazinthen, die er weggeworfen hatte.

Die Mauer des Obstgartens

Ich habe noch niemandem davon erzählt.

Das Schlimmste war natürlich längst vorbei. Die heftige Scham war überwunden und auch die Erkenntnis, daß ich mich selbst zum größtmöglichen Narren gemacht hatte. Mehr als vierzig Jahre hatten das ihre getan. Das Gefühl, das mir angehaftet hatte, das Gefühl, daß ich auf eine verdorbene, schmutzige Weise frühreif, daß ich unrein war, hatte die Zeit weggespült. Ich hatte mich sehr bemüht, nie daran zu denken, alles auszulöschen, nie in mich eindringen zu lassen, was Mrs. Thorn mir damals gesagt hatte:

«Wie darfst du dich unterstehen, so etwas zu behaupten? Wie dich unterstehen, so widerwärtig zu sein? Ein Kind in deinem Alter! Du bist krank, von allen guten Geistern verlassen.»

Aber bestimmte Dinge beschworen die Erinnerung immer wieder herauf – der Duft des Geißblatts, ein Paar blutiger Tauben im Schaufenster einer Metzgerei, die ersten Kirschen im Jahr. Diese Dinge ließen mich immer zusammenzucken, mir wurde schon vom Anflug jenes Errötens heiß, das mich unter dem Baum brennen ließ vor Scham, während Daniels harte Hand mich bei der Schulter packte und Mrs. Thorn vor Zorn und Empörung zitterte. Die Erinnerung, nie ganz ausgetrieben, hatte noch immer die Macht, die Erwachsene für den Irrtum des Kindes zu bestrafen.

Bis heute.

So muß es sein, wenn ein Psychotherapeut jemanden von einem Kindheitstrauma heilt, nur daß meines von einer Zeitung geheilt wurde. Die Zeitung kam durch meine Tür und sagte mir, daß ich nicht widerwärtig, nicht krank, nicht von allen guten Geistern verlassen gewesen war. Ich hatte recht gehabt. In den entscheidenden Tatsachen zumindest hatte ich recht gehabt. Den ganzen Tag schon frage ich mich, was ich tun, wie ich handeln soll. Und soll ich überhaupt handeln? Wenigstens konnte ich ganz ruhig an alles denken; gelassen an Ella und Dennis Clifton denken, ohne schamrot zu werden; voller Mitleid an Mrs. Thorn und mit einer Spur von Wehmut an den schönen, verlorenen Ort denken.

Es war lange her. Ich war vierzehn. Ist man da noch ein Kind? Sie glaubten es, und ich glaubte es damals selbst. Die Wahrheit jedoch war, daß ich ein Kind war und auch keins, im Fluß paddelte, auf Bäume kletterte, radschlagen konnte wie ein Akrobat – und zugleich von romantischer Liebe träumte. Ich befand mich in einem Übergangsstadium, eine Puppe, eine Schmetterlingspuppe, ich war vierzehn.

In London fielen Bomben. Ich war mit meiner Schule schon einmal evakuiert gewesen, aber wieder in die Vorstadt zurückgekommen, in der wir wohnten und die manchmal sicher zu sein schien und manchmal nicht. Meine Eltern hatten Angst um mich und schickten mich daher nach Inchfield zu den Thorns. Ich sah die Angst in den Augen meiner Mutter, sie flößte mir Unbehagen ein.

«Nur bis Ende August», redete sie beschwörend auf mich ein. «Es ist sehr schön dort. Stell dir vor, daß du besonders lange Sommerferien hast.»

Ich mußte an Hereford denken, an mein ehemaliges «Quartier», an die fremden Leute, das ungewohnte Essen.

«Diesmal wird es anders. Ella ist deine Tante.»

Sie war die um zwölf Jahre jüngere Schwester meiner Mutter. Dazwischen kamen noch ein Bruder und eine Schwester, die beide im Norden lebten. Ella war mit einem Farmer in Suffolk verheiratet – oder war es vielmehr gewesen, denn jetzt war er bei der Armee. Sein älterer Bruder verwaltete die Farm. Später, als Ella tot war, Philip Thorn wieder heiratete und alles, was ich mir von ihnen bewahrt hatte, die beschämende Sache war, die ich um jeden Preis vergessen wollte – viel später also erfuhr ich, daß Ella mit siebzehn geheiratet hatte, weil sie schwanger war und in den dreißiger Jahren unter diesen Umständen eine andere Lösung als Heirat unvorstellbar war. Sie hatte geheiratet und sechs Monate später ein totes Kind zur Welt gebracht. Als ich nach Inchfield kam, war sie erst fünfundzwanzig, immer noch kinderlos, lebte mit Schwager und Schwiegermutter draußen auf dem Land, und ihr Mann kämpfte in Afrika.

Ich wollte nicht von zu Hause fort. Mit vierzehn fürchtet man sich nicht, man weiß, daß man unsterblich ist. Nach den Luftangriffen trieben wir uns auf der Straße herum und sammelten Schrapnellsplitter und Teile von Geschoßhülsen. Das schlimmste für mich war, daß ich unter einem Morrison-Unterstand* schlafen mußte, anstatt in meinem Zimmer. Wieder ein eigenes Zimmer zu haben, einen Platz, an dem ich allein sein konnte, war eine große Verlokkung. Ich gab nach. Bis heute weiß ich nicht, ob ich eingeladen worden war oder ob meine Mutter einfach geschrieben hatte, daß ich käme und sie mich aufnehmen mußten.

Ich fuhr in der zweiten Juniwoche. Daniel Thorn holte mich in Ipswich vom Bahnhof ab. Ich war wild romantisch, viel zu romantisch, hatte den Kopf voller Phantasien und Träume. Da ich wußte, daß ich abgeholt werden sollte, erwartete ich einen Ponywagen oder sogar einen Mann auf einem schwarzen Hengst, der eine braune Stute am Zügel führte, auf die ich mich schwingen würde, obwohl ich noch nie auf einem Pferd gesessen hatte. Daniel Thorn kam mit einem alten Ford-Lieferwagen.

Über von frischem Grün gesäumte Landstraßen und Heckenwege fuhren wir nach Inchfield. Es war sehr still, nur ab und zu hörte man einen Schuß. Ich dachte, die Knallerei müsse irgendwie mit dem Krieg zusammenhängen, machte mir jedoch nicht klar, wie.

«Der Krieg?» sagte Daniel, als sei das etwas, das sich zehntausend Meilen weit weg ereigne. Dann lachte er dieses uralte Lachen, mit dem die Leute vom Land seit jeher den Städter verspotten. «Hier gibt es keinen Krieg. Da ist nur einer auf Kaninchenjagd.»

Kaninchen – wir lebten praktisch davon; von gekochten, gebratenen, zu Pasteten verarbeiteten Kaninchen. Dazwischen gab es hin und wieder eine Waldtaube. Es war eine Abwechslung nach den Londoner Würstchen, aber ich habe seither nie wieder Kaninchen gegessen, nicht ein einziges Mal. Als mir einmal in der Küche einer Freundin der charakteristische Geruch kochenden Kaninchenfleischs in die Nase stieg, wurde mir fürchterlich übel. Mein Schierlingsbecher war gekochtes Kaninchenfleisch. Und Kirschkuchen.

* kleiner, im Zimmer aufstellbarer Luftschutzunterstand aus Stahl

Von der Farm war ich auf den ersten Blick begeistert. Das Haus, in dem ich in Hereford untergebracht gewesen war, war ein spätviktorianisches Backstein-Cottage, rot und unverputzt und häßlich wie die Armut. Ein Haus wie «Cherry Tree Farm» hatte ich bisher höchstens in einem Kalender gesehen. Es war lang und niedrig, hatte ein Strohdach, und auch die beiden großen Scheunen waren mit Stroh gedeckt. Dahinter lagen flache grüne Hügel und dichte dunkle Wälder. Und über die weitläufigen, grasbewachsenen Hänge waren unzählige Kirschbäume verstreut. Einer stand so nah am Haus, daß seine Zweige die Scheiben eines Fensters streiften.

Sie kamen aus dem Haus, um mich zu begrüßen, Ella und Mrs. Thorn, und Ella hielt mir ihre ziemlich kalte weiße Wange hin, um sich küssen zu lassen. Sie lächelte nicht. Sie sah gelangweilt aus. Es war daher besser, als ich erwartet hatte. Und schlimmer. Ella war schlimmer und Mrs. Thorn besser. Das Haus und die Umgebung waren zehnmal besser, einen Tee wie diesen hatte ich seit Anfang des Krieges nicht mehr bekommen, und mein Zimmer war nicht nur hübscher als der Morrison-Unterstand, es war auch hübscher als mein Zimmer daheim. Mrs. Thorn brachte mich hinauf, nachdem wir Maiskuchen, Korinthenbrot und Nußkuchen gegessen hatten.

Es hatte eine niedrige Decke mit steingrauen Ziernägeln im Putz. Über das Bett war eine Patchworkdecke gebreitet, und die Tapete hatte ein Kirschenmuster. Ich schaute aus dem Fenster.

«Man kann die Kirschbäume von hier aus nicht sehen», sagte ich. «Haben Sie deshalb Kirschen an die Wand geklebt?»

Sie schien über den Gedanken verblüfft, denn sie war eine schlichte, konservative Frau. «Das weiß ich nicht. Meiner Meinung nach wäre das eine merkwürdige Idee.»

Mein Zimmer ging nach hinten hinaus auf einen langweiligen, gepflegten Garten mit Rosenbeeten, die wie Tortenstücke aus einem Kreis herausgeschnitten waren. Es war Mrs. Thorns Garten, wie ich später erfuhr, und sie bearbeitete ihn selbst.

«Wer schläft in dem Zimmer mit dem Kirschbaum?» fragte ich.

«Dein Tantchen.» Mrs. Thorn sollte Ella immer so nennen, wenn sie mit mir sprach. Sie achtete sehr auf Respekt. «Es war immer das Zimmer meines Sohnes Philip.»

Immer. Ich beneidete den abwesenden Soldaten. Ein Baum mit Ästen, die bis ans Schlafzimmer reichten, bedeutete für mich, daß man daran hinunterklettern konnte, war ein Fluchtweg, eine Möglichkeit, vielleicht ohne zusammengeknotete Bettlaken ausrücken zu können. Das sagte ich auch, obwohl ich es ein bißchen herunterspielte, weil ich vermutete, daß Mrs. Thorn es in einem anderen Licht sah.

«Das hat er bestimmt nie getan», sagte sie dann auch. «So war er nicht.»

Worte, die Philip in meinen Augen zum Langweiler stempelten. Ich fragte mich, warum Ella ihn geheiratet hatte. Was hatte sie nur in diesem unromantischen Typen gesehen, der fünf Jahre älter und nicht «so» gewesen war, daß er aus dem Schlafzimmerfenster und einen Baum hinunter- oder auch heraufkletterte, wenn es nötig war...

Ella war schön. Im ersten Kriegsjahr hatte ich zu Weihnachten das *Jahrbuch für Filmfreunde* geschenkt bekommen, in dem unter anderem ein ganzseitiges Foto von Hedy Lamarr war. Ella sah genauso aus wie sie. Sie hatte die gleichen vollkommenen Züge, dunkles Haar und Augen, die nicht von dieser Welt zu sein und immer auf ferne Horizonte gerichtet schienen. Ich sehe sie jetzt vor mir – jetzt kann ich mir erlauben, sie vor mir zu sehen –, wie sie damals war, dünn, langbeinig, in einem geblümten Baumwollkleid mit Kragen, Manschetten und einem schmalen Gürtel, wie er heute wieder modern ist. Über der Stirn trug sie das Haar hochgesteckt, der Rest fiel ihr offen und lockig bis auf die Schultern, ihr Mund war himbeerrot bemalt, die Augen ungeschminkt, groß, dunkel, glänzend und mit einem Ausdruck, den ich erst Jahre später verstehen sollte. Ich glaube heute, daß es eine Mischung aus Rebellion, Sehnsucht und Verlangen war.

Manchmal verschwand sie am frühen Abend in den ersten Stock, und Mrs. Thorn erklärte respektvoll, «Tantchen» schreibe jetzt an Philip. Wir hörten gewöhnlich Radio. Natürlich wußte niemand genau, wo Philip war, doch wir vermuteten alle, daß er an den Kämpfen um Tobruk beteiligt war. Wenn Nachrichten gesendet wurden, wirkte Mrs. Thorn immer ganz verkrampft. Einmal stieß sie einen erstickten Laut aus, bedeckte die Augen mit der Hand und lief aus dem Zimmer. Das war mir irgendwie peinlich. Ella schaltete das Radio aus.

«Du solltest schon im Bett sein», sagte sie zu mir. «In deinem Alter ging ich immer schon um acht hinauf.»

Ich beneidete und bewunderte sie, obwohl sie nie besonders nett zu mir war und selten mit mir sprach, außer wenn sie sagte, ich «sollte eigentlich» das oder jenes tun. Wurde ihr, wenn sie diese Nichte ansah, die nur etwa zehn Jahre jünger war als sie, wurde ihr da vielleicht bewußt, was sie weggeworfen hatte? Eine hoffnungsvolle Zukunft, die Chance, wirklich zu leben?

Ich war nicht oft mit ihr zusammen. Mrs. Thorn nahm mich nach Ipswich zum Einkaufen mit, unterhielt sich mit mir, während sie buk, strickte und brachte mir das Stricken bei. Da man keine Wolle bekam, trennten wir alte Pullis auf, wuschen die Wolle, krempelten sie und machten neue Sachen. Ich verbrachte viel Zeit mit ihr. Entweder mit ihr oder allein. Natürlich gab es im Dorf Kinder meines Alters, die ich hätte kennenlernen können, aber das Dorf war zwei Meilen entfernt. Ich durfte spazierengehen, nicht aber das einzige vorhandene Fahrrad benutzen.

«Es ist zu groß für dich», sagte Mrs. Thorn, «es hat Achtundzwanzig-Zoll-Räder. Außerdem ist es ein Herrenrad.»

Ich wandte ein, es mache mir gar nichts aus, das Bein über den Sattel zu schwingen wie ein Mann.

«Solange du bei mir bist, wirst du es jedenfalls nicht tun.»

Ich verstand nicht. «Ich würde mich nicht verletzen.» Ich sagte, was ich auch zu meiner Mutter gesagt hätte. «Ich käme nicht zu Schaden.»

«So etwas tut eine Dame nicht», antwortete Mrs. Thorn, und dabei blieb es. Solche Dinge bedeuteten ihr viel. Sie verbot mir, auf dem Rasen radzuschlagen, wenn Daniel in der Nähe war, obwohl ich Shorts anhatte. Dann durfte ich nur noch Röcke anziehen. Aber sie war freundlich und kümmerte sich sehr um mich. Wäre ich auf Ellas oder Daniels gelegentliche Bemerkungen angewiesen gewesen, hätte ich mich vielleicht mehr auf meine Eltern gefreut, die mich alle vierzehn Tage besuchten.

Als ich zwei oder drei Wochen da war, wurden allmählich die Kirschen reif. Daniel, der dazukam, als ich sie mir ansah, sagte, es sei eine sehr alte Sorte, die «Weiße Herzen von Inchfield» hieß.

«Früher hatten wir jedes Jahr ein Kirschenfest», sagte er. «Am ersten Sonntag nach dem 12. Juli. Es wurde getanzt und gut gegessen. Es hätte dir Spaß gemacht. Aber im letzten Jahr fiel das Fest aus, und in diesem Jahr wird es auch keines geben. Und nie wieder, so wie ich es sehe, auch nicht, wenn der dämliche Krieg vorbei ist.»

Er war ein typischer Suffolk-Mann, groß und dick, mit gelben Haaren und rötlicher Haut. Die Winkel seines breiten, sichelförmigen Mundes waren immer nach oben verzogen. Das bedeutete jedoch nicht, daß er lächelte, und er war nur selten fröhlich. Lachen hörte ich ihn nie. Er hatte die Gewohnheit, Menschen auf eine Art zu beobachten, die nervös machte, und ganz besonders Ella. Und wenn Gäste ins Haus kamen, Dennis Clifton oder Mrs. Leithman oder andere Farmer, die sie kannten, saß er da, beobachtete sie und warf nur selten ein Wort in die Unterhaltung ein.

Als ich eines Abends von einem Spaziergang zurückkam, sah ich, daß Ella und Dennis Clifton sich im Wald küßten.

Dennis Clifton war kein Farmer. Er war bei der R.A.F., war während der Schlacht um Britannien Jagdflieger gewesen, hatte eine Kopfverletzung gehabt, hatte im Lazarett gelegen und war jetzt auf Genesungsurlaub zu Hause. Er muß noch sehr jung gewesen sein, höchstens zwei- oder dreiundzwanzig. Während er im Lazarett gelegen hatte, war seine Mutter gestorben, bei der er gelebt hatte und die eine Freundin von Mrs. Thorn gewesen war. Sie hatte ihm ihr hübsches, kleines georgianisches Haus in Inchfield hinterlassen. Er kam häufig auf die Farm, angeblich, um die alte Freundin seiner Mutter zu besuchen.

Nach diesen Besuchen sagte Daniel regelmäßig: «Er wird bald wieder dort sein, wo's ganz besonders heiß hergeht», oder: «Der steigt bald wieder mit seiner Spitfire auf. Er kann's nicht mehr erwarten.»

Von da an beobachtete auch ich ihn, ich wollte wissen, ob es bestimmte Anzeichen dafür gab, daß er darauf brannte, wieder zur R.A.F. zu gehen. Seine Hände zitterten manchmal wie die eines alten Mannes. Auch er war blond und blauäugig, dennoch gab es zwischen seinem und Daniels Aussehen einen himmelweiten Unterschied. Mein Maßstab für Schönheit waren Filmstars, und ich fand, daß er wie Leslie Howard in der Rolle des Ashley Wilkes aussah. Er war groß und schlank, hatte ein empfindsames Gesicht und traurige Augen. Daniel beobachtete ihn, Ella saß stumm da, und ich las mein Buch, während er sich mit Mrs. Thorn unterhielt, sehr freundlich und ermutigend über ihren Sohn Philip mit ihr sprach und erklärte, er sei überzeugt, daß Philip nichts zustoßen, daß er überleben werde, und während er sprach, wurden seine Augen trauriger und verschleierten sich immer mehr.

Nein, das ist keine Erinnerung, es ist reine Phantasie von mir, ich habe es mir zusammengereimt, was ich später erfahren sollte. Er war einfach rücksichtsvoll und freundlich, ein guterzogener junger Mann eben.

Ich hatte im Fluß gebadet. Ungefähr eine Meile flußaufwärts gab es einen Platz, der das Wehr genannt wurde. Die Ufer waren dort unter einem flachen Wasserfall mit Betonmauern befestigt, und dadurch war ein etwa anderthalb Meter tiefer Weiher entstanden, in dem ich an heißen Tagen badete. Wenn Mrs. Thorn davon gewußt hätte, hätte sie es mir verboten, aber sie wußte es nicht. Sie wußte nicht einmal, daß ich einen Badeanzug mithatte.

Der kürzeste Weg zur Farm führte durch den Wald. Ich hörte einen Schuß und dann weiter oben in den Wiesen einen zweiten. Daniel war auf Taubenjagd. Im Wald war es dämmrig und kühl, um mich herum und über mir zwitscherte es leise, raschelte Gefieder im trockenen Laub. Die blauen Glockenblumen waren längst abgeblüht, doch das Waldbingelkraut stand in voller Blüte. Es sah wie weiß gepudert aus, und in der Luft hing der alles durchdringende Geruch des Geißblatts. Wieder ein Schuß, weiter weg diesmal, aber laut genug, um den Frieden zu stören, und mit heftigem Flügelschlagen ergriff ein Taubenvolk die Flucht. Durch die schwarzen Baumstämme und das Spitzenwerk der Äste und Zweige sah ich den gelben Himmel, von dem, auch noch eine Stunde vor dem Untergang, die Sonne herunterbrannte.

Ella lehnte am Stamm eines Kastanienbaums und blickte zu Dennis Clifton auf. Er preßte die flachen Hände zu beiden Seiten ihres Kopfes an den Stamm. Wäre sie je nett zu mir gewesen, hätte er je mehr als nur «hallo» zu mir gesagt, hätte ich mich wahrscheinlich bemerkbar gemacht und gerufen. Ich rief nicht, und im nächsten Moment wurde mir klar, daß sie ganz bestimmt nicht gesehen werden wollten.

Ich blieb, wo ich war. Ich beobachtete sie. Oh, ich war absolut kein Voyeur, ich hatte keine schlüpfrigen Hintergedanken, war nicht neugierig und hatte noch weniger den Wunsch, sie bei irgend etwas zu ertappen. Mich überwältigte ganz einfach das Romantische dieser Szene, ich war hingerissen vor Staunen. Ich sah zu, wie er sie küßte. Er nahm die Hände herunter, legte die Arme um sie und küßte sie, so daß ich ihre Gesichter nicht mehr sah, nur sein helles und ihr dunkles Haar und ihre aneinandergepreßten, gestrafften Schultern. Ich hielt den Atem an und fröstelte im warmen Dämmerlicht des Waldes.

Sie gingen vor mir, gingen – einer den Arm um die Taille des anderen gelegt – in Richtung der Straße davon. In dem Zimmer der «Cherry Tree Farm», das noch immer Salon genannt wurde, saßen Mrs. Thorn und Daniel beim Tee und hörten Radio. Kaum fünf Minuten später kam Ella herein. Auch wenn ich nicht gesehen hätte, was ich gesehen hatte – wäre mir ihr Aussehen vermutlich aufgefallen. Oder hätten die strahlenden Augen, die geröteten Wangen, das Weidenblatt in ihrem Haar und der Brombeerzweig an ihrem Rock mir nicht zu denken gegeben?

Daniel sah sie an. Er hatte Blut unter den Fingernägeln, obwohl er sich die Hände fest geschrubbt hatte. Mir wurde ein bißchen übel. Ella fuhr sich mit den Fingern durch das Haar, zupfte das Blatt heraus und ging in ihr Zimmer hinauf.

«Sie schreibt an Philip», sagte Mrs. Thorn.

Wieso war ich nicht empört? Wieso nicht entsetzt? Ich war erst vierzehn und kam aus einer konventionellen Familie. Ehebruch begingen nur die Menschen in der Bibel. Wahrscheinlich könnte ich sagen, daß ich nicht mehr als einen Kuß gesehen hatte und von Ehebruch nicht die Rede sein konnte. Aber es war Ehebruch, ich wußte es. Ohne eigene Erfahrung, mit einem bestenfalls bruchstückhaften Wissen, fühlte ich, daß sich diese Liebe nicht mehr mit Küssen begnügte, daß die beiden nicht auf halbem Weg stehengeblieben waren, obwohl Ella mit einem Soldaten verheiratet war, der an der Front für sein Land kämpfte. Mir war auch klar, daß meine Eltern Ellas Verhalten verachtenswert, vielleicht sogar durch und durch schlecht finden würden. Doch das war mir ganz egal. Für mich war es eine Romanze, waren die beiden Lancelot und Guinevere, ein wunderbares Abenteuer, das zwei schöne junge Menschen miteinander erlebten – und wie ich es vielleicht eines Tags erleben würde.

Sie benutzten mich nicht als Botin. Für sie existierte ich kaum. Sie gönnten mir kein Wort, kein Lächeln, und sie vertrauten mir vor allem keine Botschaften an, die ich überbringen sollte. Sie hatten das Telefon, und sie hatten Autos.

Aber obwohl sie mich an ihrer Liebesgeschichte nicht teilhaben ließen und ich nicht einmal genau berechnen konnte, wann sie stattfand, beschäftigte sie meine Gedanken. Nach außen hin änderte sich nichts an meinem Tagesablauf, wie Mrs. Thorn und ich ihn geplant hatten, aber ich dachte nur an Dennis und Ella, überlegte, wo sie sich treffen mochten, stellte mir vor, was sie miteinander redeten, daß sie sich ewige Liebe schworen, und spielte mit filmischen Variationen immer wieder den einen Kuß durch, den ich gesehen hatte.

Die tiefste Freude, die schönsten Stunden des Hingerissenseins erlebte ich, wenn er kam. Dann beobachtete ich die beiden so unablässig wie Daniel. Manchmal bildete ich mir ein, einen sehnsüchtigen Blick aufzufangen, der zwischen ihnen hin und her ging, und einmal erlebte ich sogar mit, wie sie sich im Flur begegneten, als Ella mit dem Teetablett aus der Küche kam und Dennis etwas für Mrs. Thorn aus seinem Wagen geholt hatte. Ich stand im Schatten zwischen der Standuhr und der Treppe, und sie sahen mich nicht.

«Heute?» flüsterte er. «Am selben Ort?»

Sie nickte, ihre Augen waren riesengroß. Als er an ihr vorüberging, streichelte er ihr ganz langsam über die Schulter.

In diesen Nächten schlief ich schlecht. Es war sehr heiß geworden. Mrs. Thorn achtete streng darauf, daß ich um neun im Bett lag, und danach gab es für mich keine Möglichkeit, von ihr ungesehen aus dem Haus zu kommen. Ich beneidete Ella um den Baum vor ihrem Fenster; sie konnte hinunterklettern und verschwinden. Ich stellte mir vor, daß ich im Mondschein den Fluß entlang oder im Wald spazierenging und mich an einem verabredeten Ort mit meinen Liebhabern traf. Meine Liebhaber, deren geflüsterte Worte und bedeutsame Blicke mich erregten und sich mit der überhitzten Luft vermischten...

Die Kirschen färbten sich hellgelb, mit einem rötlichen Hauch da und dort. In der ersten Juliwoche kam der Krieg nach Inchfield, und ein deutscher Bomber, der sich verirrt hatte und vom Kurs abgekommen war, lud seine Bombenlast auf einem der Thornschen Felder ab.

Es gab keine Verletzten, aber eine Kuh wurde getötet. Wir sahen uns das Chaos auf dem Feld an, den Krater und den entwurzelten Baum. Daniel schüttelte drohend die Faust zum Himmel. Die Detonationen waren sehr laut gewesen, und wir waren hinterher gegen plötzliche Geräusche überempfindlich. Sogar ein Knall aus Daniels Jagdgewehr ließ seine Mutter zusammenzucken.

Die Hitze war stickig geworden, und am Himmel zogen Wolken auf, doch es regnete nicht. Mrs. Leithman, die regelmäßig einmal wöchentlich zum Tee kam, sagte, sie höre in jedem Donnergrollen eine zweite Bombe. Ella bekamen wir kaum zu sehen. Sie hielt sich fast immer in ihrem Zimmer auf oder war irgendwo draußen – mit Dennis natürlich. Ich spekulierte mir im Zusammenhang mit ihnen alles mögliche zusammen, wob Phantasien um sie herum, stellte mir vor, daß Philip Thorn im Kampf fiel und Ella wieder frei war. In einer so naiven oder zumindest puritanischeren Zeit aufgewachsen, war ich so arglos, daß ich nie auf die Idee kam, dieses kinderlose Ehepaar könnte sich scheiden lassen. Auch stellte ich mir Ella und Dennis nie verheiratet, sondern auf immer und ewig in ihr gefährliches und romantisches Idyll verstrickt vor. Ich fand sogar, daß Julias Textzeilen – die Worte eines Mädchens, das so alt gewesen war wie ich jetzt – die Situation der beiden treffend schilderte, und flüsterte vor mich hin, daß die Gartenmauer hoch, schwer zu erklimmen und die Stätte Tod sei: «Bedenk nur, wer du bist...»

Als ich einmal spätnachts nicht schlafen konnte und an meinem Fenster saß, tauchte die schattenhafte Gestalt von Dennis Clifton aus der tiefen Dunkelheit an der Seite des Hauses auf und verschwand durch die Pforte im Rosengarten.

Aber das vernichtende Ende und meine Demütigung kamen immer näher. Ich hatte mich inzwischen eingewöhnt, ich fing an, mich glücklich zu fühlen. Die Wahrheit ist, wie ich vermute, daß ich mich mit Ella identifizierte, daß in meinen verschlungenen Phantasien ich es war – vermischt mit einer gehörigen Portion Julia –, die Dennis umarmte, berührte und liebte. Ich war viel engagierter als ein reiner Beobachter.

Ein Schuß fiel, es klang sehr nah. Er weckte mich, was mir, bevor die Bomben fielen, bestimmt nicht passiert wäre. Ich fragte mich, auf welche Beute Daniel um diese Zeit aus sein konnte, denn die Nacht war tiefdunkel, samten und still. Der Knall, der das Dunkel zerrissen und die Stille durchbohrt hatte, wiederholte sich nicht. Ich schlief wieder ein und erwachte erst wieder, als der Tag schon angebrochen war.

Ich stand früh auf, wie an den meisten Morgen, ging hinunter in die Stille des Hauses, die Stille eines schönen Sommermorgens, und lief ins Freie. Mrs. Thorn war in der Küche, schlug Eier auf und briet Speck für die Männer. Ich wußte nicht, ob ich es tun durfte oder ob alle Kirschen für einen geheimen Zweck aufgehoben werden sollten, aber auf dem Weg zur Pforte streckte ich den Arm aus und pflückte eine reife Kirsche von einem tiefhängenden Ast. Es war die knackigste und süßeste Kirsche, die ich je gekostet habe, obwohl ich zugeben muß, daß ich seither nicht mehr viele gegessen habe. Ich vergrub den Kern dicht an der Pforte in der Erde. Vielleicht bekam er Wurzeln und wuchs. Vielleicht steht neben dem Eingang zur «Cherry Tree Farm» heute ein schon recht betagter Baum, der viele Sommer lang Früchte getragen hat.

Wie es sich ergab, war das, trotz ihrer reichen Ernte, die einzige Kirsche, die ich dort essen sollte. Nach einer halben Stunde kam ich zurück, schob die Tür auf, blieb einen Moment stehen und sah zum Farmhaus hinüber. Auf die besonnten Mauern und das Dach malten die Schatten der Bäume ein wirres Laubmuster. Ich betrachtete den großen, mit rotgoldenen Früchten behangenen Baum, der seine Zweige an Ellas Fenster rieb. Auf halber Höhe, einen oder zwei Meter von der Scheibe entfernt, hing in einer Astgabel die Leiche eines Mannes.

Obwohl ich in der heißen Sonne stand, wurde mir eiskalt. Bis heute erinnere ich mich an dieses Gefühl, durch eine Kälte zu erstarren, die tief aus meinem Innern kam, während draußen die Sonne schien, die Drossel sang und die Schwalben unter dem Traufenbrett wegtauchten und dann wieder hervorschossen. Meine Augen konnten sich nicht lösen, starrten, vor Schreck und Angst wie hypnotisiert, den blonden, schlaff vor Ellas Fenster hängenden Mann an. Den Kopf hatte er im Todeskampf zurückgeworfen.

Wenigstens wurde ich nicht hysterisch. Ich sagte mir, ich müsse mich zusammennehmen und ganz ruhig bleiben, wie ein Erwachsener. Mir klapperten die Zähne. Starr und steif betrat ich die Küche, und da waren sie alle, saßen um den Tisch herum: Daniel, die beiden Arbeiter, Ella und am Kopfende Mrs. Thorn, die den Tee einschenkte.

Ich wollte ganz ruhig zu ihr gehen und es ihr ins Ohr flüstern. Aber ich schaffte es nicht. Zwar war ich, ohne zu rennen, zu stolpern und zu schreien, bis in die Küche gekommen, aber jetzt war ich mit meiner Beherrschung am Ende. Wie ein lauter, abgehackter Schrei brachen die Worte aus mir heraus, und ich weiß noch, daß ich die Hände ballte und in die Höhe streckte.

«Mr. Clifton ist erschossen worden! Er ist erschossen worden, er ist tot! Seine Leiche hängt im Kirschbaum vor Ellas Fenster!»

Stille...

Zuerst jedoch fielen Messer und Gabeln klappernd auf den Tisch, klirrten Tassen auf Untertassen, wurden Stühle quietschend zurückgeschoben. Dann diese absolute, quälende Stille. Nie wieder – in all den Jahren, die seither vergangen sind, habe ich nie wieder einen Menschen so weiß werden sehen wie Ella damals. Sie wurde so weiß wie ein Blatt Papier, und ihre Augen waren schwarze Höhlen. Feuriges Rot überschwemmte Daniels Gesicht. Er fluchte. Er benutzte Worte, die mich zusammenzucken und zurückprallen ließen. Zitternd starrte ich die entsetzlichen und entsetzten Gesichter vor mir der Reihe nach an.

Mrs. Thorn war die erste, die etwas sagte. Ihre Stimme klang eisig vor Zorn.

«Wie darfst du dich unterstehen, so etwas zu behaupten? Wie dich unterstehen, so widerwärtig zu sein? Ein Kind in deinem Alter! Du bist krank, von allen guten Geistern verlassen!»

Daniel war aufgesprungen. Er packte mich grob am Arm. Aber sein Griff war nicht fest, seine Hand zitterte, wie die von Dennis gezittert hatte. Er schleifte mich förmlich hinaus, und seine Mutter lief wie eine aufgescheuchte Henne hinter uns her. Wir waren noch fünf oder sechs Meter vom Baum entfernt, als ich es sah. Das Blut schoß mir heiß ins Gesicht und pulsierte unter der Haut. Ein Gesicht aus Lumpen, Haare aus gelber Wolle – aus unserer eigenen aufgetrennten und frisch gekrempelten Wolle –, der aus gestopfte Sackkörper, die zerschlissenen Stiefel...

Eiskalt vor Empörung, sagte Mrs. Thorn: «Hast du noch nie eine Vogelscheuche gesehen?»

«Aber Vogelscheuchen stehen doch auf Feldern!» rief ich verzweifelt, als wollte ich sie auch noch angesichts dieses unwiderlegbaren Beweises von meiner Behauptung überzeugen.

«Nicht in unserer Gegend», antwortete Daniel mit dünner, heiserer Stimme. Hätte Dennis Clifton tatsächlich im Baum gehangen, hätte Daniel auch nicht erschrockener aussehen können. Sein Gesicht wirkte völlig eingefallen. «In unserer Gegend hängen wir die Vogelscheuchen in die Obstbäume. Ich habe sie gestern abend dort hingetan. Sie alle habe ich gestern in die Bäume gesetzt.» Und er zeigte mir, was mir bisher entgangen war: den Mann auf dem Baum an der Mauer, den Mann auf dem Baum inmitten des Rasens.

Ich lief ins Haus, in mein Zimmer hinauf und warf mich, vor Scham halb außer mir, mit dem Gesicht nach unten aufs Bett. Der nächste Tag war ein Samstag, und meine Eltern wurden erwartet. Sie würden es ihnen erzählen und mich mit Schimpf und Schande nach Hause schicken. Um die Mittagszeit kam Mrs. Thorn an meine Tür und forderte mich auf, zum Lunch hinunterzukommen. Sie war völlig verändert, hart und mürrisch. Ich kannte die Redewendung «Sich nicht an jemand schmutzigmachen wollen» damals noch nicht, aber als ich sie später hörte, begriff ich, daß Mrs. Thorn sich genau so gegen mich verhalten hatte. Sie behandelte mich, als sei ich eine aussätzige Psychopathin.

Wir aßen allein, aber ich brachte kaum etwas hinunter. Als wir fertig waren und ich eben meinen Teller beiseite schob, kam Daniel herein, setzte sich und sagte, sie hätten alle die Sache durchgesprochen und seien zu dem Schluß gekommen, es sei am besten, wenn mich meine Eltern morgen nach Hause mitnähmen.

«Selbstverständlich», erklärte Mrs. Thorn, «werde ich ihnen haargenau berichten, was du gesagt hast, was du angedeutet und wie du dein Tantchen gekränkt hast.»

Daniel, der nicht mehr zitterte und nicht mehr so feuerrot war wie am Morgen, dachte eine Weile schweigend nach. Dann sagte er unerwartet – oder für mich unerwartet: «Nein, Mutter, das werden wir nicht tun. Nein. Es hat keinen Sinn. Je weniger davon wissen, um so besser. Du mußt an Ellas Ruf denken.»

«Ich dulde sie nicht länger hier», entgegnete seine Mutter.

«Da bin ich ganz deiner Meinung. Sie kann sagen, daß sie Heimweh hat, oder ich sage, daß dir die Arbeit zuviel wird, wenn sie hier ist.»

Ella versteckte sich den ganzen Tag.

«Sie schreibt ihren Brief an Philip», sagte Mrs. Thorn.

Am nächsten Morgen saß sie mit den anderen bei Tisch. Daniel berichtete, er sei im Dorf gewesen und habe erfahren, Dennis Clifton sei zu seinem Geschwader bei der R.A.F. zurückgekehrt.

«Bald wird er wieder da sein, wo's am heißesten hergeht», fügte er hinzu.

Ella saß mit gesenktem Kopf da und zerkrümelte mit nervösen Fingern ein Stück Brot. Ihr Gesicht war ohne das übliche Make-up völlig farblos. Ich erinnere mich nicht, noch ein einziges Wort von ihr gehört zu haben.

Ich packte meine Sachen. Meine Eltern hatten nichts dagegen, mich nach Hause mitzunehmen. Nach Liebe hungernd, durch die Liebe anderer tief verletzt, klammerte ich mich an meinen Vater. Die Vogelscheuchen grinsten uns an, als wir hinter Daniel in den Lieferwagen stiegen. Ich sehe sie jetzt noch vor mir – ich kann es mir erlauben, sie jetzt vor mir zu sehen –, sehe sie mit ausgebreiteten Armen in den Bäumen hängen. Sie beschützten die reifenden Früchte und sahen so lebensecht aus, daß sogar die Schwalben einen weiten Bogen um sie machten.

Im nächsten Frühling starb Ella, nachdem sie wieder eine Totgeburt gehabt hatte. Meine Mutter weinte, denn Ella war ihre kleine Schwester gewesen. Doch sie war zu scheu, um ihren Kummer offen zu zeigen. Sie und mein Vater waren ängstlich darauf bedacht, mich – und natürlich auch alle anderen – darüber im unklaren zu lassen, daß Philip Thorn seit gut fünfzehn Monaten nicht mehr auf Heimaturlaub gewesen war. Was aus Daniel und seiner Mutter geworden ist, habe ich nie erfahren. Ich wollte es auch nicht wissen. Daß Philip wieder heiratete und seine zweite Frau eine Nichte von Mrs. Leithman war, hat man mir ganz gegen meinen Willen zugetragen.

Nur jemand, der die Zeitung sehr gründlich las, konnte die Notiz entdecken. Ich habe die Gewohnheit, außer den Sportnachrichten jede Zeile zu studieren, und nur deshalb entging mir der Artikel nicht, den ich zwischen einem Bericht über scharfe Maßnahmen der Kommunalverwaltung und der Meldung über den Selbstmord eines Finanziers fand. Während ich las, drehte sich das Rad der Zeit zurück, und die Tatsachen sprachen mich frei. Ich wußte, daß ich etwas tun mußte, habe mich jedoch gefragt, was. Ich habe den ganzen Tag überlegt, doch jetzt weiß ich, daß ich die Geschichte dem Coroner erzählen muß. Meine Geschichte – die Geschichte meines Irrtums; die Geschichte von Daniels Zorn.

Auf einem Acker in der Nähe von Inchfield, Suffolk, hatte ein Landarbeiter einen Blindgänger aus dem Zweiten Weltkrieg gefunden. Man nahm an, es handle sich um eine Bombe aus einer Ladung, die 1941 dort abgeworfen worden war. Ausgrabungen an dieser Stelle hatten ein Skelett zutage gefördert, das man für das eines jungen Mannes hielt, der ungefähr um dieselbe Zeit den Tod gefunden hatte. Merkwürdigerweise hatte man in der Schädelhöhle eine Gewehrkugel gefunden.

> «Die Gartenmau'r ist hoch, schwer zu erklimmen;
> die Stätt' ist Tod, bedenk nur, wer du bist,
> wenn einer meiner Vettern dich hier findet...»

Hares Haus

Ein Mörder habe in diesem Haus gelebt, erzählte der Immobilienmakler. Und der Mord sei auch hier begangen worden. Norman fand, er sei offen und ehrlich.

«Die Nachbarn hätten es bestimmt erwähnt, auch wenn ich es verschwiegen hätte», sagte der Makler.

Jetzt verstand Norman, warum das Haus so billig war. Es war ein sogenanntes Stadthaus, obwohl Norman nie verstanden hatte, warum sie so hießen, denn man traf sie häufig auch auf dem Land an. Eine offene Treppe in der Mitte des Hauses führte in die beiden Stockwerke. Es sei ungefähr fünfzehn Jahre alt, sagte der Makler, und seit zwölf Jahren unbewohnt.

«Einzelheiten des Falles kenne ich leider nicht.»

«Ich will sie gar nicht wissen», erwiderte Norman. «Ich möchte sie lieber nicht wissen.» Er öffnete die Tür des Badezimmers im Erdgeschoß und steckte den Kopf durch den Spalt. Nie hätte er es für möglich gehalten, einmal ein Haus mit mehreren Badezimmern zu besitzen. Zog er denn ernsthaft in Betracht, dieses zu kaufen? Es war wirklich spottbillig. «Wie hat er geheißen?»

«Der Mörder? Hare. Raymond Hare.»

Erleichtert stellte Norman bei sich fest, daß er sich an keinen Mordfall Hare erinnern konnte. «Wo ist er jetzt?»

«Er starb im Gefängnis. Das Haus gehört einem Neffen.»

«Es gefällt mir», sagte Norman zurückhaltend. «Ich muß sehen, was meine Frau dazu sagt.»

Die Gegend, in die er aus beruflichen Gründen umziehen mußte, war vornehmer als die, in der sie jetzt wohnten. Er hätte nie gedacht, daß sie sich etwas Besseres als eines der Reihenhäuser in der Inverness Street leisten konnten. Eine so vorteilhafte Gelegenheit würde sich ihm nie wieder bieten. Wenn er nicht sicher gewesen wäre, daß

Rita von dem Mord erfahren würde, hätte er vermieden, mit ihr darüber zu sprechen.

«Wieso ist es so billig?» fragte sie.

Er sagte es ihr.

Sie war klein, untersetzt, hatte braunes Haar, braune Augen, ein ziemlich langes, spitzes Gesicht und die Gewohnheit, den Hals zu strecken und das Gesicht nach vorn zu schieben. Norman hatte sie einmal im stillen mit einem Maulwurf verglichen, obwohl Maulwürfe natürlich sehr hübsch sein können. Sie schob den Kopf jetzt vor.

«Verschweigst du mir irgend etwas Schreckliches?»

«Ich habe dir alles gesagt, was ich weiß. Über Einzelheiten bin ich nicht informiert.» Norman war ein geduldiger und bequemer Mann, der jedoch dazu neigte, mürrisch und nachtragend zu sein. Er sah gut aus, hatte ein jungenhaftes, offenes Gesicht und lockiges braunes Haar. «Wir könnten es uns morgen zusammen ansehen.»

Rita wäre ein Reihenhaus in der Inverness Street mit einem großen Garten und weniger Treppen lieber gewesen. Aber Norman hatte sein Herz an das Stadthaus gehängt und war imstande, monatelang zu schmollen, wenn etwas nicht nach seinem Kopf ging. Außerdem sah man dem Haus nicht an, daß Hare dort gelebt hatte. Vielleicht war es dumm von ihr gewesen, aber irgendwie hatte Rita Blutflecke auf der Treppe oder ein verschlossenes Zimmer erwartet.

«Also, ich kann mich an diesen Hare überhaupt nicht erinnern. Du etwa?»

«Lassen wir's dabei», erwiderte Norman. «Du hast selbst gesagt, es sei besser, nichts zu wissen. Ich werde Mr. Hare, dem Neffen, ein Angebot machen, einverstanden?»

Das Angebot wurde akzeptiert, und Norman und Rita zogen Ende September ein. Die Nachbarn auf der einen Seite wohnten seit acht Jahren dort, die auf der anderen Seite seit sechs Jahren. Sie hatten Raymond Hare nicht gekannt. Eine gewisse Familie Lawrence, die seit mehr als zwanzig Jahren in ihrem von einem Garten umgebenen, großen alten Haus lebte, mußte ihn – wenigstens vom Sehen – gekannt haben, aber Norman und Rita sprachen nie mit den Leuten. Man grüßte sich, das war alles.

Sie ließen das Haus frisch streichen und neue Teppichböden legen. Alles in allem gab es nur zweierlei zu beanstanden: erstens die

Treppe. Man lief ständig treppauf, treppab, um etwas zu holen, das man vergessen hatte. Das zweite war das Badezimmerfenster – oder vielmehr der Riegel des Badezimmerfensters.

Manchmal, besonders wenn Norman in der Arbeit war, fragte sich Rita, wo der Mord geschehen sein mochte. Dann blieb sie mit dem Staubtuch in der Hand stehen, sah sich um und überlegte, ob «es» in diesem oder in jenem Zimmer oder vielleicht sogar in ihrem und Normans Schlafzimmer passiert war. Dann marschierte sie ins Schlafzimmer, schob den Kopf vor und sah sich mit zusammengekniffenen Augen um. Ihre Mutter sagte, sie habe in den Ecken mancher Häuser ein «komisches Gefühl», sie sei, sagte sie, für übersinnliche Einflüsse empfänglich. Rita hätte diese Gabe gern geerbt, mußte jedoch zugeben, daß sie in keinem Teil dieses Hauses komische Gefühle hatte.

Norman und sie sprachen nie über Raymond Hare. Sie mieden das Thema Mord. Rita hatte früher gern Detektivgeschichten gelesen, aber damit aufgehört. Es schien ihr besser so. Ihre Nachbarin Dorothy, es war die, die seit acht Jahren hier wohnte, wollte sich eines Tages mit ihr über den Fall Hare unterhalten, doch Rita meinte, es wäre ihr lieber, wenn sie es nicht täten.

«Kann ich gut verstehen», sagte Dorothy. «Ich finde das sehr klug.»

Es war ein warmes Haus. Die Zentralheizung funktionierte gut, und außer im oberen Badezimmer gab es überall Doppelfenster. Dieses Bad war sehr hoch, und das Fenster lag ungefähr drei Meter über dem Fußboden. Der Raum war in der Mitte des Hauses und hatte keine Außenwand, daher hatte der Architekt ihn höher hinausgebaut und so zwischen dem Dach des Hauses und dem des Badezimmers Platz für ein Fenster geschaffen. Es war sehr lästig, daß man es nur mit einer langen Stange öffnen konnte, die am oberen Ende einen Haken hatte. Sie lehnte im Badezimmer an der Wand. Aber der Herbst war trüb und feucht und der Winter kalt, so daß das Fenster lange Zeit überhaupt nicht geöffnet zu werden brauchte.

Norman hatte die Absicht, das untere Bad selbst neu zu fliesen, und ging in die Bibliothek, um sich ein Do-it-yourself-Handbuch zu besorgen. Die Bibliothek, eine kleine Filiale, war ganz in der Nähe, zwischen seinem Haus und der U-Bahn-Station. Da er die Bücher für Heimwerker nicht gleich fand, ließ er die Augen am Regal von oben nach unten wandern: Gartenbau, Botanik, Biologie, Allgemeine Naturwissenschaften, Sozialwissenschaften, Kriminalistik...

Mit Verbrechen wollte Norman im Moment nichts zu tun haben. Rita und er sahen sich nicht einmal mehr Thriller-Serien im Fernsehen an. Sein erster Impuls war, schnell den Blick von den Prozeßberichten und Fallrekonstruktionen abzuwenden, und er wandte ihn auch ab, doch erst, nachdem er auf einem Buchrücken den Namen Hare entdeckt hatte.

Norman machte schnell auf dem Absatz kehrt. Durch einen glücklichen Zufall fand er sich dem Regal mit dem Etikett *Innendekoration* direkt gegenüber. Was er brauchte, war schnell gefunden. Dann blieb er mit dem Buch in der Hand stehen und überlegte. Sollte er noch einmal einen Blick riskieren? Vielleicht hieß der Autor zufällig Hare und hatte mit «seinem» Hare überhaupt nichts zu tun. Aber das glaubte Norman natürlich selbst nicht. Plötzlich hatte er ein merkwürdiges Flattern im Magen, und zugleich stieg Erregung in ihm auf. Rasch drehte er sich um und nahm das Buch aus dem Regal. Der Titel lautete *Mordfälle der sechziger Jahre*, und der Autor war ein gewisser H. L. Robinson. Die Fälle, denen er nachgegangen war, waren auf dem Schutzumschlag aufgeführt: *Renzini und Boyce; Das Geheimnis von Oasthouse; Hare; Die Popgruppen-Morde.*

Norman schlug das Buch aufs Geratewohl auf. Er stellte fest, daß er mitten in den Fall Hare geraten war. Zwei Seiten weiter stieß er auf zwei Fotografien. Die obere zeigte einen Mann mit einem ausdruckslosen Gesicht ohne besondere Merkmale. Die Augen hatte er halb geschlossen. Auf der anderen war eine lächelnde blonde Frau zu sehen. Laut Bildunterschrift handelte es sich um Raymond Henry Montagu Hare und Margaret Hare, geborene Kentwell. Norman klappte das Buch zu und stellte es ins Regal zurück. Sein Herz schlug merkwürdig schwer. Nachdem sein Do-it-yourself-Buch gestempelt war, mußte er sich große Mühe geben, nicht aus der Bibliothek zu stürzen, als brenne es hinter ihm. Ich benehme mich wirklich unmöglich! dachte er. Ich muß mich zusammenreißen. Entweder verdränge ich Hare ganz aus meinem Gedächtnis und beschäftige mich nie wieder mit ihm, oder ich benehme mich wie ein logisch denkender, vernünftiger Mensch, lese den Fall nach, mache mich mit den Fakten vertraut und lerne, mit ihnen zu leben.

Er tat keins von beiden und ging nie wieder in die Bibliothek. Als sein Buch ihn alles über das Fliesen von Wänden und Fußböden gelehrt hatte, bat er Rita, es zurückzubringen. Er versuchte, nicht mehr an Hare zu denken, aber es war zu schwierig. Wo hat er den Mord begangen? war die Frage, die Norman sich am häufigsten stellte, und dann begann er sich dafür zu interessieren, wen Hare ermordet und wie er die Tat begangen hatte. Die Antworten waren in einem Buch zu finden, das keine Viertelmeile entfernt in einem Regal stand. Norman mußte an jedem Morgen auf dem Weg zum Bahnhof und am Abend auf dem Rückweg an der Bibliothek vorbeigehen. Er gewöhnte es sich an, die andere Seite der Straße zu benutzen. Manchmal erinnerte er sich an die Bemerkung von Rita, daß es vielleicht etwas Schreckliches gab, das er ihr verschwieg.

Der Frühling kam früh, und im März gab es schon ein paar warme Tage. Rita bemühte sich, das Badezimmerfenster zu öffnen, und benutzte dazu die Stange mit dem Haken am oberen Ende, doch der Riegel bewegte sich nicht. Als Norman nach Hause kam, überredete sie ihn, sich von Dorothys Mann Roy eine Leiter auszuleihen, hinaufzuklettern und nachzusehen, was mit dem Fensterriegel nicht in Ordnung war.

Norman fand, daß Roy ihm einen ziemlich komischen Blick zuwarf, als er sagte, wozu er die Leiter brauchte. Er zögerte, bevor er sagte, Norman könne sie haben.

«Ist schon okay, wenn Sie sie nicht verleihen wollen», sagte Norman. «Ich denke, es geht auch anders, ich muß nur irgendwo einen festen Halt für die Füße finden.»

«Nein, nein, Sie können die Leiter selbstverständlich haben», entgegnete Roy und zeigte Norman das Badezimmer in seinem Haus, das mit dem im Nachbarhaus identisch war. Roy hatte nur das Fenster herausnehmen und durch eine glatte Scheibe mit Ventilator ersetzen lassen.

«Sehr hübsch», sagte Norman. «Ich habe trotzdem lieber ein Fenster, das ich öffnen kann.»

Das trug ihm einen zweiten komischen Blick von Roy ein. Norman lehnte die Leiter an die Wand, kletterte zu dem Fenster hinauf und sah sofort, warum es sich nicht öffnen ließ. Bolzen und Schaft des senkrecht angebrachten Riegels waren fest mit Draht umwickelt. Das war, vermutete Norman, das Werk der Maler, die das Haus frisch gestrichen hatten. Er konnte sich aber nicht vorstellen, warum sie es getan haben sollten. Er wickelte den Draht ab, schob den Riegel zurück und kippte das Fenster, so weit es ging, bis zu einem Winkel von ungefähr fünfundsiebzig Grad.

Am 1. April fielen die Temperaturen fast bis auf Null, und es schneite. Rita schloß das Badezimmerfenster. Sie nahm die Stange, schob den Haken durch den Ring am Ende des Riegels, hob das Fenster an, schloß es, schob den Riegel durch den Schaft und drehte ihn herum. Als sie aus dem Badezimmer kam, blieb sie auf dem Treppenabsatz stehen, sah sich um und fragte sich, wo Hare den Mord begangen haben mochte. Einen Moment bildete sie sich ein, ein komisches Gefühl zu haben, doch es verging. Rita ging in die Küche hinunter und machte sich eine Tasse Tee. Sie schaute in den winzigen viereckigen Vorgarten, in den flaumiger Schnee fiel, der schmolz, sobald er das Gras berührte. Im Garten der Inverness Street hätte sie Blumenzwiebeln pflanzen können, Osterglocken und Narzissen. Rita seufzte. Sie schenkte sich Tee ein und rührte den Zucker in der Tasse um, als ein lautes Krachen durch das Haus hallte. Es kam von oben. Rita stieß vor Schreck fast die Tasse um.

Sie rannte die zwei Treppen hinauf und fragte sich, was um Himmels willen zerbrochen sein mochte. Aber nichts war verändert, alles an seinem Platz. Sie hatte von Häusern gehört, in denen es spukte und lautes Krachen an der Tagesordnung war, weil dort Poltergeister ihr Unwesen trieben. Ihre Mutter hatte es immer gefühlt, wenn ein Poltergeist in der Nähe war. Rita fürchtete sich, und ihr brach der Schweiß aus allen Poren ihres langen, spitzen Gesichts. Ihr fiel auf, daß die Badezimmertür geschlossen war. War sie so laut zugefallen? Gewiß nicht. Rita öffnete die Tür und sah, daß das Fenster aufgekippt war. Also, das war's gewesen, mehr steckte nicht dahinter. Sie nahm die Stange, steckte den Haken durch den Ring am Riegel, stieß das Fenster zu, schob den Riegel nach oben und drehte ihn herum.

Es war ziemlich windig gewesen, aber der Wind hatte nachgelassen. Am nächsten Tag wurde es allmählich wieder wärmer. Norman öffnete das Badezimmerfenster, und es blieb offen, bis es anfing zu regnen. Rita schloß es.

«Das Fenster ist ganz problemlos, sobald man den Dreh mit der Stange raus hat», sagte Norman. «Ich habe es mir viel schwieriger vorgestellt.»

Er bemühte sich, locker und fröhlich zu wirken und sich so zu benehmen, als sei nichts passiert. Auf der Heimfahrt hatte er in der U-Bahn zufällig neben Lawrence gesessen, dem Mann, der ihm gegenüber wohnte, und sie waren miteinander ins Gespräch gekommen.

«Es ist gut, daß Ihr Haus endlich wieder bewohnt wird», sagte Lawrence, «ein leeres Haus wirkt immer irgendwie heruntergekommen.»

Norman lächelte nur. Er fühlte sich unbehaglich.

«Meine Frau hat Mrs. Hare recht gut gekannt, wissen Sie.»

«Ach, wirklich?» sagte Norman.

«Eine nette Frau. Soweit ersichtlich, gab es für das, was er getan hat, überhaupt keinen Grund. Aber Sie haben wahrscheinlich ohnehin schon alles über den Fall nachgelesen und sich mit den Fakten abgefunden. Na ja, ich meine, das mußten Sie doch, oder?»

«O ja», sagte Norman.

Mit dem Nachbarn an seiner Seite konnte er nicht die Straße überqueren, um nicht an der Bibliothek vorübergehen zu müssen. Vor dem Eingang überkam ihn das fast unerträgliche Verlangen, hineinzugehen und das Buch aus dem Regal zu nehmen. Eins wußte er jetzt, ob er nun wollte oder nicht – Hare hatte seine Frau ermordet.

Kurz nach Mitternacht wurde er von einem lauten Krachen geweckt. Er fuhr im Bett in die Höhe.

«Was war das?»

«Das Badezimmerfenster, nehme ich an», antwortete Rita im Halbschlaf.

Norman stand auf. Er nahm die Stange, steckte den Haken in den Ring am Riegel, drückte das Fenster zu, schob den Riegel hoch und drehte ihn im Uhrzeigersinn fest herum. In dieser Nacht wurden sie nicht mehr gestört. Zwei oder drei Tage später öffnete Rita das Fenster wieder, weil es warm geworden war. Sie ging ins Schlafzimmer, wechselte die Laken und fragte sich, eigentlich ganz ohne Grund, ob Hare wohl seine Frau ermordet hatte? Ich nehme an, es war seine

Frau, dachte sie und dann: Wie schrecklich, wenn er es im Bett getan hätte! Hares Bett mußte an demselben Platz gestanden haben wie jetzt das ihre. Es war wegen der elektrischen Steckdosen nicht anders möglich. Vielleicht war er eines Nachts nach Hause gekommen und hatte sie im Bett ermordet.

Ein starker Wind, der sich beinahe zum Sturm auswuchs, brachte Kälte ins Haus. Rita schloß das Fenster. Ungefähr eine Stunde, nachdem Norman nach Hause gekommen war, drückte der Wind es mit einem lauten Knall auf.

«Es springt auf», sagte Norman, nachdem er es geschlossen hatte, «weil du, wenn du es zugemacht hast, den Riegel nicht fest genug herumdrehst.»

«Es springt auf, weil der Wind es aufdrückt», sagte Rita.

«Der Wind könnte ihm nichts anhaben, wenn du es richtig zumachtest.» Normans hübsches Gesicht hatte einen mürrischen Ausdruck, und er blieb den ganzen Abend verdrossen.

Als das Fenster das nächste Mal offen war, wehten die Blütenblätter der Obstbäume herein und ließen sich auf dem dunkelblauen Teppich nieder. Rita schloß es, etwa eine Stunde bevor Norman nach Hause kam. Unten saß Dorothy, die auf eine Tasse Tee herübergekommen war.

«Ich an Ihrer Stelle ließe den Fensterriegel mit Draht befestigen», sagte Dorothy und fügte mit seltsamer Betonung hinzu: «Nur um sicherzugehen.»

«Das Bad ist so heiß und stickig.»

«Dann lassen Sie das Fenster offen und halten die Tür geschlossen.»

Der Knall, mit dem das Fenster aufsprang, weckte Norman um zwei Uhr morgens. Er war wütend und machte beim Schließen großen Lärm, um Rita zu wecken.

«Ich habe dir gesagt, daß das Fenster nicht mehr aufspringen könnte, wenn du nur den Riegel fest genug herumdrehen wolltest! Ich erschrecke jedesmal zu Tode bei dem Krach. Meine Nerven halten das nicht aus.»

«Was stimmt nicht mit deinen Nerven?»

Norman antwortete nicht. «Ich verstehe nicht, wieso du etwas so Einfaches nicht schaffst.»

«Es liegt nicht an mir, das macht der Wind.»

«Unsinn! Red keinen solchen Unsinn! Es ist ganz windstill.»

Rita machte das Fenster auf, um das Schließen zu üben. Sie übte eine Stunde, schloß das Fenster, schob den Riegel hoch, drehte ihn im Uhrzeigersinn fest herum. Während sie übte, hatte sie ein ganz merkwürdiges Gefühl. Sie hatte das Gefühl, jemand stehe hinter ihr und sehe ihr zu. Natürlich war niemand da. Es war ein sonniger, trockener Tag, und Rita wollte das Fenster offenlassen, aber als sie es vielleicht zum zehntenmal geschlossen hatte, klingelte das Telefon. Daher blieb das Fenster geschlossen, und Rita dachte nicht mehr daran. Sie jätete den winzigen Vorgarten, als eine Frau, die neben Lawrence wohnte, die Straße überquerte, mit einer Sammelbüchse rasselte und um eine Spende für die Krebsforschung bat.

«Hoffentlich nehmen Sie's mir nicht übel, wenn ich Ihnen sage, wie gut mir ihr Schlafzimmervorhang gefällt.»

«Vielen Dank, Sie sind sehr freundlich», sagte Rita.

«Mrs. Hare hatte einen weißen Vorhang aus Gittertüll. Aber das ist natürlich schon ein paar Jahre her. Es macht Ihnen also nichts aus, in diesem Zimmer zu schlafen? Oder benutzen Sie eins von den Zimmern, die nach hinten hinaus gehen?»

Rita bekam weiche Knie. Sie war sprachlos.

«Aber er hat die Tat ja auch nicht direkt im Schlafzimmer begangen. Eigentlich direkt vor der Tür, auf dem Treppenabsatz, nicht wahr?»

Rita gab ihr ein Pfund, um sie schnell loszuwerden. Sie ging hinauf, blieb auf dem Treppenabsatz stehen und fühlte sich sehr, sehr komisch. Sollte sie es Norman erzählen? Doch wie konnte sie es ihm sagen, wie sollte sie anfangen, nachdem er das Thema nie wieder erwähnt hatte, seit sie hier wohnten? Sie war überzeugt, daß er überhaupt nicht mehr daran dachte. Sie beobachtete ihn während des Abendessens. Er ließ es sich schmecken, als habe er überhaupt keine Sorgen. Das Fenster sprang auf, als er beim Pudding angelangt war. Mit einem zornigen Aufschrei sprang er auf.

«Du kommst auf der Stelle mit mir ins Bad hinauf, und ich bring dir bei, wie man dieses Fenster schließt, und wenn es das letzte ist, was ich auf der Welt tue.»

Er stand hinter ihr, als sie die Stange nahm, den Haken in den Ring am Riegel steckte, das Fenster zudrückte, den Riegel hochschob und fest herumdrehte.

«Da, siehst du, du hast ihn verkehrt herumgedreht! Ich habe gesagt ‹im Uhrzeigersinn›. Weißt du nicht, was das bedeutet?»

Norman öffnete das Fenster, und Rita mußte es wieder schließen. Diesmal drehte sie den Riegel nach rechts. Das Fenster sprang auf, bevor sie am Fuß der Treppe angelangt waren.

«Siehst du, es liegt nicht an mir, es ist der Wind!» rief Rita.

«Der Wind könnte es nicht aufdrücken, wenn du es richtig zumachtest!» Normans Stimme bebte vor Zorn. «Er drückt es ja auch nicht auf, wenn ich es zumache.»

«Dann mach es zu und wart's ab. Du wirst schon sehen.»

Norman machte es zu. Der Krach weckte ihn um drei Uhr morgens. Fluchend stand er auf und ging ins Bad. Rita wurde wach, sprang aus dem Bett und lief ihm nach. Mit der Stange in der Hand, krebsrot im Gesicht, mit hervorquellenden Augen, kam Norman aus dem Badezimmer.

«Du bist», schrie er Rita an, «aufgestanden, nachdem ich eingeschlafen war, hast das Fenster geöffnet und auf deine Art zugemacht, nicht wahr?»

«Was hab ich getan?»

«Leugne nicht! Du versuchst mich mit diesem Fenster um den Verstand zu bringen. Du wirst keine Gelegenheit mehr dazu haben, das sag ich dir!»

Er hob die Stange und schlug sie Rita mit ganzer Kraft auf die Schläfe. Sie stieß einen furchtbaren, heiseren Schrei aus und hob die Hände, um sich gegen die Schläge zu wehren, die auf sie niederprasselten. Norman schlug fünfmal mit der Stange zu, und Rita lag bewußtlos auf dem Boden, bevor ihm klar wurde, was er tat. Er schleuderte die Stange den Treppenschacht hinunter, nahm Rita auf die Arme und telefonierte nach einem Krankenwagen.

Rita starb nicht. Sie hatte einen Schädelbruch, einen Kieferbruch und ein gebrochenes Schlüsselbein, aber sie würde überleben. Als sie wieder zu Bewußtsein kam und den Kiefer wieder bewegen konnte, erzählte sie den Leuten im Krankenhaus, sie sei nachts aufgestanden, im Dunkeln über das Geländer und den Treppenschacht hinuntergestürzt. Merkwürdig allerdings war, daß sie das selbst zu glauben schien.

Allein und voller Reue, mußte Norman immer wieder daran denken, wie sonderbar es doch war, daß unter diesem Dach um ein Haar ein zweiter Mord geschehen wäre. Er ging zum Immobilienmakler und sagte, er wolle das Haus wieder verkaufen. Hares Haus, wie er es in jenen Tagen immer bei sich nannte, nie dachte er «mein» oder «unser Haus». Im Maklerbüro machten sie sorgenvolle Gesichter und schüttelten die Köpfe, doch ihre Mienen hellten sich auf, als Norman den sehr niedrigen Preis nannte, für den er es losschlagen wollte.

Seit er beschlossen hatte, das Haus zu verkaufen, begann Norman über Hare anders zu denken. Es hätte ihm nichts mehr ausgemacht zu wissen, was Hare getan hatte, die Einzelheiten, die Fakten zu erfahren. Eines Samstags kam ein Kaufinteressent, geriet über Normans Maler- und Tapeziererarbeiten und über die neuen Fliesen im unteren Badezimmer geradezu in Verzückung und schien sich den Teufel um Hare zu scheren. Das gab Norman Mut, und sofort nachdem der Mann gegangen war, marschierte er die Straße hinunter zur Bibliothek und holte sich das Buch *Mordfälle der sechziger Jahre*. Er las den Fall Hare, nachdem er Rita im Krankenhaus besucht hatte.

Raymond und Margaret Hare waren ein allem Anschein nach glückliches Paar. Eines Morgens fand die Putzfrau Mrs. Hare erschlagen und in einer Blutlache liegend auf dem obersten Treppenabsatz vor der Badezimmertür. Hare legte bald ein Geständnis ab. Er hatte mit seiner Frau wegen eines Fensters, das ständig mit einem lauten Knall aufsprang, um Mitternacht eine heftige Auseinandersetzung gehabt und sie, außer sich vor Zorn, mit einer hölzernen Stange angegriffen. Kein sehr interessanter oder spektakulärer Mord. Robinson, der Autor, sagte in seinem Vorwort, er habe ihn nur zu den anderen vier Fällen genommen, weil sie alle eins gemeinsam hatten – allen fehlte ein verständliches Motiv.

Aber wie ist es möglich, daß ich aus demselben Grund beinahe das gleiche getan hätte? fragte sich Norman. Schwebt die Tat wie ein Fluch über Hares Haus? Ein Fluch, der zu unmotivierten Handlungen zwingt? Oder ist es möglich, daß ich, als ich das erste Mal einen flüchtigen Blick in das Buch warf, mehr sah oder las, als ich mit meinem Bewußtsein erfaßte, aber nicht mehr, als in meinem Unterbewußtsein haftenblieb? Ein rational denkender Mensch muß letzteres glauben.

Er lieh sich noch einmal die Leiter von Roy und umwickelte den Fensterriegel wieder fest mit Draht.

«Ach, ich wollte Sie übrigens etwas fragen», sagte er. «Das ist nicht dieselbe Stange wie damals, oder?»

«Die – Mordwaffe, meinen Sie? Die, mit der Hare… O nein, ich weiß nicht, was aus ihr geworden ist. Ich nehme an, sie steht in einem Polizeimuseum. Sie haben unsere. Als wir uns statt des Fensters die Glasscheibe einsetzen ließen, boten wir sie Hares Neffen an, und er nahm sie mit Freuden.»

Norman fand schließlich einen Käufer für Hares Haus. Rita war bis zur endgültigen Genesung in ein Sanatorium geschickt worden, und Norman mußte während ihrer Abwesenheit ein neues Heim für sie beide finden. Er hatte keine große Auswahl bei dem miserablen Preis, den er für Hares Haus erzielte. Er leistete eine Anzahlung für eines der Reihen-Cottages in der Inverness Street und hoffte, die arme Rita würde darüber nicht allzu unglücklich sein.

Bestechung und Korruption

In London weiß jeder, der oft und gern zum Essen ausgeht, daß *Potters* in der Marylebone High Street eines der kostspieligsten Restaurants ist. Nicholas Hawthorne, der gewöhnlich seine Mahlzeiten in seinem möblierten Zimmer oder in einem Steakhouse einnahm, ließ sich durch den bescheiden klingenden Namen täuschen. Als Annabel sagte: «Gehen wir zu *Potters*», war er sofort einverstanden.

Er führte sie zum erstenmal aus. Sie war ein kleines, hübsches Mädchen, für das eigentlich nicht viel sprach. Ein schmales Gesichtchen, riesige, sprechende Augen – ein Fledermausgesicht, dachte Nicholas. Sie schlug vor, ein Taxi zu nehmen, «weil *Potters* so schwer zu finden ist». Als Nicholas das große Gebäude direkt in der Mitte der Marylebone High Street sah, stellte er bei sich fest, daß es zu Fuß nicht schwerer zu finden gewesen wäre als mit dem Taxi, aber er sagte nichts.

Schon fing er an sich zu fragen, was das Essen wohl kosten werde. *Potters* war ein vornehmes und imposantes Restaurant. Die Fenster waren aus dem klaren, aber leicht fehlerhaften Glas, das auf ein hohes Alter schließen läßt, und das dunkelrote Holz der Tür sah aus, als sei es während der vergangenen fünfzig Jahre jeden Tag auf Hochglanz poliert worden. Weil die Vorhänge zugezogen waren und man von draußen nicht in das Lokal hineinsehen konnte, hatte man den Eindruck, sich einem Privathaus zu nähern, dem Stadthaus eines reichen Mannes vielleicht.

Gleich hinter der Tür lag die Bar. In den schwarzen Ledersesseln saßen lässig drei Paare. Ein Ober nahm Annabel den Mantel ab und führte sie zu einem Tisch im Restaurant. Obwohl noch jung, war Nicholas sehr scharfsinnig. Er hatte erwartet, das Lokal werde Annabel genauso einschüchtern wie ihn, der voller Hemmungen war, doch sie überließ dem Ober ihren Mantel ganz ohne Scheu. Und als die Ober mit Speise- und Weinkarte kamen, erklärte sie unverfroren, sie fange mit einem Pernod an.

Was würde das alles nur kosten? Unglücklich studierte Nicholas die Preise und war dankbar, daß er seine erst kürzlich erworbene Kreditkarte bei sich hatte. Leb jetzt, zahle später – aber, o Gott, zahlen mußte er trotzdem.

Als Vorspeise wählte Annabel Spargel und als zweiten Gang gebratenes Waldhuhn. Das Waldhuhn war das teuerste, das die Speisekarte zu bieten hatte. Nicholas begnügte sich mit Gemüsesuppe und einem Schweinekotelett. Er fragte Annabel, ob sie lieber Weißwein oder Rotwein trinke, und sie antwortete, eine Flasche sei ohnehin nicht genug, warum also nicht von jeder Sorte eine bestellen?

Während sie aßen, sprach sie kein Wort. Er erinnerte sich, einmal ein Gedicht gelesen zu haben, in dem ein Dichter über einen Schulmeister bewundernd sagte, er begreife nicht, wie man in einem einzigen kleinen Kopf so viel Wissen speichern könne. Nicholas fragte sich, wie ein einziger kleiner Körper mit alldem fertig wurde, was Annabel aß. Zu ihrem Waldhuhn nahm sie Bratkartoffeln, Rotkraut, grüne Bohnen, und als sie hörte, daß der Ober den Leuten am Nebentisch geschmorte Artischocken empfahl, sagte sie, sie wolle auch ein paar. Er betete im stillen darum, daß sie nicht noch einen Gang wollte. Aber dieser katzbuckelnde, schmeichlerische Ober mußte natürlich mit dem Servierwagen daherkommen, auf dem die Desserts ausgestellt waren.

«Wir haben frische Erdbeeren, Madam.»

«Im November?» sagte Annabel, endlich ihr Schweigen brechend. «Das ist ja phantastisch!»

Natürlich wollte sie Erdbeeren haben. Während er den allerletzten Rest seines Weins trank, sah Nicholas zu, wie sie Erdbeeren mit Schlagsahne verzehrte und sich dann noch ein Stück Schokoladenbiskuit aussuchte. Nicholas bestellte Kaffee. Wünschten Sir und Madame vielleicht noch ein kleines Likörchen? Nicholas schüttelte heftig den Kopf. Annabel sagte, sie trinke einen grünen Chartreuse. Nicholas wußte, daß das die Krone aller Liköre war – und selbstverständlich der allerteuerste.

Inzwischen jagte der Gedanke an die Rechnung ihm so große Angst ein und gleichzeitig widerte Annabels hemmungslose Trinkerei ihn so an, daß er sich unbedingt ein paar Minuten von ihr absetzen mußte. Es war klar, daß sie nur mit ihm ausgegangen war, um sich vollzustopfen und bis zur Bewußtlosigkeit zu betrinken. Er entschuldigte sich, stand auf und entfernte sich in Richtung der Herrentoilette.

Um sie zu erreichen, mußte er an einem Ende der Bar vorbeigehen. Sie war noch immer halb leer, aber während der vergangenen Stunde – es war jetzt neun Uhr – war noch ein Paar hereingekommen und hatte an einem Tisch in der Mitte Platz genommen. Ein Mann im mittleren Alter mit dichten silbergrauen Haaren und einem straffen, leicht gebräunten Gesicht. Den rechten Arm hatte er seiner Begleiterin, einem sehr jungen, sehr hübschen blonden Mädchen, um die Schultern gelegt und flüsterte ihr etwas ins Ohr. Nicholas erkannte ihn sofort. Es war der Präsident der Firma, bei der Nicholas' Vater bis vor zwei Jahren Verkaufsdirektor gewesen war. Dann hatte man ihn unter einem lächerlichen Vorwand entlassen. Die Firma hieß Sorensen-McGill, und der Silberhaarige war Julian Sorensen.

Nicholas haßte ihn mit der ganzen Leidenschaft eines jungen Menschen, der bedingungslos zum Vater hielt, den er liebte. Doch Nicholas war auch noch sehr jung und brachte es nicht fertig, Sorensen zu schneiden. Er murmelte steif «guten Abend» und stürmte in die Herrentoilette, wo er seine Taschen ausleerte, die Banknoten in seiner Brieftasche zählte und zu überschlagen versuchte, wieviel er der Kreditkartengesellschaft bereits schuldete. Wenn nötig, mußte er seinen Vater anpumpen, obwohl ihm das furchtbar gegen den Strich ginge, weil er wußte, daß sein Vater, seit dieses Biest Sorensen ihn gefeuert hatte, von einem viel geringeren Einkommen leben mußte als früher. Seinen Vater anpumpen, vielleicht – wenn möglich – die Miete einen Monat schuldig bleiben, weniger rauchen oder das Rauchen sogar ganz aufgeben...

Ihm war beinahe übel, als er aus der Toilette herauskam. Sorensen und das Mädchen saßen jetzt nicht mehr so eng beieinander. Sie sahen ihn nicht an, und Nicholas schaute ebenfalls auf die andere Seite. Annabel trank ihren zweiten grünen Chartreuse und schaufelte *petit fours* in sich hinein. Er hatte ihr Gesichtchen mit dem einer Fledermaus verglichen, doch jetzt fiel ihm ein, daß zur Gattung der Fledermäuse auch die Vampire gehörten. Sie verschlang eben eine Marzipanorange und sah dabei wie ein raubgieriger kleiner Vampir aus. Und sie war sehr betrunken.

«Ich bin furchtbar schläfrig, und mir ist so komisch», sagte sie. «Vielleicht habe ich irgendeinen Virus erwischt. Laß dir die Rechnung bringen, ja?»

Nicholas mußte lange warten, bis der Ober einmal zu ihm hersah. Und als er Nicholas' Blick endlich aufgefangen hatte, rückte er mit der Kaffeekanne an. Aber Nicholas bewies Entschlossenheit, worüber er selbst am meisten überrascht war.

«Die Rechnung, bitte», sagte er im Ton eines Menschen, der einem Mächtigeren zurief, daß er, ein dem Tode Geweihter, ihn begrüße – *morituri te salutant*.

Der Ober kam schon nach einer halben Minute wieder. Ob Nicholas wohl so freundlich wäre, ihn zu begleiten? fragte er. Der Maître d'Hôtel wünsche ihn zu sprechen. Nicholas nickte beklommen. Was war passiert? Was hatte er angestellt? Annabel war auf ihrem Stuhl zusammengesackt, ihr Kopf hing nach hinten, ihre Augen waren halb geschlossen, und aus ihrem Mund tröpfelte ein orangefarbenes Rinnsal. Man würde ihm nahelegen, sie aus dem Restaurant zu entfernen, weil sie sich unmöglich benommen habe. Und bestimmt bekam er Hausverbot. Mit geballten Händen ging er hinter dem Ober her.

Der Maître d'Hôtel war ein riesiger Mann mit der Nase und dem prachtvollen Habitus eines Königspinguins. «Ihre Rechnung ist bereits beglichen, Sir.»

Nicholas starrte ihn verständnislos an. «Wie meinen Sie das, Sir?»

«Ihr Vater hat das erledigt, Sir. Mir wurde aufgetragen, Ihnen zu sagen, Ihr Vater habe Ihre Rechnung bezahlt.»

Nicholas war ungeheuer erleichtert. Er schien wieder zu wachsen, fühlte sich unbeschwert und frei. Es war, als habe ihm jemand – wieviel mochte es gewesen sein? Sechzig – siebzig Pfund? – geschenkt. Und er begriff sofort. Sorensen hatte die Rechnung bezahlt und sich als sein Vater ausgegeben. Es war eine kleine Entschädigung für das, was Sorensen seinem Vater angetan hatte, als er ihn entließ. Er hatte sechzig Pfund lockergemacht, um zu zeigen, daß er es gut meinte, um zu zeigen, daß er seine Ungerechtigkeit auf bescheidene Weise wiedergutmachen wollte.

Sehr aufrecht, frei und selbstsicher sagte Nicholas: «Rufen Sie mir bitte ein Taxi.» Dann ging er und schüttelte auf höchst vornehme Art Annabel wach.

Seine Euphorie hielt fast noch eine Stunde an, nachdem er die schlaftrunkene Annabel durch ihre Wohnungstür geschoben hatte, die Treppe zu dem möblierten Zimmer hinaufgestiegen war, in dem er zur Miete wohnte, und es sich mit einem Kreuzworträtsel aus der Zeitung gemütlich machte. Alles wäre ganz anders gekommen, hätte er dieses Kreuzworträtsel nicht angefangen. Zwölf waagrecht: moralischer Verfall mit zehn Buchstaben. Der dritte Buchstabe «R» und der neunte Buchstabe «O» hatten sich schon ergeben. Nicholas fand die Lösung schon nach ein paar Sekunden. Sie lautete «Korruption». Einundzwanzig senkrecht: «Hängt gewöhnlich mit zwölf waagrecht zusammen», hieß es da. Der Begriff hatte ebenfalls zehn Buchstaben, und der neunte war das «N» aus Korruption. Auch er war nicht schwer zu erraten. Er lautete «Bestechung».

Nicholas legte die Zeitung aus der Hand und starrte auf die gegenüberliegende Wand. Bestechung hing mit Korruption zusammen. Wie hatte er nur ein solcher Idiot sein können, ein so naiver und argloser Idiot! Wie hatte er nur annehmen können, ein Mann wie Sorensen mache sich Gedanken über Ungerechtigkeit, denke je an eine ungerechte Entlassung oder glaube auch nur einen Moment, er könne Unrecht getan haben? Selbstverständlich hatte er auch nicht versucht, an Nicholas etwas gutzumachen, und ebensowenig hatte er die Rechnung bezahlt, weil er ein anständiger Mensch war und bereute, was er Nicholas' Vater angetan hatte. Es war ein Bestechungsversuch gewesen.

Er hatte Nicholas bestechen wollen, damit er den Mund hielt, weil niemand erfahren sollte, daß er mit einem jungen Mädchen in einer Bar gewesen war, daß er ein junges Mädchen umarmt hatte, das nicht seine Frau war. Es war reinste Bestechung, die Art von Bestechung, die korrupt machte.

Vor ungefähr drei Jahren war Nicholas einmal mit seinen Eltern bei einer Party gewesen, die Sorensen für seine Angestellten gegeben hatte und bei der Mrs. Sorensen als Gastgeberin fungiert hatte. Eine kleine, unscheinbare, braunhaarige Frau in Nicholas' Augen. Sorensen hatte die Rechnung bezahlt, weil seine Frau nicht erfahren sollte, daß er eine Freundin hatte, die jung genug war, seine Tochter zu sein.

Er hat mich gekauft, dachte Nicholas, hat mich bestochen und korrumpiert – oder hat es zumindest versucht. Doch es sollte ihm nicht gelingen. Er brauchte sich nicht einzubilden, er könne die Familie Hawthorne auch jetzt noch nach seinem Belieben herumstoßen. Er hatte es einmal getan, und das hatte genügt.

Es war ein angenehmer Gedanke gewesen, daß er nicht mehr als die Hälfte seines Wochengehalts an dieses gräßliche Mädchen verschwenden mußte, aber seine Ehre war ihm wichtiger. Ehre bedeutete schließlich nichts anderes, als materielle Dinge einem Prinzip zu opfern. Nicholas hatte eine schlechte Nacht, denn er wurde häufig wach und dachte an die materiellen Dinge, die er sich während der nächsten Wochen verkneifen mußte, um seiner Ehre Genüge zu tun. Dennoch war am nächsten Morgen sein Entschluß gefaßt. Mit einem Griff in die Tasche überzeugte er sich, daß er sein Scheckbuch eingesteckt hatte, dann ging er zur Arbeit.

Ein paar Stunden vergingen, ehe er den Mut aufbrachte, bei Sorensen-McGill anzurufen. Was sollte er tun, wenn Sorensen sich weigerte, ihn zu empfangen? Hätte er nur ein mit fünfhundert Pfund gut gepolstertes Bankkonto gehabt, hätte er Sorensen mit großer Geste einen Blankoscheck mit einem kurzen, verächtlichen Begleitschreiben schicken können.

Die Telefonistin, die schon zu Zeiten seines Vaters in der Firma gewesen war, meldete sich auch jetzt.

«Sorensen-McGill. Was kann ich für Sie tun?»

Mit vor Erregung heiserer Stimme fragte Nicholas, ob er noch heute in einer dringenden Angelegenheit einen Termin bei Mr. Sorensen bekommen könne. Er wurde zu Sorensens Sekretärin weiterverbunden. Es gab eine Verzögerung. Klingeln schrillten und Schalter klickten. Das Mädchen meldete sich wieder, und Nicholas war überzeugt, es werde ihm eine abschlägige Antwort geben.

«Mr. Sorensen läßt fragen, ob Ihnen ein Uhr paßt?»

In der Mittagspause? Selbstverständlich paßte es ihm da. Aber was, in aller Welt, konnte Sorensen bewogen haben, seinetwegen auf den Lunch zu verzichten, der zu Lasten seines fetten Spesenkontos ging? Nicholas brach zum Berkeley Square auf und rätselte unterwegs daran herum, wieso der Mann so entgegenkommend war.

Eine schwache, hoffnungsvolle innere Stimme begann ihm wieder die Argumente vorzuhalten, die im Lauf des Abends von seinem gesunden Menschenverstand so unbarmherzig zerpflückt worden waren.

Vielleicht hatte Sorensen es wirklich gut gemeint, vielleicht würde er Nicholas erklären, er habe die Rechnung nicht bezahlt, um ihn zu bestechen, sondern um dem Sohn eines hochgeschätzten früheren Angestellten ein kleines Geschenk zu machen. Das hübsche Mädchen war vielleicht Sorensens Tochter gewesen. Nicholas wußte nicht, ob der Mann Kinder hatte. Es war durchaus möglich, daß er eine Tochter hatte. Dann wäre es keine Korruption, kein Verrat an seiner Ehre, er müßte das Rauchen nicht aufgeben und bei seinem Hauswirt nicht um gut Wetter bitten.

Man kannte ihn bei Sorensen-McGill. Er war mit seinem Vater dagewesen, und außerdem war er seinem Vater wie aus dem Gesicht geschnitten. Das hübsche blonde Mädchen hatte Sorensen überhaupt nicht ähnlich gesehen. Eine Sekretärin führte Nicholas ins Büro des Firmenchefs. Sorensen saß in einem gelben Ledersessel hinter einem Rosenholzschreibtisch mit einer Platte aus intarsiertem gelben Leder. Die Wand hinter ihm bedeckte ein Wandgemälde im Stil von Modigliani, und auf dem Schreibtisch stand ein übervoller Aschenbecher aus dunkelgrüner Jade. Die Sekretärin nahm ihn weg und ersetzte ihn durch einen sauberen aus hellgrüner Jade.

«Hallo, Nicholas», sagte Sorensen, ohne zu lächeln. «Setzen Sie sich.»

Die einzige andere Sitzgelegenheit war eines jener niedrigen High-Tech-Gebilde aus Leder, das an einem Metallrahmen aufgehängt war. Neben diesem Sessel stand ein niedriger Kaffeetisch aus schwarzem Glas mit schwarzen ledergepolsterten Kanten, und auf dem Tischchen lag ein in der Mitte aufgeschlagenes Magazin, auf dessen Faltblatt ein nacktes Mädchen zu sehen war. Es gibt Menschen, die es verstehen, anderen die Befangenheit zu nehmen, und solche, die wissen, wie man andere in Schwierigkeiten bringt. Nicholas setzte sich, und er saß tief, sehr tief – etwa sieben Zentimeter über dem Boden. Sorensen zündete sich eine Zigarette an, ohne Nicholas eine anzubieten. Er sah Nicholas an und bewegte ganz langsam den Kopf von einer Seite auf die andere.

«Darauf hätte ich eigentlich gefaßt sein müssen», sagte er schließlich.

Nicholas öffnete den Mund, um etwas zu sagen, aber Sorensen hob die Hand. «Nein, zuerst hören Sie mir zu, dann können Sie reden.» Sein Ton wurde hart und schroff. «Das Mädchen, mit dem Sie mich gestern abend gesehen haben, war eine... Um es nicht ganz so unverblümt zu sagen – ich habe sie in einer Bar aufgelesen. Ich habe sie vorher nie gesehen, und ich werde sie nie wiedersehen. Sie ist in keinem Sinn des Wortes meine Freundin oder Geliebte. Warten Sie», warf er ein, als Nicholas ihn unterbrechen wollte. «Lassen Sie mich zu Ende sprechen. Meine Frau ist nicht gesund. Sollte ihr je zu Ohren kommen, wo und mit wem ich gestern abend zusammen war, wäre sie zweifellos sehr unglücklich. Wahrscheinlich würde sie wieder krank. Wobei ich selbstverständlich von einer seelischen, nicht von einer körperlichen Krankheit rede, aber...»

Er zog ausgiebig an seiner Zigarette. «Trotz allem aber, und was auch die Konsequenzen sein mögen – ich lasse mich um keinen Preis erpressen. Ist das klar? Ich habe gestern abend Ihr Essen bezahlt, und das ist genug. Ich möchte nicht, daß meine Frau erfährt, was Sie gesehen haben, aber Sie dürfen es ihr ruhig sagen, Sie dürfen es in alle Welt schreien, von mir bekommen sie keinen Penny mehr.»

Bei dem Wort «erpressen» hatte Nicholas' Herz zu hämmern begonnen. Das Blut schoß ihm ins Gesicht. Er war gekommen, um seine Ehre zu schützen, und man hatte sein Motiv völlig mißverstanden. Mit erstickter Stimme stieß er hervor:

«Sie haben keinen Grund – es war nicht... Warum sagen Sie so etwas zu mir?»

«Es ist kein schönes Wort, nicht wahr? Aber es anders zu nennen wäre reine Spiegelfechterei. Sie sind doch hier, weil Sie mehr Geld haben wollen, nicht wahr?»

Nicholas sprang auf. «Ich bin hier, um Ihnen Ihr Geld zurückzugeben!»

«Ach ja?» Sorensen sagte das in einem sehr seltsamen Ton – skeptisch, verbindlich, zynisch und zugleich erstaunt. Er drückte seine Zigarette aus. «Ich verstehe. Jugend ist moralisch. Unerfahrenheit ist puritanisch. Sie werden es meiner Frau auf jeden Fall sagen, weil Sie nicht käuflich sind. Hab ich recht?»

«Nein, ich bin nicht käuflich.» Nicholas zitterte. Er legte die

Hände flach auf Sorensens Schreibtisch, aber sie zitterten immer noch. «Ich werde keiner Menschenseele erzählen, was ich gesehen habe, das versichere ich Ihnen. Aber ich kann mir von Ihnen nicht mein Abendessen bezahlen lassen, und Sie dürfen sich auch nicht als mein Vater ausgeben.» Hinter seinen Augenlidern brannten Tränen.

«Oh, setzen Sie sich, setzen Sie sich doch. Warum, zum Teufel, sind Sie denn hergekommen, wenn Sie mich nicht erpressen wollen und Ihre Lippen versiegelt sind? Ist es ein rein gesellschaftlicher Besuch? Oder soll's ein kleines Schwätzchen von Mann zu Mann über die Damen sein, die wir ausgeführt haben? Wie Sie wissen, gehört Ihre Familie nicht gerade zu meinen engsten Freunden.»

Nicholas wich ein Stückchen zurück, er fühlte die Macht dieses Mannes. Es war die Macht des Geldes und die Macht, die jenen selbstverständlich ist, die immer Geld gehabt hatten. Sorensen hatte etwas an sich, was Nicholas bisher nie aufgefallen war, das aber jetzt deutlich zutage trat: er sah aus, als sei er aus Metall – die Haut Kupfer, das Haar Silber, der Anzug Zinn.

Dann verschleierten sich Nicholas' Augen so sehr, daß er alles nur noch verschwommen sah. «Wie hoch war meine Rechnung?» fragte er mühsam.

«Ach, um Himmels willen!»

«Wie hoch?»

«Siebenundsechzig Pfund und ein paar Zerquetschte», antwortete Sorensen. Es klang belustigt.

Für Nicholas war es ein kleines Vermögen. Er nahm das Scheckbuch heraus, füllte den Scheck auf J. Sorensen aus und schob ihn über den Tisch. «Hier haben Sie Ihr Geld», sagte er. «Aber Sie brauchen sich keine Sorgen zu machen. Ich werde keinem sagen, daß ich Sie gesehen habe. Das verspreche ich Ihnen.»

Während er das sagte, kam er sich edel und heldenhaft vor. Er schluckte die Tränen hinunter. Sorensen betrachtete den Scheck und zerriß ihn.

«Sie sind ein lästiger junger Mann. Ich will Sie hier nicht haben. Gehen Sie!»

Nicholas ging. Er verließ das Gebäude mit hocherhobenem Kopf. Er dachte noch immer daran, Sorensen einen zweiten Scheck zu schicken, als er, zwei Tage später, morgens im Zug die Zeitung las und den verhaßten Namen entdeckte. Zuerst sah er keinen Zusammenhang zwischen dem Artikel und «seinem» Sorensen – und dann erkannte er, daß es kein anderer sein konnte. Die Schlagzeile lautete: *Frau tot im Wald aufgefunden. Ehefrau eines Industriekapitäns ermordet.*

Und darunter der Bericht:

Gestern abend wurde in einem verlassenen Wagen im Hatfield Forest, Herefordshire, die Leiche einer Frau entdeckt. Die Frau war erdrosselt worden. Heute ist es der Polizei gelungen, sie als Mrs. Winifred Sorensen, 45, wohnhaft am Eaton Place, Belgravia, zu identifizieren. Sie war die Frau von Julius Sorensen, Präsident von Sorensen-McGill, einer Büromöbelfabrik.

Mrs. Sorensen war bei ihrer Mutter, Mrs. Mary Clifford, in Much Hadham zu Besuch gewesen. Mrs. Clifford hat ausgesagt: «Meine Tochter wollte noch zwei Tage bei mir bleiben. Ich war sehr überrascht, als sie mir am Dienstag abend sagte, sie wolle nach London zurückfahren, nach Hause.»

«Ich habe meine Frau am Dienstag abend nicht erwartet», erklärte Mr. Sorensen. «Daß sie nicht mehr bei ihrer Mutter war, wußte ich nicht und habe es erst erfahren, als ich gestern dort anrief. Als mir klar wurde, daß sie vermißt wurde, habe ich sofort die Polizei informiert.»

Die Mordkommission hat die Ermittlungen aufgenommen.

Diese arme Frau, dachte Nicholas. Während sie zu ihrem Mann nach Hause fuhr, sich wahrscheinlich nach ihm sehnte, seine Nähe brauchte, bei ihm Geborgenheit suchte, trieb er sich mit einem Mädchen herum, das er irgendwo aufgelesen hatte, einem Mädchen, von dem er nicht einmal den Familiennamen kannte. Er mußte jetzt von Reue überwältigt sein. Nicholas hoffte nur, daß es ätzende, peinigende Reue war. Der Kontrast war es, den Nicholas so furchtbar fand: Sorensen, Wange an Wange mit diesem Mädchen, mit dem er getrunken und später bestimmt auch geschlafen hatte. Und seine Frau, die allein war und sich an einem einsamen Ort in der Dunkelheit gegen einen Angreifer zur Wehr setzte.

Nicholas wäre natürlich überrascht gewesen, wenn Sorensen es selbst getan hätte. Nichts, was Sorensen tun konnte, hätte ihn überrascht. Dieser Mann war zu jeder Schändlichkeit fähig. Nur konnte er diese nicht begangen haben, das wußte niemand besser als Nicholas. Daher war es ein kleiner Schock für ihn, daß zwei Polizeibeamte ihn ansprachen, als er am Abend nach Hause kam. Sie hatten in einem Wagen gewartet, der vor der Gartentür parkte, und stiegen aus, als er näher kam.

«Nur keine Sorge, Mr. Hawthorne», sagte der ältere der beiden, der sich als Detective Inspector vorstellte. «Es handelt sich um eine reine Routinesache. Haben Sie heute zufällig in Ihrer Zeitung vom Tod einer Mrs. Winifred Sorensen gelesen?»

«Ja, das hab ich.»

«Dürfen wir hineinkommen?»

Sie folgten ihm nach oben. Was konnten sie von ihm wollen? Nicholas las manchmal Detektivgeschichten, und er stellte sich vor, daß sie vielleicht von seiner oberflächlichen Verbindung mit Sorensen-McGill wußten und sich bei ihm nach Sorensens Charakter und Familienleben erkundigen wollten. In diesem Fall waren sie an den richtigen Zeugen geraten.

Er konnte ihnen einiges erzählen. Er konnte ihnen sagen, warum es sich die arme Mrs. Sorensen, eifersüchtig und mißtrauisch – denn das war sie bestimmt gewesen – in den Kopf gesetzt hatte, zwei Tage früher als vorgesehen, nach Hause zu fahren. Sie hatte ihren Mann in flagranti ertappen wollen. Und sie hätte ihn ertappt. Hätte festgestellt, daß er nicht zu Hause war oder vielleicht sogar dieses Mädchen in ihr gemeinsames Heim mitgenommen hatte. Nur war sie nie daheim angekommen. Ein Mörder war vorher zu ihr ins Auto gestiegen. O ja, Nicholas konnte einiges erzählen!

In seinem Zimmer setzten sie sich. Sie mußten sich auf dem Bett niederlassen, denn er hatte nur einen Stuhl.

«Es steht fest», sagte der Inspector, «daß Mrs. Sorensen am Dienstag abend zwischen acht und zehn Uhr ermordet wurde.»

Nicholas nickte. Er konnte seine Erregung kaum unterdrücken. Was für ein Schock würde es für sie sein, wenn er ihnen vom Privatleben dieses angeblich so respektablen Geschäftsmannes berichtete. Nur einen Sekundenbruchteil später fühlte Nicholas sich nur noch klein und häßlich und sah den Inspector sprachlos an.

«An diesem Abend hielt sich ihr Mann, Mr. Julius Sorensen, um neun Uhr in Begleitung einer jungen Dame im Restaurant *Potters* in der Marylebone High Street auf. Das hat er bei uns zu Protokoll gegeben.»

Sorensen hatte es ihnen gesagt. Er hatte gestanden. Nicholas' Enttäuschung war kaum zu überbieten.

«Ich glaube, Sie waren um diese Zeit auch in diesem Restaurant.»

«O ja, das war ich», antwortete Nicholas mit zaghaft klingender Stimme.

«Am nächsten Tag, Mr. Hawthorne, erschienen Sie im Büro von Sorensen-McGill, wo Sie eine längere Unterredung mit Mr. Sorensen hatten. Wollen Sie mir sagen, um was es bei dieser Unterredung ging?»

«Darum, daß ich ihn am Abend vorher im *Potters* gesehen hatte. Er wollte, daß ich...» Nicholas unterbrach sich. Er wurde rot.

«Einen Moment, Sir. Ich glaube, ich kann erraten, warum Ihnen deshalb so unbehaglich zumute ist. Sie sind noch sehr jung, wenn ich das, ohne Sie zu kränken, sagen darf, und junge Menschen sind manchmal ein bißchen unsicher, wenn es sich um Fragen der Loyalität handelt. Habe ich recht?»

Nicholas nickte verblüfft.

«Ihre Pflicht liegt klar auf der Hand. Sie müssen die Wahrheit sagen. Werden Sie es tun?»

«Ja, selbstverständlich.»

«Gut. Hat Mr. Sorensen versucht, Sie zu bestechen?»

«Ja.» Nicholas holte tief Atem. «Ich habe ihm ein Versprechen gegeben.»

«Dem Sie kein Gewicht beimessen dürfen, Mr. Hawthorne. Lassen Sie mich wiederholen: Mr. Sorensen wurde zwischen acht und zehn ermordet. Mr. Sorensen hat uns gesagt, er habe um neun Uhr im *Potters* gesessen. In der Bar. Das Personal dort kann sich nicht an ihn erinnern. Den Familiennamen der Dame, die ihn begleitet hat, kennt er angeblich nicht. Aber er behauptet, Sie seien dagewesen und hätten ihn gesehen.» Der Inspector schaute zu seinem Kollegen hinüber und sah dann wieder Nicholas an. «Nun, Mr. Hawthorne. Das ist eine sehr ernste Sache.»

Nicholas verstand. Erregung wallte wieder in ihm auf, doch er ließ es sich nicht anmerken. Ihnen würde klar sein, warum er zögerte. Endlich sagte er:

«Ich war von acht bis gegen halb zehn im *Potters*.» Sorgfältig hielt er sich streng an die Wahrheit. «Am Mittwoch waren Mr. Sorensen und ich in seinem Büro verabredet, und wir unterhielten uns darüber, daß ich im *Potters* gewesen war und ihn dort gesehen hatte. Und – er bezahlte mir mein Abendessen.»

«Ich verstehe.» Was der Inspector für scharfe Augen hatte! Wieviel er über Jugend und Alter, Weisheit und Naivität, Unschuld und Korruption zu wissen glaubte. «Also, bitte – haben Sie Mr. Sorensen am Dienstag abend wirklich im Restaurant *Potters* gesehen?»

«Ich kann mein Versprechen nicht brechen», sagte Nicholas.

Natürlich konnte er das nicht. Er brauchte dieses Versprechen nur zu halten, und die Polizei würde Sorensen wegen Mordes anklagen. Er schlug die Augen nieder.

«Ich habe ihn nicht gesehen», sagte er mit schuldbewußt und bekümmert klingender Stimme. «Selbstverständlich habe ich ihn nicht gesehen.»

Der Pfeifer

Jeremy fand den Schlüssel in einer der Ferienwohnungen, als er für Manuel arbeitete. Die Wohnungen waren einheitlich in einer Farbe gestrichen, die sich «Champagner» nannte, und bisher hatten sie keine Maschine aufgetrieben, die die Arbeit tun konnte. Jeremy hoffte, sie würden erst eine finden, bis der Auftrag erledigt war. Manuel war amerikanischer Staatsbürger, stammte aber von irgendwo südlich der Grenze – aus Kuba, wie Jeremy seit jeher vermutete. Jeremy kam von weit, weit her aus dem Norden, aus England, um genau zu sein; seit zwei Jahren schlug er sich gewissermaßen durch die Vereinigten Staaten und gab nie die Hoffnung auf, daß es ihm eines Tages gelingen würde, sein Glück zu machen. Der Schlüssel, dachte er, könnte dieses Glück bedeuten.

Er lag hinter der Jalousie versteckt, im Schlafzimmer, in einer Ecke des Fensterbretts. Manuel war im Wohnzimmer und pfiff Country Music. Wenn er arbeitete, pfiff er ununterbrochen, nie etwas Spanisches, immer Western- oder Country-Melodien, und er schaltete nie das Radio ein, was Jeremy wesentlich lieber gewesen wäre. An dem Schlüssel hing an einer Schnur ein kleines Schild. Auf diesem Schild stand eine Adresse. Jeremy begann – oder dachte daran zu sagen: «He, Manuel, schau dir mal das an…» Dann biß er sich auf die Lippen und schluckte die Worte hinunter. Das Pfeifen wurde nicht unterbrochen. Wollte er das, was die Adresse auf dem Schild eventuell zu bieten hatte, wirklich mit Manuel teilen müssen? Oder schlimmer, wollte er, daß Manuel ihm den Schlüssel abnahm?

Daß man in den Wohnungen etwas fand, war nicht ungewöhnlich. Die Leute waren sehr nachlässig. Sie mieteten in der Hauptsaison diese Wohnungen in Juanillo Beach für zwei Wochen und ließen, wenn sie wieder nach Hause fuhren – nach New Jersey oder Moskau in Idaho oder woher sie sonst kamen – ihren Schmuck und ihre Kameras zurück, ganz zu schweigen von Kleinigkeiten wie Büchern, Tonbändern und so weiter. Die Gesellschaft, der die Wohnungen gehörten, sollte sie eigentlich kontrollieren, bevor Manuel mit der Arbeit begann, aber sie ließ so ziemlich fünf gerade sein. Jeremy hatte in einem Küchenschrank eine Geldrolle gefunden, über achtzig Dollar, und in einer Lücke zwischen dem Fliesenboden und der Wand einen Diamantring. Ein Juwelier in Downtown Miami hatte ihm für den Ring zweihundertfünfzig Dollar gegeben, und das war vermutlich nur ein Bruchteil seines Wertes gewesen. Er hatte den Fehler gemacht, Manuel davon zu erzählen. Die Banknoten hatten ihn nicht interessiert, aber wegen des Ringes hatte er sich aufgeregt. Zwar war er nicht ehrlicher als Hinz und Kunz, aber er hatte einen Vertrag mit der Juanillo Beach Properties Inc., den er nicht verlieren wollte. Auf jeden Fall hatte er Jeremy davor gewarnt, Fundsachen aus den Wohnungen zu behalten – und schon das allein wäre für Jeremy ein Grund gewesen, den Schlüssel in der Tasche seiner Jeans verschwinden zu lassen. Im Nebenzimmer wurde weitergepfiffen, sehr übermütig und sehr nach den Rocky Mountains klingend.

Es wurde allmählich heiß, und die Klimaanlage funktionierte nicht. Oder die Juanillo Beach Properties Inc. hat den Strom abschalten lassen, dachte Jeremy. Das traue ich ihnen nämlich zu. Gegen Mittag mußten sie mit über dreißig Grad rechnen. Aber er war schließlich wegen des Klimas hergekommen, und wegen des Klimas blieb er. Armut läßt sich in einem warmen Klima leichter ertragen. An England dachte er nur mit Entsetzen zurück, ausgewiesen zu werden und dahin zurückkehren zu müssen war sein schlimmster Alptraum. In Wirklichkeit konnte es so schrecklich gar nicht sein, war auch nicht so schrecklich, aber das Land, in dem er geboren war, war in seiner Erinnerung grün und kalt, voller reicher älterer Leute, die rund ums Jahr ihre Kamine mit Holz heizen konnten, ein Land zwischen Arbeitslosigkeit für die einen und unzähligen Privilegien für die anderen. Obwohl er, wie schon gesagt, dort geboren war, hatte er immer das Gefühl gehabt, unwillkommen zu sein. Jetzt, da die Jalousie hochgezogen war, lag vor ihm der subtropische Garten, in den die Wohnanlage eingebettet war – ein Garten mit Palmen, Zitrusbäumen, indischen Rachenblütlern und Oleandern; und dazwischen hin und wieder die geteilten speerförmigen Blätter eines Bananenbaums. Zebraartig gelb und schwarz gestreifte Schmetterlinge flitzten zwischen den prallen, glänzenden Blättern hin und her. Die Sonne brannte von einem klaren blauen Himmel herunter. Es gefiel ihm hier, oder – besser gesagt – es hätte ihm hier gefallen, hätte er nur ein bißchen Geld gehabt.

In London hatte er ein sehr kleines Zimmer bewohnt, für das er wöchentlich fünfundzwanzig Pfund zahlen mußte. Die zwei Stockwerke tiefer liegende Küche und das Bad mußte er mit vier anderen Mietern teilen. Das Motelzimmer mit Bad – nun ja, mit Dusche eigentlich –, das er hier gemietet hatte, kostete ihn viel weniger. Und er brauchte keine Küche, weil man sehr preiswert außer Haus essen konnte. Aber, dachte er manchmal, ich bin fünfzig Jahre zu spät in die Vereinigten Staaten gekommen, zu spät, um hier noch mein Glück zu suchen. Das hatte Josh gesagt, dem das Motel gehörte. Josh wußte natürlich nicht, daß Jeremy illegal im Land war. Oder wenn er es wußte, erwähnte er es nie.

Nach der Arbeit tranken er und Josh auf der Veranda hinter dem Büro des Motels manchmal ein Bier zusammen. Das Motel stand in einer rauhen Gegend und war ziemlich schäbig, aber eins hielt Josh immer in Ordnung, und das waren die Fliegengitter um die Veranda, denn sie war, laut Josh, der Versammlungsort aller Moskitos aus der Diaspora, nachdem man sie aus ihren üppigeren Pfründen vertrieben hatte.

Plötzlich erinnerte sich Jeremy an die Adresse. «Wo ist die Eleventh Avenue?»

Auf dem Tisch standen noch zwei Büchsen *Coors*, eiskalt beschlagen, und daneben lag eine Tüte mit gerösteten Pekannüssen. Außen huschte eine kleine braune Eidechse das Fliegengitter hinauf.

«Was meinst du mit Eleventh Avenue? Die Elfte Avenue – wo?»

«In Miami.»

«Du findest in diesem Land nicht viele Städte, in denen die Avenuen numeriert sind. Straßen – ja. Warum? Weshalb fragst du?» Er wartete Jeremys Antwort nicht ab. «Nimm L.A., nimm Philly – dort gibt es keine numerierten Avenuen.»

«In New York schon.»

«New York ist eine Ausnahme», erwiderte Josh, und das war etwas, was die Amerikaner immer sagten, das war Jeremy längst aufgefallen.

«Also, wie steht's mit Miami?»

«Klar, Miami hat eine Eleventh Avenue. In Downtown. Im Büro hängt ein Stadtplan.»

Jeremy sah ihn sich an. Die Adresse, die an dem Schlüssel hing lautete: 11. Ave. 1562A. Keine Stadt, kein Staat. Das Etikett war ein bißchen verschmiert. Es hatte noch mehr darauf gestanden, zwei Großbuchstaben waren noch undeutlich sichtbar. Der zweite bestimmt ein J oder ein Y. Y für York? J für Juanillo? Er wußte jedoch, daß es in Juanillo nicht einmal eine First Avenue gab, geschweige denn eine 11. 11. Avenue war eine merkwürdige Schreibweise, eigentlich mehr die europäische Art, nur numerierten die Europäer ihre Straßen sehr selten.

Nach Miami gehörte der Schlüssel wahrscheinlich nicht. Leute aus Miami mieteten keine Wohnung in Juanillo Beach. Aber er konnte es versuchen. Ein Einbruch wäre kinderleicht und nicht einmal besonders kriminell, wenn man eigentlich gar nicht einbrechen mußte. An diesem Abend wollte er mit Manuel und Lupe zum Essen gehen, in ein Thai-Restaurant im eleganten Fort Cayne, wo Manuel wohnte. Aber zuerst würde er eine kleine Fahrt nach Downtown unternehmen und den Schlüssel an der Tür des Hauses 1562A in der Elften Avenue ausprobieren.

Das Haus wurde nicht bewacht, alles war still. Er klingelte, wartete, klingelte noch einmal, versuchte den Schlüssel ins Schloß zu stecken. Er paßte nicht. Im Taxi, das ihn nach Fort Cayne brachte, dachte er darüber nach, daß Josh gesagt hatte, es gebe in Amerika nicht viele Städte mit numerierten Avenuen. Josh konnte sich natürlich irren, er hatte nur drei Städte genannt... Doch war es nicht ohnehin wahrscheinlicher, daß dieser Schlüssel die Tür einer New Yorker Wohnung öffnete? Was für eine Straße war die Eleventh Avenue in New York, und wie weit uptown lag wohl Nummer 1562A. Wäre es Nummer 1562 in der Fifth gewesen, hätte er Bescheid gewußt. Seine Phantasie gaukelte ihm eine prächtige New Yorker Wohnung voller Schätze vor, die nur darauf warteten, daß jemand kam und sie holte. Die Schwierigkeit war, daß die Rückfahrkarte nach New York rund dreihundert Dollar kostete.

Das Restaurant hieß *Phumiphol* und lag an einer eleganten Promenade. Jeremy war als erster da und bestellte Wodka on the Rocks. Schreiben Sie's bitte auf die Rechnung. Ein bißchen peinlich würde ihm das Wiedersehen mit Lupe schon sein. Keine große Sache natürlich, mit so etwas wurde er spielend fertig, aber er brauchte den Wodka.

Ihr richtiger Name war Guadelupe oder Maria del Guadelupe oder so ähnlich, und sie war illegal eingewandert – wie er. Ein kleines, dunkles, schönes Mädchen mit den riesigen Augen und den ebenmäßigen Zügen der mexikanischen Hollywood-Stars aus den dreißiger Jahren. Sie ähnelte einem Foto, das er von Dolores del Rio gesehen hatte. Manuel würde sie heiraten, und sie würde bald Amerikanerin sein, Bürgerin wie die Frau des Präsidenten oder eine Tochter der amerikanischen Revolution.

Der Wodka wurde serviert und mit ihm ein Schüsselchen mit etwas, das wie gesalzene Käfer aussah, aber natürlich konnten es keine Käfer sein. Jeremy hatte Lupe in Manuels Wohnung das erste Mal gesehen. Selbstverständlich lebte sie nicht mit ihm zusammen. Manuel hatte in dieser Beziehung sehr strenge, sehr spanische Ansichten. Die Frau, mit der er verlobt war, mußte Jungfrau sein und mußte vor aller Welt demonstrieren, daß sie noch Jungfrau war.

Merkwürdigerweise war Lupe es tatsächlich gewesen. Jeremy war bisher noch nie einer begegnet. Sie bewohnte ein Zimmer in einer Damenpension, die einer Kubanerin gehörte, und kam täglich zu Manuel, um seine Wohnung zu putzen und seine Hemden zu bügeln. Manuel steckte die Hemden zwar selbst in die Waschmaschine, aber Lupe bügelte sie. Wo sie auch herkam, sie wollte auf keinen Fall dorthin zurück, und nur deshalb, davon war Jeremy überzeugt gewesen, bediente sie Manuel und gehorchte ihm; sie hoffte, daß er sie heiraten werde. Manuel war häßlich wie die Nacht, sehr dünn, irgendwie einer Spinne ähnlich, mit einem scharfgeschnittenen, pockennarbigen Gesicht, während Jeremy groß, blond und hübsch war. Zweifellos lag es zum Teil auch daran, daß Lupe sich in ihn verliebt hatte.

Oder wie man es nennen wollte. Jedenfalls war ihr Widerstand nicht von langer Dauer gewesen. Manuel war nach Hause gefahren, weil sein Vater im Sterben lag. Er starb, bevor Manuel kam, der deshalb nur zwei Tage wegblieb, aber sie reichten aus. Jeremy und Lupe lagen schon in der Wohnung der Hacienda Alameda miteinander im Bett, bevor Manuel in seiner Maschine saß. Daß Lupe noch Jungfrau war kam überraschend und war ein bißchen erschreckend, aber nach dem dritten oder vierten Mal war es, als schliefen sie schon seit fünf Jahren miteinander.

Schlimm war nur, daß sie nicht aufhören konnten, und schließlich kam Manuel dahinter. Eines blödsinnigen Nachmittags, an dem Jeremy frei hatte und Lupe Manuels Wohnung putzte, vergaßen sie die gebotene Vorsicht und erlagen der Versuchung. Wir hätten doch ins Motel gehen können, dachte er hinterher. Manuel überraschte sie nicht, so nackt waren die Tatsachen nicht. Er fand ein blondes Haar und ein kastanienbraunes lockiges Haar auf dem Kissen, auf dem nur ein schwarzhaariger Mann schlief.

Jeremy trank seinen Wodka aus, als Manuel und Lupe hereinkamen. Manuel war fröhlich und sah selbstzufrieden aus und sprach davon, daß er, sobald es in Florida richtig heiß wurde, in kühleren Zonen Urlaub machen wollte. Noch vor ein paar Monaten hätte Jeremy unbefangen erwidert, Manuel solle den Urlaub doch gleich zur Hochzeitsreise machen. «Angeblich soll Alaska im Sommer wunderschön sein.» Jetzt hatte er Hemmungen, so etwas zu sagen. Manuel hatte seit jenem Abend nie wieder von Heirat gesprochen.

Sie aßen eine klare Suppe, in der Blüten schwammen. Auf dem Tisch standen eine Karaffe mit Sake und eine Flasche Mineralwasser. Weder Manuel noch Lupe tranken viel. Dann kamen kleine Pfannkuchen, geschnetzeltes Gemüse, eine mit Räucherwerk zubereitete Ente. Es war, als hätten Puppen gekocht. Lupe aß geziert, kaute jeden Bissen zwanzigmal, hielt den Kopf gesenkt.

«Ich möchte mich wie ein zivilisierter Mensch benehmen», hatte Manuel gesagt, und Jeremy hatte pathetisch gedacht: wie ein echter amerikanischer Gentleman. Manuel sah lächerlich aus, wenn er unglücklich war, eine schwarze Krähe mit schlammigem Gefieder. «Meine Vorfahren hätten dich umgebracht – und sie auch.»

Jeremy hatte die Augen nach oben verdreht. Ach, du lieber Gott…

«Aber die Zeiten haben sich geändert. Für mich wird es sein, als sei es nie geschehen.» Manuel hatte Lupe angesehen. «Doch es darf nie wieder vorkommen.»

«Es wird nie wieder vorkommen», sagte Lupe.

«Selbstverständlich nicht.» Jeremy wollte sie ohnehin nicht mehr. Dieses ganze Getue konnte einem auch begehrenswertere Frauen als Lupe Garcia verleiden.

«Dann bleibst du und arbeitest weiter für mich», sagte Manuel zu Jeremy. «Und Vergangenes soll vergangen sein.» Er lächelte und bestand darauf, Jeremy die Hand zu schütteln. Dann ging er in die Küche, um eine Flasche Wein aufzumachen, und pfiff den *Tennessee Waltz*. Eine treffende, wenn auch taktlose Wahl, dachte Jeremy, aber vielleicht kennt Manuel den Text nicht. Lupe versuchte seinen Blick einzufangen, aber Jeremy wich ihren Augen beharrlich aus.

Das war jetzt zwei Monate her, und seither hatte er Lupe nicht wiedergesehen – bis heute. Die ganze Situation löste ein geradezu archaisches Gefühl in ihm aus. Es war schon eine seltsame Vorstellung, daß er Lupe mit dem allerersten Akt, von den anderen ganz zu schweigen, für Manuel «unbrauchbar» gemacht hatte, sie für ihn nur noch eine «schadhafte Sache» war. Sie selbst war noch unterwürfiger, sah aber nicht unglücklich aus. Sie aßen kleine Teigfladen in Sirupsauce.

Manuel war mit dem Wagen gekommen, obwohl er nur um die Ecke wohnte. Er bat Jeremy auf eine Tasse Kaffee in seine Wohnung. Er ging ins Bad und sah dort die unverkennbaren Anzeichen dafür, daß Lupe jetzt hier wohnte, eine Dose Hautcreme, einen Lidstift, eine Flasche ihres Eau de Toilette. Also war es mit Manuels Prinzipien auch nicht so weit her, dachte Jeremy, leise in sich hineinlachend.

«Ja, ich bin eingezogen», sagte Lupe zu ihm.

Er schaute auf ihre Hand, und sie sah, daß er hinschaute. Sie trug nicht einmal einen Verlobungsring.

Manuel fuhr ihn nach Hause. Er hatte eben seinen neuen Wagen bekommen, fuhr immer das neueste Modell. Manchmal rätselte Jeremy, woher das Geld kam. Davon, daß man Decken strich, konnte man sich keine Eigentumswohnung in der eleganten Hacienda Alameda und jedes Jahr einen neuen Wagen leisten; und außerdem noch alle zwei Monate nach Hause fliegen und seine Familie besuchen. Aber es ging ihn nichts an. Er zog ohnehin bald weiter. Vielleicht nach Kalifornien, wenn er das Fahrgeld aufbrachte.

In den Kokospalmen um Joshs Motel raschelten die Baumfrösche wie Geister, und ihr ununterbrochenes Quaken zerrte an den Nerven. Sie hielten Jeremy wach. Statt nach Kalifornien konnte er nach New York gehen, um den Schlüssel auszuprobieren. Nach 11. Ave. standen noch zwei Großbuchstaben auf dem Schildchen, und einer konnte ein Y sein. Vielleicht gab es in den Vereinigten Staaten nur zwei Städte mit numerierten Avenuen – und vielleicht gab es Dutzende.

Ein paar Tage später nahmen Manuel und er das nächste Apartment in Angriff. Es glich dem, in dem sie vorher gearbeitet hatten, aufs Haar, nur hatte hier niemand einen Schlüssel auf dem Fensterbrett liegenlassen. Manuel pfiff im Nebenzimmer. Ein Lied über die Sonnenblumen von Kansas. Er hatte den ausgefallenen modischen hellblauen Blouson ausgezogen und über den Rand der Badewanne geworfen. Es gab keinen anderen Platz, wo man etwas ablegen konnte. Jeremy durchsuchte die Taschen. Er hatte das schon früher getan, wenn er knapp bei Kasse gewesen war, und sich mit der Zeit fünfzig Piepen angeeignet. Manuel ging so sorglos mit dem Geld um, daß er nichts merkte. Das Pfeifen dauerte an, nur die Melodie wechselte in südlichere Gefilde – *The Yellow Rose of Texas*. Jeremy zog ein dickes Bündel Geldscheine heraus, lauter Zwanziger, eine Menge Geld.

Er konnte sie nicht einfach einstecken, das wäre nicht gut. Er sah sich um und überlegte rasch. Der Badewannenstöpsel war aus Metall und wurde mit einem Hebel unterhalb der Wasserhähne betätigt, aber man konnte ihn entfernen. Jeremy nahm ihn heraus und schob die zusammengerollten Geldscheine vorsichtig hinein. Die Rolle lockerte sich ein bißchen, so daß sie jetzt, ganz wie er es vorausgesehen hatte, genau in das Abflußrohr paßte. Er brachte den Stöpsel wieder an.

Mittags holten Manuel oder er gewöhnlich zwei Mords-Hamburger, Zwiebelringe und zwei Colas. Es war immer Manuel, der bezahlte. Er unterbrach sein Pfeifen und ging ins Bad an seine Jacke, um Jeremy die sechs oder sieben Dollar zu geben, die er im *Burger King* brauchen würde. Diesmal nahm er den Verlust des Geldes nicht mit philosophischer Ruhe hin.

«Ich weiß, daß du mich nicht verdächtigst», sagte Jeremy. «Ich weiß, daß dir das nicht einmal im Traum einfallen würde, aber ich fühle mich erst wohler, wenn du dich überzeugt hast.»

Er zog die leeren Taschen seiner Jeans heraus, streifte das Hemd ab, schleuderte die Schuhe von den Füßen, reichte Manuel seine Drillichjacke, in der genau acht Dollar steckten.

«Ich weiß nicht, wieviel du bei dir gehabt hast, Manuel, aber du hast das Ding sehen lassen, als wir bei mir in den Wagen gestiegen sind. Es ist eine ziemlich rauhe Gegend da draußen bei Josh...»

«Und gefunden heißt behalten, wie?» Manuel benutzte eine Menge seltsamer altenglischer Ausdrücke, die, mit seinem spanischen Akzent ausgesprochen, reichlich komisch klangen. «Schlimmere Dinge geschehen auf See», sagte er. «Jetzt mußt du eben den Lunch bezahlen.» Lachend klopfte er Jeremy auf den Rücken.

Bevor Jeremy nach Hause ging, holte er die Geldscheine aus dem Abfluß. Es waren sechzehn, mehr als genug, um nach New York zu fahren. Doch angenommen, das Schloß, in das der Schlüssel paßte, war gar nicht in New York? Dann hätte er das ganze schöne Geld für nichts und wieder nichts hinausgeworfen. Es ist ein teuer aussehender Schlüssel, einer, der Klasse hat, dachte er. Glänzender, schwerer, kunstvoller gefeilt als die Schlüssel zu Manuels Wohnung.

In der nächsten Woche fuhr Manuel nach Hause, und Lupe war allein. Aber Jeremy wollte sich auf keinen Fall wieder mit ihr einlassen. Er hatte die Absicht, sich während der vier Tage, die Manuel fortblieb, in Fort Cayne überhaupt nicht blicken zu lassen.

Sie kam zu ihm. Er saß mit Josh auf der Veranda, als sie in Manuels neuem Wagen auf den Parkplatz einbog. In der Art, wie sie fuhr und den Wagen parkte, lag etwas Unsicheres, Verletzliches. Jeremy kannte niemanden, der ein so geringes Selbstwertgefühl hatte wie sie. Weil sie sich selbst für ein Stück Dreck hielt, behandelten die Leute sie auch so, obwohl sie körperlich von geradezu krankhafter Reinlichkeit war und täglich zweimal badete oder duschte. Es waren die Orientalinnen, nicht die Lateinamerikanerinnen, die man mit Blüten verglich, aber Lupe erinnerte an eine Blüte – eine Hibiskusblüte vielleicht.

«So ein Glück sollte ich einmal haben!» sagte Josh.

«Bedien dich.» Jeremy zuckte mit den Schultern. Lupe hatte die Fliegengittertür geöffnet und kam zögernd die Stufen herauf. «Wir haben hier neue Vorschriften», sagte er zu ihr. «Keine Angehörigen des anderen Geschlechts nach Sonnenuntergang in den Gästezimmern.» Er lachte über seinen eigenen Witz.

Sie wurde feuerrot. Josh, der sonst viel Humor hatte, lachte aus irgendeinem Grund nicht, forderte sie auf, sich zu setzen, und fragte sie, ob das Haus ihr einen Drink spendieren dürfe. Lupe sagte leise, sie hätte gern eine Cola.

Josh brachte sie ihr und fragte, wo Manuel sei. Er war ihm ein- oder zweimal begegnet.

«In San José», sagte Lupe.

Jeremy war überrascht. «Seine Mutter lebt in Kalifornien? Das wußte ich nicht.»

«Nicht Kalifornien, Costa Rica», sagte Josh. «Ich hab doch recht, oder? In der Hauptstadt von Costa Rica?»

Sie nickte. Jeremy wußte kaum, wo Costa Rica war, und es war ihm auch ganz egal. Josh sagte, er sei nie dort gewesen, habe aber gehört, sie hätten keine Armee, und es sei die einzige echte Demokratie in Zentralamerika. Lupe war auch noch nie dort gewesen. Sie kam aus Nicaragua. Sie führten tatsächlich eine vernünftige Unterhaltung. Und so soll es auch bleiben, dachte Jeremy.

Er wußte nicht, ob sie an Manuel hing oder nur an seinem Geld und an seiner Staatsbürgerschaft. Was es auch war, sie redete ununterbrochen von ihm. Er war seiner Mutter ein liebevoller und fürsorglicher Sohn, er hatte ihr in der besten Wohngegend einer Vorstadt von San José ein Haus gekauft. Lupe hatte Fotos mitgebracht, die sie ihnen zeigte: einen mit Bougainvilleen überwucherten Bungalow mit vergoldeten Fenstergittern.

Jeremy betrachtete die Fotos, die von einem Berufsfotografen gemacht worden waren. Die Rückseite trug seinen Stempel. 2. *Ave.*, stand da, *San José, Costa Rica*.

In einer Buchhandlung in Downtown Miami besorgte sich Jeremy einen Stadtplan von San José. Es war eine Stadt, in der die Straßen oder *Calles* ebenso numeriert waren wie die Avenuen oder *Avenidas*. «Ave.» konnte natürlich nur die Abkürzung von Avenue oder *Avenida* sein. Die Straßen glichen mehr oder weniger einem Raster. Die Avenuen verliefen von Ost nach West, die *Calles* von Nord nach Süd. Bei Juanillo Beach Properties bekam er die Auskunft, das Apartment sei zuletzt an ein Paar aus Costa Rica vermietet gewesen. Viele Costaricaner kamen für eine Woche oder auch nur ein paar Tage nach Florida. Sie konnten hier besser und billiger einkaufen. Elektrogeräte, zum Beispiel, kosteten in San José das Doppelte. Doch, so leid es ihnen tat, die Adresse konnten sie Jeremy nicht geben. Falls er etwas in der Wohnung gefunden hatte, sollte er es abgeben, und Juanillo Beach Properties würden dafür sorgen, daß die Leute ihr Eigentum zurückbekamen. Jeremy händigte der Büromaus zwei Filmrollen aus, die er eigens zu diesem Zweck bei Gray Drug gekauft hatte. Das Mädchen sah ihn an, als habe er den Verstand verloren.

Im Reisebüro stellte man ihm eine Dreitagereise zusammen, die viel weniger kostete, als er Manuel geklaut hatte. Manuel war auch wieder da, und sie renovierten das letzte Apartment in diesem Block. Als Jeremy sagte, er hätte gern die ganze nächste Woche frei, hatte Manuel nichts dagegen, und er schien sich auch nicht dafür zu interessieren, daß Jeremy nach New York wollte. Lächelnd klopfte er Jeremy auf die Schulter, sagte etwas über den «Big Apple» und fügte dann mit einer altmodisch verschnörkelten Phrase hinzu, er solle nichts tun, was er, Manuel, auch nicht tun würde. Dann nahm er einen sauberen Pinsel und den Eimer mit der Emulsion und verschwand, das Lied von dem Jungen namens Sue pfeifend, im Schlafzimmer.

Jeremy kam am Spätnachmittag in San José an. In der Maschine saßen mehr Costaricaner als Nordamerikaner, und als der Captain durchsagte, sie setzten zur Landung an, klatschten sie in die Hände, riefen hurra und stampften mit den Füßen. Ganz offensichtlich eine patriotische Bande. Ein Bus der Reisegesellschaft brachte Jeremy in die City. Sie lag 1170 Meter über dem Meer, und obwohl viel näher am Äquator, war es hier kühler als in Florida. Hinter den Kaffeeplantagen und Bananenhainen ragten blaue Berge auf, und die ganze Landschaft war mit Feuerbäumen getüpfelt, die brennenden Fackeln glichen. Jeremy hatte schon einiges von der Dritten Welt gesehen und erwartete, direkt vor den Toren der Stadt die Hüttenstädte der Armut zu finden, die Hütten aus Wellblech, Säcken und Plastiktüten, die Abfallhaufen und die Fliegenschwärme. Armut interessierte ihn nicht, er dachte nie darüber nach, aber hier erwartete er sie rein unbewußt, ebenso wie er in seiner Heimat Regen und Tudorschlößchen erwartet hätte. Doch es war weit und breit keine Armut zu sehen. Nur hübsche, stuckverzierte Bungalows und kleine Häuser wie in einer englischen Gemeindesiedlung.

Da er damit gerechnet hatte, daß sein Stadtplan falsch war, war es für ihn ein Trost, die *Avenidas* zu sehen. Das *Hotel Latinoamericana* auf der Avenida Central war zwar nicht gerade das *Hilton*, aber trotzdem das beste, in dem Jeremy je gewohnt hatte, und ungefähr fünf Sterne über dem von Josh. Um sechs Uhr wurde es dunkel. Carmen, die Reiseführerin, hatte ihn vor Taschendieben gewarnt, da Eigentumsdelikte in der Stadt überhandnahmen, Jeremy beschloß, früh schlafen zu gehen. San José gab ihm ein gutes Beispiel, die Hotelbar schloß Punkt zehn.

Am nächsten Morgen schwamm er im Hotelpool. Die Luft auf der Avenida Central war zum Schneiden dick und stank nach Abgasen. Er ging ein Stück in Richtung Innenstadt, aber die Luftverschmutzung, die wie eine blaue Dunstglocke über der Stadt hing und die Berge fast auslöschte, brachte ihn zum Husten. Noch etwas hatte Carmen ihren Schützlingen geraten: bevor man in ein Taxi einstieg, sollte man mit dem Fahrer den Fahrpreis aushandeln. Jeremy fand ein Taxi und feilschte zuerst ein bißchen, doch er konnte nicht Spanisch, und der Fahrer sprach nur gebrochen Englisch, und als Jeremy in den Fond kletterte, war er überzeugt, übers Ohr gehauen zu werden. Der Fahrer sollte eine Stadtrundfahrt mit ihm machen.

Zuerst fuhren sie in die Vorstadt an der Straße nach Irazu, wo die elegantesten Häuser und die ausländischen Botschaften standen. Es war nicht die 11. Avenida, und auch das Haus von Manuels Mutter war nicht zu sehen. Der Fahrer wies Jeremy auf Sehenswürdigkeiten hin, für die sich Jeremy nicht interessierte. Er zeigte ihm die Universität und das Museum der schönen Künste, und dann entdeckte Jeremy in der Nähe des Kinderkrankenhauses einen Bungalow, der dem von Manuels Mutter sehr ähnlich sah, es vielleicht sogar war, von orangefarbenen Bougainvilleen überwuchert, mit goldfarbenen Fenstergittern zum Schutz gegen Einbrecher und einem kleinen weißen Hund, der neugierig aus dem Fenster schaute. Einmal fuhren sie auch die 11. Avenida entlang, aber in die Nähe von Nummer 1562 kamen sie nicht. Es war jedoch nicht weit vom *Latinoamericana* und leicht zu Fuß zu erreichen.

Sollte er warten, bis es dunkel war? Das war vielleicht das beste. Oder sollte er das Haus oder die Wohnung, was immer es sein mochte, beobachten, um festzustellen, wann niemand zu Hause war? Dann fiel ihm ein, daß er alles in allem nur zwei Tage Zeit hatte. Er bezahlte den Taxifahrer – seiner Meinung nach verlangte der Mann doppelt soviel, wie sie ausgemacht hatten – und ging durch die Calle Central zur 11. Avenida. Sie hatte eine Abzweigung, an der, was Jeremy wie ein böses Omen vorkam, das Central-Gefängnis lag.

Als er das Haus fand, war er tief enttäuscht. Es hatte nicht einmal so viel Klasse wie das Haus von Manuels Mutter, sondern lag weit darunter. Er dachte an das Viertel in London, in dem seine Eltern lebten, in North Finchley. Dieser Bungalow, der allein am Straßenrand stand, hätte genausogut in North Finchley stehen können, wären die beiden Palmen davor und die rotblühende Dornenhecke nicht gewesen, die ihn von dem vernachlässigten Nachbargrundstück trennten, auf dem sich leere Ölfässer stapelten.

An den Fenstern hingen nicht allzu saubere Spitzenvorhänge. Die Farbe war verblaßt. Es sah unbewohnt aus, doch er traute sich nicht, den Schlüssel zu benutzen. Er ging um das Grundstück herum und schaute sich hinter dem Haus um. Alles verschlossen. Eine leere Hundehütte und eine zerbrochene rostige Hundekette.

Er fand ein *McDonald's* und aß dort seinen Lunch. Die ungewohnte Höhenlage machte müde, und nach ein paar Drinks in der Hotelhalle schlief er ein. Um halb sieben war es stockdunkel. Er ging die Calle Central zur 11. Avenida hinauf und zu dem Bungalow zurück. Dunkel lag er vor ihm, nirgends ein Licht. Der Straßenverkehr nahm allmählich ab, und mit ihm verzog sich auch der Smog, so daß man die Sterne und eine Mondsichel sehen konnte, die so dünn war wie Silberdraht. Jeremy beobachtete das Haus von der gegenüberliegenden Straßenseite. Eine Viertelstunde lang. Wieder ging er um das Grundstück mit den Ölfässern herum nach hinten und sah sich dort um. Nichts. Keine Menschenseele. Dunkelheit. Es waren jetzt auch weniger Leute auf der Straße. Jeremy ging weiter, er kam bis zum Zoo, machte dort kehrt und schlenderte durch die nunmehr fast menschenleere Straße zurück. Es tat ihm gut, die frische, saubere Luft einzuatmen. Das Haus sah genauso aus wie vorher. Er nahm den Schlüssel aus der Tasche, ging zur Haustür und schob den Schlüssel ins Schloß. Die Tür ließ sich mühelos öffnen.

Er zog sie hinter sich zu und blieb in der kleinen rechteckigen Diele stehen. Es roch staubig, modrig und stickig, wie eben Häuser riechen, die in einem warmen Klima lange Zeit leerstanden und nicht gelüftet wurden. Es war nicht nur jetzt unbewohnt, sondern schon seit Monaten. Von der Straße fiel Licht herein, aber längst nicht genug. Jeremy knipste seine Taschenlampe an. Er stieß eine

Tür auf und fand sich in einem Schlafzimmer wieder, unerträglich stickig und nach Kampfer riechend. Die Spuren an den Wänden verrieten ihm, daß hier Möbelstücke entfernt worden waren, und nur das große Bett mit dem geschnitzten Mahagonikopfbrett und einer weißen Spitzendecke war stehengeblieben. Der Bungalow war ein geräumiges Haus, viel größer, als er von außen wirkte. Es gab noch zwei Schlafzimmer, von denen eins völlig leer war. Entweder war der Verkehr auf der 11. Avenida völlig zum Erliegen gekommen, oder man hörte ihn hier drin nicht. Jeremy ging durch die dämmrige, muffige Stille der Räume und ließ den Strahl seiner Taschenlampe zwischen Wänden und Fußboden auf und ab wandern.

Das Vorder- oder Wohnzimmer war ebenfalls halb möbliert. An einer Wand hatte ein Klavier oder eine Kommode gestanden. Schäbige hölzerne Armsessel standen noch herum. Die Tapete war fleckig und vergilbt, und dort, wo früher gerahmte Fotos gehangen hatten, zeichneten sich jetzt kleine, blasse Rechtecke ab. Eins hing noch schief an der Wand, das Gruppenbild einer Familie.

Hier gab es nichts, das stehlenswert gewesen wäre. Das wertvollste Stück war wahrscheinlich die handgearbeitete Häkeldecke auf dem Bett, die allerdings – wie er feststellte, als er sie sich näher ansah – von Motten zerfressen war. Er ging ins Wohnzimmer zurück. Der Tisch hatte eine Schublade, aber Jeremy glaubte nicht, daß dort das Familiensilber versteckt war. Und wahrscheinlich auch keine Geldpäckchen – wie hieß die Währung hier? *Colones.* Aber er konnte ja mal nachsehen. Er hatte recht gehabt, da war nichts. Nur zwei Papierservietten und eine U.S.-Zehn-Cent-Münze. Er schloß die Schublade, hob die Taschenlampe, und ihr Strahl fiel auf das einsame gerahmte Foto. Irgend etwas machte Jeremy stutzig, er richtete den Lichtstrahl direkt auf das Bild und sah es sich genauer an.

Er schrie leise auf, als habe ihm jemand die Hand auf die Schulter gelegt. Das Foto zeigte einen verrunzelten alten Mann, eine untersetzte alte Frau und hinter ihnen stehend drei junge Männer, einer von ihnen spinnenartig dünn, sehr dunkel, mit scharfen Gesichtszügen. Jeremy starrte das Bild an, kniff die Augen zu, starrte wieder. Ich muß hier raus, dachte er, und das schnell. Vielleicht ist es schon zu spät. Vielleicht ist jetzt schon jemand im Haus, vielleicht war er die ganze Zeit hier, einer seiner Brüder...

Er knipste die Taschenlampe aus. Horchte. Doch da waren nur

Dunkel und Stille. Mit rasch klopfendem Herzen ging er in die Diele hinaus, der Schweiß stand ihm auf der Stirn. Wenn er die Haustür öffnete… Aber er wagte es nicht. Ein Fenster? Der Hinterausgang war vermutlich die schlechteste Idee. Hinter dem Haus war es finster, öde, leer. Obwohl die 11. Avenida völlig verlassen schien, war die Haustür noch immer die beste Möglichkeit. Er sollte eine Waffe haben. Einen Schürhaken? In diesem Land war es für ein Feuer nie kalt genug. Er tastete sich zur Küche vor, öffnete die Tür und schrie laut auf. Zu spät preßte er sich die Hand auf den Mund.

Etwas Langes, Dünnes stand in der Nische zwischen Spülbecken und Schrank. Er wußte nicht, wofür er es gehalten hatte, doch dann sah er im Licht der Taschenlampe, daß es ein Kübel mit einer fast zwei Meter hohen, völlig vertrockneten Zimmerpflanze war. Auf dem Abtropfbrett lag ein Stück Metallrohr mit einem Wasserhahn. Jeremy nahm es mit.

Seine Waffe fest in der Rechten, öffnete er mit der Linken die Haustür. Es war niemand da, er hörte kein Geräusch, sah weder einen reglosen noch einen sich bewegenden Schatten. Ein Wagen, bei dem nur das Standlicht brannte, fuhr langsam die 11. Avenida entlang und bog in eine Seitenstraße ein. Die zehn Minuten, die Jeremy brauchte, um aus der unmittelbaren Nachbarschaft des Hauses wegzukommen und ein Taxi zu finden, waren die schlimmsten, die er je erlebt hatte. Er wußte, daß einer von Manuels Brüdern in irgendeiner Toreinfahrt auf ihn lauerte oder ihm folgte, bis er ein stockdunkles, völlig abgeschiedenes Straßenstück erreicht hatte.

Das Haus, in dem er gewesen war, hatte früher ganz offensichtlich Manuels Eltern gehört und sollte jetzt wahrscheinlich verkauft werden. Natürlich hatte Manuel seine Mutter in eine bessere Gegend verpflanzt. Jeremy durchschaute jetzt genau, wie er hierhergelockt worden war, aber er erlaubte sich nicht, allzuviel über die Strategie von Zug und Gegenzug nachzudenken, bis schließlich ein Taxi kam und er sicher im Fond saß.

Warum hatte Manuel das getan? Weil Jeremy ihm dreihundertzwanzig Dollar gestohlen hatte, kein Zweifel. Auf jeden Fall war es schiefgegangen. Vielleicht war er später oder früher, als sie erwartet hatten, in das Haus in der 11. Avenida gegangen, oder einer der Brüder hatte das Datum verwechselt. Vielleicht war Manuels Rachedurst auch Genüge getan, wenn er sich vorstellte, wie enttäuscht

Jeremy sein mußte, daß es in dem Haus nichts gab, das zu stehlen sich gelohnt hätte. Denn vielleicht führte Manuel ihn nur an der Nase herum, spielte ihm nur einen Streich.

Der Gedanke erleichterte Jeremy. Wenn Manuel nur die Absicht gehabt hatte, ihm eine Lektion zu verpassen – dann war er damit einverstanden. Er hatte die Lektion verstanden. Wenn er wieder einmal irgendwo einen Schlüssel herumliegen sah, würde er ihn liegenlassen. Aber seine Furcht nahm mit jeder Kurve ab, die ihn näher zum *Latinoamericana* brachte. Alles war gut, er war jetzt in Sicherheit, er war sogar imstande, die komische Seite der Sache zu sehen – was für eine Ironie: in ein Haus einzubrechen und als einzige Diebesbeute einen alten eisernen Wasserhahn mitzubringen.

Am Empfang bat er um seinen Schlüssel. Der Angestellte sagte, Jeremy habe ihn nicht abgegeben, also durchsuchte er seine Taschen, aber der Schlüssel war nicht da. Zuerst hatte er das dumpfe Gefühl, daß er den Schlüssel gehabt und jemand ihn gestohlen hatte, und dann kam ihm die Idee, daß jemand während seiner Abwesenheit den Schlüssel aus seinem Fach genommen hatte. Das war nicht weiter schwierig, man brauchte nur an einem Ende des Empfangspults die Hand auszustrecken, während einem der Angestellte den Rücken kehrte oder sich um einen anderen Gast kümmerte.

Zum Glück gab es einen zweiten Schlüssel zu seinem Zimmer, und der zusammengeschrumpfte alte Page begleitete ihn hinauf. Die Tür war abgeschlossen. Der Page bückte sich und hob etwas vom Fußboden auf, etwas, das halb unter der Unterkante der Tür versteckt gewesen war.

«Hier ist der Schlüssel, Señor.»

Allmählich war Jeremy der Anblick von Schlüsseln verhaßt. Er schickte den Mann weg. War es möglich, daß ihm der Schlüssel hier heruntergefallen war? Als er das Zimmer betrat, sah er auf den ersten Blick, daß davon nicht die Rede sein konnte. Jemand hatte gewissermaßen das Oberste zuunterst gekehrt. Was ich geplant hatte, dachte er, haben sie jetzt mir angetan. Er setzte sich in den Korbsessel und betrachtete das Chaos. Das Bettzeug lag in einem Haufen auf dem Boden, die Matratzen waren zurückgeschlagen worden und ebenfalls halb auf den Boden gezerrt, alle Schubladen des kombinierten Frisier-Schreib-Tischs waren herausgezogen worden. Sein einziges Gepäckstück war eine Reißverschlußtasche, aber sie hatten alles herausgenommen und den Inhalt, ein zweites Paar Jeans, Sweatshirt, Toilettenbeutel, eine halbe Flasche zollfreien Kahlua, auf dem Boden verstreut.

Aber nichts war beschädigt oder kaputt. Nichts fehlte – oder doch?

Halb versteckt unter dem Sweatshirt lag ein leerer Umschlag. Jeremy las, was darauf stand, und erinnerte sich. *Liebevolle Gedanken von Lupe.* Er hatte ihr gesagt, daß man das so nicht schrieb. Es mußte heißen: *In Liebe von* oder: *Mit den besten Wünschen von…* In dem Umschlag war eine Kassette mit lateinamerikanischen Liebesliedern gewesen, gräßliches Zeug. Er hatte sich nicht einmal die Mühe gemacht, sie aus der Reißverschlußtasche herauszunehmen, die er an dem Wochenende in der Hacienda Alameda bei sich gehabt hatte…

Und ganz offensichtlich hatte er sie nie herausgenommen. Er hatte die Tasche samt Kassette neu gepackt. Soweit er sich erinnerte, war sie in rotes Seidenpapier eingewickelt und der Umschlag, in dem sie steckte, versiegelt gewesen. Also, wenn sie nicht mehr gewollt hatten als die Kassette, sollte sie ihnen von Herzen vergönnt sein. Doch warum wollten sie sie haben? Jeremy zog die Matratze ins Bett zurück. Er fühlte sich schrecklich unbehaglich, seine Hände zitterten, und an seiner Stirn zuckte ein Muskel. Er hätte einen Drink gebraucht, doch die Bar schloß um zehn, und es war schon später. Er zog den Korken aus der Kahluaflasche und dachte dann: … und wenn sie was reingetan haben?

War das ganze Unternehmen nur darauf hinausgelaufen, eine Kassette zurückzubekommen, die Lupe ihm geschenkt hatte? Nein, natürlich nicht. Die Sache hatte nichts damit zu tun, daß er die dreihundertzwanzig Dollar gestohlen hatte, das war ihm jetzt klar. Er hatte auch Lupe gestohlen, und allein darum ging es. Manuel hatte sich das Geld wahrscheinlich mit Absicht von ihm stehlen lassen, hatte ihm eine Falle gestellt. Es war einfach nicht normal, daß ein Mann, egal wie reich er sein mochte, so sorglos mit Bargeld umging oder so gleichgültig blieb, wenn er es verlor…

Jeremy war jetzt viel zu verschreckt, um den Kahlua nicht zu trinken. Hinterher konnte er wenigstens ein bißchen schlafen. Vorher zog er allerdings noch den schweren Schreibtisch quer vor die Tür. Er wurde wach, weil er glaubte, im Zimmer ein Geräusch gehört zu haben, und sprang mit einem Schrei auf. Aber das Geräusch kam aus dem Flur, seine Zimmernachbarn waren so lange unterwegs gewesen. Ein Kahluakater begann seinen Kopf zu peinigen. Er hatte kein Aspirin und wagte sich nicht aus dem Zimmer, um den Nachtportier um eins zu bitten.

Dem Himmel sei Dank, daß er heute nach Miami zurückflog. Er verließ das Hotel nicht mehr. Obwohl es teuer war, frühstückte er im Speisesaal, saß dann den ganzen Vormittag auf dem Ledersofa in der Halle gegenüber der Rezeption und las eines der wenigen im *Latinoamericana* vorhandenen Bücher in englischer Sprache, ein Taschenbuch von James M. Cain. Es passierte nichts Außergewöhnliches. Trotzdem zuckte er zusammen, als ihm jemand seinen Namen ins Ohr rief. Es war nur Carmen, die Reiseführerin.

«Der Bus zum internationalen Flughafen geht um dreizehn Uhr. Schönen Tag noch!»

Konnte er überhaupt wieder bei Manuel arbeiten? Vielleicht würde Manuel kein Wort sagen, Vergangenes vergangen sein lassen, wie er es immer ausdrückte. Ich werde zumindest so lange bei ihm arbeiten, bis ich das Fahrgeld nach Kalifornien zusammenhabe, dachte Jeremy... Bis zur Abfahrt des Busses waren es noch drei Stunden. Er hatte *Wenn der Postmann zweimal klingelt...* schon ausgelesen und mußte sich jetzt mit Reiseprospekten begnügen. Auf den Lunch verzichtete er. Er wäre nur eine Geldausgabe mehr gewesen.

Niemand stampfte mit den Füßen oder klatschte in die Hände, als die Maschine zum Landeanflug auf Miami ansetzte. Aber Jeremy wurde es leichter ums Herz. Erstens würde ihm die Einwanderungsbehörde seine Aufenthaltserlaubnis in den Vereinigten Staaten bestimmt um sechs Monate verlängern. Seine letzte Aufenthaltsgenehmigung war längst abgelaufen, doch er hatte sie aus dem Paß herausgerissen und würde behaupten, sie sei herausgefallen und verlorengegangen. Diesen Trick hatte er schon einmal erfolgreich angewendet, als er über die mexikanische Grenze gekommen war. Sich, wenn auch nur für kurze Zeit, wie ein «Legaler» zu fühlen gab einem innere Sicherheit.

Er kam zur Zollkontrolle. Junge Leute, die nach einem kurzen Aufenthalt aus Zentral- oder Südamerika zurückkamen, wurden gewöhnlich gründlich durchsucht. Das hatte ihm Josh erzählt. Er war daher völlig unbesorgt, als der Zollbeamte alles aus der Reisetasche holte, und nicht besonders überrascht, daß man seinen Toilettenbeutel peinlich genau kontrollierte.

In der Bodennaht klaffte ein Riß. Der Zollbeamte steckte die Finger in die Öffnung, dann die ganze Hand und zog zwischen Obermaterial und Futter ein in rotes Seidenpapier gewickeltes Päckchen heraus. Das rote Seidenpapier, in das, als er es zuletzt gesehen hatte, Lupes Kassette eingepackt gewesen war, wurde vorsichtig auseinandergezogen, und dann sah man, was es enthielt: ein feines, weißes, kristallisches Pulver.

Jeremy hatte es noch nie gesehen, doch er wußte, was es war. Flüchtig dachte er an den neuen Wagen, der jedes Jahr mit schöner Regelmäßigkeit kam, an die Hacienda Alameda, und dann dachte er an sich selbst. Er brauchte sich jetzt keine Sorgen mehr zu machen, daß man ihm die Aufenthaltsbewilligung für die Vereinigten Staaten nicht verlängerte. Er würde sehr lange bleiben.

Die Uhr mit der Trichterwinde

«Ist das dein eigenes Haar, meine Liebe?»

Sybil lachte nur und verzog übermütig das Gesicht.

«Ich hab's auch nicht geglaubt», sagte Trixie. «Es ist so dicht, eine richtige Mähne.»

«Vor ein paar Tagen», sagte Sybil, «hat mich auf der Straße eine Frau angesprochen und gefragt, wo ich mir das Haar legen lasse. Ich hab sie nur angeschaut und dann meiner Perücke einen winzig kleinen Schubs gegeben. So. Du hättest ihr Gesicht sehen sollen.»

Sie brach wieder in schallendes Gelächter aus. Trixie lächelte ernst. Sie war für eine Woche zu Sibyl gekommen, und das war ihr erster Abend. Sibyl hatte sich ein Cottage in Devonshire gekauft. Trixie hatte Sibyl zwei Jahre nicht mehr gesehen und entdeckte Anzeichen des Älterwerdens an ihr. Wirklich jammerschade! Sibyl fragte nach dem Wohlergehen gemeinsamer Freunde. Wie ging es Mivvy? Sah sie die Fishers ab und zu? Was machte Poppy?

«Poppy wird langsam ein bißchen wunderlich», sagte Trixie.

«‹Wunderlich›? Wie meinst du das?»

«Du weißt doch. Wunderlich eben. Nicht mehr ganz *compos mentis*.»

Gerade Sibyl mußte doch am besten wissen, was «wunderlich» bedeutet, dachte Trixie.

«Wir werden alle nicht jünger», sagte Sibyl lachend.

Trixie schlief nicht sehr gut. Sie stand um fünf Uhr auf und badete, damit Sibyl später ins Bad konnte. Um sieben Uhr brachte sie Sibyl eine Tasse Tee. Sie schrie leise auf und ließ fast das Tablett fallen.

«Ach, du meine Güte! Tut mir leid, Liebe, aber ich dachte, auf deiner Kommode sitze ein Eichhörnchen. Ich dachte, es sei durch das Fenster hereingekommen.»

«Was, in aller Welt, war das mitten in der Nacht für ein Krach?» Wenn Sibyl nicht lachte, konnte sie richtig bissig sein. Ohne Perücke sah sie aus wie hundert. «Ich bin davon wach geworden, ich dachte, der Tank läuft über.»

«Mitten in der Nacht! Was sagt man denn dazu? Die Sonne war schon eine gute Stunde vorher aufgegangen, dessen bin ich sicher. Ich habe nur gebadet, um dir später nicht im Weg zu sein.»

Sie fuhren mit Sibyls Wagen weg, lunchten in Dawlish und tranken in Exmouth Tee. Am nächsten Tag brachen sie früh auf und fuhren übers Dartmoor. Als sie zurückkamen, lag ein Brief auf der Matte – von Mivvy an Trixie, obwohl Trixie erst zwei Tage fort war. Am Freitag sagte Sibyl, heute wollten sie zu Hause bleiben und sich ein bißchen im Dorf umsehen. Die Kirche war berühmt, der Park von Manor House war der Öffentlichkeit zugänglich, und außerdem gab es noch eine interessante kleine Galerie, in der gerade eine Ausstellung lief. Sie wollte den Wagen herausholen, aber Trixie fragte, warum sie nicht zu Fuß gingen. Es war doch nicht viel mehr als eine Meile. Sibyl sagte, es seien knapp zwei Meilen, war jedoch damit einverstanden, zu Fuß zu gehen, wenn Trixie es wirklich wollte. Ihr Knie hatte ihr in letzter Zeit keine größeren Beschwerden gemacht.

«Die Galerie nennt sich *Artefakte*», sagte Sibyl. «Sie wird von einem ganz reizenden jungen Paar geführt.»

«Ein Team aus Ehemann und Ehefrau?» fragte Trixie, sehr aufgeschlossen.

«Sie heißen Jimmy und Judy. Daß sie richtig verheiratet sind, glaube ich eigentlich nicht.»

«Du meine Güte, Sibyl, wie kann jemand ‹richtig› verheiratet sein? Entweder ist man's, oder man ist es nicht.» Trixie war einmal verheiratet gewesen, allerdings nur kurze Zeit, und es war lange her. Sibyl hatte nie geheiratet und Mivvy und Poppy auch nicht. Vielleicht werden sie deshalb so wunderlich, dachte Trixie. «Zum Glück bin ich nicht engstirnig, ich werde kein Wort darüber verlieren. Ich glaube, im Wartehäuschen an der Bushaltestelle ist eine Bank. Möchtest du dich ein bißchen ausruhen, bevor wir weitergehen?»

Langsam kam Sibyl wieder zu Atem, und sie gingen langsamer weiter. Die Straße verlief zwischen verschwenderisch blühenden hohen Hecken auf hohen Böschungen. Sie überquerte auf einer gewölbten Brücke einen flachen Flußlauf, dessen klares braunes Wasser durch ein steiniges Bett plätscherte. Auf einer Anhöhe kam die Kirche mit dem granitenen Hauptschiff und Turm in Sicht. Dreiundfünfzig Stufen führten hinauf, sagte Sibyl. Vielleicht sollten sie lieber zuerst zu *Artefakte* gehen?

Die Galerie war in einem historischen Haus mit Bogenfenstern und einer Haustür unter einer Vorhalle aus der Zeit König Georgs. Wenn man die Tür öffnete, ertönte eine Klingel, die Jimmy oder Judy herbeirief. An diesem Morgen brauchten sie jedoch nicht gerufen zu werden, denn sie waren beide vorn im ersten Ausstellungsraum. Judy staubte das Puppenhaus ab, und Jimmy richtete die Punktstrahler an der Decke. Sibyl machte sie mit Trixie bekannt, und Trixie war überaus freundlich zu Judy und behandelte sie genauso, als wäre die junge Frau verheiratet, wie es sich gehörte, und trüge einen Ehering.

Trixie war von den Ausstellungsstücken und den Gegenständen, die zum Verkauf bereitlagen, höchst angenehm überrascht. Einen so hohen Standard hatte sie nicht erwartet. Besonders bewunderte sie die kleinen handgestickten Bilder häuslicher Szenen, die Patchworkdecken und die mundgeblasenen Glasvasen, die entweder perlmuttfarben oder so bunt waren wie Schmetterlingsflügel. Am allerbesten gefiel ihr jedoch eine Uhr, und die wollte sie unbedingt haben.

Es gab vier von diesen Uhren, aber sie waren nicht gleich. Die Gehäuse waren aus Keramik, schlicht und glatt oder als Gitterwerk gearbeitet, in Blau- und Grüntönen lasiert, mit Blumen oder dem Mond und Sternen bemalt. Das Uhrwerk war aus Quarz, das Zifferblatt goldfarben umrandet. Sie waren alle wunderschön, aber eine gefiel Trixie doch am besten. Sie war blau, mit einem grünen Gitter über dem Blau, und an dem Gitter kletterte eine Trichterwinde mit grünen Blättern und hellroten Trompetenblüten hinauf. Ihr Zifferblatt war auch goldfarben umrahmt und die Zeiger vergoldet und blau. Die Trichterwinde erinnerte Trixie an das Muster auf ihrem besten Teeservice aus Porzellan. Neben jeder Uhr stand ein Preisschild, und an jedem Kärtchen steckte eine rote Scheibe.

«Ich möchte diese Uhr kaufen», sagte Trixie zu Judy.

«Tut mir schrecklich leid, aber sie ist schon verkauft», sagte Judy.

«Verkauft?»

«Alle Uhren wurden bei der Vernissage verkauft. Die Arbeiten von Roland Elm sind ungeheuer beliebt. Er kann von diesen Uhren nicht genug herstellen, und er lehnt es ab, Aufträge anzunehmen.»

«Ich verstehe noch immer nicht, warum ich diese Uhr nicht kaufen kann», sagte Trixie. «Das ist doch ein Laden, oder?»

Sibyl machte ihr bissiges Gesicht. «Du siehst doch den roten Stikker an den Preisschildern, ja? Und du weißt, was er bedeutet.»

«Ich weiß, was er in der Royal Academy bedeutet, aber doch wohl nicht hier.»

«Ich würde Ihnen die Uhr wirklich gern verkaufen», sagte Judy, «aber ich kann nicht.»

Trixie hob die Schultern. Sie war enttäuscht und wünschte, sie wäre nie hergekommen. Sie hatte Sibyl eine aus poliertem Birnbaumholz geschnitzte Birne kaufen wollen, doch jetzt überlegte sie es sich anders. Die Kirche war auch heruntergekommen, finster, klein und roch nach Moder.

«Weit haben wir's gebracht, wenn einem ein Ladenbesitzer nichts mehr verkaufen will, weil ihm dein Benehmen nicht paßt und er sich darüber ärgert.»

«Judy hat sich nicht über dein Benehmen geärgert», sagte Sibyl schnaufend. «Es geht ganz einfach um ihren guten Ruf, den sie aufs Spiel setzt, wenn sie dir etwas verkauft, das schon verkauft ist.»

«Ihren guten Ruf setzt sie aufs Spiel? Lachhaft!»

«Ich meine ihren Ruf als Besitzerin einer Galerie. *Artefakte* wird in unserer Gegend sehr geschätzt.»

«Ich hätte geglaubt, sie und ihr – nun ja, Partner wären froh, ein solches Stück zu verkaufen. Zweiundsechzig Pfund sind kein Pappenstiel. Wahrscheinlich könnten die beiden, wenn es darauf ankommt, nicht einmal zwei Pennies zusammenkratzen.»

Wie Sibyl darüber dachte, erfuhr man nie, denn sie war so außer Atem, daß sie kein Wort herausbrachte, und als sie nach Hause kamen, mußte sie sich hinlegen. Am nächsten Morgen kam wieder ein Brief von Mivvy.

«Hat natürlich nichts zu berichten», sagte Trixie beim Frühstück. «Es ist praktisch ein Durchschlag des Briefes vom Donnerstag. Sie wird wirklich sehr wunderlich. Weißt du, daß sie mir manchmal weismachen will, daß sie wöchentlich fünfzig Briefe schreibt? ‹Was für ein Glück, daß du dir das finanziell leisten kannst›, habe ich geantwortet.»

Sie fuhren mit Sibyls Wagen nach Princetown und Widecombe-in-the-Moor. Trixie schickte Mivvy, Poppy, den Fishers und der Frau, die bei ihr putzte und die Pflanzen im Gewächshaus goß, bunte Ansichtskarten. Bevor sie abreiste, würde sie Sibyl ein Geschenk kaufen müssen. Eine Pflanze wäre das richtige gewesen, nur machte sich Sibyl nichts aus Gartenarbeit. Sie besuchten ein Vogelschutzgebiet und sahen sich ein paar uralte Menhire an. Trixie wollte am Dienstag nachmittag abreisen. Am Dienstag morgen kam wieder ein Brief von Mivvy, in dem sie lang und breit davon erzählte, daß die Fishers nach Leighton Buzzard fuhren, wo die Königinmutter ein neues Kulturzentrum einweihen wollte. Die Fishers waren ganz närrisch mit der Königinmutter, wußten schon immer im voraus, welche Verpflichtungen sie wann und wo hatte, und fuhren innerhalb eines Radius von hundertfünfzig Meilen überall hin, wo sie auch hinfuhr, um wenigstens einen kurzen Blick auf sie erhaschen zu können. Einmal hatten sie in der Menge in der ersten Reihe gestanden, und die Königinmutter hatte Dorothy Fisher die Hand gereicht.

«Wir werden alle nicht jünger», sagte Sibyl kichernd.

«Eins weiß ich sicher», sagte Trixie. «Die Tage hier sind wirklich wie im Nu verflogen.»

«Freut mich, daß es dir gefallen hat.»

«Oh, das hat es, das hat es wirklich, Liebe. Ich wäre nur glücklich, wenn du nicht ganz so gebrechlich wärst.»

Trixie ging allein ins Dorf. Da ihr nichts anderes eingefallen war, mußte sie Sibyl eben die hölzerne Birne schenken. Es war ein warmer, sonniger Vormittag, einer der schönsten Tage, die sie hier erlebte, und die Tür von *Artefakte* stand offen. Die Ausstellung war noch nicht zu Ende, und die Uhren (mit den roten Scheiben, die «verkauft» bedeuteten) waren immer noch da. Ein Sonnenstrahl wanderte von einer Patchworkdecke zu dem Puppenhaus aus der Zeit König Georgs. Weder Jimmy noch Judy waren zu sehen. Außer Trixie war keine Menschenseele in der Galerie.

Trixie schloß die Tür und öffnete sie wieder, damit die Glocke bimmelte. Sie nahm eine von den Birnen aus Birnbaumholz, hielt sie auf der flachen Hand auf Armeslänge von sich ab, wie sie es im

Supermarkt tat, wenn sie eine Ware aus dem Regal genommen hatte, damit ja niemand auf die Idee kam, sie des Ladendiebstahls zu verdächtigen. Niemand kam. Trixie stieg die Treppe hinauf, trug die Birnbaumholzbirne vor sich her und räusperte sich laut, um auf sich aufmerksam zu machen. Oben war auch niemand. Auf einem Regal lag zwischen einem ingwerfarbenen Krug und einem Becher mit einer gemalten Eule eine schlafende blaue Perserkatze. Trixie ging die Treppe wieder hinunter. Sie schloß die Ladentür und öffnete sie, damit die Glocke bimmelte. Jimmy und Judy müssen ein leichtsinniges Paar sein, dachte sie. Jeder x-beliebige konnte hier hereinkommen und stehlen, was ihm gefiel.

Natürlich konnte sie ihre Birnbaumholzbirne nehmen und eine Fünf-Pfund-Note hinlegen. Aber die Birne kostete nur vier Pfund fünfundsiebzig. Warum sollte sie Jimmy und Judy fünfundzwanzig Cents schenken, nur weil sie zu faul waren, Kunden zu bedienen? Das sah sie wirklich nicht ein. Dann fiel ihr etwas ein. Als sie mit Sibyl hier gewesen war, hatte am Ende des Flurs eine Tür offengestanden, und durch die Tür hatte man in einen Garten gesehen, in dem Terrakottagefäße ausgestellt waren. Wahrscheinlich waren Jimmy und Judy dort draußen und zeigten die Gefäße einem Kunden.

Trixie ging durch den zweiten Raum und den Flur entlang. Die Tür zum Garten war nur angelehnt, und sie stieß sie auf. Mitten auf dem Rasen lag Judy in einem Korbsessel und schlief fest. Ein Geschäftsbuch war ihr von den Knien gerutscht und lag neben einem ganzen Bücherstapel auf dem Rasen. Es waren Leitfäden für die Steuererklärung, und ein paar andere sahen wie die Geschäftsbücher der Galerie aus. Das Bild erinnerte Trixie an Poppy, die tagsüber immer einschlief, manchmal peinlicherweise bei Tisch oder sogar wenn sie auf den Bus wartete. Judy war bei ihrer Buchhaltung eingeschlafen. Trixie hustete. Sie sagte sehr laut: «Entschuldigen Sie», und sagte es noch einmal, aber Judy rührte sich nicht.

Was für eine Art, ein Geschäft zu führen! Es geschähe ihnen nur recht, wenn jemand den Laden ausräumte. Trixie zog die Tür hinter sich ins Schloß. Sie ertappte sich dabei, daß sie auf Zehenspitzen durch den Flur und den hinteren Raum ging. Im vorderen Raum nahm sie die Uhr mit der Trichterwinde vom Regal und steckte sie in ihre Handtasche. Und sie nahm auch die Karte mit dem roten Stikker, damit das Fehlen der Uhr nicht sofort ins Auge stach. Die Birne aus Birnbaumholz stellte sie auf ihren Platz zwischen die anderen geschnitzten Früchte zurück.

Die Straße schien verlassen. Trixies Herz schlug heftig. Sie ging in den kleinen Geschenkladen gegenüber und kaufte für Sibyl ein kleines Tischtuch, das mit der Landkarte von Devonshire bedruckt war. Als sie den Laden verlassen wollte und schon an der Tür stand, sah sie Jimmy, der mit zwei Einkaufstüten in einer Hand und zwei Milchpackungen in der anderen auf die Galerie zuging. Trixie wartete ab, bis er in *Artefakte* verschwunden war.

Sie hatte zwar keine besondere Lust, zu Fuß zurückzugehen, aber sie mußte in den sauren Apfel beißen. Als sie zu der Brücke kam, die über das Flüßchen führte, hörte sie Hufschläge hinter sich und hatte sekundenlang das Gefühl, von mehreren Reitern verfolgt zu werden, aber nur ein Mädchen auf einem dicken weißen Pony ritt an ihr vorüber. Sibyl lachte, als sie das Tischtuch sah, und sagte, es sei wirklich komisch, so etwas jemandem zu schenken, der in Devonshire wohnte. Trixie war nervös und würgte mühsam ihren Lunch hinunter. Jimmy und Judy würden die Uhr inzwischen vermissen, und der Mann aus dem Zeitungs- und Geschenkladen würde sich an eine Frau mit unstetem Blick erinnern, die sich bei der Tür herumgedrückt hatte, und würde ihnen ihre Beschreibung geben. Dann würde im Handumdrehen die Polizei hier sein. Wenn Sibyl sich nur mit dem Wagen beeilen wollte! Sie tat alles so langsam, sie hatte überhaupt kein Zeitgefühl. Wenn sie so weitermachte, erreichte Trixie nicht einmal in Exeter ihren Zug.

Sie erreichte ihn – im letzten Moment. Eine Zeitlang war die Polizei in einem Rover mit Blaulicht auf dem Dach hinter Sibyls Wagen hergefahren, und Trixie hatte das Herz ganz hoch oben im Hals geklopft. Warum hatte sie das getan? Was war ihr nur eingefallen? Wie hatte sie sich etwas nehmen können, das sie nicht bezahlt hatte? Sie, die beim Einkaufen im Supermarkt einen Joghurt für siebzehn Pence auf Armeslänge von sich abhielt?

Jetzt, da sie sicher im Zug saß und Paddington entgegenfuhr, begann sie die Dinge in einem anderen Licht zu sehen. Sie hätte die Uhr ja bezahlt, wenn sie sie ihr gegeben hätten. Was erwarteten sie denn, wenn sie sich weigerten, Sachen zu verkaufen, die zum Verkaufen waren? Und was konnten sie erwarten, wenn sie einschliefen und ihr Geschäft unbeaufsichtigt ließen? Ein paar Sekunden lang hatte sie das scheußliche Gefühl, die Polizei warte schon vor ihrer Wohnungstür, aber sie war natürlich nicht da. Drinnen war alles so, wie es sein sollte und wie sie es verlassen hatte, außer daß Poppy eine Tüte mit frischer Milch in den Kühlschrank und jemand eine Vase mit Dahlien auf den Tisch gestellt hatte – nicht Poppy, die konnte keine Dahlie von einer grünen Bohne unterscheiden.

Der richtige Platz für die Uhr war im Nu gefunden – das Wandbrettchen, auf dem jetzt ein Foto von ihr und Dorothy Fisher stand, das 1949 in Broadstairs aufgenommen worden war. Trixie legte das Foto in eine Schublade und stellte die Uhr auf. Es sah sehr hübsch aus. Sie verschönte einen ziemlich tristen Winkel des Zimmers. Trixie stellte eine Tasse ihres Teeservices daneben, und es war erstaunlich, wie gut sie zusammenpaßten.

Mivvy besuchte sie gleich am nächsten Morgen. Bevor Trixie sie hereinließ, holte sie schnell die Uhr vom Wandbrett und schob sie in die Schublade zu dem Foto. Sie schien dort oben so exponiert, schien mit jedem Ticken ihre Geschichte zu erzählen.

«Wie fandest du Sibyl?»

«Sie hat mich in Exeter mit ihrem Auto vom Zug abgeholt», wollte Trixie sagen, doch wo sollte das enden, wenn man erst mal angefangen hatte, sich über die arme Mivvy lustig zu machen? «Sehr klapprig, Liebes. Leider wird sie auch schon ein bißchen komisch.»

«Ich muß ihr ein paar Zeilen schreiben.»

Mivvy sprach von ihren Briefen immer so, als seien es Allheilmittel. Wenn man einen bekam, half er einem über den Winter. Nachdem Mivvy gegangen war, überlegte Trixie, ob sie die Uhr wieder auf das Wandbrett stellen sollte, entschied sich jedoch dagegen. Sollte sie ruhig eine Zeitlang in der Schublade liegen. Sie hatte von südamerikanischen Millionären gelesen, die Alte Meister stehlen lassen, die sie nie zeigen dürfen und aus Angst vor Entdekkung für immer in tiefen Gewölben verstecken müssen.

Kurz vor Weihnachten kam ein Brief von Sibyl. Weihnachten schrieben sie sich immer. Wenn du das ganze Jahr über nicht dazu kommst zu schreiben, sagte Trixie immer, dann tu's wenigstens zu Weihnachten. Mivvy schrieb Hunderte von Briefen. Sibyl schrieb nicht, daß die Uhr gestohlen worden war, ja, sie erwähnte die

Galerie überhaupt nicht. Trixie fand das verwunderlich. Die Uhr war noch immer in der Schublade. Manchmal lag Trixie nachts wach und dachte an sie, bildete sich ein, sie könne sie durch das solide Mahagoniholz der Schublade, die Zimmerdecke und die Dielenbretter ticken hören.

Seltsam, aber ihr Teeservice mit der Trichterwinde mochte sie überhaupt nicht mehr. Eines Tages machte sie sich daran, es in Seidenpapier zu packen, und dann räumte sie es in den Schrank unter der Treppe. Sie entfernte die Spaliergitter bei der Haustür, zog statt dessen Drähte und pflanzte Klematis. Im März schrieb sie an Sibyl und erkundigte sich, ob es bei *Artefakte* vielleicht eine neue Ausstellung gebe? Sibyl antwortete wochenlang nicht. Dann schrieb sie, daß vor Monaten eine der Keramikuhren und ein paar Tage später ein gesticktes Bild und Möbel aus dem Puppenhaus gestohlen worden waren. Habe sie tatsächlich vergessen, das zu erwähnen? Sie hatte sich eingebildet, sie hätte es getan, aber sie wurde in letzter Zeit recht vergeßlich.

Trixie holte die Uhr aus der Schublade und stellte sie auf das Wandbrett. Weil sie wußte, daß man ihr nicht dahinterkommen konnte, bekam sie allmählich das Gefühl, nichts Unrechtes getan zu haben. Die Fishers kamen zum Tee und brachten Poppy mit. Trixie packte das Teeservice mit der Trichterwinde wieder aus. Als sie Gordon Fishers Autotür zufallen hörte, verlor sie die Nerven und versteckte die Uhr wieder. Wenn man sie jetzt erwischte, schob man ihr vielleicht auch den Diebstahl des Bildes und der Puppenhausmöbel in die Schuhe. Sie würden behaupten, sie habe die Sachen verkauft. Wie konnte sie ihnen das Gegenteil beweisen?

Poppy schlief ein, als sie ihren kleinen gebutterten Teekuchen noch nicht einmal halb aufgegessen hatte.

«Sie wird von Mal zu Mal komischer», sagte Trixie. «Wirklich traurig. Auch Sibyl ist nicht mehr dieselbe. Demnächst vergißt sie noch ihren eigenen Namen. Ihr solltet ihre Briefe lesen. Ich zeige euch mal den letzten.» Ihr fiel ein, daß es unklug wäre, das zu tun, also tat sie so, als habe sie ihn verlegt.

«Fährst du dieses Jahr wieder hinunter, meine Liebe?» fragte Dorothy.

«O ja, ich glaube schon. Du weißt ja, wie das ist, man denkt jetzt immer häufiger, es könnte das letzte Mal sein.»

Poppy wachte mit einem lauten Schnarcher auf, sagte, sie habe gar nicht geschlafen, und aß ihren Kuchen auf.

«Hättest du Lust, am Montag mit uns nach Rayleigh zu fahren?» wandte sich Gordon an Trixie. «Ihre Majestät eröffnet dort ein neues Freizeitzentrum.»

Trixie lehnte ab. Die Fishers brachen zu ihren Einkäufen auf und ließen Poppy bei ihr. Sie schlief schon wieder. Sie schlief bis sechs Uhr, und als sie aufwachte, fragte sie Trixie, ob sie ihr etwas in den Tee getan habe? Es sei, erklärte sie, höchst ungewöhnlich, daß sie am hellichten Tage einschlafe. Trixie brachte sie zum Bus, weil der Verkehr so schnell und dicht war, daß man seine fünf Sinne schon beisammen haben mußte; die Autofahrer respektierten Zebrastreifen längst nicht mehr so wie früher. Trixie spazierte so energisch über die Streifen wie Mary Poppins über das Dach, nur hatte sie keinen Regenschirm, sondern ihr Leben fest in der Hand.

Sie schrieb Sibyl, daß sie Ende Juli nach Devonshire kommen wolle, und überlegte sich, daß es, wenn sie dort war, wohl am besten wäre, wenn sie sich unter irgendeinem Vorwand von der Galerie fernhielte. Die Uhr lag, jetzt jedoch in ein Stück alten Flanells eingeschlagen, noch immer in der Schublade. Trixie hatte eine Abneigung gegen die Farbe entwickelt und wollte sie nicht jedesmal sehen, wenn sie die Schublade öffnete. Sie hatte ein Sommerkleid im gleichen Ton und fragte sich, warum sie es eigentlich gekauft hatte, denn die Farbe stand ihr nicht, mochte sie auch der Königinmutter schmeicheln. Dorothy konnte es für ihren nächsten Flohmarkt haben.

Mivvy stürzte auf dem Rückweg vom Briefkasten und brach sich den Knöchel. Es dauerte Wochen, bis alles wieder normal war. Aber, nun ja, man mußte sich damit abfinden, aber *normal* würde es nie wieder sein. *Es ist keineswegs übertrieben, wenn man behauptet, ihre Besessenheit fürs Briefeschreiben habe sie für immer zu einem Krüppel gemacht*, schrieb Trixie an Sibyl. Sibyl schrieb zurück, sie freue sich auf die letzte Juliwoche, und Trixie könne sich bestimmt nicht vorstellen, was geschehen sei. Sie hatten den Dieb erwischt, der die Sachen bei *Artefakte* geklaut hatte, als er versuchte das Bild einem Händler in Plymouth zu verkaufen. Vor Gericht stritt er zwar ab, die Uhr gestohlen zu haben, doch man konnte sich ja vorstellen, wieviel Glauben der Richter dieser Aussage schenkte.

Trixie packte die Uhr aus und stellte sie auf das Wandbrett. Am nächsten Tag holte sie das Porzellan heraus. Sie fragte sich, warum sie nur so voreilig gewesen war, das Gitterspalier von der Mauer zu nehmen? Es war viel hübscher gewesen als die Drähte an Metallhaken. Mivvy kam in einem Taxi vorgefahren, hinkte, auf zwei Stöcke gestützt, den Gartenweg hinauf und lehnte es ab, sich vom Taxifahrer helfen zu lassen, der ihr seinen Arm bot.

«Du fährst in ein oder zwei Tagen zu Sibyl, nicht wahr, Liebes?»

Trixie wußte nicht mehr, wie oft sie ihr schon gesagt hatte, sie fahre erst am Montag nächster Woche. Sie wartete darauf, daß Mivvy die Uhr bemerkte, doch da hätte sie wohl auch bis Weihnachten warten können.

«Wie gefällt dir meine Uhr?»

«Wie, dort oben? Ist das nicht deine Wedgwood-Kaffeekanne, Liebes?»

Trixie mußte die Uhr herunternehmen. Sie stellte sie Mivvy direkt vor die Nase und begann ihr zu erklären, was es war.

Aber Mivvy wußte es schon. «Natürlich weiß ich, daß das eine Uhr ist. Es ist auch nicht die erste ihrer Art, die ich sehe. Du meine Güte, nein! Der junge Mann, der sie herstellt, ist ein Freund meines Neffen Tony. Sie waren zusammen an der Kunstakademie. Wie heißt er nur? Laß mich mal überlegen. Es fällt mir gleich ein. Elf... Elm, richtig: Roland *Elm*.»

Trixie sagte nichts. Die lasierte Oberfläche der Uhr fühlte sich sehr kalt an.

«Er arbeitet nie auf Bestellung, weißt du? Er hat nur eine beschränkte Anzahl für ein paar ausgesuchte Galerien gemacht. Woher hast du denn die deine?»

Trixie sagte nichts. Es kam bestimmt noch schlimmer, und sie wartete drauf.

«Hier in der Nähe kannst du sie nicht bekommen haben, das weiß ich sicher. Es gibt nur zwei oder drei Geschäfte im ganzen Land, die er beliefert. Warte, ich sag dir's sofort, und ich schreibe Tony gleich morgen, daß du eine von Richards – nein, ich meine Raymonds oder vielmehr Rolands Uhren hast. Übrigens schreibe ich ihm ohnehin immer dienstags. Der Dienstag ist sein Tag. Ich schreibe ihm, daß du die mit der Ackerwinde hast. Sie sind alle verschieden, weißt du? Er macht nie zwei gleiche.»

«Es ist eine Trichter-, keine Ackerwinde», sagte Trixie. «Und mir wäre lieber, wenn du Tony nichts davon schriebst.»

«Aber ich möchte es ihm schreiben, Liebes. Warum denn nicht? Ich kann ja deinen Namen verschweigen, wenn du willst. Ich schreibe nur, ‹die Dame, die Tantchen Sibyl in Devonshire besucht›.»

Trixie sagte, sie wolle Mivvy zur Hauptstraße begleiten. Hier draußen sei kein Taxi zu bekommen. Sie holte Mivvys Stöcke.

«Nimm meinen Arm, und ich trage deinen zweiten Stock.»

Die Autos fegten nur so über den Zebrastreifen. Man sei diesen Fahrern auf Gnade und Ungnade ausgeliefert, sagte Trixie, man müsse warten, bis sie sich herbeiließen, anzuhalten.

«Setz ja nie deinen Fuß auf diese Streifen, bevor die Autos halten», sagte sie zu Mivvy.

Mivvy setzte keinen Fuß auf die Streifen, daher hielten die Fahrer auch nicht. Ein Sattelschlepper, ein wahrer Moloch, kam donnernd näher, war aber noch ziemlich weit weg. Trixie fand, daß er viel zu schnell fuhr.

«Wenn wir jetzt schnell machen, schaffen wir's», sagte sie. «Lauf los!»

Über die Dringlichkeit in Trixies Stimme erschrocken, gehorchte Mivvy oder versuchte zu gehorchen, als Trixie ihren Arm losließ und ihr einen kleinen Schubs nach vorn gab. Die Bremsen des Sattelschleppers kreischten wie Menschen, die gefoltert wurden, und Trixie sprang, ebenfalls schreiend, zurück und bedeckte das Gesicht mit den Händen, um nicht zu sehen, wie Mivvy von den riesigen Rädern zermalmt wurde.

Dorothy Fisher sagte, sie verstehe durchaus, daß Trixie trotz allem auf ihren Urlaub bei Sibyl nicht verzichten wolle. Es sei wirklich das beste für sie, sie brauche Ruhe, brauche Abwechslung, eine Möglichkeit zu vergessen. Trixie fuhr einen Tag nach der Beerdigung mit dem Zug nach Exeter. Die Uhr lag in ihrer Tasche, zuerst in Seidenpapier verpackt und dann in ihr himmelblaues Kleid eingewickelt. Bei der ersten Gelegenheit wollte sie sie in die Galerie zurückbringen und wieder in das Regal stellen, in das sie gehörte. Das sollte nicht allzu schwierig sein. Die Uhr war ein gefährlicher Besitz, das war ihr inzwischen klar, ähnlich den berüchtigten Diamanten, die mit einem Fluch beladen waren. Sie war zwar sehr hübsch, aber sie war eine Unglücksuhr, die von Anfang an nur Unheil über sie gebracht hatte.

Daß sie wieder zu Fuß ins Dorf gingen, kam nicht mehr in Frage. Dazu war Sibyl inzwischen wirklich zu klapprig. Seit dem letzten Jahr war es mit ihr stark bergab gegangen, und symptomatisch für ihren Verfall war die Tatsache, daß sie ihre graue Perücke gegen eine fliederfarbene mit einem Stich ins Blaue eingetauscht hatte. Sie fuhren mit dem Auto, obwohl Trixie nicht sicher war, ob man Sibyl noch ans Steuer lassen sollte.

Sobald sie die Galerie betreten hatten, wußte Trixie, daß sie die Uhr nicht zurückstellen konnte, ohne entdeckt zu werden. Im vorderen Raum stand jetzt ein Schreibtisch, an dem eine rundliche, lächelnde Dame saß. Judys Mutter, wie Sibyl erklärte. Wie seltsam, dachte Trixie. Eine Mutter, der es nichts ausmacht, daß ihre Tochter mit einem Mann in wilder Ehe lebte. Die, so konnte man es ausdrücken, bei einer Tochter wohnte, die in Sünde lebte. Jimmy war im Hinterzimmer. Er stand auf einer Leiter und stellte irgend etwas mit dem Fensterriegel an.

«Sie lasssen das obere Stockwerk renovieren», sagte Sibyl. «Du kannst nicht hinaufgehen.» Und als Trixie versuchte, zur Gartentür zu gelangen: «Unbefugten ist der Zutritt verboten.» Sie blinzelte Judys Mutter zu. «Wir werden eben alle nicht jünger, nicht wahr?»

Sie fuhren nach Hause, und die Uhr lag immer noch in Trixies Tasche. Sie schien schwerer geworden zu sein. Sie hörte sie durch das Leder und die Falten des himmelblauen Kleides ticken. Am Nachmittag, als Sibyl sich zu ihrem Schläfchen aufs Sofa legte, die fliederfarbene Perücke über eine Tonvase gestülpt, ging Trixie spazieren. Die Uhr nahm sie mit. Sie kam bis zu der buckligen Brücke, die über das Flüßchen führte. Das Wasser war hier sehr flach, denn es war ein trockener Sommer. Sie packte die Uhr aus und warf sie über das Brückengeländer ins Wasser. Sie zerbrach, aber das Gitterwerk und die Trichterwinde blieben unbeschädigt, und das Uhrwerk tickte genauso weiter wie vorher. Trixie merkte jedenfalls keinen Unterschied. Das Blau und das Grün, die pinkfarbenen Blüten und die vergoldeten Teile schimmerten durch das Wasser wie eine in Regenbogenfarben schillernde, exotische Muschel.

Trixie kletterte zum Ufer hinunter. Sie zog die Schuhe aus und watete ins Wasser. Es überraschte sie, wie kalt es war. Sie nahm einen großen flachen Stein und zertrümmerte das Zifferblatt der Uhr. Sie schlug mit hemmungsloser Wut zu, keuchte und knurrte bei jedem Schlag. Das grüne Gitter und der blaue Himmel, das Glas des Zifferblatts und die pinkfarbenen Blüten, alles zersplitterte. Aber sie waren noch da, Scherben, die wie Juwelen funkelten, für jeden sichtbar, der die Brücke überquerte.

Trixie ging in die Hocke, scharrte Sand und Kiesel zusammen und vergrub die zertrümmerte Uhr darin. Mit den Fingernägeln kratzte sie ein Loch ins Flußbett, schob die bunten Teile hinein und deckte sie mit Kieselsteinen zu. Ihre Hände bluteten, ihre Knie waren aufgeschürft, ihr Kleid naß. Obwohl sie sich solche Mühe gegeben hatte, war der Grund des Flusses noch immer mit Keramiksplittern, zerbrochenem Glas und vergoldeten Metallteilchen übersät. Trixie begann zu schluchzen und von einer Seite des Flusses zur anderen zu kriechen, durchpflügte mit den Händen den blauen, grünen und goldenen Kies, und so fand sie einer von Sibyls Nachbarn, als er auf dem Heimweg über die Brücke fuhr.

Er hob sie auf, trug sie zu seinem Wagen und setzte sie hinein.

«Ticke-tacke», sagte Trixie. «Ticke-tacke, kaputt ist Uhr, au Backe! Kacke!»

Wölfchen

Nach der letzten Vorstellung, als wir uns alle verbeugt hatten und der letzte Vorhang gefallen war, nahm Rotkäppchen mich an die Leine, und wir gingen mit dem übrigen Ensemble rüber ins Pub. Niemand hatte sich abgeschminkt oder umgezogen, dazu war keine Zeit, weil *The George* dann schon Sperrstunde gehabt hätte. Ich erinnere mich, daß ich über die Straße sprang und einen Radfahrer anknurrte. Im Pub war ich beliebt – das heißt, nur bei einigen. Anderen war ich ein Dorn im Auge. Das Komische war, daß ich mich – wäre ich einer von ihnen gewesen – selbst auch nicht gemocht hätte. Ich hätte mich ignoriert, hätte mein Glas ausgetrunken und wäre gegangen. Nur ist es wenig wahrscheinlich, daß ich dann überhaupt im Pub gewesen wäre. Gewöhnlich machte ich einen Bogen um solche Lokale. Aber unter dem Wolfspelz war es ganz anders, alles war ganz anders, wenn man drinsteckte. Ich stöberte eine Zeitlang herum, manchmal auf allen vieren, obwohl das für uns, die wir an einen aufrechten Gang gewöhnt sind, nicht leicht ist, manchmal trottete ich, die Vorderpranken fest an die Brust gedrückt, auf den Hinterbeinen umher. Ich ging zu den Tischen, an denen Leute saßen, beschnüffelte ihre Chipstüten und steckte die Schnauze hinein. Wenn sie rauchten, knurrte ich und wedelte mit den Vorderpranken, um die Luft zu reinigen. Viele waren nett, streichelten mich, neckten mich oder taten so, als fürchteten sie sich vor meinen roten Lefzen oder den kleinen, tückischen Augen. Eine Dame nahm sogar meinen Kopf und legte ihn auf ihren Schoß.

Auf dem Weg zur Bar, wo ich mir meinen kleinen trockenen Sherry holen wollte, hörte ich Bill Harkness (erster Holzfäller) zu Susan Hayes (Rotkäppchens Mutter) sagen:

«Der alte Colin ist heute abend wirklich aus sich herausgegangen.»

Und Susan, Gott segne sie, antwortete: «Er ist ein echter Schauspieler, nicht wahr?»

Ich gehörte zu den wenigen Mitgliedern unserer Truppe, die Schauspieler aus Berufung waren. Ich glaube, das ist bei Amateurbühnen immer so. Es gibt darunter immer ein oder zwei Schauspieler aus Berufung, die sich ihr Geld auf der Bühne verdienen könnten, wenn der Beruf nicht so überlaufen wäre, und die übrigen machten mit, weil es Spaß machte und gesellschaftliche Kontakte förderte. Hatte ich je ernsthaft in Betracht gezogen, zum Theater zu gehen? Mein Vater war Beamter gewesen, meine beiden Großväter Kolonialbeamte in Indien. Seit ich mich erinnern konnte, schien es beschlossene Sache zu sein, daß ich studieren, mein Examen machen und Beamter werden würde. Wenn man eine Mutter hat wie ich, die mehr Freundin als «Elternteil» war, hatte man nie das Gefühl, rebellieren zu müssen. Außerdem unterstützte Mutter meine Theaterambitionen, wo sie nur konnte. So nähte sie mir zum Beispiel das Wolfsgewand, obwohl die Truppe übereingekommen war, die komplizierteren Kostüme für die diesjährige Weihnachtspantomime auszuleihen. Es war zehnmal besser als alles, was wir in einem Kostümfundus zu leihen bekommen hätten. Den Kopf mußten wir kaufen, aber Leib und Gliedmaßen arbeitete sie aus einem langhaarigen grauen Kunstfell, aus dem Damenmäntel genäht werden.

Moira hatte immer gesagt, ich spielte so gern Theater, weil ich mich dann selbst verlieren und für eine Weile jemand anders werden könne. Sie sagte, daß ich mich selbst nicht mag und nach einer Möglichkeit suche, mir selbst zu entkommen. Eine seltsame Art, über den Mann zu sprechen, den man heiraten will. Aber bevor ich mich dem Thema Moira zuwende, ja mit diesem Bericht fortfahre, sollte ich vielleicht erklären, was er für einen Zweck hat. Der Psychiater, der zu diesem Haus gehört oder hier Sprechstunde hält (ich weiß nicht, was richtig ist), ein gewisser Dr. Vernon-Peak, hat mich gebeten, ein paar von meinen Gefühlen und Eindrücken schriftlich festzuhalten. Das, sagte ich, könnte ich nur mit dem Kontext einer Geschichte. Sehr gut, sagte er, er habe nichts dagegen. Wie das Ganze aussehen wird, wenn es fertig ist, weiß ich noch kaum. Wird es ein Geständnis enthalten, das vor Gericht verwendet werden kann? Oder kommt es als Krankengeschichte unter vielen in Dr. Vernon-Peaks Ablage? Mir ist es egal. Ich kann nur die Wahrheit berichten.

Nachdem *The George* geschlossen hatte, schminkten wir uns ab, zogen uns um und machten uns in verschiedenen Richtungen auf den Heimweg. Mutter war noch auf und wartete auf mich. Das war aber nicht ihre Gewohnheit. Wenn ich ihr sagte, ich käme erst spät nach Hause und sie solle um die übliche Zeit schlafen gehen, dann tat sie das auch. Aber selbstverständlich hatte ich nichts dagegen, nett empfangen zu werden, wenn ich nach Hause kam, ganz besonders nicht nach einem solchen Triumph. Außerdem hatte ich mich darauf gefreut, ihr zu erzählen, wie lustig es im Pub gewesen war.

Unser Haus ist spätviktorianisch mit zwei Fronten, aus grauem Kalkstein erbaut und alles andere als schön, aber gemütlich und solide. Mein Großvater hatte es gekauft, als er 1920 aus Indien zurückkam und sich zur Ruhe setzte. Mutter war damals zehn, sie hat also den größten Teil ihres Lebens in diesem Haus verbracht.

Großvater war ein berühmter Schütze und nahm an großen Jagden teil, bevor man diese Dinge so tief mißbilligte, wie man es – meiner Meinung nach mit Recht – heute tut. Ergebnis war, daß das Haus von Jagdtrophäen fast überquoll. Solange Großvater noch am Leben war, und er wurde sehr alt, blieb uns nichts anderes übrig, als uns mit den Gehörnen und Stoßzähnen abzufinden, die bei uns aus den Wänden zu sprießen schienen, ebenso wie mit dem Schirmständer in Form eines Elefantenfußes und den fauchenden Rachen von Tiger und Bär. Wir mußten es mit Bärenruhe und der Arroganz des Tigers ertragen, wie Mutter, die sehr witzig sein kann, oft sagte. Aber als Großvater sich schließlich zu seinen Ahnen versammelt hatte, nahmen wir ehrfürchtig, und ohne ihn auch nur im geringsten zu mißachten, all die Köpfe und Hörner herunter und packten sie in Kisten. Die Pelzdecken ließen wir jedoch hängen. Sie sind heute ein Vermögen wert, und ich hatte immer das Gefühl, daß die Tigerfelle, die in der Halle kreuz und quer auf dem Parkett liegen, der Schneeleopard, der über die Sofalehne drapiert ist, und der Bär, in dessen Pelz man am Feuer die Zehen vergraben kann, dem Haus etwas Luxuriöses geben. Ich weiß noch, daß ich an diesem Abend die Schuhe auszog und die Zehen in den Pelz bohrte.

Mutter hatte die Show natürlich gesehen. Sie war zur Premiere gekommen und hatte miterlebt, wie ich mich auf das Rotkäppchen stürzte – es war ein so unerwarteter Angriff, daß das gesamte Publikum aufgesprungen war und aufgestöhnt hatte. (In unserer Version verspeist der Wolf das Rotkäppchen nicht. Wir waren alle der Meinung gewesen, daß das Weihnachten kaum das richtige gewesen wäre.) Mutter wollte mich aber noch einmal in ihrer Kreation bewundern, also zog ich das Wolfsgewand an und paradierte knurrend und heulend vor ihr hin und her. Wieder merkte ich, daß ich, sobald ich in der Wolfshaut steckte, alle Hemmungen verlor. So sprang ich zum Beispiel den Schneeleoparden an und begann ihn anzufletschen. Ich boxte ihm in das große grauweiße Gesicht und tat so, als beiße ich ihn ins Ohr. Ich lief auf allen vieren zum Bären, kämpfte mit ihm und schlug ihm die Wolfszähne in den Hals.

Wie herzlich Mutter gelacht hat. Sie sagte, ich sei in der ganzen Pantomime der Beste und viel besser als so manches, das man vom Fernsehen her kannte.

Mutter wischte sich die Tränen aus den Augen. «Als ich jung war, gab's ein Lied: Wer hat Angst vorm bösen Wolf, bösen Wolf, bösen Wolf... Wie ging es weiter? Ich krieg's nicht mehr zusammen. – Du benimmst dich richtig wie ein Wolf. Wenn du das Kostüm wieder mal anziehst, sage ich: ‹Jetzt wirst du wieder der Wolf.›»

Wenn ich das Kostüm wieder mal anzog... Hatte ich denn die Absicht? Ich hatte noch nicht darüber nachgedacht. Ja, vielleicht wenn ich einmal zu einem Kostümfest ging, eine sehr entfernte Möglichkeit. Aber wie jammerschade, es wegzupacken wie Großvaters Köpfe und Gehörne, nachdem Mutter sich so große Mühe damit gegeben hatte. An diesem Abend hängte ich es in meinen Schrank, und ich weiß noch, wie seltsam ich mich fühlte, als ich es zum zweitenmal auszog, nackter, als ich mir sonst ohne Kleider vorkam, fast als hätte ich mir die Haut abgezogen.

Das Leben ging ohne Höhen und Tiefen weiter. Seit ich keine Proben mehr hatte und keinen Text lernen mußte, kam ich mir irgendwie hohl vor. Weihnachten kam. Traditionsgemäß verbrachten Mutter und ich den ersten Feiertag allein, wir wollten es nicht anders. Aber am zweiten Feiertag kam Moira, und Mutter lud zwei oder drei von unseren Nachbarn ein. Ich glaube mich zu erinnern, daß irgendwann auch Susan Hayes mit ihrem Mann vorbeikam, um uns «frohe Weihnachten» zu wünschen.

Moira und ich waren seit drei Jahren verlobt. Wir hätten schon früher geheiratet. Daß wir's noch nicht getan hatten, lag nicht etwa daran, daß wir es uns nicht leisten konnten. Die Schwierigkeit lag woanders: wir konnten uns nicht einigen, wo wir in Zukunft wohnen wollten. Ich denke aber, ich kann, ohne unfair zu sein, behaupten, daß nur Moira die schwierige war. Keine Mutter hätte ihre künftige Schwiegertochter mit offeneren Armen aufnehmen können als meine. Sie wollte wirklich und wahrhaftig, daß wir mit ihr in «Simla House» wohnten, sagte, wir müßten es als unser Heim betrachten und sie ganz einfach als unsere Haushälterin. Aber Moira wollte, daß wir uns ein eigenes Haus kauften, und so waren wir an einem toten Punkt angelangt, in eine Sackgasse geraten.

Es war sehr ungeschickt von Moira, daß sie am zweiten Weihnachtsfeiertag, als die anderen gegangen waren, wieder darauf zu sprechen kam. Ihr Bruder (ein Immobilienmakler) hatte ihr von einem Bungalow erzählt, der etwa auf halbem Weg zwischen «Simla House» und dem Haus ihrer Eltern zum Verkauf stand, und es war, was er eine «einmalige Gelegenheit» nannte. Zum Glück, fand *ich*, gelang es Mutter abzulenken, indem sie uns von dem Bungalow erzählte, in dem sie und ihre Eltern in Indien gewohnt hatten – einem Bungalow mit einer großen Säulenveranda, einem englischen Blumengarten und dem Pipalbaum*. Aber Moira unterbrach sie.

«Wir sprechen über *unsere* Zukunft, nicht über Ihre Vergangenheit. Ich dachte, Colin und ich wollten heiraten.»

Mutter erschrak richtig. «Ja, wollt ihr es denn nicht mehr? Colin hat doch nicht etwa Schluß gemacht?»

«Der Gedanke, daß *ich* Schluß machen könnte, kommt Ihnen wahrscheinlich nie.»

Arme Mutter, darüber mußte sie wirklich lächeln. Sie lächelte, um nicht zu zeigen, wie verletzt sie war. Moira konnte sie sehr leicht aus der Ruhe bringen. Aus irgendeinem Grund machte das Moira wütend.

«Sie meinen wohl, ich sei zu alt und zu unattraktiv, um das auch nur zu erwägen, nicht wahr?»

«Moira», sagte ich.

Sie beachtete mich nicht. «Es ist Ihnen vielleicht nicht klar», sagte

* indischer Feigenbaum, bemerkenswert durch seine Größe und Langlebigkeit (Ficus religiosa)

sie, «aber wenn Colin mich heiratet, ist das ein Glücksfall für ihn. Er braucht nämlich mich, um ein Mann zu werden.»

Mutter tätschelte Moiras Knie. «Ich begreife durchaus, daß das eine fast unlösbare Aufgabe für Sie sein könnte», sagte sie unüberlegt. Es mußte ihr heraus geschlüpft sein, bevor ihr klar wurde, was sie da sagte.

Es gab keinen Streit. Mutter hätte sich nie in eine Auseinandersetzung hineinziehen lassen. Aber Moira wurde sehr gereizt und sagte, sie wolle nach Hause gehen. Also mußte ich den Wagen herausholen und sie fahren. Auf dem ganzen Weg zum Haus ihrer Eltern mußte ich mir eine Litanei des Unrechts anhören, das meine Mutter und ich ihr antaten. Als wir uns trennten, war ich niedergeschlagen und nervös. Ich fragte sogar, ob es richtig von mir war, im «reifen Alter» von zweiundvierzig noch an die Ehe zu denken.

Mutter hatte aufgeräumt und war ins Bett gegangen. Ich verzog mich in mein Schlafzimmer und fing an mich auszuziehen. Als ich den Schrank öffnete, um meine Tweedhose aufzuhängen, entdeckte ich das Wolfskostüm und zog es aus einem Impuls heraus an. Kaum steckte ich im Wolf, wurde ich ruhiger und, ja, glücklicher. Ich setzte mich in einen Lehnsessel, fand es nach einer Weile jedoch bequemer, auf dem Boden zu hocken und mich dann hinzulegen und lang auszustrecken. Während ich dalag und mir Bauch und Pranken vom Feuer wärmen ließ, erinnerte ich mich an Geschichten und Legenden über die Affinität zwischen Mensch und Wolf. Romulus und Remus, von einer Wölfin gesäugt, der uralte Mythos des Werwolfs, im Stich gelassene Kinder, die, sogar in unserer modernen Zeit, von Wölfen aufgezogen wurden. All das schien meine Gedanken von der Unstimmigkeit zwischen Moira und Mutter abzulenken, und ich konnte verhältnismäßig unbeschwert ins Bett gehen und gut schlafen.

Vielleicht erscheint es jetzt nicht mehr so merkwürdig und unbegreiflich, daß ich wieder in den Wolfspelz schlüpfte, wenn ich mich niedergeschlagen fühlte. Mutter war nicht zu Hause, daher hatte ich das ganze Haus für mich allein und mußte mich nicht auf mein Zimmer beschränken. Es war vier Uhr und dämmerte schon, aber ich machte kein Licht, sondern streifte im Zwielicht durch das Haus und erblickte manchmal eine schlanke graue Gestalt in einem der vielen großen Spiegel, die Mutter so liebt. Weil das Licht so schwach war und unser Haus mit sperrigen Möbeln und allem möglichen Schnickschnack vollgestopft ist, sah das Spiegelbild, das mir entgegentrat, nicht wie ein verkleideter Mann, sondern wie ein echter Wolf aus, der sich irgendwie in ein viktorianisches Zimmer verirrt hatte. Oder ein Werwolf, der tierische Teil der Persönlichkeit eines Mannes, der sich vom Körper löst und frei umherschweift, die leere menschliche Hülle zurücklassend.

Ich schlich mich an die aus Teakholz geschnitzte Antilope an und verschlang das kleine Wesen, bevor es wußte, wie ihm geschah. Ich nahm meinen Kampf mit dem Bären wieder auf, und wir rauften vor dem Kamin, in eine verzweifelte Umarmung verstrickt. Plötzlich hörte ich, daß Mutter die Hintertür aufsperrte. Die Zeit war schneller verstrichen, als ich geglaubt hatte. Ich flüchtete und konnte mit Hinterpfoten und Schweif gerade noch um die Biegung in der Treppe verschwinden, dann betrat sie auch schon die Halle.

Dr. Vernon-Peak scheint wissen zu wollen, warum ich mit zweiundvierzig Jahren damit anfing, oder vielmehr, warum ich es nicht schon früher getan hatte. Ich wünschte, es wäre mir selber klar. Es gibt natürlich die simple Erklärung, daß ich vorher kein Wolfsfell hatte, aber das ist nicht die ganze Antwort. Wußte ich vielleicht bis dahin nicht, was für Bedürfnisse ich hatte, obwohl ich sie zum Teil durch die Rollen befriedigt hatte, die ich in dramatischen Stücken spielte? Da ist noch etwas anderes. Ich habe ihm erzählt, daß ich mich erinnere, als sehr kleines Kind eine enge Beziehung zu einem großen Tier gehabt zu haben, einem Hund oder einem Pony vielleicht. Obwohl der gewissenhafte Vernon-Peak unsere Familiengeschichte gründlich durchforschte, stieß er nirgends auf einen Beweis dafür, daß wir je ein Tier im Haus hatten. Doch davon ein andermal mehr.

Mag es sein, wie es will, nachdem ich einmal in den Wolf hineingeschlüpft war, hatte ich das Verlangen, es immer häufiger zu tun. Aufrecht auf den Hinterbeinen, zu meiner vollen Höhe aufgereckt, glaube ich, mir nicht übertrieben zu schmeicheln, daß ich ein schönes, feines Tier darstellte. Und nachdem ich das geschrieben hatte, fällt mir ein, daß ich das Wolfskostüm ja noch gar nicht richtig beschrieben, sondern vorausgesetzt habe, daß alle, die diesen Bericht lesen, wahrscheinlich auch das Kostüm zu sehen bekommen. Aber das wird möglicherweise doch nicht der Fall sein. Sie haben es abgelehnt, es mir zu zeigen, und ich frage mich, ob es überhaupt gereinigt wurde, so daß man es wieder vorzeigen kann, oder ob es noch – doch nein, es hat keinen Sinn, auf unappetitliche Einzelheiten einzugehen.

Ich habe schon erwähnt, daß Körper und Gliedmaßen des Kostüms aus einem langhaarigen, pelzähnlichen grauen Wollstoff sind. Es war ein derber Stoff, für einen Mantel wohl kaum zu gebrauchen, wie mir schien, aber eben einem Wolfspelz sehr ähnlich. Mutter nähte die Pranken wie Pelzhandschuhe, polsterte und versteifte die Finger jedoch mit Lederhandschuhen, die dann wie Krallen aussahen. Den Kopf kauften wir in einem Scherzartikel- und Spielwarenladen. Er hatte große, spitze Ohren, kleine gelbe Augen und ein herrliches, halb offenstehendes Maul, rot, gefräßig aussehend und mit einer Doppelreihe weißer Fänge. Der Schlitz, durch den ich atmen konnte, war direkt unterhalb des Unterkiefers, wo der Kopf auf den kräftigen, graubehaarten Hals traf.

Im Frühling fuhr ich manchmal hinaus, parkte den Wagen und schlüpfte in die Wolfshaut. Ich wollte jedoch nicht gesehen werden. Ich suchte die Einsamkeit. Ob ich einen «tierischen» Begleiter um mich geduldet hätte ist eine andere Frage. Damals wollte ich nur in meiner wölfischen Gestalt Wälder, Koppeln und Heckenwege durchstreifen. Und das tat ich auch, suchte mir Gegenden aus, in die nie jemand kam, mied alle Orte, an denen ich mit der menschlichen Rasse in Kontakt kommen konnte. Während ich das schreibe, versuche ich zu erklären, wie ich mich fühlte. Vor allem fühlte ich mich *nicht wie ein Mensch*. Und sich nicht wie ein Mensch zu fühlen heißt, von der Verantwortung und den Sorgen frei zu sein, die dem Menschen aufgebürdet sind. Sobald ich in den Wolf hineingeschlüpft war, legte ich mit meiner Menschlichkeit meine Angst vor der Ehe ab, meine Angst davor, nicht zu heiraten, meine Angst, Mutter zu verlassen, meinen berechtigten Zorn darüber, daß ich in unserem neuen Stück nicht die Hauptrolle spielte. All das ließ ich mit der leeren Hülle des schlafenden Mannes zurück und verwandelte mich in eine glückliche, gedankenlose, wilde Kreatur.

Unsere Hochzeit war wieder verschoben worden. Der Kauf des Hauses, für das Moira und ich uns schließlich entschieden hatten, zerschlug sich im letzten Moment. Ich kann nicht behaupten, daß ich das sehr bedauerte. Es war ganz in der Nähe meines Heims, ja sogar in derselben Straße wie «Simla House», aber ich hatte angefangen mich zu fragen, wie es sein würde, tagtäglich an unserem lieben alten Haus vorüberzugehen und zu wissen, daß ich den Kopf nicht unter seinem vertrauten Dach zur Ruhe legen würde.

Moira regte sich sehr darüber auf, daß wir das andere Haus nicht bekamen.

Aber: «Ich würde mit deiner Mutter nicht einmal drei Monate im selben Haus wohnen», hatte sie auf meinen Vorschlag erwidert. «Das wäre ein gewissermaßen vorprogrammiertes Desaster.»

«Mutter und Vati haben zwanzig Jahre lang mit Mutters Eltern unter einem Dach gewohnt», sagte ich.

«Ja, und schau dir das Ergebnis an.» Damals machte sie auch die Bemerkung, daß es mir so großen Spaß mache, Rollen zu spielen, weil ich mich selbst nicht so mag, wie ich bin.

Es gab nichts mehr zu sagen, nur, daß wir wieder damit anfangen mußten, ein Haus zu suchen.

«Aber wir können trotzdem nach Malta fahren, oder?» sagte Moira. «Wir müssen die Reise doch nicht absagen?»

Wir konnten natürlich reisen, aber eine Hochzeitsreise würde es nicht sein. Ich hatte die ehelichen Freuden bisher nicht ungeduldig herbeigesehnt und hatte nicht die Absicht, es je zu tun. Und ich war auf der Hut, als Moira – Mutter war bei ihrem Bridgeabend – darauf bestand, mit mir in mein Schlafzimmer zu gehen, angeblich, weil sie unbedingt sehen mußte, welchen Farbton der Anzug hatte, den ich mir für die Hochzeit gekauft hatte. Sie sagte, sie wolle mir eine Krawatte dazu schenken. Kaum waren wir oben, legte sie sich auf mein Bett und wollte mich schmeichelnd überreden, mich zu ihr zu setzen.

Ich schlüpfte, glaube ich, nur deshalb in die Wolfshaut, weil ich so niedergeschlagen war. Ich zog mein Jackett aus, nicht mehr natürlich, denn Moira war ja da, streifte die Wolfshaut über, zog den Reißverschluß zu und setzte den Kopf auf. Sie beobachtete mich. Sie hatte mich schon darin gesehen, in der Pantomime.

«Warum hast du das angezogen?»

Ich sagte nichts. Was hätte ich auch sagen können? Tiefe Zufriedenheit erfüllte mich, wie sonst auch, und ich gehorchte Moiras Befehl, zu ihr aufs Bett zu springen. Es schien mir ganz natürlich, sie schwanzwedelnd zu umschmeicheln, meine spitzen Ohren an ihrer Brust zu reiben, ihre Hände mit meinen Pranken zu umfassen. Alle möglichen Phantasien zogen durch mein wölfisches Gemüt, und sie waren von einer unglaublichen, mich bis in die letzte Faser durchdringenden Süße. Wenn wir da schon auf Urlaub gewesen wären, hätten mich, glaube ich, keine moralischen Bedenken zurückgehalten.

Doch anders als die Dame im *The George* nahm Moira nicht meinen Kopf und legte ihn in ihren Schoß. Sie sprang auf und schrie mich an, ich solle mit diesem Unsinn aufhören, sofort aufhören, sie finde ihn abscheulich. Ich tat, was sie mir sagte, natürlich tat ich es, stieg traurig aus dem Kostüm und hängte es in den Schrank zurück. Ich fuhr Moira nach Hause. Unterwegs hielten wir uns kurz bei ihrem Bruder auf und sahen uns die Häuser an, die er neu im Angebot hatte.

Nachdem wir einen weiteren Monat gesucht, überlegt und uns Bedenkzeit erbeten hatten, entschieden wir uns schließlich für eins dieser Häuser und setzten die Hochzeit für Mitte Dezember fest. Im Sommer hatte unser Theaterverein *Das fröhliche Gespenst* aufgeführt (in dem ich die magere Rolle des Dr. Bradman spielte, Bill Harkness gab den Charles Condomine), und für die diesjährige Pantomime hatten sie Aschenputtel ausgesucht, mit Susan Hayes in der Titelrolle; ich spielte den Vater der bösen Schwestern. Ich hatte mir ausgerechnet, daß ich gerade noch rechtzeitig von der Hochzeitsreise zurückkommen würde.

Und zweifellos wäre ich rechtzeitig zurückgekommen. Zweifellos hätte ich geheiratet, wäre auf Hochzeitsreise gegangen und wäre wiedergekommen, um meine komische Rolle zu spielen – wenn ich nur nicht an Moiras Geburtstag mit ihr einkaufen gegangen wäre. Was an diesem Tag geschah, änderte alles.

Es war ein Donnerstagabend. Die Läden im Westend haben am Donnerstag immer länger offen. Um fünf verließen wir unsere Büros, trafen uns am verabredeten Ort und gingen zusammen die Bond Street hinauf. Ich hatte ganz bestimmt nicht vor, mich wieder mit ihr zu zanken, obwohl wir in letzter Zeit kaum etwas anderes taten. Es begann damit, daß ich unsere Hochzeitsreise erwähnte. Da unser Haus vor Mitte Januar nicht fertig sein würde, schlug ich vor, die zwei Wochen von Ende Dezember bis zum Einzug in «Simla

House» zu bleiben. Weihnachten würden wir ohnehin dort verbringen.

«Ich dachte, wir hätten beschlossen, in ein Hotel zu gehen», sagte Moira.

«Glaubst du nicht, daß das hinausgeworfenes Geld ist?»

«Ich denke», sagte sie mit grimmigem Unterton, «daß wir nicht wagen dürfen, dieses Geld *nicht* auszugeben.» Sie entzog mir ihren Arm.

Ich fragte sie, was sie, um Himmels willen, damit meine?

«Wenn du erst wieder bei deiner Mami bist, ziehst du nie aus.»

Ich strafte diese Bemerkung mit der Verachtung, die sie verdiente, und antwortete nicht. Schweigend gingen wir nebeneinanderher. Dann begann Moira leise und monoton zu sprechen, benutzte Ausdrücke aus der Taschenbuch-Psychologie für jedermann, die ich glücklicherweise von Dr. Vernon-Peak nie zu hören bekommen habe. Wir überquerten die Straße und gingen zu Selfridge. Moira hatte es noch immer mit dem Ödipuskomplex und dem Unsinn, daß sie einen Mann aus mir machen wolle.

«Sprich leise», sagte ich. «Man hört dich ja meilenweit.»

Sie schrie mich an, ich solle den Mund halten, sie werde sagen, was sie wolle. Nun, sie hatte mir wiederholt gesagt, ich solle mich durchsetzen, solle mich wie ein Mann benehmen, also tat ich genau das. Ich ging zum nächsten Verkaufstisch, schrieb einen Scheck über eine, wie ich zugeben muß, viel höhere Summe aus, als ich ursprünglich beabsichtigt hatte, drückte ihn ihr in die Hand, ließ sie stehen und ging einfach weg.

Eine Zeitlang war ich recht zufrieden mit mir, doch auf der Heimfahrt im Zug überkam mich Niedergeschlagenheit. Ich hätte gern mit Mutter darüber gesprochen, aber sie würde nicht zu Hause sein, sie spielte Bridge. Daher mußte ich mich an meinen anderen Trost halten, an meine Wolfshaut. Das Telefon klingelte ein paarmal, während ich durch die Zimmer tollte, aber ich ging nicht an den Apparat. Ich wußte, es war Moira. Als ich, Großvaters ausgestopften Adler in den Pranken, auf dem Boden lag und ihm eben die Fänge in den Hals geschlagen hatte, kam Mutter herein.

Der Bridgeabend hatte abgebrochen werden müssen. Eine der Damen war erkrankt und ins Krankenhaus gebracht worden. Ich war viel zu vertieft gewesen, um zu merken, daß das Licht anging, und auch die Tür hatte ich nicht gehört. Mutter stand in ihrem alten Pelzmantel vor mir und schaute auf mich herunter. Ich ließ den Adler fallen und zog den Kopf ein, am liebsten wäre ich auf der Stelle gestorben, so sehr schämte ich mich, so verlegen war ich. Wie wenig habe ich meine Mutter in Wahrheit gekannt! Meine liebe, treue Gefährtin, meine einzige Freundin. Kann ich nicht sogar sagen, mein zweites Ich?

Sie lächelte. Ich konnte es kaum glauben, aber sie lächelte tatsächlich. Es war dieses nur ihr eigene, wundervolle, durchtriebene Verschwörerlächeln. «Hallo», sagte sie, «bist du oder spielst du den großen Wolf?»

Im nächsten Moment kniete sie, in ihren Pelzmantel gehüllt, neben mir, und gemeinsam zerrten wir an dem Adler, kämpften mit dem Bären, fielen über die Antilope her. Zusammen liefen wir in die Halle und griffen die schlafenden Tiger an. Mutter lachte unaufhörlich (knurrte aber auch) und sagte, was für eine Erleichterung, was für eine Erleichterung! Ich glaube, wir umarmten uns. Als ich am nächsten Tag nach Hause kam, wartete sie schon auf mich, verändert und bereit. Sie hatte sich aus dem Fell des Schneeleoparden und einem weißen Pelzmaterial ein Tierkostüm geschneidert. Sie mußte den ganzen Tag daran gearbeitet haben. Durch den Schlitz an der Kehle sah ich ihre Augen funkeln.

«Du weißt nicht, wie lange ich mich schon danach gesehnt habe, wieder ein Tier zu sein», sagte sie. «Als du ein Baby warst, schlüpfte ich in verschiedene Tiergestalten. Ich war lange Zeit ein Hund und dann ein Bär, aber dein Vater kam dahinter, und er hatte etwas dagegen. Ich mußte es aufgeben.»

Daran hatte ich mich also unklar erinnert. Ich sagte, sie sehe wie die Königin der wilden Tiere aus.

«Wirklich, Wölfchen?» sagte sie.

Wir verbrachten ein herrliches Wochenende, Mutter und ich. An diesem Morgen frühstückten wir als Wolf und Leopard zusammen. Dann spielten wir. Wir spielten im ganzen Haus, manchmal kämpften und manchmal tanzten wir miteinander, wir jagten natürlich und schleppten unsere Beute in die Lager, die wir uns zwischen den Möbeln eingerichtet hatten. Wir fuhren mit dem Wagen weg, aufs Land hinaus und in einen Wald, zogen dort unsere Felle an und streiften stundenlang frei zwischen den Bäumen umher.

In diesen zwei Tagen gab es für uns keinen Grund, uns wieder in Menschen zu verwandeln, aber am Dienstag hatte ich Theaterprobe, und am Montag morgen mußte ich zur Arbeit. Unsere Rückkehr auf die Erde, zu dem, was wir Realität nennen, vollzog sich sehr unsanft, wirkte wie ein böser Schlag auf mich. Sie hatte jedoch auch ihre amüsanten Seiten. Im Zug trat mir eine Dame auf den Fuß, und ich hatte sie angeknurrt, bevor ich merkte, was ich eigentlich tat. Hastig machte ich aus dem Knurren ein Husten.

Während des ganzen Wochenendes hatten wir uns nicht die Mühe gemacht, ans Telefon zu gehen. Aber im Büro blieb mir nichts anderes übrig, und dort erwischte mich Moira. Die Heirat war mir so weit entrückt, kam mir grotesk vor, war etwas, was andere taten, nicht ich. Tiere heiraten nicht. Aber das konnte ich Moira natürlich nicht sagen. Ich versprach, sie anzurufen, und sagte, wir müßten uns noch diese Woche sehen.

Ich nehme an, sie hatte mir gesagt, daß sie am Donnerstag abend zu mir kommen wolle, um mir zu zeigen, was sie sich für das Geburtstagsgeld gekauft hatte. Sie wußte, daß Mutter donnerstags nie zu Hause war. Ich vermute, Moira hat es mir gesagt, und ich habe es überhört. Mir war nichts mehr wichtig, ich wollte nur noch Tier sein, zusammen mit meiner Mutter, Wölfchen und die Königin der wilden Tiere.

Sobald ich am Abend nach Hause kam, machten wir uns für unsere Spiele fertig, jeden Tag. Wie harmlos das alles war! Wie unschuldsvoll! Wir glichen den sanften Kreaturen aus jener Frühzeit der Welt, in der es Menschen noch nicht gab. Wir lebten wie im Garten Eden, nachdem Adam und Eva daraus vertrieben worden waren.

Die Dame, die am letzten Bridgeabend erkrankt war, war inzwischen gestorben, und der Abend wurde abgesagt. Aber wäre Mutter überhaupt weggegangen? Wahrscheinlich nicht. Unsere tierischen Kapriolen bedeuteten ihr genausoviel wie mir, vielleicht sogar noch mehr, weil sie sich sie so lange selbst versagt hatte. Wir saßen bei Tisch und aßen zu Abend. Mutter hatte das vordere Rippenstück vom Lamm gekocht, damit wir hinterher an den Knochen nagen konnten. Wir sind natürlich nie dazu gekommen, es zu essen, und ich habe seither schon ein paarmal überlegt, was daraus geworden sein mag. Aber wir fingen mit der Suppe an. Das Brot lag auf dem

Schneidebrett auf meiner Seite des Tischs. Daneben das lange, scharfe Messer.

Wenn Moira wußte, daß ich allein war, kam sie durch die Hintertür herein, für die sie den Schlüssel hatte. Wir hörten sie nicht, hörten sie beide nicht, obwohl ich mich erinnere, daß Mutter einen Sekundenbruchteil, bevor Moira hereinkam, zähnefletschend und die Ohren spitzend, den edlen Kopf hob. Moira öffnete die Eßzimmertür und trat ein. Ich sehe sie noch deutlich vor mir – sehe, wie ihr selbstgefälliges Lächeln erlischt und der Schrei sich ihr auf die Lippen drängt. Sie trug – wie ich annehme – mein Geburtstagsgeschenk, einen knöchellangen weißen Schaffellmantel.

Und dann? Das ist es wohl, was Dr. Vernon-Peak ganz genau wissen möchte, aber ich habe keine klare Erinnerung daran. Ich erinnere mich, daß ich, als die Tür aufging, das Brotmesser in der Pranke hielt. Ich glaube, mich erinnern zu können, daß ich ein leises Knurren ausstieß und zum Sprung ansetzte. Aber was passierte dann?

Das letzte, woran ich mich erinnere, bevor man mich hierherbrachte, ist das Blut auf meinem Pelz und die beiden wilden, raubgierigen Kreaturen, die auf dem Boden über einem toten Lamm kauern.

Fen Hall

Wenn Kinder einen Baum zeichnen, malen sie den Stamm immer braun an. Aber Baumstämme sind selten braun. Birken sind silbern, Buchen bleifarben und die Borken von Eichen, Kastanien und Platanen oft mit grünen Flechten bewachsen. Bevor Pringle nach «Fen Hall» gekommen war, war ihm das nie aufgefallen. Als ihm dann die Augen aufgingen und er sah, wie die Dinge wirklich waren, hätte er Bäume mit verschiedenfarbenen Borken gemalt, aber im nächsten Trimester hatte er keinen Kunstunterricht mehr. Das war nicht weiter schlimm, denn er war ohnehin nie besonders gut gewesen, und vielleicht wäre ihm auch nicht mehr danach zumute gewesen, Bäume zu malen. Oder sie oft zu betrachten.

Mr. Liddon holte sie in einem alten Volvo-Kombi vom Bahnhof ab. Sie schleppten ihre Camping-Ausrüstung, Zelt, Schlafsäcke, Kochtöpfe und einen Calor-Gasbrenner, für den Fall, daß es zu windig sein sollte, um ein Feuer in Gang zu halten. Es war in letzter Zeit sehr windig gewesen, der Sommer kühl und ohne Sonne. Mr. Liddon war ein Freund von Pringles Vater, und Pringle hatte ihn bisher nur ein einziges Mal gesehen, und das war schon Jahre her, er war damals noch ziemlich klein gewesen. Trotzdem war es seine Aufgabe, die anderen vorzustellen.

«Das ist John und das Roger, sie sind Brüder», sagte er mit höflicher Zurückhaltung. Pringle sagte nicht, daß sie Roger immer nur «Tölpel» nannten, denn er ahnte, daß Mr. Liddon weder Roger Tölpel noch ihn selbst Pringle rufen würde. Er hatte recht.

«Die Eltern sind doch gesund, nicht wahr, Peregrine?»

Pringle sagte ja. Er entdeckte in Johns Augen ein Funkeln, das immer verriet, was er zu erwarten hatte – John würde ihn wegen seines Vornamens unbarmherzig necken. Tölpel, der immer nur an seinen Magen dachte, sagte:

«Könnten wir unterwegs anhalten und uns etwas zu essen kaufen, Mr. Liddon?»

Mr. Liddon warf einen Blick zum Himmel, und Pringle wußte sofort, daß er «einer von diesen» Erwachsenen war. Sie verstauten ihren Kram im Wagen, stiegen ein, und ungefähr eine Meile außerhalb der Stadt hielt Mr. Liddon bei einem Selbstbedienungsladen an. Er ging nicht mit ihnen hinein, und das war ihnen nur recht. Er hätte, was sie sich kauften, ohnehin nur ungesundes Zeug genannt.

Bis nach «Fen Hall» waren es ungefähr sieben Meilen. Sie kamen durch ein Dorf namens Fedgford und bogen ein Stück dahinter auf eine schmale Straße ab, die durch einen Wald führte.

«Hier werdet ihr euer Lager aufschlagen», sagte Mr. Liddon.

Er fuhr langsam, weil die Straße eigentlich nicht viel besser als ein holpriger Waldweg war. Er zeigte auf die Bäume. Der Wald sah irgendwie geheimnisvoll aus, wie ein Märchenwald. Das Licht zwischen den Bäumen war grüngolden und gedämpft. Vögel zwitscherten leise, und Tauben gurrten. In Pringle stieg Erregung auf. Es war schöner, als er es sich vorgestellt hatte. Ein Stück weiter vorn ging der Wald in eine Pflanzung hoher, sehr aufrechter Bäume mit grünen Stämmen über. Zwischen den sehr gerade ausgerichteten Baumreihen bedeckte eine stark wuchernde Dornenpflanze den Boden, die merkwürdig prähistorisch wirkte.

«Diese Bäume sind Pappeln», sagte Mr. Liddon. Man merkte, daß er Lehrer war. «Sie werden später zu Nutzholz.»

«Zu Nutzholz?» wiederholte Pringle. «Ja, wozu denn?»

«Zwanzig oder fünfundzwanzig Jahre nachdem sie angepflanzt wurden, werden sie gefällt und zu Streichhölzern verarbeitet. Falls sie nicht vorher zu Fall gebracht werden. Während der Stürme im vergangenen Winter haben wir ein paar verloren.»

Pringle hörte nicht zu. Er hatte das Haus gesehen. Es ist ein Haus, wie man es sonst nur im Traum sieht, dachte er, obwohl ihm selbst nicht ganz klar war, was er damit meinte. Die Häuser, die er in seinen Träumen sah, glichen seinem eigenen Heim oder dem Vorstadt-Reihenhaus in Surrey, in dem John und der Tölpel wohnten. Dieses Haus stand, nachdem sie alle Bäume hinter sich gelassen hatten und kein Zweig, kein Baum, keine Ranken wilder Klematis den Blick behinderten, mit der Selbstsicherheit eines Lebewesens in der Sonne, als sei es von seiner eigenen Vollkommenheit überzeugt.

Dunkel maulbeerfarben, aus kleinen Tudorsteinen erbaut, hatte es ein Dach, das sich aus vielen unregelmäßigen Flächen zusammensetzte, ein Dach mit Giebeln und unzähligen Kaminen, die wie Kerzen in die Höhe ragten. Wenn die Sonne in die Fenster schien, sahen sie wie gerahmte goldene Platten aus. Unter den Dachtraufen hingen dicke graue Schwalbennester.

«Laßt eure Sachen im Auto. Ich bringe euch in ungefähr zehn Minuten in den Wald zurück. Ich dachte mir nur, ihr solltet zuerst einen Überblick bekommen, damit ihr wißt, wo alles ist. Ihr werdet selbstverständlich die Wasserleitung im Freien benutzen. Sie ist dort drüben. Und in dem Schuppen findet ihr Axt und Schaufel. Ich verlasse mich darauf, daß ihr sie zurückbringt.»

Es war das größte Haus, das Pringle bisher betreten hatte – öffentliche Gebäude wie Hampton Court und Woburn natürlich nicht mitgerechnet. «Fen Hall». Es sah aus wie ein Bilderbuchhaus, und auch der Name klang so, als sei es ein Phantasiegebilde. Die Eingangstür war aus Eichenholz und hatte Eisenbeschläge. Ihr vorgelagert war ein dunkler Vorbau mit Rosenschnitzereien. Mr. Liddon führte sie durch die Hintertür ins Haus und in eine Küche, in der es aussah, wie Pringle sich eine Küche im ärgsten Slum vorstellte.

Er war geschockt. Anfangs sah er nicht viel, weil das Licht draußen so grell gewesen war, doch es roch modrig, feucht und kalt. Als sich seine Augen den veränderten Lichtverhältnissen angepaßt hatten, stellte er fest, daß sie sich in einem riesigen höhlenähnlichen Raum mit zwei kleinen Fenstern und ungefähr dreißig Quadratmetern Dreck dazwischen befanden. Ein weißer Elektroherd und ein kleiner weißer Kühlschrank bildeten zwei einsame Inseln. Der Boden war aus Ziegeln, sehr uneben, von den fleckig grün gestrichenen Wänden blätterte der Putz ab, und darunter kam blasenartiges Unkraut zum Vorschein. Schmutzige Teller stapelten sich in einem steinernen Spülbecken. Pringles Mutter hatte ein ähnliches gekauft, um einen Kakteengarten darin anzulegen. Der ganze Raum war total verdreckt, und überall lagen Haufen schmutziger Wäsche herum. John und Tölpel, die sich alles sehr aufmerksam angesehen hatten, standen mit ausdruckslosen Gesichtern und umherirrenden Blicken da.

Mr. Liddons Verhalten hatte sich leicht verändert. Er hatte den prahlerisch-herablassenden Ton von vorhin abgelegt. Während er ihnen erklärte, daß sie durch die Hintertür hereinkommen mußten, wenn sie etwas brauchten, begann er ziemlich wirkungslos aufzuräumen, stopfte Sachen in alte Holzschränke, wischte Krümel vom Tisch und ließ sie ins Spülbecken fallen.

«Dürfen wir draußen Feuer machen?» fragte John.

«Solange ihr vorsichtig damit umgeht. Nicht, wenn es wieder windig wird. Wo das Holz ist, brauche ich euch nicht zu sagen, es liegt genug herum.» Mr. Liddon öffnete eine Tür und rief: «Flora!»

Hinter der Tür sah man einen Flur mit einem Steinboden. Niemand kam. Pringle wußte, daß Mr. Liddon verheiratet war, aber keine Kinder hatte. Seine Eltern hatten ihm nur erzählt, Mr. und Mrs. Liddon hätten sich vor einem Jahr ein herrliches Haus auf dem Land gekauft, und wenn er wolle, könne er mit zwei oder drei Freunden hinfahren und dort campen. Als sie nicht wußten, daß er zuhörte, hatte er noch ein paar Dinge erfahren. Tony Liddon hatte nicht einmal einen Penny sein eigen genannt, den er zweimal umdrehen konnte, bevor er ihn ausgab. Dann war seine Tante gestorben und hatte ihm ein bißchen Geld hinterlassen. Sehr viel konnte es nicht gewesen sein. Er hatte jedenfalls die ganze Summe für «Fen Hall» ausgegeben, denn er hatte sich schon immer ein altes Haus gewünscht. Die Erhaltungskosten für das Haus waren fast unerschwinglich für ihn, und nur der Himmel wußte, woher er sie nehmen sollte.

Pringle hatte sich für diese Dinge nicht sonderlich interessiert. Jetzt fielen sie ihm wieder ein. Mr. Liddon und sein Vater waren zusammen an der Universität gewesen, aber damals hatte Mr. Liddon keine Frau gehabt. Weder Pringle noch seine Eltern kannten diese Frau. Es war jedoch offensichtlich, daß sie jetzt nicht auf sie warten würden. Sie stiegen wieder ins Auto und machten sich auf die Suche nach einem geeigneten Campingplatz.

Sie waren erleichtert, als Mr. Liddon wieder abfuhr und sie allein ließ. Der beste Platz zum Zelten war auf einer kleinen Anhöhe in einer Lichtung. Feuer konnten sie in einer Mulde am Fuß der kleinen Anhöhe machen, von der Mr. Liddon gesagt hatte, es sei wahrscheinlich eine aufgelassene Kiesgrube. Die Sonne stand tief, und ihre langen Strahlen drangen in die Birken- und Holzapfelbaumgruppen ein. In den Eichen hingen Misteln wie grüne Vogelnester.

Es war warm, und die Fliegen summten. John war Experte im Zeltaufstellen und erteilte großspurig Befehle.

«Peregrine», sagte er. «Klingt nach einem verrückten Huhn.»

Tölpel hüpfte umher, steckte die Daumen in die Ohren und flatterte mit den Händen. «Zwitscher, zwitscher, komischer Vogel! Sein Herr kettet ihn wie einen Hund an. Zwitscher, zwitscher, Vögelchen!»

«Also, ich bin lieber ein Jagdfalke als Roger, der Schlaffi, Mamis Lieblingsaffi», sagte Pringle, gab Tölpel einen Stoß, beide fielen um und balgten sich auf der Erde, bis John ihnen einen Tritt gab und sie aufforderte, aufzuhören und ihm zu helfen. Er könne nicht alles allein machen.

An diesem Abend war es im Lager sehr angenehm, nicht windig, sondern still und mild nach dem schlechten Sommer, den sie gehabt hatten. Sie machten Feuer, wärmten sich Tomatensuppe und Fischstäbchen auf und aßen eine ganze Packung Biskuits. Sie lagen schon in ihren Schlafsäcken und lasen – John ein Buch über Insekten, Pringle einen Thriller, der in einem japanischen Kriegsgefangenenlager spielte und den ihm seine Eltern weggenommen hätten, hätten sie davon gewußt, und Tölpel hörte Radio –, als Mr. Liddon mit einer Taschenlampe kam, um nach ihnen zu sehen.

«Will mich nur überzeugen, daß ihr okay seid. Alles schiffsmäßig in bester Ordnung?»

Pringle fand es schon recht seltsam, daß Mr. Liddon so was sagte, nachdem sein eigenes Haus ein richtiger Saustall war. Außerdem machte er ein Geschrei wegen der Kerzen, die sie brannten, und sie versprachen, sie auszumachen, was sie aber natürlich nicht taten. In der Nacht war es sehr still hier oben im Wald. Es war die tiefste Stille, die Pringle je erlebt hatte, eine Stille, die irgendwie schwer war, als habe sich ein großes, dunkles wildes Tier auf dem Wald niedergelassen und ersticke mit seinem dichten, weichen Pelz jeden Laut. Pringle dachte aber nicht allzu lange über die Stille nach, denn zwei Minuten nachdem sie die Kerzen ausgeblasen hatten, war er schon eingeschlafen.

Am nächsten Morgen war das Wetter nicht so schön. Es war grau und kühl für August. John sah einen Zitronenfalter und freute sich riesig darüber, weil die Spezies immer seltener wurde. Sie gingen zu Fuß nach Fedgford, kauften Würstchen und stellten dann fest, daß sie keine Bratpfanne dabeihatten. Pringle ging allein zum Haus hinunter, um zu fragen, ob er sich eine leihen konnte.

Anders als andere Männer, würde Mr. Liddon um diese Zeit zu Hause sein. Es waren ja Schulferien. Pringle erwartete, ihn bei der Gartenarbeit zu finden, denn auch der Garten war ein Saustall, das merkte sogar er. Aber er konnte Mr. Liddon nirgends entdecken. Pringle hämmerte mit der Faust an die Hintertür – es gab weder Klingel noch Klopfer –, aber keiner kam. Die Tür war nicht abgeschlossen. Er überlegte, ob er einfach hineingehen durfte, und dann ging er hinein.

In der Küche herrschte eine noch wüstere Unordnung als gestern. Eine große, weißgetigerte Katze saß auf dem Tisch und fraß etwas aus einer Papiertüte, das sie wahrscheinlich nicht fressen sollte. Pringle hatte das merkwürdige Gefühl, daß er ungehindert weiter in das Haus vordringen durfte. Irgend etwas sagte ihm – obwohl dieses «Etwas» weder auf Beobachtung noch auf Vermutung beruhte –, daß Mr. Liddon nicht zu Hause war. Er betrat den Flur, den er am Tag vorher durch die Tür gesehen hatte. Er führte in eine Halle mit Steinfußboden. Schwere Mauer- und Deckenbalken machten sie dunkel, es war kalt und roch nach Feuchtigkeit. Der Geruch ähnelte dem von Pilzen, die in einer Papiertüte ganz hinten im Kühlschrank lagen und vergessen worden waren. Pringle stieß eine Tür auf, die ihm vielversprechend erschien, und machte sich, aus einem Instinkt heraus, durch ein warnendes Husten bemerkbar.

Der Raum war riesengroß, die Decke nichts als geschnitzte Balken und Spinnweben. Sogar Pringle sah, daß die wenigen kleinen Möbelstücke besser ins Wohnzimmer eines Bungalows gepaßt hätten. Vor dem hohen Fenster mit Längspfosten und kleinen rautenförmigen Scheiben stand eine Frau, die etwas Blaues, Funkelndes ins Licht hielt. Sie war merkwürdig angezogen, trug einen langen Rock, und das Haar fiel ihr offen über den Rücken. Sie stand so still und betrachtete den blauen Gegenstand in ihren erhobenen Händen, daß Pringle sekundenlang das unbehagliche Gefühl hatte, sie sei gar keine Frau, sondern nur der Geist einer Frau. Dann drehte sie sich lächelnd um.

«Hallo», sagte sie, «gehörst du zu unseren Campern?»

Sie war mindestens so alt wie Mr. Liddon, aber ihr Haar hing herunter wie bei einem Schulmädchen. Ihr Gesicht war blaß und nicht hübsch, doch wenn sie lächelte, war es ein wunderbares Gesicht. Pringle starrte sie an. Es war ein Gesicht, das Güte und Empfindsamkeit ausstrahlte. Es dauerte allerdings eine Weile, bevor er seine Empfindungen in Worte fassen konnte.

«Ich bin Pringle», sagte er, weil er fühlte, daß sie ihn verstehen würde. «Mit Vornamen Peregrine, aber ich will, daß man mich Pringle nennt.»

«Das kann ich dir nicht übelnehmen. An deiner Stelle täte ich das gleiche.» Sie hatte eine ruhige, ungekünstelte Stimme. «Ich bin Flora Liddon. Sag einfach Flora, ja?»

Er glaubte nicht, daß er das konnte, und so würde es darauf hinauslaufen, daß er jede Anrede vermied, das wußte er jetzt schon. «Ich wollte nur fragen, ob Sie uns eine Bratpfanne leihen können.»

«Aber selbstverständlich. Wenn ich eine finde», fügte sie hinzu. Sie streckte ihm den Gegenstand entgegen, den sie in der Hand hielt. Es war eine kleine Glasflasche. «Hübsch, nicht wahr?»

Er betrachtete sie zweifelnd. Es war doch nur eine Flasche. Hinter ihr auf dem Fenstersims standen noch mehrere, die meisten aus klarem, farblosem, aber auch ein paar aus dunkelgrünem gerippten Glas.

«Man kann die herrlichsten Dinge hier finden. Man braucht nur ein bißchen zu graben und stößt auf Abfallhaufen, die aus der elisabethanischen Zeit stammen. Und am Fluß war eine Römersiedlung. Möchtest du eine römische Münze sehen?»

Sie war schwarz, verformt, schwer, mit dem Kopf eines häßlichen Mannes darauf. Flora zeigte ihm einen Krug aus starkem, mit Bläschen durchsetztem grünen Glas und sagte, das sei das beste Stück Glas, das sie bis jetzt gefunden habe. Sie gingen in die Küche. Eine Bratpfanne zu finden war nicht leicht, aber um so leichter ließ es sich mit Flora reden. Während sie eine Pfanne abspülte, in der noch altes geronnenes Fett war, erzählte er ihr alles über das Camp und daß sie in Fedgford gewesen waren und daß der Metzger gesagt hatte: «Ich hoffe, ihr wascht euch gründlich, bevor ihr meine guten, sauberen Würstchen bratet.»

Und sie erzählte ihm, wieviel noch in Haus und Garten getan werden mußte und daß sie alles selbst tun mußten, weil sie nicht viel Geld hatten. Sie war keine gute Anstreicherin, konnte nicht gut nähen, taugte nicht für die Garten- und – um ehrlich zu sein – auch nicht für die Hausarbeit. Am liebsten krame sie ein bißchen herum und sehe sich etwas an.

Was soll uns dieses Leben voller Sorgen, wenn uns keine Zeit bleibt, innezuhalten und uns umzusehen.

Er wußte, woraus das Zitat stammte. W. H. Davies *Autobiographie eines Supertramps*. Sie hatten sie in der Schule behandelt.

«Ich wäre ein guter Tramp gewesen», sagte sie. «Es hätte mir gefallen.»

Das Lächeln brachte ihr schlichtes Gesicht zum Strahlen.

Zum Lunch brieten sie sich die Würstchen und gingen dann mit John auf Insektenjagd. Am Fluß fanden sie zwar keine Libellen, dafür zeigte er ihnen etwas, von dem er behauptete, es sei eine Köcherfliege. Pringles Meinung nach sah es eher wie ein Stückchen von einem Zweig aus. Der Tölpel verschlang im Lauf des Nachmittags fünf Marsriegel. Sie begegneten der weißgetigerten Katze, die eine Maus im Maul hatte. Sie ließ sich durch die Zuschauer nicht stören, zerbiß die Maus, und das winzige Herz fiel heraus. «Ich glaub, ich muß kotzen», sagte Tölpel und erbrach sich. Sie beschlossen trotzdem, morgen die Katze den ganzen Tag zu beobachten, um zu sehen, wie viele Mäuse sie an einem Tag fing.

Das Wetter war inzwischen besser geworden. Die Sonne war zwar nicht herausgekommen, doch es war wieder wärmer. Sie fanden die Katze in der Pappelpflanzung, wo sie in dem prähistorisch aussehenden Unkraut – das laut John angeblich Schachtelhalm hieß – auf der Lauer lag. Die Stämme der Pappeln waren fast grasgrün, und ihre Laubkronen, die sehr hoch oben im blauen Himmel schwebten, raschelten und wisperten im leichten Wind. Genau da stellte Pringle zum erstenmal fest, daß Baumstämme nicht braun waren. Die Stämme der Waldkiefern waren rötlich und leuchteten, wenn die Sonne für einen Augenblick herauskam, so hell wie Blüten. Er wies die anderen darauf hin, doch sie schienen nicht interessiert.

«Du redest wie unsere Tante», sagte Tölpel. «Sie macht Blumenarrangements für die Kirche.»

«Und kotzt wahrscheinlich, wenn sie ein bißchen Blut sieht», sagte Pringle. «Das liegt in eurer Familie.»

Tölpel sprang ihn an, und er stellte ihm ein Bein, und sie rollten sich balgend in den Schachtelhalmen hin und her. Bis vier Uhr nachmittags hatte die Katze sechs Mäuse gefangen. Flora kam heraus und sagte ihnen, die Katze heiße Tabby. Darüber freute sich Pringle seltsamerweise. Hätte sie «Schneeflocke» oder «Persephone» oder irgendeinen anderen idiotischen Namen genannt, den die Leute ihren Katzen gaben, wäre sie für ihn nicht mehr dieselbe gewesen. Warum das so war, hätte er nicht sagen können. Er hätte sie nicht mehr so gemocht.

Auf dem Rückweg ins Lager tauchte ein Mann mit einem Landrover auf. Er sagte, er sei beim Haus gewesen und habe geklopft, doch es scheine niemand dazusein. Könnten sie Mr. oder Mrs. Liddon etwas von ihm ausrichten? Er heiße Porter, Michael Porter, und er sei etwas Ähnliches wie ein Amateur-Archäologe, Mr. Liddon wisse Bescheid, und sie seien bei ihren Ausgrabungen auf der unteren Wiese auf einen Schuttplatz mit Sachen aus dem 19. Jahrhundert gestoßen. Er wolle tiefer graben und die nächste Schicht freilegen, und wenn Mrs. Liddon an der obersten interessiert sei, könne sie sich sie jetzt ansehen.

«Dürfen wir mitkommen?» fragte Pringle.

Aber gern, sagte Porter. Am nächsten Tag werde niemand dort arbeiten. Er habe eben im Autoradio die Vorhersage gehört, die stürmisches Wetter prophezeie. Sei das dort oben ihr Camp? Dann sollten sie ihr Zelt besonders fest verankern, sagte er und fuhr weiter.

Pringle kontrollierte das Zelt. Es schien sicher und fest. Sie gingen hinein, schnürten die Klappe zu, trauten sich jedoch nicht, die Kerzen anzuzünden, und John holte seine Sturmlaterne heraus. Der Wald war jetzt nicht mehr still. Der Wind heulte laut und machte Geräusche, als zerreiße jemand Segeltuch. Zugleich begann das Zelt zu schwanken und blähte sich wie ein Schiffssegel. Manchmal hörte der Wind ganz auf, und dann war es ein paar Sekunden lang still und ruhig. Gleich darauf stürzte er sich aber wieder mit wildem Geheul auf den Wald. John las Frohawks Buch über die Schmetterlinge Großbritanniens, Pringle den Thriller aus dem japanischen Gefangenenlager, und Tölpel versuchte Radio zu hören. Aber irgendwie hatten sie nicht die richtige Muße dazu, und nach einer Weile machten sie das Licht aus und lagen im Dunkeln da.

Ungefähr fünf Minuten später kam die bisher stärkste Windbö, eine von denen, die sich anhörten wie ein reißendes Segeltuch, aber ungemein heftiger als die letzte. Und ihr folgte, südlich von ihnen, irgendwo unten beim Haus, ein ohrenbetäubendes Bersten.

«Ich glaube, wir müssen etwas tun», sagte John. Seine Stimme klang forsch, aber nicht ganz fest, und Pringle merkte, daß er sich genauso fürchtete wie Tölpel und er. «Wir müssen hier raus.»

Pringle zündete wieder die Laterne an. Es war Punkt zehn Uhr.

«Das Zelt hebt bald ab», sagte Tölpel.

Während er aus seinem Schlafsack kroch, überlegte Pringle, was sie tun sollten, ob sie ohne Schwierigkeiten zum Haus hinuntergehen konnten oder ob es gefährlich war? Im nächsten Moment wurde die Zeltklappe jedoch von außen beiseite geschoben, und Mr. Liddon steckte den Kopf herein. Er sah verärgert aus.

«Los, kommt mit, ihr alle. Hier könnt ihr nicht bleiben. Nehmt eure Schlafsäcke mit, wir finden im Haus schon einen Platz für euch.»

Seine Stimme hatte einen Unterton, als sei der Sturm ihre Schuld. Pringle fand seine Schuhe, schob die Füße hinein und rollte seinen Schlafsack zusammen. John trug die Laterne. Mr. Liddon hatte eine Taschenlampe und leuchtete ihnen. Der Wald bot einen gewissen Schutz, nicht aber die Straße, und der Wind zerrte an ihnen und stieß sie vor sich her. Man sah nicht viel, aber als sie an der Schonung vorüberkamen, schwenkte Mr. Liddon die Taschenlampe nach oben, und Pringle sah, woher das ohrenbetäubende Bersten gekommen war. Eine Pappel war gestürzt und lag jetzt, die Wurzeln in die Luft streckend, auf der Seite.

Aus irgendeinem Grund – vielleicht, weil sie genau an dieser Stelle Michael Porter begegnet waren – erinnerte John sich an die Nachricht, die sie weitergeben sollten. Mr. Liddon sagte okay und vielen Dank. Sie betraten das Haus durch die Hintertür. In dem Moment, in dem die Tür hinter ihnen zufiel, krachte, vom Wind losgerissen, ein Dachziegel auf den Weg.

In den Schlafzimmern standen zwar Betten, aber ohne Decken und Laken, und die Matratzen waren klamm und feucht. Es waren gespenstische Schlafzimmer, fand Pringle, schmutzig und voller großer Spinnennetze, und er bedauerte nicht, daß sie nicht dort schlafen würden. Auch hier roch es nach alten Pilzen, aber außerdem auch nach frischer Farbe, weil Mr. Liddon angefangen hatte, eine Decke zu streichen.

Am Ende des Flurs stand Flora im Nachthemd und einem Tuch um die Schultern am Fenster und schaute hinaus. Pringle, der manchmal Gespenstergeschichten las, nannte sie bei sich die «Graue Dame von Fen Hall». Sie stand im Dunkeln, um die Blitze besser sehen zu können, die jenseits des Flusses über den Horizont zuckten.

«Es macht mir Spaß, ein Gewitter zu beobachten», sagte sie, drehte sich um und lächelte ihnen zu.

Mr. Liddon knipste das Licht an. «Wo sollen die Jungen schlafen?»

Sie tat, als gehe sie das gar nichts an. Sie war nicht unfreundlich, aber sie wollte auch nichts damit zu tun haben. «Oh, im Salon, meinst du nicht?»

«Wir haben sieben Schlafzimmer.»

Flora sagte nichts mehr. Ein langer, rollender Donner ließ das Haus erbeben. Mr. Liddon ging mit den Jungen nach unten und führte sie durch den Salon in eine Art Arbeitszimmer. Dort halfen sie ihm, auf dem Fußboden mit Kissen Betten zu bauen. Der Wind heulte ums Haus, und Pringle hörte, wie ein zweiter Dachziegel zerschellte. Er lag im Dunkeln und hörte dem Sturm zu. Die beiden anderen schliefen, sie atmeten tief und regelmäßig. Im Schlafsack war es warm, und er fühlte sich behaglich und sicher. Nach einer Weile hörte er Mr. Liddon und Flora hinter der Tür streiten.

Pringles Eltern stritten häufig, und er haßte es, es war das allerschlimmste auf der Welt, aber nicht mehr ganz so schlimm wie früher, als er noch klein gewesen war. Er konnte nur unzusammenhängende Worte hören, beleidigend und zornig von seiner Seite und gleichgültig und belustigt von der ihren, bis schließlich ein ganzer Satz sehr deutlich durch die Tür drang. Sie hatte eine tragende Stimme, obwohl sie nicht besonders laut sprach.

«Wir wollen so verschiedene Dinge!»

Er wünschte, sie würden aufhören. Und plötzlich, als der Regen einsetzte, schwiegen sie. Der Regen explodierte förmlich, schlug gegen die Fenster und auf das alte, einsturzgefährdete Dach. Merkwürdig, daß man bei einem solchen Lärm, diesem unaufhörlichen lauten Prasseln, einschlafen konnte...

Als er am nächsten Morgen in die Küche kam, war sie schon da. John und Tölpel schliefen noch, obwohl heller, wäßriger Sonnenschein durch die schmutzigen Rautenfenster strömte. Die Welt draußen war rein, frisch gewaschen. Im Haus das alte Chaos, und obwohl die Fenster offen waren, roch es in der Küche nach alten Pilzen und schmutzigen Geschirrtüchern. Flora saß am Tisch, vor sich ein Durcheinander aus Tellern, nicht zu identifizierenden Kleidungsstücken, Brotrinden, Obstschalen und einer offenen Dose Katzenfutter. Sie trank Kaffee, und Tabby lag auf ihrem Schoß.

«Es ist noch reichlich in der Kanne, wenn du welchen willst.»

Sie war die erste Erwachsene in einem Haus, in dem er über Nacht geblieben war, die ihn nicht fragte, wie er geschlafen hatte. Auch würde sie ihm kein Frühstück machen. Sie sagte ihm, wo er Eier, Brot und Butter fand. Pringle fiel ein, daß er ihr die Bratpfanne noch nicht zurückgegeben hatte, die möglicherweise ihre einzige war.

Er hatte sich einen ganzen Stapel Toast gemacht und ein Glas Marmelade gefunden. Das Gras und die Wege, die er durch ein geöffnetes Fenster überblicken konnte, waren mit abgebrochenen Zweigen und Laub übersät. Über den zottigen Rasen stolzierte ein Fasanenhahn.

«Hat der Sturm großen Schaden angerichtet?» fragte er.

«Ich weiß nicht. Tony ist früh aufgestanden, um nachzusehen. Vielleicht sind noch mehr Pappeln geknickt oder entwurzelt.»

Pringle aß seinen Toast. Die Katze begann merkwürdig unregelmäßig zu schnurren. Flora kraulte ihr die Ohren und den Hals. Sie begann zu sprechen, doch vielleicht weder zu Pringle noch zu der Katze oder doch zu ihnen, wenn sie zuhören wollten.

«Viele Menschen sind so. Das ganze Leben ist nur eine Vorbereitung für das Leben und nicht das Leben selbst.»

Pringle wußte nicht, was er darauf sagen sollte, also sagte er nichts. Sie stand auf und ging weg, die Katze noch immer auf dem Arm, und nach einer Weile hörte er aus einem entfernten Teil des Hauses ganz leise Musik.

In der Schonung waren zwei Pappeln entwurzelt worden, und jede hatte einen fast mannstiefen Krater in den Boden gerissen. Auf dem Weg zu ihrem Lagerplatz sahen Pringle, John und Tölpel sich die Bäume sehr genau an, die niedergestürzten grünen Stämme, das in die Luft ragende Wurzelgeflecht. Im Lager hatte der Wind alles ein bißchen durcheinandergewirbelt, und ihre Sachen waren durchnäßt, aber einen ernsten Schaden gab es nicht.

Es schien eine gute Gelegenheit, die Bratpfanne zurückzugeben. Hinterher mußten sie wohl nach Fedgford, um sich Würstchen zu kaufen. Vielleicht boten Mr. Liddon oder Flora ihnen sogar an, sie mit dem Auto hinzubringen. Wenn nicht, mußten sie zu Fuß gehen. Aber Pringle brachte, das mußte er zugeben, die Pfanne jetzt nur zurück, weil er darauf spekulierte, daß man sie mit dem Auto ins Dorf fuhr.

Doch Mr. Liddon, der nie eine Minute vergeudete, arbeitete schon in der Plantage. Er hatte eine Kettensäge hinauftransportiert, weil er die Pappeln an Ort und Stelle schneiden wollte. Als er sie auf dem Weg entdeckte, ging er ihnen entgegen.

«Wie habt ihr geschlafen?»

«Ganz okay, vielen Dank», sagte Pringle. Aber Tölpel, der wütend gewesen war, weil er nichts Heißes zu trinken und nichts zu essen bekommen hatte, murmelte vor sich hin, er sei zu hungrig gewesen, um schlafen zu können. Mr. Liddon beachtete ihn nicht. Er schien zerfahren und nervös. Er sagte zu Pringle, wenn sie ins Haus gingen, sollten sie Mrs. Liddon – er nannte sie, wenn er mit ihnen sprach, nie Flora – ausrichten, er glaube, in dem Krater, der von der größeren Pappel stamme, eine Fundstelle mit viktorianischem Glas entdeckt zu haben.

«Sie müssen die Bäume dort eingepflanzt haben, ohne zu wissen, was darunter steckt.»

Pringle warf einen Blick in den Krater, und tatsächlich ragten bunte Glassplitter, ein Flaschenhals und der Henkel einer Kanne oder eines Trinkkrugs aus der aufgewühlten Erde. Pringle ließ die beiden anderen, die von der Kettensäge fasziniert waren, bei Mr. Liddon und machte sich auf den Weg, um die Bratpfanne zurückzubringen. Flora war im Salon und spielte Platten mit lebhafter Klaviermusik. Als er ihr von der Fundstelle berichtete, sprang sie wie elektrisiert auf.

Sie gingen miteinander zur Plantage zurück. Tabby lief mit, hielt sich aber immer ein paar Schritte hinter ihnen wie ein Hund. Pringle wußte, daß es sinnlos gewesen wäre, jetzt noch auf eine Autofahrt zu hoffen. Mr. Liddon hatte inzwischen die Krone der großen Pappel abgesägt. In der kurzen Zeit, die seit dem Sturm vergangen war, hatten die matten, silbrig grünen Blätter schon angefangen zu welken. John fragte, ob sie die Säge auch einmal ausprobieren dürften, und Mr. Liddon antwortete, das sei selbstverständlich nicht drin, glaubten sie denn, er sei verrückt? Und wenn sie wirklich noch zum Metzger wollten, bevor er über Mittag zumachte, sollten sie lieber losziehen.

Flora hatte ihren langen Rock hochgeschürzt und war in den Krater geklettert. Hätte sie aufrecht darin gestanden, hätten Kopf und Schultern über den Rand hinausgeragt, denn Pappeln haben flache Wurzeln. Aber sie stand nicht aufrecht. Sie ging in die Hocke und scharrte mit ihrem kleinen Spaten kleine Glasgegenstände aus der lockeren Erde. Die Kettensäge jaulte und schnitt in das obere Ende des Baumstamms. Pringle, der mit den anderen zusah, hatte das Gefühl, daß Mr. Liddon es irgendwie falsch machte. Er konnte jedoch nicht sagen, was ihn störte. Ihm fiel nur ein komischer Film ein, den er einmal gesehen hatte und in dem ein Mann, der auf einem Ast saß, das Stück zwischen ihm und dem Baumstamm durchsägte und natürlich hinunterfiel, als der Ast ab war. Aber Mr. Liddon saß ja nicht oder so. Er zersägte nur einen entwurzelten Baum von der Krone zum Stamm. Die Säge schnitt wieder ins Holz und teilte es in vier kurze Abschnitte und den langen Stamm.

«Verschwindet, Jungs», sagte er. «Ihr wollt doch nicht eure Zeit damit vergeuden, daß ihr hier herumlungert.»

Flora sah auf und zwinkerte Pringle zu. Nicht unfreundlich, nur verschwörerisch. Sie lächelte und hielt eine kleine, schimmernde rote Glasflasche in die Höhe, damit er sie sah. Er, John und Tölpel gingen langsam los, widerwillig und trödelnd, weil der Weg, der vor ihnen lag, lang und langweilig war. Durch die Schachtelhalme, die Böschung hinauf. Als die Säge wieder losjaulte, drehten sie sich automatisch um.

Aber als es passierte, sah Pringle gerade nicht hin. Keiner von ihnen sah es. Sie hatten sich ein letztes Mal umgeschaut und trotteten jetzt den Weg entlang. Das Geräusch ließ sie herumfahren, ein pfeifendes Sausen und dann ein lautes, dumpfes Krachen, bei dem man bis ins Mark erschrak. Sie schrien auf, alle drei, sonst aber niemand, weder Flora noch Mr. Liddon. Sie blieben beide ganz still.

Mr. Liddon stand mit ausgebreiteten Armen, den Mund offen, und seine Augen waren starr aufgerissen. Die Holzklötze lagen neben ihm, aber der Baumstamm war nicht mehr da. Beim letzten Schnitt der Säge hatte der untere Teil mit den Wurzeln das Übergewicht bekommen und war in den Krater zurückgeschnellt. Pringle preßte die Hand auf den Mund. Tölpel, der nicht nur aussah wie ein dickes Baby, begann zu weinen. Ängstlich, langsam, näherten sich alle vier dem jetzt aufrecht stehenden Baum, dessen Wurzeln Flora unter sich begraben hatten.

Die Polizei kam und ein Farmer mit seinem Sohn und ein paar Männer aus der Umgebung. Gemeinsam schafften sie es, den Baum wieder auf die Seite zu kippen, aber inzwischen war Flora tot. Vielleicht war sie schon gestorben, als der Stamm und die Masse der Wurzeln sie getroffen hatten. Pringle war nicht dabei, er sah sie nicht. Mr. Liddon hatte ihnen die Schonung verboten und gesagt, sie müßten im Lager bleiben, bis jemand sie abholte, um sie zum Bahnhof zu fahren. Es war Michael Porter, der am Spätnachmittag kam und nachsah, ob sie alles eingepackt und den Zeltplatz gesäubert hatten. Er sagte ihnen, daß Flora tot war. Sie erreichten den Bahnhof so rechtzeitig, daß sie den Zug um siebzehn Uhr fünfzehn nach London nehmen konnten.

Auf dem Weg zum Bahnhof erwähnte er die Fundstelle, von der er ihnen erzählt hatte, mit keinem Wort. Pringle hätte gern gewußt ob Mr. Liddon Flora etwas davon gesagt hatte. Während der ganzen Zugfahrt ging ihm etwas Merkwürdiges im Kopf herum. Als er an diesem Morgen den Weg hinauf zum Lager gegangen war, war in dem Baumkrater kein Glas gewesen, dessen war er sicher. Er hätte den Glanz nicht übersehen. Aber er sagte John und Tölpel nichts davon. Was hätte es auch für einen Sinn gehabt?

Drei Jahre später bekamen Pringles Eltern eine Einladung zu Mr. Liddons Hochzeit. Er heiratete die Tochter eines reichen ortsansässigen Bauunternehmers, und der Empfang fand in «Fen Hall», dem Haus im Wald, statt. Pringle fuhr nicht mit, er war schon zu alt, um seinen Eltern immer am Rockzipfel zu hängen. Für Bäume interessierte er sich ohnehin nicht mehr.

Vatertag

In einer Erzählung eines viktorianischen Autors hatte Teddy einmal gelesen, daß ein bestimmter Charakter «um sich herum alles friedlich, harmonisch und angenehm» haben wolle. Der Satz war ihm im Gedächtnis haftengeblieben. Auch er wollte es um sich herum friedlich, harmonisch und angenehm haben.

Man konnte nur hoffen, daß das Angenehme überwog, wenn sie alle zusammen auf Urlaub fuhren. Teddy begann zu fürchten, daß sie sich gegenseitig auf die Nerven gehen könnten. Aber schließlich war es für viele Jahre das letzte Mal, daß sie im Oktober zu viert verreisen konnten, denn im Frühling würden Emma und Andrew in die Schule kommen.

«Ein Jammer», sagte Anne, «denn Mai und Oktober sind die absolut besten Zeiten auf den griechischen Inseln.»

Sie und Teddy hatten das Haus von dem Geld gekauft, das Teddy von seiner Mutter geerbt hatte. Im vergangenen Jahr waren sie zweimal dagewesen und noch einmal im letzten Mai. Leider hatten sie abends nicht ausgehen können, denn sie hatten keinen Babysitter. Zusammen mit Michael und Linda sollte es möglich sein, daß jedes Paar an jedem zweiten Abend ausgehen konnte.

«Wenn Michael uns seine Kinder anvertraut.»

«Also, so schlimm ist er auch wieder nicht.»

«Ich habe nicht gesagt daß er schlimm ist. Er ist mein Schwager, und ich muß mit ihm auskommen. Er ist schon in Ordnung. Aber bei diesem Getue um seine Kinder wundere ich mich manchmal, daß er sie ihrer Mutter überläßt, wenn er zur Arbeit muß.»

Er erinnerte sich, daß Michael ihnen im Juli den gemeinsamen Abend in Chichester gründlich verdorben hatte, weil er darauf bestand, den Babysitter vor der Vorstellung, in der Pause und vor der Rückfahrt anzurufen. Und wenn er nicht telefonierte oder im Theater gezwungen war, den Mund zu halten, hatte er ununterbrochen in leicht gereiztem Ton über Andrew und Alison geredet.

«Er steht stark unter Stress», hatte Linda ihrer Schwester zugeflüstert. «Hat berufliche Schwierigkeiten.»

Teddy fand es unnatürlich, daß ein Mann ein solches Getue um seine Kinder machte. Er liebte seine Kinder auch, selbstverständlich liebte er sie, und er war auch besorgt, aber sie waren noch klein und, wenn er ehrlich sein wollte, manchmal lästig und ermüdend. Wenn sie erst einmal älter waren, konnte er mit ihnen gut Freund sein, und darauf freute er sich schon jetzt. Michael war einer Mutter ähnlicher als einem Vater – er war die reinste Glucke. Wenn Teddy aus irgendeinem Grund ein schlechtes Gewissen hatte, hatte er schon mal die Windeln gewechselt oder das Fläschchen gegeben, aber Michael schienen diese Prozeduren tatsächlich Spaß zu machen, und es gab für ihn kaum ein anderes Thema. Teddy hoffte nur, daß er auf Stamnos nicht nur Diskussionen über Kindernahrung und Säuglingspsychologie zu hören bekommen würde.

Etwa eine Woche vor ihrer Abreise ging Valerie Wiltons Ehe in die Brüche. Valerie war zwar mit Anne in die Schule gegangen, aber mit Linda eng befreundet und hatte beiden lange Briefe geschrieben, in denen sie alles erklärte und um ihr Verständnis bat. Sie hatte in ihrem Abendkurs in Wirtschafts-Französisch einen Mann kennengelernt, mit dem sie jetzt weggegangen war. Anscheinend hatte die Affäre schon lange gedauert, aber Valeries Mann war völlig ahnungslos gewesen, und als sie ihn verließ, war es ein schrecklicher Schock für ihn. Er kam vorbei, schüttete Anne sein sorgenvolles Herz aus, trank eine Menge Scotch, brach zusammen und weinte. Soweit Teddy wußte, machte er es bei Linda genauso. Teddy hielt sich aus der Sache heraus, er hatte keine Lust, sich hineinziehen zu lassen. Da ihm Frieden und Harmonie über alles gingen, lehnte er es sogar freundlich, aber energisch ab, mit Anne darüber zu sprechen.

«Linda sagt, Michael habe es furchtbar mitgenommen», sagte Anne. «Er identifiziert sich mit George, verstehst du? Er ist so feinfühlig.»

«Ich habe mir vorgenommen, nicht darüber zu reden, Liebling, und, verflixt, das werde ich auch nicht!»

Während des Fluges hatte Michael Alison auf dem Schoß, und Andrew saß neben ihm. Anne meinte vorwurfsvoll, Linda habe es gut. Teddy sah, daß Linda fast die ganze Zeit schlief. Sie war schön – sah besser aus als Anne, wie die meisten Leute fanden, nur Teddy nicht – und hatte sich, nachdem Michael zuletzt mehr verdiente, eine Menge neuer Sachen gekauft und sich einen modisch schicken Haarschnitt machen lassen. Teddy, ein guter Beobachter, vor allem, wenn es sich um schöne Dinge handelte, hatte festgestellt, daß sie seit einiger Zeit keine Hosen mehr trug. Anerkennend betrachtete er über den Mittelgang hinweg ihre langen, schlanken Beine.

In Athen mußten sie in eine andere Maschine umsteigen. Es war ein schöner, klarer Tag, und während des Landeanflugs übersah man sehr gut die ganze Insel, die die Form eines Weinkrugs und von dieser Form ihren Namen abgeleitet hatte. Stamnos war nur etwa zwanzig Meilen lang, aber die Straße war schlecht und voller Furchen. Sie schlängelte sich dicht mit Olivenbäumen bepflanzte Berge hinauf und hinunter, und bis Votani, am oberen Rand des Krugs gelegen, brauchte der Wagen eine Stunde. Der Fahrer, ein Einheimischer, war einer jener Griechen, die ihre Jugend in Australien verbringen, dann nach Hause zurückkehren und mit dem ersparten Geld irgendein Geschäft eröffnen. Er sprach während der ganzen Fahrt in einem rauhen griechisch-australischen Slang, sein Radio spielte Bouzoukimusik, und Alison wimmerte in Michaels Armen. Es war heiß für die Jahreszeit.

Tim, dem es im Auto immer schlecht wurde, mußte sich auf der Fahrt zweimal übergeben. In Votani angekommen, erfuhren sie, daß der Wagen die schmale, gepflasterte Straße nicht hinauffahren konnte. Sie mußten aussteigen und ihr Gepäck tragen. Der Fahrer half ihnen, in jeder Hand einen Koffer und einen auf dem Kopf. Michael trug keinen Koffer, denn er hatte Andrew auf den Schultern sitzen und Alison auf dem Arm.

Die Häuser von Votani bedeckten einen flachen konischen Hügel und sahen von weitem wie ein Haufen pastellfarbener Kiesel aus. Aus der Nähe gesehen, waren die Häuser sauber, eng, ineinander verschachtelt, von Jasmin und Bougainvilleen überwuchert, und auf dem Hügel selbst erhob sich die ungewöhnlich malerische Ruine einer Kreuzfahrerburg. Teddys und Annes Haus bestand aus drei Fischerhäuschen, die der vorhergehende Besitzer zu einem einzigen umgebaut hatte. Da es auf dem steilen Hügel stand, hatte es eine Unmenge kleiner Treppen. Von dem Zimmer, in dem die vier Kinder schlafen sollten, sah man die östlichen Mauern der Festung, eine weite Fläche dunkelblauer See und, verwischt am Horizont, die türkische Küste. Wenn die Sonne untergegangen war, wurde es schnell dunkel. Teddy fand das nach den langen englischen Abenddämmerungen immer ein bißchen verwirrend.

Schon eine Stunde nach ihrer Ankunft in Votani schlenderte er die Hauptstraße hinunter – eine von Steinmauern gesäumte Schlucht, in der es nach Jasmin duftete und die von Lampen auf schmiedeeisernen Trägern beleuchtet wurde – zu Agamemnons Bar. Er hatte ein schlechtes Gewissen, weil er ausging und es Anne überließ, die Kinder ins Bett zu bringen. Aber es war Annes Vorschlag gewesen, ja, sie hatte sogar darauf bestanden, daß er mit Michael vor dem Abendessen einen Schluck trinken ging. Bei einem im Flüsterton abgehaltenen Kolloquium hatten sie übereinstimmend festgestellt, daß Michael «total erledigt» (so Anne wörtlich) aussah und – wie Teddy es ausdrückte – «die Nase vollzuhaben scheint». Was auch kein Wunder war, nachdem er sich den ganzen Tag um Andrew und Alison gekümmert hatte.

Michael zu überreden war nicht leicht gewesen, er hatte bei Linda bleiben und ihr helfen wollen, und daher war Teddy ziemlich überrascht, als er eine nörgelnde Tirade gegen die Emanzipation der Frau begann.

«Manchmal frage ich mich, was sie damit meinen, wenn sie erklären, sie seien nicht ‹gleichberechtigt›», sagte er. «Sie bekommen die Kinder, oder? Wir können sie nicht bekommen, und deshalb finde ich, daß die Frauen uns *über-* und nicht *unterlegen* sind.»

«Also, ich weiß, daß ich kein Baby bekommen möchte», sagte Ted leichthin.

«Und deshalb», fuhr Michael fort, als habe Teddy kein Wort gesagt, «müssen wir sie beherrschen. Um unseretwillen. Wo kämen wir denn hin, wenn sie die Babies kriegten und auch sonst die Oberhand hätten?»

Teddy antwortete unbestimmt, mit Oberhand und so habe er nicht viel im Sinn, aber irgend jemand habe gesagt, die Hand an der Wiege regiere auch die Welt. Inzwischen waren sie in Agamemnons Bar angekommen und saßen an einem Tisch auf der von Weinlaub umrankten Terrasse. Die anderen Gäste waren Einheimische. Ein paar erkannten Teddy, nickten ihm zu und lächelten. Die meisten

Touristen waren um diese Zeit schon abgereist und die Hotels geschlossen, bis auf eins. Dem hedonistischen Teddy, dem Harmonie über alles ging und der nicht gern Probleme wälzte, hatte die Wendung nicht gefallen, die das Gespräch nahm. Er erzählte Michael, wie lustig Anne und er es gefunden hätten, daß der Besitzer der Bar nach dem großen Helden der griechischen Antike getauft worden sei, ironischerweise jedoch klein und dick war. An dieser Stelle mußte er sich unterbrechen, denn der kleine, dicke Agamemnon kam lächelnd an ihren Tisch, um ihre Bestellung entgegenzunehmen.

Michael ließ es jedoch nicht zu, daß Teddy noch einmal auf die klangvollen Namen der Inselbewohner zu sprechen kam. Er begann sofort wieder zu reden, schnell und heftig, das magere dunkle Gesicht angespannt und verkniffen.

«Ein Mann kann seine Kinder jederzeit ohne eigene Schuld verlieren. Hast du dir das schon mal überlegt?»

Teddy sah ihn an, dachte an tödliche Krankheiten, an Kidnapping. «Wie meinst du das?»

«Es könnte dir oder mir passieren, jedem von uns. Ein Mann kann seine Kinder über Nacht verlieren, ohne etwas dagegen tun zu können. Er kann ein guter, treuer Ehemann, ein guter Ernährer, ein liebevoller Vater sein, das alles zählt nicht. Schau dir George Wilton an. Was hat George falsch gemacht? Nichts. Trotzdem hat er seine Kinder verloren. Heute hier, morgen fort – gestern noch in seinem Haus, heute mit Valerie bei diesem Wirtschafts-Französisch-Typen in Gerrards Cross, und wenn George Glück hat, darf er sie einmal in vierzehn Tagen sehen.»

«Ich verstehe, worauf du hinauswillst», sagte Teddy. «Aber er könnte sie schließlich nicht versorgen, nicht wahr? Er muß arbeiten gehen. Ich meine, ich sehe ja ein, daß es unfair ist, aber der Mutter kann man die Kinder nicht wegnehmen, nicht wahr?»

«Anscheinend nicht. Aber dem Vater schon.»

«Ich würde mir an deiner Stelle wegen eines Einzelfalls nicht den Kopf zerbrechen», sagte Teddy, der sich sehr unwohl fühlte. «Du solltest diesen ganzen Kram vergessen, so lange wir hier sind. Entspann dich ein bißchen.»

«Ein Einzelfall? Genau das ist es eben nicht. Einem meiner Arbeitskollegen, John Frost, geht's genauso. Er und seine Frau haben sich getrennt – auf das Verlangen seiner Frau, natürlich –, und ganz selbstverständlich hat sie ihr Baby mitgenommen. Und George hat mir erzählt, mit der Ehe seines Bruders ging's vor ungefähr zwei Jahren genauso. Drei Kinder hatte er und lebte nur für sie, und jetzt darf er alle vierzehn Tage mit ihnen in den Zoo gehen.»

«Vielleicht», sagte Teddy, der oft hellsichtige Momente hatte, «wäre das nicht passiert, wenn er ein bißchen mehr für seine Frau gelebt hätte.»

Er war froh, als er endlich wieder zu Hause war. Nachts, im Bett, sprach er mit Anne darüber. Anne sagte, Michael sei ein Mensch, der zur Besessenheit neige. Als er Linda kennenlernte, war er von ihr besessen gewesen, jetzt sei er's von Andrew und Alison. Sie habe festgestellt, er sei zur Zeit nicht besonders nett zu Linda, sondern beobachte sie auf eine unangenehme Weise. Und als Linda ihm vorgeschlagen hatte, morgen mit den Kindern zur Burg hinaufzugehen, wenn er zum Hafen wolle, um die Fischerboote einlaufen zu sehen, habe er gesagt:

«Glaub ja nicht, daß ich dir erlaube, allein mit *meinen* Kindern dort raufzugehen.»

Ein paar Tage später gingen alle gemeinsam. Man mußte die Kinder jede Minute im Auge behalten, so viele Plätze gab es, wo sie hinunter- oder hineinfallen konnten – Mauersprünge, bröckelndes Gemäuer, Löcher, die sich ins Nichts öffneten. Aber die Aussicht von den östlichen Mauern, die an ein paar Dutzend Stellen dort eingestürzt waren, wo die Klippe fast senkrecht zu einem cremefarbenen und silbernen Sandstrand und braunen Felsen abfiel, war die schönste auf ganz Stamnos. Man überblickte die weite Bucht, gewissermaßen die Tülle des Weinkrugs, das Meer mit den daraufgetupften Inseln und die niedrigen Berge der Türkei. Und hinter ihnen, dachte der romantische Teddy, liegt vielleicht die Ebene von Troja. Das Gras war hier sehr glatt, trocken wie sauberes, frisiertes Haar. In Stamnos hatte es seit fünf Monaten nicht geregnet. Der Himmel war von einem weichen malvenfarbenen Blau, wolkenlos und klar. Emma und Andrew, die beiden größeren, liefen auf dem glatten Gras umher, fanden es besonders lustig, daß es so rutschig war, kugelten herum, schlitterten die Abhänge hinunter.

Seit ihrem Gespräch in der Bar war Teddy seinem Schwager mit Erfolg aus dem Weg gegangen, aber im Lauf dieses Tages gelang es

Michael, ihn zu erwischen. Er nannte es bei sich so, obwohl es eigentlich eher andersherum gewesen war: ahnungslos hatte er Michael erwischt. Er war ins Lebensmittelgeschäft hinuntergegangen, um die roten Äpfel, den Schafskäse und das Olivenöl zu besorgen, die Anne haben wollte, und hatte dann kurz in den nächsten Raum hineingeschaut, in dem eine Secondhand-Buchhandlung untergebracht war. Die Regale waren mit Taschenbüchern in allen nur erdenklichen europäischen Sprachen vollgestopft. Sie waren von den abertausend Touristen zurückgelassen worden, die im Sommer in Votani gewesen waren. Der Raum war leer, nur Michael stand in einer entfernten Ecke und hatte eben einen Roman vom Regal genommen, der als Titel den Namen seiner Heldin trug.

«Das ist eine schwedische Übersetzung», sagte Teddy freundlich.

«Ach, tatsächlich? Ja, du hast recht.»

«Die englischen Bücher sind alle dort drüben.»

Michaels Gesicht sah in dem Dämmerlicht, das im Laden herrschte, eingefallen aus. Obwohl er so dunkel war, wurde er nur langsam braun. Sie traten hinaus in den Sonnenschein. Sein Einkaufsnetz mit den Äpfeln, dem Schafskäse und dem Olivenöl in der Hand, blieb Teddy ab und zu stehen, schaute über eine Mauer oder durch einen Torweg. Unter ihnen erstreckten sich die Wiesen bis ans Meer, kauerten Olivenbäume, unter denen schwarze Netze ausgelegt waren, in denen die Ernte aufgefangen wurde, ragten bleistiftdünne Zypressen steif in die Höhe. Der Hirtenhund trieb die Herde zusammen, und das Bimmeln der Schafsglocken klang wie ferne Musik. Michaels Schatten fiel über die sonnenhelle Mauer.

«Ich hab geträumt», sagte Teddy. «Ist das nicht schön? Ich liebe es. Es macht mich ganz traurig zu denken, daß wir für – wie lange? – vielleicht zwölf oder vierzehn Jahre nicht mehr im Oktober herkommen können.»

«Also, ich kann nicht behaupten, daß es mir etwas ausmacht, meinen Kindern ein paar Opfer zu bringen.»

Teddy fand diesen Vorwurf ungerecht und hätte gern entsprechend scharf geantwortet. Aber er hatte keine besondere Begabung für versteckte Andeutungen und Sticheleien. Außerdem hatte Michael, bevor ihm etwas einfiel, ein anderes Thema angeschnitten.

«Die griechischen Gesetze gestehen den Frauen seit ein paar Jahren viel größere Rechte zu – im Hinblick auf Eigentumsrechte, Scheidungen und so weiter.»

«Und das ist auch gut so, findest du nicht?» antwortete Teddy nicht ohne Bosheit.

«Das sind die ersten Risse in einer Gesellschaftsordnung, die schließlich zum Zusammenbruch dieser Gesellschaft führen werden.»

«Unsere Gesellschaftsordnung ist auch nicht zusammengebrochen.»

Michael lachte schneidend über die Naivität dieses Kommentars. «Im 19. Jahrhundert», fuhr er ernst und lehrerhaft fort, «und auch in unserem noch über eine lange Zeit hinweg, sind die Kinder beim Vater geblieben, wenn seine Frau ihn verlassen hat, das war ganz selbstverständlich. Die Kinder durften nie beim schuldigen Teil aufwachsen. Und vor noch nicht allzu langer Zeit konnte ein Mann seine Frau mit Hilfe des Gesetzes zwingen, zu ihm zurückzukehren.»

«Du sehnst dich doch nicht etwa danach?»

«Ich sag dir eins, Teddy, es kommt eine Zeit, in der Kinder keine Väter haben werden – das heißt, es wird nicht mehr wichtig sein, wer dein Vater ist. Du wirst deine Mutter kennen, und das wird genügen. Dahin kommt es, daran gibt es keinen Zweifel. Im Mittelalter waren die Männer überzeugt, daß bei der Fortpflanzung die Frau nur das Gefäß und daß allein der Samen des Mannes es war, der das Kind zeugte. Inzwischen hat sich das Rad um fast dreihundertsechzig Grad gedreht, wir sind bei der fast totalen Oberhoheit der Frau angelangt, und Männer wie du und ich sind nur noch ein austauschbares Mittel zum Zweck.»

«Ist es möglich, daß er ein bißchen verrückt ist?» sagte Teddy am Abend zu Anne. «Ich meine, vor Überanstrengung übergeschnappt?»

«Hier überanstrengt er sich doch wirklich nicht.»

«Noch etwas, worüber ich mir den Kopf zerbrochen habe. Sag mal, hat Linda vielleicht etwas vor? Ich meine, hat sie vielleicht ein Techtelmechtel mit einem anderen Typen? Sie zieht sich in letzter Zeit besonders schick an, und sie hat abgenommen. Sie sieht um

Jahre jünger aus. Wenn sie einen anderen hat, wäre es eher erklärlich, warum der arme alte Michael sich so aufführt.»

Es war ihr «freier» Abend gewesen, und sie kamen aus dem letzten Restaurant, *Krini*, das nach Mitte Oktober noch geöffnet hatte. Die Nacht war voller Sterne und der Mond eine leuchtendweiße, fast runde Scheibe.

«Es muß irgendeinen Grund dafür geben, daß er so ist. Es ist nicht normal. Ich verbringe doch meine Zeit auch nicht damit, mich zu sorgen, du könntest mich verlassen und die Kinder mitnehmen.»

«Ach, das ist es also! Er hat Angst, daß Linda ihn verlassen könnte?»

«Das muß es sein. Er kann doch nicht derart ausflippen, nur weil George und irgendein Mensch namens Frost Eheprobleme haben.» Teddy nickte weise. «So ist die menschliche Natur nicht», sagte er. «Gehen wir zur Burg hinauf, Liebling. Wir waren noch nie bei Mondschein oben.»

Sie kletterten den Hügel hinauf. Teddy schnaufte ein bißchen, weil er im *Krini* zuviel Ouzo getrunken hatte. Im Sommer wurde die Burg von Scheinwerfern angestrahlt, aber wenn die Hotels zumachten, gingen auch die Lichter aus. Das Mondlicht war fast ebenso hell, und zwischen den schwarzen Schatten, die die geborstenen Mauern warfen, schimmerte silbern der Rasen. Die Inselbewohner warteten jetzt, nach der Touristensaison, verzweifelt auf Regen, denn nur wenn es noch einmal regnete, konnten sie auf eine gute Olivenernte hoffen. Teddy stieg die letzte noch vorhandene Treppe in die Überreste des einzigen noch vorhandenen Turms hinauf. Er blieb stehen und wartete auf Anne. Er schaute hinunter, konnte sie aber nicht sehen.

«Das Ägäische Meer ist nicht immer so ruhig», drang ihre Stimme zu ihm herauf. «Hier unten gibt es eine kreisförmige Strömung von der Küste fort und wieder zurück.»

Er spähte von seinem Ausguck hinunter, sah sie aber noch immer nicht. Und dann entdeckte er sie. Eben noch. Ihre Silhouette hob sich vom Purpur des bestirnten Himmels ab.

«Paß auf!» schrie er. «Du stehst zu dicht am Rand.»

Sie zuckte vor Schreck zusammen, fuhr herum und glitt sofort auf dem Gras aus, rutschte auf dem Rücken, die Beine in der Luft, über den Abhang. Teddy raste die Treppe hinunter, über den Rasen, stürzte selbst um ein Haar, hob sie auf und preßte sie an sich.

«Stell dir vor, du wärst auf die andere Seite gefallen.»

Ihre Handflächen waren sandig, stellenweise abgeschürft, weil sie vergeblich versucht hatte, sich seitlich an die Mauerrisse zu klammern. «Ich wäre überhaupt nicht gefallen, wenn du nicht geschrien hättest.»

Als sie nach Hause kamen, schliefen die Kinder, Linda war schon im Bett, aber Michael noch auf. Zwei leere Weinflaschen standen auf dem Tisch und drei Gläser. Ein Mann, den sie am Abend vorher in Agamemnons Bar kennengelernt hatten, sei auf ein Glas vorbeigekommen, sagte Michael. Ein Deutscher aus Heidelberg. Ein verspäteter Urlauber, und allein.

«Er hat uns von seiner Scheidung erzählt. Seine Frau hat jetzt einen Jüngeren mit besseren Berufsaussichten, der Werners Kindern einen Swimmingpool und Reitstunden bieten kann. Werner wollte sich umbringen, aber jemand hat ihn rechtzeitig gefunden.»

Na, das muß ja ein schöner Abend gewesen sein, dachte Teddy und wollte etwas Fröhliches sagen, als aus dem Kinderzimmer ein schriller Schrei kam. Und wenn's um sein Leben gegangen wäre, hätte Teddy nicht sagen können, welches Kind geschrien hatte, aber Michael wußte es genau. Er kannte Alisons Stimme und lief hinauf, um sie zu trösten. Linda kam im Morgenrock aus ihrem Schlafzimmer.

«Ist dieser gräßliche Mensch weg? Er sieht wie eine Kröte aus. Warum scheinen wir überhaupt niemanden mehr zu kennen, dessen Ehe nicht kaputtgegangen ist?»

«Ihr kennt uns.»

«Ja, Gott sei Dank!»

Michael ging fast jeden Morgen mit seinen Kindern an den Strand. Teddy auch, aber er wäre lieber auf die andere Seite der Landspitze gegangen, aber Emma und Tim wollten mit Cousin und Cousine zusammensein, und Tim fing an zu brüllen, als Teddy Einwände machte. Also mußte Teddy so tun, als freue er sich, Michael zu sehen. Die Kinder tummelten sich abwechselnd am Strand und in dem klaren grünen Wasser. Es war mittags noch immer sehr heiß.

«Wie im August», sagte Teddy. «Im August ist es hier wie im Backofen.»

«Hitze und Kälte bedeuten mir nicht besonders viel», sagte Michael.

Teddy widerstand der Versuchung, etwas ähnliches zu sagen wie: «Is ja schön für dich» oder «So glücklich wollt ich auch sein», und begann statt dessen Pläne für den nächsten Tag zu machen: Sie könnten, meinte er, mit dem Mietwagen nach Likithos fahren, das Mönchskloster mit den byzantinischen Relikten und den Apollo-Tempel besuchen. Michael wandte ihm ein so unglückliches, so zerquältes Gesicht zu, in dem die Augen buchstäblich vor Schmerz zusammengekniffen waren, daß Teddy seine schuljungenhafte Abneigung vergaß und tiefes Mitleid mit ihm empfand. Der arme Junge, dachte er, der arme Teufel! Was fehlt ihm denn nur?

«Wenn ich Andrew und Alison um mich habe, wie jetzt, ist es nicht so schlimm», fing Michael leise und hastig zu sprechen an, «weil ich da immer das Gefühl habe, ich könnte sie packen, mit ihnen weglaufen und sie verstecken.» Er sah Teddy ernst an. «Ich bin kräftig, ich bin noch jung. Ich könnte sie ohne Schwierigkeiten beide sehr weit tragen. Ich könnte sie verstecken. Aber in unserer zivilisierten Welt gibt es keinen Ort, wo man sich lange verstecken kann, nicht wahr? Doch, wie ich schon sagte, ist es nicht so schlimm, wenn ich sie bei mir habe, wenn wir zu dritt allein sind. Aber wenn ich weggehen und sie bei *ihr* lassen muß – ich kann dir nicht sagen, wie ich mich auf der Heimfahrt fühle; im Zug und dann auf dem Weg vom Bahnhof nach Hause stelle ich mir vor, daß ich heimkomme und sie nicht höre, daß nur Stille mich erwartet. Stille und ein Zettel auf dem Kaminsims. Ich fürchte mich vor dem Nachhausegehen, Teddy, das sage ich dir ganz offen, und sehne mich zugleich danach, zu Hause zu sein. Selbstverständlich tu ich das. Ich sehne mich danach, sie zu sehen und mich davon zu überzeugen, daß sie mir noch gehören. Noch einmal davongekommen, sage ich mir. Manchmal rufe ich ein halbes dutzendmal zu Hause an, weil es mich beruhigt zu wissen, daß *sie* nicht mit ihnen weggegangen ist, sie mir nicht weggenommen hat.»

Teddy war entsetzt. Er wußte nicht, was er sagen sollte. Es war, als sei die Sonne verschwunden, als sei alles kalt und trostlos und abscheulich. Das Meer funkelte, sah hart und endlos aus, ein Feind.

«Seit wir hier sind, ist es nicht ganz so schlimm», sagte Michael. «Oh, wahrscheinlich bin ich dir mit meinem Gerede auf die Nerven gegangen. Tut mir leid, Teddy, ich weiß, was ich für ein Jammerlappen bin. Aber ich kann nur noch daran denken, daß alles wieder von vorn anfängt, sobald wir zu Hause sind.»

«Hat denn Linda...» Teddy stotterte vor Aufregung. «Ich meine, Linda ist doch nicht...»

Michael schüttelte den Kopf. «Noch nicht, noch nicht. Aber sie ist jung, nicht wahr? Sie ist attraktiv. Sie hat noch viele Jahre vor sich – Jahre der Qual für mich, Teddy, bevor meine Kinder erwachsen sind.»

Anne erzählte Teddy, sie habe mit Linda darüber gesprochen. «Sie schaut keinen anderen Mann an, würde es nie tun. Michael bricht ihr das Herz. Sie hat abgenommen und sich neue Kleider gekauft, weil sie das Gefühl hatte, sie habe sich nach Alisons Geburt gehenlassen und sollte versuchen, sich für ihn so attraktiv wie möglich herzurichten. Seine fixe Idee macht sie ganz fertig. Sie möchte, daß er zu einem Psychiater geht, aber das lehnt er ab.»

«Das Vertrackte daran ist, daß er nicht ganz unrecht hat», sagte Teddy. «Sein Wahnsinn hat Methode. Wenn Linda einen Mann kennenlernte und sich in ihn verliebte und mit ihm wegginge – ich meine, Michael könnte sie sogar dazu treiben, wenn er so weitermacht –, *würde* sie die Kinder mitnehmen, und Michael *würde* sie verlieren.»

«O nein, nicht auch du!»

«Aber nein, weil ich ja nicht so verrückt bin wie der arme Michael. Ich bin hoffentlich ein vernünftiger Mann. Doch nachdenklich kann man schon werden. Eine Frau kommt zu dem Schluß, daß es in ihrer Ehe nicht mehr klappt, und der Mann verliert die Kinder, sein Heim und möglicherweise die Hälfte seines Einkommens. Also, wenn ich noch mal fünfundzwanzig und nicht dir begegnet wäre, würde ich es mir zweimal überlegen zu heiraten, das kannst du mir glauben.»

An ihrem letzten Abend waren Anne und Teddy an der Reihe, auf die Kinder aufzupassen. Michael und Linda aßen mit Werner im *Hotel Daphne*. Linda trug ein Seidenkleid, das so grün war wie flaches Meerwasser.

«Ein weiteres gemütliches Plauderstündchen über Ehebruch und Selbstmord, nehme ich an», sagte Teddy. Da er es gern gemütlich hatte, machte er es sich mit einem großen Glas Ouzo auf der Terrasse unter dem Weinlaub bequem. «Diesmal tut es mir nicht besonders leid, nach Hause zu fahren. Und ich sag dir was. Nächstes Jahr könnten wir zu Ostern herkommen, in Emmas Schulferien.»

«Allein», sagte Anne.

Michael kam gegen zehn Uhr zurück. Er war allein. Teddy sah, daß seine Handflächen blaue Druckstellen hatten, als habe er sich an etwas Rauhem und Steinigem festgeklammert. Anne stand auf.

«Wo ist Linda?»

Er zögerte mit der Antwort. Ein verschlagener Ausdruck, wie geistig gesunde Menschen ihn nie zustande bringen, breitete sich auf seinem Gesicht aus. Sein unsteter Blick schweifte über die Terrasse, nach rechts, nach links. Dann schaute er auf seinen rechten Handteller hinunter und begann ihn mit dem Daumen zu reiben.

«Im Hotel», sagte er. «Bei Werner.»

Anne hatte schneller begriffen als er, das merkte Teddy. Sie machte einen Schritt auf Michael zu.

«Was in aller Welt heißt ‹bei Werner›?»

«Sie hat mich verlassen. Sie fährt morgen mit ihm nach Deutschland.»

«Das ist nicht wahr, Michael. Sie kann ihn nicht ausstehen, das hat sie mir gesagt. Sie hat gesagt, er sieht aus wie eine Kröte.»

«Das stimmt», sagte Teddy. «Ich habe es auch gehört.»

«Na schön, dann ist sie eben nicht bei Werner. Denkt, was ihr wollt. Sind die Kinder in Ordnung?»

«Vergiß die Kinder, Michael, die sind okay. Sag uns, wo Linda ist, bitte! Halt uns nicht zum Narren!»

Er antwortete nicht. Er ging ins Haus, und der Perlenvorhang klapperte auch noch, als er verschwunden war. Anne und Teddy sahen sich an.

«Ich habe Angst», sagte Anne.

«Also offen gesagt, ich auch», entgegnete Teddy.

Der Vorhang klapperte wieder, als Michael mit seinen Kindern aus dem Haus kam. Er trug Andrew auf der Schulter und Alison auf dem Arm; beide waren völlig schlaftrunken.

«Ich habe mir dort oben die Hände zerkratzt», sagte er. «Der Rasen ist so glatt wie Glas.» Er sah Anne und Teddy mit einem breiten und leeren Lächeln an. «Wollte mich nur überzeugen, daß es den Kindern gutgeht, ich bringe sie wieder ins Bett.» Er begann mit einer Art triumphierender Erleichterung vor sich hin zu kichern. «Jetzt werde ich sie nicht mehr verlieren. Jetzt nimmt *sie* sie mir nicht mehr weg.»

Die grüne Straße nach Quephanda

Vor noch nicht allzu langer Zeit fuhr in London eine Vorortbahn von Finsbury Park nach Highgate und möglicherweise auch noch weiter, doch das kann ich nicht sagen. Sie wurde stillgelegt, bevor ich nach Highgate zog, und irgendwann wurden auch Gleise und Schwellen abmontiert. Aber die Spur ist geblieben, und es ist eine sehr interessante Spur. Manche Leute, die an der ehemaligen Bahnlinie wohnen, behaupten steif und fest, sie hörten nachts, wenn der Wind richtig steht, noch immer den Zug die Steigung nach Highgate hinaufkeuchen, hörten sein langes melancholisches Pfeifen, kurz bevor er in den alten Bahnhof einfährt. Ein Geisterzug wahrscheinlich, auf Gleisen, die längst abmontiert und abtransportiert wurden.

Aber das ist keine Geistergeschichte. Wer könnte sich den Geist vorstellen, nicht den eines Menschen, sondern eines Ortes, der in der natürlichen Welt nicht existiert? Wer könnte vermuten, daß einem Mann wie mir, der völlig phantasielos ist und mit Scheuklappen umherläuft, etwas Übernatürliches und Paranormales widerfahren könnte?

Ein Mensch mit einer besseren Beobachtungsgabe, zum Beispiel, hätte kaum drei Jahre nur zwei Minuten vom alten Bahnhof entfernt wohnen können, ohne zu wissen, daß es hier einmal eine Bahnlinie gegeben hatte. Tag für Tag ging ich auf dem Weg zur Untergrundbahn daran vorbei, schaute, ohne hinzusehen, auf die von Unkraut überwucherten Bahnsteige, die geborstenen Schutzdächer hinunter. Wo, glaubte ich eigentlich, wuchsen all die Bäume, Ebereschen, spanische Kastanien und Linden, die klebrigen, schwarzen teerähnlichen Saft absondern und deren Kronen sich in einer langen Allee hoch in der Luft wiegten? Wofür hielt ich eigentlich das Tal, in das ich gelegentlich einen Blick warf, dieses zwischen vorstädtischen Hintergärten liegende Tal? Man kann es bei den

Brücken betreten oder verlassen, denn dort gibt es immer wieder Möglichkeiten, hinunter- oder heraufzuklettern; man erreicht es auch über ein paar richtige, stark überwachsene Stufen und durch Gartenpforten – oder durch die von den Pforten übriggebliebenen Pfosten. Ich bin unter oder auf diesen Brücken gegangen (das kam natürlich darauf an, ob die Straßen, die ich benutzte, über die Brücke führten oder unter der Brücke hindurch), ohne mich jemals zu fragen, was diese Brücken trugen oder überquerten. Mir kam, ich muß es sagen, so leid es mir tut, auch nicht ein einziges Mal der Gedanke, daß es hier eigentlich eine Menge Brücken gab, zumal in diesem Teil von London die einzige Bahnlinie, die Untergrundbahn, tief unter der Erde fuhr. Ich dachte nicht über sie nach. Wenn ich durch einen Tunnel aus braunen Ziegelsteinen ging, schaute ich nicht hinauf und zerbrach mir den Kopf, wieso er da war, ich warf auch nie einen Blick über ein Brückengeländer. Es war Arthur Kestrell, der mir von der Bahnlinie erzählte, als ich ihn eines Abends in seinem Haus besuchte.

Arthur war Romanautor. Ich schreibe «war» nicht etwa, weil er seinen Beruf aufgegeben und einen anderen ergriffen hat, sondern weil er tot ist. Ich weiß nicht einmal sicher, ob man seine Bücher Romane nennen kann. Sie gehören in diese ziemlich kuriose Kategorie, ein ziemlich populäres Genre, eine Verschmelzung von Science-fiction, Märchen, Horror und Fantasy.

Aber Arthur, der unter dem Pseudonym Blaise Fastnet schrieb, war kein Mervyn Peake und auch kein Lovecraft. Nicht etwa, daß ich in der Zeit, über die ich schreibe, schon ein Buch von ihm gelesen hätte. Doch Elizabeth, meine Frau, kannte sie. Arthur schenkte uns gelegentlich eins bei Erscheinen, mit Widmung natürlich. Und er überreichte, nein, präsentierte es, als sei es etwas unerhört Kostbares und einzigartig Erstrebenswertes.

Ich brachte es nicht fertig, sie zu lesen. Schon die Titel widerten mich an: *Kallinarth, der Wölking, Kallinarths Suche, Der Herr von Quephanda, Der Lohn des Gralssuchers* und so weiter. Irgendwie schaffte ich es jedoch immer, ohne direkt zu lügen, bei Arthur den Eindruck zu erwecken, daß ich sein neuestes Buch gelesen hatte; zumindest bildete ich mir das ein. Vielleicht durchschaute er mich auch, denn er fragte nie, ob es mir gefallen habe oder ob ich etwas daran zu kritisieren hätte. Liz sagte, es mache «Spaß», sie zu lesen, und manchmal erwähnte sie – mit freundlicher Absicht, wie ich weiß – eine Szene oder zitierte etwas aus einem Dialog, wenn Arthur zugegen war. «Wie Kallinarth es wohl ausgedrückt hätte», sagte sie zum Beispiel oder: «Sind das nicht die gleichen Blumen, die Kallinarth für Valaquen pflückte, als sie aus ihrem langen Schlaf erwacht war?» Auf diese Weise brachte sie den armen Arthur zum Erröten. Er sah dann aus, als wäre er vor Verlegenheit am liebsten in den Boden gesunken. Ich glaube, daß Arthur Kestrell im tiefsten Innern davon überzeugt war, große Literatur zu schreiben, was vielleicht zu seinen Lebzeiten nie anerkannt, ihm aber posthumen Ruhm verschaffen würde. Liz nannte ihn, natürlich nur für uns privat, den «Tolkien der Armen».

Er litt unter schwarzen, schweren Depressionen. Wenn sie über ihn herfielen, konnte er weder schreiben noch lesen, noch unternahm er seine Marathon-Spaziergänge durch Nordlondon, die er leidenschaftlich liebte, wenn er sich wohl fühlte. Er schloß sich in seinem gotischen Haus ein, das in dem Bezirk lag, in dem Highgate und Crouch End ineinander übergehen. Dort verkroch er sich, litt, lief auf und ab, ging nicht an die Tür und schon gar nicht ans Telefon, bis er, ungefähr nach fünf oder sechs Tagen, die Stimmung quälender Verzweiflung und Hoffnungslosigkeit überwunden hatte.

Seine Bücher wurden nie in der Presse besprochen. Wie es kommt, daß das Werk einiger Autoren der Aufmerksamkeit der Kritiker entgeht, ist ein Rätsel, doch selbstverständlich nimmt jeder an, sie hielten es für unter ihrer Würde, davon Notiz zu nehmen. Daß sie eine neue Veröffentlichung ignorieren, ihr weder ein Lächeln gönnen, noch sie mit Spott übergießen, sondern einfach zur Tagesordnung übergehen, bedeutet wohl, daß dieses Werk des Autors nur eine kommerziell motivierte Wiederholung seines letzten Buchs ist, eine unwesentliche Abwandlung des letzten Themas, ein weiteres Werkstück profitbringender, trivialer Fließbandarbeit. Arthur nahm das, glaube ich, sehr schwer. Nicht daß er mir's gesagt hätte. Aber bald nachdem Liz die Zeitung nach einer einzigen Zeile über den neuesten Fastnet-Roman durchforscht hatte, überkam ihn eine seiner Depressionen, und er verkroch sich wieder hinter seine mit Zinnen versehenen grauen Mauern.

Tauchte er wieder auf, trug er eine Zeitlang eine Art bedächtiger Fröhlichkeit zur Schau und klammerte sich geradezu verbissen ans Leben. Mit ihm zusammenzusein war immer ein Vergnügen, und sei es nur um seiner unglaublichen und ungewöhnlichen Phantasie willen, deren bunte Vielfalt sich in seinen Büchern niederschlug und die, wenn man mit ihm sprach, seinen Beobachtungen und den Meinungen, die er vertrat, einen exotischen Reiz verlieh.

London sei, behauptete er immer, eine seltsame, glanzvolle und unheilvolle Stadt, im Norden der Welt auf Hügeln und Tälern angesiedelt. Begriff ich denn nicht den Zauber, den es für Ausländer besaß, die es sehnsüchtig als graues Eldorado betrachten? Ich, der ich in London geboren war, sah weder seine Wunder noch seine Gegensätze noch seine Verruchtheit. Im Sommer überredete mich Arthur, mit ihm das Grab von Marx zu besuchen, zeigte er mir das Haus, in dem Housman *A Shropshire Lad* geschrieben hatte, und schleppte mich zu dem Teich im Vale of Health, auf dem Shelly gesegelt war. Wir durchstreiften die Heath und die Vorortwälder, und als ich mich eines Tages beklagte, jetzt seien wir überall gewesen, erzählte mir Arthur von der alten Eisenbahnlinie. Ein langer grüner Weg, sagte er, ein Weg wie auf dem Land, zwischen Zäunen, Hecken und Bäumen, viereinhalb Meilen lang, und dann erklärte er mir, auf seine zurückhaltende Art lächelnd, wie dieser Weg verlief. Über der Northwood Road, über der Stanhope Road, unter Crouch End Hill, über der Vicarage Road, unter Crouch Hill, unter Mount View, über Mount Pleasant Villas, über Stapleton Hall, unter Upper Tollington Park, über Oxford Road, unter der Stroud Green Road bis zum Bahnhof in Finsbury Park.

«Und wie kommt man dahin?» fragte ich.

«An jeder Brücke. Oder von der Holmesdale Road aus. Und sogar vom Ende meines Gartens.»

«In Ordnung», sagte ich. «Gehen wir. Es ist ein herrlicher Tag.»

«Am Sonntag gibt es dort eine wahre Massenprozession», sagte Arthur. «Die Sonne wird vom Himmel brennen, und wir werden ganze Horden Wilder mit übermütigen Hunden und Kindern, Transistorradios und Bierbüchsen begegnen.» Das war Arthurs Art sich auszudrücken, wobei er die Worte genießerisch oder verträumt aussprach. «Sie müssen abwarten und dürfen erst hinaufgehen, wenn es still ist, im Zwielicht, in der Abenddämmerung, wenn die Luft fliederfarben ist und Ihnen der bittere Duft des Rainfarns in die Nase steigt.»

«Dann also morgen abend. Ich bringe Liz mit, wir holen Sie ab, und Sie gehen mit uns hinauf.»

Aber als wir am nächsten Abend unter dem steinernen Torbogen der Vorhalle seines Hauses standen und klingelten, öffnete er nicht. Ich trat zurück und sah zu dem schmalen vergitterten Fenster hinauf, das die Form eines auf dem Kopf stehenden Schildes hatte. So etwas hatte ich unter solchen Umständen noch nie getan. Hinter dem Fenster erschien Arthurs Gesicht, verschwommen und durch das dunkle, rautenförmig geschnittene Glas leicht verzerrt, aber unverkennbar sein kleines, runzliges Gesicht, blaß und mit dem kurzen, spärlichen Bart. Es ist irgendwie beklemmend, so von einem Freund angesehen zu werden, der auf Gruß und Lächeln überhaupt nicht reagiert und einen mit einem toten, leeren Blick ohne eine Spur des Erkennens anstarrt. Ich glaube, ich begriff in diesem Moment, daß der arme Arthur nicht mehr ganz bei Verstand war. Es war Liz und mir auch völlig klar, daß er tief in einer seiner Depressionen steckte und wir nicht erwarten durften, von ihm eingelassen zu werden.

Wir gingen nach Hause, den Plan, an diesem Abend die Bahnlinie zu erforschen, ließen wir fallen. Aber am nächsten Tag machte ich früher Feierabend – um diese Jahreszeit gab es im Büro ohnehin nicht viel zu tun – und stieg schon um halb fünf in Highgate aus der Untergrundbahn. Liz war nicht zu Hause, das wußte ich. Aus einem Impuls heraus überquerte ich die Straße und bog in die Holmesdale Road ein. Schon oft hatte ich, wenn ich hier entlanggegangen war, am Nordende der Straße eine Wiese gesehen, ein unerwartet ländlicher Anblick in dieser Gegend, eine Wiese, von breiten Baumkronen überschattet, höchstens fünfzig Meter vom Lärm und dem Gestank der Archway Road entfernt. Jetzt begriff ich, was es war. Ich stieg den Abhang hinunter, wandte mich nach Südosten, wo die Wiese schmäler wurde, und kam zu einem mit Gras bewachsenen Heckenweg.

Er war ungefähr so breit wie die Heckenwege bei uns auf dem Land und wurde von Schmetterlingssträuchern gesäumt, auf denen Pfauenaugen und Füchse saßen. Ich wäre mir wirklich ganz wie auf dem Land vorgekommen, wären die Hinterfronten der Häuser nicht gewesen, die auf dem ganzen Weg zwischen den langen Blättern und den purpurnen Blütenröhren der Sträucher auftauchten. Arthurs fliederfarbene Stunde war noch nicht gekommen. Es war windstill, und die Sonne schien auf den breiten grünen Weg – es war das klare weiße Licht einer Sonne, die noch lange nicht untergehen würde.

Eine wunderbar warme, ländliche – oder vielleicht sollte ich sagen ländlich heitere Atmosphäre herrschte hier. Leider fehlt mir Arthurs Wortgewandtheit und Phantasie, um den Ort richtig zu schildern, und die habe ich nicht. Ich kann nur sagen, mir war, als sei dort oben die Zeit stehengeblieben, als seien das Hasten und Rennen, die Hetze und das Durcheinander, die Gier nach Leben, denen ich eben entronnen war, noch nicht bis hierher gedrungen.

Ich ging über die Brücke an der Northwood Road und über die an der Stanhope Road, und ich schämte mich, weil ich so oft gedankenlos unter ihnen durchgegangen war. Bald bekam die Strecke ein leichtes Gefälle, wurde der Damm zum Tal mit Böschungen zu beiden Seiten, auf denen kleine zarte Birken, Weidenröschen und der riesige Knöterich wuchsen. Aber nirgends konnte ich die langstieligen, leuchtendgelben Blütenstände des Rainfarns entdecken, die wie Chrysanthemen duften. Vielleicht gehören sie sogar zur Familie der Chrysanthemen, ich weiß es nicht. Jedenfalls sah ich keine, und ich sah auch keinen Flieder, aber vielleicht hatte Arthur das nur symbolisch gemeint, und außerdem blühte der Flieder nicht im Juli. Ich ging dieses erste Mal bis Crouch End Hill und auf der Straße zurück. Falls ich den Eindruck erweckt haben sollte, es seien auf der alten Bahnstrecke keine Menschen gewesen, dann ist dem nicht so. Ich kam an zwei Frauen vorüber, die einen Labrador spazierenführten, begegnete zwei Jungen mit Fahrrädern und einem kleinen Mädchen in Schuluniform, das Schokoladeeis schleckte.

Liz zeigte sich sehr interessiert, als ich ihr erzählte, wo ich gewesen war, schien aber auch ziemlich verstimmt, weil ich nicht gewartet hatte, bis sie auch mitkommen konnte. Daher zogen wir nach dem Abendessen gemeinsam los, nahmen denselben Weg, gingen genausoweit wie ich am Nachmittag und legten am nächsten Abend ein längeres Stück des Wegs zurück. Ein mit Stacheldraht versperrter Tunnel hinderte uns daran, bis ans Ende zu kommen, wir waren jedoch fast die ganze Strecke abgegangen und versicherten uns gegenseitig, daß uns wahrscheinlich nicht viel entgangen war.

Mit der ländlich heiteren Atmosphäre war es hinter Crouch End Hill ohnehin vorbei. Hier stand ein alter Bahnhof, von dem nur noch die Bahnsteige übrig waren, und jemand hatte ein altes Federbett unter die Brücke geworfen oder ein Dutzend Gänse gerupft. Auf einer Länge von etwa hundert Metern wurde die Strecke zu einem Abfallhaufen und weitete sich dann zu einem Kinderspielplatz mit Wandbildern und Graffiti auf den alten Ziegelmauern.

Liz blickte hinter sich in das grüne Tal. «Wie gewonnen, so zerronnen», sagte sie. Ein Kind, das auf einem Seil schaukelte, schrie und stieß uns beinahe um.

Alle Schönheit und die Atmosphäre, die ich beschrieben habe, fand man im ersten Abschnitt zwischen dem Bahnhof Highgate und Crouch End Hill. Als ich Arthur das nächste Mal sah, nachdem er der Welt wiedergegegeben war, erzählte ich ihm, daß wir die ganze Strecke ausgekundschaftet hätten. Er wurde ganz aufgeregt.

«Sie haben es also gesehen, von Anfang bis zum Ende? Es ist wunderschön, nicht wahr? Haben Sie auch den Fingerhut gesehen? Es müssen jetzt unendlich viele Fingerhüte dort sein, mindestens eine ganze Meile. Und Mimosen. Unglaublich, daß Mimosen einen englischen Winter überstehen, und ich wüßte auch nicht, wo sie sonst noch blühen, aber dort oben gedeihen sie. Es ist ein geschütztes Fleckchen, geschützt vor Frost und eisigen Winden.»

Arthur sagte das so wehmütig, als seien Frost und eisige Winde, von denen er sprach, nicht rauhe Wirklichkeit, sondern eine Metapher, die sich auf die Kälte des Lebens, des Schicksals und der Zeit bezog und nicht auf das Klima. Ich machte wegen der Mimosen jedoch keine Einwände, obwohl ich überzeugt war, daß er sich irrte. Die Strecke war nicht geschützt, sondern den Unbilden der Witterung eher ausgesetzt, und selbst wenn sie geschützt gewesen wäre, wenn wir hier in Cornwall oder auf den warmen Scilly-Inseln gewesen wären, wäre es für Mimosen immer noch zu kalt gewesen. Mit Fingerhüten war das etwas anderes, obwohl ich auch keine gesehen hatte, nur den Knöterich mit seinen hochblättrigen schmutzigweißen Blüten, den Lauchhederich, Schachtelhalme,

Kletten, wilde Azaleen und die blassen, lederartigen Blätter des Huflattichs. Als die Strecke hinter Mount View wieder ländlich wurde, wuchsen Weißdornbüsche und nicht Mimosen an den Böschungen.

«Das Land gehört der Gemeinde Haringey.» Arthurs Stimme war immer sehr ausdrucksvoll, und jetzt bebte sie vor Verachtung. «Sie wollen dort Häuser bauen. Sie wollen die Strecke mit einer großen roten Gemeindesiedlung bepflastern, einem entstellenden Feuermal.» Das schriftstellerische Talent des armen Arthur war gewiß bei weitem nicht so genial, wie er zu glauben schien, aber wortgewaltig war er.

Im August sollte, wie in jedem Jahr, sein neuer Roman erscheinen. Liz hatte ein Vorausexemplar bekommen und pflichtgetreu gelesen. Wieder das gleiche, sagte sie zu mir: Kallinarth, der Heldenkönig, in seinem aus Wolken bestehenden Zufluchtsort. Valaquen, die schlafende Jungfrau, die nur in einem Traumleben existiert, bis alles Böse aus dieser Welt verschwunden ist. Xadatel und Finrael, Zauberer und Krieger, die himmlischen Zwillinge. Der Titel lautet diesmal *Die Brunnen von Zond*.

Bald nachdem Liz es gelesen hatte, kam Arthur zum Abendessen zu uns. Wir hatten noch drei andere Gäste, und als wir bei Kaffee und Cognac saßen, erwähnte ich ganz nebenbei, ich bedauerte, keinen Drambuie im Haus zu haben, da ich wisse, daß er ihn besonders liebe.

«Wir müßten Xadatel hier haben, Arthur», sagte Liz, «er könnte Ihnen Ihr Lieblingsgetränk aus den Brunnen von Zond hervorzaubern.»

Es war eine harmlose, irgendwie sogar rührende Bemerkung. Sie bewies, daß sie Arthurs Werk kannte und mit den Wunderbrunnen vertraut war, aus denen, wie es schien, auf ein Wort des Zauberers Nektar, phantastische Elixiere und andere Köstlichkeiten strömten, die man sich wünschte. Arthur wurde jedoch feuerrot und war tief gekränkt. Und hinterher machte sich Liz, in der Rückschau auf das, was geschehen war, wegen ihrer Worte unendliche Vorwürfe.

«Woher hättest du es wissen sollen?» fragte ich.

«Ich hätte es wissen müssen. Ich hätte begreifen müssen, wie leidenschaftlich ernst es ihm mit seinem Werk war. Aus dem Brunnen strömte – nun ja, geweihtes Wasser, und ich redete davon, daß sich dieses Wasser in Drambuie verwandeln sollte... Oh, ich weiß, es ist absurd, aber es *war* absurd, und was er schrieb, bedeutete ihm alles. Die gleiche Leidenschaft und Inspiration – und Muse, wenn du willst, beflügelte Shakespeare und Arthur Kestrell, nur die Endprodukte sind verschieden.»

Nachdem sie die Bemerkung gemacht hatte, sagte Arthur sehr steif: «Leider scheinen Sie nicht das richtige Empfinden für die phantastische Literatur zu haben, Elizabeth.» Er verließ uns sehr früh. Liz und ich waren damals ziemlich verärgert, und sie sagte, sie sei sicher, Tolkien hätte nichts dagegen gehabt, wenn jemand vor ihm einen kleinen Scherz über Frodo gemacht hätte.

Eine Woche später erschien in der Abendzeitung ein Artikel, in dem es hieß, der Umweltminister habe sich endgültig dafür entschieden, Haringey zu untersagen, auf der Strecke der alten Bahnlinie Gemeindehäuser zu errichten. Auf dem Parkland-Weg, wie es in der Zeitung hieß. Viereinhalb Meilen einer stillgelegten Strecke der North-Eastern Railway, lautete die nähere Beschreibung, von Finsbury Park nach Highgate und ehemals Zubringer zum Alexandra-Palast.

Die Strecke solle für immer ein Spazierweg bleiben. In der Zeitung stand auch etwas von Kleinwild, das in der Umgebung der Strecke lebt. Sogar von Füchsen war die Rede. Liz und ich sagten, wir wollten an einem Herbstabend hinaufgehen und nachsehen, ob uns ein Fuchs über den Weg lief. Wir führten unseren Entschluß nicht aus, denn ich hatte gute Gründe, nie wieder in die Nähe der Bahnlinie zu gehen, aber als wir die Sache planten, ahnte ich nicht, daß ich etwas zu fürchten hatte.

Jetzt hatten wir August, Ende August. Das launische englische Wetter war plötzlich sehr kalt geworden, und bei dem starken Nordwind kam man sich eher wie im November vor. Doch während der letzten Tage des Monats war es wieder warm und der Himmel blau. Wir hatten von Arthur nach jenem Abendessen einen förmlichen Dankesbrief bekommen, ein paar kühle Zeilen, aus reiner Höflichkeit geschrieben, aber gesehen oder gehört hatten wir nichts mehr von ihm.

Die Brunnen von Zond waren erschienen und wie immer von den Kritikern ignoriert worden. Arthur Kestrell oder Blaise Fastnet war ein glückloser Autor. Ich vermutete, daß er in einer tiefen Depression steckte, war aber dennoch der Meinung, ich sollte versuchen ihn zu sehen, um diesen unseligen Bruch zwischen uns zu kitten. Am 1. September, einem Samstag, machte ich mich am Nachmittag auf, um über die alte Bahnlinie zu seinem Haus zu gehen.

Ich rief zuerst an, aber es meldete sich niemand. Es war ein schöner Nachmittag, und Arthur saß vielleicht im Garten, wo er das Telefon nicht hören konnte. Ich schlug zum erstenmal diesen Weg zu seinem Haus ein, obwohl er der kürzeste und die Straße ein Umweg war, und zum erstenmal ging ich an einem Samstag über den Parkland-Weg. Ich merkte bald, was Arthur mit den Menschenmassen gemeint hatte, die an den Wochenenden hier ausschwärmten. Teenager mit Transistorradios, kichernde Schulmädchen, Horden gammelnder junger Leute, Liebespaare, Leute im mittleren Alter, die picknickten. An der Northwood Road lehnten Jungen und Mädchen am Brückengeländer, ein paar hatten Gitarren und einer eine Trommel, und die machten Krach für hundert.

Ich erinnere mich, daß ich mich auf dem Weg ganz auf Arthur Kestrell konzentrierte, weil ich wegen des Lärms und der vielen Menschen weder Natur noch Aussicht genießen konnte. Und plötzlich wurde mir bewußt, daß ich ihn zwar als engen Freund betrachtete, ihn gern hatte und auch sehr gern mit ihm zusammen war, jedoch nie versucht hatte, mich in seine Gefühle hineinzuversetzen oder ihn zu verstehen. Wenn ich mich auch nicht über seine Bücher lustig gemacht hatte, war ich doch so anmaßend gewesen, sie oberflächlich, ja fast verächtlich abzutun. Ich hatte mir nie die Mühe gemacht, ein einziges oder auch nur eine Seite zu lesen. Während ich so auf die Stanhope Road Bridge zuschlenderte, hatte ich das Gefühl, daß es schrecklich sein müsse, sein ganzes Leben, seine Seele, seine Energie und Leidenschaft in Werke einzubringen, die in Buchläden verramscht, von den Kritikern ignoriert, von Taschenbuch-Verlegern abgelehnt und in Bibliotheken nur von solchen Leuten aus dem Regal geholt wurden, die ein Buch nach dem Schutzumschlag aussuchen und nur auf oberflächliche Unterhaltung aus sind.

Ich beschloß daher an Ort und Stelle, jedes Buch von Arthur zu lesen, das wir hatten. Ich schwor mir, ihn mein Interesse auch merken zu lassen, ihn dazu zu bringen, mit mir über seine Bücher zu diskutieren. Und mein Entschluß beflügelte mich derart, daß ich beschloß, sofort damit anzufangen. Ich würde mich sofort bei Arthur für Liz' ungeschickte Bemerkung entschuldigen und ihm dann sagen (natürlich ohne preiszugeben, daß ich bisher noch keine Zeile von ihm gelesen hatte), daß ich die Absicht hatte, mich eingehend mit seinen Büchern zu beschäftigen, ihnen den Respekt entgegenzubringen, der einem Lebenswerk zustand; anfangen wollte ich mit *Kallinarth, der Wölkling* und mir eins nach dem anderen vornehmen, bis ich alle fünfzehn – oder wie viele es sein mochten –, bis *Die Brunnen von Zond* gründlich kannte. Vielleicht würde er mit Sarkasmus reagieren, doch würde er ihn nicht beibehalten, wenn er merkte, daß es mir ernst war. Meine Begeisterung tat ihm vielleicht so gut, daß sie etwas Positives bewirkte und ihn von den furchtbaren Depressionen heilte, die in letzter Zeit immer häufiger aufzutreten schienen.

Arthurs Haus stand auf dieser – der Highgate-Seite von Crouch End Hill. Von der Bahnlinie sah man es nicht, aber man konnte es über sie erreichen. Das kam daher, daß die Strecke jetzt im Tal verlief und man vor der Crouch End Hill Bridge zur Crescent Road hinaufsteigen mußte. Ich stieg hinauf, ging bis zu Arthurs Haus zurück und klingelte. Aber niemand öffnete. Also sah ich zu dem gotischen Gitterwerk hinauf wie an dem Tag, an dem ich mit Liz hier gewesen war. Zwar zeigte sich Arthur diesmal nicht, aber ich war sicher, daß der Vorhang sich bewegt hatte. Ich rief nach ihm, was ich bisher noch nie getan hatte, aber ich hatte auch noch nie das Gefühl gehabt, daß es wichtig war, aber nun fühlte ich eine beklemmende Vorahnung.

«Lassen Sie mich rein, Arthur!» rief ich. «Ich möchte mit Ihnen reden, verstecken Sie sich nicht! Seien Sie nett, und machen Sie auf! Es ist wichtig.»

Kein Laut, und auch der Vorhang bewegte sich nicht mehr. Ich klingelte wieder und hämmerte mit der Faust an die Tür. Das Haus blieb still und schien darauf zu lauern, daß ich wieder ging.

«Na schön», sagte ich durch den Briefschlitz. «Bleiben Sie ruhig so. Aber ich komme wieder und erwarte, daß Sie mich hineinlassen.»

Ich ging zur Bahnlinie zurück und begegnete den Musikanten von der Northwood Bridge, die in Richtung Finsbury Park marschierten, ihre Trommel schlugen und durch zwei westindische Jungen mit Zithern Verstärkung erhalten hatten. Ein Kind war von einer Biene gestochen worden, die auf einem Schmetterlingsstrauch gesessen hatte, und unter der Brücke rauften ein Deutscher Schäferhund und ein gelber Labrador. Ich ging rasch auf die Stanhope Road zu, denn ich hatte beschlossen, Arthur anzurufen, sobald ich nach Hause kam, und das Telefon so lange klingeln zu lassen, bis er sich meldete.

Warum war ich plötzlich so darauf erpicht, ihn zu sehen, ihm näherzukommen, ihn wissen zu lassen, daß ich ihn verstand? Ich weiß nicht, warum, und ich nehme an, ich werde es auch nie wissen, aber ich denke, es gehörte dazu, stand in einem bestimmten Zusammenhang mit dem, was geschah. Es war, als sei ich in jenen Momenten, vielleicht eine halbe Stunde alles in allem, mit Arthur Kestrell eins geworden, als sei er ein Teil von mir oder ich ein Teil von ihm. Für kurze Zeit und nur dieses eine Mal war er der wichtigste Mensch in meiner Welt.

Ich habe ihn nie wiedergesehen. Ich ging nie mehr zu ihm. Ein paar Meter vor der Stanhope Bridge, wo die Bahnlinie wieder anstieg, bis sie höher lag als die Straße, gehorchte ich einem Impuls, mich umzudrehen und zurückzuschauen, ob ich von hier aus vielleicht seinen Garten oder sogar ihn selbst in seinem Garten sehen konnte. Aber Weißdorn und kleine Birken und die endlosen Schmetterlingssträucher waren hier dichter und übermannsgroß. Ich ging auf die rechte oder nördliche Seite hinüber, drängte mit den Armen die langen purpurnen Blüten und derben dunklen Blätter auseinander. Eine Wolke schwarzer und orangefarbener Schmetterlinge flog auf.

Anstatt der Gärten und Rückseiten der Häuser, die ich zu sehen erwartete, erstreckte sich vor mir lang und schnurgerade und aufgeschüttet wie ein Damm eine grüne Straße, die von der alten Bahnlinie in nördlicher Richtung abzweigte, und zwar direkt vor meinen Füßen. Ganz zufällig war ich an der Stelle ins Gesträuch eingedrungen, an der die Strecke sich teilte. Die Abzweigung war jetzt von Unkraut und wildem Gesträuch überwuchert.

Ich blieb stehen und sah mich staunend um. Wie war es möglich, daß ich das bisher übersehen, daß Arthur es nie erwähnt hatte? Dann erinnerte ich mich, daß in der Zeitung etwas von Zubringer für den Alexandra-Palast gestanden hatte. Ich hatte angenommen, das bedeute, daß die Strecke über Highgate hinaus bis zum Alexandra-Palast geführt hatte, aber vielleicht stimmte das gar nicht, nein, es stimmte sicher nicht, denn hier war eine Nebenstrecke, die direkt nach Norden, direkt zum Palast und zum Park führte.

Ich hatte sie natürlich nicht bemerkt, weil sie hinter dichtem Laub verborgen war. Im Winter, wenn die Sträucher nicht belaubt waren, konnte jeder sie sehen. Ich beschloß, weiterzugehen und mich zu überzeugen, ob ich richtig vermutete, und dann vom Alexandra-Palast den Bus nach Hause zu nehmen.

Das Gras war hier grüner und weniger niedergetreten als auf der Hauptstrecke. Daraus konnte man schließen, daß viel weniger Leute hier entlangkamen, und plötzlich fiel mir auf, daß ich die Menschen hinter mir zurückgelassen hatte. Niemand war zu sehen, nicht einmal in der Ferne.

Die gar nicht so fern war. Bald fragte ich mich, wieso ich, als ich die Büsche teilte, den Eindruck gehabt hatte, die Nebenstrecke sei schnurgerade und baumlos. Denn zu beiden Seiten des Wegs standen hohe Bäume, Eichen und Buchen, wie sie auf der Hauptstrecke nirgends zu sehen waren. Hoch über mir trafen sich ihre Äste, und die dünnen Zweige waren ineinander verflochten. Hier entdeckte ich auch den Fingerhut und den Rainfarn, die Arthur erwähnt hatte, und je weiter ich vordrang, um so stärker wurde der Duft.

Die grüne Straße – spontan und mir selbst unerklärlich nannte ich diese Zweigstrecke die grüne Straße – nahm allmählich das Aussehen eines Hains oder einer Allee an und wurde breiter. Es war inzwischen Spätnachmittag geworden, und Nebel stieg auf, wie das in London nach einem warmen Spätsommertag oder im Frühherbst häufig vorkommt. Die Schieferdächer, die ein Stückchen unter mir lagen, schimmerten wie mattes Silber durch diesen müden, golddurchwirkten Nebel. Vielleicht, dachte ich, habe ich das Glück, einen Fuchs zu sehen. Aber ich sah nichts, weder Tier noch Mensch. Niemand kam mir entgegen oder überholte mich, und wenn ich zurückblickte, sah ich nur den grasbewachsenen grünen Damm, der weit zurückreichte, verlassen, still, heiter und ländlich, mit feinen Nebelschwaden zu beiden Seiten. Keine Vögel sangen und keine Brise bewegte die federleichten, flaumigen, süß duftenden goldenen Büschel der Mimosen. Denn ja, hier gab es Mimosen. Ich blieb stehen, bewunderte sie und staunte.

Sie wuchsen zu beiden Seiten des Wegs genauso üppig wie am Mittelmeer. Die Luft war von ihrem Duft erfüllt, und die bescheidenen Düfte von Fingerhut und Rainfarn gingen darin unter. Schirmten die Eichen sie gegen den ärgsten Frost ab? Sprudelte hier zufällig eine unterirdische warme Quelle, in diesem Teil von Nordlondon, in dem es so viele Wälder und grüne Fleckchen gibt? Ich pflückte ein Mimosenbüschel für Liz als Beweis, daß ich hier gewesen war und die Mimosen wirklich gesehen hatte.

Es kam mir so vor, als müsse ich sehr weit gehen, bevor ich nach Alexandra Park kam. Ich kenne den Park kaum, und abgesehen davon, daß ich öfter mit dem Auto vorbeikam, war ich bisher nur einmal hier gewesen – als ich Liz vor ein paar Jahren zu einer Gemäldeausstellung im Palast begleitet hatte. Die Stelle im Park, zu der meine grüne Straße mich geführt hatte, hatte ich noch nie gesehen, und wo sie war, wußte ich auch nicht. Ebensowenig hatte ich mir den Alexandra-Palast so vorgestellt. Er sah eher nach dem Schloß von Versailles als nach einem viktorianischen Treibhaus aus (so hatte ich den Palast immer genannt), und in den länglichen Wasserbecken, die sich zu beiden Seiten der Freitreppe erstreckten, rauschten mindestens hundert Springbrunnen. Ich blickte die Treppe hinauf, sah Säulen und Bögen und zum Himmel strebende Türme. Also bis hierher, dachte ich, direkt bis an die Mauern des Palastes, waren die Züge gefahren. Die Leute hatten die Bahnlinie benutzt, um Theatervorstellungen, Ausstellungen und Konzerte zu besuchen. Ich betrat die steinerne Treppe, stieg ein Dutzend Stufen bis in Bodennähe hinunter und blickte über den Park hinweg.

London war unsichtbar geworden, vom weißen Nebel verschluckt, der wie Zirrusgewölk darüber lag. Die Wirkung war seltsam, etwas Ähnliches hatte ich, auf festem Boden stehend, noch nie gesehen. Es war ein Ausblick, wie man ihn aus einem Flugzeug hatte, das über den Wolken flog. Es sah so aus, als schwebe man über flaumiger Watte. Langsam schlenderte ich über weite grüne Rasenflächen. Noch immer sah ich keine Menschen, doch ich war überzeugt, daß das Tor zu einer bestimmten Zeit für Fußgänger geschlossen wurde.

Aber als ich am Fuß des Hügels ankam, war das schmiedeeiserne Tor zwischen seinen ionischen Säulen noch offen. Ich kam auf eine Straße, in der ich noch nie gewesen war, in einer Gegend, die ich nicht kannte, und fand dort ein Taxi, das mich nach Hause brachte. Ich erinnere mich, daß ich auf der Fahrt dachte, ich müsse Arthur nach dieser merkwürdigen Endstation der Zweigstrecke fragen. Vielleicht konnte ich ihn auch überreden, mir etwas über die Geschichte dieser ganzen Pracht zu erzählen – die weitläufigen Rasen, majestätischen Säulen und Wasserspiele...

Ich sollte nie wieder Gelegenheit haben, ihn etwas zu fragen. Arthurs Putzfrau, die einen Schlüssel zu seinem Haus hatte, fand ihn am Montag morgen in seinem Schreibzimmer. Er hatte sich an einem Deckenbalken erhängt. Man vermutete, daß er seit dem Samstag nachmittag tot war. Er hatte einen Abschiedsbrief hinterlassen – in seiner präzisen Handschrift und der pedantischen, wortreichen Ausdrucksweise. *Bittere Enttäuschung darüber, daß es mir nicht gelingt, eine einfühlsame Leserschaft anzusprechen oder zu erreichen, daß meine Art zu schreiben verstanden wird, hat mich dazu gebracht, meinem Leben ein Ende zu setzen. Niemand wird unter meinem Tod besonders leiden, niemand darüber verzweifelt sein. Das Leben ist unerträglich geworden, und das Maß meiner Verzweiflung ist voll.*

Elizabeth sagte mir, daß der arme Arthur sich wahrscheinlich wegen der einzigen Kritik umgebracht hatte, die er ihres Wissens überhaupt je bekam. Sie hatte sie am Samstag nachmittag, als ich nicht zu Hause war, in der Zeitung entdeckt, und ihr sei, sagte sie, richtig schlecht geworden, als sie sich überlegte, wie Arthur wohl darauf reagieren würde. Der Kritiker hatte *Die Brunnen von Zond* – vermutlich weil es im Moment kein anderes Buch gab, in das er seine Zähne schlagen konnte – förmlich in Fetzen gerissen und die Fetzen ausgespuckt.

Er begann mit dem Geständnis, daß er normalerweise sein Farbband (wie er es ausdrückte) nicht an Science-fiction- und Fantasy-Mist verschwende, er finde jedoch, es sei höchste Zeit, etwas dagegen zu unternehmen, daß der Buchmarkt mit solchen Machwerken überschwemmt werde. Besonders nötig sei es in einem Fall wie diesem, in dem über die Handlung ein Fluidum großer epischer Erzählkunst ausgebreitet und stereotype oder sogar vulgäre Charaktere zu Helden mit edlen Motiven hochstilisiert wurden, so daß arglose junge Leser dem Irrtum unterliegen mußten, es handle sich um «wertvolle» Literatur. Es kam noch mehr im gleichen Stil. Mit spitzfindiger Grausamkeit hatte der Kritiker einen Charakter nach dem anderen seziert und ins Lächerliche gezogen. Wenn Arthur das gelesen hatte, und das war sehr wahrscheinlich, war es kein Wunder, daß er das Gefühl gehabt hatte, das Leben keine Stunde länger zu ertragen.

All das lenkte meine Gedanken natürlich von der grünen Straße ab. Ich hatte Liz davon erzählt, bevor wir von Arthurs Tod erfuhren, und wir hatten die Absicht gehabt, zusammen hinaufzugehen, doch irgendwie brachten wir es nach der furchtbaren Entdeckung, die im Schreibzimmer des gotischen Hauses gemacht worden war, nicht fertig, so dicht an seinem Garten vorbeizugehen oder die Plätze aufzusuchen, die er uns, wie wir wußten, gern gezeigt hätte. Ich rätselte ständig daran herum, ob ich tatsächlich gesehen hatte, daß sich der Vorhang bewegte, als ich bei Arthur klopfte, oder ob es nur der aufblitzende Widerschein der Sonne gewesen war. War Arthur um diese Zeit vielleicht schon tot? Oder hatte er vielleicht über sein Vorhaben nachgedacht? Ebenso wie Liz sich wegen ihrer Bemerkung über die Brunnen Vorwürfe machte, warf ich mir vor, daß ich weggegangen war, nicht mit Fäusten an die Tür gehämmert, ein Fenster eingeschlagen, mir irgendwie Zugang zum Haus erzwungen hatte. Und doch, wie ich zu ihr sagte, wer hätte das voraussehen können?

Im Oktober ging ich über die alte Bahnlinie. Ein Bekannter, der in Milton Park wohnte, wollte sich meinen elektrischen Bohrer ausleihen, und ich brachte ihn zu Fuß zu ihm, wobei ich den Weg von der Südseite der Stanhope Road Bridge nahm. Peter bot mir an, mich nach Hause zu fahren, aber es war ein warmer Nachmittag kurz vor Sonnenuntergang, und ich hatte Lust, mir noch einmal die Nebenstrecke anzusehen. Ich stieg zur Brücke hinauf und wandte mich nach Osten.

Die meisten Blätter hingen noch an Sträuchern und Bäumen, färbten sich jetzt aber rot und golden. Ich hatte mir einigermaßen ausgerechnet, wo die Abzweigung begann, und arbeitete mich durch die Fliederbeersträucher. Das heißt vielmehr, ich hatte geglaubt, es gut berechnet zu haben, aber als ich auf der Böschung hinter den Sträuchern stand, sah ich nur die Gärten der Stanhope Road und der Avenue Road. Ich bin an der falschen Stelle, dachte ich, die richtige muß weiter vorn sein. Aber nicht viel weiter vorn, denn bald wurde der Damm flacher und mündete in ein Tal. Die

Abzweigung meiner Nebenstrecke hatte nicht in einer Senke gelegen, ich hatte zu ihr hinaufklettern müssen.

Hatte ich mich geirrt und war sie auf der anderen Seite der Stanhope Road Bridge gewesen? Ich machte kehrt, ging langsam, drängte mich immer wieder durch die Schmetterlingssträucher, um in nördliche Richtung zu schauen, aber ich fand die Stelle einfach nicht, an der sich die alte Bahnlinie gabelte. Dann kam es mir so vor, als sei ich – gleichgültig, woran ich mich zu erinnern glaubte – den Damm hinaufgestiegen, als ich die Abzweigung entdeckte, die demnach viel näher bei der Brücke in Crouch End Hill sein mußte, als ich gedacht hatte. Inzwischen wurde es allmählich dunkel. Es war zu dunkel, um zurückzugehen, ich hätte nichts mehr gesehen.

«Nächste Woche finden wir sie», sagte ich zu Liz.

Sie warf mir einen seltsamen Blick zu. «Ich habe damals nichts gesagt», erwiderte sie, «weil wir uns beide wegen des armen Arthur so aufgeregt hatten, aber ich habe mit jemandem von der Highgate Society darüber gesprochen, und er hat gesagt, es habe nie eine Nebenstrecke gegeben. Die Strecke zum Alexandra-Palast führte über Highgate.»

«Was für ein Unsinn! Ich versichere dir, ich bin über die Nebenstrecke zum Palast gegangen. Habe ich dir damals nicht davon erzählt?»

«Bist du ganz sicher, daß du dir das nicht nur eingebildet hast?»

«*Eingebildet?* Du weißt, daß ich mir nichts einbilde. Ich habe keine Phantasie.»

Liz lachte. «Das behauptest du zwar immer, aber du hast von allen Leuten, die ich kenne, die ausschweifendste.»

«Das mag sein, wie es will», antwortete ich ungeduldig. «Ich bin gute zwei Meilen über die Nebenstrecke gegangen und im Alexandra Park herausgekommen, direkt unter dem Palast. Dann ging ich weiter nach Wood Green oder Muswell Hill oder sonstwohin und hab mir ein Taxi nach Hause genommen. Willst du samt deinen Freunden von der Highgate Society behaupten, ich hätte mir Eichen, Buchen und Mimosen eingebildet? Hör zu, ich habe einen Beweis. Ich habe einen Mimosenstengel mit Blüte abgepflückt und in die Tasche meines grünen Jacketts gesteckt.»

«Dein grünes Jackett habe ich letzten Monat zum Reinigen gebracht.»

Ich war nicht bereit zu akzeptieren, daß ich mir die grüne Straße eingebildet oder geträumt hatte. Tatsache ist jedoch, daß ich sie nie wiedergefunden habe. Sobald das Laub von den Bäumen gefallen war, brauchte ich nicht mehr unter den Sträuchern herumzukriechen, um danach zu suchen. Die ganze Nordseite der alten Bahnlinie lag allen Blicken und den Elementen offen da und verlor damit viel von ihrem Zauber. Sie wurde wieder, was sie ursprünglich gewesen war – ein aufgeschütteter Damm, ein langer Streifen Ödland, der quer durch Nordlondon verlief: über die Northwood und die Stanhope Road, unter Crouch End Hill, über die Vicarage Road, unter Crouch Hill und Mount View, über Mount Pleasant Villas und Stapleton Hall, unter Stroud Green Road und weiter zum Bahnhof in Finsbury Park. Und auf der ganzen Strecke zweigte keine Seitenlinie nach Norden zum Alexandra Park ab; ich weiß es, ich habe sie Zentimeter für Zentimeter abgesucht.

«Du hast sie dir eingebildet», sagte Liz, «und der Schock über Arthurs Selbstmord hat dazu geführt, daß du deine Phantasie für Realität gehalten hast.»

«Aber da war Arthur ja noch nicht tot», sagte ich. «Oder ich hab's zumindest nicht gewußt.»

Meine Einbildung – oder was immer es gewesen war –, daß die grune Straße existierte, ware eines jener Ratsel geblieben, die es, wie ich annehme, im Leben eines jeden Menschen gibt – obwohl ich nicht behaupten kann, daß ich so etwas häufiger erlebt habe –, wäre es nicht im Winter zwischen Liz und unseren Freunden aus Milton Park zu einem seltsamen und sehr beunruhigenden Gespräch gekommen. Trotz des Entschlusses, den ich an jenem denkwürdigen Samstag gefaßt hatte, brachte ich es nicht fertig, Arthurs Bücher zu lesen. Was hätte es jetzt auch noch für einen Sinn gehabt? Ich konnte nicht mehr mit ihm darüber reden. Und es gab noch einen zweiten Grund. Ich fürchtete, meine Erinnerung an ihn könnte darunter leiden, wenn der Kritiker die Wahrheit gesagt hatte und Arthurs Romane von falschem HeIdentum strotzten und schwülstiger Stil dem Leser als literarisch verkauft werden sollte. Ich hielt mich lieber an das, was irgendein Dichter schrieb:

Ich weinte, wenn ich daran dachte, wie oft du und ich Gespräche führten, die so lange währten, daß sogar die Sonne müde wurde und sich zurückzog…

Liz' Interesse für die *Chroniken von Kallinarth* war von neuem erwacht, sie hatte jedes Buch noch einmal gelesen und sie, als sie damit durch war, an Peter und Jane weitergegeben. Als wir an jenem Winternachmittag im Wohnzimmer unserer Freunde in Milton Park saßen, kannten die drei kein anderes Thema – Kallinarth, Wolkenland, Valaquen, Xadatel und so weiter, und diesmal waren sie es, die mit ihren Gesprächen die Sonne ermüdeten. Ich saß schweigend dabei, hörte im Grunde gar nicht zu, beteiligte mich nicht am Gespräch, sondern dachte an Arthur, dessen Haus nicht weit entfernt war und der über diese ins einzelne gehenden Kenntnisse seiner Werke gestaunt hätte.

Ich weiß nicht mehr, welches ihrer Worte meine Aufmerksamkeit erregte oder welcher elektrisierende Satz mich aus meiner Nachdenklichkeit aufschreckte. Was es auch war, ich hatte im ganzen Körper einen leichten Schauer gespürt. Plötzlich fror ich in dem warmen Zimmer.

«Nein, das steht nicht in *Kallinarth, der Wölkling*», sagte Jane. «Es ist aus *Kallinarths Suche*. Kallinarth geht am frühen Morgen zur Jagd und begegnet Xadatel und Finrael, die auf der grünen Straße zum Palast geritten kommen.»

«Aber dort wird sie nicht zum erstenmal erwähnt. Im ersten Band findest du eine lange Beschreibung der Allee, auf der die Prozession Kallinarth entgegengeht, der bei den Brunnen von Zond gekrönt werden soll und...»

«Sie kommt bestimmt in jedem Band vor», sagte Peter. «Sie ist sein Grundthema, sein Leitmotiv, diese grüne Straße mit den gelben australischen Akazien, die zum königlichen Palast von Quephanda führt...»

«Fehlt dir was, Liebling?» fragte Liz hastig. «Du bist auf einmal so weiß wie ein Gespenst.»

«Weil er sich langweilt», sagte Peter. «Es muß schlimm für ihn sein, uns über diesen Schmarren reden zu hören, zumal er ihn nicht einmal gelesen hat.»

«Irgendwie habe ich das Gefühl, die grüne Straße zu kennen, ohne das Buch gelesen zu haben», brachte ich mühsam heraus.

Sie wechselten das Thema. Doch auch jetzt beteiligte ich mich kaum am Gespräch, ich konnte nicht. Ich konnte nur denken: Es ist absurd, es ist phantastisch, ich kann mich nicht in seinen Geist hineinversetzt haben und er nicht in meinen, auch im Augenblick seines Todes kann das nicht geschehen sein. – Aber, was war dann geschehen?

Und ich sagte mir immer wieder und immer wieder vor: Er hat seine Leser erreicht, endlich hat er seine Leser doch erreicht.

Für Catherine, Pam und Brett Jones

Der Fieberbaum

Wo es Malaria gibt, dort wächst der Fieberbaum.

Er hat fedrige, farnähnliche Blätter, frischgrün und zart, wie sie bei vielen Bäumen in tropischen Regionen vorkommen. Sein Erscheinungsbild ist anmutig und hat ein Flair von Jugendlichkeit, so als warte jeder Fieberbaum erst noch darauf, erwachsen zu werden. Das Hervorstechendste an ihm jedoch ist die Farbe seiner Rinde. Es ist das Gelb unreifer Zitronen. Fieberbäume unterscheiden sich von allen anderen durch ihre schlanken, gelben Stämme.

Ford wußte, wie der Baum genannt wurde, und er erkannte ihn auch, aber seinen botanischen Namen wußte er nicht. Auch hatte er nie gehört, weshalb man ihn Fieberbaum nannte – ob die Eingeborenen seine Blätter oder Rinde oder Früchte als Arznei gegen die Malaria verwandten, oder ob der Name einfach nur von seiner warnenden Gegenwart herrührte, überall dort nämlich, wo es die Malaria übertragenden Moskitos gab. Bei seinem Anblick hier in Ntsukunyane spürte er denn auch förmlich ein Fieber in seinem Blut aufsteigen.

Ein Afrikaner in Khakishorts und -hemd öffnete ihnen den Schlagbaum, so daß sie das Tor in der Umfriedung passieren konnten. Drinnen sah es nicht anders aus als draußen, derselbe Busch, still, reglos, von keinem Windhauch bewegt, erstreckte sich nach beiden Richtungen. Während er auf der Teerbetonstraße die zweieinhalb Kilometer zur Rezeptionsbaracke dahinfuhr, dachte Ford, wie es wohl wäre, wenn er jetzt den Kopf wandte und er sähe Marguerite neben sich auf dem Beifahrersitz. Eine Illusion, der nachzuhängen er gar nicht erst wagte, und sie währte auch ohnehin kaum eine Minute. Tricia zerstörte sie. Sie begann ihn mit ihren Schulmädchenfragen zu traktieren, vorgebracht mit hoher, unnatürlicher Stimme.

Es war wieder ein Schwarzer, aber in schmuckerer Uniform, mit weit mehr Verzierungen, der ihren Buchungsbeleg entgegennahm und ihn mit der Gästeliste verglich. Man mußte Wochen im voraus zahlen für das Privileg, sich hier aufzuhalten. Ford hatte einen Tag, nachdem er Marguerite Lebewohl gesagt hatte und, für immer, zu Tricia zurückgekehrt war, seine Buchung vorgenommen.

«Meine Frau wüßte gern die Gebietsgröße von Ntsukunyane», sagte er.

«Vier Millionen Morgen.»

Ford ließ ein angemessenes Pfeifen ertönen. «Haben wir die Chance, einen Leoparden zu sehen?»

Der Mann zuckte die Achseln und lächelte. «Wer weiß? Sie können Glück haben. Sie sind ja eine ganze Woche hier, da werden Sie sicherlich Löwen, Elefanten und Flußpferde sehen, vielleicht auch einen Geparden. Der Leopard aber ist ein Nachttier, und Sie müssen ja immer bis sechs Uhr abends im Camp zurück sein.» Er sah auf die Uhr. «Ich rate Ihnen auch, fahren Sie jetzt weiter, Sir, wenn Sie es noch bis Thaba schaffen wollen, bevor die dort die Pforten schließen.»

Ford stieg wieder in den Wagen. Es war beinahe vier. Die Sonne Afrikas, eine lebende Allgegenwart, eine eigene Gottheit, brannte durch einen Dunstschleier. Es ging kein Windhauch. Tricia, in blaßgelbem Sonnenkleid mit Rüschen, hatte ihren Arm aus dem offenen Fenster gehängt, und die blondbehaarte Haut war glutrot. Er teilte ihr mit, was der Mann gesagt hatte, und auch daß drinnen in der Baracke ein Anschlag gehangen hatte: ‹Es ist streng verboten, Schußwaffen ins Wildreservat mitzunehmen, Tiere zu füttern, die Geschwindigkeitsgrenze zu überschreiten und Abfälle zurückzulassen.›

«Und vor allem darf man nicht aus dem Wagen steigen», ergänzte Ford.

«Was? Überhaupt nicht?» Tricia machte ihre blaßblauen Augen rund und – wie Murmeln.

«So steht es da.»

Sie zog ein Gesicht. «Dämliche olle Vorschriften!»

«Man braucht sie halt», erwiderte er.

Ja, man brauchte sie – hier drinnen genauso wie draußen in

der Welt. Es ist streng verboten, sich zu verlieben, seine Frau zu verlassen und zu versuchen, ganz von vorn anzufangen. Er warf einen Blick zu Tricia hinüber, um zu sehen, ob ihr wohl die gleichen Gedanken durch den Kopf gingen. Sie hatte ihren neckischen Gesichtsausdruck, lieb, niedlich.

«Eine Belohnung», rief sie eifrig, «für den, der zuerst ein Tier sieht!»

«Na schön.» Er hatte sich auf diese Versöhnung eingelassen, auf diese Ferienreise mit ihr, diese zweiten Flitterwochen, und jetzt mußte er es eben versuchen. Er mußte sich Mühe geben. Es würde nicht so einfach geschehen, wie die Liebe zwischen ihm und Marguerite dagewesen war, unvermutet und unbeabsichtigt.

«Und wer gibt die Belohnung?» fragte er.

«Wenn ich gewinne, du, und wenn du gewinnst, dann ich. Und wenn ich es bin, dann möchte ich ein Geschenkchen aus dem Camp Shop; ein sehr hübsches, teures Sächelchen.»

Der Gewinner war Ford. Er sah ein einzelnes Zebra aus dem Dornengestrüpp auf der rechten Seite heraustreten, und dann eine kleine Herde. «Krieg *ich* nun ein Geschenk aus dem Shop?»

Er spürte es mehr, als daß er es sah, ihr affektiertes Kopfschütteln. «Nein», sagte sie, «du kriegst einen Kuß.» Und sie preßte warme, trockene Lippen auf seine Wange.

Es machte ihn unmerklich schaudern. Ford verlangsamte das Tempo, damit das Zebra die Straße überqueren konnte. Das Dornengebüsch hatte fünf Zentimeter lange Stacheln. Am Straßenrand wuchs eine Art wilder Zinnie mit winzigen Blüten, korallenrot, die rote Tupfer zwischen das trockene, bleiche Gras setzten. Im Busch gab es rostrote Ameisenhügel mit hohen Spitzen, wie Zinnen von Märchenburgen. Noch achtunddreißig Kilometer bis Thaba. Er beschleunigte wieder, hielt sich eben unter der Geschwindigkeitsgrenze und ignorierte, so gut er konnte, Tricia jedesmal, wenn sie ihn bat, langsamer zu fahren. Sie würden jetzt ohnehin keins der großen Raubtiere mehr sehen, nicht an diesem Nachmittag, da war er ganz sicher, höchstens Impalas, Zebras und vielleicht eine Giraffe. Er hatte sich früher bei seinen Geschäftsreisen öfter Urlaub genommen, um nach Serengeti oder in den Krügerpark zu fahren, er kannte sich aus. Er holte das Fernglas für Tricia heraus, stellte es ein und hängte ihr den Lederriemen um den Hals, denn er hatte weder all die Ferngläser und Kameras vergessen, die sie bereits fallen gelassen und kaputtgemacht hatte, eben weil sie das unterlassen hatte, noch ihre Tränenströme hinterher. Der Wagen hatte keine Klimaanlage, und die Hitze lag schwer und stumm zwischen ihnen. Sie fuhren westwärts, vor ihnen versank die Sonne mit mattem gelbem Glanz. Der Schweiß rann Ford aus den Achselhöhlen und zwischen den Schulterblättern herunter, durchnäßte sein ohnehin schon feuchtes Hemd und überzog seine Haut mit einem kalten, klebrigen Film.

Auf der Mitte einer Straßenkreuzung stand eine Steinpyramide mit Pfeilen darauf und wies den Weg nach Thaba, dem größten Camp bei Waka-Suthu, und zur Hippo-Brücke über den Suthufluß. Oben auf der Spitze saß ein Pavian mit einem grauen, flauschigen Jungen auf den Knien. Tricia streckte schmachtend die Arme danach aus. Sie hatte nie ein Kind gehabt. Die Pavianmutter begann auf dem Kopf ihres Babys Flöhe zu fangen. Tricia stieß einen kleinen, nervösen Schrei aus, halb entsetzt, halb belustigt. Ford fuhr die Straße nach Thaba hinunter und passierte die Einfahrt zum Camp zehn Minuten, bevor sie für die Nacht das Tor schlossen.

Die Dunkelheit setzt unvermittelt ein in Afrika. Die Dämmerung ist nur von kurzer Dauer; kaum hat man sie bemerkt, ist sie schon vorüber, und die Nacht fällt herein. In den kurzen Momenten der Dämmerung leuchten all die blassen Dinge förmlich auf, und die Vögel lassen ein sanftes Murmeln hören. Im Camp von Thaba gab es ein Restaurant und einen Laden, runde Hütten mit Strohdächern und hölzerne Chalets mit Veranden davor. Ford und Tricia war ein Chalet an der nördlichen Begrenzung zugewiesen worden, und von ihrer Veranda aus konnte man hinter dem hohen Drahtzaun den Suthufluß gemächlich und still zwischen dem hohen Röhricht an seinen Ufern dahinfließen sehen. Die Dämmerung hatte eben eingesetzt, als sie die hölzernen Stufen hinaufstiegen. Ford trug ihre Koffer. Und da sah er die Fieberbäume, zwei Stück, die fedrigen Blätter vom Zwielicht ins Graue verblichen, die Stämme jedoch von schärferem, stechenderem Gelb als am Tage.

«Ganz gut, daß wir unsere Malariatabletten genommen haben», meinte Ford, als er die Tür aufstieß. Als das Licht brannte, sah er an der gegenüberliegenden Wand zwei Moskitos sitzen. «Anopheles sind die Überträger der Malaria, bloß, unglücklicherweise verraten sie einem nicht, ob sie Anopheles sind oder nicht.»

Getrennt stehende Betten, Lampen, ein Ventilator, ein Kühlschrank, eine offenstehende Tür zu Toilette und Duschbad. Tricia setzte ihren Make-up-Koffer, ohne den sie nirgendwo hinging, auf dem Bett am Fenster ab. Das Licht war nicht besonders hell. Das war keine der Lampen im ganzen Camp, denn die Elektrizität kam von einem eigenen Generator. Dies hier war eine kleine Kolonie von Menschen in einer Welt, die den Tieren gehörte, eine Umkehrung der gewöhnlichen Ordnung der Dinge. Vom Fenster aus konnte man andere Chalets sehen, andere trübe Lichter, andere parkende Wagen. Tricia redete mit den beiden Moskitos.

«Ist dein Name Anna Phyllis? Nein? Liebling, du kannst ganz beruhigt sein. Sie sagt, sie heißt Mary Jane und ihr Mann John Henry.»

Ford brachte ein Lächeln zustande. Er hatte Tricias Scherzhaftigkeit hingenommen und sich daran gewöhnt, bis er Marguerites Witz entdeckt hatte. Er schob seinen Koffer in den Schrank, ohne ihn auszupacken, und ging unter die Dusche. Tricia stand auf der Veranda und lauschte den Zikaden, Tausenden von Zikaden. Es war stockdunkel geworden, während sie ihre Kleider aufgehängt hatte, und der Himmel war übersät mit hellen Sternen.

Sie hatte Ford zurückbekommen von dieser Frau, und jetzt mußte sie ihn festhalten. Sie hatte ein paar Pfund abgenommen, eine Menge neuer Kleider gekauft und sich Strähnen ins Haar färben lassen. Eigentlich hatten Männer ihr von jeher Angst eingeflößt, angefangen mit ihrem Vater, als sie ein Kind war. Und damals, als sie ein Kind war, hatte sie auch damit begonnen, Kind zu spielen mit all den kleinen Vorteilen, die sich daraus ergaben. Sie hatte herausgefunden, daß ihr Vater gegenüber kleinen Mädchen freundlicher und nachgiebiger war als gegenüber ihrer Mutter. Ford hatte ein kleines Mädchen geheiratet, anschmiegsam und niedlich, und es hatte ihm sehr wohl gefallen, bis er einer erwachsenen Frau begegnet war. Tricia wußte das alles, aber wie sie ihn halten sollte, das wußte sie jetzt nicht besser als früher. Die alten Methoden erschienen ihr genauso langweilig und abgestanden, wie auch er sie vermutlich empfand. Wie sie da so auf der Veranda stand, wünschte sie sich halb und halb, sie wäre allein, müßte nicht partout einen Ehemann haben, müßte sich nicht aus Gründen der Konvention und des Stolzes, wegen des Unterhaltes und wegen der Gesellschaft an ihm festklammern. Sehnsüchtig horchte sie hinaus, ob nicht ein Löwe brüllte da draußen im Busch hinter dem Zaun; aber es gab nirgends einen Laut, abgesehen von den Zikaden.

Ford kam in einem Frotteemantel heraus. «Wo hast du das Mückenzeug? Den Spray?»

Sofort verängstigt sagte sie: «Ich weiß nicht.»

«Was heißt das, du weißt nicht? Du mußt es doch wissen. Ich hab dir im Hotel die Sprühdose gegeben und gesagt, du sollst sie in dein Dingsda, diesen Make-up-Koffer tun.»

Sie machte den Koffer auf, obwohl sie wußte, daß die Mückenspraydose nicht darin war. Natürlich nicht. Sie sah sie ja im Geiste vor sich auf der Badezimmerablage im Hotel, zurückgelassen, weil sie so sperrig war. Sie biß sich auf die Lippen und sah Ford verstohlen von der Seite an. «Wir können ja im Laden was kaufen.»

«Tricia, der Laden schließt um sieben, und es ist jetzt zehn nach.»

«Dann kaufen wir eben morgen früh was.»

«Moskitos sind aber zufällig nachts höchst aktiv.» Er wühlte zwischen den Flaschen und Töpfchen in ihrem Koffer herum. «Nun sieh dir diesen ganzen nutzlosen Quatsch an: ‹Reinigungsmilch›, ‹Perlglanz-Tönung›, ‹Feuchtigkeitscreme› – wie ein blutjunges Mannequin! Den Mückenspray mitzunehmen und dafür die ‹Perlglanz-Foundation› zurückzulassen, darauf bist du wohl nicht gekommen, was?»

Ihre Lippen zitterten. Sie spürte, wie sie – fast unbewußt – ihre runden Augen machte und die Lippen zu einem Lispelmündchen vorschob. «Aber an die Tabletten haben wir gedacht.»

«Das wird die verdammten Viecher nicht am Stechen hindern!» Er ging ins Bad zurück und knallte die Tür hinter sich zu.

Marguerite hätte nicht vergessen, die Sprühdose mitzunehmen. Tricia wußte, er dachte wieder an Marguerite, sein Kopf war angefüllt von ihr, sie hatte sich schon während der ganzen langen Fahrt nach Thaba unabweisbar und mit Macht in seine Gedanken gedrängt.

Sie fing an zu weinen. Das Wasser floß ihr nur so aus den Augen und wollte nicht aufhören. Sie zog ein anderes Kleid an, und immerfort weinte sie weiter. Die Tränen durchweichten den Puder, den sie auf ihr Gesicht stäubte.

Sie aßen im Restaurant zu Abend. Tricia in ihrem rosa geblümten Crêpe war die einzige aufgemachte Frau dort. Früher hätte sie sich eingebildet, alle anderen Gäste blickten sie an, weil sie sie bewunderten, jetzt aber schien ihr eher Hohn und Spott dahinterzustecken. Sie aß ihr kleines, zu lange gekochtes Stück Seehecht und ihr großes, zu lange gebratenes, unter Semmelbröseln verborgenes Stück Kalbfleisch und betrachtete die roten Flecken der Moskitostiche, die sich auf Fords Arm abzeichneten.

Es gab keine Beleuchtung im Camp außer dem Licht, das aus den Fenstern des Hauptgebäudes und aus den Chalets fiel. Nach und nach gingen die Lichter aus, und es wurde sehr dunkel. Trotz seiner Moskitostiche schlief Ford augenblicklich ein, Tricia aber wurde durch das Geräusch des Ventilators wachgehalten. Um elf Uhr schaltete sie ihn aus und öffnete das Fenster. Da endlich konnte sie einschlafen, aber um vier Uhr wachte sie schon wieder auf, lag eine halbe Stunde wach, stand dann auf, zog sich an und ging hinaus.

Es war noch dunkel, aber die Dunkelheit lichtete sich schon ein wenig, so als ob man ihren dichtesten Schleier bereits fortgezogen habe. Schwerer Tau lag auf dem Gras. Als sie unter einem Merulabaum, überladen mit kleinen, grünen, aprikosenförmigen Früchten, hindurchging, stob ein Schwarm Fledermäuse aus seinen Zweigen auf und umflatterte ihren Kopf. Wäre Ford bei ihr gewesen, sie hätte losgeschrien und sich an ihn geklammert, da sie aber allein war, verhielt sie sich still. Das Camp und der Busch jenseits des Zauns waren voller Geräusche. Laute, die Tricia an die Gemälde von Hieronymus Bosch gemahnten – Teufelchen, Dämonen und grauenhafte Homunkuli, die, wären ihnen Stimmen verliehen, wohl Laute ausstoßen würden, wie diese hier – Knurren, leises Pfeifen und Zirpen und winzige, dünne Schreie.

Sie spazierte umher, wartete auf den Tagesanbruch, glaubte, es würde ein grandioses Spektakel sein. Aber es war bloß eine graue Blässe am Himmel, bleiche Farblosigkeit zwischen sich teilenden schwarzen Wolken, und ein Gefühl der Enttäuschung erschreckte sie, so, als sei dies Symbol oder Omen für etwas viel Einschneidenderes in ihrem Leben als nur der Anbruch eines beliebigen Tages.

Ford wachte auf und brachte es zuerst nicht fertig, die Augen wegen der Schwellungen durch die Moskitostiche zu öffnen. Wie Flocken von Distelwolle saßen die Moskitos an den Wänden, dicht an dicht, von oben bis unten. Er stand auf, stolperte halbblind aus dem Schlafzimmer und ließ sich das Wasser aus der Dusche über das Gesicht laufen. Tricia trat ein, starrte auf sein Gesicht, kicherte nervös, biß sich aber sofort auf die Lippen.

Die Tore des Camps wurden um halb sechs geöffnet, und die Autos begannen hinauszuströmen. Tricia hatte nie den Führerschein gemacht, und Ford konnte nichts sehen, also gingen sie ins Restaurant zum Frühstücken. Als der Laden öffnete, kaufte Ford zwei Sorten Mückenschutzmittel und, innerlich seufzend, weil er ihre Entschuldigungen und ihre bettelnden Augen nicht länger ertragen konnte, für Tricia eine Halskette aus Elfenbeinperlen und einen Rock mit aufgedruckten Giraffen. Um neun Uhr, als die Schwellungen um Fords Augen ein wenig abgeklungen waren, fuhren sie mit dem Wagen los und nahmen die Straße zur Hippo-Brücke.

Der Tag war feucht und brütend heiß. Ford hatte die Mückenstiche gezählt, die er abbekommen hatte, und kam auf die stattliche Summe von vierundzwanzig. Schwer zu glauben, daß zwei kleine Chinintabletten ausreichen sollten gegen vierundzwanzig Stiche, von denen einige mit Sicherheit von der Anopheles herrühren mußten. Hatte er nicht sofort, als sie gestern abend gekommen waren, die beiden Fieberbäume gesehen? Jetzt steuerte er den Wagen langsam und verbissen, nahezu wortlos, die geschwollenen Augen hinter einer Sonnenbrille verborgen.

Am Suthufluß hielt er an, und später noch einmal an einem Wasserloch, und sie suchten angestrengt die Wasseroberfläche ab. Aber nirgends tauchte etwas auf, wenn man den dicken, dunklen Ast nicht rechnete, der am Ende plötzlich verschwand und sich dadurch nachträglich als ein Krokodil auswies. Es war schon zu spät am Vormittag, um noch viel zu sehen außer Marabustörchen, die regungslos und in sich versunken auf einem Bein in einer Lichtung oder auf dem dürren Ast eines Baumes standen. Ford schwenkte sein Fernglas über den Busch hin, der sich in ungebrochener, scheinbar lebloser Eintönigkeit bis zu den blauen Gebirgszügen am fernen Horizont erstreckte.

Von den Moskitostichen allein konnte man doch kein regelrechtes Fieber bekommen. Wenn Malaria im Anzuge war, dann würde sie nicht jetzt ausbrechen. Dennoch empfand Ford, wie er so im Wagen neben Tricia saß, eine Art Fieberwahn. Vielleicht kam es nur durch die schwere Irritation seiner gesamten Körperoberfläche, durch das Brennen der Haut und die Unfähigkeit, sich zu bewegen, ohne neue Qualen heraufzubeschwören. Aber es zog auch seinen Geist in Mitleidenschaft, und jedesmal, wenn er Tricia ansah, stieg eine Art Panik in ihm auf. Warum war er zu ihr zurückgegangen? War er verrückt? Seine Augen, sein ganzer Kopf pulsierte, als ob seine Temperatur erhöht sei. Diese rosa Jeans waren zu eng für Tricia, und die Rüschen an ihrer weißen Bluse waren lächerlich. Mit Hilfe des Fernglases hatte sie in den Zweigen eines Peepulbaumes eine Familie kleiner, grauer Affen entdeckt, und sie hing aus dem Fenster, machte ständig girrende Lockrufe. Jetzt öffnete sie die Wagentür, hielt sie spaltbreit offen und wandte ihm einen Blick zu, wie ein Kind seinen Vater anblickt, wenn er etwas verboten hat, das es dennoch brennend gern tun möchte.

Sie hatten weder Großkatzen noch einen Elefanten zu Gesicht bekommen, sie hatten nicht einmal einen Schakal gesehen. Ford hob die Schultern.

«Okay, aber wenn ein Aufseher vorbeikommt und dich erwischt, dann kriegen wir verdammten Ärger.»

Sie stieg aus dem Wagen und ließ die Tür offen. Das Gras, das am Straßenrand begann und die Wildnis bedeckte, so weit das Auge reichte, war hoch und spröde. Es reichte Tricia bis ans Knie. Eine Löwin oder ein Gepard, die etwa darin lagen, wären vollständig verborgen gewesen. Ford griff nach dem Fernglas und blickte in die andere Richtung, um nicht Tricia ansehen zu müssen, die wieder einmal vergessen hatte, sich den Riemen der

Kamera um den Hals zu legen. Sie unternahm Annäherungsversuche bei den Affen, die vor ihr zurückwichen; dabei umarmten sie einander, verbargen Köpfe an Schultern, wie bedrohte Flüchtlinge auf einem kitschigen Gemälde. Langsam schwenkte er sein Glas. Und da sah er knappe hundert Meter von einer unruhig grasenden kleinen Ziegenherde entfernt die beiden Katzengesichter dicht beieinander, die aneinandergeschmiegten Leiber, die gefleckten Rücken... Geparden! Ihm fiel ein, daß er einmal gehört hatte, sie seien die schnellsten Tiere der Welt.

Er mußte Tricia rufen und sie sofort in den Wagen zurückholen. Aber er rief nicht. Durch das Glas beobachtete er die großen Katzen, die dort so anmutig lagerten, gesättigt und in sich ruhend, wenn auch mit offenen Augen. Marguerite hätten sie gefallen, sie liebte Katzen, sie besaß eine Burmakatze, ebenso geschmeidig, schlank und gelassen wie diese wilden Kreaturen. Tricia kam in den Wagen zurück, voll lauten Entzückens, wie süß die Affen waren. Er ließ den Motor an und fuhr los, ohne ihr von den Geparden zu erzählen.

Später, so gegen fünf Uhr am Nachmittag, wollte sie wieder aus dem Wagen aussteigen, und er hielt sie nicht zurück. Sie spazierte die Straße auf und ab und redete auf Mungos ein. In kaum mehr als einer Stunde würde es dunkel sein. Wenn er nun den Wagen anließe und ohne sie ins Camp zurückfuhr, schoß es ihm durch den Kopf. Leoparden waren nächtliche Jäger, die bis zur Dunkelheit warteten. Die Schwellungen um seine Augen waren nahezu ganz abgeklungen, aber sein Hals, die Arme und Hände schmerzten noch wegen der Heftigkeit der Stiche. Die Mungos flüchteten ins Gras, als Tricia leise redend näherkam, die Hände beschwörend ausgestreckt. Ein Wagen mit vier Männern kam aus Richtung der Hippo-Brücke angefahren. Er verlangsamte das Tempo, und der Fahrer streckte den Kopf heraus. Sein Gesicht war ziegelrot, hatte grobe Züge, das Haar ein rostiges Blond, und seine Stimme verriet den Akzent des in Afrika geborenen weißen Mannes durch seine gequetschten Vokale.

«Die Dame sollte aber nicht so auf der Straße rumlaufen!»

«Ich weiß», versetzte Ford, «ich hab's ihr gesagt.»

«Verzeihung, wissen Sie, daß Sie da etwas sehr Gefährliches tun, so aus dem Wagen zu steigen?» Die Stimme dröhnte einschüchternd. Tricia errötete. Sie tat geziert beleidigt, lächelte, biß sich auf die Lippen. Dabei hatte sie im Grunde große Angst vor diesem Mann, der sie ansah, als verachte er sie, als widere sie ihn an. Wenn er ins Camp zurückkam, würde er sie verpetzen?

«Versprechen Sie, daß Sie's nicht weitersagen?» stammelte sie, den Kopf zur Seite gelegt.

Er gab ein zorniges Grunzen von sich und zog den Kopf zurück. Der Wagen fuhr weiter. Mit einem Satz war Tricia wieder auf dem Beifahrersitz neben Ford. Sie hatten weniger als eine Stunde Zeit, nach Thaba zurückzufahren. Ford fuhr los und folgte dem Wagen mit den vier Männern.

Beim Abendessen saßen die vier am Nebentisch. Tricia fragte sich, wie vielen Leuten sie wohl von ihr erzählt hatten, denn sie bildete sich ein, daß etliche Gäste sie neugierig oder feindselig anblickten. Der Mann mit dem krausen, blonden Haar, den sie Eric nannten, prahlte laut damit, was er und seine Gefährten an diesem Tage alles gesehen hätten – wahre Prachtstücke von Löwen, zwei Flußpferde, Hyänen und die seltene Säbelantilope.

«Sie können nicht erwarten, daß Sie da unten an der Hippo-Brücke viel zu sehen kriegen, wissen Sie», meinte er zu Ford. «Die große Show läuft bei Sotingwe. Nehmen Sie gleich morgen früh die Straße nach Sotingwe, und ich garantiere ihnen Löwen.»

Mit Tricia sprach er nicht, er sah sie nicht einmal an. Vor zehn Jahren hätten sich die Männer im Restaurant den Kopf verrenkt, um sie anzusehen, und obgleich sie sich insgeheim vor ihnen fürchtete, hatte sie sich doch zitternd in ihren Blicken gesonnt. Als sie durch das Gras zu ihrem Chalet zurückgingen, klammerte sie sich an Fords Arm.

«Um Gottes willen, denk an meine Mückenstiche!» sagte er.

Lange lag er wach in seinem Einzelbett, einen Fußbreit von Tricias entfernt, und dachte an die Leoparden dort jenseits der Einfriedung, die nachts jagten. Der Leopard glitt auf dem Ast eines Baumes entlang und ließ sich von dort auf seine Beute fallen. Löwinnen jagten am frühen Morgen und brachten, was sie erlegt hatten, ihren Gefährten und den Jungen. Ford hatte all diese Dinge auf dem Fernsehschirm gesehen. Wie Geparden jagten, wußte er nicht, nur, daß sie sehr schnell waren. Ein wütender Elefant konnte sich auf ein Auto werfen und es zerdrücken, oder mit einem Schlag seines Fußes die Windschutzscheibe zertrümmern.

Es war zu dunkel, um Tricia zu sehen, aber er wußte, sie war wach; sie lag ganz still, und manchmal hielt sie den Atem an. Dann folgte ein tiefes Ausatmen, ein Seufzer, der durch das Rasseln des Ventilators hindurch hörbar war.

Vor Jahren hatte er versucht, ihr das Autofahren beizubringen. Man sagte ja, ein Mann solle nie versuchen, seiner Frau etwas beizubringen, er habe keine Geduld mit ihr und könne keine Zugeständnisse machen. Tricia hatte denn auch nie recht Fortschritte gemacht. Dauernd mußte man gewärtig sein, daß sie die unmöglichsten, lächerlichsten Sachen machte, und dann hatte er sie angebrüllt. Sie machte eine Fahrprüfung und fiel durch, und sie behauptete, das sei bloß passiert, weil der Prüfer sie angeschnauzt habe. Tricia schien zu glauben, kein Mensch dürfe ihr gegenüber auch nur die Stimme erheben, und ein Blick von ihr genüge, um alle Männer als Sklaven zu ihren Füßen niedersinken zu lassen.

Er hätte es gern gesehen, wenn sie imstande gewesen wäre, ihn beim Fahren abzulösen. Schließlich gab es keinen Zweifel, daß man eine Menge versäumte, wenn man sich auf die Straße konzentrieren mußte. Aber es hatte gar keinen Sinn, es auch nur vorzuschlagen. Fords Wagen war einer der ersten in der Schlange, die um halb sechs Uhr früh durch das Gatter hinausfuhr in die graue Dämmerung, die stumme Buschlandschaft. An der Steinpyramide, auf der zusammengekauert eine Pavianfamilie saß, bog er in die Straße nach Sotingwe ein.

Ein paar Kilometer weiter stießen sie auf die Löwen. Eric und seine Freunde waren bereits da, lehnten sich mit ihren Kameras aus den Fenstern. Die Löwenfamilie, zwei ausgewachsene Muttertiere, zwei Junglöwinnen und ein halbwüchsiger Löwe mit zaghaft sprießender Mähne, lag mitten auf dem Fahrweg. Ford hielt an und parkte am Rand, Erics Wagen gegenüber.

«Hab ich Ihnen nicht gesagt, hier würden Sie Glück haben?» rief er Tricia zu. «Ich hoffe, Sie kommen nicht wieder auf die Idee, auszusteigen und auf Entdeckungen zu gehen!»

Tricia würdigte ihn keines Blickes und antwortete auch nicht.

Sie sah nur die Löwen. Die Sonne ging auf, überstrahlte den Himmel mit rosa-orangenem Glanz, und eine kleine Brise bewegte zitternd all die blaßgrünen, farnähnlichen Blätter ringsum. Die größere der erwachsenen Löwinnen erhob sich gemächlich – eher gelangweilt als erschreckt durch Erics aufwendige Fotoausrüstung –, schlenderte ins Gestrüpp, quer durch das hohe, trockene Gras und die roten Zinnien. Die Jungen folgten ihr, die andere Löwin folgte ihr... Ford beobachtete durch das Glas, wie sie mit stolz erhobenen Köpfen dahinschritten, selbst die Kleinen auf anmutig lässige, gemessene Art. Nirgends ringsumher waren Impalas, auch keine Giraffen, keine Gnus. Die Welt hier gehörte den Löwen.

Das meiste spielte sich bei Sotingwe ab, in der Nähe des Wasserloches. Ein Elefant mit Ohren wie indische Zimmerfächer überstäubte sich mit rotem Sand, den er aus seinem Rüssel blies. Tricia stieg aus dem Wagen, um den Elefanten zu fotografieren, und Ford versuchte nicht, sie daran zu hindern. Er kratzte seine Moskitostiche, die vom brennenden ins juckende Stadium übergegangen waren. Wieder einmal hatte Tricia nicht daran gedacht, sich den Kameraremen um den Hals zu hängen. Sie bahnte sich einen Weg ans Ufer hinunter und betrachtete aus sicherer Entfernung – war überhaupt irgend eine Entfernung hier sicher? – ein Krokodil. Ohne sich recht darüber klar zu sein und ohne selbst ganz zu verstehen, was er damit meinte, dachte Ford, daß es die falsche Tageszeit war; es war zu früh. Sie fuhren zum Frühstück nach Thaba zurück.

Beim Frühstück und auch später beim Lunch wieder sprudelte Eric förmlich über von dem, was er gesehen hatte. Er hatte den Sandweg genommen, der von Sotingwe zur Suthu-Brücke hinunterführte, und dort, hoch in einem Baum am Wasser, war ein Leopard gewesen. Malcolm hatte ihn zuerst gesichtet – schlafend ausgestreckt auf einem Ast, ein gutes Stück entfernt, aber durch den Feldstecher ganz deutlich zu sehen.

«Massiver, mächtiger Bursche, mit diesen typischen, mehr rechteckigen Flecken», sagte Eric, eine Zigarre rauchend.

Tricia wollte nun natürlich auch zur Suthu-Brücke, also nahm Ford ebenfalls den Sandweg, nachdem sie ihre Siesta gehalten hatten. Malcolm beschrieb ihnen haargenau, wo er den Leoparden gesehen hatte. Er hielt es für möglich, daß er dort immer noch auf seinem Ast schlief.

«Einen guten halben Kilometer hinter der Brücke. Schauen Sie auf die linke Seite. Da ist dann so eine Art Lichtung mit einem von diesen Bäumen mit dem gelben Stamm darauf. Und da lag der Bursche auf einem Ast zur rechten Seite der Lichtung.»

Der Sandweg war nur eine Fahrspur aus roter Erde zwischen grünen Wegrändern. Ford fand die Lichtung mit dem einzelnen Fieberbaum, aber der Leopard war verschwunden. Langsam fuhr er zur Brücke hinunter, die sich über den trägen, grünen Fluß spannte. Als er den Motor abstellte, war es totenstill, die Luft heiß und schwer. Nichts regte sich, außer den Mücken, die wie aufs Geratewohl torkelnd und dennoch zielstrebig über der Wasseroberfläche tanzten.

Tricia stieg jetzt schon mit größter Selbstverständlichkeit aus dem Wagen. Diesmal machte sie sich nicht einmal mehr die Mühe, ihm ihren scheuen, erlaubnisheischenden Blick zuzuwerfen. Sie trug ein rot und weiß gestreiftes Sonnentop mit Trägern, die zu schmal, und einen Rock, der zu eng war. Sie rannte zum Ufer hinunter, zog eine Sandale aus und tauchte kühn einen Fuß ins Wasser. Sie lachte, schüttelte den Fuß und sprenkelte Wassertropfen über die trockenen, runden Steine. Ford mußte daran denken, wie er all diese kleinen Dinge an ihr liebte, als er sie gerade kennengelernt hatte, und nun würde er all das für den Rest seines Lebens ertragen müssen. Der Schweiß brach ihm aus, als ob seine Körpertemperatur sprunghaft angestiegen sei.

Sie hüpfte auf den Steinen und im Wasser herum und raffte den Rock hoch. Es waren keine Tiere zu sehen. Den ganzen Nachmittag über hatten sie bloß Impalas gesehen. Die Sonne begann zu sinken und den dunstigen, blaßgetönten Himmel zu verfärben. Tricia, jetzt bereits drüben am anderen Ufer, brach ein weiteres Ntsukunyane-Verbot und pflückte Maßliebchen, steckte sich eins hinter jedes Ohr. Mit einer Blüte zwischen den Zähnen wie eine spanische Tänzerin schwenkte sie ihre Hüften und lächelte.

Ford drehte den Zündschlüssel und ließ den Motor an. In wenig mehr als einer Stunde wurde es dunkel, und lange vorher schon wurden die Tore in Thaba verschlossen. Er setzte den Wagen vorwärts, stieß zurück, machte ein Zickzack-Wendemanöver, wie Tricia es sicherlich genannt hätte. Und als er jetzt in Fahrtrichtung Thaba stand, den Schalthebel auf ‹Drive› gelegt, den Fuß auf dem Gaspedal... da sog er tief den Atem ein, während ihm der Schweiß zwischen den Schulterblättern hinunterrann.

Die Hitze ließ Luftspiegelungen über dem Weg flirren, aus denen heraus ein Wagen auf sie zukam. Ford stoppte und schaltete den Motor aus. Es war nicht Erics Wagen, sondern einer, der einem jungen amerikanischen Urlauberpaar gehörte. Der junge Mann hob die Hand und grüßte zu Ford hinüber.

Ford rief Tricia zu: «Beeil dich, sonst kommen wir zu spät.» Aber da war sie schon wieder im Wagen. Ihre Blumen hatte sie auf dem Weg fallengelassen.

Ford war also drauf und dran gewesen, sie einfach zurückzulassen, so sehr wünschte er sich, sie loszusein. Sie zitterte am ganzen Körper, und sie preßte die Hände fest zusammen, damit er es nicht sah. Er war wirklich drauf und dran gewesen, wegzufahren und sie hier der Dunkelheit und den Löwen zu überlassen oder den Leoparden, die bei Nacht jagten. Er wäre glatt davongefahren, aber dann war der Wagen der Amerikaner gekommen.

Stumm dachte sie darüber nach. Die Amerikaner kehrten bald nach ihnen um und fuhren auf dem Sandweg hinter ihnen her. Impalas standen um den einsamen Fieberbaum herum, horchten vielleicht auf unhörbare Laute, witterten vielleicht unsichtbare Gefahren. Der Sonnenuntergang überzog den Himmel mit rauchigem Gelb. Tricia grübelte darüber nach, was Ford vorgehabt haben mußte – nämlich, zum Camp zurückzufahren, knapp bevor sie die Einfahrt schlossen, die einsetzende Dunkelheit zu beobachten in dem Bewußtsein, daß sie hier draußen war, niemandem etwas über ihr Verschwinden zu erzählen... wer würde sie denn auch vermissen? Eric? Malcolm? Und dann wäre Ford eben nicht ins Restaurant gegangen, und morgen früh, wenn sie die Tore öffneten, wäre er einfach weggefahren. Abmeldungen waren überflüssig in Ntsukunyane, wo man Wochen im voraus zahlte.

Der perfekte Mord. Wer sollte nach ihr suchen, wenn niemand wußte, daß es nötig war? Und wenn man ihre Knochen fand? Ein Satz Knochen – Mensch, Impala, Wasserbock –, das sah einander alles sehr ähnlich, nachdem sich Schakale und Geier darüber hergemacht hatten. Und wenn er wieder nach Hause kam, würde er sagen, er habe sie Marguerites wegen verlassen...

An diesem Abend war er netter zu ihr, höflicher. Vielleicht, weil er Angst hatte, sie hätte begriffen oder ahnte zumindest, was sich in Wahrheit dort in Sotingwe abgespielt hatte?

«Wir haben doch gesagt, wir wollten eines Abends Champagner trinken. Wie wär's denn jetzt? Nichts geht über die Gegenwart.»

«Wenn du möchtest», meinte Tricia. Ihr war schon die ganze Zeit übel, und sie hatte keinen Appetit.

Ford proteste ihr mit dem Champagnerglas zu: «Auf uns beide!» Er bestellte sämtliche Gänge des Menüs, Suppe, Fisch, Wiener Schnitzel, Crème brûlée. Sie stocherte in ihrem Essen herum und mußte immer nur daran denken, daß er vorgehabt hatte, sie umzubringen. Nie mehr konnte sie sich jetzt sicher fühlen, denn nachdem es ihm einmal mißglückt war, würde er es wieder versuchen. Vielleicht nicht auf die gleiche Weise, aber dann eben auf eine andere. Wie konnte sie wissen, ob er es nicht bereits getan hatte? Womoglich hatte er zum Beispiel diese Chinintabletten durch Aspirin ersetzt, oder vielleicht würde er versuchen, sie zu ertränken, wenn sie wieder in dem Hotel in Mombasa waren. Nie mehr würde sie vor ihm sicher sein, außer, sie verließe ihn.

Und genau das wünschte er sich ja, abgesehen von ihrem Tod wäre es das Beste, was ihm passieren konnte.

In der Nacht lag sie wach und malte sich aus, wie das wäre, wenn sie zurückginge, um bei ihrer Mutter zu leben, während er wieder zu Marguerite zurückkehrte. Er schlief ebenfalls nicht. Sie hörte seine unregelmäßigen, wachen Atemzüge. Sie hörte sein Bett knarren, wenn er sich ruhelos umherwarf, hörte das Mahlen des Ventilators, das Sirren einer Mücke. Wenn sie nicht schon getötet worden wäre, so liefe sie jetzt also womöglich voller Panik dort draußen im Busch umher, in der Dunkelheit, voller Angst, einen Schritt zu tun, voller Angst aber auch, sich still zu verhalten, voller Angst vor jeglichem Laut, ohne indessen zu wissen, welche Laute sie am meisten fürchten mußte. Es schien kein Mond. Das hatte sie gesehen, ehe sie zu Bett gegangen war, und in ihrem Kalender hatte sie festgestellt, daß morgen Neumond sein würde. Der Himmel war während der Dämmerung bezogen gewesen, und jetzt war es stockdunkel. Leoparden aber sahen – vielleicht durch das Licht der Sterne oder aber durch ein instinktgesteuertes inneres Auge – unfehlbarer, als es normaler Sehkraft möglich war. Lautlos würde er sich von seinem Ast fallen lassen und seine Zähne in die wehrlose Kehle schlagen.

Die sirrende Mücke hatte Ford an etlichen Stellen seines Gesichtes, seines Halses und an seinem linken Fuß gestochen. Er hatte am Abend vergessen, sich mit dem Mückenschutzmittel einzureiben. Früh am Morgen, bei Tagesanbruch, stand er auf, zog sich an und machte seinen Spaziergang rund um das Camp. Sonst war noch kein Mensch auf, bloß einer der afrikanischen Bediensteten, der den Wagen eines Gastes abspritzte. Aus dem Busch jenseits des Zaunes ertönte Rumoren und spitze Schreie.

Hatte er allen Ernstes die Absicht gehabt, Tricia loszuwerden, indem er sie, wie man so schön sagte, den Löwen zum Fraß vorwarf? Ja, einen schlimmen Augenblick lang wohl, gestand er sich ein, weil Fieber sein Blut, Gift seine Venen überschwemmt hatte. Und sie wußte Bescheid, das war ihm klar. In gewisser Hinsicht vielleicht gar nicht so schlecht, daß sie es wußte. Es mußte ihr zeigen, wie hoffnungslos diese Ehe war, die sie krampfhaft aufrechtzuerhalten versuchte.

Die Schwellungen an seinem Fuß, obwohl verborgen unter der Socke, ließen den Spann durch die Sandale hevorquellen. Der Fuß fühlte sich steif an und brannte, und er wurde sich bewußt, daß er leicht humpelte. Er lehnte sich an den Stamm eines Fieberbaumes, die Haut gegen die kühle, feuchte, gelbe Rinde gepreßt, zog seine Sandale aus und betastete den geschwollenen Fuß vorsichtig mit den Fingerspitzen. Niemals kam eine Mücke Tricia zu nahe, sie schienen den Kontakt mit ihrem bleichen, trockenen Fleisch tunlichst zu meiden.

Sie war auf, als er hereingehumpelt kam, saß auf ihrem Bett und lackierte sich die Fingernägel. Wie konnte man mit einer Frau zusammenleben, die sich in einem Wildreservat die Fingernägel bemalte?

Sie fuhren nicht vor neun Uhr aus dem Camp. Auf der Straße nach Waka-Suthu begegnete ihnen Erics zurückkommender Wagen.

«Hier herunter ist kilometerweit nichts los, Sie verschwenden bloß Ihre Zeit.»

«Okay», sagte Ford, «danke.»

«Sotingwe, das ist und bleibt der Platz. Haben Sie gestern den Leoparden gesehen?» Ford schüttelte den Kopf. «Naja, wir können nicht alle Glück haben.»

An der Hippo-Brücke spielten Elefanten im Fluß, bespritzten sich gegenseitig mit Wasser und rempelten einander mit schweren Schultern an. Ford dachte schon, das wäre der Höhepunkt des Vormittags, aber dann erlebten sie den Tod eines Beutetieres. Sehen taten sie ihn genaugenommen nicht, es war schon vor ein paar Stunden zur Strecke gebracht worden, aber die Löwin und ihre Jungen taten sich noch immer an dem Kadaver gütlich, einem von schwarzem Blut verkrusteten Rippenkorb. Sie saßen im Wagen und sahen zu. Nach einer Weile ließen die Löwen das Skelett im Stich und marschierten, einer hinter dem anderen, durch das Gras davon. Aber schon hatten sich die kleinen Schakale gesammelt, ein ganzes Rudel, versteckt hinter Bäumen. Gegen vier kam Ford auf der Rückfahrt den gleichen Weg entlang, und da waren die Geier am Werk und pickten die Knochen ab.

Es war ein heißer Tag mit gnadenlosem Sonnenschein, der Himmel blau und vollkommen klar. Fords Fuß war auf das Doppelte seiner normalen Größe angeschwollen. Ihm fiel auf, daß Tricia heute nicht ein einziges Mal den Wagen verlassen hatte, und sie hatte weder kleinmädchenhaft auf ihn eingeredet, noch gekichert, noch ihm verschämte Küsse verpaßt. Sie glaubte also wohl, er habe versucht, sie umzubringen? Wirklich eine absurde Einbildung! In Wirklichkeit hatte er ihr doch bloß einen Schreck einjagen wollen, damit sie begriff, wie dumm es war, die Vorschriften zu übertreten und den Wagen zu verlassen. Warum sollte er sie denn auch umbringen? Er konnte sie ja einfach verlassen. Er würde sie auch verlassen, und sobald sie wieder in Mombasa waren, *würde* er es ihr sagen. In dem Gedanken daran wandte er sich zu ihr und lächelte. Er hielt an der Lichtung, auf der der Fieberbaum stand; gelb die Rinde, zart und fedrig die

Blätter, so stand er da im Sonnenschein wie ein junger Schößling im Frühling.

«Warum steigst du eigentlich nicht mehr aus?»

Sie zauderte. «Ach, es gibt ja nichts zu sehen.»

«Nein?»

Er hatte das Stachelschwein schon mit bloßem Auge ausgemacht, aber er reichte ihr den Feldstecher. Sie blickte hindurch und lachte vor Entzücken. Genau so hatte sie immer gelacht, als sie jung war, nicht aus Belustigung, sondern aus hellem Entzükken. Er schloß die Augen. «Oh, das süße Stachelschwein!»

Sie griff auf den Rücksitz nach der Kamera. Und dann stockte sie. Er sah die Furcht, den Argwohn in ihren Augen. Schweigend zog er den Zündschlüssel ab und streckte ihn ihr auf der flachen Hand hin. Sie errötete. Er blickte sie unverwandt an, genoß ihre Verlegenheit, gekränkt, daß sie ihn solcher Gemeinheit für fähig hielt.

Sie zögerte, aber sie nahm den Schlüssel. Sie packte die Kamera und öffnete die Wagentür; dabei hielt sie den Schlüssel an seinem Etui in der linken, die Kamera in der rechten Hand. Er sah, daß sie schon wieder nicht den Riemen der Kamera, seiner kostbaren Pentax, um den Hals gelegt hatte, das tat sie ja nie. Er hätte es ihr zum tausendsten Male sagen können, aber er brachte einfach nicht die Energie auf. Sein geschwollener Fuß puckerte, und er dachte an die endlosen Tage in Ntsukunyane, die ihnen noch bevorstanden. Marguerite schien so unendlich weit entfernt, nicht bloß auf der entgegengesetzten Seite der Erde.

Gute fünfzehn Sekunden, ehe es wirklich passierte, wußte er schon, daß Tricia die Kamera fallen lassen würde. Es kam, weil sie den Schlüssel in der anderen Hand hatte. Wenn der Riemen um ihren Hals gelegen hätte, dann wäre das nicht weiter schlimm gewesen. Er wußte, wie es war, wenn man in jeder Hand etwas trug und den sicheren Halt unter Händen oder Füßen verlor. In so einem Augenblick hatte man kein Gefühl dafür, welches der Dinge wertvoll und wichtig war und welches nicht. Tricia hielt prompt den Schlüssel fest und ließ die Kamera fallen. Um das Stachelschwein besser fotografieren zu können, war sie auf die verschlungenen Wurzeln eines Baumes geklettert, Wurzeln, die so hart aussahen wie Stufen einer Steintreppe.

Sie schrie leise auf. Durch das Krachen und den Schrei erschreckt, stellte das Stachelschwein seine Stacheln auf. Ford sprang aus dem Wagen, zuckte zusammen, als er seinen Fuß auf den Boden stellte, und humpelte durch das Gras auf Tricia zu, die dastand wie angewurzelt, aus Angst vor ihm. Die Kamera, die Teile seiner Kamera waren zwischen die knorrigen, versteinerten Baumwurzeln gefallen. Er ließ sich auf die Knie fallen, brüllte sie an, verfluchte sie.

Da rannte Tricia. Sie rannte zum Wagen zurück und stieß den Schlüssel ins Zündschloß. Der Wagen stand in Richtung Thaba, und die Uhr im Armaturenbrett zeigte fünf Uhr fünfunddreißig. Ford kam angehumpelt, schwenkte die Arme, die Hände voll zerbrochener Teile der Kamera. Sie blickte von ihm fort und trat das Gaspedal hart durch.

Der Sonnenuntergang überzog den Himmel mit klarem Orangerot, schwarze Balken der heraufkommenden Nacht lagen am Horizont. Sie stellte fest, sie konnte fahren, wenn sie mußte, auch wenn sie keine Prüfung bestehen konnte. Etwa einen Kilometer die Straße hinunter kam ihr das amerikanische Pärchen entgegen. Der Mann steckte den Kopf aus dem Fenster. «Gibt's da irgend etwas, um das es sich lohnt, runterzufahren?»

«Nicht das geringste», sagte Tricia, «Sie verschwenden bloß Ihre Zeit.»

Der junge Mann wendete seinen Wagen und fuhr hinter ihr her. Es war zwei Minuten nach sechs, als sie nach Thaba hineinfuhren, die allerletzten Wagen. Hinter ihnen schlossen sich die Gatter.

Der Tag des Jüngsten Gerichts

Sie arbeiteten zu viert auf dem Friedhof. Angestellt waren sie von der städtischen Behörde, um – ja, um was eigentlich zu tun? Selbst der Vorarbeiter wußte nicht recht Bescheid über ihren Auftrag, den man ihnen nicht sehr präzise erläutert hatte. Sicherlich bestand er nicht darin, den gesamten Mittelteil freizuräumen, denn das wäre nicht eine Arbeit für vier, sondern für vierhundert Mann gewesen. Und ein Naturschutzgebiet – denn als solches war es vorgesehen – mußte ja auch ein wenig wilde Natur bleiben. Also sollten sie es in etwa säubern, die schlimmsten Zeugnisse von Vandalismus beseitigen, Grabsteine, die umgestürzt waren, wegschleppen, diesen und jenen der vielen verschlungenen Wege von wucherndem Dornengestrüpp, Efeu und Nesseln befreien. Wenn sie den Polier fragten, ob sie dies tun sollten oder jenes, dann sagte er gewöhnlich, sie sollten das nur selbst entscheiden, er wisse es auch nicht, er werde sich aber erkundigen. Aber das tat er nie. Manchmal kam ein Vertreter der Behörde und begutachtete ihre Arbeit, nickte dann und verschwand mit dem Vorarbeiter in der Baracke, um Tee zu trinken. Als es Winter wurde, erschien der Beamte seltener, und der Polier seufzte, es sei ein hoffnungsloses Unternehmen, sie bräuchten mehr Leute, aber die Behörde könne es sich nicht leisten, mehr Geld dafür auszugeben, also müßten sie es eben so gut machen, wie sie könnten.

Die Baracke stand gleich neben dem Haupteingang. Der Polier hatte einen Lageplan des Friedhofes an die Wand geheftet, gleich neben Gillys Kalender mit dem Mädchen im durchsichtigen Nachthemd. Ihm gehörte der Wasserkessel und der Spiritus kocher, die Tassen aber und die Teekanne hatte Marlon mitgebracht; er hatte sie von seiner Mutter bekommen. In der Baracke herrschten immer Hitze, schlechte Luft und Qualm. Der Vorarbeiter war Kettenraucher, und Marlon war es auch, obgleich er so jung war, und überall in der Baracke standen Untertassen voller Asche und Zigarettenstummel herum. Eines Tages brachte Gilly, der selber nicht rauchte, eine Blechbüchse in die Baracke, die er in einem offenen Grabgewölbe gefunden hatte. Der Polier und Marlon waren es zufrieden, einen neuen, leeren Aschenbecher zu bekommen, denn sie kamen nie auf die Idee, die anderen auszuleeren, sondern ließen sie überquellen, bis alles auf dem Boden verstreut lag.

«Marlon würde durchdrehen, wenn er wüßte, woher das Ding stammt», sagte John, «er würde sterben vor Angst.»

Aber Gilly lachte bloß. Er fand alles komisch, was den Friedhof betraf, sogar die Soldatengräber, die einzigen gut gepflegten Grabstellen, weil sich die Kriegsgräberkommission immer noch darum kümmerte. Anfangs hatte er sich oft einen Spaß daraus gemacht, hinter einem Grabmal oder einer von Säulen getragenen Gruft hervor auf Marlon zuzuspringen, aber der Vorarbeiter hatte das trotz seiner Lethargie unterbunden, denn Marlon war nicht ganz so, wie sie waren, er war zurückgeblieben, konnte kaum lesen noch schreiben.

Die Flügel des Haupttores hingen zwischen Steinpfosten, wie der Polier sie nannte; einzig John wußte, daß es korinthische Säulen waren. Eine hohe Mauer umgab den Friedhof, der etliche Hektar groß war. Die Randbezirke, ein breiter Streifen direkt innerhalb der Mauer, waren schon vor längerer Zeit gesäubert, eingeebnet und mit Bäumen bepflanzt worden, die allerdings noch winzig klein waren. Hier sollte ein öffentlicher Park für die Stadtbevölkerung entstehen.

Der Zentralbereich dagegen, Herz und Mitte der Friedhofsanlage, früher Begräbnisstätte dieser merkantilen Stadt, war als Schutzgebiet für Vögel und andere kleine Tiere vorgesehen, die sich dort ansiedeln und heimisch werden sollten.

Schon jetzt nisteten viele Vogelarten in den Stechpalmen und Lorbeerbäumen, in den Ulmen und den schlanken, silberstämmigen Birken: Krähen mit Flügeln wie schwarze Fächer, Spechte, deren Tack-Tack-Tack aus dem verfilzten Dickicht ertönte, und kleine Vögel, deren Namen nicht einmal John kannte, die zwischen den Flechten auf den umgestürzten Grabsteinen mehr herumkrochen als -hüpften. Still war es hier drinnen, abgesehen von gelegentlichem Flügelrauschen oder dem leisen Knakken eines verdorrten, herabfallenden Zweiges. Unten in der Ebene lag die Stadt ausgebreitet. Im Winter allerdings war sie oft hinter einer Maske aus Nebel verborgen, und dann war es schwer zu glauben, daß dort unten Tausende lebten und arbeiteten, daß sie in Lichterglanz und Lärm umherhasteten. Hier oben lagen die Gräber ihrer Vorfahren in Reihen oder in Gruppen zusammengekauert, oder sie stießen rein zufällig aneinander – sinnlose Gewölbe, Marmorblöcke, Granitkreuze, zerbrochene Säulen, mit Drapierungen verzierte Urnen, schlichte Steine –, und das alles überwuchert, versunken, kaum noch zu sehen. Kein berühmter Name dazwischen, kein denkwürdiger Titel, bloß obskure Tote, vergessen, verlassen, zu nichts mehr imstande als Stille zu gebieten.

Und diese Stille wurde vergewaltigt durch Gillys Geschwafel. Er hatte nur ein einziges Gesprächsthema, aber das war unerschöpflich, und alles und jedes brachte ihn darauf zurück. Ein Name auf einem Grab, Bruchstücke eines Verses auf einem Gedenkstein, ein Spatzenpärchen, die Statue eines Engels in fließendem Gewand. «Alles tipptopp dran an der da», sagte er dann wohl schnalzend und strich dabei einer weinenden Muse über das steinerne Fleisch – mit Händen so rauh und schwielig, daß John sich fragte, ob wohl irgendeine lebendige Frau es ertrüge, von ihm berührt zu werden. Oder er riß den Efeu von einem Grab, in dem eine Wirtschafterin lag, die dreimal geheiratet hatte. «Konnte nicht genug kriegen davon, die da, was?» Und derartige Betrachtungen führten ihn dann jedesmal zu endlosen Reminiszenzen an Frauen, die er besessen hatte, oder an solche, die er jetzt besaß, oder er prahlte im Vorgeschmack auf jene, die in der Zukunft auf ihn warteten.

Vor nichts machte er halt. Weder das steingemeißelte Leid eines Elternpaares, das den Tod seiner siebzehnjährigen Tochter betrauerte, noch die steinernen Beschwörungen der Qualen jener, die im Kindbett gestorben waren, ließen ihn verstummen. Einige der Grabgewölbe waren aufgebrochen worden und standen offen, und da stieg er dann hinein, die unterirdischen Stufen hinunter, um aus der Tiefe heraus John und Marlon zuzurufen, dies sei ein feiner Platz, mal ein Mädchen mitzubringen. «Wär' dufte hier im Sommer. Diese Regale hier, das gibt 'n gutes Bett ab, aber echt! Richtiges kleines Boudoir.»

John bedauerte oft, was er einmal getan hatte – diesen Vorfall, der dazu geführt hatte, daß Gilly ihn rückhaltlos bewunderte. Es war an ihrem ersten Tag hier draußen gewesen. Noch ehe er es tat, war er sich darüber klar gewesen, daß er es nur machte, um ihnen zu zeigen, daß er anders war als sie, um von Anfang an deutlich zu machen, daß er nur deshalb zum Arbeiter geworden war, weil es zur Zeit für Leute wie ihn keine andere Beschäftigung gab. Sie sollten wissen, er hatte die Universität besucht und war ausgebildeter Lehrer. Scham und ein Gefühl der Erniedrigung, daß er gezwungen war, diese unqualifizierte Arbeit anzunehmen, fraßen an seiner Seele. Sie sollten wenigstens begreifen, daß seine Ausbildung ihn zu Höherem befähigte. Aber im Grunde war es nur dumme Eitelkeit gewesen.

In einer tiefen Gruft war weiter nichts mehr gewesen als Steine und tote Blätter. Er aber war hineingesprungen, hatte einen großen Stein voller Narben und Höhlungen in die Höhe gehoben und dröhnend deklamiert: «Der Schädel hatte einmal eine Zunge und konnte singen: wie ihn der Schuft auf den Boden schleudert, als wär' es der Kinnbacken Kains, der den ersten Mord beging!»

Gilly gaffte ihn an. «Denkste dir das selbst aus?»

«Shakespeare», belehrte ihn John, «Hamlet», und die Ehrfurcht auf Gillys ungeformten Stupsnasengesicht ließ ihn weitermachen – ein erbärmlicher Aufschneider in einem Erdloch: «Sei so gut, Horatio, sage mir dies eine. Glaubst du, daß Alexander in der Erde solchergestalt aussah? Und so roch? Pah!»

Marlon war weiß geworden. Spitz ragte sein Gesicht zwischen den dünnen Strähnen gelben Haares hervor. Er trug eine schwere, blaue Joppe, eine Art Anorak. Sie verlieh ihm ein mittelalterliches Aussehen, wie er da gegen die Kapellenwand lehnte, über deren Turm ein El-Greco-Himmel wogte, purpurn und schwarz, der seine tiefhängenden Wolken über dieses nördliche Toledo jagte. Gilly aber lachte und bat John, weiterzumachen. Und John machte weiter, wandte sich an die Zuschauer im Parterre, den Stein hoch in der aufgereckten Hand: «Ach, armer Yorick!...», bis er ihn schließlich mit dem Pathos eines Schmierenschauspielers in die Gegend schleuderte. Und als er wieder oben auf dem Weg stand, ließ er sich von Gilly auf die Schulter hauen, der ihm sagte, was er doch für einen mordsmäßigen Grips habe. Und Gilly bewies so recht, wer er war und was das alles ihm bedeutet hatte, indem er die ganze Sache noch einmal hören wollte, diese Sache da mit den Lippen, die wer weiß wie oft geküßt hatten...

Marlon hatte weder gelacht noch ihm gratuliert. Völlig verstört, erschreckt durch die Dreistigkeit und die Unverständlichkeit des Ganzen fummelte er mit einer neuen Zigarette herum, zündete sie an – eine von den sechzig, die er an diesem Tage rauchen würde. Zigaretten waren alles, was er hatte, eine fragile Verbindung zu jener realen Welt, in der seine Mutter ihn vor sechzehn Jahren nach einem berühmten Schauspieler benannt hatte. Der Rauch floß von seinen hängenden Lippen. Wäre die Zigarette nicht gewesen, man hätte ihn für einen Schauspieler aus einem mittelalterlichen Mysterienspiel oder aus einem Chor von Wahnsinnigen halten können. An jenem Tage, wie auch an all den anderen, die noch folgten, trottete er hinter ihnen her, als sie sich auf den Heimweg machten, durch schattige Schneisen unter lederblättrigen Stechpalmen zwischen den kleinen Häusern der Toten.

In der Baracke gab es noch einen Tee, und dann nichts wie nach Hause; der Vorarbeiter zu seiner Doppelhaushälfte und seiner gemütlichen Frau, Marlon zu seiner Mutter in ihrem stickigen Zimmer und zum Werbefernsehen, John in sein Wohnschlafzimmer und Gilly (es war ein Privileg, daß John, der Bevorzugte, es erzählt bekam) in die Arme der Frau eines Kasinobesitzers, deren Gatte die Virilität eines Totengräbers vermissen ließ.

Die Kapelle war aus gelblich-grauen Steinen erbaut. Sie hatte ein achteckiges Hauptschiff, und auf dem Fußboden wuchsen haardünne Gräser zwischen den Steinplatten. An einer Seite war ein gedrungener Turm angefügt, der an jeder Ecke von einem schmalen, reich verzierten Helm überragt wurde. Die vier Seitentürmchen, verwittert, zerfressen und schmutzig, sahen aus wie mit Rost überzogene Nadeln. Die Arbeiter benutzten die Kapelle als Depot für Fragmente zerstörter Begräbnisstätten, Steinfiguren und alte Eisengitter. Nicht einmal Gilly brachte Marlon mit seinem rauhbeinigen Drängen dazu hineinzugehen. Er fürchtete sich zwar vor Gilly und vor dem Polier, aber doch nicht so sehr wie vor der Kapelle mit ihrem hallenden Echo und dem trockenen Staub zu seinen Füßen.

Gilly spottete: «Was würdest du machen, Marl, wenn du dich umdrehst, und da steh nicht ich, sondern ein Skelett in einem Leichentuch – na, Marl?»

«Laß ihn in Ruhe», verlangte John, und als sie allein im Mittelschiff standen: «Du weißt doch, er ist ein bißchen retardiert.»

«Großartige Worte, die du dafür benutzt, John. Ich nenn' ihn beknackt. Weißt du, was er gestern zu mir gesagt hat? – All die Gräber werden sich öffnen, und die toten Leichen werden rauskommen. Und an irgendeinem bestimmten Tag soll das sein. – Und was für'n Tag ist das? hab ich gefragt. Aber er hat bloß mit dem Kopf geschlackert.»

«Der Tag des Jüngsten Gerichts», erklärte John, «wenn die Geheimnisse aller Herzen enthüllet werden.»

«Wär mir aber gar nicht recht, so was. Paar von den alten Schädeln würden ganz schön rot werden, wenn ich ihnen erzähle, was ich so in der letzten Nacht alles gemacht hab. Die Geheimnisse aller Herzen? Mann, da brauchste bei mir bloß ein paar zu enthüllen, und es wär ein ganzer Haufen Kerle hinter mir her, allen voran der alte Knacker, du weißt schon. Würde sein verdammtes Rouletterad zerbrechen, der!»

«Auf deinem Schädel, nehme ich an?» versetzte John.

«Ein Leben – kurz, aber geil, sag ich immer!» Sie traten in das kalte, blasse Sonnenlicht hinaus. «Sieh mal, hier haste gleich einen Beweis für meine These: Angelina Clara Bowyer, 1816 bis 1839. – Genauso alt, wie du bist, Freundchen, und hat fünf Kinder gekriegt. Die muß ihren Alten ganz schön fertig gemacht haben.»

«Er hat *sie* fertiggemacht», antwortete John, und im Geist sah er sie vor sich – mit ihren aufgesteckten, geflochtenen Haaren, mit dem langen, schlichten Kleid und den Symptomen der

Schwindsucht im Gesicht. Und er sah den jungen Ehemann zwischen seinen fünf wohlgenährten Kindern trauern, den Flor am Hut, den schwarzen Mantel. Unter einem Himmel wie diesem, die Sonne eine weißliche Pfütze zwischen Wolkenschichten, kam er mit dem Geistlichen und den Trauernden und den Sargträgern, um sie in die Erde zu legen. Die Blumen raschelten im beißenden Wind... Brachte man damals überhaupt Blumen zu einer Beerdigung mit? Er wußte es nicht, und daß er es nicht wußte, vertrieb die Vision und brachte ihn in die Wirklichkeit zurück – zum Klirren des Spatens gegen Granit, zu dem Geruch von Marlons Zigarette und zu Gillys Geschwätz, so entnervend wie das eines alten Weibes über seine Wehwehchen und Zipperlein; bloß, daß er von Sex redete.

Sie hörten immer um vier mit der Arbeit auf, jetzt, wo die Dämmerung so früh kam. «Tja, die Nächte werden länger», meinte der Vorarbeiter, brühte Tee und füllte die Konservendose, die Gilly in dem Grab gefunden hatte, mit Kippen.

«Wann haben wir es denn geschafft?» stotterte Marlon, rückte näher an den Ofen und hustete ein wenig.

«Kommt drauf an, was wir eigentlich schaffen sollen», meinte der Polier, «hier ein bißchen graben, da ein bißchen ausholzen... Ich hab so das Gefühl, irgendwann in diesen Tagen kommt dieser Behördenheini an und sagt: ‹Das war's nun, Jungs, den Rest könnt ihr den Eichhörnchen überlassen.›»

Gilly betrachtete seinen Kalender, klappte das November-Nachthemdmädchen zugunsten des Dezember-Nikolausgirls um. «Wenn's nach mir ginge, dann würden sie das Ganze hier planieren, den gesamten Mittelteil, Rasen anlegen und die ganze Chose zu einem duften Park machen. Das ist gesund, ist so was, 'nen Platz, wo einer sein Mädchen mitbringen kann. ‹Lovers Lane Park›, das wär doch ein guter Name. Ich würd' hier lieber richtige heiße Vögel sehen, nicht bloß die verdammten Krähen.»

«Das kannst du nicht machen», widersprach Marlon, «da sind doch die toten Leute drin.»

«Na und? Da waren doch auch tote Leute an den Rändern, und die haben sie ausgegraben. Die haben... die haben damit so was gemacht... wie nennt man das doch, John?»

«Sie haben den Boden säkularisiert.»

«Hörst du, was John sagt? Der ist gebildet, der weiß Bescheid.»

Marlon erhob sich langsam, die Zigarette klebte an seiner Lippe. «Du meinst, sie haben sie ausgegraben? Da waren noch mehr, und sie haben sie ausgegraben?»

«Klar haben sie das gemacht. Du glaubst doch wohl nicht, sie haben sie da drin liegengelassen, wie?»

«Aber wo sind die denn nun, wenn der Jüngste Tag kommt? Wie sollen sie die Steine aufheben und rauskommen?»

«Also um Christi willen, jetzt ist aber genug davon, Marlon, junger Freund», sagte der Vorarbeiter. «Mir scheint, es wär' besser, deine Mutter nimmt dich nicht mehr mit in die Kirche, wenn du nur solches Zeug dort aufschnappst.»

«Aber sie *müssen* herauskommen, sie müssen kommen und richten!» schrie Marlon, und da befahl der Vorarbeiter ihm scharf, er solle den Mund halten, denn sogar ihn packte das Grausen bei so was, zumal bei der Dunkelheit, die die Baracke einkreiste und in der sich das Kernstück des Friedhofes abzeichnete wie ein einziger schwarzer Grabhügel, gehörnt von den Turmspitzen der Kapelle.

John fragte sich, in was für eine Kirche Marlon wohl ging, die einer merkwürdigen Sekte vielleicht. Oder war es nur sein unvollkommenes Hirn, das die gängige Vorstellung vom Jüngsten Gericht zu seiner eigenen Version verzerrte? Die grimmigen Toten, die richtenden Toten, die wie Zensoren in der Erde lagen?

Für ihn war der Friedhof anfangs nichts anderes gewesen als eine bewaldete Hügelkuppe, und die Grabsteine nichts anderes als zufällig freigeschürftes Granitgestein. Jetzt war das nicht mehr so. Die Namen der Inschriften, still für sich gelesen oder spöttisch hergesagt von Gilly, ließen leibhaftige Bilder ihrer Träger vor ihm entstehen: James Calhoun Stokes, 1798–1862, Städtischer Kaufmann: «Aufrecht in allen seinen Taten; aufrecht stand er auch, seinem Schöpfer zu begegnen.» Natürlich hatte Gilly dafür eine obszöne Bemerkung parat gehabt. Thomas Charles Macpherson, 1802–79, Baumeister: «Gesegnet sind, die reinen Herzens sind.» Lucy Matilda Osborne, 1823–1896: «Ihre ergebene Pflichterfüllung gegenüber ihrem

Gatten und ihre Zuneigung zu ihren Söhnen ward nur übertroffen von ihrer frommen Hingebung zu ihrem Gott.»

John sah sie vor sich in ihren Cuts, in wollenen Amtstalaren oder auf dem Totenbett, mit der Nachtmütze auf dem Kopf.

Marlon aber sah sie als eine ehrfurchtgebietende Prozession, horchend, prüfend, vielleicht der schlimmsten Frevel gewärtig.

«So ein Haufen alter Stümper! Dabei wirst du selber bald da unten liegen, bei all den Glimmstengeln, die du so an einem Tage schaffst!» Gilly saß auf einem umgestürzten Stein und lachte. Er hatte John mehr über die Frau des Kasinobesitzers erzählt, während er versuchte, zwischen den Statuen, die sie zusammengetragen hatten, eine zu finden, deren Figur der ihren vergleichbar wäre. Britannias, Musen, Allegorien von Tugenden und Künsten, alle lagen sie hingestreckt, die leeren, grauen oder bronzenen Gesichter aufwärts starrend in den bewölkten Himmel.

«Was machen wir eigentlich mit ihnen?» fragte Marlon mit seiner gequälten Stimme, die gleichermaßen verzweiflungsvoll klang, egal, ob er nach Trivialitäten fragte oder seine prophetischen Ausbrüche von sich gab.

«Frag den Vorarbeiter», meinte John.

«Der wird das auch gerade wissen!» Gilly hob sich eine Bronzestatue auf den Schoß, die nahezu nackt war, kaum über den Schenkeln mit einer metallenen Draperie verhüllt. «Ein geiler alter Teufel muß er gewesen sein, dieser Sidney George Sowieso, wenn er die über sich sitzen hatte, als er tot war.»

«Er war Historiker, besagt die Inschrift», erklärte ihm John, «und sie ist wahrscheinlich Klio, die Muse der Geschichtsschreibung. Deshalb hat sie auch eine Schriftrolle in der Hand.»

Und dann, weil Gilly ihn anödete und weil er wegen Marlon Angst hatte: «Komm, wir schaffen sie alle in die Kapelle, bis der Bursche von der Behörde kommt.»

Aber Gilly wollte nicht ablassen von dem Mordsspaß, die Bronze zu tätscheln. Jeder erreichbare Zentimeter ihrer Anatomie wurde untersucht, bis er unversehens aufsprang, sie in eine der schlammigen Fahrspuren kippen ließ, die der Lastwagen gemacht hatte, und auf das säulenverzierte Mausoleum zulief, von dessen Kuppel sie herabgestürzt war.

Er stellte sich mitten hinein und warf die Arme in die Luft – ein

Satyr, dachte John, in einem von nordischem Regen besudelten Tempel.

«Ich sag ja, du warst ein geiler alter Bock, Sidney, jawohl, das warst du! Ich hatte selbst mal 'ne Schnepfe, die Klio hieß, ha, ein heißer Vogel!» Sein Geschrei durchlöcherte das dichte Grau, die Stille, die nebelgetränkte Luft. Gilly sprang von dem Podest herab, stieß mit dem Fuß hier gegen einen Grabstein, dort gegen eine Marmorurne, dann hockte er sich auf eine abgebrochene Säule. «Kommt doch raus, ihr alle, wenn ihr wollt», schrie er, «bloß, ihr könnt nicht, weil ihr so verdammt tot seid!»

Da gab Marlon einen grauenhaften Ton von sich, ein Stöhnen, wie es ein Mann im Schlaf, in einem Alptraum ausstößt, wenn er zu schreien glaubt. Er flüchtete in die Fahrerkabine des Lastwagens und kauerte sich dort zusammen.

«Du dämlicher Hund, Gilly!» John hob Marlons heruntergefallene Zigarettenpackung auf und wischte den Schmutz ab. «Mußt du dich wie ein zehnjähriges Kind benehmen?»

«Ich mußte mir einfach mal irgendwie Luft machen in dieser Knochenkippe», murrte Gilly, «diesem Endstationloch.»

«Na ja, genau das ist es nun mal, oder? Was hast du erwartet? Eine Bar? Schnaps? Tänzerinnen?»

Gilly fing erneut an zu lachen und hob seine Muse wieder auf. «Hätte nichts gegen diese Tänzerin hier. Ich glaub nicht, daß sie die vermissen würden, oder was meinst du? Würde gut aussehen in meiner Bude. Ich könnte sie auf den Tisch stellen.»

«Und wozu?»

«Na, die Leute haben doch oft solche Statuen, was? Im Rathaus haben sie welche. Würde meine Bude richtig aufmöbeln.»

«Komm», sagte John, «schaffen wir sie alle in die Kapelle. Der Vorarbeiter kriegt zuviel, wenn er dich damit weggehen sieht. Und sie ist zu groß, um unter deine Jacke zu passen.»

Also stapelten sie die Statuen und Urnen in der Kapelle auf, und Gilly amüsierte sich damit, Schimpfwörter und Obszönitäten herauszubrüllen, deren Echo von den feierlichen Wänden zurückhallte, so daß Tauben, schwarze und weiße, furchtsam aus ihren Schlupfwinkeln aufflatterten.

«Was machst du eigentlich immer so in deinem Zimmer, John? Muß ein ziemlicher Frust sein, so jede Nacht ganz allein.

Wie wär's, wenn du mal mitkommst zu meiner Puppe? Die hat 'ne sehr appetitliche Freundin. Das gäbe 'ne Festveranstaltung, du! Und ich meine damit nicht Essen und Trinken.»

«Nein, danke», sagte John, und um seine Absage zu entschärfen, fügte er hinzu, er müsse lernen, was Gilly schwer beeindruckte. Nicht daß John zu stolz gewesen wäre, daß etwa die Vorstellung eines Zusammenseins mit Gillys Freunden irgendwelche snobistischen Ansprüche seiner Natur beleidigt hätte, es war keine verwöhnte Überheblichkeit; aber er zog doch die wortlose Gesellschaft eines James Calhoun Stokes und der Angelina Bowyer und des Historikers vor; besser, während der Abende von ihnen zu träumen und über ihre verlorenen Leben nachzusinnen. Aber auch, wenn er ablehnte, hielt er es für sehr wahrscheinlich, daß der plump aufdringliche Gilly sein Nein nicht ernst nahm und ihn eines Abends mit seinem Mädchen und dieser Freundin aufstöberte. Davor hatte er ein bißchen Angst, wenn es auch nicht Marlons besessene Angst vor Drohungen aus einer anderen Welt war.

Als Gilly dann wirklich bei ihm auftauchte, war es an einem kalten, mondhellen Abend, und er kam allein.

«Ich haue ab», erklärte Gilly, «bei mir ist die Hölle los. Alle guten Sachen haben mal ein Ende. Du kannst dem Vorarbeiter morgen früh Bescheid sagen, okay? Ich geh' nach Süden. Hab da ein Mädchen in London, die küßt den Boden, auf dem ich gehe, die arme Kuh. Bei der komme ich unter. Aber das bleibt zwischen uns beiden, verstanden?»

«Aber warum?»

«Er hat es rausgekriegt, ihr Alter, und ich glaub' bestimmt, der setzt seine schweren Jungs auf mich an, daß sie mich abknallen. Zusammengeschlagen hat er sie – verdammte Gangster sind die, allesamt! Sie wird mir fehlen.» Tränen standen ihm in den Augen, und John starrte ihn verblüfft und beschämt an. «Arme Kuh», sagte Gilly, und der Ausspruch war eine Liebkosung, eine Zärtlichkeit.

«Soll ich mit dir zum Bahnhof kommen?»

«Nicht nötig. Ich komme bloß, um's dir zu sagen, damit du dem Polier Bescheid sagst. Übrigens muß ich vorher noch was erledigen, nämlich die Statue, diese Klio, holen.» Er wandte sich halb ab. «So als Souvenir – wegen der haargenauen Ähnlichkeit.»

«Du willst jetzt, nachts, auf den Friedhof? Deswegen?»

«Hab doch gesagt, ich will sie haben.» In seinen glasigen Augen lag ein erschütternder Hunger. Alles, was seine Liebe betraf, hatte er in den dürftigen Worten ausgedrückt, die ihm zu Gebote standen. Beredt war er nur bei Unzüchtigkeiten. «Ist ja Mondschein», meinte er, «und ich hab' 'ne Taschenlampe. Ich klettere über die Mauer.»

«Tschüs, Gilly», sagte John, «mach's gut.»

Am Morgen war der Himmel kupferfarben, oben grau und rötlich am Horizont, wo die Sonne hing. Es war Wintersonnenwende.

«Wie das Ende der Welt», sagte Marlon.

Händereibend kam der Polier herein. «Wir kriegen Schnee, und zwar noch ehe der Tag zu Ende ist, sag ich euch. Gilly kommt zu spät.»

John erklärte ihm, daß Gilly überhaupt nicht käme. Er sagte nicht warum und wartete auf einen Wutausbruch, aber der Vorarbeiter schob bloß die Unterlippe vor, setzte den Kessel auf und nahm sich eine von Marlons Zigaretten.

«Kein großer Verlust», meinte er. «Den werden wir nicht vermissen. Und wenn mich nicht alles täuscht, dann sind wir heute abend sowieso alle entlassen, wenn dieser Schuttplatz hier eingeschneit ist. Da könnt ihr euch alle begraben lassen, Jungs, gerade rechtzeitig zu Weihnachten.»

Marlon zeigte keine Neigung, die stickige Wärme der Baracke, wo der Vorarbeiter jetzt einen kleinen Koksofen hatte, gegen die rauhe Luft und das gelbliche Halbdunkel des Friedhofes einzutauschen. Aber der Polier wollte sie lossein, er wollte allein sein, müßig und warm und in Ruhe gelassen. Er nahm Gillys Kalender von der Wand und schob ihn zwischen die glühenden Koksbrocken, und das Letzte, was John davon sah, war der sonnenbraun glänzende Körper eines nackten Mädchens, der sich im Feuer krümmte.

Sie traten hinaus in die fröstelnde Kälte des kürzesten Tages, und der Polier trieb sie zur Eile, indem er eigenhändig den Rauhreif von der Windschutzscheibe des Lasters wischte.

John fürchtete Scherereien seitens des Jungen, so abschrekkend wirkte der Friedhof in dem Dämmerlicht unter dem unheimlichen Himmel. Aber nachdem John mehrfach beteuert hatte, daß Gilly wirklich nicht käme, und nachdem das auch schließlich in seinen Kopf eingedrungen war, wurde Marlon fröhlicher und einem normalen Menschen ähnlicher, als John ihn je erlebt hatte. Er lachte sogar. In der Fahrerkabine knuffte er John übermütig, und als dadurch der Laster ins Schlingern geriet, bog er sich vor Lachen.

Als sie jedoch im zentralen Bereich des Friedhofes ankamen und sich ans Aufräumen und Jäten machten, da wurde er wieder schweigsam, wenngleich er innerlich ruhig wirkte. All die Monate lang hatte John sich nach Ruhe gesehnt, nach der Erlösung von Gillys endlosen Prahlereien und Anzüglichkeiten, aber nun, da er diese Ruhe hatte, war ihm keineswegs wohl zumute. Es hatte vielleicht etwas damit zu tun, daß er allein mit Marlon hier oben war. Insgeheim verachtete er sich selbst, daß er vor einem armen, zurückgebliebenen Jungen Angst hatte, aber es stimmte, er hatte Angst. Zum Teil lag es wohl an der immer schwerer lastenden Atmosphäre, an der kalten Windstille, der tiefer werdenden Dämmerung, wie bei einer Sonnenfinsternis, und an der Art, wie Marlon zuweilen minutenlang leer vor sich hinglotzte und dabei den Spaten hin und her schwang. Was ihn jedoch geradezu sehnsüchtig auf den Schnee warten ließ, der sie wieder in die Baracke zurücktreiben würde, das war Marlons neue Angewohnheit – jetzt, da Gilly nicht mehr da war und ihn verhöhnen konnte –, die Grabsteine zu streicheln und anscheinend mit ihnen zu flüstern. Daß er es ehrerbietig und behutsam tat, trug auch nicht dazu bei, Johns Gemüt zu erleichtern. Es war, als beschwichtige er die Toten und versichere ihnen, daß nun alles gut werden würde. Und eine untergründige Gewißheit, die an Intensität zunahm, während die Zeit langsam verrann, beschlich John, nämlich, daß der Friedhof irgendwie eine Veränderung erfahren hatte. Anfangs war er für ihn lediglich ein Ort gewesen, an dem er arbeitete, später dann ein Hort der Traurigkeit und der verlorenen Vergangenheit, niemals aber – bis jetzt – etwas Beängstigendes oder Makabres. Vielleicht war sein Gefühl hauptsächlich auf die Absonderlichkeit dieses Tages zurückzuführen, auf dieses permanente Zwielicht und das Bewußtsein, daß in diesen Stunden die Erde die größte Entfernung zur Sonne erreicht hatte.

Aber es war doch mehr als das. Das mochte als Erklärung für die Verzerrungen hinreichen, die er zu sehen vermeinte – die Gräber schienen dichter zusammengerückt, der Kapellenturm höher und dunkler –, nicht aber für sein Empfinden, daß sich auf dem Friedhof, seit er ihn zuletzt gesehen hatte, irgendein Frevel, irgendein Exzeß ereignet habe. Als diese Wahnvorstellungen so stark geworden waren, daß er greifbare Veränderungen wahrzunehmen meinte – hatten nicht die Positionen der Steine und Grabplatten sich verschoben? –, blickte er energisch auf seine Uhr und erklärte Marlon, daß sie jetzt aufhören und Mittagspause machen könnten.

Der Polier hatte angeordnet, sie sollten eine Wagenladung Bruchstein aus der Kapelle mit hinunterbringen, danach könnten sie dann Schluß machen. Der Himmel hatte sich ein wenig aufgehellt, er schimmerte gleichmäßig, aber sie mußten trotzdem die Scheinwerfer eingeschaltet lassen. Die bleichen, dunstigen Lichtkegel bohrten sich in das Gestrüpp und erstarben in dichter Schwärze. Sie parkten neben dem Turm.

«Kannst du dich nicht zusammennehmen und mit reinkommen», fragte John, «oder muß ich alles allein machen?»

Marlon brachte ein dümmlich verschlagenes Lächeln zuwege. «Aber du gehst zuerst!»

Das Abbruchgestein war an der entlegensten Seite des Oktagons aufgestapelt. Er sah Gilly, noch ehe er dort war. Gilly lag auf dem Rücken zwischen den Musen und Jungfrauen, Kopf und Gesicht eine Masse schwarzklumpigen Blutes, an der Steinsplitter klebten. Klio, das Souvenir seiner Liebe, war seinen Händen entrollt. Seine Augen starrten, als sähen sie noch immer jene Abgesandten der Vergeltung.

«Gilly, Gilly!» brüllte John, und die acht Wände tönten zurück: «Gilly, Gilly!» Sie riefen es Marlon zu, als er durch den Turm ins Mittelschiff kam.

Marlon schrie nicht Gillys Namen, er brach in einen unirdisch hohlen Schrei aus.

«Die toten Menschen sind rausgekommen! Die Toten haben

ihn gerichtet! Der Tag ist gekommen, das Ende der Welt... der Jüngste Tag, der Jüngste Tag!»

Von den Traufen, aus dem zerborstenen Dach stoben die Vögel auf, ein Krächzen, ein Kreisen, ein großes Flügelschlagen. Und das Echo lärmte wie das Dröhnen einer Totenglocke. John taumelte hinter Marlon her ins Freie, hinter der jagenden Gestalt, die da schrie wie ein Prophet in der Wildnis, taumelte hinein in das Weiß, das die Welt reinigte.

In großen, zottigen Flocken hatte es zu schneien begonnen.

Eine glänzende Zukunft

«Sechs müßten genug sein», meinte er, «sagen wir also sechs Tee-Versandkisten und einen Überseekoffer. Wenn Sie sie morgen anliefern, dann packe ich das ganze Zeug zusammen, und vielleicht könnten Ihre Leute dann am Mittwoch alles abholen.» Er machte sich auf einem Stück Papier Notizen. «Fein», sagte er, «also morgen um die Mittagszeit.»

Sie hatte sich nicht gerührt; sie saß noch immer in dem großen Sessel mit den Armlehnen aus Eichenholz am anderen Ende des Zimmers. Er blickte widerstrebend zu ihr hinüber, brachte eine Art Grinsen zustande und tat, als sei alles in Ordnung.

«Kein Problem», meinte er, «die Leute sind sehr effizient.»

«Ich hab es nicht glauben können», sagte sie, «daß du es wirklich tust. Nicht, bevor ich dich am Telefon gehört hab. Ich hätte es einfach nicht für möglich gehalten. Du wirst tatsächlich all die Sachen einpacken und zu ihr schicken lassen?»

Mußten sie es denn nun noch mal alles wieder von vorn durchkauen! Natürlich mußten sie; und es würde auch kein Ende haben, bis er den Kram hier heraus hatte und sich selber auch, weg aus London, und auf Nimmerwiedersehen von ihr fort. Aber er würde sich weder auf eine Auseinandersetzung einlassen noch lange Verteidigungsreden halten. Er zündete sich eine Zigarette an und wartete darauf, daß sie anfinge, und im stillen dachte er, daß in einer Stunde die Pubs aufmachten, dann konnte er weggehen und sich einen Drink genehmigen.

«Ich verstehe nicht, weshalb du überhaupt hergekommen bist», sagte sie.

Er antwortete nicht. Er hielt noch immer das Zigarettenetui in der Hand, jetzt schloß er den Deckel, spürte die Kühle des Onyx an den Fingerspitzen.

Sie war kalkweiß geworden. «Bloß, um deine Sachen zu holen? Maurice, bist du bloß deswegen zurückgekommen?»

«Es sind *meine* Sachen», sagte er wie nebenbei.

«Du hättest jemand anders schicken können. Selbst, wenn du mir geschrieben und mich gebeten hättest, es zu tun...»

«Ich schreib' nie Briefe», sagte er.

Da regte sie sich. Sie hob mit einer kleinen, flatternden Bewegung die Hand vor den Mund. «Als ob ich das nicht wüßte!» keuchte sie schweratmend. Unter großer Anstrengung gewann sie die Kontrolle über ihre Stimme zurück. «Du warst für ein Jahr in Australien, ein ganzes Jahr, und du hast mir nicht ein einziges Mal geschrieben.»

«Ich hab telefoniert.»

«Ja, zweimal. Das erste Mal, um mir zu sagen, daß du mich liebst und daß du mich vermißt und daß du ich danach sehnst zurückzukommenund ob ich auf dich warten würde, und da sei doch wohl kein anderer, oder?... Und das zweite Mal, vor einer Woche, um zu sagen, du würdest am Sonnabend hier sein und ob ich – ob ich dich unterbringen könnte. Mein Gott, ich habe zwei Jahre lang mit dir zusammengelebt, wir waren praktisch verheiratet, und dann rufst du an und fragst mich, ob ich dich unterbringen könnte!»

«Na ja, Worte», meinte er. «Wie hättest du es denn ausgedrückt?»

«Vor allen Dingen hätte ich Patricia erwähnt. O ja, ich hätte sie erwähnt, so viel Anstand und normale Menschlichkeit hätte ich besessen. Weißt du, was ich gedacht habe, als du sagtest, daß du kommst? Ich müßte ja wirklich allmählich wissen, wie verdreht er ist, hab ich gedacht, wie unbekümmert um andere. Schreibt nicht, ruft nicht an noch sonst irgendwas... aber das ist typisch Maurice, der Mann, den ich liebe, und jetzt kommt er zurück zu mir, und wir werden heiraten, und ich bin so glücklich!»

«Ich hab dir aber doch von Patricia erzählt.»

«Aber erst, nachdem du mit mir geschlafen hast.»

Er krümmte sich innerlich. Es war ein Fehler gewesen, daß... Natürlich hatte er nicht vorgehabt, sie über den gängigen Begrüßungskuß hinaus anzurühren. Aber sie war sehr attraktiv, und er war an sie gewöhnt, und sie schien es zu erwarten, und... Ach, zum Teufel! Frauen hatten keine Ahnung von Männern und Sex. Und schließlich gab es da nur das eine Bett, nicht wahr? Es hätte doch eine Mordsszene gegeben an jenem ersten Abend, wenn er vorgeschlagen hätte, er wolle auf dem Sofa hier drinnen schlafen.

«Du hast mit mir geschlafen», sagte sie, «und du warst so leidenschaftlich, es war genauso, wie es immer war, und dann, am nächsten Morgen, da hast du's mir erzählt: Du hättest eine Aufenthaltsgenehmigung gekriegt, um in Australien zu bleiben, du hättest einen festen Job, du hättest ein Mädchen kennengelernt, das du heiraten wolltest... Genau so hast du es mir erzählt, so beim Frühstück. Hast du je einen Schlag ins Gesicht bekommen, Maurice? Hat man dir je auf deinen Träumen herumgetrampelt?»

«Wär's dir lieber gewesen, ich hätte noch länger gewartet? Und was den Schlag ins Gesicht betrifft –», er rieb seine Backenknochen, «– du hast 'n ganz guten Schlag am Leibe!»

Ein Frösteln überlief sie. Sie stand auf und begann langsam, mit steifen Schritten durchs Zimmer zu gehen. «Ach, ich hab dich ja kaum getroffen. Ich wollte, ich hätte dich umgebracht!» An einem kleinen Tisch machte sie halt. Ein Porzellanfigürchen war darauf, ein bronzener Brieföffner und eine Federschale aus Onyx, passend zum Aschenbecher. «All diese Sachen», sagte sie, «ich hab sie für dich aufbewahrt, wie einen Schatz hab ich sie gehütet. Und jetzt wirst du sie alle zu ihr verfrachten. All die Sachen, mit denen wir gelebt haben. Immer habe ich sie betrachtet und dabei gedacht – das hat Maurice damals gekauft, da gingen wir zu..., o Gott, ich kann es nicht glauben: Alles wegschicken zu ihr!»

Er nickte und blickte sie unverwandt an. «Du kannst das große Zeugs behalten», sagte er, «und mit besonderem Vergnügen das Sofa. Ich hab zwei Nächte lang versucht, darauf zu schlafen, und möchte das verdammte Ding nie mehr wiedersehen.»

Sie nahm die Porzellanfigur und warf sie nach ihm. Sie traf ihn nicht, weil er sich duckte, so daß sie gegen die Wand prallte, wobei sie knapp eine gerahmte Zeichnung verfehlte.

«Achtung, der Lowry», sagte er lakonisch, «ich hab eine Menge Geld dafür bezahlt.»

Sie ließ sich auf das Sofa fallen und brach in Schluchzen aus. Sie warf sich herum, hämmerte mit den Fäusten in die Kissen. Er ließ sich dadurch nicht aus der Fassung bringen. Er würde sich überhaupt nicht aus der Fassung bringen lassen. Sobald er diese Sachen hier eingepackt hatte, würde er auf und davon sein und die nächsten drei Monate damit verbringen, durch Europa zu reisen – ein freier Mann, frei für Eindrücke, für Vergnügungen, für Mädchen... Er würde sich noch ein letztes Mal in einem tollen Ausbruch die Hörner ablaufen, und danach dann zurück zu Patricia, zu einem eigenen Heim, einem Job und zur Verantwortung. Es war eine glänzende Zukunft, und er würde sie sich durch dieses hysterische Weib nicht vermasseln lassen.

«Hör endlich auf damit, Betsy, um Gottes willen», sagte er. Er schüttelte sie derb an der Schulter, und dann ging er einfach weg, denn es war jetzt elf, und er konnte seinen Drink bekommen.

Betsy machte sich einen Kaffee und wusch sich ihre geschwollenen Augen. Sie ging umher, betrachtete den Zierat und die Bücher, die Gläser und Vasen und Lampen, die er ihr morgen fortnehmen würde. Nicht daß es ihr viel ausmachte, all das zu verlieren, diese Gegenstände an sich, es war vielmehr die Leere, die dann zurückbleiben würde, und das Bewußtsein, daß sie alle Patricia gehören würden.

In der Nacht war sie aufgestanden, hatte seine Brieftasche ausfindig gemacht, die Fotos von Patricia herausgeholt und sie zerrissen. Aber sie erinnerte sich gut an das Gesicht, hübsch, hart und habgierig, und sie malte sich aus, wie sich diese hellen Augen entzückt weiteten, während Patricia die Teekisten auspackte, wie die plündernden Hände in dem Überseekoffer nach weiteren Schätzen wühlten, und das alles vielleicht, bevor Maurice selbst dort anlangte; wie sie Lampen und Gläser und Zierat in ihrem Heim verteilte, zu seinem Entzücken, wenn er dann schließlich käme.

Er würde sie heiraten, natürlich. Sie glaubt wohl, er ist ihr treu, dachte Betsy, genau wie ich einmal dachte, er wäre mir treu. Jetzt weiß ich's besser. Die arme dumme Närrin, die ahnte nicht, was er getan hatte, kaum daß er mit ihr alleine war, oder was er demnächst in Frankreich und Italien tun würde. Das wäre doch mal ein hübsches Hochzeitsgeschenk für sie, oder vielleicht nicht – zusammen mit all dem hübschen Kleinkram im Überseekoffer?

Warum eigentlich nicht? Warum nicht diese Ehe zerstören, noch ehe sie begonnen hatte? Ein Brief! Ein Brief, den man versteckte... in, sagen wir, in der weiß-blauen Ingwerdose? Sie setzte sich hin und schrieb. «Liebe Patricia...» Welch stupide Art anzufangen, aber es war nun mal die Art, wie ein Brief beginnen mußte, selbst an einen Feind.

«Liebe Patricia. Ich weiß nicht, was Maurice dir von mir erzählt hat, aber wir haben hier wie ein Liebespaar zusammengelebt, seit er angekommen ist. Um es deutlicher auszudrücken, ich meine, wir haben uns geliebt, wir haben zusammen geschlafen. Maurice ist unfähig, irgend jemandem treu zu sein. Wenn du es nicht glaubst, dann frag ihn doch selbst, warum er nicht in einem Hotel abgestiegen ist, wenn er mich nicht wollte. Das ist alles. – Deine...» Sie unterschrieb mit ihrem Namen und fühlte sich ein wenig besser, gut genug und stabil genug jedenfalls, um ein Bad zu nehmen und sich Abendessen zu machen.

Sechs Teeversandkisten und ein Überseekoffer erschienen am folgenden Tag. Die Kisten rochen nach Tee, und auf ihrem Grunde lagen noch Krümel von Teeblättern. Der Überseekoffer war aus silbrigem Metall und hatte goldfarbene Metallspangen, ein wirklich schönes Objekt, anderthalb Meter lang, neunzig Zentimeter hoch, sechzig Zentimeter breit, und der Deckel paßte so genau, daß ein nahezu hermetischer Verschluß entstand.

Maurice begann um zwei Uhr mit dem Packen. Er verwandte Seidenpapier und Zeitungen. Die Teekisten füllte er mit Küchenkram, mit Tassen, Tellern und Bestecken, mit Büchern und mit den Kleidungsstücken, die er vor einem Jahr zurückgelassen hatte. Sorgfältig und mit einem gewissen grimmigen Vergnügen ließ er all die Dinge aus, von denen Betsy beteuert haben könnte, sie gehörten ihr – all das armselig billige Zeug, die Edelstahllöffel und -gabeln, das Woolworthgeschirr, die entsetzlichen bunten Bettücher, rot und orange und olivgrün, die er immer gehaßt hatte. Er und Patricia würden in weißem Leinen schlafen.

Betsy half ihm nicht. Sie sah zu, kettenrauchend. Er nagelte die Deckel auf die Kisten, und auf jeden Deckel schrieb er mit weißer

Farbe seine Adresse in Australien. Aber er schrieb nicht seinen eigenen, er malte Patricias Namen. Er tat das nicht eigens, um Betsy zu piesacken, aber es tat ihm doch wohl zu sehen, daß es sie quälte.

Er war in der Nacht erst gegen ein Uhr zurückgekommen, und natürlich hatte er keinen Wohnungsschlüssel bei sich gehabt. Betsy hatte ihn nicht hereingelassen, hatte ihn doch glatt unten auf der Straße stehenlassen, also mußte er bis sieben in dem Wagen sitzen, den er gemietet hatte. Aber sie sah aus, als habe sie auch nicht geschlafen. MISS PATRICIA GORDON schrieb er; schnell und geschickt malte er die Buchstaben.

«Vergiß nicht deine Ingwerdose», sagte Betsy, «ich will sie nicht.»

«Die kommt in den Überseekoffer.» MISS PATRICIA GORDON, 23 BURWOOD PARK AVENUE, KEW, VICTORIA, AUSTRALIA 3101.

«Die schönen Sachen kommen alle in den Koffer. Den denk ich mir als spezielles Geschenk für Patricia.»

Der Lowry wurde abgenommen, sorgfältig abgepolstert und verpackt. Er wickelte den Onyx-Aschenbecher und die Federschale ein, die Alabasterschale, den bronzenen Brieföffner, die winzigen chinesischen Tassen, die hohen Rheinweingläser, das Porzellanfigürchen, ach... Er schlug den Deckel des Koffers auf.

«Ich hoffe, der Zoll öffnet ihn!» schrie Betsy ihn an. «Ich hoffe, sie beschlagnahmen und sie zerbrechen was! Jede Nacht werde ich beten, daß er auf dem Grunde des Meeres versinkt, ehe er drüben ankommt!»

«Das Meer», meinte er gedehnt, «ist ein Risiko, das ich auf mich nehmen muß. Aber was den Zoll betrifft...» Er lächelte. «Patricia arbeitet da, sie ist Zollbeamtin – hab ich dir das nicht erzählt? Ich bezweifle stark, daß sie überhaupt einen Blick hineinwerfen.» Er schrieb einen Aufkleber und befestigte ihn an der Seite des Koffers: MISS PATRICIA GORDON, 23 BURWOOD PARK AVENUE, KEW... «So, jetzt muß ich gehen und ein Vorhängeschloß besorgen. Die Wohnungsschlüssel, bitte. Wenn du diesmal versuchst, mich auszusperren, ruf ich die Polizei. Ich bin noch immer der rechtmäßige Mieter dieser Wohnung, vergiß das nicht.»

Sie gab ihm die Schlüssel. Als er gegangen war, steckte sie ihren Brief in die Ingwerdose. Sie hoffte, er werde den Koffer gleich verschließen, aber das tat er nicht. Er ließ ihn offen, den Deckel zurückgeklappt, und das neue Vorhängeschloß baumelte an dem goldfarbenen Verschluß.

«Gibt's hier irgendwas zu essen?» fragte er.

«Geh doch und besorg dir dein eigenes Essen! Geh und such dir eine andere Frau, die dich füttert!»

Er mochte sie, wenn sie so wütend und außer sich war; was er fürchtete, war ihre Liebe. Um Mitternacht kam er zurück, fand die Wohnung dunkel und legte sich aufs Sofa. Die Teekisten standen wie ein Verteidigungszaun um ihn herum, wie Barrikaden, und die weiße Schrift schimmerte matt in der Dunkelheit. MISS PATRICIA GORDON...

Da kam Betsy herein. Sie knipste kein Licht an. Sie schlängelte sich zwischen den Kisten hindurch und setzte die Untertasse mit der Kerze, die sie in der Hand hielt, auf dem Überseekoffer ab. Im Kerzenschein sah sie mit ihrem langen weißen Nachthemd aus wie ein Gespenst, eine nachtwandelnde Verrückte, eine Mrs. Rochester, eine Weiße Frau.

«Maurice?»

«Geh weg, Betsy. Ich bin müde.»

«Maurice, bitte. Es tut mir leid, daß ich all das gesagt habe. Und es tut mir leid, daß ich dich ausgesperrt hab.»

«Okay, mir tut's auch leid. Ist schon ein verdammter Mist, und vielleicht hätte ich's nicht so machen sollen, wie ich's gemacht habe. Aber mir scheint, es ist das Beste, wenn ich hier einfach verschwinde, wenn meine Sachen verschwinden... 'ne saubere Trennung, klar? Und jetzt sei bitte ein gutes Mädchen und geh raus und laß mich ein bißchen Schlaf kriegen, ja?»

Was als nächstes passierte, damit hatte er nicht gerechnet, das hätte er sich nie träumen lassen. Männer haben keine Ahnung von Frauen und von Sex. Sie warf sich auf ihn, unbeholfen, hungrig. Sie riß sein Hemd auf, begann seinen Hals zu küssen, seine Brust, hielt seinen Kopf, preßte ihren Mund auf seinen Mund, lag schwer auf ihm und umklammerte seine Beine mit ihren Knien.

Er versetzte ihr einen derben Stoß, trat mit den Füßen nach

ihr; da fiel sie herunter und schlug mit dem Kopf gegen die Kante des Koffers. Die Kerze fiel um, flackerte und erstarb in einer Wachspfütze. Er fluchte laut in der Dunkelheit, und das sehr unverblümt, und knipste das Licht an. Sie stand auf und hielt sich den Kopf, der ein bißchen blutete.

«Oh, hau ab, um Gottes willen!» sagte er, beförderte sie gewaltsam hinaus und knallte die Tür hinter ihr zu.

Als sie am Morgen ins Zimmer kam, eine blaue Beule an der Stirn, da lag er auf dem Rücken und schlief fest, alle viere von sich gestreckt. Sie schauderte bei seinem Anblick. Sie machte Frühstück, aber sie konnte nichts essen. Der Kaffee gab ihr den Rest, eine entsetzliche Übelkeit durchzitterte sie. Als sie wieder ins Zimmer kam, saß er aufrecht auf dem Sofa und betrachtete sein Flugticket nach Paris.

«Die Leute kommen um zehn wegen der Sachen», sagte er, als ob nichts geschehen sei, «und hoffentlich kommen sie nicht zu spät. Ich muß um zwölf am Flughafen sein.»

Sie zuckte die Achseln. Sie war durch die Hölle gegangen, und sie glaubte nicht, daß es noch irgend etwas gab, wodurch er sie verletzen konnte.

«Mach doch den Koffer zu», sagte sie geistesabwesend.

«Alles zu seiner Zeit.» Seine Augen leuchteten. «Ich muß noch einen Brief reintun.»

Abschätzig sah sie ihn an, den Kopf gesenkt, die verletzte Stelle wund und geschwollen. «Du schreibst doch nie Briefe?»

«Bloß ein kleiner Gruß. Man kann schließlich kein Geschenk senden ohne einen beiliegenden Gruß, nicht wahr?»

Er holte die Ingwerdose aus dem Koffer, zog ihren Brief daraus hervor und warf ihn, ohne auch nur einen Blick darauf zu werfen, auf den Boden. Flink, aber doch ostentativ darauf bedacht, daß Betsy es sehen konnte, schrieb er quer über einen Bogen Papier: «All dies ist für dich, Patricia, mein Liebling, für jetzt und immer.»

«Wie ich dich hasse», sagte sie leise.

«Wie man sich doch täuschen kann.» Er hob eine schwere Winkellampe aus dem Koffer und setzte sie auf den Fußboden. Dann schob er den Briefbogen in die Ingwerdose, wickelte sie wieder ein und stopfte die Dose zwischen Handtücher und Kissen, mit denen er die fragilen Gegenstände abpolsterte. «Haß ist wohl nicht gerade der Ausdruck, den ich benutzen würde, um die Art zu schildern, in der du letzte Nacht über mich hergefallen bist.» Sie gab keine Antwort.

Vielleicht hätte er einen so schweren Gegenstand wie diese Lampe lieber in einer der Kisten verstauen sollen? Vielleicht sollte er deshalb eine der Kisten noch einmal aufmachen? Er wandte sich nach der Lampe um. Sie war nicht da. Betsy hielt sie mit beiden Händen.

«Komm, gib her.»

«Hast du je einen Schlag ins Gesicht bekommen, Maurice?» Sie sagte es atemlos, und dann hob sie die Lampe und schlug sie ihm voll über die Stirn. Er taumelte, und sie schlug erneut, noch einmal und noch einmal, immer wieder, ließ die Schläge niederprasseln auf sein Gesicht, seinen Kopf. Er schrie. Und er sackte zusammen, vergrub das Gesicht in seinen blutigen Händen. Da versetzte sie ihm mit all ihrer Kraft einen schweren, weitausholenden Schlag. Er fiel auf die Knie, kippte seitlich weg, rollte herum und war endlich zum Schweigen gebracht, stumm und still.

Da war eine Menge Blut, obwohl es rasch aufhörte zu fließen. Sie stand da und sah ihn an, und sie schluchzte. Hatte sie die ganze Zeit geschluchzt? Sie war blutüberströmt. Sie riß sich die Kleider herunter und ließ sie rings um sich fallen. Einen Augenblick lang kniete sie neben ihm, nackt und weinend, wiegte sich vor und zurück, rief seinen Namen und biß sich auf die Finger, die von seinem Blut klebten.

Aber Selbstschutz ist ein primärer Instinkt, mächtiger als Liebe oder Schmerz, Haß oder Reue. Es war neun Uhr, und in einer Stunde würden die Leute kommen. Betsy holte einen Eimer mit Wasser, Reinigungsmittel, Lappen und einen Schwamm. Die schwere Arbeit, das Großreinemachen, ließ ihre Tränen versiegen, beruhigte ihr Herz und lähmte ihre Gedanken. Sie dachte an gar nichts, sie arbeitete bloß wie besessen, im Kopf völlige Leere.

Nachdem Eimer auf Eimer rötlichen Wassers den Ausguß hinuntergeflossen war, der Teppich naß, aber sauber, die Lampe abgewaschen und blankgeputzt, warf sie ihre Kleider in den Wäschekorb im Badezimmer und nahm ein Bad. Sie zog sich sorgfältig an und bürstete ihr Haar. Acht Minuten vor zehn. Alles war sauber, und sie hatte die Fenster aufgemacht, bloß jenes tote Ding lag noch immer da, auf einem Haufen rot verfärbten Zeitungspapiers.

«Ich habe ihn geliebt», sagte sie laut, und sie ballte die Fäuste. «Ich habe ihn gehaßt.»

Die Männer waren pünktlich. Sie kamen genau um zehn Uhr. Sie trugen die sechs Teekisten und den silberfarbenen Überseekoffer mit den goldenen Verschlüssen die Treppen hinunter.

Als sie gegangen waren und der Lastwagen weggefahren war, setzte Betsy sich aufs Sofa. Sie betrachtete die Winkellampe, die Onyx-Federschale und den Aschenbecher, die Ingwerdose, die Alabasterschale, die Rheinweingläser, den bronzenen Brieföffner, die kleinen chinesischen Tassen und den Lowry, der wieder an der Wand hing. Sie war jetzt ganz ruhig, und eigentlich brauchte sie den Cognac, den sie sich eingegossen hatte, gar nicht.

An die Vergangenheit dachte sie mit keinem Gedanken, und die Gegenwart existierte lediglich als ein greifbares Nichts, ein dickes Schweigen, das sie umgab. Sie dachte an die Zukunft, drei Monate voraus, und sie ließ ein anhaltendes, ziemlich tonloses Gelächter in jenes Schweigen fließen. MISS PATRICIA GORDON, 23 BURWOOD PARK AVENUE, KEW, VICTORIA, AUSTRALIA 3101... Das hübsche, harte, habgierige Gesicht, die Hände so emsig damit beschäftigt, das Vorhängeschloß zu öffnen, die goldenen Verschlüsse aufspringen zu lassen und den Schatz in seinem Inneren zu entdecken...

Und wie interessant dieser Schatz in drei Monaten erst aussehen mußte, interessanter als alles, was Miß Patricia Gordon in ihrem ganzen Leben gesehen hatte! Und damit sie ihn auch erkannte, war es ganz gut, daß obendrauf ein Gruß in einer vertrauten Handschrift lag: «All dies ist für dich, Patricia, mein Liebling, für jetzt und immer.»

Außerberufliches Interesse

Leute zu erschrecken war ein Hobby von mir. Vielleicht sollte ich lieber sagen, eine Besessenheit, und auch nicht Leute, sondern vor allem Frauen. Anderen Angst einzujagen ist ein Vergnügen, wie jedermann feststellt, der es probiert und damit Erfolg gehabt hat. Ich vermute, das hat etwas mit Macht zu tun. Die meisten Leute versuchen es nie so richtig, und deshalb wissen sie es nicht, aber nehmen wir mal die, die es tun: Richter, Polizisten, Gefängnisaufseher, Zollbeamte, Steuerfahnder. Die fühlen sich großartig, stimmt's? Es kommt nie vor, daß sie aufgeben oder andere Methoden anwenden. Und das Angstmachen steigt ihnen zu Kopf, sie werden richtig betrunken davon, sie leben davon. So war es auch bei mir. Während andere Männer etwa mit ihren Freunden in die Kneipe gingen oder zum Fußball, fuhr ich hinaus in den Epping Forest und erschreckte Frauen. Man könnte es ein außerberufliches Interesse nennen.

Verstehen Sie mich nicht falsch. Es war nichts... also, nichts Unanständiges bei dem, was ich tat. Ich bin überzeugt, Sie wissen schon, was ich damit meine, und ich brauche nicht ins Detail zu gehen. Ich bin weit davon entfernt, irgendwie pervers zu sein, das kann ich Ihnen versichern. In der Tat, ich wandele eher auf den Pfaden zu großer moralischer Strenge. Auch bin ich nicht einer von diesen einsamen, von Entbehrung geplagten Männern; ich bin glücklich verheiratet und Vater eines kleinen Jungen, ich bin einen Meter achtzig groß, nicht schlecht aussehend und, das versichere ich Ihnen, körperlich und geistig vollkommen normal.

Natürlich habe ich versucht, mich selbst zu analysieren und meine Motive zu erforschen. War mein Hobby je etwas anderes als ein Gegengift für meine Langeweile? Gemessen an allgemeinen Maßstäben würde man das Leben, das ich führte, als ganz schön langweilig einstufen: Am Anglo-Mercian Airways Terminal Tickets verkaufen und Fragen der Passagiere beantworten, in einer Doppelhaushälfte in Muswell Hill wohnen, sonntags zum Tee zu meiner Schwiegermutter, und jährlich vierzehn Tage Urlaub in einer Ferienwohnung in South Devon... Ich habe sehr jung geheiratet.

Abenteuer bildeten nicht gerade ein hervorstechendes Merkmal meiner Existenz. Das größte Ding, das ich erlebt habe, war damals, als wir dachten, eine unserer Chartermaschinen sei in Griechenland entführt worden, aber das erwies sich dann als falscher Alarm.

Meine Frau ist so eins von den nervösen Mädchen. Aber sehen Sie, sie hat ja auch Grund dazu, da, wo wir wohnen, dicht am Highgate Wood und am Queens Wood. Eine Frau riskiert ihr Leben, wenn sie in solchen Gegenden alleine herumläuft. Carol hat mich zur Genüge mit entsprechenden Geschichten beglückt – na ja, und sie tut es noch immer.

«Um zwanzig nach fünf am Nachmittag! Es herrschte noch volles Tageslicht. Er hat sie vergewaltigt und hat ihr das Gesicht zerschnitten. Siebzehn Stiche hat sie kriegen müssen im Gesicht und am Hals.»

Sie fährt nicht Auto, und wenn sie nach Einbruch der Dunkelheit von irgendwoher heimkommt, dann gehe ich immer zur Bushaltestelle hinunter und hole sie ab. Sie geht nicht mal die Muswell Hill Road entlang, wegen des Waldes zu beiden Seiten.

«Wenn man an einem solchen Ort einen Mann sieht, ganz für sich alleine, dann fragt man sich doch natürlich, was der da macht, nicht wahr? Ein junger Mann, der ziellos umherläuft. Und nicht etwa, daß er einen Hund bei sich gehabt hätte! Da wird man am ganzen Körper steif, und man kriegt überall so ein kribbelndes Gefühl. Wenn du nicht kämst und mich abholtest, ich glaub, ich würde überhaupt nicht mehr ausgehen.»

Ob es das war, was mich auf die Idee brachte? Auf jeden Fall brachte es mich dazu, über Frauen und über Angst nachzudenken. Für einen Mann liegen die Dinge ganz anders, er denkt gar nicht daran, sich vor dem Alleinsein an dunklen oder einsamen Orten zu fürchten. Ich bin ganz sicher, daß ich es nie getan habe, und darum habe ich auch, bevor ich all das von Carol erfuhr, nie bedacht, wie wichtig diese Angelegenheit – dieses Angsthaben, wenn sie allein unterwegs sind – für Frauen sein könnte. Als ich es dann begriffen hatte, löste das eine merkwürdige Erregung in mir aus.

Und dann habe ich tatsächlich selbst eine Frau erschreckt – rein zufällig. Mein gewöhnlicher Weg zur Arbeit ist eine Abkürzung durch den Queens Wood zur Untergrundstation Highgate, da nehme ich immer die Northern Line nach London hinunter. Wenn das Wetter sehr schlecht ist, fahre ich mit dem Bus zur Station, aber meistens gehe ich hin und zurück zu Fuß, und der Weg durch den Wald ist eine beträchtliche Abkürzung.

Eines Abends im März kam ich gegen sechs durch den Wald zurück. Es herrschte Dämmerung und wurde immer dunkler. Die Laternen, die den Weg beleuchteten – jede ein gutes Stück von der nächsten entfernt –, brannten, aber ich finde oft, sie verleihen der Gegend ein noch viel gespenstischeres und finstereres Aussehen, als wenn es völlig dunkel wäre. Man läßt den einen Lichtkegel hinter sich und geht durch eine trüb-schattige Allee auf die nächste Laterne zu, die etwa hundert Meter vor einem schwach leuchtet. Und kaum hat man sie erreicht mit ihrem bittergelben Glimmen zwischen nackten Zweigen, da laßt man sie auch schon wieder hinter sich und sieht sich der nächsten dunklen Strecke gegenüber. Ich dachte daran, wie es wohl sein müßte, eine Frau zu sein und durch den Wald zu gehen, und ich – ja, ich sonnte mich geradezu in meiner Männlichkeit und meiner Furchtlosigkeit.

Und dann sah ich das Mädchen kommen. Sie ging den Weg von Priory Gardens entlang. Unwillkürlich kam mir der Gedanke, daß sie weniger auf der Hut sein würde vor mir, wenn ich so weiterginge wie bisher, flott und zielstrebig in Richtung Wood Vale drauflosmarschierte und wie ein Mann wirkte, der nach Hause strebt zu seiner Familie und zum Abendessen. Ich war mir keiner definitiven Absicht bewußt, als ich meinen Schritt verlangsamte, dann ganz anhielt und stehenblieb. Aber sobald ich angefangen hatte, war mir klar, daß ich es bis zu Ende durchführen würde. Das Mädchen kam auf die Stelle zu, wo die beiden Wege sich kreuzten und wo die nächste Laterne stand. Sie warf mir einen schnellen Blick zu. Ich stand betont lässig da und erwiderte ihren

Blick durch ein geistesabwesendes Starren. Ich nehme an, ich habe absichtlich und aus einer Art Teufelei heraus meine Augen starr aufgerissen und meinen Mund offenstehen lassen. Jedenfalls wandte sie sich sehr schnell ab und begann viel schneller zu gehen.

Sie trug hohe Absätze, deshalb konnte sie nicht besonders schnell gehen, nicht so schnell wie ich, der ich mühelos hinter ihr herspazierte. Ich rückte dichter an sie heran, bis ich nur noch einen knappen Meter hinter ihr war.

Ich konnte ihre Angst förmlich riechen. Sie trug mächtig viel Parfüm, und ihr Schweiß schien das noch zu intensivieren, so daß ich zuerst nur in einen Hauch, dann in eine Wolke gehüllt war, eine Mixtur aus animalischem Geruch und Blumendüften. Ich atmete das ein, und ich atmete schwer. Sie begann zu rennen, und ich hinterher. Was sie dann tat, kam unerwartet. Sie stoppte abrupt, drehte sich um und schrie mit vor Furcht zitternder Stimme: «Was wollen Sie?»

Ich hielt ebenfalls an und glotzte sie wieder genauso an. Sie hielt mir ihre Handtasche hin. «Da, nehmen Sie!»

Der Spaß war weit genug gegangen. Ich wohnte schließlich dort in der Gegend, ich mußte an meine Frau und meinen Sohn denken, also sagte ich in einem Cockney-Akzent: «Behalt deine Tasche, Kleine. Das ist ein Mißverständnis.»

Und dann ging ich, um sie zu beruhigen, den Weg zurück und ließ sie nach Wood Vale entkommen, wo die Lichter und die Häuser anfingen. Aber ich kann nicht beschreiben, was für ein Gefühl von Macht und – na ja, von triumphierender Männlichkeit und was man so Machismo nennt, diese Begegnung in mir auslöste. Ich fühlte mich großartig. Ich stolzierte nach Hause, und Carol fragte, ob ich das große Los gewonnen hätte?

Da ich in dieser Hinsicht unerbittlich ehrlich bin, erwähne ich wohl besser auch die weitere Konsequenz dessen, was im Wald geschah, obwohl es mir ziemlich gegen den Strich geht, derartige Dinge zu erwähnen. In jener Nacht schlief ich mit Carol, und es war mächtig viel besser, als es seit langer Zeit gewesen war, es war tatsächlich sensationell für uns beide. Und ich konnte mir nicht vormachen, daß es an irgend etwas anderem gelegen hätte als an meinem Abenteuer mit dem Mädchen.

Am nächsten Tag betrachtete ich mich im Spiegel. Alle Lampen waren ausgeschaltet, bis auf das kleine Leuchtröhrchen über unserem Bett. Und ich machte dasselbe Gesicht, das ich dem Mädchen gezeigt hatte, als sie unter der Laterne in meine Richtung eingebogen war. Ich kann Ihnen sagen, ich habe mich beinahe selber gefürchtet! Ich sagte schon, ich sehe nicht schlecht aus, und das ist auch wahr, aber ich bin von Natur aus blaß, weil ich dünn bin, und mein Gesicht neigt dazu, ein bißchen hager zu wirken. In der trüben Beleuchtung schienen meine Augen tief in die Höhlen gesunken, und mein Mund hing auf eine geistesabwesende Weise lose nach unten. Ich trat ein wenig zurück vom Spiegel, so daß ich mich im ganzen sehen konnte – schlaksig, glotzend, mit hängenden Armen. Es gab keinen Zweifel, ich besaß die Begabung zum Frauenschreck von nicht schlechtem Kaliber.

Man sagt ja, es kommt auf den ersten Schritt an. Ich hatte den ersten Schritt getan, aber der zweite war größer, und es dauerte Wochen, ehe ich ihn tat.

Ich sagte mir natürlich, ich solle doch kein Dummkopf sein und diese verrückte Idee vergessen; außerdem erkannte ich klar, daß ich bald in Schwierigkeiten geraten würde, wenn ich es mir zur Angewohnheit machte, in Queens Wood, vor meiner eigenen Haustür sozusagen, Frauen zu erschrecken. Aber ich konnte einfach nicht aufhören, daran zu denken. Ich erinnerte mich, wie großartig ich mich an jenem Abend gefühlt hatte, wie ich förmlich gewachsen und was für ein Mann ich gewesen war.

Merkwürdig auch, welche Häufung erniedrigender Dinge mir zu jener Zeit zustießen, zwischen dem Queens-Wood-Vorfall und dem nächsten Mal. Am Air Terminal spuckte mich eine Frau an. Ich übertreibe nicht. Natürlich war sie betrunken, um den Verstand gebracht von zollfreiem Scotch, aber sie spuckte mich an, und ich mußte da stehen, mitten in der Schalterhalle mit all den Touristen, die da herumwimmelten, und mir die Spucke von der Uniform wischen. Dann bekam ich einen Verweis, weil ich einem Fluggast gegenüber unhöflich gewesen wäre. Das war total ungerecht, und genaugenommen hätte ich auf der Stelle kündigen sollen, bloß, ich habe Frau und Kind, und gegenwärtig kommt man nicht so leicht zu einem Job. Alles das hatte es gegeben, und dann auch noch Probleme zu Hause, wo Carol mich nervte, wir sollten doch zusammen mit dieser Freundin von ihr und deren Mann nach Menorca auf Urlaub fahren, statt unserer üblichen vierzehn Tage in Salcombe. Ich sagte ihr glattweg, wir könnten uns das nicht leisten, und es paßte mir gar nicht, prompt gefragt zu werden, warum ich denn nicht so viel verdienen könne wie Sheilas Mike.

Meine Männlichkeit hatte sozusagen tiefste Ebbe. Dann luden uns Sheila und Mike ein, sie zu besuchen, Carol, Timothy und mich. Sie waren unsere Nachbarn gewesen und waren gerade weggezogen in ein neues Haus in einem der entlegeneren Vororte, die schon zu Essex gehören. Also fuhr ich mit den beiden nach Theyden Bois hinaus und machte so die Bekanntschaft mit dem Epping Forest.

Über siebzig Quadratkilometer Wald erstrecken sich an den nordöstlichen Rändern Londons. Wenn man von Wake Arms nach Theydon fährt, auf schmaler Straße, die von Wald, ausgedehntem Grasland, von Buschwerk und kleinen Birkengehölzen gesäumt ist, dann fühlt man sich ins tiefste Innere des Landes versetzt. Es scheint fast unmöglich, daß London keine zwanzig Kilometer entfernt ist. Der Wald ist grün und still, und vom Wagen aus sieht er unberührt aus, obwohl das natürlich nicht sein kann. Wir kamen an einer Frau vorüber, die einen wenig furchterregenden Hund spazierenführte, einen winzigen Malteserterrier... Das brachte mich auf die Idee. Warum nicht hier herausfahren? Warum sollte ich nicht meine Erschreckenskünste hier draußen probieren, wo mich keiner kannte?

Zwei Tage später tat ich's dann. Es war Frühling, und an den Abenden blieb es fast bis acht Uhr hell. Ich nahm nicht den Wagen. Irgendwie kam es mir so vor, als ob die Art Mensch, der ich sein würde, den ich spielen würde, wohl kein Auto besäße. Die Fahrt allein war schon gräßlich genug, um jeden weniger Entschlossenen abzuschrecken. Ich ging gleich nach der Arbeit los, nahm die Central Line bis nach Loughton und dann den Bus die Hügel hinauf und in den Wald. Bei Wake Arms stieg ich aus und begann hügelabwärts zu gehen, nicht auf dem Straßenpflaster, sondern ein paar Meter innerhalb des Waldes. Ich sah keine alleine gehende Frau, bis ich die Häuser von Theydon erreichte und mich wieder auf den Rückweg machte. Ich war schon reichlich hundert Meter wieder bergan gegangen, als sie aus einem der letzten Häuser kam, ein junges Mädchen in Jeans und einem Jakkett, die Hände in den Taschen.

Es war klar, sie würde nach Wake Arms gehen. Jedenfalls dachte ich das. Eine Weile lang ging ich so, daß ich mit ihr Schritt hielt, aber ungesehen zwischen Weißdorn, Holzapfelbüschen und Brombeerranken. Ich wollte mich erst zeigen, wenn wir etliche hundert Meter von den Häusern entfernt waren. Da trat ich dann vor ihr auf die Straße hinaus. Ich drehte mich zu ihr um, stand da und glotzte, so wie ich es vor dem Spiegel geübt hatte.

Sie war nicht nervös, sie war tapfer. Nur ganz kurz stockte sie. Aber sie wagte doch nicht recht, an mir vorbeizugehen. Stattdessen überquerte sie die Straße. Es herrschte nie viel Verkehr auf dieser Straße, und bis jetzt war noch kein einziger Wagen vorübergefahren. Sie überquerte also die Straße und ging schneller. Ich ging ebenfalls über die Straße, aber hinter ihr, und ich ging auch weiter hinter ihr her. Da begann sie zu rennen, und ich rannte natürlich auch, jedoch nicht so schnell, daß ich sie einholte, bloß schnell genug, daß ich ein wenig aufrückte.

Wir waren ein paar Minuten lang so gerannt, Wake Arms noch einen guten Kilometer entfernt, als sie plötzlich herumfuhr, einen Haken schlug, auf die andere Straßenseite hinüber, und den Weg zurückrannte, den sie gekommen war. Da hatte ich genug davon, hinter ihr herzujagen. Ich stand bloß da und lachte, lachte lange und laut, und ich fühlte mich so frei und glücklich, verspürte eine derartige, alleserobernde Macht in mir... und das bloß, weil ich, *ich* ganz allein, *mein* kleines, gewöhnliches, langweiliges Ich soviel Furcht einflößen konnte!

Danach machte ich es mir zur Gewohnheit, regelmäßig in den Epping Forest hinauszufahren. Nach ungefährer Schätzung würde ich sagen, so alle vierzehn Tage. Da ich Schichtdienst habe, von vier bis Mitternacht ebenso oft wie von zehn bis sechs, konnte ich es manchmal so einrichten, daß ich während des Tages hinkam. Eine Menge Frauen sind ja während des Tages allein zu Haus und haben keinen Mann, der sie begleitet, wenn sie ausgehen. Ich ließ nie mehr als zwei Wochen verstreichen, ohne dort hinauszufahren, und gelegentlich ging ich auch öfter; wenn ich mich mies fühlte zum Beispiel, oder wenn Carol und ich Streit gehabt hatten, oder wenn ich wegen des Geldes deprimiert war. Es tat mir immer so gewaltig wohl – ich wollte, ich könnte Ihnen begreiflich machen, *wie* sehr. Überlegen Sie mal selbst, was *Sie* so machen, was Ihnen zu einem wirklichen Aufschwung verhilft – einen Wagen echt schnell fahren oder in der Disco Tanzen gehen oder durch irgendwas high werden? Na also, und Frauen-Erschrecken tat eben alles das, und noch mehr, für *mich*. Hinterher war es immer wie Weihnachten, es war fast wie Verliebtsein.

Und es war ja auch nichts Schlimmes dabei, nicht wahr? Ich verletzte sie ja nicht. Es gibt ein französisches Sprichwort: «Mir macht's so viel Vergnügen, und dir so wenig Schmerz.» Genau so war es bei mir und den Frauen, obwohl es auch für sie ja nicht ohne Vergnügen war. Stellen Sie sich mal vor, welchen Spaß es ihnen gemacht haben muß, hinterher davon zu erzählen, mit all den Details, wie Carol es immer tat, und wie sie dabei die Tatsachen verdrehten, übertrieben und sich für eine Weile zum Mittelpunkt des Interesses machten!

Vielleicht haben sie ja auch private Fahndungen unternommen. Ehemänner, Freunde und Väter, alle zusammen draußen, auf der Suche nach mir; und alle haben's genossen, wie es halt unweigerlich geht, wenn die Leute etwas oder jemanden jagen. Aber schließlich – was habe ich denn gemacht, alles zusammengenommen? Nichts. Ich habe sie nicht belästigt oder beleidigt, noch habe ich versucht, sie zu berühren; ich habe bloß dagestanden und sie angesehen oder bin ihnen hinterhergelaufen – oder ich bin gerannt, wenn sie auch gerannt sind, was ja nicht unbedingt dasselbe ist.

Nein, es war nichts Schlimmes dabei. So dachte ich jedenfalls. Ich konnte mir auch nicht vorstellen, daß dabei etwas Schlimmes herauskommen könnte, und glauben Sie mir, ich habe viel darüber nachgedacht, denn ich bin genauso von Schuldgefühlen geplagt wie jeder andere auch. Ich habe darüber nachgedacht, mich gerechtfertigt, Schuld ausgeschlossen. Junge Frauen kriegen keine Herzattacken oder fallen tot um, weil ein Mann sie verfolgt. Junge Frauen behalten kein psychisches Trauma zurück, weil ein Mann sie anstarrt. Die älteste Frau, die ich je erschreckt habe, war die mit dem Malteserterrier, und die war nicht älter als vierzig. Ich sah sie bei meinem dritten oder vierten Besuch wieder, folgte ihr eine Weile, trat dann hinter den Büschen hervor und stellte mich ihr in den Weg. Sie sagte dieselben Worte, die das Mädchen in Queens Wood gesagt hatte, mit der gleichen, strangulierten Stimme: «Was wollen Sie?»

Ich habe ihr nicht geantwortet, ich hatte Mitleid mit ihr und ihrem nutzlosen kleinen Hund, ich verschwand lautlos im Waldesschatten. Der nächsten, die mich das fragte, antwortete ich mit professionellem Ernst: «Ich sammle bloß Flechten, Madam.»

Beweis genug dafür, wie harmlos ich war, ist auch, daß in der ganzen Gegend nie auch nur die Spur eines Polizisten zu sehen war. Ich bin sicher, keine von ihnen hat es der Polizei erzählt. Sie hatten ja auch nichts zu erzählen, sie hatten bloß, was sie sich einbildeten und was sie, verführt durch die Medien, insgeheim erwarteten. Und dennoch ist Schlimmes dabei herausgekommen, irreparabel Schlimmes, Leid und Schande.

Bestimmt denken Sie jetzt, Sie wüßten schon. Das Unvermeidliche müsse geschehen sein, jene Begegnung nämlich, die jeder Mann, der es sich zur Gewohnheit macht, Frauen zu erschrekken, früher oder später zu gewärtigen hat, wenn sich das Blatt einmal gewendet hat. Ja, das ist auch tatsächlich passiert, aber das war es nicht, was mich aufhören ließ. Am Arm gepackt, durch die Luft gewirbelt und zu Boden geschleudert zu werden, platt und schmerzhaft, von einem weiblichen Judo-Schwarzgürtel, das war eher eine Art Berufsunfall. Ich bin übrigens froh, daß ich mich dabei wie ein Gentleman benommen habe. Ich habe weder geflucht, noch sie unflätig beschimpft. Ich stand danach bloß auf, rieb meine Beine und meine Ellbogen, machte eine leichte Verbeugung und ging davon in Richtung Wake Arms. Carol wollte wissen, wie ich es angestellt hätte, überall auf meinem Anzug grüne Flecken zu kriegen, und ich glaube, seit diesem Tage denkt sie, es sei gekommen, weil ich irgendwo in einem Park mit einer anderen Frau im Gras gelegen hätte. Als ob ich das tun würde!

Dieser Angriff auf meine Person erschreckte mich zwar, aber er hielt mich nicht ab. Ich ließ drei Wochen verstreichen, drei elende, jieprige Wochen, und dann, an einem sonnigen Julimorgen, bin ich wieder auf die Wake Road zurückgekehrt und hatte eins meiner befriedigendsten Erlebnisse mit einem Mädchen, das nicht die Straße entlangging, sondern eine Abkürzung quer durch den Wald nahm. Ich ging parallel zu ihr und ließ mich gelegentlich ganz flüchtig sehen. Ich weiß, sie hat mich gesehen, denn es war genau wie bei dem Mädchen in Queens Wood, ich konnte ihre Angst spüren und riechen.

Endlich trat ich aus dem Gebüsch hervor und stand vor ihr, abwartend. Sie wagte nicht näherzukommen, sie wußte nicht, was sie tun sollte. Schließlich kehrte sie um, und ich folgte ihr, schlängelte mich zwischen dem Buschwerk hindurch, bis sie gedacht haben muß, ich sei fort, und dann erschien ich von neuem auf dem Weg vor ihr. Diesmal wandte sie sich nach links, rannte davon, und ich ließ sie laufen. Ich hatte ihr ja nichts getan. Bedenken Sie die Erleichterung, die sie empfunden haben mußte, als sie wußte, daß sie davongekommen und in Sicherheit war! Stellen Sie sich vor, wie sie nach Hause ging und ihrer Mutter oder ihrer Schwester oder ihrem Mann das alles erzählte!

Man könnte sogar sagen, ich hätte ihr einen Dienst erwiesen. Höchstwahrscheinlich habe ich ihr die Lektion erteilt, nicht mehr allein durch den Wald zu gehen, und habe sie auf diese Weise vor irgendwelchen wirklich perversen oder gefährlichen Anmachern geschützt.

Das ist doch ein Standpunkt, nicht wahr? Man könnte mich als öffentlichen Wohltäter hinstellen. Ich zeigte den Frauen, was passieren *könnte*. Es war wie der kleine elektrische Schock, der ein Kind lehrt, nicht mit den Leitungen zu spielen. So jedenfalls dachte ich. Bis ich erkannte, daß auch ein kleiner Schock töten kann.

Ich war im Wald draußen, auf der Wake Road, und da hatte ich Glück. Es war Herbst, und es wurde schon um sechs dunkel, aber früher hatte ich es nicht geschafft herauszukommen, und ich hatte nicht viel Hoffnung auf irgendeine Frau, die dumm genug war, bei Dunkelheit allein diese Straße entlangzugehen.

Ich war bei Wake Arms aus dem Bus gestiegen und spazierte nun langsam hügelabwärts, als ich in der Kurve vor mir diesen Wagen stehen sah. Selbst auf die Entfernung konnte ich das gräßliche Geräusch hören, das er von sich gab, als der Fahrer zu starten versuchte, dieses gequälte Mahlen, wenn die Zündung nicht funktioniert.

Die Tür an der Fahrerseite ging auf, und eine Frau stieg aus. Sie war allein. Sie langte zurück in den Wagen und schaltete die Scheinwerfer aus, dann knallte sie die Tür zu, schloß sie ab und begann bergab zu gehen, in Richtung Theydon. Ich war zwischen die Bäume getreten, sie hatte mich noch nicht gesehen. Ich folgte ihr und überlegte, welche Technik ich diesmal anwenden wollte. Sie zunächst mal mit einem offenen Spurt verfolgen, das war's, wozu ich mich entschloß.

Knapp hundert Meter hinter ihr trat ich auf die Straße hinaus und rannte hinter ihr her, wobei ich mit den Füßen so viel Lärm machte, wie ich konnte. Natürlich blieb sie stehen und drehte sich um, wie ich es vorausgesehen hatte. Wahrscheinlich dachte sie, ich sei ein Retter und würde etwas für ihren Wagen tun. Sie sah sich also um und wartete auf mich, aber sobald unsere Blicke sich trafen, verdrückte ich mich wieder seitlich in den Wald. Sie zuckte kurz die Achseln, wandte sich wieder um und ging weiter. Bis jetzt hatte sie keine Angst.

Es wurde jedoch dunkel, und es schien kein Mond. Ich holte sie ein und ging neben ihr, sehr lautlos, bloß drei, vier Meter entfernt, jedoch zwischen den Bäumen des Waldes. Der parkende Wagen war inzwischen außer Sicht, und die Lichter von Theydon waren auch noch längst nicht zu sehen. Die Straße war dunkel, wenn auch nicht undurchdringlich schwarz. Ich trat absichtlich auf einen Zweig und ließ ihn knacken. Sie wandte blitzschnell den Kopf und sah mich.

Sie fuhr zusammen. Sofort blickte sie wieder weg und beschleunigte ihren Schritt. Natürlich hatte sie da mir gegenüber nicht die geringste Chance, die hat eine Frau von einsfünfzig gegenüber einem Mann von einsachtzig eben nicht. Das Schnellste, was sie schaffen konnte, war noch immer bloß mein Spazierschritt.

Es war kein Auto die Straße entlanggekommen, seit ich ihr folgte. Jetzt aber kam eins. Ich konnte seine Lichter von weither auf- und abtauchen sehen, die Kurven der Straße entlang. Sie stellte sich an den Straßenrand und hob die Hand, so wie es Anhalter tun. Ich blieb, wo ich war, und wartete, was geschehen würde. Was hatte ich schließlich auch getan? Ich war ja bloß dagewesen. Aber der Fahrer hielt nicht an, um sie mitzunehmen, natürlich nicht, genausowenig wie ich das an so einem Ort getan hätte. Wir alle kennen doch die Sorte Männer, die abends stoppen, um modisch gekleidete, hübsche Anhalterinnen aufzugabeln – wir wissen doch, worauf die aus sind!

Der nächste Fahrer hielt ebenfalls nicht. Ich war inzwischen ein Stück weiter als sie, immer noch innerhalb des Waldes, und im Scheinwerferlicht sah ich ihr Gesicht. Sie war tatsächlich hübsch. Nicht daß mich dieser Aspekt sonderlich interessiert hätte, aber ich sah, daß sie hübsch war und daß sie zum gleichen Typ gehörte wie Carol, eine kleine, schlanke Blondine mit ziemlich scharf geschnittenem Gesicht und lockigem Haar.

Die Dunkelheit wirkte viel dichter, nachdem die Autoscheinwerfer vorüber waren. Ich vermutete, daß sie sich jetzt ein bißchen beruhigt hatte. Sie hatte mich wahrscheinlich während der letzten fünf Minuten nicht mehr gesehen und dachte wohl, ich sei weg. Und ich war auch versucht, es genug sein zu lassen, abzulassen nach dieser Viertelstunde, so, wie ich es gewöhnlich tat, wenn ich meinen Spaß gehabt hatte.

Weiß Gott, ich wollte, ich hätte es getan! Nur aus dem dümmsten aller Gründe machte ich weiter. Ich machte weiter, weil ich in dieselbe Richtung wollte wie sie, nämlich lieber nach Theydon hinunter, um dort die Untergrundbahn zu nehmen als zurückzutrotten und endlos auf den Bus zu warten. Ich hätte zurückbleiben und sie laufen lassen können. Aber ich tat es nicht. Aus einem perversen Zwang heraus hielt ich mit ihr Schritt. Und dann kam ich aus dem Wald heraus und trat hinter ihr auf die Straße.

Ich ging drauflos und holte sie ein, aber ganz ruhig. Die Straße fiel ab, krümmte sich ein wenig. Ich kam auf zwei, drei Meter an sie heran, ging ganz leise, sie wußte also nicht, daß ich da war. Und dann begann ich leise zu pfeifen, die Melodie eines Chorals, und zwar Crimonds Fassung von «Der Herr ist mein Hirte». Mein Gott, was für eine Wahl!

Sie fuhr herum. Ich dachte, sie würde etwas sagen, aber ich glaube, sie konnte es nicht. Ihre Stimme versagte vor Angst. Sie drehte sich wieder um und begann zu rennen. Sie konnte ganz ordentlich rennen, dieses winzige, verletzliche, blonde Mädchen!

Scheinwerfer glommen vor uns über der Straße auf, voll aufgedrehtes Fernlicht, das bläulich-weiß über den Wald flutete, jeden einzelnen Baum hervorhob und lange, schwarze Schatten von ihren Stämmen springen ließ. Ich verzog mich zur Seite und kauerte mich in dem hohen Gras zusammen. Sie rannte auf die Straße, warf beide Arme in die Höhe und schrie: «Hilfe, Hilfe!»

Der Fahrer stoppte. Einen Augenblick lang fürchtete ich, er könnte aussteigen und nach mir suchen, aber er tat es nicht. Er machte die Beifahrertür von innen auf. Das Mädchen stieg ein, sie blieben noch stehen, saßen da vielleicht eine halbe Minute, und dann fuhr der weiße Ford Capri davon.

Es war eine Erleichterung für mich zu sehen, wie der Wagen über die Kuppe des Hügels verschwand. Und dann wurde mir klar, daß ich selbst, wie das Sprichwort so schön sagt, noch nicht aus dem Walde war. Denn was war wahrscheinlicher, als daß das Mädchen und der Fahrer entweder zum Polizeirevier Loughton fuhren oder dort anriefen? Das bedeutete für mich, daß ich mal lieber so schnell wie möglich nach Theydon hinunter verduftete.

Gesagt, getan, und während des ganzen Weges begegnete mir weder ein Wagen, noch überholte mich einer. Ich ging schon durch die Grünanlagen des Dorfes, als die einzigen Autos, die ich sah, vorbeifuhren. Auf dem Bahnsteig mußte ich fast eine halbe Stunde warten, ehe ein Zug kam, aber es kam auch kein Polizist. Ich hatte noch einmal Glück gehabt.

In gewisser Weise jedenfalls. Aber es gibt schlimmere Dinge, als für ein Verbrechen bestraft zu werden. Eins davon ist, nicht dafür bestraft zu werden. Ich leide unter dem, was ich getan habe, weil es mir nämlich nicht gestattet – das heißt, *ich selbst* gestatte es mir nicht –, es noch einmal zu tun. Niemals werde ich das Gesicht dieses Mädchens vergessen, so hübsch und so verletzlich und so verängstigt. Es erscheint mir sehr oft im Traum.

Das erste Mal erschien es mir auf einem Zeitungsfoto, zwei Tage, nachdem ich sie auf der Wake Road erschreckt hatte. Die Zeitung brachte groß aufgemacht die Geschichte ihres Todes – deshalb auch ihr Foto. Am vorangegangenen Morgen, nachdem sie bereits zwölf Stunden tot gewesen war, hatte man ihre Leiche, mit Stichwunden und verstümmelt, in einem Feld zwischen Epping und Harlow gefunden. Die Polizei sucht einen Mann, vermutlich der Fahrer eines weißen Ford Capri.

Ihr Retter – ihr Mörder. Und was war ich dann?

Ein merkwürdiger Zufall

In den diversen Nachrufen, die beim Tode von Michael Lestrange erschienen, wurde nirgends seine Verbindung zu den Wrexlade-Morden erwähnt. Gedächtnisse sind kurz, sogar Journalistengedächtnisse, und es mag sein, daß die Zeitungsmänner, die so flammend und so voller Trauer über ihn schrieben, zu jener Zeit erst Hätschelkinder oder noch nicht einmal geboren waren. Denn die Morde ereigneten sich ja in den frühen fünfziger Jahren, vor der Abschaffung der Todesstrafe.

Mord war auch wirklich das letzte, was man mit dem verstorbenen Sir Michael in Verbindung bringen konnte, dem eminenten Herzspezialisten, Arzt Ihrer Königlichen Hoheit, der Herzogin von Albany, und Autor *des* Standardwerkes, des letzten Wortes zu diesem Thema sozusagen, mit dem prägnanten Titel «Das Herz». Sir Michael zerstörte kein Leben, er rettete es. Er war von Kenneth Edward Brannel, dem Würger von Wrexlade, so weit entfernt wie von der fleischfressenden Spinne, die über das Fenster seines Sprechzimmers kroch. Alle, die ihn kannten, würden eher behaupten, daß er einen fast neurotischen Horror davor hatte, Leben auszulöschen. Über Euthanasie auch nur zu diskutieren, hatte er abgelehnt, und mit all seiner Kraft hatte er sich der Legalisierung der Abtreibung widersetzt.

Bis zum vergangenen März, als ein Flugzeugunglück über dem Nordatlantik ihn unter zweihundert anderen als Opfer forderte, war er ein Mann gewesen, den man automatisch als lebenserhaltend betrachtete, einer, der bei zahllosen Gelegenheiten zugunsten anderer den Tod besiegt hatte.

Ein privates Leben indessen schien er nicht gehabt zu haben – keine Familie, keinen Kreis von Freunden, in dem er sich bewegte, kein besonders schönes Heim. Er lebte nur für seine Arbeit. Er war nicht verheiratet, wenige Menschen wußten, daß er es je gewesen war, und kaum einer, daß seine Frau das letzte der Wrexlade-Opfer gewesen war.

Es gab noch vier andere damals, und alle fünf starben durch Erdrosseln, stranguliert von den riesigen, knochigen Händen des Kenneth Edward Brannel. Michael Lestrange hatte übrigens außergewöhnlich schmale, wohlgeformte Hände, sensibel und geschickt; die von Brannel ähnelten der Beschreibung nach eher Bananenbündeln. In dieser Studie über den Wrexlade-Fall erwähnte die Kriminologin Miss Georgina Hallam Saul, wie Brannel in der Todeszelle damit gedroht hätte, dieses Verbrechen an einem der Gefängnisaufseher zu verüben. Er hatte nie begriffen, warum er diese Frauen umgebracht hatte, denn weder verabscheute er Frauen, noch fürchtete er sie.

«Das war genauso, als wenn ich als Kind in einem Laden war, und es war niemand in der Nähe», soll er angeblich gesagt haben, «ich *mußte* einfach was nehmen, ich konnte nicht anders. Ich hab's nicht aus eigenem freien Willen gemacht. Eben lag es noch auf dem Regal, und im nächsten Augenblick steckte es in meiner Tasche. Genauso war es auch mit diesen Mädchen. Ich *mußte* einfach meine Hände um ihren Hals legen. Dann wurde alles schwarz, und wenn ich wieder zu mir kam, dann waren meine Hände immer noch um ihren Hals, und alles Leben rausgequetscht...»

Er war damals achtundzwanzig, Landarbeiter, Analphabet, und wurde bildungsmäßig als weit unter der Norm eingestuft. Er lebte mit seinem verwitweten Vater, ebenfalls einem Landarbeiter, in einem Häuschen am Rande von Wrexlade in Essex. Im Laufe des Jahres 1953 erdrosselte er Wendy Cutforth, Maureen Hunter, Ann Daly und Mary Trenthyde, ohne daß seitens der Polizei der geringste Verdacht auf ihn fiel. Es verstrich jeweils etwa ein Monat zwischen den Morden, was jedoch nicht etwa die Frage aufwarf, ob Brannel vielleicht bei Vollmond gemordet habe oder dergleichen. Vier Wochen nach Mary Trenthydes Tod wurde er verhaftet, weil der erdrosselte Leichnam Norah Lestranges kaum hundert Meter von seiner Hütte in einem Graben entdeckt wurde. Im November des gleichen Jahres wurde er des Mordes für schuldig befunden und 25 Tage später hingerichtet.

«Ein entsetzliches Beispiel von Ungerechtigkeit», sagte Michael Lestrange damals immer wieder. «Wenn die M'Naughten-Regeln auf irgend jemanden anwendbar sind, dann hätten sie auf den armen Brannel Anwendung finden müssen. Bei ihm war es doch nicht allein die Unwissenheit, daß das, was er tat, falsch war, sondern die Unwissenheit, daß er es *überhaupt* tat, bis alles vorüber war. Wir haben einen armen Idioten gehängt, der ebensowenig eine Vorstellung vom Bösen hatte wie ein in Panik geratenes Tier, das ein Kind zu Tode trampelt.»

Die Leute fanden es bewundernswert großherzig von Sir Michael, daß er so reden konnte, denn es handelte sich doch um seine eigene Frau, die ermordet worden war. Sie war erst fünfundzwanzig Jahre alt, und sie waren noch nicht einmal drei Jahre verheiratet gewesen.

Es ist gewiß am besten, sich an Miss Hallam Saul zu halten wegen ihrer akkuraten und umfassenden Berichterstattung über die Wrexlade-Morde. Sie wohnte dem Prozeß bei, an jedem einzelnen Verhandlungstag, was Michael Lestrange nicht tat. Als der Anklagevertreter in seinem Eröffnungsplädoyer zu den Gründen kam, weshalb sich Norah Lestrange in der Umgebung von Wrexlade aufhielt, und als er dann von dem Holländer und dem Hotel in Chelmsford sprach, da stand Michael ruhig auf und verließ den Gerichtssaal. Miss Hallam Sauls Augen und auch manches andere Augenpaar folgten ihm voller Mitgefühl. Trotzdem schonte sie in ihrem Buch seine Gefühle nicht. Warum sollte sie auch. Wie jeder andere, der über Brannel und Wrexlade schrieb, war sie von dem Charakter der Norah Lestrange abgestoßen. Wohlgemerkt, es waren die fünfziger Jahre, und die Öffentlichkeit war es noch nicht gewöhnt, von jungen Ehefrauen zu hören, die ihren Männern schamlos erklärten, ein Mann sei nicht genug für sie. Michael war genötigt gewesen, der Polizei gegenüber alle Fakten offen darzulegen, und wie diese Fakten zeigten, wußte er seit Monaten, daß seine Frau in jenem Hotel in Chelmsford gelegentlich ihre Nächte mit Jan Vandepeer verbrachte, einem Geschäftsmann auf dem Wege von Hoek van Holland über Harwich nach London. Sie hatte es ihm ganz offen gesagt.

«Liebling...» Sie nahm seinen Arm, er mußte sich dicht neben sie setzen, während sie seine Hand tätschelte. «Liebling, ich muß Jan einfach haben, ganz unbedingt, ich bin verrückt nach ihm, ich bin nun einmal so. Aber das hat nichts mit dem zu tun, was ich für dich empfinde, das begreifst du doch, nicht wahr?»

All das gab er natürlich nicht wortwörtlich wieder, aber das Wesentliche reichte ja auch.

«Es wird nicht allzu oft sein, Mike, mein Liebling, höchstens einmal im Monat. Jan kann nicht mehr als eine Reise im Monat einrichten. Chelmsford liegt für uns beide so günstig, und du wirst es kaum merken, wenn ich fort bin, nicht wahr, du bist doch so beschäftigt in deinem alten Krankenhaus.»

Aber all dies kam erst viel später dran, sowohl im Prozeß, als auch in dem Buch der Hallam Saul. Die ersten Prozeßtage (und die ersten Kapitel) behandelten die Morde an jenen anderen vier Frauen.

Wendy Cutforth war jung, verheiratet, Lehrerin in einer Schule in Ladeley. Sie fuhr mit dem Bus von ihrer Wohnung in Wrexlade fünf Kilometer zur Arbeit. An einem düsteren Februartag stieg sie um vier Uhr am Wrexlade Cross aus dem Bus, um zu ihrem etwa dreihundert Meter entfernt gelegenen Bungalow zu gehen. Sie wurde nicht mehr lebend gesehen, außer wahrscheinlich von Brannel. Ihr erdrosselter Leichnam wurde am gleichen Abend um zehn in einem Graben in der Nähe der Bushaltestelle gefunden.

Die Angst, alleine auszugehen, die sich nach Wendys Tod der Frauen von Wrexlade bemächtigt hatte, legte sich innerhalb von drei oder vier Wochen. Maureen Hunter, erst sechzehn Jahre alt, zerstritt sich nach einer Tanzveranstaltung im Gemeindesaal von Wrexlade mit ihrem Freund und machte sich allein auf den Weg nach Hause, nach Ingleford. Ihr Leichnam wurde in den frühen Morgenstunden gefunden, nur wenige Meter von dem Platz entfernt, wo Wendy gelegen hatte. Mrs. Ann Daly, eine Witwe in mittleren Jahren, ebenfalls aus Ingleford, hatte ein Friseurgeschäft in Chelmsford und fuhr täglich via Wrexlade zur Arbeit. Ihr Wagen wurde verlassen aufgefunden, alle vier Türen weit offen, und ihr Leichnam lag in einem kleinen Gehölz zwischen den Dörfern. Es war ein vergeblicher Versuch unternommen worden, sie in einer Laubmulde zu verscharren.

Jeder Mann zwischen sechzehn und siebzig in dieser Gegend von Essex wurde von der Polizei eingehend überprüft. Brannel wurde verhört, ebenso wie sein Vater, und wurde nach zehn Minuten wieder entlassen, weil er keinen Verdacht erweckt hatte. Im Mai, siebenundzwanzig Tage nach dem Tode der Ann Daly, verschwand im Laufe eines Vormittages die dreißigjährige Mary Trenthyde aus ihrer Wohnung – Mutter von zwei kleinen Töchtern und selber Tochter des Arbeitgebers von Brannel, Mark Stokes von der Cross Farm. Eins ihrer Kinder war bei seiner Großmutter, das andere lag im Kinderwagen direkt hinter der Gartentür. Mary verschwand spurlos, ohne jemandem zu sagen, wohin sie ginge oder auch nur, daß sie fortginge. Eine massive Suchaktion wurde in die Wege geleitet und ihr erdrosselter Körper schließlich um Mitternacht in einem sechshundert Meter entfernten, unbenutzten Brunnen gefunden.

Alle diese Morde ereigneten sich im Frühjahr 1953.

Die Lestranges hatten eine Wohnung in London, nicht weit vom Royal Free Hospital entfernt. Sie waren nicht besonders wohlhabend, aber Norah hatte einen reichen Vater, der die Gewohnheit hatte, ihr ansehnliche Geschenke zu machen. Eines davon war, zu ihrem fünfundzwanzigsten Geburtstag, ein Triumph-Alpine-Sportwagen. Michael besaß ebenfalls einen Wagen, so einen, den man eine alte Schrottkarre nennen würde.

Das Titelbild von Miss Hallam Sauls Buch zeigt ein Porträtfoto von Norah Lestrange, wie sie ein paar Monate vor ihrem Tode aussah. Das Gesicht ist oval, die Züge fast zu perfekt symmetrisch, die Haut makellos und schimmernd. Das dicke, schwarze Haar ist nach der herrschenden Mode jener Zeit zu kurzen, weichen Locken frisiert. Das Make-up ist schwer und dunkel, fetter Lippenstift bedeckt die geöffneten Lippen, so daß sie ein wenig lasziv wirken. Die Augen blicken in humorloser Selbstgefälligkeit.

Michael war rasend und schmerzhaft eifersüchtig. Als sie, nachdem sie sechs Monate verheiratet waren, einen Flirt mit seinem besten Freund anfing, einen Flirt, der sich rasch zu einer Liebesaffäre auswuchs, drohte er, sie zu verlassen, sich scheiden zu lassen, sie einzusperren, Tony zu ermorden. Sie war vollkommen sicher, daß er nichts von alledem tun würde. Sie redete mit ihm. Vernünftig und zart und liebevoll setzte sie ihm auseinander, daß *er* es sei, den sie liebe, und daß sie sich mit Tony lediglich amüsiere.

«Ich *liebe* dich, Liebling, begreifst du das nicht? Diese Sache mit Tony ist doch bloß... Spaß. Wir haben Spaß, und dann sagen wir auf Wiedersehen bis zum nächsten Mal, und dann komme ich heim zu dir, wo mein wirkliches Glück ist.»

«Du hast versprochen, mir treu zu sein», sagte er, «allen anderen zu entsagen und ganz zu mir zu stehen.»

«Aber ich stehe doch ganz und gar zu dir, Liebling. Dir gehört all mein Vertrauen und all meine Gedanken – Tony hat lediglich diesen winzigen Anteil an einem sehr unwichtigen Aspekt meiner Person.»

Nach Tony gab es dann Philip. Und nach Philip gab es für eine Weile keinen. Michael glaubte schon, Norah sei der «Späße» müde geworden und habe sich auf ihr «wirkliches Glück» beschränkt. Er arbeitete zu jener Zeit hart für seine Aufnahme in das Royal College of Surgeons.

Die Mitgliedschaft wurde ihm – natürlich – zuerkannt, und zwar im Jahre 1952. Er war Leitender Chirurg an einem großen Londoner Krankenhaus, als sich der erste der Wrexlade-Morde ereignete – Wendy Cutforth. Etwa zur gleichen Zeit, als die Berichte über diesen Mord und über die Jagd nach dem Würger von Wrexlade in den Zeitungen erschienen, begegnete Norah Jan Vandepeer.

Michael war kein Leser der populären Presse, und die Lestranges hatten kein Fernsehen. Fernsehen war in jenen Tagen noch nicht die unerläßliche Zutat zum häuslichen Leben, zu der es seither geworden ist. Michael hörte manchmal Radio, und er las die *Times*. Er wußte von dem ersten der Wrexlade-Morde, war aber nicht weiter daran interessiert. Er war durch seinen Beruf sehr beschäftigt und hatte außerdem seine Sorgen wegen Jan Vandepeer.

Welcher Natur die Geschäfte des Holländers in London waren, wurde Michael nie recht klar, vielleicht war es auch Norah nie klargeworden. Irgendwie schien es sich um Währungsgeschäfte zu handeln, und Michael war überzeugt, daß sie ziemlich undurchsichtig und nicht ganz koscher waren. Norah meinte, er sei ein Schmuggler, und sie fand die Möglichkeit, er könne ein Diamantenschmuggler sein, höchst aufregend.

Sie lernte ihn auf dem Schiff kennen, das von Hoek van Holland nach Harwich fuhr, nachdem sie eine Woche bei ihren Eltern in Den Haag verbracht hatte, wo ihr Vater einen diplomatischen Posten bekleidete.

«Liebling, ich muß Jan unbedingt haben, ich bin verrückt nach ihm. Das hat doch nichts mit uns zu tun, das mußt du doch begreifen, nicht wahr? Niemand könnte mich jemals von dir trennen.»

Vandepeer kam gewöhnlich einmal pro Monat mit seinem Wagen herüber und fuhr über Colchester und Chelmsford nach London, übernachtete irgendwo, erledigte seine Geschäfte am folgenden Tag und nahm dann die Abendfähre zurück. Ob er lieber in Chelmsford als in London nächtigte, weil es billiger war oder weil Chelmsford sich damals noch seinen hübschen ländlichen Aspekt bewahrt hatte, läßt sich nicht sagen, es spielt auch kaum eine Rolle. Norah Lestrange war mehr als bereit, in ihrem Alpine die etwa fünfzig Kilometer nach Chelmsford zu fahren und im *Murrey Gryphon Hotel* auf die Ankunft ihres überwältigenden, blonden Schmugglers zu warten.

Chelmsford ist die Hauptstadt der Grafschaft Essex und liegt am Fluß Chelmer inmitten einer freundlichen, wenngleich etwas eintönigen, vom Ackerbau geprägten Landschaft. Das Land ist flach, die Felder weit, es gibt reichlich Bäume und kleine Gehölze. Wrexlade liegt gut fünfzig Kilometer nördlich der Stadt, Ingleford ein wenig weiter westlich. Es war noch, bevor der englische Zeitungsleser Wrexlade der Umgebung von Chelmsford zuordnete; es war damals ganz einfach Wrexlade, ein Ort, von dem kein Mensch gehört hatte, ehe Wendy Cutforth und danach Maureen Hunter dort ums Leben kamen, ein bloßer Name auf der Karte oder allenfalls auf einem Wegweiser; bis die Mordserie begann und es nach und nach zu einem Synonym für faszinierenden Horror wurde.

Bismarck Road, Hilldrop Crescent, Rillington Place – wer kann heute noch sagen, abgesehen von Amateur-Kriminologen vielleicht, welche Londoner Mörder in diesen Straßen gewohnt haben? Zu ihrer Zeit jedoch waren diese Namen in aller Munde.

Es entspricht dem englischen Sinn für Humor, daß sogar Witze über sie im Umlauf waren. Es gab laut Miss Hallam Saul auch Witze über Wrexlade, makabre Witze, und wegen der Äußerung eines solchen wurde sogar ein berühmter Komiker von der BBC in Acht und Bann getan – so in etwa, was für eine gute Idee es doch wäre, seine Schwiegermutter nach Wrexlade zu bringen... Chelmsford, so nahe bei Wrexlade gelegen, trat ins öffentliche Bewußtsein, als Mrs. Daly starb. Sie war zuletzt lebend gesehen worden, als sie ihr Geschäft im Zentrum der Stadt abschloß und in ihren Wagen stieg. Und es war nach diesem Ereignis, daß Norah zu Michael sagte: «Ich verspreche dir, Liebling, ich gehe nach Dunkelheit nicht mehr allein aus, wenn ich in Chelmsford bin.»

Es sollte wahrscheinlich ein Trost für ihn sein, daß sie, wenn sie bei Dunkelheit ausginge, es in Jan Vandepeers Gesellschaft tun würde.

Fand er sich also passiv mit ihrer Treulosigkeit ab? Da er sie nicht verließ, da er stets zu Hause in der Wohnung war, wenn sie heimkehrte, und indem er sich auch weiterhin bei gesellschaftlichen Anlässen mit ihr zeigte, schickte er sich anscheinend darein. Indem er sie weiterhin wider besseres Wissen hilflos liebte, schickte er sich darein, aber er litt unsäglich. Er war krank vor Eifersucht. All die Zeit, die er nicht im Krankenhaus sein mußte oder in der er sich nicht ein paar Stunden Schlaf verschaffte, brachte er damit zu, sich den Kopf zu zermartern, was er machen sollte. So konnte es nicht weitergehen, das war unmöglich. Wenn er mit ihr zusammenblieb, dann fürchtete er, er werde ihr irgendwie Gewalt antun, aber der Gedanke, auf Dauer von ihr getrennt zu sein, war grauenhaft. Immer wenn er darüber nachgrübelte, hatte er das Gefühl, als entglitte ihm der Boden unter den Füßen, und ihm war zumute wie Othello: «Und wenn ich dich nicht liebe, dann kehrt das Chaos wieder.»

Im Juni, am Freitag, den 19. Juni fuhr Norah nach Chelmsford hinunter, ins *Murrey Gryphon Hotel*, um die Nacht mit Jan Vandepeer zu verbringen.

Michael hatte nach zwei Wochen ununterbrochenem Dienst im Krankenhaus zwei freie Tage, den Freitag und den Samstag. Er war beinahe krank vor Übermüdung, und diese beiden freien

Tage, die er am Ende der Woche haben würde, verklärten sich für ihn zu etwas Außergewöhnlichem, etwas Festlichem und Vielversprechendem; sie verloren in seiner Vorstellung jede Proportion. Er bildete sich ein, wenn er die zwei freien Tage ganz allein mit Norah verbrächte, wenn er irgendwo mit ihr aufs Land führe und Hand in Hand mit ihr auf Feldwegen spazierenginge (allein solche rührselig-romantischen Gedankengänge zeugen schon von seiner extremen Erschöpfung) – wenn er all das tun könnte, dann würde alles wie durch ein Wunder wieder gut werden. Er würde erklären, und sie würde erklären, sie würden einander zuhören, und sie würden, so klischeehaft das auch klang, ganz von vorn beginnen. Michael war von alledem zutiefst überzeugt; er war ein bißchen verrückt vor Müdigkeit.

Nachdem sie tot war – und sie kamen am Morgen, um ihm ihren Tod schonend beizubringen –, da ließ er sich vom Dienst beurlauben. Miss Hallam Saul spricht von drei Wochen, und das stimmt wahrscheinlich. Ohne diese Wochen der Ruhe hätte Michael Lestrange höchstwahrscheinlich einen psychischen Zusammenbruch erlitten oder – was bei seiner Einstellung noch schlimmer gewesen wäre – er hätte einen Patienten auf dem Operationstisch ums Leben gebracht. Wenn es also heißt, daß Norahs Tod, so entsetzlich er auch für ihn sein mochte, letztendlich seine Gesundheit und seine Karriere rettete, so ist das nicht so weit von der Wahrheit entfernt. Und als er dann schließlich wieder an seine Arbeit zurückkehrte, da stürzte er sich mit vollkommener Hingabe hinein. Er hatte ja auch sonst nichts anderes, nicht das geringste für den Rest seines Lebens, welches im vergangenen März über dem Nordatlantik endete.

Auch Brannel hatte weiter nichts. Es ist sehr schwierig für den gebildeten Menschen der Mittelklasse, jene Art Mensch, die wir im Grunde meinen, wenn wir von «dem Mann auf der Straße» sprechen, das Leben von Leuten wie Kenneth Edward Brannel und seinem Vater, zu verstehen. Sie hatten keine Hobbys, keine Interessen, keine Begabungen, keine Kenntnisse im Kopf und überhaupt keine Freunde. Der alte Brannel konnte lesen. Er fuhr mit dem Finger die Zeilen entlang und konnte so eben die Worte in einer Zeitung ausmachen. Kenneth Brannel konnte überhaupt nicht lesen. Heutzutage hätten sie Fernsehen gehabt, damals aber hatten sie es nicht. Romantische Stadtbewohner stellen sich Leute wie die Brannels immer vor, wie sie ihre Hausgärten bestellen, Gemüse ziehen, sich an den Abenden mit ein bißchen Schnitzerei oder Schuhmacherarbeit beschäftigen, wie sie ländliche Eintöpfe kochen und Brot backen. Die Brannels, die den ganzen Tag auf den Feldern eines anderen arbeiteten, dachten nicht im Traum daran, auch noch abends die Scholle zu beakkern. Keiner von ihnen hatte es je so weit gebracht, auch nur ein Regal aufzuhängen oder eine Sohle auf ihre Stiefel zu kleben. Sie lebten von Konserven oder von Fisch und Chips, und wenn die Dunkelheit hereinbrach, dann gingen sie zu Bett. Es gab ohnehin keine Elektrizität in ihrer Hütte, ebenso kein fließendes Wasser oder eine Innentoilette. Es wäre Mr. Stokes von der Cross-Farm ebensowenig in den Sinn gekommen, ihnen diese Annehmlichkeiten zu verschaffen, wie den Brannels, sie zu fordern.

Unten in der Kate waren eine Wohnstube mit einem Kamin und eine Küche mit einem Herd. Oben war das Zimmer des alten Brannel, in das die Treppe hinaufführte, und von diesem Raum ging es durch eine weitere Tür in das Schlafzimmer und den einzigen privaten Bereich von Kenneth Edward Brannel. Dort, in einer Schublade der alten Kommode mit den Holzknöpfen – seit Ellen Brannels Tod nicht mehr poliert –, verwahrte er seine Souvenirs, Wendy Cutforths Armband, eine Locke von Maureen Hunters rotem Haar, Ann Dalys grünen Seidenschal, Mary Trenthydes Taschentuch mit dem Lippenstiftfleck und dem eingestickten M. Von dem kleinen, rechteckigen Handtaschenspiegel nahm man an, er sei Norah Lestranges Eigentum gewesen, ein Andenken an sie, aber bewiesen wurde das nie. Immerhin war kein Spiegel in ihrer Handtasche gewesen, als man ihre Leiche fand.

In Miss Hallam Sauls Buch «Das Wrexlade-Monster» gab es ein paar Bilder von Brannel; einen Schnappschuß, den seine Tante gemacht hatte, als er zehn war, ein Gruppenfoto seiner Klasse der Ingleford Mittelschule (die zu besuchen ihm bei seiner Beschränktheit sicherlich niemals hätte gestattet werden dürfen) und eine Porträtaufnahme von einem Chelmsforder Fotografen, die seine Mutter ein Jahr vor ihrem Tode hatte machen lassen. Er war sehr groß, ein hochaufgeschossener, knochiger junger

Mann mit breiter, niedriger, wie von Sorgen zerquälter Stirn und dickem, farblosem, krausen Haar. Und die Augen schienen zu sagen: Das Schlimme ist, daß ich so verwirrt bin. Ich bin ganz durcheinander, ich verstehe weder die Welt noch dich noch mich selbst. Ich lebe immer in einem dunklen Nebel. Aber wenn sich dieser Nebel manchmal ein bißchen verflüchtigt, dann sieh' mal, was ich dann tue…

Die schlaff zu beiden Seiten herabhängenden Hände sind ein wenig seitlich verdreht, die Handflächen halbwegs sichtbar, eine Gebärde großer Hilflosigkeit oder Verzweiflung.

Miss Hallam Saul bringt kein Bild von Sir Michael Lestrange, Doktor der Medizin, Mitglied des Royal College of Surgeons, hervorragender Herzspezialist, Autor von «Das Herz», Arzt Ihrer Königlichen Hoheit, der Herzogin von Albany, Professor der Kardiologie am St.-Joachim-Hospital. Er war in jenen Tagen ein dünner, dunkelhaariger junger Mann von schlankem Wuchs und immer ziemlich schäbig gekleidet. Man hätte ihn keines zweiten Blickes gewürdigt. Er unterschied sich damals außerordentlich von dem Sir Michael, der jetzt von der medizinischen Elite zweier Kontinente betrauert wurde und dessen tiefernstes, doch ruhevolles Gesicht mit dem glatten Silberhaar, den stillen, hellen Augen und den adlerartigen Zügen auf den Frontseiten der Weltpresse erschien. Er hatte sich in den siebenundzwanzig Jahren mehr verändert als andere Männer. Es war eine totale Metamorphose, nicht bloß ein Alterungsprozeß.

Zur Zeit des Mordes an seiner Frau Norah war er sechsundzwanzig Jahre alt. Er war ehrgeizig, jedoch nicht übermäßig. Der Ehrgeiz – Berufung könnte man es wohl nennen – kam erst später, nachdem sie tot war. An diesem 19. Juni 1953 war er fix und fertig von der Arbeit und sehnte sich danach, mit seiner Frau wegzukommen, aufs Land, und auszuruhen.

«Aber Liebling, ich bin sicher, ich *hab* es dir gesagt. Ich treffe mich mit Jan im *Murrey Gryphon*. Ich habe es dir gesagt, ich hab doch nie Geheimnisse vor dir, das weißt du doch. Aber du hast mir nicht erzählt, daß du zwei Tage frei haben würdest. Wie sollte ich das wissen? Du nimmst dir doch in letzter Zeit niemals frei, und ich möchte nun wenigstens manchmal ein bißchen Spaß haben.»

«Bitte, geh nicht», sagte er.

«Aber Liebling, ich möchte Jan sehen.»

«Das ist mehr, als ich aushalten kann», sagte er, «so wie wir leben. Wenn du nicht aufhörst, diesen Mann zu treffen, dann werde ich dich dazu zwingen.»

Er vergrub das Gesicht in seinen Händen, und gleich kam sie und legte ihm die Hand auf die Schulter. Da sprang er auf und versetzte ihr einen Schlag ins Gesicht. Als sie nach Chelmsford losfuhr, um sich mit Jan Vandepeer zu treffen, hatte sie einen blauen Fleck auf der Wange, den sie so gut es ging unter Make-up verbarg.

Als sie im Hotel ankam, hatte man dort eine Nachricht für sie von ihrem «Gatten» in Holland, die besagte, er sei in Hoek van Holland aufgehalten worden. In jenen Tagen legten Hotels Wert darauf, daß Paare, die ein Schlafzimmer teilten, wenigstens so taten, als seien sie Eheleute. Während Brannels Prozeß wurde hinter vorgehaltener Hand angedeutet, Jan Vandepeer sei wohl bei dieser Gelegenheit nicht gekommen, weil er Norah allmählich satt hatte, aber es gab keinerlei Beweise, die das hätten erhärten können. Er war in der Tat verhindert und konnte nicht kommen.

Warum fuhr sie nicht zurück nach London? Vielleicht hatte sie Angst, Michael gegenüberzutreten. Vielleicht hoffte sie, Vandepeer werde doch noch kommen, denn die telefonische Nachricht war um halb fünf Uhr durchgegeben worden. Sie aß alleine zu Abend und ging dann spazieren. Um sich einen Mann zu suchen, behauptete der Anklagevertreter, obwohl er ja nicht sie anklagte und das Old Bailey nicht über Moral richtete. Niemand sah sie weggehen, und niemand scheint gewußt zu haben, wohin sie ging. Am Ende allerdings nach Wrexlade.

Brannel unternahm ebenfalls einen Spaziergang. Die langen, hellen Abende machten ihn unruhig, weil er nicht ins Bett gehen konnte, und sonst gab es für ihn nichts zu tun, als bei seinem alten Vater zu sitzen, während der sich mühsam die Worte aus der Abendzeitung zusammenklaubte. Erst ging er in sein Schlafzimmer, betrachtete seine geheimen Schätze, die er dort verwahrte, nahm sie in die Hand – den Schal und die Haarlocke und das Armband und das Taschentuch mit dem M darauf, das Mary

Trenthyde bedeutete. Danach unternahm er einen Spaziergang, schmale Heckenwege entlang, blieb manchmal stehen, stand einfach nur da oder lehnte sich über eine Pforte, oder er stieß auf der langen, geraden, einsamen Straße einen Stein ziellos vor sich her, dribbelte damit langsam von einer Seite auf die andere.

Ging Norah Lestrange den ganzen Weg nach Wrexlade zu Fuß, oder nahm jemand sie im Wagen mit, um sie aus unbekannten Gründen dort abzusetzen? Sie konnte sehr wohl zu Fuß gegangen sein, es sind nicht mehr als zweieinhalb Kilometer vom *Murrey Gryphon Hotel* bis zu der Stelle, wo ihre Leiche eine halbe Stunde vor Mitternacht gefunden wurde. Miss Hallam Saul vermutete, sie habe sich gegenüber noch einem weiteren Manne aus der Gegend von Chelmsford entgegenkommend gezeigt und sei, da Vandepeer nicht kam, aufgebrochen, um sich an dem Abend mit ihm zu treffen. So unglaubhaft das auch erscheint, auch vor Gericht wurden ähnliche Vermutungen laut. Es war, als ob alle Welt meinte, eine solche Frau, eine so unmoralische, so promiskuitive Frau, der es an jeglichem Gefühl für Anstand mangelte, eine solche Frau sei zu allem fähig.

Ihre Leiche wurde an der Straße zwischen Ladeley und Wrexlade von zwei jungen Männern aus Wrexlade gefunden, als sie nach einem im *Weißen Schwan* verbrachten Abend nach Hause gingen. Von der Telefonzelle auf der gegenüberliegenden Seite der Fahrstraße aus benachrichtigten sie die Polizei. Der erste Ort, wohin sich die Polizisten wandten, einfach, weil es die nahegelegendste menschliche Behausung war, war die Kate der Brannels. Norah Lestranges Leichnam lag halb verdeckt im hohen Gras am Straßenrand bei der Brücke über den Fluß Lade, und das Haus der Brannels, das sogenannte ‹Lade-Cottage›, lag knapp hundert Meter hinter der Brücke. Eigentlich gingen sie bloß dorthin, um die Bewohner zu fragen, ob sie an jenem Abend irgend etwas Auffälliges gesehen oder gehört hätten.

Der alte Brannel kam im Nachthemd herunter, über das er seinen Mantel gezogen hatte. Nein, er habe nicht geschlafen, als die Polizei kam, sagte er, er sei schon ein paar Minuten vorher durch seinen Sohn aufgeweckt worden, als der nach Hause kam. Der leitende Kriminalbeamte betrachtete Kenneth Edward Brannel, seine riesigen, herabhängenden Hände, wie er da gegen die Wand lehnte, die Augen verschreckt, der Mund ein bißchen offen. Nein, Kenneth konnte nicht sagen, wo er gewesen sei; so hier und da, eben überall, mehr könne er nicht sagen.

Sie durchsuchten die Kate, obgleich sie keinen Durchsuchungsbefehl hatten, ein Punkt, den die Verteidigung weidlich ausschlachtete. In Kenneth Brannels Schlafzimmer, in der Schublade seiner Kommode, fanden sie Wendy Cutforths Armband, Maureen Hunters rote Haarlocke, Ann Dalys grünen Seidenschal und das Taschentuch mit dem M darauf – für Mary Trenthyde. So war denn endlich das Wrexlade-Monster gefaßt worden. Sie nahmen Brannel in Gewahrsam und stellten ihn unter Anklage, und er sah sie bloß verwirrt an und sagte: «Ich glaube nicht, daß ich die Dame getötet hab. Ich kann mich nicht erinnern. Aber vielleicht hab ich es doch getan, ich vergeß' immer alles, es ist immer so, als ob es neblig wird...»

Michael Lestrange wurde in den frühen Morgenstunden vom Tode seiner Frau benachrichtigt. Der Grund, weshalb sie ihn aufsuchten, war, ihm die Nachricht zu überbringen und ihn zu bitten, später mit ihnen nach Chelmsford hinauszufahren, um den Leichnam seiner Frau offiziell zu identifizieren. Sie stellten ihm keine Fragen, und sie hätten ihm lediglich ihr Beileid ausgedrückt und ihn dann in Ruhe gelassen, wenn er nicht erklärt hätte, *er* habe Norah getötet und er wolle ein volles Geständnis ablegen.

Danach blieb ihnen nichts anderes übrig, als ihn unverzüglich nach Chelmsford zu bringen und seine Aussage zu Protokoll zu nehmen. Aber niemand glaubte ihm. Der mit dem Fall befaßte Chef der Kriminalpolizei war äußerst freundlich zu ihm, sehr höflich, aber bestimmt.

«Aber wenn ich Ihnen sage, ich habe sie getötet, dann müssen Sie mir glauben. Ich kann es beweisen.»

«So, können Sie das, Dr. Lestrange?»

«Meine Frau war mir fortgesetzt untreu...»

«Ja, das haben Sie mir erzählt. Und Sie litten darunter, wie Sie von ihr behandelt wurden, weil Sie sie sehr liebten. Die Wahrheit scheint doch zu sein, Doktor, daß Sie ein liebender Ehemann waren und Ihre Frau – nun, alles andere als eine ideale Ehefrau.»

Michael Lestrange bestand darauf, er sei Norah nach Chelmsford nachgefahren in der Absicht, Jan Vandepeer zu bitten, sie in Ruhe zu lassen. Er habe nicht das Hotel betreten. Zufällig sei er ihr auf seinem Wege zum *Murrey Gryphon Hotel* begegnet, als sie ziellos eine Straße in Chelmsford entlanggegangen sei.

«Zu der Zeit, die Sie angeben, nahm Mrs. Lestrange noch ihr Abendessen ein», sagte Chefinspektor Masters.

«Was heißt das schon? Dann war es eben früher oder später, ich kann keine präzisen Zeitangaben machen. Sie stieg zu mir in den Wagen, und ich fuhr los, ich weiß nicht, wohin, ich wollte keine Szene im Hotel. Sie erklärte mir, sie müsse zurück, sie erwarte Vandepeer jeden Moment.»

«Vandepeer hatte ihr eine Nachricht zukommen lassen, daß er nicht käme. Hat sie Ihnen das nicht gesagt?»

«Ist das wichtig?» Er war ungeduldig, sein Geständnis zu Ende zu bringen. «Es kommt doch nicht darauf an, was sie mir erzählte. Ich kann mich nicht daran erinnern, was sie gesagt hat.»

«Können Sie sich denn daran erinnern, wohin Sie fuhren?»

«Natürlich kann ich das nicht. Ich kenne die Gegend nicht. Ich fuhr einfach drauflos und parkte irgendwo, ich weiß nicht wo, und wir stiegen aus und gingen zu Fuß weiter, und sie trieb mich zum Wahnsinn mit dem, was sie sagte, und da packte ich sie am Hals und...» Er vergrub sein Gesicht in den Händen. «Ich weiß nicht mehr, was dann passierte. Ich weiß auch nicht, wo es passierte, und wann. Ich war so müde, und ich war wie verrückt, glaube ich.» Er blickte auf. «Aber ich habe sie getötet. Wenn Sie mich jetzt unter Anklage stellen – ich bin völlig darauf gefaßt.»

Der Chefinspektor erwiderte sehr ruhig und unbeeindruckt: «Das wird nicht notwendig sein, Dr. Lestrange.»

Michael Lestrange schloß einen Augenblick lang die Augen, ballte die Fäuste und sagte: «Sie glauben mir nicht.»

«Ich glaube durchaus, daß Sie selbst es glauben, Doktor.»

«Warum sollte ich es gestehen, wenn es nicht wahr ist?»

«So was kommt vor, Sir, das ist nichts Ungewöhnliches. Besonders bei Leuten wie Ihnen, die überarbeitet und ausgelaugt sind und nicht genug Schlaf bekommen haben. Sie sind doch Arzt, Sie wissen doch selbst, was ein Psychiater dazu sagen würde, nämlich, daß Sie einen Grund hatten, Ihrer Frau Gewalt anzutun, so daß sich jetzt in Ihrer Vorstellung die Überzeugung festgesetzt hat, Sie selbst hätten sie getötet, und als Folge davon dieses Schuldgefühl für etwas, mit dem Sie nichts zu tun hatten.

Sehen Sie mal, Doktor, betrachten Sie es doch mal von unserem Standpunkt aus: Ist es wahrscheinlich, daß Sie, ein gebildeter Mann, ein Arzt, irgend jemanden ermorden würden? Nicht sehr. Und wenn doch, würden Sie es dann in Wrexlade tun? Würden Sie es hundert Meter von der Wohnung eines Mannes entfernt tun, der bereits vier andere Frauen ermordet hat? Würden Sie es tun, indem Sie mit den bloßen Händen erdrosseln, genau die Methode, die jener Mann jedesmal anwandte. Und würden Sie es genau vier Wochen nach dem letzten Strangulierungsmord tun, der seinerseits exakt vier Wochen nach dem vorangegangenen stattfand? Eine solche Kette von Zufällen kommt nicht vor – meinen Sie nicht auch, Dr. Lestrange? Eher schon, daß Leute so übermüdet sind und derartig unter Streß stehen, daß sie Verbrechen gestehen, die sie nie begangen haben.»

«Ich beuge mich Ihrem überlegenen Urteil», sagte Michael Lestrange.

Er ging in die Leichenhalle und identifizierte Norahs Leichnam. Und dann gab er seine Aussage zu Protokoll, dahingehend, daß Norah nach Chelmsford gefahren sei, um sich mit ihrem Liebhaber zu treffen. Er habe sie zuletzt am vorangegangenen Nachmittag um vier Uhr gesehen.

Brannel wurde des Mordes an Norah für schuldig befunden. Nachdem sich das Gericht nur eine halbe Stunde zur Beratung zurückgezogen hatte, wurde ihm definitiv dieser Mord zur Last gelegt. Und trotz des medizinischen Gutachtens, den Stand seiner geistigen Entwicklung betreffend, wurde er zum Tode verurteilt und eine Woche vor Weihnachten exekutiert.

Während der kurzen Zeitspanne nach dieser Exekution, in der die Todesstrafe noch geltendes Recht war, wurde Michael Lestrange zu ihrem erbitterten Gegner. Immer wieder sagte er, Brannel sei ein Paradebeispiel für einen, der ungerecht gehängt worden sei, und man dürfe nicht zulassen, daß das in England je wieder geschähe. Natürlich bestand nie ein Zweifel daran, daß Brannel Wendy Cutforth, Maureen Hunter, Ann Daly und Mary

Trenthyde erdrosselt hatte. Die Beweise lagen auf der Hand, und er hatte sich wiederholt zu diesen Morden bekannt. Aber das war ja nicht, was Michael Lestrange meinte. Die Leute verstanden ihn so, als dürfe einer nicht für ein Verbrechen bestraft werden, dessen Ernst und Gewicht zu erfassen er geistig nicht in der Lage ist. So will es das Gesetz, und es darf keine Ausnahmen davon geben, bloß weil die Gesellschaft ihre Rache verlangt. Die Leute dachten, das meinte Michael Lestrange, wenn er von der Ungerechtigkeit sprach, die diesem Massenmörder widerfahren sei.

Und vielleicht meinte er es wirklich so.

Stechapfel

Die Pflanze, die im Schutze der Mauer zwischen den Stachelbeerbüschen wuchs, war etwa sechzig Zentimeter hoch und hatte spitzige, gleichmäßig gezackte, ovale Blätter von kräftigem, dunklen Grün. Sie trug gleichzeitig eine Blüte und eine Frucht. Die trompetenförmige Blüte war lieblich und zart und vonreinstem Weiß, während die grüne Frucht, die einer Kastanie ähnelte, obgleich sie dunkler war, ringsherum mit Stacheln von recht bedrohlichen oder doch warnendem Aussehen bewehrt war.

Dem Buch «Die einheimische britische Flora» zufolge, das James in der Hand hielt, hatte der Stechapfel, auch Jimsons Weed oder *datura stramonium* genannt, außerdem einen unangenehmen Geruch, aber das konnte er nicht finden. Was das Buch nicht erwähnte, war, daß die Datura hochgiftig war. James wußte das bereits, denn obwohl die Pflanze hier im Garten der Fyfields zum erstenmal auftauchte, hatte er sie während des vorigen Sommers schon anderswo im Dorf gesehen. Und damals hatte er sie lediglich interessiert anzuschauen brauchen, da waren schon Erwachsene angerannt gekommen, um ihn vor ihren Gefahren zu warnen. Als ob es ihm in seinem Alter zuzutrauen wäre, so etwas wie dieses stachelige Ding zu essen, das mehr wie ein Seeigel aussah als wie eine Samenkapsel. Die Erwachsenen hatten ihn und die anderen Kinder damals auch nicht bloß gewarnt, sie waren sofort über die unglückliche Datura hergefallen und hatten sie mit Triumphgeschrei aus dem Boden gerissen, als gelte es, eine gefahrvolle Arbeit zu vollbringen.

Jetzt hatte James im Garten gleich drei Exemplare entdeckt. Der Stechapfel habe die Angewohnheit, plötzlich an unerwarteter Stelle aufzuschießen, hieß es in dem Buche, das ihn eine «Zufallserscheinung» auf kultivierten Böden nannte. Sein Vater würde sich zwar nicht so anstellen wie diese Dorfbewohner, aber er würde ihn doch auch sicherlich entfernen, sobald er ihn entdeckte. James fand das unverständlich, und es bedeutete, daß er sich tunlichst beeilen mußte, wenn er einen Aufguß oder einen Extrakt der Datura herstellen wollte. Nachdenklich ging er ins Haus zurück, nahm keinerlei Notiz von seiner Schwester Rosamund, die am Küchentisch saß und einen Touristenführer über London studierte, und brachte das Buch in sein Zimmer zurück.

James' Zimmer war voller interessanter Dinge. Die reinste Rumpelkammer sei es, behauptete seine Mutter. Er war ein Sammler und ein Experimentator, der James – mit scharfem, analytischem Verstand und mit weit über das normale Maß an Neugierde hinaus ausgestattet. Er besaß ein Aquarium, in dem die Luftpumpe blubberte, einen Glasbehälter, der Raupen des Schwärmers beherbergte, und Mäuse in einem Käfig. An den Wänden hingen Schaubilder der Krustentiere, der Lebenszyklen der Frösche sowie eine Himmelskarte. Es gab einige hundert Bücher, ferner Muscheln und getrocknete Gräser, eine Schlangenhaut, zwei Geweihzacken (beide auf natürliche Weise abgestoßen), und auf dem obersten Bord seines Bücherregals standen seine Flaschen mit Gift. James schob das Buch über die wildwachsenden Blumen zurück, kletterte auf einen Hocker und betrachtete diese Flaschen mit heimlicher Befriedigung.

Er hatte ihren Inhalt eigenhändig hergestellt, indem er Blätter, Blüten und Beeren gekocht und den daraus gewonnenen Sud abgeseiht hatte. Zumeist hatte sich dieser als eine dunkle, grünlich-braune oder auch rötliche Flüssigkeit erwiesen, worüber James ziemlich enttäuscht gewesen war, denn er hatte mehr auf ein Knallgrün oder vielleicht Safrangelb gehofft, Farben, die sich leichter mit dem Finsteren und Bösen assoziieren ließen. Er hatte die Flaschen lieber als *conium maculatum* und *hyoscyamus niger* etikettiert, statt mit ihren gewöhnlichen Namen, denn wenn seine Mutter kam und in seiner Rumpelkammer saubermachte, dann hätte sie natürlich gewußt, was Schierling oder Bilsenkraut war. Lediglich eine, die sein Meisterwerk, den tödlichen Nachtschattensud, enthielt, war ohne

Aufschrift geblieben, denn selbst vor Leuten, die kein Latein konnten, war die Bedeutung von *atropa belladonna* nicht geheimzuhalten.

Nicht daß James die leiseste Absicht hegte, seine Gifte in Anwendung zu bringen, nichts lag ihm ferner. Sie standen ja auch gerade dort oben auf dem höchsten Bord, damit sie keinen Schaden anrichten konnten, und außerdem achtete er jedesmal, wenn ein kleines Kind im Hause zu Besuch war, peinlich darauf, daß seine Zimmertür verschlossen war. Er hatte die Gifte aus reinem Forschungsdrang gemacht, einfach um zu sehen, ob es ging. Mit ähnlicher wissenschaftlicher Unvoreingenommenheit war er sogar so weit gegangen, sie vorsichtig selbst auszuprobieren – zuerst ein paar Tropfen, dann einen halben Teelöffel der Bilsenkrautlösung. Als Resultat war er ernsthaft krank geworden, hatte schmerzhafte Magenkrämpfe bekommen, die es nötig machten, den Arzt zu holen, welcher eine Gastritis diagnostizierte. James aber war zufrieden gewesen; es wirkte.

Bei der Herstellung seiner Gifte galt es, strikteste Geheimhaltung zu wahren. Das hieß, er mußte sich vergewissern, daß seine Mutter außer Hause war und Rosamund auch. Rosamund wäre auch gar nicht weiter interessiert gewesen, für sie war eine Pflanze so ziemlich wie die andere. Sie quiekte, wenn sie die Schwärmerraupen sah, und ihr sehnlichster Wunsch war, fortzugehen und in London zu leben. Aber Petzerei konnte man bei ihr nicht ausschließen. Und obgleich seine Eltern ihm nicht böse gewesen wären oder ihn gar bestraft und seine Versuche diktatorisch unterbunden hätten, denn sie waren vernünftige und vorurteilsfreie Leute, so hätten sie ihn doch sicherlich überredet, die Flaschen wegzuwerfen. Sie hätten ihm Vorträge gehalten und an sein besseres Ich und seinen gesunden Menschenverstand appelliert. Wenn er also seine Sammlung durch ein Gebräu der Datura erweitern wollte, so tat er gut daran, den Mittwochnachmittag zu wählen, wenn seine Mutter im Haueninstitut war und er die Alleinherrschaft über Küche, Herd, Kochtopf und Sieb hatte.

Entschlossen ging James mit einer braunen Papiertüte wieder in den Garten und ließ fünf Exemplare der Stechapfelfrüchte hineinfallen, alle, die er finden konnte, und der Vollständigkeit halber auch noch zwei Blüten und ein paar Blätter. Er verschloß die Tüte gerade mit einem Streifen Klebefilm, als Rosamund den Weg heraufkam.

«Du hast natürlich vergessen, daß wir die Himbeeren hier zu Tante Julie bringen sollen?»

Das allerdings hatte James. Aber da er das einzige, was er im Moment liebend gern getan hätte, nämlich, den Inhalt der Tüte aufzubrühen, ohnehin erst am Mittwoch unternehmen konnte, bedachte er Rosamund mit seinem typischen Zerstreuter-Professor-Blick, zuckte leicht die Achseln und meinte, es sei unmöglich, daß *er* etwas vergäße, das zu behalten *sie* fähig sei.

«Ich bringe dies hier bloß nach oben», sagte er, «dann komme ich mit.»

Die Familie Fyfield lebte seit vielen Jahrzehnten – seit Jahrhunderten, behaupteten manche – in dem Dorf Great Sindon in Suffolk, bewohnten bald diese Kate, bald jene, übernahmen kleine Bauernhäuser, Freisassen, die sie allesamt waren, bis in den Anfängen des zwanzigsten Jahrhunderts einige von ihnen in die Mittelklasse aufgestiegen waren. Der Vater von James, Sohn eines Schullehrers, lehrte an der Universität Essex in Wivenhoe, knappe dreißig Kilometer entfernt. James war bereits für Oxford vorgesehen. Aber sie blieben immer dem Dorf eng verbunden, diese Fyfields von der Ewes Hall Farm, mit ihren Ahnen, die auf dem Kirchhof begraben lagen, und anderen, deren Namen auf dem Kriegerdenkmal auf dem Dorfanger standen.

Die einzige sonstige Fyfield, die zur Zeit noch in Great Sindon lebte, war Tante Julie, keine richtige Tante, sondern bloß angeheiratet, denn ihr Mann war ein Vetter zweiten Grades oder so was Ähnliches gewesen. James konnte sich nicht darauf besinnen, zu ihr je besonders nett oder auch nur höflich gewesen zu sein (wie es etwa Rosamund war), und dennoch schien ihn Tante Julie sämtlichen anderen vorzuziehen, vielleicht mit Ausnahme von Mirabel. Und da sie ihn nun einmal vorzog, erwartete sie wohl von ihm, daß er sie besuchte. Wäre es nach Tante Julie gegangen, so hätten diese Besuche einmal wöchentlich stattgefunden, aber James war nicht bereit, sich darauf einzulassen, und seine Eltern drängten ihn darin auch nicht.

«Es wäre mir gar nicht lieb, wenn irgend jemand dächte, James wäre hinter ihrem Geld her», hatte seine Mutter gemeint.

«Aber jeder weiß doch, daß das einmal an Mirabel fallen wird», erwiderte der Vater.

«Noch ein Grund mehr. Es wäre mir fatal, wenn es gar hieße, James habe es auf Mirabels rechtmäßiges Erbe abgesehen.»

Rosamund *hatte* es ohne alle Scham darauf abgesehen, oder doch wenigstens auf einen Teil davon, obgleich das anscheinend noch niemandem aufgefallen war. Sie hatte es James selbst erzählt. Ein paar Tausender von Tante Julie würden ihr enorm helfen bei ihrem Traum, sich eine Wohnung in London zu kaufen, für die sie sparte, seit sie sieben Jahre alt war. Aber die Preise für Wohnungen waren die ganze Zeit unaufhörlich gestiegen (sie las beharrlich die Anzeigenseiten der Immobilienmakler im *Observer*). Mit ihren 28.50 Pfund würde sie also nichts ausrichten, und ohne einen unerwarteten Goldregen sah ihre Situation ziemlich hoffnungslos aus. Sie war sehr zielstrebig, die Rosamund, und besaß ein enormes Durchsetzungsvermögen. James nahm an, sie hatte die Himbeeren eigenhändig gepflückt, und ihr: «wir sollen sie hinbringen» entsprang wohl mehr ihren eigenen Wünschen und war durchaus keine Weisung ihrer Mutter. Aber es machte ihm nicht viel aus, mitzugehen. In Tante Julies Garten gab es einen Maulbeerbaum, und er war froh über die Gelegenheit, sich den mal anzusehen. Er dachte nämlich daran, Seidenraupen zu züchten.

Es war ein warmer, schwüler Hochsommertag, ein Tag mit drückender Luft und halbverschleierter Sonne, mit schwer beladenen Hummeln und erschlafften, aber immer noch duftenden Rosen. Die Wälder hingen wie rauchblaue Schatten an den Hängen der Hügel, und die Felder, auf denen die Weizenernte begonnen hatte, waren von der gleichen Farbe wie Rosamunds Haar. Die Dorfstraße von Great Sindon war lang und schnurgerade, so, wie man es oft findet in Suffolk. Tante Julie wohnte an ihrem äußersten Ende in einem simplen, soliden, zweistöckigen Haus aus grauem Backstein mit flachem Schieferdach und zwei hohen Schornsteinen. Es hätte in der Mitte des neunzehnten Jahrhunderts, als es erbaut wurde, keinesfalls als Haus eines Gentlemans gegolten, denn es hatte lediglich vier Zimmer und eine einzige Küche, die Decken waren niedrig, und die Treppen waren steil, heutzutage jedoch wäre manch ein Gentleman glücklich, darin zu wohnen, und im Dorfe war man der Meinung, daß es ein tüchtiges Stück Geld wert sei. Dieses Haus, Sindon Lodge genannt, stand auf reichlich achttausend Quadratmetern Land, zu dem eine Apfelplantage, ein Wasserlilienteich und eine große Wiese gehörte, auf der der Maulbeerbaum stand.

James und seine Schwester gingen in nahezu vollstän-diger Schweigsamkeit nebeneinander her. Sie hatten ohnehin wenig gemeinsam, und heiß war es auch, die Luft war voll von kleinen Insekten, aufgescheucht aus den Feldern, auf denen geerntet wurde. James wußte, sie hatte ihn bloß aufgefordert mitzukommenmen, weil Tante Julie sonst, wenn sie alleine gekommen wäre, hätte wissen wollen, wo er denn sei, und dann wäre sie eingeschnappt und wenig entgegenkommend gewesen. Er fragte sich, ob Rosamund wohl wußte, daß der Korb, in den sie die Himbeeren gepackt hatte – nicht ohne ihn vorher mit einer großen, weißen Papierserviette auszupolstern –, eigentlich für eine Weinflasche gedacht war mit seinem Schnabel aus Peddigrohr an einer Seite, um den Hals der Flasche aufzunehmen? Sie hatte sich auch umgezogen, stellte er fest. Statt der Jeans trug sie ihren neuen Baumwollrock aus Laura-Ashley-Stoff, und ihr weizenfarbenes Haar hatte sie zurückgebürstet und mit einem schwarzen Samtband zusammengebunden. Würde ihr nicht viel helfen, dachte James, und er beschloß, ihr die wahre Funktion des Korbes nicht zu verraten, außer, sie tat irgend etwas, das ihn ärgerte.

Als sie jedoch an der Kirche vorübergingen, blickte Rosamund ihn plötzlich an und fragte, ob er wisse, daß Tante Julie jetzt eine Dame bei sich wohnen habe, die sich um sie kümmere? Eine Gesellschafterin würde diese Person genannt, sagte Rosamund. James hatte es nicht gewußt – wahrscheinlich war er mit seinen eigenen Gedanken beschäftigt gewesen, als es besprochen wurde – und er war ein bißchen verärgert.

«Na und?»

«Na, gar nichts. Ich nehme bloß an, sie wird uns die Tür aufmachen. Du hast es nicht gewußt, oder? Siehst du, es stimmt gar nicht, daß du Sachen weißt, die ich nicht weiß. Sehr oft weiß ich Sachen, die du nicht weißt, sehr oft sogar!»

James ließ sich nicht herab, ihr zu antworten.

«Sie hat doch immer gesagt, wenn es mit ihr je so weit käme, daß sie jemanden bei sich wohnen haben müßte, dann würde sie sich Mirabel holen. Und Mirabel wollte das auch gern, ihr gefiel die Idee, auf dem Lande zu leben, sehr. Aber nun hat Tante Julie nicht sie gebeten, sondern sich statt dessen diese Frau geholt, und ich hab Mami sagen hören, Tante Julie will Mirabel jetzt nicht mehr im Hause haben. Ich weiß gar nicht, warum. Und Mami sagt auch, jetzt kriegt Mirabel vielleicht Tante Julies Geld nicht.»

James pfiff ein paar Takte aus der Ouvertüre des «Barbier von Sevilla». «*Ich* weiß, warum.»

«Wetten, daß du es *nicht* weißt?»

«Okay, dann weiß ich es eben nicht.»

«Also warum?»

«Du bist noch nicht alt genug, um das zu verstehen. Ach, und übrigens – du weißt es vielleicht noch nicht, aber das Ding, in das du die Himbeeren gepackt hast, ist ein Weinkorb.»

Die Haustür von Sindon Lodge wurde von einer dicken Frau im Baumwollkleid mit einer Kittelschürze darüber aufgemacht. Sie schien zu wissen, wer sie waren, und sagte, sie sei Mrs. Crowley, aber sie könnten sie Tante Elsie nennen, wenn sie wollten. James und Rosamund waren sich stillschweigend einig, daß sie nicht wollten. Sie gingen den langen Flur hinunter, wo es selbst an den heißesten Tagen immer ziemlich kalt war.

Tante Julie war in dem Zimmer mit den Glastüren. Sie saß in einem Sessel und schaute in den Garten hinaus, und die graue Katze namens Palmerston lag auf ihrem Schoß. Ihr Haar hatte fast die gleiche Farbe wie Palmerstons Fell, und es war genauso weich und flaumig. Sie war eine kleine, verschrumpelte Frau, sehr alt, und immer trug sie Hosen und Pullover, wodurch sie, wie James insgeheim dachte, ein bißchen wie ein Affe aussah. Sie war verkrümmt und halb zum Krüppel geworden durch ihre Arthritis, die immer schlimmer wurde und wahrscheinlich auch der Grund dafür war, daß sie Mrs. Crowley engagiert hatte.

Nachdem sie Rosamund gefragt hatte, warum sie denn bloß die Himbeeren in einen Weinkorb gepackt hätte – den solle sie ja der Mutti gleich wieder mitnehmen –, wandte Tante Julie ihre Aufmerksamkeit James zu, fragte ihn, was er in letzter Zeit gesammelt habe, wie es den Schwärmerraupen gehe und wie sein

Schulzeugnis am Ende des Sommersemesters ausgefallen sei? Nach weiteren zehn Minuten solcher Unterhaltung hatte James, obgleich sonst nicht übermäßig zart besaitet gegenüber seiner Schwester, regelrecht Mitleid mit Rosamund, und er ließ sich herab, Tante Julie zu berichten, daß sie ihre Klavierprüfung mit Auszeichnung bestanden habe, und würde sie ihn jetzt wohl entschuldigen, er wolle gern mal hinausgehen und sich den Maulbeerbaum angucken.

Der Garten machte einen vernachlässigten Eindruck. In der Apfelplantage lagen winzige Äpfel, das sogenannte Juni-Fallobst, faulend im hohen Grase. Im Teich gab es schon seit Jahren keine Fische mehr. Der Maulbeerbaum war überladen mit klebrig aussehenden, saftigen roten Früchten, aber James vermutete, daß Seidenraupen sich lediglich von den Blättern ernährten. Ob Tante Julie ihm erlaubte, sich Maulbeerblätter zu holen? Er sah ein, er mußte noch viel lernen über Seidenraupenzucht. Langsam ging er um den Baum herum, und dabei fiel ihm ein, daß es Mirabel gewesen war, die ihn zuerst auf den Baum aufmerksam gemacht und gemeint hatte, wie wundervoll sie es sich vorstelle, wenn man seine eigene Seide herstelle.

Er fand es ziemlich scheußlich, daß Mirabel sich womöglich all das hier verscherzt hatte, bloß weil sie ein Baby bekommen hatte. Denn «all das hier», das Haus, das Grundstück, die unbestimmte, aber wohl beträchtliche Geldsumme, die Onkel Walter durch Häuserbauen verdient und seiner Witwe vererbt hatte, war bestimmt äußerst wichtig für die arme Mirabel, die als freiberufliche Designerin sehr wenig verdiente und sicherlich damit gerechnet hatte.

Wäre er mit ihr allein gewesen, dann hätte er Tante Julie gegenüber dieses Thema angeschnitten, denn von ihm ließ sie sich nahezu alles bieten, auch wenn sie ihn ein *enfant terrible* nannte. Sie behauptete selbst manchmal, er könne sie um den kleinen Finger wickeln – keine schlechten Auspizien übrigens, um die Maulbeerblätter zu kriegen. Aber in Rosamunds Gegenwart würde er nicht über Mirabel reden. Statt dessen erwähnte er es, um ein wenig vorzufühlen, vorsichtig seiner Mutter gegenüber, und zwar gleich, nachdem Rosamund unter Protest zu Bett geschickt worden war.

«Na ja, Liebling, Mirabel hat sich immerhin ein Baby angeschafft, ohne verheiratet zu sein. Und als Tante Julie noch jung war, da galt das als etwas ganz Entsetzliches. Wir können uns das heute nicht mehr vorstellen, die Dinge haben sich so sehr geändert. Aber Tante Julie hat eben sehr strenge Prinzipien, und in ihren Augen ist Mirabel eine schlechte Frau.»

«Ich verstehe», sagte James, obwohl er nicht so ganz verstand. «Und wenn sie stirbt, dann wird Mirabel also in ihrem Testament nicht bedacht, ist das richtig?»

«Ich glaube, wir sollten uns über diese Dinge lieber nicht unterhalten.»

«Allerdings sollten wir das nicht», bekräftigte James' Vater.

«Nein, aber ich möchte es einfach wissen. Ihr sagt doch immer, die Leute sollten nicht so viel vor den Kindern geheimhalten. Also hat Tante Julie jetzt ein anderes Testament gemacht und Mirabel darin übergangen, oder wie?»

«Sie hat überhaupt kein Testament gemacht, das ist ja gerade das Problem. Dem Gesetz nach erbt eine Großnichte nicht automatisch im Intestatsfalle – äh, ich meine, wenn eine Person stirbt, ohne...»

«Ich weiß, was Intestatsfall heißt», unterbrach James.

«Deshalb nehme ich an, Mirabel hat gehofft, sie könne sie soweit bringen, ein Testament zu machen. Das klingt nicht sehr anständig, so ausgedrückt, aber andererseits, warum sollte nicht die arme Mirabel das alles kriegen? Wenn sie es nicht kriegt, dann glaube ich kaum, daß sonst jemand nahe genug mit Tante Julie verwandt ist, und es fällt bloß an den Staat.»

«Wollen wir jetzt bitte das Thema wechseln?» drängte James' Vater.

«Ja, in Ordnung», sagte James. «Gehst du Mittwoch eigentlich wieder ins Fraueninstitut, wie immer?»

«Natürlich, Liebling. Wieso fragst du?»

«Ach, bloß so», meinte James.

James' Vater hatte Ferien, während die Universität geschlossen war, und am folgenden Tag ging er mit einem Korb und seiner Unkrauthacke in den Obstgarten und riß die Stechapfelpflanze aus, die zwischen den Stachelbeerbüschen wuchs. James, der in seinem Zimmer saß und «The Natural History of Selborne» las, beobachtete ihn durchs Fenster. Sein Vater warf die Stechapfelpflanze auf den Komposthaufen und machte sich daran, nach weiteren Exemplaren zu fahnden, und er fand sie alle in einem Zeitraum von nur fünf Minuten. James seufzte, nahm aber diese Zerstörung mit philosophischem Gleichmut hin. Er hatte ja in der braunen Tüte, was er für seine Zwecke brauchte.

Und tatsächlich hatte er das Haus für sich, um in Ruhe sein neuestes Gebräu herzustellen. Sein Vater verkündete nämlich beim Mittagessen, er werde am Nachmittag mit dem Wagen nach Bury St. Edmund fahren, und beide Kinder könnten mitkommen, wenn sie wollten. Rosamund wollte, denn Bury war, wenn auch nicht London, so doch wenigstens eine regelrechte Stadt mit vielen der Dinge, die sie liebte – Geschäfte und Restaurants und Kinos und Menschenmassen. Kaum war James allein, suchte er sich einen emaillierten Kochtopf aus, der aussah, als könne man hinterher alle Spuren der Datura leicht daraus entfernen. Er goß etwa einen halben Liter Wasser hinein und brachte ihn zum Kochen. Inzwischen zerschnitt er die grünen, stacheligen Früchte, so daß die schwarzen Samen, die sie enthielten, zum Vorschein kamen. Als das Wasser kochte, schüttete er Fruchtstücke, Samen, Blätter und Blüten hinein und ließ alles zusammen eine halbe Stunde lang simmern, wobei er die Mischung gelegentlich mit einem Fleischspieß umrührte. Wie er schon vermutet hatte, blieb die hellgrüne Farbe nicht erhalten. Sowohl die Flüssigkeit als auch die festen Bestandteile nahmen ein dunkles Khakibraun an. James wagte nicht, ein Sieb zum Durchseihen zu benutzen, falls er es hinterher nicht wieder sauberbekäme, deshalb preßte er alle Flüssigkeit mit den Händen heraus, bis nichts zurückblieb als ein feuchter Matsch.

Diesen Rest warf er in den Müllschlucker. Die Flüssigkeit, inzwischen auf wenig mehr als einen Viertelliter reduziert, goß er in eine Medizinflasche, die er dafür bereitgestellt hatte, schraubte den Deckel auf und beschriftete sie mit «*datura stramonium*». Den Topf scheuerte er gründlich aus, aber als er ein paar Tage später sah, daß seine Mutter ihn genommen hatte, um die Erbsen darin zu kochen, die es zum Abendessen als Beilage zum Fisch geben sollte, da fürchtete er trotzdem halb und halb, die ganze Familie werde rasende Schmerzen oder gar Tetanuskonvulsionen bekommen. Aber nichts dergleichen geschah, und niemand litt an irgendwelchen bösen Folgeerscheinungen.

Um die Zeit, als das neue Schulsemester begann, hatte James eine Substanz produziert, von der er hoffte, es sei Muskarin – $C_5H_{15}NO_3$ –, und zwar, indem er Fliegenpilze mit einem reichlich zweifelhaften Zyanid aus Aprikosenkernen zusammengekocht hatte. Es standen jetzt zehn Flaschen mit Gift auf dem obersten Bord seines Bücherregals, aber niemandem drohte von ihnen die leiseste Gefahr. Selbst als der Haushalt der Fyfields sich um zwei Personen erweiterte, war das für James kein Anlaß, seine Zimmertür verschlossen zu halten, denn Mirabels kleiner Sohn war ja erst sechs Monate alt und infolgedessen natürlich noch nicht imstande zu laufen.

Mirabels Ankunft war einigermaßen spontan erfolgt. Ein lächerliches, unmögliches Benehmen nannte es James' Vater. Der Mietvertrag für ihre Wohnung in Kensington lief aus, und anstatt Schritte zu unternehmen, um eine andere Bleibe zu finden, hatte sie zugewartet, bis der Auszugstermin auf eine Woche herangerückt war. Und dann war sie mir nichts, dir nichts in Great Sindon aufgetaucht und hatte sich auf Gedeih und Verderb Tante Julie an den Hals geworfen. Sie kam mit einem Taxi vom Bahnhof Ipswich, schleppte einen Koffer und das Kind Oliver.

Mrs. Crowley hatte ihr aufgemacht, und Mirabel hatte Tante Julie noch nicht einmal zu sehen bekommen. Ihr wurde schlicht mitgeteilt, sie sei in Sindon Lodge nicht willkommen und ihre Tante dächte doch, sie hätte das telefonisch und brieflich deutlich genug gemacht. Mirabel, die geglaubt hatte, Tante Julie werde sich durch ihren Anblick erweichen lassen, hatte nun die Wahl, entweder nach London zurückzukehren oder sich in ein Hotel in Ipswich einzuquartieren, oder aber Zuflucht bei den Fyfields zu suchen. Sie wies den Taxifahrer an, sie zur Ewes Hall Farm zu fahren.

«Wie hätte ich sie denn abweisen sollen?» hörte James seine Mutter sagen. Mirabel war oben und brachte Oliver zu Bett. «Da stand sie doch einfach in der Tür mit dem großen, schweren Koffer und dem Baby, das wie am Spieß brüllte, das arme Wurm. Und sie selbst ist doch bloß so eine halbe Portion.»

James' Vater war verdrießlich, seit er nach Hause gekommen war. «Mirabel ist genau die Sorte Mensch, die übers Wochenende kommt und zehn Jahre bleibt.»

«Kein Mensch würde zehn Jahre hierbleiben, wenn er statt dessen in London leben könnte», bemerkte Rosamund.

In diesem Falle blieb Mirabel nicht zehn Jahre, obwohl sie nach zehn Wochen immer noch da war. Und an fast jedem einzelnen Tag dieser zehn Wochen bemühte sie sich vergeblich, ihren Fuß in die Tür von Sindon Lodge zu setzen. Wer immer am Abend im Wohnzimmer der Ewes Hall Farm zugegen war – und jetzt im tiefen Winter waren das gewöhnlich alle –, wurde täglich mit Mirabels Klagen über das Leben berieselt, mit Anschuldigungen gegen Menschen, die sie schlecht behandelt hatten, allen voran Olivers Vater und Tante Julie. James' Mutter sagte manchmal, wie traurig es doch für Oliver sei, ohne Vater aufwachsen zu müssen, aber da Mirabel ihn niemals erwähnte, ohne zu beteuern, wie eigensüchtig er sei, dieser unreife, herzlose, gemeine, faule und grausame Kerl dort in London, fand James, daß Oliver ohne ihn doch wohl besser dran sei. Was Tante Julie betraf, so meinte Mirabel, die müsse senil sein, sie müsse den Verstand verloren haben.

«Begreifst du, wie man eine solche Einstellung haben kann, Elizabeth, und das heutzutage, in diesen Zeiten? Sie will mich allen Ernstes nicht im Hause haben, weil ich Oliver gekriegt habe und nicht mit Francis verheiratet bin. Gott sei Dank bin ich's nicht, das ist alles, was ich dazu sagen kann. Aber findest du das nicht auch wie finsterstes Mittelalter?»

«Sie wird sich mit der Zeit schon noch besinnen», tröstete James' Mutter.

«Gut, aber mit wieviel Zeit? Ich meine, *sie* hat ja schließlich nicht mehr soviel, stimmt's? Und ich muß hier so lange peinlicherweise eure Gastfreundschaft ausnutzen. Du kannst dir nicht vorstellen, wie mies ich mich deshalb fühle. Bloß, ich hab sonst niemanden, zu dem ich gehen könnte. Und ich kann es mir einfach nicht leisten, wieder eine Wohnung zu nehmen wie die vorige, offen gesagt, ich könnte die Miete nicht aufbringen. Ich habe einfach keine Aufträge mehr gekriegt, so wie ich es gewohnt war, ehe Oliver geboren wurde, und natürlich habe ich von diesem unglaublichen, egoistischen Schwein von einem Mann nie einen Pfennig gekriegt.»

James' Eltern ödete das alles jedesmal entsetzlich an, aber sie konnten nicht gut einfach das Zimmer verlassen. James und Rosamund dagegen konnten es, obgleich Mirabel nach einiger Zeit anfing, James in seine Rumpelkammer hinauf zu folgen. Und da saß sie dann auf seinem Bett und fuhr fort mit ihren langen, detaillierten, ewig wiederholten Klagen, so, als sei er ein Gleichaltriger.

Anfangs brachte es ihn ein wenig durcheinander, aber dann gewöhnte er sich daran. Mirabel war um die Dreißig, aber ihm und seiner Schwester kam sie ebenso alt vor wie die Eltern, so mittleren Alters, eigentlich alt, so, wie ihnen halt jeder vorkam, der über – sagen wir – zweiundzwanzig war. Und bevor er sich an ihr Benehmen gewöhnt hatte, wußte er auch gar nicht recht, was er von der Art halten sollte, wie sie ihm oft intensiv in die Augen blickte oder ihn unversehens am Arm packte. Sie beschrieb sich selbst, und das tat sie oft, als sehr leidenschaftlich, nervös und äußerst zart besaitet.

Sie war eine sehr kleine Frau, James war bereits jetzt größer als sie. Sie hatte ein kleines, ziemlich ausgemergeltes Gesicht mit großen, etwas vorstehenden, dunklen Augen, und sie trug ihr langes Haar offen wie Rosamund. Die Fyfields waren eher schwerknochige, blondköpfige Leute mit gesunder, rötlicher Haut; Mirabel dagegen war dunkel und sehr dünn, und ihre Handgelenke, ihre Hände, Füße und Fußgelenke waren sehr schlank und schmal. Es bestand ja auch keine Blutsverwandtschaft zwischen ihnen, denn Mirabel war die Enkeltochter von Tante Julies Schwester.

Mirabel war nicht ihr richtiger Taufname. Sie war auf den Namen Brenda Margaret getauft worden, aber man mußte zugeben, daß der Name, den sie sich selbst ausgesucht hatte, besser zu ihr paßte, zu ihrer Weltentrücktheit, ihrem tiefgründigen Lächeln und zu ihrer brütenden Schwermut, und auch zu den schmiegsamen Kleidern, die sie trug, dem Musselin und den langen, schleppenden Schals. Wenn sie ins Dorf ging, trug sie immer einen Umhang oder ein Cape, und James' Mutter sagte, sie könne sich nicht erinnern, daß Mirabel je einen Mantel besessen habe.

James hatte schon immer eine Art heimlicher Zuneigung für sie empfunden, er wußte selbst nicht, warum. Aber jetzt, da er älter war und sie täglich sah, begriff er etwas, das er vorher nicht gewußt hatte. Er mochte Mirabel, er konnte nicht anders, wohl, weil sie ihn anscheinend so sehr mochte und weil sie ihm schmeichelte. Es war merkwürdig, er konnte sich ihre Schmeicheleien anhören, konnte sie auch sehr wohl als das einschätzen, was sie waren, und dennoch änderte diese Erkenntnis nicht um ein Jota das Vergnügen, das es ihm bereitete, sie anzuhören.

«Du bist einfach brillant für dein Alter, hab ich nicht recht, James?» sagte Mirabel etwa. «Ich bin sicher, du wirst eines Tages Professor. Wahrscheinlich wirst du den Nobelpreis gewinnen.»

Sie bat ihn, ihr dies und jenes beizubringen: wie man den Pythagoras anwandte, wie man Fahrenheit-Temperaturen in Celsius umrechnete, Unzen in Gramm, oder wie man den Stecker an ihrem Föhn auswechselte.

«Ich wäre froh, wenn Oliver nur halbwegs deinen Grips hätte, James, da wäre ich schon völlig zufrieden. Francis ist zwar klug, na, und wie, aber dabei ist er so unreif und so faul. Ich glaube tatsächlich, du bist viel reifer als er.»

Tante Julie mußte seit langem wissen, daß Mirabel bei den Fyfields wohnte, denn so etwas konnte in einem Dorf von der Größe Great Sindons nicht verborgen bleiben, aber es wurde Dezember, ehe sie das Thema James gegenüber erwähnte. Sie saßen im vorderen Wohnzimmer von Sindon Lodge vor dem Kaminfeuer, aßen Muffins, die Mrs. Crowley getoastet hatte, und tranken Earl Grey Tee. Palmerston lag ausgestreckt auf dem Teppich vor dem Kamin. Draußen schlug dünner Regen gegen die Fensterscheiben.

«Ich hoffe bloß, Elizabeth weiß, was sie tut, mehr sage ich nicht. Wenn ihr nicht aufpaßt, dann sitzt ihr noch das ganze Leben mit dem Mädchen da.»

James erwiderte nichts.

«Natürlich, du in deinem Alter verstehst das Drum und Dran dabei noch nicht, aber meiner Meinung nach hätten deine Eltern es sich zweimal überlegen sollen, bevor sie sie in ihr Haus ließen. Und noch dazu mit ihrem unehelichen Kind!» Tante Julie blickte ihn düster und vielleicht sogar ein bißchen boßhaft an. «Das könnte einen schlechten Einfluß auf Rosamund haben, verstehst du? Rosamund wird noch glauben, ein unmoralischer Lebenswandel sei ganz in Ordnung, wenn sie sieht, daß Leute wie Mirabel dafür auch noch belohnt werden.»

«Belohnt wird sie nun ja nicht gerade dafür», wandte James ein und fing mit dem Gebäck und der Reineclaudenmarmelade an. «Wir geben ihr lediglich das Essen, und sie muß mit Oliver in einem Zimmer schlafen.» Dies erschien ihm bei weitem als die schlimmste Seite an Mirabels Situation.

Tante Julie antwortete nicht. Aber nach einer Weile sagte sie, und sie blickte dabei ins Feuer: «Was glaubst du, wie dir zumute wäre, wenn du wüßtest, daß die Leute dich bloß besuchen, weil sie dein Geld kriegen wollen? Das ist nämlich alles, was Madame Mirabel will. Aus mir macht sie sich überhaupt nichts, nicht das geringste. Sie kommt bloß her und raspelt Süßholz mit Mrs. Crowley, weil sie denkt, wenn sie erst mal hier drinnen ist, dann nehme ich sie wieder auf und mache ein Testament, in dem ich alles, was ich habe, ihr und diesem unehelichen Kind hinterlasse. Was glaubst du, wie dir so was gefallen würde? Vielleicht ergeht es dir eines Tages selber so, daß deine Enkelkinder angekrochen kommen und aus dir herausquetschen, soviel sie nur kriegen können.»

«Du weißt doch gar nicht, ob die Leute nur deshalb kommen», sagte James verlegen und dachte dabei an Rosamund.

Tante Julie gab einen Ton des Abscheus von sich. «Ach!» Sie schlug mit ihrer arthritischen Hand durch die Luft, als wolle sie etwas verscheuchen. «Ich bin schließlich nicht von gestern. Ich bin auch nicht dämlich, und ich würde mich selbst verachten, das kann ich dir sagen, wenn ich mir nicht eingestehen würde, daß ihr alle bloß deshalb kommt. Das ist so unübersehbar wie die Nase in meinem Gesicht.»

Das Feuer knisterte, und Palmerston rührte sich im Schlaf.

«Also, *ich* tue das nicht», erklärte James.

«Ach, was du nicht sagst, Mister Rein-und-Edel!»

James lächelte breit. «Es gäbe ja eine Möglichkeit, das rauszufinden. Du könntest ein Testament machen und dein Geld anderen Leuten hinterlassen. Dann sagst du mir, daß ich nichts kriege, und dann siehst du ja, ob ich trotzdem noch weiter komme.»

«So, das könnte ich, wie? Ach, du bist so schlau, James Fyfield, aber warte nur, du wirst dich eines schönen Tages noch ganz schön in den Finger schneiden.»

Ihre Prophezeihung fand noch am selben Abend eine merkwürdige Erfüllung. James tastete auf dem obersten Brett seines Bücherregals herum, warf die Flasche mit dem Muskarin um und schnitt sich an dem zerbrochenen Glas in die Hand. Es war nur ein kleiner Schnitt, aber das Zeug, das in der Flasche gewesen und in die Wunde gekommen war, bereitete ihm eine ungemütliche, angstvolle Stunde. Nichts passierte, weder schwoll sein Arm an, noch wurde er schwarz oder sonst etwas, aber er begann doch sehr ernsthaft über die verbliebenen Flaschen nachzudenken. War es nicht ziemlich blöde, sie noch weiter aufzubewahren? Dieses spezielle Interesse hatte längst seinen zwingenden Reiz verloren, und es kam ihm jetzt kindisch vor. Außerdem, mit Oliver im Haus, Oliver, der jetzt krabbelte und bald laufen würde, war es sicherlich mehr als gefährlich, die Gifte aufzuheben, das war ganz einfach kriminell. Kurzentschlossen nahm er ohne weiteres Schwanken die Flaschen herunter und entleerte eine nach der anderen in das Waschbecken seines Zimmers. Einige der Flüssigkeiten stanken entsetzlich. Das Bilsenkraut zum Beispiel roch wie das Innere seines Mäusekäfigs, wenn er ihn einen Tag mal nicht saubergemacht hatte.

Alles goß er weg, bis auf eine Ausnahme. Er konnte es doch nicht über sich bringen, sich von der Datura zu trennen. Sie war sein ganzer Stolz gewesen, mehr noch als das Nachtschattengift. Wie oft hatte er nicht am Schreibtisch über seinen Schularbeiten gesessen, zu seiner Datura-Flasche aufgeblickt und überlegt, was die Leute wohl sagen würden, wenn sie wüßten, daß er hier in seinem Zimmer ein Mittel bewahrte, mit dem er das halbe Dorf (wahrscheinlich) um die Ecke bringen konnte? Auch jetzt betrachtete er sie, dachte daran zurück, wie er die grünen, stacheligen Stechäpfel gepflückt hatte, eben noch rechtzeitig, ehe sein Vater all die finster-schönen Pflanzen ausgerupft hatte; er betrachtete sie und stellte sie auf das oberste Bord zurück. Dann setzte er sich hin und machte ohne Umschweife sein Latein.

Weihnachten war Mirabel immer noch bei ihnen. Am Weihnachtsabend schleppte sie einen blaßblauen Pullover, in Geschenkpapier mit Stechpalmen-Design verpackt, sowie die Zwei-Pfund-Schachtel Pralinen und den Christstern in goldenem Topf, den sie für Tante Julie gekauft hatte, nach Sindon Lodge hinunter. Und sie nahm Rosamund mit. Rosamund trug ihren neuen scharlachroten Mantel mit dem weißen Pelz – er war ein vorzeitiges Weihnachtsgeschenk, ebenso der Schal mit dem aufgedruckten Buckingham Palace und dem Tower of London –, und Mirabel trug ihren dunkelblauen Umhang, ihre Angoramütze und sehr hochhackige, graue Wildlederstiefel, die auf dem Eis gefährlich ausglitschten. Oliver war in der Obhut von James' Mutter zu Hause gelassen worden.

Aber wenn Mirabel geglaubt hatte, daß die Begleitung von Rosamund ihr Zugang in das Haus verschaffen würde, dann hatte sie sich geirrt. Mit bekümmertem Gesichtsausdruck kam Mrs. Crowley mit der Auskunft wieder, daß Tante Julie niemanden empfangen könne. Sie habe wieder einen ihrer Anfälle von Gastritis, sie fühle sich sehr unwohl, und Geschenke nähme sie nie an, wenn sie nichts hätte, um sich zu revanchieren.

Mirabel legte in diesen verbalen Schuß vor den Bug sehr viel hinein, mehr vielleicht, als damit gemeint war.

«Das heißt doch, sie wird für mich nie was zum Schenken haben», klagte sie, als sie auf James' Bett saß. «Das bedeutet, sie hat sich entschlossen, mir überhaupt nichts zu hinterlassen.»

Es war ein wenig – James suchte nach einem passenden Wort und fand es –, ein wenig würdelos, derartig hartnäckig hinter Geld her zu sein, das man nicht verdient und auf das man kein eigentliches Anrecht hatte. Aber er hütete sich, etwas so Unfreundliches und Moralträchtiges auszusprechen. Er sondierte vorsichtig, ob Mirabel sich nicht vielleicht glücklicher fühlen würde, wenn sie sich wieder ihrem Textil-Design zuwendete und Tante Julie samt ihrem Testament vergäße? Aber da fuhr sie ihn wütend an: «Was verstehst du denn davon? Du bist ja noch ein Kind! Du weißt ja nicht, was ich ausgestanden habe mit diesem egoistischen Vieh von einem Mann! Im Stich gelassen hat er mich, allein mußte ich mein Kind kriegen, und wenn ich in der Gosse gesessen hätte, es hätte ihn nicht gekümmert. Ganz allein muß ich Oliver großziehen und ohne Dach über dem Kopf. Wie soll ich denn arbeiten? Was denkst du wohl, soll ich mit Oliver machen? Oh, das ist so unfair! Warum soll ich nicht ihr Geld bekommen? Es ist doch nicht so, daß ich es jemand anderem wegnehme, es ist doch nicht so, daß sie's jemand anderem vererbt und ich sie dränge, das zu ändern. Wenn ich es nicht kriege, dann fällt es doch einfach an den Staat!»

Mirabel weinte jetzt allen Ernstes. Sie wischte sich die Augen und schnüffelte. «Tut mir leid, James, ich sollte dich nicht da hineinziehen. Aber ich bin einfach mit meinen Nerven am Ende.»

Genau diese Worte hatte James' Vater ein bißchen früher am Tag gesagt. Er sei am Ende mit seinen Nerven, was Mirabel beträfe. Gut, jetzt soll erst mal Weihnachten ausgestanden sein, aber dann – wenn nicht James' Mutter ihr sagte, daß sie ihr Gastrecht überzogen habe, dann werde er es eben tun! Sollte sie doch die Dinge ins reine bringen mit ihrem Kerl, Olivers Vater, oder sollte sie sich irgendwo ein Zimmer mieten oder mit einem von ihren Londoner Künstlerfreunden zusammenziehen! Sie war ja nicht mal eine Verwandte, und er mochte sie nun mal nicht. Und sie sei jetzt nahezu drei Monate bei ihnen.

«Ich weiß, ich kann hier nicht länger bleiben», sagte Mirabel zu James, nachdem man Andeutungen fallengelassen hatte, «aber wo soll ich denn hin?» Sie hob ihren Blick gen Himmel, oder doch wenigstens auf die Höhe des obersten Bücherregals, woselbst er auf einer Flasche mit grünlich-brauner Flüssigkeit und dem Etikett «*datura stramonium*» haftenblieb.

«Was, um alle Welt, ist denn das?» fragte Mirabel. «Was ist in der Flasche drin? Datura sowieso, ich kann das gar nicht aussprechen. Ist wohl keine Hustenmedizin, oder? Es hat so eine entsetzliche Farbe.»

Wäre ihm früher eine solche Frage gestellt worden, James hätte Ausflüchte gemacht oder gelogen. Jetzt aber waren ihm seine verflossenen Experimente gleichgültig geworden, und außerdem hatte er das dunkle Gefühl, daß er, wenn er jetzt Mirabel die Wahrheit sagte und sie es dann seiner Mutter weitererzählte, gezwungen sein würde, das zu tun, wozu sein eigener Wille zu schwach war, nämlich, die Flasche endlich wegzuwerfen.

«Gift», sagte er lakonisch.

«*Gift*?»

«Ich hab's aus etwas gemacht, das Jimsons Weed oder Stechapfel genannt wird. Es ist sehr konzentriert. Ich glaube, eine kleine Dosis ist schon tödlich.»

«Wolltest du damit Mäuse umbringen, oder was?»

Es wäre James nicht im Traum eingefallen, eine Maus umzubringen oder überhaupt irgendein Tier. Es entsetzte ihn, daß Mirabel, die ihn doch ziemlich gut kennen mußte, die hier im Haus tagtäglich mit ihm zusammen war, sich so wenig mit ihm befaßt hatte und an seiner wahren Natur so uninteressiert war, daß ihr das nicht klar war.

«Ich wollte nichts und niemanden damit umbringen. Es war bloß ein Experiment.»

Mirabel stieß ein hohlklingendes Gelächter aus. «Würde es mich zum Beispiel umbringen? Vielleicht komme ich mal hier rauf, wenn du in der Schule bist, nehme die Flasche und mache meinem Leben ein Ende. Es wäre geradezu eine Erlösung, meinst du nicht? Wen würde es kümmern? Keine Menschenseele. Nicht Francis, nicht Tante Julie. Die wären sogar froh. Es gibt keine Menschenseele auf der Welt, die mich vermissen würde.»

«Na, Oliver schon», sagte James.

«Ja, mein süßer kleiner Junge, der ja, der wäre traurig. Die Leute begreifen ja nicht, daß ich Tante Julies Geld bloß für Oliver will. Es ist doch nicht für mich. Ich will es doch bloß, um Oliver im Leben eine Chance zu geben.» Mirabel blickte James an, und ihre Augen wurden schmal. «Manchmal glaub ich, du bist der einzige Mensch auf der Welt, aus dem Tante Julie sich etwas macht. Ich wette, wenn du ihr sagen würdest, sie solle alles vergessen, was passiert ist, und mich wieder aufnehmen, dann würde sie es tun. Ich wette, das würde sie. Sie würde sogar ein Testament machen, wenn du es ihr vorschlägst. Wahrscheinlich liegt es daran, daß du so klug bist. Sie bewundert Intellektuelle.»

«Wenn ich ihr rate, ein Testament zu Olivers Gunsten zu machen... ja, ich könnte mir denken, daß sie das tut», meinte James nachdenklich. «Er ist ihr Urgroßneffe, nicht wahr? Das ist 'ne gute Idee, vielleicht macht sie das.»

Er konnte gar nicht verstehen, weshalb Mirabel plötzlich so

wütend wurde und mit dem Ausruf: «Oh, du bist unmöglich, du bist genauso schlimm wie alle anderen!» aus dem Zimmer stürmte und die Tür hinter sich zuschlug. Dachte sie etwa, er hätte das sarkastisch gemeint? Es war doch ganz offensichtlich, sie wollte, daß er Tante Julie zu ihren Gunsten bearbeitete. Er überlegte, ob sie ihm wohl bloß aus diesem Grunde immer schmeichelte. Aber wie das auch sein mochte, eine gewisse Berechtigung konnte er in ihrem Anspruch schon erblicken. Sie war eine gute Nichte – oder Großnichte – gewesen, bevor die Episode mit Francis passierte; getreulich hatte sie Geburtstags- und Weihnachtspostkarten geschickt, hatte sich aufmerksam gezeigt, wenn Tante Julie krank war – das jedenfalls sagte seine Mutter. Und was die praktische, oder auch die eigennützige Seite der Sache betraf – indem Mirabel in Sindon Lodge wieder Aufnahme fände, würde man sie hier in der Ewes Hall Farm loswerden, wo ihre Gegenwart seinem Vater die Laune verdarb, seine Mutter strapazierte, Rosamund mürrisch machte und sogar ihn anzuöden begann. Er würde es also vielleicht bei seinem nächsten Besuch gegenüber Tante Julie mal erwähnen. Und er fing an, eine Art Strategie zu planen, wie er zunächst eine Begegnung mit Oliver anregen würde – denn alle alten Leute mochten anscheinend Babys –, um dann vorsichtig Überredungsversuche folgen zu lassen, nämlich, daß Oliver doch ein Heim nötig habe und Geld und alles mögliche andere, als Ausgleich dafür, daß er keinen Vater habe...

Tatsächlich aber brauchte er gar nichts zu tun. Mrs. Crowley war nämlich eine bessere Stellung in einer lebhafteren Umgebung angeboten worden, und sie war ganz plötzlich fortgegangen und hatte Tante Julie inmitten einer Attacke von Gastritis und steif von Arthritis im Stich gelassen.

Sie kroch förmlich zur Tür, um James einzulassen, eine groteske Gestalt in roten Cordhosen und einem grünen Pullover, das Hexengesicht umrahmt vom wolligen Filz ihres grauen Haares, und hinter ihr Palmerston, anmutigen Schrittes und mit aufgerichtetem Schwanz.

«Du kannst dieser Person sagen, sie kann heute abend herkommen, wenn sie will. Und ihr uneheliches Kind soll sie mal lieber mitbringen, ich nehme nicht an, daß deine Mutter das behalten will.»

Bellende Hunde beißen nicht; so war es auch mit Tante Julie. Möglich, daß sie gar nicht richtig beißen konnte. Als James an die drei Wochen später wieder einmal nach Sindon Lodge ging, hatte Mirabel sich dort so eingenistet, als habe sie ihr Lebtag schon dort gewohnt. Oliver hatte Palmerstons Platz usurpiert und saß auf dem Teppich vor dem Kamin, und Tante Julie trug Mirabels Weihnachtsgeschenk.

Während ihre Großnichte im Zimmer war, redete sie kaum mit James. Mit geschlossenen Augen lag sie zurückgelehnt in ihrem Sessel, und obgleich der Jungmädchenpullover, den sie trug, ihrer Erscheinung eine bizarr makabre Jugendlichkeit verlieh, sah man jetzt doch, daß sie sehr alt geworden war. Die Aufregungen der letzten Zeit hatten sie altern lassen. Ihr Gesicht sah aus, als sei es aus zerknittertem, braunem Papier. Als Mirabel einmal hinausging – gezwungen wurde, hinauszugehen, weil Oliver beharrlich etwas zu essen verlangte –, da schien Tante Julie plötzlich aufzuleben. Sie machte die Augen auf und sagte in scharfem, ätzenden Ton: «Ich wette, dies ist das letzte Mal, daß du herkommst.»

«Warum sagst du das?»

«Ich hab mein Testament gemacht, darum – und du bist nicht drin!»

Sie machte mit ihrem verkrümmten Daumen stochernde Bewegungen in Richtung Tür. «Ich habe das Haus und die Möbel und alles, was ich besitze, ihr vermacht. Und ein kleines bißchen jemand anderem, den wir beide kennen.»

«Wem?» fragte James.

«Ach vergiß es. Du bist es jedenfalls nicht, und außerdem geht's dich nichts an.» Ein merkwürdiger Ausdruck erschien in Tante Julies Augen. «Was ich gemacht hab – ich hab mein Geld an zwei Leute vererbt, die ich nicht ausstehen kann, und sie mich auch nicht. Du findest das blöde, stimmt's? Die beiden haben sich bei mir angebiedert, haben mich umflattert und mir einen Haufen Lügen erzählt, wie sie sich um mich sorgen... Ach, was soll's, ich bin müde, ich hab es satt. Sollen sie kriegen, was sie wollen, dann muß ich mir wenigstens nicht mehr diesen Ausdruck auf ihren Gesichtern ansehen.»

«Was für einen Ausdruck?»

«So was wie ein gieriges Betteln. Ein Ausdruck, der keinem Menschen zusteht, solange er nicht am Verhungern ist. Du weißt nicht, wovon ich rede, was? Dabei bist du mindestens so clever wie die. Aber du kennst das Leben nicht, noch nicht. Wie solltest du auch?»

Die alte Frau schloß wieder die Augen, und Stille trat ein, unterbrochen nur von dem Prasseln, mit dem das oberste Holzscheit im Kamin zerbarst und mit knisterndem Funkenregen in der glühenden Mitte des Feuers zusammensank. Palmerston strich heran von seinem Platz, auf den er sich vor Oliver geflüchtet hatte, rieb sich an James' Bein und ließ sich im roten Feuerschein nieder, um sich abzulecken. Plötzlich redete Tante Julie weiter.

«Ich möchte dich nicht korrumpieren, begreifst du das? Ich möchte nicht den einzigen Menschen verderben, der mir mehr bedeutet als sonst was. Aber ich weiß nicht... Wenn ich nicht zu alt wäre, um das Geschrei auszuhalten, das es dann gibt... Ich glaube, dann würd ich rückgängig machen, was ich getan hab und würde dir das Haus vererben. Oder deiner Mutter, sie ist eine nette Frau.»

«Die hat doch schon ein Haus.»

«Häuser kann man verkaufen, du dummer Junge. Du glaubst doch nicht, daß Madame Mirabel hier wohnen bleibt, was?» Mirabel mußte das gehört haben, dachte James, als sich die Tür jetzt öffnete und der Teewagen erschien, aber es war nicht möglich, Tante Julie zu warnen oder ihr auch nur einen Blick zuzuwerfen. «Tja, ich könnte immer noch ein anderes Testament machen, ich brächte das glatt fertig. Man sagt ja, es sei ein Privileg der Frauen, ihre Meinung zu ändern.»

Mirabel blickte böse drein, und es gab von nun an wenig Gelegenheit mehr zu einer Unterhaltung, denn Oliver dominierte restlos, ob er nun gefüttert oder gebadet wurde oder ob man mit ihm spielte. Es war ein großes Kind mit rötlichem Haar, nicht im geringsten wie Mirabel, sondern wahrscheinlich dem gemeinen und herzlosen Francis nachgeraten. Er war inzwischen zehn Monate alt, er lief, wie James' Mutter es ausdrückt, «gegen alles und jedes», und es war nur zu deutlich, daß er Tante Julie ermüdete. Ihr Gesichtsausdruck wurde ganz verzweifelt, als er auf Mirabels Weigerung, ihm Schokoladenkuchen zu geben, ein Gebrüll ertönen ließ. Olivers Gesicht und Hände wurden saubergewischt, und er wurde auf den Boden gesetzt, wo er versuchte, Kohlenstücke aus der Schütte zu essen und dann, als ihm das verwehrt wurde, anfing, die Katze zu piesacken.

James stand auf, um zu gehen. Tante Julie umklammerte seine Hand, als er an ihr vorüberging, und flüsterte mit bedeutsamer Miene, daß Tugend ihren Lohn in sich trage.

Es dauerte nicht lange, bis er herausbekam, wer dieser «jemand anders, den wir beide kennen», war. Tante Julie schrieb nämlich einen Brief an James' Eltern, in dem sie ihnen mitteilte, daß sie in ihrem Testament Rosamund eine Summe Geldes vermacht habe. Elizabeth Fyfield sagte, sie fände diesen Brief sehr unangenehm, denn er schien doch anzudeuten, daß Rosamund immer mit «großen Erwartungen» im Hinterkopf nach Sindon Lodge gehe, und das regte sie auf. Rosamund dagegen jubelte. Tante Julie hatte nicht erwähnt, wie hoch die Summe war, aber Rosamund war überzeugt, es müßten Tausende und Abertausende Pfund sein – eine halbe Million war das höchste, zu dem sie sich verstieg –, und mit ihrem Geburtstagsgeld (sie wurde am 1. März elf) kaufte sie sich einen Fotoband über Londoner Architektur, größtenteils von Straßen in Mayfair, Belgravia und Knightsbridge, so daß sie sich gründlich überlegen konnte, in welcher Gegend sie eine Wohnung nehmen wollte.

«Ich glaube, wir haben einen großen Fehler gemacht, es ihr zu erzählen», sagte James' Vater.

Rosamund war nämlich dazu übergegangen, wöchentliche Besuche in Sindon Lodge zu machen. Selten ging sie ohne ein kleines Geschenk für Tante Julie – ein Strauß Schneeglöckchen, ein schief geratenes Keramiktöpfchen, das sie in der Schule gemacht hatte, ein Päckchen Pfefferminzbonbons.

«Testamente können aber geändert werden», spottete James.

«Ich geh doch nicht deswegen hin! Wage ja nicht, das zu behaupten! Ich gehe hin, weil ich sie gern hab. Du bist ja bloß neidisch auf mich, du bist ja schon seit Wochen nicht mehr dagewesen.»

Das stimmte. Er erkannte, daß Rosamund wirklich korrumpiert worden war und daß andererseits er, auf die Probe gestellt, versagt hatte. Aber es waren nicht bloß Ernüchterung oder Groll, die ihn von Sindon Lodge fernhielten, sondern eher das Gefühl, es könne auch nicht in Ordnung sein, Menschen auf diese Weise zu gängeln. Er hatte gehört, wie sein Vater gelegentlich den Ausdruck «Lieber Gott spielen» gebrauchte, und jetzt verstand er, was das bedeutete. Tante Julie «spielte Lieber Gott» mit ihm und Rosamund und auch mit Mirabel. Wahrscheinlich tat sie es auch weiterhin, indem sie jedesmal, wenn Mirabel ihr mißfiel, Andeutungen über eine Testamentsänderung fallenließ. Also würde er nun gerade hingehen, um sich dieser Manipulation zu entziehen, um nicht wie eine Marionette zu sein, die an ihren Fäden tanzte. Er würde am nächsten Tag auf dem Heimweg von der Schule hingehen.

Aber obgleich er wirklich hinging, um ihr, wie er es sich vorgenommen hatte, zu zeigen, daß hinter seinen Besuchen keinerlei Interessen steckten und daß er sein Wort halten konnte – er sollte sie nicht lebend wiedersehen. Der Wagen des Arztes stand draußen, als er durch die Gartentür trat. Mirabel ließ ihn ein, nachdem er dreimal geklingelt hatte, eine verstörte, blasse Mirabel mit dem quengelnden Oliver auf dem Arm. Tante Julie hatte einen ihrer Gastritisanfälle gehabt, eine furchtbare Attacke, die die ganze Nacht angedauert hatte. Mirabel hatte nicht mehr gewußt, was sie tun sollte, aber Tante Julie hatte ihr verboten, den Krankenwagen zu holen, sie wollte nicht ins Krankenhaus. Der Arzt sei aber sofort gekommen, und später dann noch einmal. Auch jetzt sei er wieder bei ihr.

Sie habe das ganze Zimmer schrubben und die Bettlaken buchstäblich verbrennen müssen, erzählte Mirabel mit düster gesenkter Stimme. Die Schweinerei sei entsetzlich gewesen, schlimmer, als James es sich überhaupt vorstellen könne, aber sie habe es einfach nicht zulassen können, daß der Arzt sie so sähe. Sie hoffe, sagte Mirabel, das Schlimmste sei jetzt vorüber, aber sehr hoffnungsvoll sah sie dabei nicht aus, sie blickte unglücklich drein. James ging nicht weiter als bis in den Flur. Er bat, Tante Julie auszurichten, daß er dagewesen sei, sie solle bitte nicht vergessen, es ihr zu sagen, und Mirabel versprach, sie werde es nicht vergessen. Langsam ging er davon. Frühling lag in der Luft, und der gepflegte, symmetrische Vorgarten von Sindon Lodge war voller Narzissen, deren gesenkte Köpfe im Winde schwankten. An der Gartentür begegnete ihm Palmerston, der gerade heimkam, und der Leichnam einer Feldmaus baumelte ihm aus dem Maul. Ohne seine Beute abzulegen, rieb er sich an James' Beinen, und James streichelte ihn. Er fühlte sich ziemlich niedergeschlagen.

Zwei Tage später erlitt Tante Julie eine weitere Attacke, und die tötete sie. Oder der Schlaganfall, den sie danach erlitt, tötete sie, meinte der Arzt. Als Todesursache habe «Lebensmittelvergiftung und cerebrale Blutung» auf der Sterbeurkunde gestanden, so wußte es Mrs. Hodges, Tante Julies Aufwartung, die James' Mutter im Dorf traf. Anscheinend mußte also der Arzt auf Sterbeurkunden sowohl die Haupt- als auch die Nebenursachen bescheinigen? Wieder ein Stück Kenntnis mehr für James, das er seinem wachsenden Wissen einverleibte.

James' Eltern gingen zum Begräbnis, und natürlich kam Mirabel auch. James wollte nicht mitgehen, es kam ihm gar nicht in den Sinn, daß ihm so etwas an einem Schultag erlaubt würde. Rosamund dagegen weinte, als man sie hindern wollte. Sie wollte ihren rot und weißen Mantel schwarz gefärbt haben, und ein kleines Veilchensträußchen wollte sie mitnehmen.

Die Verfügungen des Testamentes wurden während der nächsten Tage bekanntgegeben, obgleich es nicht etwa eine dramatische Testamentseröffnung nach dem Begräbnis gab, wie manchmal in Büchern.

Sindon Lodge sollte auf Mirabel übergehen, desgleichen Tante Julies gesamtes Vermögen mit Ausnahme des «Bißchens» für Rosamund, und als ein Bißchen erwies es sich denn genaugenommen auch, nämlich fünfhundert Pfund. Rosamund weinte (und sagte, sie weine, weil sie Tante Julie vermisse), und dann schmollte sie, aber als das Testament beglaubigt war und sie dann tatsächlich ihr Geld bekam, als man ihr den Scheck zeigte und die Summe auf ihr Postsparbuch eingezahlt wurde, da besserte sich ihre Laune, und sie wurde wieder ganz vernünftig. Sie gestand James sogar – ohne Tränen und Mätzchen –, es wäre ja auch eine schreckliche Verantwortung gewesen, eine halbe Million zu besitzen, und sie hätte dann doch bloß immer fürchten müssen, daß die Leute nur wegen ihres Geldes nett zu ihr wären.

James bekam Palmerston. So stand es im Testament. Die Katze, genau beschrieben und namentlich genannt, sollte als Hinterlassenschaft, «falls das Tier mich überlebt, an James Alexander Fyfield von der Ewes Hall Farm in Great Sindon gehen, da er der einzige Mensch ist, dem ich trauen kann».

«Wie kann man bloß so was sagen», meinte Mirabel, «und überhaupt – so eine Nebensächlichkeit buchstäblich ins Testament aufzunehmen! Ich hoffe, James ist damit einverstanden. Denn ich hätte sie sicher abgeschafft. Man kann sich schließlich keine Katze halten, wenn man ein Baby hat.»

Palmerston hatte so lange in Sindon Lodge gelebt, daß er immer wieder dorthin zurücklief, obwohl er es instinktiv vermied, Mirabel in die Quere zu kommen. Denn Mirabel verkaufte entgegen Tante Julies Prophezeihungen das Haus nicht. Auch unternahm sie keine der Veränderungen, die man im Dorfe spekuliert hatte, nachdem klargeworden war, daß sie nicht verkaufen würde. Sindon Lodge wurde weder weiß gestrichen, mit blauer Haustür, noch mit neuen Teppichen ausgestattet oder mit der neuesten Küchenausrüstung versehen. Mirabel tat überhaupt nichts Auffälliges, machte keinerlei Wirbel und kaufte sich nichts weiter als einen kleinen bescheidenen Wagen. Eine Weile sah es so aus, als ob sie sich ganz zurückzog, völlig für sich lebte, wohl wirklich trauerte, und James' Mutter sagte, vielleicht hätten sie sie alle falsch beurteilt; am Ende hätte sie Tante Julie wirklich geliebt.

Die Dinge änderten sich, als Gilbert Coleridge auf der Bildfläche erschien. Wo Mirabel ihn kennengelernt hatte, schien niemand zu wissen, aber eines Tages wurde sein großer, gelber Volvo-Kombi vor Sindon Lodge gesehen, und am nächsten Tag Mirabel selbst auf dem Beifahrersitz dieses Wagens, und innerhalb von Stunden war es im Dorf herum, daß sie einen Freund hätte.

«Hört sich doch an, als wär's ein netter, passender Mensch», meinte James' Mutter, deren Buschtrommelsystem allzeit intakt war. «Zwei oder drei Jahre älter als sie, und war noch nicht verheiratet... na ja, man weiß ja heutzutage nie, nicht wahr? Und dann auch bereits Teilhaber in seiner Firma... Das wär doch genau das richtige für Oliver. Der hat es nötig, daß ein Mann ins Haus kommt.»

«Hoffen wir, daß sie diesmal vernünftig genug ist, ihn zu heiraten», sagte James' Vater.

Aber abgesehen davon hatte die Familie Fyfield ihr Interesse an Mirabel verloren. Es hatte sie allerdings anfangs gewurmt, daß Mirabel, die doch mit ihrer Hilfe bekommen hatte, was sie wollte – erst den Zugang zu Sindon Lodge und dann das Eigentum daran –, jedes Interesse an *ihnen* verloren hatte. Nie traf man sie irgendwo im Dorf, denn sie ging kaum irgendwohin, und obgleich Rosamund verschiedentlich dort vorbeigegangen war, war Mirabel entweder nicht zu Hause oder viel zu beschäftigt gewesen, um jemanden hereinzubitten. James hörte einmal zufällig, wie seine Mutter sagte, es sei ja beinahe so, als ob Mirabel fürchte, daß sie zu viel gesagt habe, während sie bei ihnen wohnte, daß sie ihre Wünsche zu offen gezeigt habe, und jetzt, da sie erfüllt seien, wolle sie so wenig wie möglich mit denen zu tun haben, die ihre Ergüsse damals gehört hätten. Aber es war den Fyfields ganz recht so, denn Mirabels Auftauchen war stets von Unruhe und von Forderungen begleitet gewesen.

Der Sommer war heißer und trockener als der vorige, und die Beerenernte war außergewöhnlich gut. Aber in diesem Jahr gab es keine Tante Julie mehr, die mit ihren zynischen Blicken Himbeerkörbe begutachtete. Und auch die Jimsons Weed, die Datura oder der Stechapfel zeigte sich weder im Garten der Fyfields noch auch an anderer Stelle in Great Sindon. Als «Zufallserscheinung», wie sie das Buch über Wildpflanzen bezeichnete, war sie auf ihre rätselhafte Weise eingegangen oder aber über die Wiesen davongewandert an einen anderen Ort.

Aber auch wenn sie wieder erschienen wäre, so hätte sie auf James keinerlei Faszination mehr ausgeübt. Er wurde im Juni dreizehn, und er fühlte sich unendlich viel, nicht bloß um ein Jahr älter als im vorigen Sommer. Vor allem war er fünfzehn Zentimeter «in die Höhe geschossen», wie seine Mutter sagte, und manchmal erschreckte ihn der Anblick seiner neuen Länge im Spiegel beinahe. Mit ungläubiger Verwunderung blickte er auf das Kind zurück, das er gewesen war, dieses Kind, das giftige Früchte und Blätter in einem Topf gekocht, das weiße Mäuse in einem Käfig und Raupen in einer Schachtel gehalten hatte. Jetzt war er ein Teenager und kein Kind mehr.

Vielleicht war seine Körperlänge schuld, daß es zu jenem Drama kam, dem «absolut schlimmsten Tag meines Lebens», wie Rosamund es nannte, vielleicht aber auch Mrs. Hodges Operation oder die Tatsache, daß sich dieses eine Mal die Damen des Haueninstitutes am Dienstag trafen statt am Mittwoch. Jeder dieser Faktoren konnte es gewesen sein, besonders aber und vor allem passierte es deshalb, weil Mirabel unausweichlich und unveränderlich eben Mirabel war.

Die Bewohner der Ewes Hall Farm wußten sehr wenig über ihr Leben, seit sie sie kaum noch sahen. Elizabeth Fyfield war überrascht, als sie erfuhr, wie viel Zeit Mrs. Hodge damit verbrachte, auf Oliver aufzupassen oder ihn in ihrem eigenen Haus zu betreuen. Mrs. Hodges Tochter erzählte es ihr, und zugleich berichtete sie, ihre Mutter müsse für drei Wochen ins Krankenhaus und sich die Gebärmutter herausnehmen lassen, und Gott allein wisse, wie viele Wochen der Rekonvaleszenz dann noch kämen. Da werde sich Mirabel anderswo nach einem Babysitter umsehen müssen.

Sie sah sich, wie man es gleich hätte wissen können, bei den Fyfields um.

Leibhaftig stand sie nämlich vor der Tür, mit Oliver auf dem Arm und einem schweren Einkaufskorb in der anderen Hand. Sie begrüßte James' Mutter mit verlegenem, liebreichen Lächeln. Es war ganz ähnlich wie im vergangenen Jahr, nur daß Oliver jetzt ein kleiner Junge war und kein Baby mehr. James, der während der langen Sommerferien zu Hause war, hörte sie verzweifelt seufzen und sich in langen Entschuldigungen ergehen, weil sie die Familie so lange «vernachlässigt» habe. Sie sei nämlich verlobt und werde bald heiraten, ob Elizabeth das wüßte?

«Ich hoffe, du wirst sehr glücklich, Mirabel.»

«Gilbert wird ein wundervoller Vater sein», schwärmte Mirabel. «Wenn ich ihn mit diesem dämlichen, unreifen Lümmel vergleiche, diesem Francis, dann könnte ich... Aber das ist jetzt ja alles Schnee von gestern. Ach übrigens, Elizabeth, meine Liebe, weshalb ich gekommen bin... Ich wollte dich fragen... Meinst du, James oder Rosamund würden mal für mich Babysitter spielen? Ich würde ihnen das übliche bezahlen, ich würde ihnen genausoviel geben wie Mrs. Hodge. Es ist so scheußlich für mich, daß ich jetzt nie mit meinem Verlobten weggehen kann, und gerade morgen sollte ich zum erstenmal mit seinen Eltern zusammentreffen. Na, und ich kann doch ein Kind von Olivers Alter nicht auf eine Abendeinladung mitnehmen, oder?»

«Rosamund kommt überhaupt nicht in Frage», sagte James' Mutter, und sie sagte es nicht besonders freundlich. «Sie ist erst elf. Ich könnte wohl kaum zulassen, daß sie die alleinige Verantwortung für Oliver trägt.»

«Aber James käme doch in Frage, oder? James ist doch so groß geworden, er sieht schon fast aus wie ein erwachsener Mann. Und James ist ja überhaupt unheimlich reif.»

Seine Mutter gab darauf keine Antwort. Sie gab einen ihrer typischen Seufzer von sich, die James wirkungsvoll daran gehindert hätten, noch weitere Bitten zu äußern. Auf Mirabel übten sie indessen keine Wirkung aus.

«Nur dies eine Mal. Nach morgen abend werd ich dann zu Hause sitzen wie eine gute kleine Mutti, und in einem Monat ist ja auch Mrs. Hodge wieder soweit. Bloß von sieben bis... na ja, elf wäre das absolut Späteste.»

«Ich werde auf Oliver aufpassen», sagte James' Mutter.

Aus Mirabels Versprechen wurde jedoch nichts. Weit davon entfernt, mit Oliver zu Hause zu bleiben, tauchte sie drei Tage später wieder in der Ewes Hall Farm auf, diesmal, um ihn dazulassen, während sie mit Gilberts Mutter einkaufen ging. Sie blieb vier Stunden fort. Oliver aß Toffees, die er in Rosamunds Zimmer fand, bis er sich übergeben mußte, und er hatte sechs Zimmerpflanzen ausgerissen und sämtliche Blätter abgepflückt, ehe James ihn dabei ertappte.

Das nächste Mal, sagte James' Mutter, werde sie der Sache einen Riegel vorschieben. Sie hatte zwar versprochen, Oliver am kommenden Samstag abend zu hüten, und das würde sie auch noch tun, aber dann sei Schluß. Sie wurde noch bestärkt in diesem Entschluß, als Mirabel in der Nacht zum Sonntag erst um halb zwei Uhr zurückkam. Sie hätte es Mirabel auch gerne gleich in aller Deutlichkeit gesagt, erzählte Elizabeth Fyfield ihrer Familie beim Frühstück, aber Gilbert Coleridge sei dabeigewesen, und sie habe Mirabel nicht in seiner Gegenwart beschämen wollen.

Am Dienstag, dem Tage, auf den das Fraueninstitut seine Versammlung vorverlegt hatte, endete das schöne Wetter mit einem Sturm, der am Nachmittag einem Dauerregen wich. James benutzte den Tag dazu, seine Rumpelkammer aufzuräumen. Oft genug war es ihm schon gesagt worden, und er hatte ja auch immer vorgehabt, es zu tun, aber wer mochte schon in einem stickigen Zimmer hocken, wenn draußen die Sonne schien und Temperaturen von beinahe dreißig Grad herrschten? Dieser Dienstag nun war genau die Sorte Tag, um Bücher auszusortieren, denen man entwachsen war, Aquarien, Käfige und Glasbehälter, die nicht mehr bewohnt waren, beiseite zu stellen, um einstmals kostbare Sammlungen wegzuwerfen, die inzwischen nur noch Kästen voller Krimskrams waren, kurz, um den Weg zum Erwachsenwerden von den Relikten der Kindheit zu säubern.

Als er die Bücher vom obersten Regal herunternahm, stieß er auf ein Ding, dessen Existenz er nahezu vergessen hatte: die Flasche mit dem Etikett «*datura stramonium*». Das war nun etwas, das er jetzt ohne Zögern wegwerfen würde. Neugierig betrachtete er sie. Die durchsichtige, grünbraune Flüssigkeit, die sie enthielt, schien sich in den verflossenen Monaten gesetzt und geklärt zu haben. Weshalb hatte er das Zeug eigentlich gemacht, und wozu? In einem anderen Zeitalter, überlegte er, wäre er vielleicht ein Alchimist oder Hexenmeister geworden, und wehmütig schüttelte er den Kopf über das Kind James, das es nicht mehr gab.

Wie viele von diesen Büchern waren für ihn uninteressant geworden, Kinderkram! Er fing an, sie in zwei Haufen – «behalten» und «nicht behalten» – auf dem Fußboden aufzuschichten. Palmerston saß auf dem Fensterbrett und sah ihm zu, starr geöffnete, goldene Augen im großen, runden, grauen Gesicht. Bloß gut, dachte James, daß er aufgehört hatte, Mäuse zu halten, bevor Palmerston ins Haus kam. Vielleicht konnte er den Mäusekäfig verkaufen? Es gab da einen in seiner Schulklasse, der Hamster hielt und erwähnt hatte, er müsse noch einen weiteren Käfig anschaffen. Zumindest konnte es nichts schaden, ihn mal anzurufen.

James ging ins Wohnzimmer hinunter und nahm den Hörer

auf, um Timothy Gordons Nummer zu wählen, aber die Leitung war tot. Es gab kein Freizeichen, die Stille wurde bloß von gelegentlichem entfernten Klicken und Knistern unterbrochen. Er mußte also den Weg hinauflaufen zum Telefonhäuschen und die Störungsstelle benachrichtigen; aber nicht jetzt, später, denn es goß in Strömen.

Er ging durch die Diele und hatte fast die Treppe erreicht, als es an der Haustür schellte. Seine Mutter hatte etwas von der Wäscherei gesagt, die kommen werde. James öffnete zerstreut die Tür, bereit, dem Mann zuzunicken und das Wäschepaket entgegenzunehmen. Statt dessen sah er Mirabel.

Ihr Wagen war auf dem Weg geparkt, und durch die Windschutzscheibe blickte Oliver, der irgend etwas kaute und mit seinen Fingern die Scheibe beschmierte. Mirabel war «aufgetakelt bis zur Mastspitze», wie Tante Julie es genannt hätte. Für das Wetter jedenfalls war sie höchst unpassend gekleidet, mit einer schleppenden, crèmefarbenen, plissierten Angelegenheit, mit Glasperlen um den Hals und zwei, drei Chiffonschals, mit blaßrosa Strümpfen und beigefarbenen Schuhen, die nur aus Riemchen, nicht dicker als Bindfaden, bestanden.

«O James, sei bitte ein Engel und paß auf Oliver auf – bloß für den Nachmittag! Du bist ja auch nicht allein damit, Rosamund ist ja zu Hause, ich hab sie oben aus ihrem Fenster gucken sehen. Ich hab versucht, dich anzurufen, aber euer Telefon ist nicht in Ordnung.»

Mirabel sagte das in anklagendem Ton, so als habe James das Telefon absichtlich kaputtgemacht. Sie war ganz außer Atem und schien es sehr eilig zu haben.

«Warum kannst du ihn denn nicht mitnehmen?» wollte James wissen.

«Wenn du's unbedingt wissen mußt – weil Gilbert mir etwas ganz Besonderes und Wichtiges kaufen will, und dabei kann ich kein Baby mitnehmen.»

In der Annahme, es gäbe etwas Interessantes, erschien Rosamund oben an der Treppe.

«Es ist bloß Mirabel», rief James hinauf.

Mirabel benutzte die Gelegenheit, da seine Aufmerksamkeit abgelenkt war, zum Wagen zurückzuhasten, wobei ihre Luxusaufmachung manchen Regenspritzer abbekam, um den klebrigen Oliver herauszuholen.

«Du willst doch gern bei James und Rosamund bleiben, was, Liebling?»

«Muß das sein?» fragte Rosamund, die die Treppe herunterkam und Oliver mit so unverhohlenem Abscheu anblickte, daß sogar Mirabel stockte. Aber sie gab nicht auf. Sie warf Oliver geradezu in James' Arme, darauf bedacht, seinen schmierigen Mund von ihrem Kleid fernzuhalten, und James blieb nichts übrig, als ihn aufzufangen. Augenblicklich fing Oliver an zu plärren und streckte die Arme nach seiner Mutter aus.

«Nein, Liebling, die Mami kommt nachher wieder. Jetzt hör mal zu, James. Mrs. Hodges Tochter kommt um halb sechs und holt ihn ab. Dann hat sie Feierabend. Sie nimmt ihn dann mit zu sich nach Hause, und ich hole ihn dort ab, wenn ich zurückkomme. So, jetzt muß ich rasen, ich treffe mich um drei mit Gilbert.»

«Also...!» explodierte Rosamund, als der Wagen den Weg hinunterfuhr und verschwand. «Ist sie nicht das letzte? Jetzt halst sie uns *den* da auf! Ich wollte mich gerade an mein Ferienprojekt für den Kunstunterricht machen.»

«Und ich räume gerade mein Zimmer auf. Aber was hilft das Stöhnen. Er ist nun mal hier, und damit basta.»

Kaum war die Haustür geschlossen, begann Oliver lauthals zu heulen.

«Wenn's nicht regnete, könnten wir in den Garten gehen und mit ihm spazierengehen.»

«Es regnet aber», sagte James. «Und wo sollten wir ihn auch reinsetzen? In Mamis Einkaufsroller vielleicht? Oder in die Schubkarre? Falls es dir entgangen sein sollte, die liebe Mirabel hat nicht daran gedacht, seine Karre mitzubringen. Komm, schleppen wir ihn in die Küche. Das Beste, was man mit ihm machen kann, ist, ihn zu füttern. Er hält den Mund, wenn er ißt.»

In der Speisekammer fand James eine Packung Kekse, die Sorte mit Schokoladenüberzug, und er gab Oliver einen. Oliver saß auf dem Boden und kaute ihn, wobei er kleine Schnipsel der rot-goldenen Verpackung um sich verstreute. Dann machte er den Topfschrank auf und fing an, ihn auszuräumen – Töpfe,

Pfannen, den großen Salattrockner, Siebe –, und dabei beschmierte er die weiße Kunststoffbeschichtung der Tür reichlich mit Schokolade. Rosamund wischte die Tür sauber, und dann wischte sie Oliver sauber. Er quengelte und schlug mit den Fäusten nach ihr. Als alle Töpfe über den Boden verteilt waren, zog er eine Schublade nach der anderen heraus, holte Bestecke heraus, Käsehobel, Kartoffelschäler, Spül- und Staubtücher.

James sah ihm düster zu. «Ich hab mal irgendwo gelesen, daß ein Kind von zwei Jahren, sogar ein Kind mit sehr hohem Intelligenzquotienten, sich nicht länger als neunzehn Minuten auf eine Sache konzentrieren kann.»

«Und Oliver ist noch nicht mal zwei, und sein Intelligenzquotient ist, glaube ich, auch nicht so umwerfend.»

«Eben», sagte James.

«Tinten», greinte Oliver. Er stieß Messer und Gabeln mit dem Fuß beiseite, rannte zu James und schlug mit einem hölzernen Kochlöffel zu. «Tinten!»

«Stell dir den mal mit Tinte vor!» stöhnte Rosamund.

«Wahrscheinlich sagt er gar nicht Tinte. Er meint was anderes, und wir verstehen es bloß nicht.»

«Tinten, tinten, tinten...!»

«Wenn wir in London wohnten, könnten wir jetzt mit ihm Bus fahren oder in den Zoo gehen.»

«Wenn wir in London lebten», versetzte James, «dann müßten wir nicht auf ihn aufpassen. Weißt du was? Ich könnte mir denken, daß er Fernsehen mag, Mirabel hat ja keinen Fernseher.»

Er nahm Oliver auf den Arm und trug ihn ins Wohnzimmer. Die Möbel dort waren mit dunkelbraunem Leder bezogen, man würde darauf nichts sehen, also schien es zweckmäßig, ihm noch einen Keks zu geben. James schaltete den Fernseher ein. Um diese Zeit des Tages gab es nichts von besonderem Interesse, schon gar nicht für Olivers Altersstufe, bloß eine Serie über Leute, die auf dem Flughafen arbeiteten. Oliver jedoch war hingerissen von den Farben und der Bewegung, also schob James ihn tief in einen Sessel und ließ ihn sehr erleichtert allein.

In der Küche gab es eine Menge aufzuräumen und sauberzumachen. Gleich auf zwei Tischtüchern hatte Oliver braune Flekken, gemacht und James mußte alle Messer und Gabeln abwaschen. Rosamund – typisch! dachte James – war verschwunden. Zu ihrem «Kunstprojekt» wahrscheinlich, irgend so eine Collage aus getrockneten Blättern. Er räumte die Töpfe zurück und ordnete die Schubladen, so daß sie annähernd so aussahen wie vor Olivers Überfall. Dann hielt er es für besser, hinzugehen und nachzusehen, wie es Oliver ging.

Das Wohnzimmer war leer. Und James sah auch gleich, warum. Die Flughafenserie war zu Ende, und anstelle der lustig bewegten Gestalten, der Stimmen und der Musik redete jetzt ein alter Mann mit Brille über Molekularphysik. Unten war Oliver nirgends. James war sich nicht recht bewußt gewesen, daß er schon Treppen steigen konnte, aber natürlich konnte er das. Er war ein großer, kräftiger Junge, der nun bereits seit vielen Monaten lief.

Er ging hinauf und rief Olivers Namen. Es war erst Viertel nach drei, und seine Mutter würde frühestens um halb fünf aus dem Gemeindehaus zurückkommen. Der Regen war noch stärker geworden und machte das Haus ziemlich dunkel. James sah erst jetzt, daß er seine Zimmertür offengelassen hatte. Er hatte sie aufgelassen, weil Palmerston drinnen war, als er hinunterging, um Timothy Gordon wegen des Mäusekäfigs anzurufen. Und dann war Mirabel gekommen. Das alles schien Stunden her zu sein, tatsächlich aber waren es nur etwa vierzig Minuten.

Oliver war in James' Zimmer. Er saß auf dem Boden und hielt die leere Datura-Flasche mit den Händen umklammert, und aus seinem Mundwinkel rannen Tropfen einer braunen Flüssigkeit.

James hatte in Büchern von Menschen gelesen, die wie angewurzelt waren, unfähig, sich vom Fleck zu rühren, und genau das war es, was ihm in diesem Augenblick geschah. Er schien verankert an der Stelle, wo er stand, und er starrte Oliver an. In seinem Inneren schwoll ein großer, harter, pulsierender Klumpen. Es war sein eigenes Herz, und es schlug so schwer, daß es schmerzte.

Er mußte sich zwingen, sich zu rühren. Er nahm Oliver die Flasche weg, und ganz automatisch, er wußte selbst nicht, warum, spülte er sie am Waschbecken aus. Oliver sah ihn schweigend an. James ging den Flur hinunter und hämmerte an Rosamunds Tür.

«Kannst du mal kommen, bitte? Oliver hat eine Flasche mit Gift ausgetrunken. Ungefähr einen Viertelliter.»

«Was??»

Sie kam heraus. Und sie sah ihn mit offenem Mund an. Er erklärte ihr alles schnell und kurz, in zwei Sätzen.

«Was sollen wir bloß tun?»

«Einen Krankenwagen rufen.»

Sie blieb an der Tür stehen und betrachtete Oliver. Er hatte die Fäuste in die Augen gebohrt. Er rieb sich die Augen und gab kleine, ärgerliche Töne von sich.

«Meinst du nicht, wir sollten versuchen, was zu tun, damit er sich übergibt?»

«Nein, ich gehe nach unten und telefoniere. Es ist meine Schuld. Ich muß behämmert gewesen sein, das Zeug zu machen, ganz zu schweigen davon, es auch noch aufzubewahren! Wenn er stirbt...! O Gott, Rosi, wir können ja nicht telefonieren! Das Telefon ist nicht in Ordnung. Ich hab versucht, Tim Gordon anzurufen, aber es ist kaputt, und ich wollte zur Telefonzelle runtergehen und es melden.»

«Du kannst doch jetzt zur Telefonzelle gehen.»

«Das bedeutet, daß du bei ihm bleiben mußt.»

Rosamunds Lippen zitterten. Sie blickte auf den kleinen Jungen, der jetzt auf dem Boden ausgestreckt lag, die Augen weit offen, den Daumen im Mund. «Das will ich aber nicht. Wenn er nun stirbt?»

«Dann geh du», sagte James, «ich bleib bei ihm. Geh zum Telefonhäuschen, wähle neun-neun-neun und bestelle einen Krankenwagen. Und dann geh ins Gemeindehaus und hole Mami. Okay?»

«Okay», sagte Rosamund. Sie ging, und die Tränen liefen ihr übers Gesicht.

James hob Oliver auf und legte ihn behutsam auf sein Bett. Schweißperlen standen dem Kind auf dem Gesicht, aber das konnte einfach nur davon herrühren, daß ihm heiß war. Mirabel hatte ihn sehr warm eingepackt für diese Jahreszeit, er trug eine wollene Strickjacke über einem Pullover und einem T-Shirt. Er war natürlich durstig gewesen. Das war es, was «Tinten» bedeutete – «Tinten» für «trinken». Bestand die leiseste Chance, daß die Daturalösung in dem Jahr, seit er sie gemacht hatte, ihre Giftigkeit eingebüßt hatte? Ach, er wußte es besser. Er konnte sich erinnern, irgendwo gelesen zu haben, daß das Gift gegen Austrocknen und Hitze resistent sei, also war es sicherlich auch gegen die Zeit resistent.

Olivers Augen waren jetzt geschlossen, und die rötliche Tönung, die sein Gesicht gehabt hatte, während er vor dem Fernseher saß, war etwas verblaßt. Die fetten Wangen sahen wächsern aus. Wenigstens schien er keine Schmerzen zu haben, obwohl winzige, stecknadelkopfgroße Schweißperlen auf seiner Stirn glitzerten. James fragte sich von neuem, warum er bloß so ein Idiot gewesen war, dieses Zeug aufzuheben. Vor einer Stunde erst war er noch drauf und dran gewesen, es wegzuwerfen! Und doch hatte er es nicht getan. Aber es war sinnlos, das *jetzt* zu bedauern, «nachzukarten», wie sein Vater es nannte.

Aber James sah ohnehin mehr die Zukunft vor sich als die Vergangenheit. Schlagartig wurde ihm klar: wenn Oliver stürbe, dann hätte *er* ihn umgebracht, und zwar so unumstößlich, oder fast unumstößlich, als ob er mit seines Vaters Schrotflinte auf ihn geschossen hätte. Und sein ganzes Leben, seine ganze Zukunft wäre ruiniert. Denn er würde sich selbst niemals verzeihen, er würde sich nie davon erholen, nie etwas anderes sein als ein zerbrochener Mensch. Er würde sich verstecken müssen, in einem entlegenen Winkel des Landes leben, auf eine andere Schule gehen, und wenn er diese Schule verließe, sich irgendeinen obskuren Job suchen müssen und sich als verängstigte, gejagte Existenz dahinschleppen. Aus wäre es mit seinen Träumen von Oxford, von einer Arbeit an irgendeinem Forschungsinstitut, von Glück und Erfüllung und Erfolg. Er dramatisierte nichts, er wußte eiskalt, daß es so sein würde. Und Mirabel...? Wenn schon *sein* Leben ruiniert war, wie dann erst ihres!

Er hörte, wie sich die Haustür öffnete und seine Mutter die Treppe heraufgerannt kam. Er saß auf dem Bett und beobachtete Oliver. Langsam wandte er sich um.

«O James...!»

Und James sagte wie ein erwachsener Mann, wie ein Mann, dreimal so alt wie er: «Es gibt nichts, das du mir sagen könntest, was ich mir nicht schon selber gesagt hab.»

Sie berührte seine Schulter. «Das weiß ich», sagte sie. «Ich kenne dich doch.» Ihr Gesicht war weiß, die Lippen auch, gleichermaßen vor Wut und vor Angst. «Wie kann sie es wagen, ihn herzubringen und ihn mit zwei *Kindern* alleinzulassen!»

James war nicht danach zumute, beleidigt zu sein. «Wird er... wird er sterben?»

«Er schläft», sagte seine Mutter, und sie legte eine Hand auf Olivers Kopf. Er war ganz kühl, der Schweiß war getrocknet. «Wenigstens glaube ich das. Aber soviel ich weiß, könnte er auch im Koma sein.»

«Es ist mein Ende, wenn er stirbt.»

«James, o James...» Und sie tat etwas, das sie lange nicht mehr getan hatte. Sie legte ihre Arme um ihn und hielt ihn eng umschlungen, obwohl er einen halben Kopf größer war als sie.

«Da ist der Krankenwagen», sagte James, «ich hör die Sirene.»

Zwei Männer kamen die Treppe herauf, um Oliver zu holen. Einer von ihnen wickelte ihn in eine Decke und trug ihn in seinen Armen nach unten. Rosamund saß mit Palmerston auf dem Schoß in der Diele und weinte leise in sein Fell. Es war hart, sie alleinzulassen, aber irgend jemand mußte zu Hause bleiben und auf Mrs. Hodges Tochter warten. James und seine Mutter stiegen zu Oliver in den Krankenwagen und fuhren mit ihm in die Klinik.

Sie mußten in einem Wartezimmer sitzen, während die Ärzte sich um Oliver bemühten – den Magen auspumpten wahrscheinlich. Dann kamen ein junger schwarzer Mann und ein alter weißer Arzt und stellten James eine lange Reihe von Fragen. Was genau war das Zeug gewesen, das Oliver getrunken hatte? Wann war es hergestellt worden? Wieviel davon war in der Flasche gewesen? Und noch vieles andere mehr. Sie waren nicht besonders freundlich zu ihm, und er hätte gern Ausflüchte gemacht. Es war so einfach zu sagen, er wisse selbst nicht, was das eigentlich für ein Zeug gewesen war, oder daß er die Stechäpfel abgekocht habe, um grüne Farbe zu machen oder etwas in der Art. Aber als es soweit war, da konnte er es einfach nicht. Er mußte die schreckliche Wahrheit sagen, mußte sagen, daß er das Gift gemacht und auch gewußt hatte, daß es töten konnte.

Als die beiden gegangen waren, folgte eine endlose Zeit des Wartens, in der nichts geschah. Mrs. Hodges Tochter war wohl inzwischen längst gekommen, und auch James' Vater war von dem Sommerseminar, wo er unterrichtete, wieder zu Hause. Es wurde halb sechs und sechs, da brachte ihnen eine Schwester eine Tasse Tee, und dann hieß es wieder warten. James wußte, nichts, kein Ereignis, das ihm in den kommenden Jahren widerfahren würde, konnte so schlimm sein wie jene langen Stunden in dem Wartezimmer.

Kurz vor sieben kam der junge Arzt wieder. Er schien James' Mutter für Olivers Mutter zu halten, und als er merkte, daß sie es nicht war, zuckte er nur die Schultern und meinte, als ob sie überhaupt nicht betroffen seien, als ob es für sie ja nicht von großer Wichtigkeit sein könne:

«Der kommt wieder in Ordnung. Kein Grund, daß Sie hier noch länger rumsitzen.»

James' Mutter sprang mit einem kleinen Schrei auf. «Er ist in Ordnung? Er ist wirklich ganz in Ordnung?»

«Voll und ganz, soweit wir feststellen können. Der Mageninhalt wird untersucht. Wir behalten ihn aber lieber über Nacht hier, bloß für alle Fälle.»

Die Familie Fyfield blieb geschlossen auf, um auf Mirabel zu warten. Sie blieben auf, egal, um welche Zeit sie käme, selbst, wenn sie nicht vor zwei Uhr morgens auftauchen sollte. Eine Nachricht, die sie in den Briefkasten von Sindon Lodge gesteckt hatten, erklärte, was passiert war. Mirabel möge sofort in der Klinik anrufen.

James machte sich auf eine Szene gefaßt. Auf dem Rückweg von der Klinik hatte seine Mutter gemeint, er müsse damit rechnen, daß Mirabel ihm ein paar höchst unerfreuliche Dinge sagen werde. Frauen, die ihre Kinder allen möglichen Leuten aufhalsten und ihnen gegenüber oft so gleichgültig wirkten, würden gewöhnlich sofort hysterisch, wenn diese Kinder in Gefahr waren. Wahrscheinlich war es Schuldbewußtsein, vermutete sie. Aber James fand, wenn Mirabel in Wut geriete, so hätte sie ein Recht dazu, denn obwohl Oliver nicht gestorben war und auch nicht sterben würde, so hätte es doch leicht geschehen können. Er war nur noch am Leben, weil es ihnen sehr schnell gelungen war, das tödliche Zeug aus ihm herauszubekommen. Mirabel konnte nicht in Ewes Hall anrufen, weil das Telefon noch immer gestört war. Gegen zehn tranken sie alle Kaffee, und James' Vater, der das Zimmer des Sohnes gründlich durchsucht hatte, um sicherzugehen, daß es dort nicht noch mehr Todesflaschen gab, und der James eine ernste, aber gerechte Lektion über Verantwortung gehalten hatte, goß sich einen großen Whisky ein.

Der gelbe Volvo kam um zwanzig vor zwölf den Fahrweg herauf. James saß, aufs äußerste angespannt, und verhielt sich still, so wie er es sich vorgenommen hatte, während sein Vater ging, um die Tür zu öffnen. Er war darauf gefaßt, einen Schrei oder ein Schluchzen zu hören. Rosamund steckte sich die Finger in die Ohren.

Die Haustür wurde wieder geschlossen, und man hörte Schritte. Mirabel kam lächelnd herein. Sie trug einen großen Brillanten am dritten Finger der linken Hand. James' Mutter stand auf, trat mit ausgestreckten Händen auf Mirabel zu und blickte ihr ins Gesicht.

«Hast du unsere Nachricht gefunden? Natürlich, du mußt sie gefunden haben. Mirabel, ich weiß gar nicht, was ich dir sagen soll...»

Bevor Mirabel etwas sagen konnte, kam James' Vater mit dem Mann herein, den sie heiraten würde – ein großer Teddybär von einem Mann mit einem geschwungenen Schnurrbart. James wußte nicht, wie ihm geschah, als es ein allgemeines Händeschütteln gab. Es war alles so anders, als er es erwartet hatte. Und Mirabel war ein einziges Lächeln, abwesend und glücklich, und sie zeigte den Verlobungsring an ihrer dünnen, kleinen Hand.

«Was hat man dir in der Klinik gesagt, als du dort angerufen hast?»

«Ich hab ja gar nicht.»

«Du hast nicht angerufen? Aber du bist doch sicher...»

«Ich weiß doch, daß er in Ordnung ist, Elizabeth. Ich mach mich doch nicht lächerlich und erzähle denen, daß er einen Viertelliter gefärbtes Wasser getrunken hat, was?»

James starrte sie an. Und plötzlich fiel alle Seligkeit von Mirabel ab, und sie merkte, was sie gesagt hatte. Sie legte die Hand über den Mund, und ihr Gesicht verfärbte sich dunkelrot. Sie trat ein paar Schritte rückwärts und nahm Gilbert Coleridges Arm.

«Ich fürchte, du unterschätzt die Fähigkeiten meines Sohnes als Toxikologe», sagte James' Vater, und da nahm Mirabel die Hand herunter und sagte schnell, natürlich, sie müßten jetzt gehen, damit sie sofort telefonieren könnten.

Da wußte James Bescheid. Er begriff. Das Zimmer schien sich um ihn zu drehen und hin und her zu schwanken. Er wußte plötzlich, was Mirabel getan hatte, und auch wenn es für ihn nicht das Ende war, wenn es ihm nicht alles ruinierte und seine Zukunft verdarb, *das* würde er sein Leben lang nicht mehr loswerden. Und in Mirabels Augen sah er: sie wußte, daß er es wußte.

Aber jetzt strebten die beiden unter einem Schwall von Entschuldigungen und Dankeschöns und Gute Nacht in die Diele, und das Zimmer war wieder zum Stillstand gekommen und hatte seine alten Konturen wieder. James sagte zu Mirabel, und dabei war zum ersten Mal ein Bruch in seiner Stimme: «Gute Nacht. Tut mir leid, daß ich so dumm war.»

Sie verstand schon, was er meinte.

May und June

Ihre Eltern nannten sie so, weil ihre Geburtstage im Mai und im Juni lagen. Eine dritte Schwester, ein Aprilkind, war Avril getauft worden, aber sie war gestorben. May war wie die Jahreszeit, in der sie geboren war – veränderlich, abwechselnd kühl und warm, trübe, verhangen, und gelegentlich von einem Liebreiz, der nicht von Dauer sein konnte.

In den dreißiger Jahren, als May in den Zwanzigern war, galt es immer noch als sehr wichtig, seine Töchter gut zu verheiraten, und so wenig Besorgnisse Mrs. Thrace in dieser Hinsicht für die sonnige June hegte, desto weniger zuversichtlich war sie, was May betraf. Ihre ältere Tochter war weder hübsch noch anmutig, noch klug, und kein Mann hatte sie je zweimal angeschaut. June dagegen hatte eine Kette von Verehrern.

Und dann lernte May bei einem Tanztee einen jungen Anwalt kennen. Sein Name war Walter Symonds, er sah ungewöhnlich gut aus, sein Vater war wohlhabend und zahlte ihm ein großzügiges Gehalt, und es bestand gar kein Zweifel, daß er einer höheren sozialen Schicht angehörte als die Thraces. May verliebte sich leidenschaftlich in ihn, aber niemand war überraschter als sie selbst, als er sie bat, ihn zu heiraten.

Die Intensität ihrer Leidenschaft befremdete Mrs. Thrace. Das war nicht ganz anständig. Dieser Ausdruck auf ihrem Gesicht, wenn sie auf das Erscheinen ihres Verlobten wartete, ihre Heftigkeit, wenn sie ihn begrüßte, der Hunger in ihren Augen... all das war ja gut und schön im Kino, aber unschicklich für die Tochter eines Verwaltungsbeamten in einem gediegenen Vorort.

Kurz gesagt, sie war nahezu schön geworden. «Ich werde ihn doch heiraten», sagte sie, wenn man ihr Vorhaltungen machte. «Er will doch, daß ich ihn liebe, oder? Er liebt mich doch auch. Warum soll ich meine Liebe nicht zeigen?»

June, die sowohl klug als auch hübsch war, befand sich in einem College und machte eine Ausbildung als Lehrerin. Bei May hatte man es, lange bevor Walter Symonds in Erscheinung trat, als vernünftiger erachtet, sie zu Hause zu behalten. Sie hatte für nichts eine spezielle Begabung, und zu Hause konnte sie ihrer Mutter zur Hand gehen. Jetzt allerdings zeigte sich, daß sie die Begabung hatte, sich einen reichen, gutaussehenden und erfolgreichen Ehemann zu angeln. Und dann, einen Monat vor der Hochzeit, kam June für die Sommerferien nach Hause.

Es war alles sehr unglücklich, sagte Mrs. Thrace ein über das andere Mal. Wenn Walter Symonds May wegen eines unbekannten Mädchens sitzengelassen hätte, sie wären zutiefst gekränkt oder sogar wütend gewesen, und Mr. Thrace hätte wohl das altmodische Verlangen verspürt, zur Pferdepeitsche zu greifen. Aber was sollte man sagen und tun, wenn einer seine Neigungen von der älteren Tochter auf die jüngere übertrug?

May weinte laut und schluchzte und versuchte, mit dem Messer auf June loszugehen. «Du tust uns allen entsetzlich leid, mein Liebling», sagte Mrs. Thrace, «aber was kann man da machen. Und du würdest doch nicht einen Mann heiraten wollen, der dich nicht liebt, nicht wahr?»

«Er liebt mich ja, er liebt mich wirklich. Es ist bloß, weil sie hübsch ist. Sie hat ihn behext. Oh, ich wollte, sie wäre tot. Dann würde er mich wieder lieben!»

«Das darfst du nicht sagen, May! Es ist alles sehr grausam, aber du mußt dich mit der Tatsache abfinden, daß er seine Meinung geändert hat. Ist es nicht besser, du merkst es jetzt als später?»

«Ich *hätte* ihn haben können...», sagte May.

Mrs. Thrace errötete. Sie war aufs äußerste schockiert.

«Jetzt werde ich nie heiraten», sagte May. «Sie hat mein Leben ruiniert, und ich werde nie wieder irgendwas haben.»

Walter und June heirateten, und Walters Vater kaufte ihnen ein großes Haus in Surrey. May blieb zu Hause und ging ihrer Mutter zur Hand. Der Krieg kam. Walter ging sofort in die Armee, wurde Hauptmann, Major und schließlich Oberst. May ging ebenfalls zur Armee, wo sie fünf Jahre lang im Range eines Gemeinen Soldaten irgendwo im Verpflegungswesen arbeitete.

Danach blieb ihr nichts anderes übrig als wiederum zu ihren Eltern zurückzukehren.

Sie verzieh ihrer Schwester nie.

«Sie hat mir meinen Mann gestohlen», sagte sie zu ihrer Mutter.

«Er war nicht dein Mann, May.»

«Aber so gut wie. Du würdest auch einem Dieb nicht verzeihen, der in dein Haus einbricht und dir das Wertvollste stiehlt, was du besitzt oder fast besessen hättest.»

«Wir sollen denen vergeben, die Böses getan, auf daß auch uns vergeben werde.»

«Ich bin nicht religiös», versetzte May.

Jedesmal wenn die Symonds im Hause der Thraces zu Besuch waren, richtete sie es so ein, daß sie nicht da war. Trotzdem wußte sie alles über die beiden – alles, bis auf eins.

Mr. und Mrs. Thrace hüteten sich sorgsam, in ihrer Gegenwart von June zu reden, also horchte May an der Tür, und heimlich las sie alle Briefe, die June an ihre Mutter schrieb. Und jedesmal wenn Walters Name genannt oder in einem Brief erwähnt wurde, wand sie sich innerlich und zitterte vor Schmerz. Sie wußte, daß die beiden in ein viel größeres Haus umgezogen waren und daß sie sich eine Sammlung von Bildern und Möbeln zulegten; sie wußte, wohin sie in die Ferien fuhren und welche Freunde sie einluden. Aber nie gelang es ihr herauszufinden, was Walter für June empfand. Hatte er sie jemals wirklich geliebt? Oder hatte er seine Wahl längst bereut? May glaubte, daß er sich, nachdem der erste Rausch der Verblendung vorüber war, vielleicht nach seiner früheren Liebe zurücksehnte, genauso, wie sie sich nach ihm sehnte. Da sie die beiden nie sah, konnte sie das nicht wissen, und was immer er auch empfand, Walter konnte June ja nicht verlassen. Wenn man getan hatte, was er getan hatte, dann konnte man nicht nochmals wechseln, dann mußte man durchhalten bis zum Tod.

Es tröstete sie, sich in die Überzeugung hineinzusteigern, daß Walter seine Handlung längst bereute, und vielleicht war das das einzige, was sie aufrecht hielt. Wenn da Kinder gewesen wären, Unterpfänder der Liebe, wie es so schön hieß...

Manchmal bemerkte May, daß ihre Mutter besonders froh

und zufrieden dreinblickte, nachdem ein Brief von June gekommen war. Dann las sie jedesmal zitternd vor Angst den Brief, denn sie fürchtete, darin zu erfahren, daß June schwanger sei. Aber Mrs. Thraces Glück und Zufriedenheit mußte andere Ursachen gehabt haben, etwa der Bericht über Walters letzten Erfolg vor Gericht oder über Junes letzte Party, denn Kinder kamen nicht, und June war jetzt über vierzig.

Da sie keine spezielle Ausbildung hatte, arbeitete May als Kantinenaufseherin in einem Frauenwohnheim. Sie wohnte weiterhin zu Hause, bis ihre Eltern starben. Sie starben im Abstand von nur sechs Monaten, Mrs. Thrace im März und ihr Witwer im August. Und so geschah es denn, daß May Walter wiedersah.

Zu der Zeit, als die Einäscherung ihrer Mutter stattfand, war May an einer Virusgrippe erkrankt und konnte daran nicht teilnehmen, aber sie sah keine Möglichkeit, dem Begräbnis ihres Vaters fernzubleiben. Als sie Walter in die Kirche kommen sah, befiel sie ein Schwindel, und sie kauerte sich zitternd über der Lehne des Kirchengestühls zusammen. Sie bedeckte das Gesicht mit den Händen, damit es aussähe, als bete sie, und als sie sie am Ende sinken ließ, da stand er neben ihr. Er nahm ihre Hand und sah ihr ins Gesicht. Mays Augen begegneten den seinen, die noch genauso blau und unwiderstehlich waren wie früher, und voller Qual sah sie, daß sich sein gutes Aussehen nicht im geringsten vermindert hatte, sondern nur distinguierter geworden war. Sie hielt seine Hand, sie starrte ihm ins Gesicht, und sie hätte auf der Stelle sterben mögen.

«Willst du nicht kommen und mit deiner Schwester sprechen, May?» fragte Walter mit jener wohltönenden, tiefen Stimme, mit der er Richter für sich einnahm, Zeugen in Angst und Schrecken versetzte und Frauen gewann. «Sollten wir nicht an diesem sehr traurigen Tag Vergangenes vergangen sein lassen?»

May zitterte. Sie entzog ihm ihre Hand und flüchtete in den Hintergrund der Kirche. Sie setzte sich so weit von June weg wie möglich, aber doch auch nicht so weit, als daß sie nicht beobachtet hätte, wie June nach Walters Arm griff, nicht umgekehrt, als sie hinausgingen, und wie June trostheischend zu ihm aufblickte, während sein Gesicht ernst und unbeweglich blieb, wie June sich an ihn schmiegte, während er dieses Anschmiegen lediglich duldete. Es konnte nicht sein, daß er sich nur so benahm, weil sie, May, da war; er mußte June innerlich hassen und verabscheuen, genauso, wie sie sie immer noch von ganzem Herzen haßte und verabscheute.

Es geschah bei einem Begräbnis, daß sie sich versöhnten. May erfuhr von Walters Tod durch eine Anzeige in der Zeitung. Und ihr Schmerz darüber war ebenso groß wie damals, als ihre Mutter ihr erklärte, er wolle June heiraten. Sie schickte Blumen, ein riesiges Gebinde aus schneeweißen Rosen, das sie einen halben Wochenlohn kostete. Selbstverständlich würde sie zum Begräbnis gehen, ob June sie nun dort haben wollte oder nicht.

Anscheinend wollte June sie dort haben. Vielleicht glaubte sie, die Rosen seien für die trauernde Hinterbliebene und nicht für den Toten. Jedenfalls kam sie auf May zu, umarmte sie und lehnte elend und verzweifelt den Kopf gegen die Schulter der Schwester. May war es, die das lange Schweigen brach.

«Jetzt weißt du, wie es ist, ihn zu verlieren», sagte sie.

«O May, May, sei nicht grausam zu mir! Halte mir das nicht jetzt vor. Bitte sei nett zu mir, mir ist doch alles genommen!»

So saß May neben June, und nach dem Begräbnis ging sie mit in das Haus, in dem June mit Walter gelebt hatte. Mit der Bemerkung, ihr sei alles genommen, hatte June wohl mehr ihre emotionellen Reichtümer als die materiellen gemeint, denn abgesehen von gewissen stattlichen Herrensitzen, die sie auf Reisen besichtigt hatte, war May so etwas wie das Interieur dieses Hauses noch nicht zu Gesicht gekommen.

«Ich werde nächsten Monat pensioniert», bemerkte sie trokken, «und dann werde ich in einem sogenannten Mini-Apartment wohnen, ein Zimmer und Küche.»

Zwei Tage später kam ein Brief von June.

«Liebste May. Sei nicht böse, wenn ich dich so nenne. Du hast immer zu meinen liebsten Menschen gehört, trotz allem, was ich dir angetan habe, und trotz deines Hasses auf mich. Ich kann nicht bereuen, was ich getan habe, weil mir daraus so viel Glück erwachsen ist, aber ich bin aufrichtig und zutiefst traurig, daß du es warst, die leiden mußte. Und nun, liebe May, möchte ich versuchen, an dir wiedergutzumachen, was ich getan habe, obgleich ich weiß, daß ich das niemals wirklich könnte, nicht mehr jetzt, nach so langer Zeit. Du hast gesagt, du gingst jetzt in Pension und würdest nicht sehr komfortabel leben können. Willst du nicht herkommen und mit mir zusammenleben? Du kannst in diesem Hause so viele Zimmer haben, wie du willst, ich lade dich ein, alles mit mir zu teilen. Du wirst wissen, was ich meine, wenn ich sage, daß ich das nur als gerecht empfinde. Bitte, mache mich glücklich, indem du mir sagst, daß du mir verzeihst und daß du kommst. Immer deine dich liebende Schwester June.»

Den Ausschlag gab, daß June geschrieben hatte, es wäre *gerecht*. Jawohl, es war nur gerecht, wenn May jetzt in den Genuß wenigstens einiger jener guten Dinge kam, die von Rechts wegen ihr gehörten und die ihr June außer ihrem Mann gestohlen hatte. Sie wartete eine Woche, ehe sie antwortete, und dann schrieb sie: «Liebe June, was du vorschlägst, scheint mir eine gute Idee. Ich habe darüber nachgedacht, und ich werde mit dir zusammenziehen. Ich habe sehr wenige persönliche Besitztümer, der Umzug wird mir also nicht viel Kopfzerbrechen machen. Laß mich wissen, wann ich kommen soll. Hier regnet es wieder, und es ist sehr kalt. – Deine May.» Von Verzeihen stand in dem Brief nichts.

Und trotzdem war May, als sie dann mit June das Haus teilte, fast bereit zu verzeihen. Denn jetzt endlich wurde ihr klar, wie Junes Eheleben gewesen war.

«Du kannst ruhig von ihm sprechen, wenn du möchtest», hatte sie an ihrem ersten gemeinsamen Abend verhalten lauernd gesagt. «Wenn es deine Gefühle erleichtert – mir macht es nichts aus.»

«Was gibt's da zu sagen, außer, daß wir vierzig Jahre verheiratet waren, und jetzt ist er tot?»

«Du könntest mir vielleicht ein paar Geschenke zeigen, die er dir gemacht hat.» May nahm diesen und jenen schönen Gegenstand zur Hand, betrachtete staunend Bilder. «Hat er dir dies hier geschenkt? Und wie ist es hiermit?»

«Das waren keine Geschenke. Ich habe es gekauft, oder vielleicht auch er.»

May konnte ihre Aufregung nicht verbergen. «Du mußt doch Angst vor Einbrechern haben. Dies ist hier ja wie Aladins Wunderhöhle. Du hast wohl auch haufenweise Schmuck?»

«Nicht viel», erwiderte June, unangenehm berührt.

Mays Blick heftete sich auf Junes Verlobungsring, ein armseliges Ding mit Brillantsplittern in neunkarätigem Gold, bei weitem nicht so teuer wie der Ring, den Walter seiner ersten Liebe geschenkt hatte. Selbstverständlich hatte sie ihren behalten, und Walter, obwohl auch damals schon ziemlich betucht, war nicht reich genug gewesen, nur sechs Monate nach dem ersten noch einmal solch einen großartigen Ring zu kaufen. Aber später doch wohl…?

«Ich hätte doch gedacht, du besäßest einen Ewigkeitsring.»

«Keine Ehe dauert ewig», sagte June. «Laß uns nicht mehr darüber sprechen.»

Ja, May merkte, sie redete nicht gern darüber. Bald schreckte sie schon zusammen, wenn nur Walters Name erwähnt wurde, und sie entfernte alle Fotos von ihm, die auf dem Flügel und dem Kaminsims im Wohnzimmer gestanden hatten. May fragte sich, ob Walter wohl jemals Briefe an seine Frau geschrieben hatte? Sie waren zwar selten getrennt gewesen, aber es wäre doch merkwürdig, wenn June innerhalb von vierzig Jahren nie einen Brief von ihm bekommen hätte. Als June das erste Mal allein ausging, versuchte May, ihren Schreibtisch zu öffnen. Aber er war verschlossen. Die Schubladen von Junes Ankleidekommode gaben nur ein paar Geburtstagskarten her mit hastig daraufgekritzeltem «Alles Liebe – Dein Walter», und die einzige schriftliche Botschaft ihres Mannes, die June für aufhebenswert befunden hatte, fand May zwischen den Seiten eines Kochbuches in der Küche. Es war eine Mitteilung, auf die Rückseite einer Rechnung geschrieben, und sie lautete: «Bäcker hat angerufen. Habe großes Weißbrot für Samstag bestellt.»

In dieser Nacht las May wieder die beiden Briefe, die sie während ihrer Verlobungszeit von Walter bekommen hatte. Jeder begann: «Liebste May». Vierzig Jahre lang hatte sie keinen Blick darauf geworfen, hatte es nicht gewagt; jetzt aber las sie mit stiller Genugtuung. «Liebste May. Dies ist der erste Liebesbrief, den ich je geschrieben habe. Wenn er nicht besonders gut ist, so mußt du das auf meinen Mangel an Erfahrung zurückführen. Ich vermisse dich sehr, und ich wollte, ich hätte meinen Eltern nicht versprochen, diesen freien Tag mit ihnen zu verbringen…» – «Liebste May. Danke für deine beiden Briefe. Es tut mir leid, daß es so lange gedauert hat, ehe ich antworte, aber es macht mich ein bißchen nervös, daß meine Briefe es mit deinen nicht aufnehmen können. Aber mit einigem Glück müssen wir uns ja bald keine Briefe mehr schreiben, weil wir dann nicht mehr getrennt sind. Ich wollte, du wärest hier bei mir...» Der arme Walter war so zurückhaltend und scheu gewesen, unfähig, seine Gefühle auszudrücken, weder auf dem Papier noch in Worten. Aber immerhin hatte er ihr Liebesbriefe geschrieben und keine Benachrichtigungen über Weißbrot. May beschloß, ihren Verlobungsring wieder zu tragen – am kleinen Finger, weil sie ihn nicht mehr über den Knöchel ihres Ringfingers bekam. Wenn June ihn bemerkte, so erwähnte sie es nicht.

«Warst du es, die keine Kinder wollte, oder Walter?» fragte May.

«Es kamen einfach keine Kinder.»

«Walter hat bestimmt welche gewollt. Als er mit mir verlobt war, haben wir immer davon gesprochen, daß wir drei haben wollten.»

June blickte gequält drein, aber May hätte den ganzen Tag von ihm reden können.

«Er war erst fünfundsechzig», sagte sie, «für die heutige Zeit sehr früh fürs Sterben. Du hast mir nie erzählt, woran er gestorben ist.»

«Krebs», sagte June. «Man hat ihn operiert, aber er hat das Bewußtsein nicht wiedererlangt.»

«Genau wie Mutter», sagte May.

Mal angenommen, June hätte Krebs gehabt und wäre daran gestorben – was wäre dann wohl geschehen? Wenn May an Walters liebevollen Blick und seinen starken Händedruck auf Vaters Begräbnis zurückdachte, dann war sie sicher, er hätte sie geheiratet. Sie drehte den Ring an ihrem kleinen Finger. «Du warst fast so was wie eine zweite Frau, nicht wahr? Muß eine schwierige Position gewesen sein.»

«Bitte, laß uns nicht weiter davon reden», sagte June, und mit dem Taschentuch vor den Augen verließ sie das Zimmer.

May war glücklich. Zum ersten Mal seit vierzig Jahren war sie glücklich. Sie machte sich im Hause zu tun, kümmerte sich um Junes Besitztümer, wischte Staub, polierte, blieb gelegentlich vor einem Bild stehen, um es zu betrachten, und dachte bei sich, wie oft Walter es wohl so angesehen habe. Manchmal stellte sie sich vor, er säße dort in jenem Sessel oder stünde am Fenster, das Herz schwer von Reue und Bedauern über das, was ihm entgangen war. Und sie wußte es nun: während er sich nach ihr sehnte, hatte sie in der Ferne nach ihm geweint. Jetzt weinte sie nie mehr, June aber tat es viel.

«Ich bin eine alte Närrin, daß ich mich so gehenlasse, aber ich bin schwach, und ich vermisse ihn so.»

«Habe *ich* ihn vielleicht nicht vermißt?»

«Er hat dich immer gern gemocht. Der Gedanke, daß du unglücklich warst, quälte ihn sehr. Er hat oft von dir gesprochen.» June sah sie mitleidheischend an. «Du hast mir verziehen, May, ja?»

«Ja, in der Tat, das habe ich», antwortete May. Sie wunderte sich ein bißchen über sich selbst, aber ja, sie hatte June verziehen. «Ich denke, du bist genug bestraft worden für das, was du getan hast.» Eine lieblose Ehe, ein Mann, der beständig von einer anderen Frau redete…

«Ja, ich bin gestraft», sagte June und schlang die Arme um Mays Hals.

Die Starke und die Schwache. May fielen diese Worte ein, als sie eines Nachts aufgeweckt wurde durch eine Unruhe im Erdgeschoß. Sie hörte Schritte und Geräusche, als ob eine Tür mit Gewalt geöffnet würde. Es war der Einbrecher, den sie immer gefürchtet und vor dem sie June gewarnt hatte. Aber June verkroch sich jetzt natürlich feige in ihrem Zimmer, nicht imstande, irgend etwas zu unternehmen.

Entschlossen zog May ihren Morgenmantel über und ging den Flur entlang zu Junes Zimmer. Das Bett war leer. Sie blickte aus dem Fenster, und beim Schein des Mondes sah sie einen Wagen, der auf dem Kiesweg geparkt stand. Und auf den Gartenweg fiel außerdem das hellere und gelbere Licht aus den Wohnzimmerfenstern. Ein Angstschauer durchlief sie, aber sie wußte, sie mußte stark sein.

Noch ehe sie die Treppe erreichte, hörte sie ein mächtiges Krachen, als ob etwas Schweres splitternd gegen die Wand geprallt sei. Dann ertönten von unten her ein Schrei und rennende Schritte. May kam gerade rechtzeitig an die Treppe, um eine zarte Gestalt durch die Diele hasten und die Haustür hinter ihr zuschlagen zu sehen. Der Wagen wurde gestartet.

Er hatte eine dünne Blutspur hinterlassen. May ging der Tropfenspur nach bis ins Wohnzimmer. June stand an ihrem Schreibtisch. Er war aufgebrochen worden, und der gesamte Inhalt lag auf der Platte verstreut. Sie zitterte, lachte und weinte in schlotternder Hysterie und wies auf die Glasscherben, die überall herumlagen.

«Ich habe die Karaffe nach ihm geworfen. Und ich habe ihn getroffen, er hat sich am Kopf geschnitten, und dann ist er weggerannt!»

May trat dicht an sie heran. «Bist du in Ordnung?»

«Er hat mich nicht angerührt. Er hat mit dem Revolver auf mich gezielt, als ich reinkam, aber ich hab mich nicht drum gekümmert. Ich konnte es einfach nicht ertragen, wie er da in meinem Schreibtisch zwischen all meinen privaten Sachen herumwühlte. War ich nicht tapfer? Er hat überhaupt nichts mitnehmen können, bloß ein paar Kleinigkeiten aus Silber. Ich hab ihm das Ding an den Schädel geschmettert, und dann hörte er dich kommen, und da ist er in Panik geraten. War ich nicht tapfer, May?»

Aber May hörte nicht zu. Sie las den Brief, der zuoberst offen auf dem Papierbündel lag, das der Einbrecher aus dem Schreibtisch gezerrt hatte. Walters kühne Handschrift sprang ihr in die Augen, wenn auch ein wenig zurückgenommen, geschwächt durch seine letzte Krankheit. «Mein lieber Liebling, es ist erst einen Augenblick her, seit du die Station verlassen hast, aber ich muß dir trotzdem schreiben. Ich kann meinem inneren Impuls nicht widerstehen, dir gleich zu schreiben und dir zu sagen, wie glücklich du mich in all den Jahren gemacht hast, in denen wir zusammen waren. Wenn denn das Schlimmste passiert, mein Liebling, und ich die Operation nicht überlebe, dann sollst du wissen, daß du die einzige Frau bist, die ich je geliebt habe...»

«Ich hätte nicht geglaubt, daß ich so viel Courage hab», sagte June. «Aber vielleicht war der Revolver ja auch gar nicht geladen. Das war ja noch ein halber Junge. Rufst du wohl bitte die Polizei an, May?»

«Ja», sagte May. Sie nahm den Revolver auf.

Die Polizei kam innerhalb einer Viertelstunde. Sie brachten

einen Arzt mit, aber June war bereits tot, aus geringer Entfernung durchs Herz geschossen.

«Wir finden ihn, Miß Thrace, seien Sie unbesorgt», sagte der Inspektor.

«Aber es ist doch schade, daß Sie den Revolver angefaßt haben. Ich nehme an, ganz in Gedanken, was?»

«Es war der Schock», sagte May. «Es war der schlimmste Schock meines Lebens – seit ich ein junges Mädchen war.»

Eine Nadel für den Teufel

Der Teufel findet Arbeit für müßige Hände, pflegte Mrs. Gibson ihrer Tochter zu sagen, und Alice fand, in ihrem Fall verleitete der Teufel (oder ein rätselhafter innerer Zwang) sie zur Gewalttätigkeit. Als Kind schlug sie auf Menschen ein, die sie ärgerten, und als sie vierzehn war, ging sie mit einem Messer auf ihre Schwester los, wobei zum Glück nichts Schlimmes passierte. Aber wenn es sie auch in den Händen juckte, Böses zu tun, so waren es doch auch begabte Hände, und als man sie lehrte, sie mit handwerklichen Arbeiten zu beschäftigen, da ließ ihr Hang zur Gewalttätigkeit nach, oder er wurde sublimiert, wie sie sich zu sagen angewöhnte, als sie eine Ausbildung als Krankenschwester begann.

Einzig ihre Mutter hatte sich Alices Berufswunsch widersetzt. Vielleicht wußte nur sie, was in der Tochter vorging. Aber ihre Einwände wurden von Alices Vater, von der Schuldirektorin, der Berufsberaterin und ebenso von Alice selbst beiseite geschoben. Und wirklich machte sich Alice gut. Es gab keinerlei unglückliche Zwischenfälle von der Art, wie Mrs. Gibson sie befürchtet hatte.

Natürlich mußte Alice in dieser neuen Lebensphase auf ihre handwerklichen Hobbys verzichten. Man kann in einem Zimmer im Schwesternwohnheim keinen Webstuhl oder eine Töpferdrehscheibe aufstellen. Und oft geschah es, daß Alice völlig erschöpft vom Dienst heimkam, nicht so sehr vom Bettenmachen, vom Heben der Patienten oder vom Herumrennen, als von der Anstrengung einer ständigen, eisernen Selbstkontrolle. Unablässig mußte sie den Impuls bezwingen, Patienten, die sie geärgert hatten, zu kneifen oder sonstwie zu drangsalieren.

Dann aber kam einmal das Mädchen, mit dem sie das Zimmer

teilte, nach zwei dienstfreien Tagen wieder und trug einen knielangen weißwollenen Strickmantel.

«Den Mantel finde ich hinreißend», sagte Alice, «einfach phantastisch. Der muß ein Vermögen gekostet haben.»

«Ich hab ihn selbst gemacht», sagte Pamela.

«Du hast ihn gemacht? Du meinst, *du* hast ihn gestrickt?»

«Es war gar nicht sehr schwer, und es hat bloß drei Wochen gedauert.»

Alice hatte noch nie ans Stricken gedacht. Stricken, das war so etwas, was Großmütter taten oder Tanten oder schwangere Frauen, wenn sie ihre Babyausstattung vorbereiteten. Aber wenn Pamela so einen Mantel machen konnte, der weder tantenhaft wirkte noch an Babyjäckchen erinnerte, dann konnte *sie* es auch, da war sie sicher. Und vielleicht konnte es dieses spezielle Problem lösen, das in letzter Zeit so bedrückend geworden war, daß sie schon fürchtete, sie werde kündigen müssen, ohne ihre Ausbildung abgeschlossen zu haben.

Stricken hat gegenüber Nähen oder Weben den Vorteil, daß dazu im Grunde nur ein Knäuel Wolle und ein Paar Nadeln nötig sind. Man kann es während der Frühstückspause tun, im Zug, während des Nachtdienstes. Es beruhigt die Nerven, beschäftigt die Hände, ist eine Art Therapie – und es liefert Garderobe. Alice stürzte sich voller Enthusiasmus aufs Stricken und merkte bald, daß es ihrem Zweck viel besser diente, als all ihre anderen Hobbys es getan hatten, durch den Vorzug nämlich, daß man es überall und in jeder freien Minute tun konnte.

Sie machte Fortschritte in ihrem Beruf, wurde Vollschwester, Oberschwester, und als sie etwa dreißig Jahre alt war, trug sie die volle Verantwortung für die Männerstation am St.-Gregory-Krankenhaus für Offiziere. Und dort war es auch, wo sie drei oder vier Jahre später Rupert Clarigate erstmals zu Gesicht bekam, der nach einer Herzattacke eingeliefert worden war.

Rupert Clarigate war, als er seine Koronarthrombose erlitt, zweiundfünfzig Jahre alt. Er war ein Junggeselle, der zwei Jahre zuvor im Range eines Oberstleutnant aus der Armee ausgeschieden war und seither sehr behaglich – zu behaglich vielleicht – von seiner hübschen Pension gelebt hatte. Hätte er weniger stark geraucht, weniger ausgiebig dem gebratenen Fasan in seinem

Klub zugesprochen und hinterher dem alten Napoleon-Cognac und wäre er mehr spazierengegangen, so wäre ihm, wie sein Arzt meinte, vielleicht nicht eines Nachts dieser wütende Schmerz den linken Arm hinunter und die linke Seite hinaufgefahren, wonach er sich im nächsten Augenblick auf dem Boden liegend und nach Atem ringend wiederfand.

Sein Arzt gehörte zu denen, die meinen, daß ein Herzpatient während der ersten Tage nach dem Infarkt niemals unbeaufsichtigt sein sollte. Infolgedessen also das St.-Gregory-Krankenhaus und Schwester Gibson. Am ersten Morgen im Krankenhaus erwachte er und blickte in die meerblauen Augen einer schlanken jungen Frau in schmucker Schwesterntracht, deren blondes Haar halb unter einer gestärkten weißen Haube verborgen war.

«Guten Morgen, Oberst Clarigate», sagte Alice. «Meine Güte, Sie sehen ja heute morgen schon viel besser aus! Da sieht man doch mal wieder, ein tiefer Schlaf wirkt Wunder.»

Alice sagte solches und ähnliches zu all ihren neuen Patienten, aber Rupert, der nie zuvor im Krankenhaus gewesen war und sich bis jetzt einer geradezu strotzenden Gesundheit erfreut hatte, glaubte, das sei speziell auf ihn gemünzt, und er fand ihren Ton ungewöhnlich liebevoll.

Er hörte ja nicht, wie sie fünf Minuten später einer ihrer Schwesternschülerinnen, die eine Nierenschale fallengelassen hatte, erklärte, sie sei nicht nur hoffnungslos unbegabt, Krankenschwester zu werden, sie sei auch geistig zurückgeblieben, denn dieses Donnerwetter fand außerhalb der Station in der Zentralsterilisation statt, der sogenannten Spüle. Er glaubte, Alice müsse ein entzückendes Naturell haben, immer fröhlich, immer ermutigend, endlos geduldig, und darüber hinaus sah sie auch noch aus wie ein Mädchen, das das Leben zu genießen verstand.

«Na, wer ist denn das glückliche Mannsbild, das Sie heute abend ausführt, Schwester?» fragte Rupert, als Alice noch einmal den Kopf zur Tür hereinsteckte, bevor sie ihren Dienst beendete. «Den beneide ich, ehrlich gesagt.»

«Überhaupt kein Mannsbild, Oberst», sagte Alice, «ich mache mir einen gemütlichen Abend mit dem Strickzeug vor dem Fernseher.»

Diese Aussage stimmte auch. Es gab kein Mannsbild. Es hatte

welche gegeben in verflossenen Tagen, etliche sogar, und darunter einen, den Alice wahrscheinlich geheiratet hätte, wenn sie ihm nicht einmal eine Ohrfeige versetzt (und ihm dabei die Füllung eines Backenzahns ausgeschlagen) hätte, weil er über sie gewitzelt hatte. Aber damals war sie sehr jung gewesen und noch ohne ihre Zuflucht und ihren moralischen Halt. Seit damals hatte sie ihrer beruflichen Karriere größeren Wert beigemessen als potentiellen Ehemännern, und sie hatte sich inzwischen so sehr an das Geplänkel und die Flirtversuche ihrer Patienten gewöhnt, daß sie ihre Worte kaum aufnahm und sie auch kaum als Männer betrachtete.

Bei Rupert Clarigate jedoch war das anders. Er war einer der bestaussehenden Männer, die ihr je begegnet waren, er hatte vor allem dieses wunderbar volle Haar. Obgleich sein Gesicht noch jugendlich und faltenlos war – sein Haar war schlohweiß, weiß und dick und dabei ganz leicht gewellt, und seit er die Armee verlassen hatte, gestattete er sich, es so lang wachsen zu lassen, daß es eben den oberen Rand der Ohren verbarg. Das war das erste, was Alice an ihm aufgefallen war. Sie hatte schon immer eine besondere Abneigung gegen Kahlköpfigkeit gehabt. Auch wenn sie an die abstoßendsten Anblicke gewöhnt war oder etwa ohne mit der Wimper zu zucken Wunden und eitrige Abszesse säuberte, es kostete sie stets schwere Überwindung, die kahle Platte eines Mannes zu waschen oder die drum herumwachsenden Haare zu kämmen. Rupert Clarigate sah aus, als würde er niemals eine Glatze bekommen, denn in seiner dichten, weißen Mähne zeigte sich noch nicht einmal eine erbsengroße kahle Stelle.

Darüber hinaus mochte sie seine herzliche, joviale Art, seinen Internatsschul-Tonfall, seine Sandhurst-Stimme. Die leicht wollüstige Bewunderung in seinen Augen, korrekt unter Kontrolle gehalten, erregte sie. Gegen Ende der ersten Woche seines Aufenthalts war sie verliebt, wenigstens hätte sie es mangels einschlägiger Vergleiche so genannt.

Was Oberst Clarigate betraf, so hatte er schon immer die Absicht gehabt, sich eines Tages zu verheiraten. Eine lang andauernde Affäre mit der Frau eines anderen Offiziers hatte ihn im Stande eines Junggesellen erhalten, bis er fünfunddreißig war, und als sie dann zu Ende war, da fühlte er sich zu sehr eingefahren in seinen Gleisen, um sich auf den Ehestand einzulassen. Zu egoistisch, hatte die Frau des anderen Offiziers gesagt. Und es stimmte, Rupert sah keinen Sinn darin, eine Frau zu haben, wenn er nun einmal abends nicht zu Hause bleiben mochte, wenn er keinen Wunsch nach Kindern hegte und ihm der Gedanke, sein Einkommen teilen zu müssen, nicht gefiel, und wo er doch ohnehin seinen Offiziersburschen hatte, der ihn bediente und ihm seine Wohnung saubermachte.

Aber eines Tages würde er heiraten – wenn er pensioniert war. Und nun war es soweit mit der Pensionierung. Er wohnte in dem großen, unbequemen Haus, das seine Eltern ihm hinterlassen hatten, und es gab niemanden, der es sauberhielt. Er aß schwere Mahlzeiten in teuren Restaurants, denn es war niemand zu Hause, der für ihn kochte; und er sagte sich, er rauche nur deshalb zuviel, weil er einsam war. Folglich hatte er seinen Herzinfarkt bekommen, weil er keine Frau hatte. Warum also sollte nicht die hübsche, tüchtige, freundliche Schwester Gibson seine Frau werden?

Warum sollte sie nicht den Schwesternberuf aufgeben, dachte Alice. Warum sollte sie nicht den Oberst Clarigate heiraten und ein eigenes Zuhause haben anstelle ihrer zweizimmerigen Dienstwohnung? Außerdem war sie in ihn verliebt, und er hatte solch schönes, dickes Haar.

Er mußte in Schwester Gibson verliebt sein, dachte Rupert, wie konnte er sonst ihretwegen so unruhig sein an den Abenden, wenn er annehmen mußte, daß sie mit einem Mann aus war? Und das, so wußte er aus seinen Erfahrungen mit der Frau des anderen Offiziers, das war Eifersucht und somit ein Indiz für Liebe.

Er verließ das Krankenhaus nach drei Wochen und begab sich zur Erholung aufs Land. Von dort schrieb er Alice beinahe täglich. Als er wieder zu Hause war, lud er sie ins Theater zu einer Komödie ein, sehr derb und sexy, in der sie beide sehr viel lachten, und wenig später ins Kino zu einer Neuverfilmung von «Carry On Nurse», wo sich beide auch vor Lachen bogen. Als sie den dritten Abend zusammen ausgingen, verlobten sie sich.

«Die Leute könnten sagen, das sei ein bißchen plötzlich»,

meinte Alice, «aber mir kommt es vor, als würden wir uns in- und auswendig kennen. Schließlich gibt es ja auch keine intimere Beziehung, nicht wahr, als zwischen Krankenschwester und Patient.»

«Ich wüßte höchstens noch eine», sagte Rupert mit einem Augenzwinkern, und sie brachen beide in Gelächter aus.

Ungefähr einen Monat nach ihrer Verlobung hatte er seinen dreiundfünfzigsten Geburtstag, und Alice strickte ihm einen Pullover. Er war rostrot, hatte am Hals und am Bund feine, cremefarbene und dunkelgrüne Streifen, und er stand ihm hervorragend, denn Rupert war trotz seines guten Lebens nie dick geworden. Alice sorgte energisch für ihn. Sie unternahm gesunde,vernünftige Spaziergänge mit ihm und brachte ihn behutsam vom Rauchen ab. Das Haus der Clarigates war nicht nach Alices Geschmack, also verkaufte er es und erwarb ein neues in einem Badeort an der Südküste. Sie könnten leben, wo sie wollten, hatte Rupert gesagt, es bestehe keine Notwendigkeit, in London zu bleiben. Die Aussicht, dieses Haus einzurichten, erfüllte Alice mit aufgeregter Vorfreude, zumal Rupert ihr mit seinen Ersparnissen völlig freie Hand ließ.

Die Hochzeit fand im Mai, drei Monate nach ihrer ersten Begegnung, statt.

Es war eine schlichte Feier mit einem kleinen anschließenden Essen. Anwesend waren Mrs. Gibson, inzwischen Witwe, Alices Schwester und jene Freundin Pamela, die Alice auf die Vorzüge des Strickens gebracht hatte, und Pamelas Ehemann Guy, ein freier Schriftsteller und Autor von Kriminalromanen. Von Ruperts Seite waren da ein Vetter, sein ehemaliger vorgesetzter Offizier und Dr. Nicholson, jener gewissenhafte Mediziner, der seine Überweisung ins St.-Gregory-Krankenhaus veranlaßt hatte. Das frisch verheiratete Paar verabschiedete sich um drei, um das Flugzeug zu erreichen, das sie in die Flitterwochen nach Barbados bringen sollte.

Alice war noch nie irgendwohin in die Ferien gefahren, ohne ihr Strickzeug mitzunehmen. In Palma de Mallorca hatte sie Mütze und Handschuhe für ihre Nichte gestrickt, in Innsbruck hatte sie einen dicken Sweater für ihren Schwager angefangen, und auf den griechischen Inseln hatte sie einen Pulli für sich selbst beendet. Aber ein Instinkt hinsichtlich der Richtigkeit oder Angemessenheit gewisser Aktivitäten sagte ihr, daß man in die Flitterwochen keinen Strickstrumpf mitnimmt, und es zeigte sich auch wirklich, daß sie dabei kaum Gelegenheit zum Stricken gehabt hätte. Man kann schließlich nicht gut am Strand stricken, und sie waren meist am Strand, wenn sie nicht zum Essen oder zum Tanzen gingen; denn Rupert hatte recht gehabt, wenn er seine Alice als eine Frau einschätzte, die sich aufs Genießen verstand. Alice hätte gern noch mehr getanzt, noch herzhafter gegessen, und sie wäre gern noch länger aufgeblieben, hätte nicht die wachsame Sorge um ihres Mannes Gesundheit sie daran gehindert. Mochte Rupert auch, kräftig und viril wie er war, in gewisser Hinsicht ebenso jung wirken wie sie, so war doch nicht an der Tatsache zu rütteln, daß er einen Herzinfarkt gehabt hatte und einen weiteren bekommen konnte. Zufrieden stellte sie fest, daß er das Rauchen aufgegeben hatte, und als sie gegen Ende ihres Aufenthaltes eine gewisse Gereiztheit an ihm bemerkte, schob sie das auf die Hitze.

Als sie wieder daheim waren, nahm das Einrichten des neuen Hauses all ihre Zeit in Anspruch. Teppiche mußten ausgesucht und bestellt werden, Klempner, Heizungsinstallateure und Elektriker mußten beauftragt, Polsterer und Gardinenlieferanten angemahnt werden. Alice arbeitete fieberhaft. Sie erlaubte nicht, daß Rupert ihr half, allabendlich jedoch unternahm sie mit ihm einen therapeutischen Spaziergang an der Promenade entlang. Er sah gesünder aus als in den ganzen fünf Monaten, die sie ihn kannte, und er konnte jetzt die Treppe hinauflaufen, ohne nach Atem zu ringen.

Es war am Morgen nach dem Tage, an dem die neuen Teppiche gelegt worden waren und Alice alle Möbel wieder an ihren Platz geschoben und poliert hatte, da überkam sie das Gefühl, nun könne sie endlich anfangen, sich auszuruhen. Rupert war zu seiner monatlichen Routineuntersuchung zu Dr. Nicholson gefahren. Sie machte sich auf den Weg zum Einkaufscenter, um sich ein bißchen Wolle zu kaufen. Am vorigen Abend nämlich, während ihres gemeinsamen Spazierganges, hatte Rupert auf einen Mann gezeigt, der über das Promenadengeländer lehnte und genau solchen ärmellosen Pullunder trug, den er sich schon immer gewünscht hatte. Alice hatte nichts erwidert, sondern nur lächelnd seinen Arm gedrückt.

Während all der Jahre, die vergangen waren, seit Pamela zur Tür hereingekommen war und jenen weißen Mantel getragen hatte, war Alice eine Meisterin in ihrem Fach geworden. Sie wußte alles, was es da zu wissen gab. Sie verstand sich auf die feineren Techniken des Musterstrickens, des unsichtbaren Abnehmens, des Einarbeitens kontrastierender Farben. Sie kannte sich mit sämtlichen verfügbaren Strickgarnen aus, von superschwerer Naturwolle bis zum zweifädigen Baumwollgarn, und sie wußte genau, welche Nadeln für welches Material richtig waren. Ohne auf Tabellen zurückgreifen zu müssen, konnte sie sagen, daß die englische Stricknadelstärke vierzehn der europäischen Zwei-Millimeter-Nadel und der amerikanischen Stärke 00 entspricht. Sie konnte mit Leichtigkeit ein vorgegebenes Muster auf eine andere Konfektionsgröße übertragen oder auch, wenn nötig, sogar ohne jede Vorlage arbeiten. Hatte sie einen Pullover oder eine Strickjacke ein einziges Mal gesehen, so konnte sie es kopieren, und es kam ein vollkommen identisches Kleidungsstück dabei heraus. Und darüber hinaus hatte alles, was mit Stricken zusammenhing, für sie eine stark emotionale Bedeutung. Sie konnte nicht umhin, darin eine Art Lebensrettung zu erblicken, und darum bedeutete es ihr weit mehr als anderen Frauen etwa ihre Stickerei oder ihre Häkelarbeit. So war es denn nur natürlich, daß sie beim Betreten eines Wollgeschäftes eine fast krankhafte Aufregung verspürte, wie auch jenes tief innere Vergnügen, wie es etwa ein Gelehrter empfindet, wenn er eine Bibliothek betritt.

Woolcraft Limited war ein gutes Geschäft seiner Branche, das stellte sie sehr schnell fest, und sie verbrachte darin eine glückliche halbe Stunde, ehe sie sich für die Vorlage eines ärmellosen Pullunders und für sechs 25-Gramm-Knäule einer ultramarinblauen Wolle-Acryl-Mischung entschied.

Es ergab sich keine Gelegenheit, noch am gleichen Tage anzufangen. Rupert mußte seinen Lunch haben, und am Nachmittag machten sie beide Gartenarbeit, und abends gingen sie zum Dinner-Tanzabend in den *Pump Room*. Aber am folgenden Nachmittag, als Rupert unten im Garten war und die Ligusterhecke schnitt, holte Alice das erste Knäuel blauer Wolle hervor und fing an.

Beim Einzug in das Haus hatte sie die große unterste Schublade einer Kommode im Wohnzimmer für ihre Strickutensilien eingerichtet. Darin lagen all die vielen übriggebliebenen Wollknäule und Restchen von einer Vielzahl von Kleidungsstücken, die sie über die Jahre gestrickt hatte, ihr Maschenzähl-Maßband, Zentimetermaß, Stopfnadeln und Perlongarn zum Zusammennähen, und ganz zuvorderst alle ihre Stricknadelpaare, jeweils eins von allen vorkommenden Stärken, und jedes Paar steckte säuberlich in einer langen Plastikhülle. Alice hatte ein Paar der Nummer vierzehn, die dünnste Sorte, ausgewählt, um mit dem Bündchen von Ruperts Pullunder zu beginnen.

Als sie die erforderliche Anzahl von hundertfünfzig Maschen aufschlug und als sie die vertrauten dünnen Metallnadeln in den Händen und das leicht flauschige Garn rhythmisch durch ihre Finger gleiten spürte, da senkte sich eine große Ruhe auf Alice herab. Es war, als käme man nach langer Abwesenheit wieder nach Hause. Es war wie die erste Zigarette – so vermutete sie – oder der erste Drink nach einem Monat der Abstinenz. Es war ganz einfach wundervoll. Es war wie das Schlußsiegel auf ihrem Glück: Hier war sie nun – verheiratet, noch dazu mit einem charmanten Mann, den sie liebte, sie war wohlhabend, lebte in dem Haus ihrer Träume, und jetzt, da sie sich in ihrem neuen Leben installiert hatte, nahm sie ihr altes Hobby wieder auf, das ihr so viel Vergnügen bereitete.

Sie hatte weit mehr als einen Zentimeter gestrickt, denn die Arbeit ging langsam voran mit so feinen Nadeln, da hörte sie Rupert aus dem Garten hereinkommen und sich die Hände am Küchenausguß abspülen. Und jetzt trat er ins Wohnzimmer, wo sie saß.

Ein oder zwei Meter hinter der Tür blieb er stehen und starrte sie an. «Was tust du denn da, Liebling?»

«Stricken», sagte Alice und lächelte ihn an.

Rupert kam näher und setzte sich ihr gegenüber. Er war fasziniert. Er wußte zwar, daß es so etwas wie Handstrickerei gab oder doch wenigstens früher gegeben hatte, denn ihm war, als habe seine Mutter dergleichen vor vierzig Jahren erwähnt, aber tatsächlich gesehen hatte er es noch nie. Alices Finger hüpften auf und nieder, vollführten wohl hundertmal in der Minute exakt die gleiche Bewegung, und sie schienen sich vollkommen unabhängig von der übrigen Alice zu bewegen, unabhängig von ihrem Körper, der anmutig entspannt war, von ihren Augen, die gelegentlich den seinen begegneten, und auch, so schien es ihm, von ihren Gedanken, die anscheinend irgendwo umherschweiften.

«Ich wußte gar nicht, daß du stricken kannst», sagte er nach einer Weile.

«Aber Liebling, was glaubst du wohl, wo dein roter Pullover hergekommen ist? Ich hab dir doch erzählt, daß ich ihn selbst gemacht habe.»

Rupert hatte über die Herkunft des roten Pullovers nicht nachgedacht. «Wahrscheinlich hab ich geglaubt, du hättest ihn auf irgendeiner Maschine gemacht», meinte er.

Darüber lachte Alice herzhaft. Sie fuhr fort zu stricken. Rupert las die Abendzeitung, die soeben gekommen war. Nach einer Weile sagte er: «Kann ich mit dir reden, während du das machst?»

Er klang so sehr wie ein kleiner Junge, dessen Mutter sich nicht um ihn kümmern kann, daß Alice ganz gerührt war. «Aber Liebling, natürlich kannst du das. Rede nur! Ich bin eine sehr routinierte Strickerin, weißt du. Ich kann nicht nur reden, während ich stricke, ich kann auch lesen, fernsehen... meine Güte, ich könnte sogar im Dunkeln stricken!» Und sie ließ ihren Blick sanft lächelnd auf ihm ruhen, während ihre Finger wie Motorkolben auf und nieder zuckten.

Aber Rupert redete nicht. Er sprach kaum ein Wort, bis sie zu ihrem Abendspaziergang aufbrachen, und als sie sich am nächsten Tag wieder den blauen Pullunder vornahm, fiel ihr wiederum auf, wie er sie anstarrte. Nach einer Weile zündete er sich eine Zigarette an, seine erste nach etlichen Wochen. Ohne ein Wort verließ er das Zimmer, und als sie in die Küche ging, um das Abendessen vorzubereiten, fand sie ihn dort am Tisch sitzend, vertieft in eines seiner liebsten Kriegserinnerungsbücher.

Erst nachdem Alice vier Nachmittage strickend über dem Pullunder verbracht und fünfzehn Zentimeter des Rückenteils geschafft hatte – mittlerweile hatte sie auf etwas stärkere Nadeln,

Nummer zwölf, übergewechselt, die waren aus rotem Plastik –, kam Rupert erneut auf ihre Beschäftigung zu sprechen.

«Weißt du, Liebling», meinte er, «es besteht überhaupt kein Grund, weshalb wir unsere Kleidung nicht fertig kaufen sollten. Wir sind schließlich nicht arm. Ich hab dir hoffentlich nicht den Eindruck vermittelt, ich sei geizig. Immer wenn du Geld möchtest, um dir eine Bluse oder ein Kleid oder sonstwas zu kaufen, brauchst du bloß ein Wort zu sagen.»

«Dies ist ja nicht für mich, Rupert, es ist für dich. Du hast doch gesagt, du wolltest gern solchen Pullunder wie der Mann neulich auf der Promenade.»

«Hab ich das? Es wird wohl stimmen, wenn du es sagst, aber ich kann mich nicht daran erinnern. Aber egal, ich brauche doch bloß zu dem Herrenausstatter hinzugehen und mir einen zu kaufen, wenn mir danach ist, meinst du nicht? Es hat doch keinen Sinn, daß du dich hier endlos mit etwas abplagst, das ich mir in zehn Minuten kaufen kann.»

«Aber ich stricke riesig gern, Liebling. Es macht mir Spaß. Und außerdem sind handgestrickte Sachen auch viel schöner als gekaufte.»

«Dir müssen doch die Finger davon weh tun», sagte Rupert. «Diese Redewendung ‹sich bis auf die Knochen abrackern...›, jetzt geht mir auf einmal die Bedeutung dieses Ausdruckes auf. Hab ich nicht recht?»

«Sei nicht albern», sagte Alice gereizt, «natürlich tun mir nicht die Finger weh. Es macht mir Spaß. Und ich finde, es ist sehr schade, daß du wieder angefangen hast zu rauchen.»

Rupert rauchte an diesem Tag fünf Zigaretten, und am nächsten zehn, und am Tage danach kamen Pamela und Guy, um einen vierzehntägigen Urlaub bei ihnen zu verbringen.

Rupert fand – und Alice stimmte darin mit ihm überein –, wenn man an der See wohnte, dann hatte man geradezu die Pflicht, nahe Freunde für die Sommerferien einzuladen. Außerdem hatten Guy und Pamela, die über kein großes Einkommen verfügten, zwei Kinder auf teuren Internatsschulen und hätten sonst wahrscheinlich überhaupt keine Ferien gemacht. Sie kamen für die beiden mittleren Wochen des August, während die Kinder im Sommerlager waren.

Pamela hatte keine einzige Masche mehr gestrickt, seit ihre Tochter zwei Jahre alt gewesen war, aber es machte ihr Spaß, Alice bei der Arbeit zuzusehen. Sie sagte, sie fände es so beruhigend. Und als sie in die Kommodenschublade mit den Strickutensilien hineinschaute und all die übriggebliebenen Garnknäule in den entzückenden Farbschattierungen sah, all das Rosa und Lila und Zartgrün und Honiggelb und Schokoladenbraun, da meinte sie, sie hätte doch das Gefühl, auch wieder damit anfangen zu müssen, denn Kleidung koste ja so viel, und das wäre doch eine große Ersparnis.

Guy gehörte nicht zu jenen Schriftstellern, die niemals über ihre Arbeit sprechen. Er war unentwegt mit dem jeweiligen Thema seiner verwickelten und komplizierten Detektivgeschichten befaßt, die er jährlich produzierte, und er bastelte sich seine Plots aus gewöhnlichen Zwischenfällen des täglichen Lebens und aus Dingen zusammen, die er beobachtete, wenn sie etwa einen Ausflug unternahmen. Alice machte es Spaß, wie er immer neue Mordmethoden ersann und entwickelte, und er setzte alles daran, sie mit immer genialeren und bizarreren Verbrechen zu amüsieren.

«Nimm zum Beispiel Warfarin», sagte er etwa. «Man nimmt es, um Ratten damit zu töten. Es verhindert die Blutgerinnung, so daß die Tiere, wenn sie miteinander kämpfen und nur die kleinste Wunde bekommen, daran zu Tode verbluten.»

«Das gibt man auch Menschen», entgegnete Alice, die Krankenschwester, «oder wenigstens etwas, das dem sehr ähnlich ist. Bei Leuten, die eine Thrombose gehabt haben, verhindert es die Bildung von Blutgerinnseln.»

«Ach, tut man das jetzt? Das ist sehr interessant. Wenn ich diese Methode in einem Buch verwenden wollte, dann würde ich zum Beispiel den Mörder seinem Opfer Warfarin verabreichen lassen, und dazu ein starkes Sedativ; und dann ein winziger Schnitt, sagen wir, am Handgelenk...»

Ein andermal war er aufs höchste gefesselt durch eins von Alices Büchern, in dem es um die Weinherstellung ging und um Pflanzen, die dazu ungeeignet waren.

«Eine tolle Inspiration für einen Krimischreiber», meinte er. «Hier steht, daß die Zehrwurz, was immer das nun sein mag, irritierende Kristalle von Kalziumoxalat enthält. Wenn man das Zeug ißt, dann schwillt das Innere des Mundes an, und man stirbt, weil man nicht mehr atmen kann. Nun wird zwar ein durchschnittlicher Pathologe die Schwellung vielleicht entdekken, aber ich gehe jede Wette ein, er wird nie darauf kommen, daß sie durch den Genuß von Lysichiton symplocarpus zustande gekommen ist. Also bitte – wieder eine nicht aufzuklärende Mordmethode.»

Alice war entzückt über seine Erfindungsgabe, und Pamela war daran gewöhnt, bloß Rupert, der dem tatsächlichen Tode wahrscheinlich näher gewesen war als jeder von ihnen, reagierte empfindlich und war nicht traurig, als die zwei Wochen sich dem Ende näherten und Guy und Pamela schließlich fort waren. Auch Alice verspürte eine gewisse Erleichterung. Es irritierte sie, daß ihr latenter Sadismus, den sie sehr wohl als solchen erkannte, durch Guys Ideen womöglich neue Impulse erhalten hätte. Voller Dankbarkeit kehrte sie zu dem harmlosen Placebo ihrer Strickerei zurück und machte sich erneut an den blauen Pullunder, der mittlerweile auf zwanzig Zentimeter gewachsen war.

Rupert zündete sich eine Zigarette an.

«Hör mal, ich hab mir überlegt – warum kaufe ich dir eigentlich keinen Strickapparat?»

«Ich möchte keinen Strickapparat, Liebling», antwortete Alice.

«Ich hab mir schon mal einen angesehen, als ich neulich mit dem alten Guy unterwegs war. Bißchen kostspielig, aber das macht mir nichts aus, Liebling, wenn es dich glücklich macht.»

«Ich sage doch, ich will gar keinen Strickapparat. Die Sache ist die – ich stricke nun mal gern mit der Hand. Ich hab dir doch schon gesagt, das ist mein Hobby, eine richtige, große Liebhaberei. Was soll ich mit einem sperrigen Apparat, der bloß Platz wegnimmt und ein dummes Geräusch macht, wo ich doch meine zwei Hände habe?»

Er war still. Er sah ihre Finger arbeiten.

«Um die Wahrheit zu sagen, es ist ja gerade das Geräusch, das ich nicht mag», sagte er.

«Was für ein Geräusch?» fragte Alice fassungslos.

«Dieses andauernde Klick-Klick-Klick.»

«Ach Unsinn! Bis da drüben quer durchs Zimmer kannst du bestimmt nichts hören.»

«Doch, ich kann!»

«Dann wirst du dich daran gewöhnen.»

Aber Rupert gewöhnte sich nicht daran, und das nächste Mal, als Alice zu stricken anfing, sagte er: «Es ist auch nicht bloß das Klicken, mein Herz, es ist der Anblick deiner Hände, die die ganze Zeit mechanisch hin und her zucken. Um ganz ehrlich zu dir zu sein: es geht mir auf die Nerven.»

«Dann schau nicht hin.»

«Ich kann es nicht ändern. Es ist wie eine Art vertrackter Faszination, die meine Augen anzieht.»

Alice fing ebenfalls an, nervös zu werden. Ein Großteil ihres Vergnügens wurde durch diese starrenden Augen zunichte gemacht, und obendrein noch durch das Bewußtsein, daß er verabscheute, was sie tat. Es begann sich auf die Qualität ihrer Arbeit auszuwirken, sie strickte ungleichmäßige Maschen. Beharrlich machte sie weiter, allerdings langsamer, und nach einer halben Stunde ließ sie die Nadeln mit dem zweiundzwanzig Zentimeter langen blauen Gestrick in ihren Schoß fallen.

«Komm, laß uns Essen gehen», schlug Rupert eifrig vor. «Erst nehmen wir ein paar Drinks unten an der Promenade, und dann fahren wir zum Dinner rüber ins *Queen's*.»

«Wenn du willst», sagte Alice.

«Und, Herzchen, gib das alberne Stricken auf, ja? Mir zuliebe? Du wirst es dir doch nicht zweimal überlegen, wenn ich dich bitte, mir zuliebe so eine Kleinigkeit zu tun, was?»

Eine Kleinigkeit nannte er es. Alice überlegte es sich nicht zweimal, sondern viele Male. Sie dachte kaum noch an etwas anderes, und einen großen Teil der Nacht lag sie wach. Am nächsten Tag strickte sie nicht, und was sie schon fertig hatte, packte sie weg in die Schublade. Rupert war schließlich ihr Mann, und die Ehe war, so hatte sie die Leute oft sagen hören, eine Sache des Gebens und Nehmens. Dies würde sie also ihm geben, eingedenk all dessen, was er ihr gegeben hatte.

Ihr fehlte das Stricken entsetzlich. Nach all den Jahren aktiver Tätigkeit, da sie buchstäblich den ganzen Tag auf den Beinen gewesen war, und nach all den Mußestunden, in denen ihre Hände unentwegt beschäftigt gewesen waren, war sie es nicht mehr gewohnt, lediglich zu lesen oder Musik zu hören oder fernzusehen. Mit müßigen Händen fiel es ihr schwer, sich ruhig zu verhalten. Unaufhörlich fummelte sie herum. Und als dann Rupert, der nicht ein einziges Mal das Opfer erwähnt hatte, das sie ihm brachte, doch einmal auf das Stricken zu sprechen kam, da verspürte sie ein schier unbezwingliches Verlangen, ihm eine runterzuhauen.

Eines Tages kamen sie auf ihrem Abendspaziergang an dem Herrenausstattungsgeschäft vorüber, von dem er gesprochen hatte, als er zum ersten Mal ein Strickzeug in ihren Händen gesehen hatte, und dort im Fenster lag ein schwerer, naturweißer Wollpullover mit einem komplizierten Norwegermuster in Rot und Grau.

«Ich wette, das brächtest du nicht fertig, was, Herzchen? Da braucht man eine Maschine, um so ein Stück herzustellen. Das nenn ich mir ein Prachtstück!»

Es juckte Alice in den Händen, ihn zu ohrfeigen. Sie und so was nicht fertigbringen! Pah, sie brauchte nichts als die Gelegenheit, und sie würde es in einer Woche fertigbringen, und es würde etwas bei weitem Schöneres dabei herauskommen als das Ding dort im Fenster! Ihr Herz krampfte sich zusammen, wenn sie daran dachte. Wenn man sie nur stricken ließe, wie leicht würde sie das Stück dort kopieren. Wie wundervoll wäre sie beschäftigt, auf kariertem Papier jenes Karo- und Zickzackmuster auszuarbeiten und dann abwechselnd die verschiedenen Garne einzustricken, indem sie die Fäden geschickt über drei verschiedene Finger führte! Sie wandte sich ab. Sollte sie denn nie wieder stricken dürfen? Mußte sie warten, bis Rupert starb, ehe sie wieder zu den Nadeln greifen durfte?

Allmählich kam Alice das, was ihr Mann ihr angetan hatte, wie eine monströse Grausamkeit vor. Warum war sie so dumm gewesen, jemanden zu heiraten, den sie bloß drei Monate gekannt hatte? Und sie dachte, wie sehr sie es genießen würde, ihn mit den Fäusten zu bearbeiten, seinen Kopf hin und her zu schütteln, bis er um Gnade schrie und sie anflehte, doch wieder so viel zu stricken, wie sie nur wollte.

Rupert brachte die Veränderung, die er an seiner Frau bemerkte, nicht mit dem Verlust ihres Hobbys in Verbindung. Er hatte ihre Strickerei total vergessen. Er glaubte, sie sei so reizbar und nervös geworden, weil sie sich wegen seiner Raucherei sorgte – immerhin wußte niemand besser als sie, daß er nicht rauchen sollte –, und er unternahm einen energischen Anlauf, den zweiten seit seiner Eheschließung, es aufzugeben.

Nach fünf Tagen totaler Abstinenz hatte er das Gefühl, als ob jede Faser seines Körpers nach einer Zigarette lechzte, ja geradezu schrie und sich in tödlicher Verzweiflung wand. Am schlimmsten war es im Pub an der Uferpromenade, wo die Atmosphäre geladen war von aromatischem Zigarettenrauch, und dort kaufte er denn auch, während Alice an ihrem Tisch saß, verstohlen eine Zwanzigerpackung an der Bar.

Zu Hause zog er eine heraus und zündete sie an. Seine Gier nach Nikotin war so groß, daß er alles andere darüber vergaß. Er hatte sogar vergessen, daß Alice ihm gegenübersaß. Er nahm einen wundervoll tiefen Lungenzug, einen von der Sorte, daß die Wände um einen her zu wackeln beginnen und einem der Kopf unter brüllenden Wogen zu bersten droht – einen kühlen, aromatischen, benebelnden, wundervollen Zug!

Das nächste, was er wahrnahm, war, daß ihm die Zigarette aus dem Mund gerissen und in den Kamin geschleudert wurde und daß Alice ihn mit den Fäusten bearbeitete, während sie auf der Packung mit den übriggebliebenen neunzehn Zigaretten herumtrampelte.

«Du gemeine, egoistische, grausame Bestie! *Du* kannst weitermachen mit deiner ekelhaften, stinkenden Sucht, von der mir schlecht wird, wie? *Du*, du machst damit weiter, bringst dich noch um damit, während ich nicht mal meine armselige, harmlose und nützliche Handarbeit machen darf! Du selbstsüchtiges, unsensibles Schwein!»

Es war ihr erster Streit, und er dauerte über Stunden an.

Am nächsten Morgen ging Rupert in die Stadt und kaufte hundert Zigaretten, und Alice schloß sich im Schlafzimmer ein und strickte. Sie versöhnten sich nach zwei oder drei Tagen. Rupert versprach, sich wegen seines Rauchens einer Hypnose zu unterziehen. Über Alices Strickerei wurde bei dieser Gelegenheit nicht gesprochen, aber wenig später erklärte sie Rupert sehr ruhig und vernünftig, daß sie das Stricken für ihre Nerven brauche, und daß sie diesem Hobby eine bestimmte Zeit widmen werde, zum Beispiel jeden Abend eine Stunde, während der sie sich in das wenig benutzte Speisezimmer setzen wolle.

Rupert sagte, er werde sie vermissen, er habe nicht geheiratet, damit seine Frau in dem einen, und er in dem anderen Zimmer säße, aber bitte schön, es sei wohl nicht viel dagegen einzuwenden, solange es sich bloß um eine Stunde handele.

Es begann mit einer Stunde. Alice stellte fest, daß sie Ruperts Gesellschaft nicht vermißte. Ihr kam es vor, als hätten sie einander bereits alles gesagt, was es zu sagen gab und jemals geben würde. Wenn ihre Ehe je aufregend gewesen war, so war davon jedenfalls nichts mehr übriggeblieben. Das Stricken als solches war viel interessanter, obwohl sie, wenn dieser Pullover einmal fertig war, nie wieder etwas für Rupert stricken würde. Sollte er doch zu seinem Herrenausstatter gehen, wenn er das unbedingt wollte! Sie überlegte, daß sie sich ein burgunderfarbenes Wollkostüm stricken könnte. Und weil sie es förmlich vor sich sah und darauf brannte, damit anzufangen, dehnte sie die angesetzte Stunde zu anderthalb und zwei Stunden aus.

Sie hatte – nach zweieinhalb Stunden konzentrierter Arbeit – den Rücken des Pullunders nahezu fertig, als Rupert ins Zimmer stürmte. Er hatte ein Zigarette im Mund, und sein Atem roch nach Whisky. Er riß ihr das Strickzeug aus den Händen, zog die roten Plastiknadeln heraus und zerknickte jede Nadel in zwei Hälften.

Alice schrie ihn an, packte ihn beim Kragen und fing an, ihn zu schütteln, aber Rupert riß die Strickvorlage entzwei und löste die Nähte auf, so rasch er konnte. Alice schlug ihm wiederholt ins Gesicht. Da holte er aus und versetzte ihr einen Schlag, daß sie zu Boden fiel, und dann ribbelte er jede einzelne der zwei- oder dreihundert Reihen des Gestrickten auf, bis nichts davon übrigblieb als ein wirrer, loser Haufen zerknitterten blauen Garns.

Drei Tage später erklärte sie ihm, sie wünsche die Scheidung. Und Rupert erwiderte, niemand könne das mehr wünschen als er. In diesem Falle, meinte Alice, wäre es ihm sicherlich nur lieb, wenn er so bald wie möglich seine Sachen packte und das Haus verließe.

«Ich? Dieses Haus verlassen? Das soll wohl ein Witz sein?»

«Überhaupt nicht. Ein anständiger Mann täte das.»

«Was? – Einfach so aus einem Haus rausgehen, das ich von dem Erbe meiner Eltern gekauft habe? Die Möbel einfach da lassen, die du von den Ersparnissen meines ganzen Lebens gekauft hast? Du bist nicht nur eine hysterische Ziege, du bist auch nicht bei Trost! *Du* kannst ausziehen. Ich werde deinen Unterhalt bezahlen, das Gesetz zwingt mich dazu, aber ich verspreche dir, es wird das absolute Minimum sein, das ich durchsetzen kann.»

«Und *du* nennst dich Offizier und Gentleman!» sagte Alice. «Und was stellst du dir vor, was ich machen soll? Wieder Krankenschwester werden? Wieder in ein mieses Apartment ziehen? Lieber würde ich sterben. Nein, ich bleibe in diesem Haus!»

Sie stritten erbittert darüber, Tag für Tag. Ruperts Nikotinsucht war stärker als die Hypnose, und er wurde zum Kettenraucher. Alice fürchtete sich jetzt, in seiner Gegenwart zu stricken, selbst wenn sie den Nerv gehabt hätte, noch einmal mit dem blauen Pullunder anzufangen, denn er war körperlich stärker als sie. Und wem sollte sie das Ding auch schenken? Sie würde nicht ausziehen aus dem Haus, aus ihrem Haus, das Rupert ihr gegeben hatte, und wofür sie ihm als Gegenwert das Wichtigste gegeben hatte, das sie besaß.

«Ich habe deinetwegen das Stricken aufgegeben», schrie sie ihn an, «und du kannst mir nicht mal dieses Haus geben und die paar Möbel!»

«Du bist verrückt», sagte Rupert. «Du gehörst in die Klapsmühle.»

Alice stürzte sich auf ihn und schlug ihm ins Gesicht. Er packte ihre Hände und warf sie in einen Sessel, dann stürmte er aus dem Zimmer und knallte die Tür hinter sich zu. Er ging hinunter in den Pub an der Uferpromenade, trank zwei doppelte Whiskys und rauchte eine Packung Zigaretten. Als er zurückkam, lag Alice im Gästezimmer im Bett. Ebenso, wie er sich weigerte, aus seinem Haus auszuziehen, hatte er auch nicht sein eigenes Schlafzimmer aufgegeben. Er nahm zwei Schlaftabletten und ging zu Bett.

Am nächsten Morgen ging Alice in das Zimmer, in dem Rupert

lag, wusch seinen Kopf und kämmte sein schönes, dichtes, weißes Haar. Sie wechselte den Kopfkissenbezug, rieb einen Fleck aus seiner Pyjamajacke, und dann rief sie den Arzt an und sagte, daß Rupert tot sei. Er mußte während des Schlafes hinübergegangen sein. Sie sei aufgewacht und habe ihn tot neben sich gefunden.

«Sein Herz natürlich», meinte der Arzt, und weil Alice Krankenschwester gewesen war, setzte er hinzu: «Ein massiver Myokardinfarkt.»

Sie nickte. «Ich glaube, darauf mußte ich gefaßt sein.»

«Na ja, in solchen Fällen...»

«Ja, das kann man nie wissen, nicht wahr? Ich muß eben dankbar sein für die paar glücklichen Monate, die wir zusammen hatten.»

Der Arzt unterschrieb den Totenschein. Von Autopsie war nicht die Rede. Pamela und Guy kamen zur Feuerbestattung und nahmen Alice für zwei Wochen mit zu sich nach Hause. Als Alice abreiste, um in das Haus zurückzukehren, das nun einzig und allein das ihre geworden war, versprachen die beiden, sie beim Wort zu nehmen und sie im Sommer wieder für die Ferien zu besuchen.

Alice konnte nun sehr komfortabel leben, denn Ruperts Ersparnisse waren durchaus nicht gänzlich für die Möbel draufgegangen, seine Lebensversicherung war beträchtlich gewesen, und dann war da noch seine Offizierspension, reduziert zwar, aber immer noch großzügig.

Es war eine erstaunlich jung aussehende Alice – das Haar rötlich getönt, die Figur gestraffter als während der ganzen letzten zehn Jahre –, die Guy und Pamela am Bahnhof abholte. Sie fuhr ein neues weißes Lancia Coupé und trug ein flottes Strickkostüm in zartem Burgunderton.

«Dein Kostüm gefällt mir», sagte Pamela.

«Ich hab es selbst gemacht.»

«Ich muß wirklich auch das Stricken wieder anfangen. Ich war doch früher mal so gut darin, weißt du noch? Und wenn man das Geld bedenkt, das man dabei spart.»

Am folgenden Abend, nachdem sie den größten Teil des Tages am Strand verbracht hatten, kam Pamela wieder auf das Thema

Stricken zurück und meinte, es kribbele ihr förmlich in den Fingern, auf der Stelle irgend etwas anzufangen. Alice sah nachdenklich drein. Dann öffnete sie die unterste Schublade der Kommode und holte die ultramarinblaue Wolle heraus.

«Du kannst dies hier haben, wenn du magst, und diese Strickvorlage für den Pullunder. Du könntest ihn für Guy machen.»

Pamela griff nach der Vorlage, die in zwei Teile zerrissen und mit Klebefilm wieder zusammengesetzt worden war. Sie betrachtete die Wollknäule. «Ist etwas davon schon gebraucht gewesen?»

«Mir gefiel nicht, was ich daraus gemacht hatte, da hab ich es wieder aufgemacht und hab die Wolle gewaschen und über Pappe gewickelt, um die Krause rauszukriegen.»

«Falls du das für mich machen willst», mischte sich Guy ein, «ich bin sehr dafür. Großartige Idee!»

«Na schön. Warum nicht? Sehr feine Nadeln braucht man dazu, was? Hast du ein Paar Vierzehner, Alice?»

Ein Schatten flog über Alices Gesicht. Sie zögerte. Dann suchte sie zwischen den langen Plastikhüllen herum, zog sprunghaft einmal diese, einmal jene heraus, bis Pamela, befeuert von ungeduldigem Enthusiasmus, sich neben sie kniete und systematisch den Vorrat an Nadeln durchsuchte.

«Na, hier haben wir sie ja, Nummer vierzehn, zwei Millimeter, in den USA Stärke 00... Aber hier ist ja bloß eine Nadel drin, Alice.»

«Tut mir leid, sie muß verlorengegangen sein.» Alice nahm ihr die einzelne Nadel beinahe grob aus der Hand und schickte sich an, die Schublade zu schließen.

«Halt, Moment mal, die muß doch irgendwo lose hier drin herumliegen.»

«Ich bin sicher, das tut sie nicht. Sie ist verlorengegangen. Du hast heute auch sowieso keine Zeit mehr anzufangen.»

Guy meinte: «Ich verstehe gar nicht, wie man *eine* Stricknadel verlieren kann.»

«Na, im Zug zum Beispiel», meinte Pamela, während sie in jede Nadelhülle hineinschaute. «Sie könnte doch in die Ritze neben dem Sitz gefallen sein, und ehe man Zeit hat, sie wieder rauszuholen, muß man aussteigen.»

«Alice fährt nie Zug.»

«Oder man benutzt sie, um einen verstopften Abfluß wieder freizukriegen?»

«Dazu würde man eine möglichst dicke nehmen. Also, wenn diese Situation in einem meiner Bücher vorkäme, dann würde ich es so konzipieren, daß diese Nadel die Mordwaffe wäre. Durch die Schädeldecke eines Menschen gebohrt – lassen wir ihn betrunken sein oder betäubt –, würde sie die harte Hirnhaut und das Hirn selber durchstoßen und eine subdurale Blutung verursachen. Man müßte die Spitze dazu ein bißchen anschärfen, ein bißchen feilen vielleicht, und sie dann natürlich hinterher wegwerfen. Voilà, ihr seht – bloß *eine* Nadel Stärke vierzehn in der Schublade!»

«Und im nächsten Augenblick untersuchen sie die Leiche und finden es heraus», meinte seine Frau.

«Nein, weißt du, ich glaube, das würden sie nicht. Ist dir klar, daß fast alle Männer jenseits der Lebensmitte für einen Pathologen genügend Symptome einer Herzinsuffizienz aufweisen – wenn einer nicht gerade ungewöhnlich kerngesund ist –, um das als Todesursache anzunehmen? Natürlich müßte dein Opfer über eine ordentliche Haarpracht verfügen, um die Einstichstelle zu verbergen...»

«Um Himmels willen, Guy, laß uns das Thema wechseln», sagte Pamela und schloß die Schublade, denn sie bemerkte, daß Alice – vielleicht wegen der taktlosen Erwähnung des Herzversagens – sehr weiß geworden war und daß ihre Hände, die die Wolle hielten, zitterten.

Aber sie brachte ein Lächeln zuwege. «Also wir kaufen morgen ein Paar Nummer vierzehn», sagte sie, «und vielleicht fange ich auch gleich wieder etwas Neues an. Meine Mutter pflegte immer zu sagen, der Teufel fände Arbeit für müßige Hände.»

Uferbank

Am Ufer entlang, zwischen dem Pier und der alten Stadt, stand eine Reihe hölzerner Bänke. Es waren im ganzen sechs, in regelmäßigen Abständen über die Grasfläche verteilt, und man blickte von ihnen auf die Dünen, auf die Kaimauer und aufs Meer. Einige Leute, unter ihnen auch Mrs. Jones, kannten sie unter den Namen Fisher, Jackson, Teague, Prendergast, Lubbock und Rupert Moore. Und es war diese letzte, jene, die seltsamerweise sowohl durch den Tauf- als auch durch den Familiennamen gekennzeichnet war, die sich Mrs. Jones beharrlich zum Sitzen auswählte.

Sie saß dort jeden Tag, genoß den Frieden und die Ruhe, sah auf die See hinaus und dachte an die Vergangenheit. Am angenehmsten war es an milden Wintertagen oder an jenen Tagen des Sommers, wenn der Himmel bedeckt war, denn dann blieben die Feriengäste in ihren Autos oder gingen sonstwohin, um Krabben und Krebse und anderen teuren Schnickschnack zu kaufen. Mrs. Jones mußte daran denken, wie glücklich sie doch war, daß sie im letzten Jahr, nachdem Mr. Jones von ihr genommen worden war, das Haus in der alten Stadt gekauft hatte, obwohl das die Trennung von ihrer Tochter bedeutet hatte. Sie dachte an ihren Sohn in London und an ihre Tochter in Ipswich, welch gute, liebevolle Kinder es doch waren, sie dachte an ihre Enkel und gelegentlich auch an die große Annehmlichkeit, neben ihrer Pension ein ansehnliches jährliches Einkommen zu haben.

Meistens aber dachte sie, während sie so auf der Rupert Moore, zwischen Fisher und Teague saß, an den ersten Mann in ihrem Leben, den sie in Gedanken selbst jetzt noch, nach so langer Zeit, ihren Liebsten nannte. Sie hatte sich so sehr daran gewöhnt, ihn so zu nennen, daß diese Liebkosung gleichsam sein

Name geworden war. Mein Liebster, dachte Mrs. Jones, so wie andere alte Frauen wohl an einen John oder Charlie oder Tom dachten.

Hier fühlte sie sich ihm näher als irgendwo sonst, und das war auch der Grund, weshalb sie beharrlich diese Bank wählte und nicht eine der anderen.

Am 15. Juli, dem St.-Swithins-Tag, saßen Hugh und Cecily Branksome in ihrem Wagen, den sie an der Promenade geparkt hatten, und betrachteten das graue, unruhige Meer. Oder eigentlich betrachtete Hugh das Meer, während Cecily Mrs. Jones betrachtete. Die Temperatur betrug zehn Grad Celsius, hätte man Cecily gefragt, die mit der Zeit ging, oder fünfzig Grad Fahrenheit, hätte man Hugh gefragt, der das nicht tat. Es regnete bis jetzt noch nicht, obwohl es laut Wettervorhersage kurz bevorstand. Hugh wünschte, sie wären an die Costa Brava gefahren, wo es zwar Hochhäuser, Fisch und Chips und Stierkämpfe gab, aber wenigstens schien dort die Sonne. Cecily jedoch hatte es sich in den Kopf gesetzt, daß es bourgeois und unpatriotisch sei, seine Ferien im Ausland zu verbringen.

«Ich möchte mal wissen, warum die immer dort sitzt», sagte Cecily.

«Wer sitzt wo?»

«Die alte Frau da. Immer sitzt sie auf diesem bestimmten Platz. Da saß sie schon gestern, und vorgestern auch.»

«Hab ich nicht bemerkt», meinte Hugh.

«Du bemerkst ja nie etwas. Während du gestern im Pub warst», erklärte Cecily gewichtig, «da hab ich gewartet, bis sie wegging, und dann hab ich die Inschrift auf der Bank gelesen. Auf der Metallplatte an der Rückenlehne. Weißt du, was da draufsteht?»

«Natürlich weiß ich das nicht», sagte Hugh und machte das Fenster auf, um den Zigarettenrauch hinauszulassen. Ein eisiger Wind fuhr ihm ins Gesicht.

«Mach sofort das Fenster zu! Also, da steht drauf: ‹Rupert Moore stiftete diese Bank der Gemeinde Northwold aus Dankbarkeit für seine Freilassung. – Ich bin gefangen gewesen, und ihr seid zu mir gekommen. (Matth. Kap. 25,36)›. Na, wie findest du das?»

«Bemerkenswert.» Hugh fand, er wisse alles übers Gefangensein. Er blickte auf seine Uhr. «Öffnungszeit», meinte er. «Gottlob, jetzt können wir gehen und einen Drink bekommen.»

Am nächsten Morgen fuhr er ohne sie zum Fischen. Sie trafen sich abends vor dem Essen in ihrem Zimmer wieder, und Hugh wappnete sich innerlich gegen gewisse sarkastische Fragen, die er nicht zum ersten Mal hörte, dahingehend, ob er einen angenehmen Tag verbracht habe? Er kam dem zuvor, indem er ihr freiwillig erzählte, sie hätten bloß eine einzige kleine Makrele gefangen, denn wenn er sich amüsiert hätte, wäre ihre Mißbilligung schärfer ausgefallen. Aber sie unterbrach ihn bald.

«Ich hab die ganze Geschichte über die Bank aus diesem netten Mann mit dem Bart herausgekriegt.»

Hughs Gedächtnis war schlecht, und einen Augenblick lang wußte er überhaupt nicht, von welcher Bank sie redete, aber den «netten Mann» erkannte er nach ihrer Beschreibung sehr wohl. Ein Hans Dampf und Alleswisser, der in Northwold wohnte und immer an der Hotelbar herumhing.

«Er bestand darauf, mich zu einem Drink einzuladen; genauer gesagt, waren es zwei.» Sie lächelte schelmisch und betupfte ihr Haar, als ob der bärtige Alleswisser sie mindestens für das Wochenende nach Aldeburgh eingeladen hätte. «Er heißt Arnold Cottle, und er sagt, dieser Rupert Moore hat die Bank dort gespendet, weil er seine Frau ermordet hat. Er wurde vor Gericht gestellt, und er wurde freigesprochen, und das ist also gemeint mit Freilassung und Gefangensein.»

«Du kannst nicht sagen, er hat seine Frau ermordet, wenn er freigesprochen worden ist.»

«Ach, du weißt schon, was ich meine», sagte Cecily. «Das ist eine Ewigkeit her, es war so 1930. Ich meine, da war ich ja noch ein Baby.» Hugh fand es klüger, nicht darauf hinzuweisen, daß man mit zehn Jahren kaum noch ein Baby ist. «Sie haben ihn freigesprochen, oder er ist durch Berufung davongekommen, irgend so was, und dann ist er hierher zurückgekommen, um hier zu leben, und er ließ die Bank dort aufstellen. Bloß, die Einheimischen wollten keinen Mörder, und sie haben ihm die Fenster eingeworfen und haben ihm auf der Straße Schimpfworte nachgerufen, und so mußte er den Ort verlassen.»

«Armer Teufel», sagte Hugh.

«Na na, ich weiß nicht so recht, Hugh. Nach dem, was Arnold sagt, war dieser Fall reichlich widerlich. Moore war ganz jung und sehr gutaussehend, und er war Maler, obwohl – also er hatte private Einkünfte. Seine arme Frau war viel älter als er, und sie war körperbehindert. Er hat ihr Zyanid gegeben, das sie eigentlich zur Wespenbekämpfung gekauft hatten. In einer Tasse Kaffee hat er es ihr verabreicht.»

«Du hast doch gesagt, er hätte das nicht getan.»

«*Jeder* wußte, daß er es doch getan hatte. Er ist bloß davongekommen, weil der Richter die Schöffen fehlgeleitet hat. Man begreift wirklich nicht, wie da noch einer den Nerv hat, so eine Art Gedenkobjekt aufzustellen, oder du vielleicht, nachdem *sowas* passiert war?»

Hugh ließ sein Badewasser einlaufen. Nach einschlägigen Erfahrungen akzeptierte er resigniert die Aussicht, einen Teil des Abends in der Gesellschaft dieses Arnold Cottle verbringen zu müssen. Nicht daß Cecily sonderlich kokett war oder es jemals gewesen wäre – außer in ihrer eigenen Einschätzung, nein, das war es nicht. Es war nur, daß sie es so liebte, sich auf «Beispiele haarsträubenden Unrechts» oder «Vergewaltigungen der Gerechtigkeit», wie sie es nannte, zu stürzen und sich tatkräftig einzumischen und sich dabei jeden, der in Reichweite war, zur Mithilfe zu angeln. So war es schon bei der Verhinderung eines Straßenbauprojektes gewesen und bei der Petition gegen einen Kinderspielplatz und bei der gerichtlichen Zwangsausweisung der Hausbesetzer unten an ihrer Straße. Dabei war sie durchaus nicht immer reaktionär, sie trat auch für Redefreiheit und Rassengleichheit und Naturkost und saubere Luft ein. Sie war eine Frau von Prinzipien, die rückhaltlos mitmischte, wenn es um Veränderungen, Umwälzungen und Streitigkeiten ging, auf daß Recht geschähe, und manchmal tat sie es auch zur Vervollkommnung ihrer Seele, bei diesem oder jenem Kult. Der Nachteil bei alledem, oder doch einer der Nachteile war, daß sie dabei so oft in die Gesellschaft lästiger Personen oder gar Gauner geriet. Hugh fragte sich, was sie wohl jetzt wieder vorhatte und warum, und er hoffte, daß es nur ein Strohfeuer wäre; aber das war es selten.

Zwei Stunden später stand er denn auch mit seiner Frau und Arnold Cottle auf dem feuchten Gras und studierte die Inschrift an der Rupert-Moore-Bank. Es war noch nicht dunkel, erst in einer Stunde würde es soweit sein. Der Himmel war schwer verhangen, und das Meer hatte die Farbe eines frisch gescheuerten Aluminiumtopfes. Kein Mensch konnte vermuten, dachte Hugh, daß irgendwo dort oben im Westen die Sonne stand, von der die Wissenschaft allem gegenwärtigen Augenschein zum Trotz behauptete, sie schleudere Licht von sich in einem Ausmaß von zweihundertfünfzig Millionen Tonnen pro Minute.

Die beiden anderen waren zu sehr beschäftigt, um sich ablenken zu lassen. Er warf einen Blick auf die Fisher-Bank («Zur Erinnerung an Oberst Marius Fisher, Inhaber des Victoria Cross und des Distinguished Service Order, 1874–1951») und auf die Teague («William James Teague, Bürger dieser Stadt, gefallen in der Schlacht von Jütland»), und dann klopfte er auf Rupert Moore und verkündete, um auch etwas zu sagen: «Das ist Eiche.»

«Allerdings, das ist es, mein Lieber.» Arnold Cottle sprach betont freundlich und warm mit ihm, so als hielte er ihn von vornherein für einen harmlosen Trottel. «In jenen Tagen, da gab's noch Eiche! Diese Bank hier ist von einem Burschen namens Sarafin gemacht worden, Arthur Sarafin. Komischer Name, nicht? Eine Verballhornung von Seraphim, wage ich zu behaupten. Ausgezeichneter Handwerker, lebte weiter oben an der Küste in Lowestoft, aber er starb ganz jung, es war jammerschade. Mein Vater kannte ihn, er besaß ein paar Möbelstücke, die er gemacht hatte. Hier oben, wo die oberste Querlatte auf den Seitenpfosten trifft, hier können Sie seine Initialen sehen. A. S. in einem Kreis. Sehen Sie?»

Hugh fand das äußerst interessant. Er hatte sich selber ein wenig mit Tischlerei beschäftigt, bis Cecily dem ein Ende machte mit der Begründung, sie brauche seine Werkstatt für ihre Gruppen. Das war zu jener Zeit gewesen, als sie sich der Gestalttherapie verschrieben hatte. Hugh zog es vor, nicht daran zurückzudenken. Er betrachtete Prendergast («Diese Bank wurde hier aufgestellt von der Hon. Clara Prendergast, auf daß die Beladenen Ruhe finden.») und wollte eben Cottle fragen, ob diese Bank wohl aus Eiche oder Teakholz sei, da fragte Cecily: «Wo hat er das Zyanid herbekommen?»

«Moore?» fragte Cottle. «Es wurde ihm nie nachgewiesen, daß er es eigens dafür erstanden hat. Er behauptete, sie hätten immer etwas in ihrem Gartenschuppen gehabt, zur Wespenbekämpfung, und seine Frau hätte es selbst genommen. Es stimmt allerdings, daß Mrs. Moore ihrer Schwester geschrieben hatte, ihr Leben sei nicht mehr lebenswert und sie wolle ihm ein Ende machen. Aber der Mann, der sich um den Garten kümmerte, sagte aus, er habe das Zeug zum Wespentöten schon ein Jahr zuvor weggeworfen.»

«Es *muß* doch von irgendwo hergekommen sein!» rief Cecily pathetisch, und dabei sah sie so kriegerisch aus, daß Hugh um so mehr Sympathie für Rupert Moore empfand.

Cottle schien sich an ihrem Ton und ihrem Aussehen nicht zu stören. «Moore ist in verschiedenen Apotheken der Umgebung gewesen, wenn auch nicht direkt hier in Northwold, und hat versucht, Zyanid zu kaufen, angeblich, um damit Wespen zu töten. Keiner der Apotheker war bereit, es ihm auszuhändigen. Schließlich hat ihm einer aus Tarrington, weiter oben an der Küste, eine andere Art Wespizid verkauft, das kein Zyanid enthielt, und der ließ ihn im Giftbuch unterschreiben. Meine liebe Cecily, da Sie so sehr daran interessiert sind, warum lesen Sie nicht in der Bibliothek über den Fall nach? Vielleicht machen Sie mir das Vergnügen, Sie morgen dort hinzuführen?»

Dieses Anerbieten wurde mit Begeisterung angenommen. Sie gingen alle ins *Cross Key*, wo Hugh drei Runden Drinks bezahlte, Arnold Cottle dagegen keine, weil er dummerweise seine Brieftasche nicht bei sich hatte. Cecily krallte sich den Barkeeper und entlockte ihm, daß die alte Frau, die immer auf der Rupert-Moore-Bank saß, Mrs. Jones heiße, daß sie vor einem Jahr aus Ipswich nach Northwold gezogen sei und daß sie aus Suffolk, aber nicht hier aus Northwold stamme.

«Warum sitzt sie immer dort?»

«Fragen Sie mich was anderes», sagte der Barmann, und sicherlich war diese Erwiderung rhetorisch gemeint. Cecily hingegen faßte sie durchaus nicht so auf.

«Was ist denn so Faszinierendes an dieser Bank?»

«Dich jedenfalls scheint sie mächtig zu faszinieren», meinte Hugh. «Kannst du nicht endlich damit aufhören? Die ganze Sache ist doch vorbei und vergessen, und das seit fünfzig Jahren.»

«Es gibt doch in diesem verdammten Nest sonst nichts zu tun», sagte Cecily, was nun wieder den Barkeeper verstimmte, so daß er sich beleidigt entfernte. «Ich habe nun mal ein sehr aktives Gehirn, Hugh. Das solltest du allmählich wissen. Und mir genügt es eben nicht, es mit Drinks zu benebeln oder zehn Stunden damit zuzubringen, einen armen kleinen Fisch aus dem Meer zu ziehen.»

Dann fand der Bibliotheksbesuch statt, bei dem Hugh fehlen durfte. Und nachdem das einschlägige Buch sichergestellt war, wurde ein Ausflug zu dem Hause notwendig, in dem Rupert Moore mit seiner Frau gewohnt hatte, wo er seine Bilder gemalt und wo das Verbrechen stattgefunden hatte. Arnold Cottle schien entzückt von dem Plan, vor allem, da diese Exkursion auf Cecilys Vorschlag hin ein gemeinsames Mittagessen einschloß. Hugh mußte mitkommen, weil Cecily nicht fahren konnte und er nicht gewillt war, Cottle seinen Wagen zu überlassen.

Das Haus war ein häßlicher, grauer Kasten und wurde jetzt als Kinderheim genutzt. Der Leiter weigerte sich (durchaus berechtigt, fand Hugh), sie zur Besichtigung durch das Innere zu führen, aber er hatte nichts dagegen, daß sie auf dem Grundstück herumgingen. Es war bitter kalt für diese Jahreszeit, jedoch nicht kalt genug, die Kinder im Haus zu halten. Sie folgten Arnold Cottle und den Branksomes auf den Fersen und machten unfreundliche oder gar unverschämte Bemerkungen. Einer von ihnen, ein Junge mit krausem, roten Haar und einem Augenfehler, schmiß ein Apfelkerngehäuse nach Cecily, und als sie ihn ausschalt, sagte er ein Wort, das man, obzwar allbekannt, denn doch nicht von den Lippen eines Fünfjährigen erwartet hätte.

Dann aßen sie zu Mittag, und während der ganzen Mahlzeit las Cecily laut Auszüge aus dem Buch über den Prozeß gegen Rupert Moore vor. Der medizinische Befund war so ekelhaft, daß Hugh nicht imstande war, sein Steak au poivre aufzuessen. Cottle trank fast eine ganze Flasche Nuits St. Georges und nahm einen doppelten Brandy zum Kaffee. Hugh dachte über Männer nach, die ihre Frauen umgebracht hatten, und darüber, wie viel leichter das doch gewesen sein mußte, als man noch Wespenmittel kaufen konnte, die aus Zyanid, und Unkrautvernichter, die aus Arsen hergestellt waren. Aber selbst wenn er an solche Dinge herankäme, selbst wenn er Cecily die Treppe hinunterstürzen oder es so einrichten würde, daß der elektrische Wandstrahler in die Badewanne fiele, während sie ebenfalls drin war – er wußte, er würde es niemals fertigbringen. Selbst wenn er dabei glimpflich davonkäme, so wie es dem armen Rupert Moore ergangen war, so würde er doch die Scham, die Furcht und die Schuld für den Rest seines Lebens mit sich herumschleppen, genauso, wie es bei Rupert Moore der Fall gewesen war.

Denn lange hatte der nicht mehr gelebt. «Er starb an irgendeiner Nierenkrankheit, gerade zwölf Monate, nachdem sie ihn freigelassen hatten», erklärte Cecily, «und sie haben ihn aus der Stadt vergrault. Er ließ Sarafin diese Bank machen, und das war auch so ziemlich das Letzte, was er in Northwold tat.» Sie blätterte durch das letzte Kapitel ihres Buches. «Es scheint kein konkretes Motiv für den Mord gegeben zu haben, Arnold.»

«Ich nehme an, er wollte eine andere heiraten», erwiderte Cottle und schwenkte seinen Brandy. «Ich weiß noch, daß mein Vater sagte, es gäbe Gerüchte, daß er eine Freundin hätte, aber anscheinend wußte niemand ihren Namen, und sie wurde auch während des Prozesses nicht erwähnt.»

«Natürlich wurde sie nicht erwähnt», sagte Cecily und schlug so hektisch die Seiten zurück, daß sie beinahe Hughs Kaffeetasse umgestoßen hätte.

«Sie meinen, es gab keine Anhaltspunkte, wer sie war? Aber wie konnten dann diese Gerüchte zustande kommen?»

«Liebe Cecily, wie kommen denn Gerüchte überhaupt zustande? Tatsache ist, daß Moore abends häufig nicht zu Hause war. Und der Klatsch behauptete, er sei in Clacton mit einem Mädchen gesehen worden.»

«Faszinierend», sagte Cecily. «Ich werde den Rest des Tages damit verbringen, all diese Literatur darüber gründlich zu studieren. Sie und Hugh, ihr beide müßt euch auf eigene Faust amüsieren.»

Nach einem entsetzlichen Nachmittag, den er damit verbrachte, sich Cottles Probleme anzuhören – wie Feinde ihn daran gehindert hätten, in welcher Laufbahn auch immer zum Erfolg zu kommen, wie seine zwei Versuche, sich zu verheiraten, durch seine Mutter zunichte gemacht worden waren und daß seine Nachbarn Rachegelüste gegen ihn hegten –, ergriff Hugh schließlich die Flucht, jedoch nicht, ehe er Cottle zehn Pfund geliehen hatte, eine Summe, die sein Gast für das Minimum hielt.

Cecily war wundervoll beschäftigt gewesen, hatte sich eingehend über den Fall Moore informiert, und jetzt lag sie in der Badewanne. Hugh überlegte, ob ein mächtiger Schlag gegen die Wand zwischen Schlafzimmer und Bad wohl den Heizstrahler lockern und in die Wanne fallen lassen würde... Aber das war eine rein theoretische Überlegung.

Nach dem Abendessen unternahm Hugh einen einsamen Regenspaziergang, während Cecily sich Notizen machte – welcher Art und zu welchem Zweck, das wußte Hugh nicht, und es interessierte ihn auch nicht. Er strolchte zwischen den Ruinen der Burg herum, und er kaufte zwei Eintrittskarten für das Repertoiretheater am nächsten Abend, in der Hoffnung, daß das Stück, obgleich es «Mord auf See» hieß, Cecily amüsieren werde. Er streifte durch die Straßen der alten Stadt und nahm einen Drink im *Oyster Catcher's Arms*. Im ganzen gesehen, unterhielt er sich nicht schlecht.

Am nächsten Morgen war das Wetter besser – eine schwächliche, blasse Sonne schien und malte hübsche Farbflecken auf die Unterseite schwarzer Wolken –, und er dachte, sie würden an den Strand gehen. Aber Cecily hatte andere Pläne. Sie überredete ihn, mit ihr nach Tarrington zu fahren, und dort überließ sie ihn in dem kleinen Einkaufsviertel sich selbst, wobei sie ihm vorschlug, zwei Paar dickere Socken zu kaufen. Danach gab es dann, da es wieder regnete, nichts weiter zu tun, als auf dem Parkplatz im Wagen sitzen zu bleiben. Sie ließ ihn zwei Stunden warten.

«Weißt du was?» sagte sie, «ich habe diesen Apotheker ausfindig gemacht, der damals Rupert Moore das Wespenmittel verkauft hat, das kein Zyanid enthielt. Und ob du es glaubst oder nicht, es ist noch immer dieselbe Firma. Der Enkel des damaligen Apothekers ist jetzt der Inhaber.»

«Und ich nehme an», sagte Hugh, «der hat dir erzählt, sein

Großvater habe auf dem Sterbebett ein Geständnis abgelegt, daß er Moore doch das Zyanid gegeben hat.»

«Versuch bitte mal, nicht so albern zu sein. Ich wußte bereits, daß sie auch Zyanid-Wespenmittel in ihrem Geschäft hatten. So steht es in dem Buch aus der Bibliothek. Dieser junge Mann, der Enkel, konnte mir nicht viel sagen, aber was er sagte, war, daß sein Großvater ein sehr hübsches junges Mädchen als Assistentin gehabt hätte. Na, wie findest du das?»

«Mir ist aufgefallen, daß sehr hübsche junge Mädchen häufig in Apotheken arbeiten.»

«Ich bin froh, daß dir wenigstens gelegentlich etwas auffällt, Hugh. Aber wie auch immer, sie ist doch nicht diejenige, welche. Der Enkel kennt ihre jetzigen Lebensumstände, sie ist jetzt eine Mrs. Lewis. Ich muß mich also anderswo umsehen.»

«Was meinst du damit – diejenige, welche?» fragte Hugh düster.

«Meine nächste Aufgabe», erklärte Cecily, ohne darauf einzugehen, «wird sein, in diesem Zusammenhang nach Personen mit dem Namen Jones zu fahnden, die damals junge Frauen waren, heißt das. Und ich weiß auch schon, wo ich anfange. Früher oder später werde ich ein Mädchen aufstöbern, das damals Assistentin in einer Apotheke war und das einen Jones geheiratet hat.»

«Und warum?»

«Damit Recht geschieht», versetzte Cecily feierlich, «damit am Ende die Wahrheit zutage tritt. Ich betrachte das als eine Mission. Du weißt ja, ich habe immer eine Mission, Hugh. Wie klein war doch die Chance, daß wir zufällig nach Northwold kommen würden, bloß, weil Diana Richard es uns empfohlen hat. Du wolltest ja auch Lloret de Mar. Nun habe ich das Gefühl, es war uns bestimmt herzukommen, weil es hier Arbeit für mich gibt. Ich bin davon überzeugt, daß Moore seines Verbrechens schuldig war, aber er war nicht allein schuld. Er hatte einen Helfeshelfer, der, so glaube ich, auch heute noch am Leben ist. Ich möchte dich bitten, mich jetzt nach Clacton zu fahren. Ich fange wohl am besten an, indem ich ein paar der ältesten Einwohner interviewe.»

So fuhr Hugh denn nach Clacton, wo er ein Pfund an den

Spielautomaten verlor. Unermüdlich betrieb Cecily ihre Ermittlungen.

Mrs. Jones kam vom Morgengottesdienst in der St.-Mary's-Kirche zurück, und obwohl sie gut zu Fuß und nicht im geringsten müde war, denn sie schlief ausgezeichnet, seit sie nach Northwold gezogen war, ließ sie sich für eine halbe Stunde auf ihrem Lieblingsplatz nieder. Zwei andere ältere Leute, die ebenfalls in der Kirche gewesen waren, saßen auf der Jackson («Zum Gedenken an Bertrand Jackson, 1859 bis 1924, Philantroph und Liebhaber der Künste»). Mrs. Jones nickte ihnen freundlich zu, aber sie sprach nicht mit ihnen. Es war nicht ihre Art, mit Plaudern Zeit zu vertun, die man weit befriedigender auf seine Erinnerungen verwenden konnte.

Blaßgrauer, makrelenfarbener Himmel, eine launische Sonne. Möglich, daß es sich später aufklärte. Sie dachte an ihre Tochter, die zum Mittagessen kam. Brenda mußte müde sein nach der Fahrt, denn die Kinder, so lieb sie auch waren, benahmen sich im Auto immer als kleine Nervensägen. Um so mehr würden sie alle das schöne Stück Sirloinsteak genießen und den Yorkshirepudding und die frischen Erbsen und das Schokoladeneis. Sie hatte auch eine Flasche Sherry besorgt, damit sie und Brenda und Brendas Mann vor dem Essen ein Gläschen trinken konnten.

Ihr Sohn und ihre Tochter waren immer sehr gut zu ihr gewesen. Die beiden wußten, daß sie ihrem Vater immer eine liebevolle Frau gewesen war, und sie verübelten ihr nicht den Raum in ihrem Herzen, den sie ihrem Liebsten bewahrte. Nicht daß sie ihn je vor ihrem Vater oder vor den beiden erwähnt hätte, solange sie noch klein waren; das wäre geschmacklos gewesen. Aber später hatte sie ihnen von ihm erzählt, und in überschwenglichen Momenten schilderte sie Brenda jene längst vergangene Glückseligkeit und die Tragödie, als ihr Liebster starb, jung und schön und begabt wie er war. Vielleicht würde sie sich heute nachmittag, wenn die anderen alle am Strand waren, wieder einmal den Luxus gönnen, ihn zu erwähnen. Sehr diskret natürlich, denn sie hatte Mr. Jones immer geachtet und ihn auch halbwegs geliebt, und das, obwohl er sie damals nach Ipswich entführte und selbst nie jene Gipfel an Begabung und Erfolg erreichte, die ihrem Liebsten beschieden gewesen wären, hätte er länger gelebt. Gelassen, nicht unglücklich, entsann sie sich seines Gesichtes, seiner Stimme und einiger ihrer Gespräche.

Mrs. Jones wurde durch das Auftauchen jener lästigen Frau aus ihren Träumen aufgescheucht. Sie hatte die Person schon früher gesehen, wie sie auf der Promenade herumstrich und einmal auch diese Bank inspizierte, die Mrs. Jones gewissermaßen als ihr Eigentum betrachtete. Eine häßliche, neurotisch aussehende Frau, manchmal in Begleitung eines sensiblen älteren Mannes und manchmal auch in Begleitung dieses schamlosen Schnorrers, dieses Jungen vom alten Cottle, den Mrs. Jones auf ihre altmodische Weise einen Kneipenhocker nannte. Heute jedoch war sie allein, und zu Mrs. Jones' Verdruß kam sie auf sie zu, offensichtlich mit der Absicht, sie anzusprechen.

«Bitte, entschuldigen Sie, daß ich Sie anspreche, aber ich habe Sie hier schon so oft gesehen.»

«Ach, ja?» erwiderte Mrs. Jones. «Ich habe Sie auch gesehen. Ich fürchte, ich muß jetzt gehen. Ich habe Gäste zum Mittagessen.»

«Bitte, gehen Sie noch nicht! Ich werde Sie nicht lange aufhalten, bloß einen Moment. Aber ich muß Ihnen doch sagen, wie sehr ich an dem Fall Rupert Moore interessiert bin, und ich kann mir nicht helfen, ich wüßte gern, ob Sie ihn gekannt haben? Sie sind so oft hier.»

«Ich kannte ihn», sagte Mrs. Jones kühl.

«Das ist ja wahnsinnig aufregend.» Und die Frau sah tatsächlich sehr aufgeregt aus. «Ich nehme an, Sie sahen ihn zum ersten Mal, als er ins Geschäft kam?»

«Das ist richtig», sagte Mrs. Jones, und sie stand auf. «Aber ich möchte nicht darüber reden. Das war vor so langer Zeit, und am besten, man vergißt es. Guten Tag.»

«Oh, aber bitte ...»

Doch Mrs. Jones ignorierte sie. Sie ging sehr viel schneller als gewöhnlich und schweratmend den Weg zu der alten Stadt hinauf. Sie war nervös und verärgert und völlig aus dem Gleichgewicht. Alles das wieder aufzuwühlen, und gerade, als sie an die glücklichen Ereignisse jener Zeit hatte denken müssen! Für diesen Tag, obwohl, wie sie hoffte, nicht für alle Zukunft, hatte ihr diese Begegnung die Bank verleidet.

«Na, hast du einen netten Tag mit Cottle verbracht?» fragte Hugh.

«Sprich mir bloß nicht von diesem Mann. Kannst du dir das vorstellen? Ich habe ihn angerufen, und eine *Frau* war am Apparat. Eine Person, die hier auf Urlaub ist, genau wie wir, und die ihn in ihrem Wagen mit nach Lowestoft nehmen wollte. *Ich* könnte ja auch mitkommen, wenn ich wollte. Nein, besten Dank, sagte ich. Und wie er es fände, daß ich dieses Mädchen namens Jones ausfindig gemacht hätte? Und da beehrte er sich, mir zu sagen, allmählich würde das bei mir zu fixen Idee. Daraufhin hab ich ihm mal meine Meinung gesagt, und das war das Ende des Themas Arnold Cottle.»

Und das Ende meiner zehn Pfund, dachte Hugh. «Dann bist du wohl statt dessen an den Strand gegangen?»

«Nein, bin ich nicht. Während du mit diesem Boot draußen warst, habe ich höchst erfolgreich recherchiert. Erinnerst du dich an diesen alten Mann in Clacton, den aus dem Altenheim? Also, der war gut genug beieinander, um mich heute zu empfangen, und ich habe ihn erschöpfend ausgefragt.»

Hugh erwiderte nichts. Er konnte sich sehr gut vorstellen, *wer* von den beiden erschöpft gewesen war.

«Schließlich ist es mir gelungen, seinem Gedächtnis auf die Sprünge zu helfen. Ich hab ihm gesagt, er solle sich mal energisch anstrengen und sich an alle Leute namens Jones erinnern, die er je gekannt hat. Und da erinnerte er sich schließlich an einen hiesigen Polizisten, Constable Jones, der sich im Jahre 1930 oder so verheiratet hat. Und das Mädchen, das er heiratete, arbeitete in einer Apotheke hier in der Gegend. Na, wie ist das?»

«Du meinst, sie war Moores Freundin?»

«Ist das nicht offensichtlich? Ihr Name war Gladys Palmer, und jetzt heißt sie Mrs. Jones. Moore wurde doch in Clacton mit einem Mädchen gesehen. Und dieses Mädchen wohnte in Clacton und arbeitete dort in einer Apotheke. Damit ist doch bewiesen, daß Moore eine Liebesaffäre mit Gladys Palmer hatte und daß er sie überredete, ihm aus dem Geschäft, in dem sie arbeitete, Zyanid zu besorgen. Denn der schlagende Beweis ist ja gerade der, daß diese Apotheke dem Buch zufolge eine der wenigen war, in denen Moore nie versucht hat, Zyanid zu kriegen.»

«Das nennst du einen schlagenden Beweis?» fragte Hugh.

«Natürlich ist es das, und zwar für jeden, der über deduktive Fähigkeiten verfügt. Gladys Palmer bekam es mit der Angst, als Moore für schuldig befunden wurde, deshalb heiratete sie zu ihrem Schutz einen Polizisten, und der Name des Polizisten war Jones. Ist das vielleicht kein Beweis?»

«Beweis für was?»

«Kannst du eigentlich nie etwas behalten? Der Barkeeper da im *Cross Keys* hat uns doch erzählt, die alte Frau, die immer auf der Rupert-Moore-Bank sitzt, ist eine Mrs. Jones.» Cecily lächelte triumphierend. «Sie sind ein und dieselbe.»

«Aber das ist doch ein sehr verbreiteter Name.»

«Mag wohl sein. Aber Mrs. Jones hat es selbst zugegeben. Ich habe heute vormittag mit ihr gesprochen, ehe ich nach Clacton ging. Sie gab zu, Moore gekannt zu haben und daß sie ihn zuerst sah, als er in das Geschäft kam. Na? Und sie war sehr nervös und aufgeregt, kann ich dir sagen, und wahrscheinlich ist sie es immer noch.»

Hugh starrte seine Frau an. Ihm gefiel die Wendung, die die Dinge jetzt nahmen, ganz und gar nicht. «Cecily, möglicherweise ist es ja so, es sieht ganz so aus, aber das alles ist doch nicht deine Angelegenheit. Ich wollte, du würdest die Finger davonlassen.»

«Die Finger davonlassen? Seit beinahe fünfzig Jahren läuft diese Frau unbehelligt herum, wo sie doch genausoviel Schuld am Tod der Mrs. Moore trägt wie Moore selbst, und du sagst, ich soll die Finger davonlassen! Es ist ihr Gewissen, das sie Tag für Tag auf diese Bank treibt, klar? Das könnte dir jeder Psychologe erklären.»

«Sie muß mindestens siebzig sein. Da sollte man sie doch jetzt in Ruhe lassen, oder?»

«Ich fürchte, dazu ist es jetzt zu spät, Hugh. Der Fall muß neu untersucht werden, und alle Fakten müssen auf den Tisch. Ich habe drei Briefe geschrieben, einen an den Innenminister, einen an den Chief Inspector von Scotland Yard, und einen dritten an den Autor dieses sehr unvollständigen Buches. Sie liegen dort auf der Frisierkommode. Vielleicht willst du sie dir mal ansehen, während ich mein Bad nehme.»

Hugh sah sie sich an. Wenn er sie zerrisse, dann würde sie sie noch einmal schreiben. Und wenn er ins Badezimmer ginge, den Heizstrahler von der Wand nähme und ihn ins Wasser fallen ließe, und sie käme dabei um, und man würde es einen Unfall nennen...? Dann würden die Briefe nie abgeschickt werden, dann könnte er seine Werkstatt wiederhaben, er könnte sich an hübsche Mädchen heranmachen, die in Apotheken arbeiteten und im Urlaub an die Costa Brava reisen, und er wäre frei... Er seufzte schwer und ging hinunter an die Bar, um sich einen Drink zu genehmigen.

Gott sei Dank, dachte Mrs. Jones, heute morgen war diese Frau nirgends zu sehen. Ihre Zudringlichkeit gestern hatte sie noch stundenlang aufgeregt, selbst noch, als Brenda angekommen war, aber jetzt hatte sie es überwunden. Bedauerlich in gewisser Weise, daß das Wetter sich zum Besseren verändert hatte. Einige Bänke waren besetzt, aber Rupert Moore nicht. Mrs. Jones setzte sich nieder und stellte ihre Einkaufstasche zu ihren Füßen auf dem Boden ab.

Sie wurde sich der Anwesenheit des Kneipenhockers bewußt, der auf der Lubbock-Bank saß («Elizabeth Anne Lubbock, langjährige Vorsteherin der Mädchenoberschule von Northwold»), und bei ihm saß eine andere Frau, viel jünger als die andere und sehr gut gekleidet. Mit einiger Anstrengung verdrängte Mrs. Jones die beiden aus ihrem Bewußtsein. Sie blickte auf die ruhige, blaue See hinaus, spürte den warmen, festen Druck des Eichenholzes gegen ihren Rücken und dachte an ihren Liebsten. Wie süß ihre Liebe und ihre Zweisamkeit gewesen war! Es hatte nur so kurze Zeit gedauert, und dann die Trennung und die unerträgliche Einsamkeit! Aber sie hatte recht daran getan, Mr. Jones zu heiraten, er war ein guter Ehemann gewesen, und sie die Frau, die er wollte, und ohne ihn hätte es keinen Brian und keine Brenda gegeben und auch kein Geld, um das Haus zu kaufen und jeden Tag herzukommen, um zurückzudenken. Wenn ihr Liebster noch lebte allerdings, und wenn die Kinder seine gewesen wären, wenn sie ihn noch hätte, und er säße hier neben ihr auf seiner Bank, die Freude ihres Alters...

«Bitte, verzeihen Sie mir», sagte eine Stimme, «aber ich bin selbst ein Einheimischer, und ich war gestern zufällig in Lowes toft, und da erzählte mir jemand, es hieße, Sie seien an dieses Ende der Welt zurückgekommen, um hier zu leben?»

Mrs. Jones blickte den Kneipenhocker an. Würde denn dies nie ein Ende haben?

«Ich habe Sie auf dieser Bank beobachtet und mir so meine Gedanken gemacht, und als mir dieser Freund in Lowestoft dann ihren jetzigen Namen nannte, da wurde mir alles klar.»

«Ich verstehe», sagte Mrs. Jones und griff nach ihrer Einkaufstasche.

«Ich wollte Ihnen doch sagen, wie sehr ich seine Arbeiten bewundere. Mein Vater besaß ein paar wunderbare Stücke von ihm – alles verkauft jetzt, leider –, und jeder sieht doch, daß diese Bank, verglichen mit den anderen, von einem Meister gemacht worden ist.» Ihr steinernes Gesicht und ihre Feindseligkeit ließen ihn zaudern. «Sie sind doch», sagte er zögernd, «Sie sind doch die, für die ich Sie halte?»

«Natürlich bin ich das», erwiderte Mrs. Jones schroff, weil ihr ein weiterer Morgen vergällt war, «Arthur Sarafin war mein erster Mann. Aber jetzt muß ich mich wirklich auf den Weg machen.»

Malkastenplatz

Ältere Damen als Detektive sind in der Literatur nicht unbekannt. Avice Julian besann sich auf zwei oder drei, Geschöpfe gefeierter Schriftsteller, und ohne Zweifel gab es noch mehr. Es hatte den Anschein, als böten die ruhige Routine, in der das Leben einer alten Dame verläuft, ihre Neigung zu Klatsch und Strickzeug und ihre aus Langeweile geborene Neugierde ein günstiges Klima für das Forschen nach Motiven und das Auswerten von Ursachen. In der Literatur jedenfalls war das so. Ob es wohl, so fragte sich Mrs. Julian manchmal, auch auf die Wirklichkeit zutraf?

Diese Frage war ihr ein persönliches Anliegen. Sie war vierundachtzig Jahre alt, dünn, scharfsinnig, arthritisch, streitsüchtig und intolerant. Den größten Teil ihrer Zeit über saß sie in ihrem sehr großen Haus in einem steilen Lehnstuhl am Erkerfenster des Wohnzimmers und beobachtete, was ihre Nachbarn so machten. Von den alten Damen der Kriminalliteratur unterschied sie sich jedoch durch einen wichtigen Aspekt. Jene waren meistens alte Jungfern, sie dagegen war Witwe. Genaugenommen war sie zweimal verheiratet gewesen und zweimal verwitwet. Ob das wohl, so überlegte sie nach der Lektüre eines einschlägigen Kriminalromans, von Bedeutung war? Konnte sich das auf die deduktiven Fähigkeiten auswirken, und war es also ihre Jungfernschaft, die, sagen wir – Miss Marple zu einem Detektivgenie machte? Vielleicht. Anthropologen behaupten (Mrs. Julian war eine gebildete Person), daß in alten Kulturen der Jungfräulichkeit ehrfurchtgebietende und außergewöhnliche Kräfte zugesprochen wurden. Es konnte doch sein, daß das stimmte und daß langandauerndes Jungfrauentum – obgleich in mancher Hinsicht unerfreulich – doch dazu diente, diese Kräfte zu intensivieren. Möglich, daß sie eines Tages die Chance hatte, diese Altweiber-Spürhund-Theorie unter Beweis zu stellen? Von ihrem Fenster aus sah sie ja genug, während sie dasaß und sich ein Twinset strickte, dunkelblau, aus zweifädiger Wolle. Meist hatte sie den Häuserblock gegenüber im Blickfeld, drüben an der anderen Seite der breiten, dreispurigen Abelard Avenue.

Es waren insgesamt sechs Häuser, alle aneinandergebaut und alle völlig gleich. Alle hatten sie drei Stockwerke, Flachglasscheiben, einen kleinen Betonplatz zum Abstellen des Wagens, ein Blumenbeet und neben der Haustür ein Extrafach für Postpäckchen und einen Behälter für den Müllsack. Mrs. Julian fand das unhygienisch. Sie besaß eine altmodische Mülltonne, auch wenn die Northway Borrough Council darauf bestand, daß sie sie mit einem schwarzen Plastiksack auskleidete, wenn sie Wert darauf legte, daß ihr Müll abgeholt wurde.

Die Häuser waren auf dem Grundstück einer ehemaligen herrschaftlichen Villa erbaut worden. Es hatte mehrere solcher Herrschaftssitze in der Abelard Avenue gegeben, außerdem stattliche Wohnhäuser wie das von Mrs. Julian, die man nicht ganz als herrschaftlich bezeichnen konnte. Die meisten von ihnen hatte man abgerissen und die, welche stehengeblieben waren, in Mietwohnungen unterteilt. Genau das würden sie mit ihrem Haus auch machen, wenn sie einmal nicht mehr wäre, dachte Mrs. Julian, diese Neffen und Nichten und Großneffen und Großnichten von ihr, die würden das glatt tun. Sie hatte es miterlebt, wie die Häuser gegenüber gebaut worden waren. Vor rund zehn Jahren war das gewesen. Sie nannte sie die Malkastenhäuser, denn sie hatten etwas an sich, das an ein Kindergemälde erinnerte, und auch, weil bei jedem die Haustür in einer anderen Farbe gestrichen war – gelb, rot, blau, grüngelb, orange und schokoladenbraun.

«Der Block da drüben heißt jetzt Paragonplatz», berichtete Mrs. Upton, Putzfrau und Mädchen für alles, als die Häuser fertig waren.

«Was für ein lächerlicher Name! Malkastenplatz würde viel besser passen.»

Mrs. Upton ignorierte das, so wie sie alle Bemerkungen Avice Julians ignorierte, weil sie sie für hochnäsig, affektiert oder glatt für senil hielt. «Übrigens sagt man», fuhr sie fort, «als nächstes würden sie anfangen, auf dieser Wüstenei da nebenan zu bauen.»

«Wüstenei?» sagte Mrs. Julian von oben herab. «Sie können doch wohl nicht das Wäldchen meinen?»

«Wüstenei» war sicherlich eine falsche Bezeichnung, obwohl «Wäldchen» eine Übertreibung war. Es war ein großes, freies, verwildertes Grundstück, mehr oder weniger von Bäumen bewachsen, das mit einer Seite teilweise an Mrs. Julians Garten grenzte und teilweise an die Great North Road, während es mit der Schmalseite an die Abelard Avenue stieß. Die Leute benutzten den Fußweg, der hindurchführte, als Abkürzung zur Station. Bei Mrs. Uptons unerfreulicher Botschaft war Avice Julian aufgestanden und an den rechten Flügel des Erkerfensters getreten, von dem aus man auf das Wäldchen blickte, und sie überlegte, wie lästig es sein würde, einen weiteren Malkastenblock neben ihrem Hinteraufgang zu haben. Aber in diesen Zeiten, wo die menschliche Gesellschaft anscheinend verrückt geworden war, wo die Lebenshaltungskosten so erschreckend hoch waren, wo es endlose Streiks gab und wo man von ihr verlangte, auf die Einkünfte aus einigen ihrer Kapitalanlagen achtundneunzig Prozent Einkommensteuer zu zahlen, da war so was durchaus möglich, da konnte ja alles passieren.

Allein, es wurden bei Mrs. Julian nebenan keine Häuser gebaut. Es stellte sich heraus, das «Wäldchen» war – obgleich keinesfalls Naturschutzgebiet oder schutzwürdiges Wildwuchsareal, dennoch als «nicht für Wohnbauzwecke» eingestuft worden. Es schien also, als werde sie für den Rest ihres Lebens auf Birken, grüne Grasnarbe und kleine Weißdornbüsche hinausblicken, daß heißt, wenn sie nicht zu den Bewohnern des Malkastenplatzes hinübersah, zu Mr. und Mrs. Arnold und Mr. Laindon und den Nickolsons, alles junge Leute, keiner von ihnen weit über vierzig. Deren Aktivitäten absorbierten Mrs. Julians Interesse vollständig, während sie so zweifädig in Dunkelblau vor sich hinstrickte, und zugleich waren sie eine stete Quelle ihres Mißfallens und gelegentlich offener Verdammung.

Nach Weihnachten, im tiefsten Winter, als Mrs. Julian einmal in der Küche war und zusah, wie Mrs. Upton die Kartoffeln für das Mittagessen schälte, meinte diese: «Sie haben Glück, daß ich privat arbeite, ist Ihnen das klar?»

Dies überstieg Mrs. Julians Verständnis. «Bitte?»

«Ich meine, Sie können froh sein, daß ich nicht eine von den gewerkschaftlich organisierten Haushaltshilfen bin. Die treten nämlich alle in Streik, allesamt. Die gehören der NUPE an, verstehen Sie? Lesen Sie denn keine Zeitung?»

Allerdings las Mrs. Julian ihre Zeitung, den «Daily Telegraph», der ihr jeden Morgen vor die Tür gelegt wurde. Sie las ihn von Anfang bis Ende, nachdem sie ihr Frühstück beendet hatte, und es war ihr wohl bewußt, daß die NUPE, die *National Union of Public Employees*, mächtiges Getöse machte und lautstark drohte, ihre Mitglieder für Lohnerhöhungen streiken zu lassen. Ihrer Ansicht nach war das typisch für diese Zeit, in der sie lebte. Irgend jemand streikte ja immer. Aber sie hatte keine rechte Vorstellung, wer alles zu den öffentlich Bediensteten gehörte, und sie hatte gehofft, die angedrohte Aktion werde sie nicht betreffen. Dahingehend äußerte sie sich jetzt Mrs. Upton gegenüber.

«Sie nicht betreffen?» fuhr Mrs. Upton auf und skalpierte energisch ihre Rosenkohlköpfchen. Sie fand Mrs. Julians Ahnungslosigkeit anscheinend umwerfend komisch. «Also, zunächst mal werden keine Streufahrzeuge kommen, und vielleicht haben Sie schon bemerkt, daß es wieder schneit. Die Männer von der Straßenreinigung gehören nämlich zur NUPE. Und dann werden sie die Schulen schließen müssen, und es wird in den Straßen von Kindern wimmeln. Reinigungspersonal der Schulen gehört ebenfalls zur NUPE. Und dann kein Krankenwagen, wenn Sie auf dem Eis fallen und sich ein Bein brechen, keine Krankenträger, und, was noch schlimmer ist, keine Müllmänner. Kein einziger von uns kriegt seinen Müll abgeholt, weil die Müllabfuhr auch NUPE ist. Also von wegen, das betrifft Sie nicht!»

Mrs. Julians Mülltonne, die direkt hinter der Gartenpforte auf einer Betonplatte stand und durch einen Lorbeerbusch und einen Cotoneaster den Blicken entzogen war, wurde in dieser Woche nicht geleert. Am nächsten Montag schaute sie aus dem rechten Flügel ihres Erkerfensters und sah auf dem gefrorenen Boden unter den Birken etwa ein Dutzend schwarzer Plastiksäcke liegen, anscheinend mit Abfällen gefüllt und mit Drahtverschlüssen zugemacht. Manche Menschen schreckten anscheinend nicht davor zurück, ihren Müll überall in der Gegend zu verstreuen. Sie würde die Müllabfuhr anrufen, sie würde die Polizei anrufen! Zuvor aber wollte sie ihren Fehmantel überziehen, ihren Stock nehmen, hinausgehen und sich die Sache mal ansehen.

Der Schnee war geschmolzen, das Pflaster war feucht. Ein Auto kam angefahren, und eine junge Frau in Jeans und in diesen albernen Stiefeln, die bis zu den Schenkeln hinaufreichten, nahm zwei weitere schwarze Plastiksäcke aus dem Kofferraum. Mrs. Julian war drauf und dran, ihr in aller Deutlichkeit zu sagen, sie solle ihren Müll gefälligst auf der Stelle wieder mitnehmen, da fiel ihr Blick auf ein Schild, das unter den Bäumen aufgestellt war. Es war aus Sperrholz, und darauf stand in roten Buchstaben: NORTHWAY COUNCIL – MÜLLSAMMELPLATZ – SÄCKE HIER DEPONIEREN.

Mrs. Julian ging in ihr Haus zurück. Sie berichtete Mrs. Upton von dem Müllplatz, und Mrs. Upton sagte, das wisse sie längst, sie habe es aber Mrs. Julian nicht erzählt, weil sie sich doch bloß aufgeregt hätte.

«Man weiß wirklich nicht, wohin das alles noch führen soll, was?» meinte Mrs. Upton und öffnete eine Dose Pfirsiche für das Mittagessen.

«Oh, ich weiß das sehr genau», erwiderte Mrs. Julian. «Anarchie, dahin wird das alles führen.»

Im Laufe der Woche begann sich der Müll auf dem Abladeplatz zu häufen. Glücklicherweise herrschte sehr kaltes Wetter, und vorerst roch es noch nicht. Bei den Malkastenhäusern erschienen die schwarzen Müllsäcke außerhalb der Betonbehälter, auf den Stufen neben den bunten Haustüren, und schließlich stapelten sie sich bis in die schmalen Blumenbeete hinein. Mrs. Upton kam an fünf Tagen der Woche, aber nicht samstags und sonntags. Als es am Samstag morgen gegen zehn Uhr an der Haustür läutete, öffnete Mrs. Julian selbst. Draußen stand Mr. Arnold aus dem Haus mit der roten Tür, und hinter ihm auf dem Kiesweg stand eine Schubkarre, beladen mit fünf Plastiksäcken voller Müll.

Er war ein gutaussehender, netter, höflicher Mann, dieser Mr. Arnold. Zwei- oder dreiundvierzig, schätzte sie. Manchmal fand sie, seine Augen hätten einen melancholischen Ausdruck. Kein Wunder, man konnte verstehen, daß er melancholisch war. Er sagte guten Morgen, er sei auf dem Weg zum Müllplatz mit seinen und Mr. Laindons Abfällen, und ob er ihre vielleicht gleich mitnehmen solle?

«Das ist wirklich sehr freundlich und aufmerksam von Ihnen, Mr. Arnold», sagte Mrs. Julian. «Sie finden meinen Müllsack in der Tonne gleich an der Pforte. Ich bin Ihnen wirklich sehr dankbar.»

«Kein Problem», meinte Mr. Arnold. «Ich schlage vor, ich nehme Ihren Sack jedesmal mit, solange der Streik andauert, einverstanden?»

Mrs. Julian dachte nach. Ein Plan reifte in ihren Gedanken. «Das wird nicht nötig sein, Mr. Arnold. Ich werde meine Abfälle auf andere Weise beseitigen. Kompostieren, verbrennen», sagte sie, «die Konservendosen flachhämmern... so in der Art. Und sehen Sie mal, wenn das alle tun würden...»

«Ach, dazu ist das Leben zu kurz, Mrs. Julian», erwiderte Mr. Arnold. Er lächelte und ging mit seiner Schubkarre davon, noch ehe sie sagen konnte, was ihr auf der Zunge lag, nämlich, daß es für *sie* ja wohl kürzer sei als für die meisten anderen Leute.

Sie beobachtete ihn, wie er ihren Sack aus der Mülltonne nahm und seinen Karren den Hang hinauf und den Pfad zwischen den schwarzfeuchten Hügeln entlangschob. Armer Mann. An manch einem Abend, wenn Mr. Arnold bis spät arbeitete, hatte sie gesehen, wie die schokoladenbraune Haustür aufging und der junge Mr. Laindon – geschieden kurz bevor er herzog, so hieß es – herausschlüpfte, an die rote Tür klopfte und eingelassen wurde. Einmal hatte sie Mrs. Arnold und Mr. Laindon gemeinsam von der Station kommen sehen. Sie nahmen die Abkürzung durch das Wäldchen, und sie lachten und genossen ganz offensichtlich die Gesellschaft des anderen; dabei war es sehr kalt gewesen und auch spät, reichlich zehn Uhr nachts. Und hier erwies nun Mr. Arnold dem Mr. Laindon kleine Freundschaftsdienste, vollkommen ahnungslos, wie er hintergangen wurde! Oder vielleicht war er auch nicht ganz so ahnungslos, und deshalb vielleicht die traurigen Augen. Vielleicht war er wie Othello, der hangte und bangte, argwöhnte und dennoch blind liebte. Es war alles sehr unerfreulich, fand Avice Julian, unerfreulich, um es mit einem ihrer Lieblingsausdrücke zu sagen.

Sie ging in die Küche und begutachtete den Kochherd, einen kleinen Koksbrenner, nicht mehr benutzt seit 1963, als der verstorbene Alexander Julian Zentralheizung hatte einbauen lassen. Der Kamin war gefegt, da war sie sicher, also konnte man den Herd wieder in Betrieb nehmen. Konservenbüchsen konnten flachgehämmert und vorübergehend im Gartenschuppen deponiert werden. Und dann konnte sie einen Komposthaufen anlegen – warum auch nicht? Jedermann sollte sich beizeiten einen Komposthaufen zulegen, alles andere war doch unnötige Verschwendung und Verschmutzung.

Sollten ihre Nachbarn zu der skandalösen Verschandelung beitragen – sie nicht! Entschlossen hüllte sie sich in ihres verstorbenen Mannes Burberry und ging hinunter in den Garten, bis in den hintersten Winkel. An der Wäldchenseite, ganz in der äußersten Ecke, dort war der richtige Platz, ganz dicht am Zaun, beschloß Mrs. Julian. Sie fand ein Bündel kräftiger Holzstäbe im Schuppen – Alexander hatte seinerzeit Stangenbohnen daran gezogen –, suchte sich vier davon aus und brachte es fertig, sie in die weiche Erde zu treiben, einen an jeder Ecke des flüchtig vorgezeichneten Vierecks. Als nächstes zog sie eine Bahn feinen Maschendrahtes um die Pfosten, so daß eine Umzäunung entstand. Wenn Mrs. Upton das nächste Mal einkaufen ging, würde sie sich ein paar Garotten zum Spannen des Drahtes mitbringen lassen. Avice Julian kannte sich aus mit der Anlage von Komposthaufen, sie und ihr erster Mann waren darin Experten gewesen während des Krieges!

Am Nachmittag, nach einem erfrischenden Schläfchen, räumte sie die Gemüsekiste aus und fand darin ein paar merkwürdige Kartoffeln, die bereits Stengel und Blätter getriebenhatten, ebenso ein paar Mohrrüben, die von bläulichem Pelz überzogen waren. Mrs. Upton war keine sehr hygienische Wirtschafterin. Die Kartoffeln und die Mohrrüben bildeten den Grundstock des neuen Komposthaufens, Mrs. Julian riß noch eine Handvoll Unkraut aus und warf es obendrauf.

«Da wird sich meine Arbeit ja ganz schön in die Länge ziehen, das sehe ich schon kommen», meinte Mrs. Upton am Montag morgen, und dabei lachte sie unangenehm. «Jedenfalls weiß ich nicht, wie ich das Saubermachen schaffen soll, wenn ich den ganzen Tag den Gartenweg rauf und runter trotten muß.»

Mit vereinten Kräften machten sie Feuer im Küchenherd und speisten es mit dem «Daily Telegraph» vom Sonnabend und dem «Observer» vom Sonntag. Mrs. Upton hämmerte eine Konservendose platt, in der gebackene Bohnen gewesen waren, und schlug sich dabei auf den Daumen. Sie veranstaltete deshalb ein gewaltiges Geschrei, welches Mrs. Julian zu ignorieren trachtete. Mrs. Julian zog sich in ihren Erker zurück, schlug den zweiten Ärmel des dunkelblauen, doppelfädigen Pullovers auf und sah zu, wie Frauen per Auto ihre Müllsäcke zum Sammelplatz brachten. Einige von ihnen machten sich kaum die Mühe, einen Fuß auf das Pflaster zu setzen, sie machten den Kofferraum ihres Wagens auf und schleuderten von dort, wo sie standen, die Säcke hinüber. Mit ungeheurem Abscheu sah Mrs. Julian, wie einer dieser Säcke gegen einen Baumstamm prallte und aufplatzte und wie sein Inhalt in alle Richtungen spritzte – Konservendosen, Glas, Küchenabfälle, Essensreste, Schmutz und Rückstände aller Art.

Während der letzten Woche im Januar kochte Mrs. Julian gewöhnlich ihre Orangenmarmelade ein, und sie sah keinen Grund, mit dieser Gewohnheit aufzuhören, bloß weil sie vierundachtzig war. Schimpfend und über ihren Rücken und ihre Krampfadern stöhnend, zog Mrs. Upton los, um Einmachzucker und Sevilla-Orangen einzukaufen. Mrs. Julian schälte Kartoffeln, bereitete den Kohl für das Mittagessen vor und trug eigenhändig die Kartoffelschalen und die äußeren Blätter des Kohlkopfes hinunter auf den Komposthaufen. Der größte Teil der Orangenschalen würde zu gegebener Zeit ebenfalls dort landen, denn Mrs. Julians Marmelade war die klare, geleeartige Sorte mit nur wenigen, hauchdünn geschnittenen Streifen von Schale darin.

Am Nachmittag kochten sie die erste Partie Marmelade. Am nächsten Morgen kam Mr. Arnold mit seinem Schubkarren wieder vorbei. «Ihre private Müllabfuhr steht zu Diensten, Mrs. Julian.»

«Danke, aber ich habe wirklich das getan, was ich Ihnen neulich gesagt habe», erwiderte sie, und sie bestand darauf, daß er mit ihr in den Garten kam und den Komposthaufen ansah.

«Sie essen aber eine Menge Orangen», staunte Mr. Arnold.

Da erzählte sie ihm von der Marmelade, und Mr. Arnold sagte, er habe noch nie selbstgemachte Orangenmarmelade gegessen, er wüßte gar nicht, daß man so was immer noch machte. Dies schockierte nun Mrs. Julian geradezu, und es bestärkte sie in ihrer Ansicht über Mrs. Arnold. Sie schenkte ihm ein Glas Marmelade, und er bedankte sich überschwenglich.

Sie war froh, wieder nach drinnen zu kommen. Die Meteorologen hatten recht gehabt, als sie sagten, es werde eine neue Kältewelle kommen. Mrs. Julian strickte und blickte dabei aus dem Fenster. Und da sah sie, wie Mrs. Arnold von Mr. Laindon in dessen Wagen von irgendwoher nach Hause gefahren wurde. Um die Mittagszeit hatte es zu schneien begonnen. Der schwere, tiefhängende, graue Himmel sah nach sehr viel Schnee aus.

Dies hielt jedoch Mrs. Julians Großnichte nicht davon ab, mit ihrem Freund unerwartet vorbeizukommen. Die beiden erklärten frank und frei, sie seien bloß gekommen, um sich den Müllberg anzusehen, von dem es hieß, er sei der größte von ganz London, abgesehen von dem, der den ganzen Leicester Square ausfüllte. Sie standen am Erkerfenster, bestaunten die Halde und kicherten jedesmal, wenn jemand kam und eine neue Ladung brachte.

«Das ist ja surrealistisch!» quiekte die Großnichte, als ein Sack unter dem Gewicht des Schnees langsam aus den Zweigen eines Baumes rutschte, die ihn ein paar Tage lang getragen hatten. «Das ist einfach phantastisch! Ich könnte den ganzen Tag hier stehen und zuschauen.»

Mrs. Julian war sehr froh, daß sie das nicht tat, sondern nach etwa einer Stunde (mit einem Glas Marmelade) weiterzog zu etwas, das sich «Screen on the Hill» nannte und sich als ein Kino in Hampstead entpuppte. Nachdem die beiden fort waren, schneite es so dicht wie nie zuvor. Während der nächsten Nacht herrschte strenger Frost und während der übernächsten auch.

«Lassen Sie sich bloß nicht einfallen, einen Fuß vor die Tür zu setzen», sagte Mrs. Upton am Montag morgen, «die Bürgersteige sind spiegelglatt.» Und sie erging sich in einer langen Erzählung über ihren Sohn Stewart, der Polizist war und eine alte Dame gefunden hatte, die ausgerutscht war und hilflos auf dem Eis lag.

Mrs. Julian nickte ungeduldig. «Ich hab ja auch keinerlei Absicht hinauszugehen. Und Sie müssen auch sehr vorsichtig sein, wenn Sie den Weg zum Komposthaufen hinuntergehen.»

Sie kochten die zweite Partie Marmelade. Das Feuer im Küchenherd wollte nicht brennen, so daß Mrs. Julian schließlich meinte, sie sollten es sein lassen und es morgen wieder versuchen, denn es hatte sich ein Haufen Zeitungen angesammelt, die verbrannt werden mußten. Mrs. Julian setzte sich in den Erker, und während sie die Teile des dunkelblauen, zweifädigen Pullovers zusammennähte, beobachtete sie die Leute, die durch den Schnee zur Mülldeponie kamen. So von Schnee überzogen, ähnelten die Kuppen der Halde einer Bergkette. In der Arktis vielleicht, malte Mrs. Julian sich aus, oder auf einem anderen Planeten, wo die Temperaturen ständig unter Null lagen.

Die ganze Woche hindurch schneite und fror, schneite und taute es, um dann von neuem zu frieren. Mrs. Julian blieb zu Hause. Ihr Neffe, der, welcher die Science-fiction-Romane schrieb, rief an und fragte, ob es ihr gut ginge, und ihr anderer Neffe, der, welcher Berufsfotograf war, wollte vorbeikommen und ihre Auffahrt von Schnee freischippen. Als er dann kam, hatte Mr. Laindon das bereits erledigt, aber Mrs. Julian schenkte ihm trotzdem ein Glas Marmelade. Es hatte ihr indessen widerstrebt, Mr. Laindon auch eins zu schenken, wegen der Art und Weise, wie er es mit Mrs. Arnold trieb.

Am Sonnabend begann es zu tauen. Mrs. Julian saß im Erker und schlug die Maschen für das linke Vorderteil ihrer Jacke auf und sah zu, wie Schnee und Eis zerrannen und den Rinnstein entlangflossen. Sie ließ, wie sie es oft tat, wenn es dunkel wurde, die Vorhänge offen.

Gegen acht Uhr kam Mrs. Arnold aus der roten Haustür, und Mr. Laindon kam aus der schokoladenbraunen Haustür, und sie standen beieinander und redeten und lachten, bis Mr. Arnold herauskam. Mr. Arnold schloß die Türen seines Wagens auf und sagte etwas zu Mr. Laindon. Wie sehr wünschte Mrs. Julian, sie hätte gehört, was das war! Mr. Laindon schüttelte nur den Kopf.

Sie sah, wie Mrs. Arnold rasch in den Wagen stieg und die Tür schloß. Sehr feige, sich so aus allem herauszuhalten, fand Mrs. Julian. Mr. Arnold schien sich jetzt mit Mr. Laindon zu streiten, anscheinend versuchte er, ihn zu irgend etwas zu überreden. Vielleicht, Mrs. Arnold in Ruhe zu lassen? Aber alles, was Mr. Laindon tat, war, in ein albernes Gelächter auszubrechen und sich in das Haus mit der schokoladenbraunen Haustür zurückzuziehen. Die Arnolds fuhren weg, und dabei fuhr Mr. Arnold unverantwortlich schnell für dieses Wetter, so, als ob er verzweifelt spät dran war, irgendwo hinzukommen, wo immer die beiden nun hin wollten, oder aber, und das war das Wahrscheinlichere, als ob er eine große Wut hätte.

Am nächsten Tag, dem Sonntag, sah Mrs. Julian nichts von Mr. Laindon, aber am Nachmittag sah sie Mrs. Arnold alleine weggehen. Sie überquerte die Straße vor dem Malkastenplatz und nahm den Fußweg durch das Wäldchen zur Station, der gnädig vom Müll ausgespart geblieben war. Unterwegs zu einer heimlichen Verabredung, vermutete Mrs. Julian. Das Wetter war trockener geworden und weniger kalt, aber sie verspürte keine Neigung hinauszugehen. Sie setzte sich ans Fenster und strickte das Rippenmuster am linken Vorderteil ihrer Jacke. Dabei fiel ihr auf, daß sich drüben vor den Malkastenhäusern die Müllbeutel schon wieder türmten. Aus irgendeinem Grunde, Faulheit vielleicht, hatte Mr. Arnold es unterlassen, sie am Samstag morgen fortzuschaffen. Mrs. Julian gönnte sich ein Schläfchen und eine Tasse Tee und las den «Observer».

Sie war zufrieden, daß Mrs. Upton alle alten Zeitungen verbrannt hatte. Jedenfalls waren nirgends welche zu sehen. Aber was hatte sie mit den leeren Konservendosen gemacht? Mrs. Julian sah sich überall nach flachgehämmerten, leeren Dosen um. Sie suchte in den Küchenschränken, in den Schränken unter der Treppe und sogar im Speise- und im Frühstückszimmer. Bei Leuten wie Mrs. Upton wußte man ja nie... Vielleicht hatte sie sie ja auch in den Schuppen gebracht, vielleicht hatte sie tatsächlich getan, was ihre Arbeitgeberin angeordnet hatte, und sie im Schuppen verstaut.

Mrs. Julian ging wieder ins Wohnzimmer, zurück an ihr Fenster, und sie kam gerade rechtzeitig, um zu sehen, wie Mr. Arnold drüben seine Haustür aufschloß. An den Wochenenden schien die Zeit immer langsamer zu vergehen als sonst, und so war sie überrascht, als sie feststellte, daß es bereits neun Uhr war. Es hatte zu regnen begonnen. Die Regenschnüre schimmerten golden im Lampenschein, der aus den Malkastenhäusern fiel.

Sie setzte sich ans Fenster und nahm sich wieder ihr Strickzeug vor. Nach einer kleinen Weile ging die rote Haustür auf und Mr. Arnold kam heraus. Er hatte sich wohl seiner feuchten Sachen entledigt, hatte die grauen Hosen mit dunkelbraunen vertauscht, und das blaue Jackett mit Pullover und Anorak. Er griff nach dem nächstliegenden Abfallsack und schleifte ihn nach drinnen. Nach ein oder zwei Minuten erschien er wieder, trug den Sack und lud ihn auf den Schubkarren, den er vom Autoabstellplatz holte.

Just in diesem Moment klingelte Mrs. Julians Telefon. Der Apparat stand am anderen Ende des Zimmers, und der Anrufer war der ältere ihrer beiden Neffen, der Berufsfotograf. Er wollte wissen, ob er sich wohl ein paar Stücke ihrer Schlafzimmereinrichtung – Stilepoche Zweites Kaiserreich – ausborgen dürfe für irgendeine Ausstattung oder einen Hintergrund. Und die Marmelade hätten sie alle sehr genossen, sie sei schon fast alle. Mrs. Julian sagte, er könne nächstes Jahr wieder ein Glas Marmelade bekommen, aber ganz bestimmt könne er ihre Möbel nicht ausborgen. Sie wünsche keine Bilder ihres Kleiderschrankes oder ihrer Frisierkommode in all diesen vulgären Illustrierten, nein, besten Dank. Als sie auf ihren Beobachtungsposten zurückkehrte, war Mr. Arnold verschwunden.

Verschwunden war er, genauer gesagt, vom Vorplatz der Malkastenhäuser. Mrs. Julian trat an die rechte Seite des Erkers, um die Vorhänge zuzuziehen und den Regen auszusperren, und dort kletterte er auf den nassen, schlüpfrigen, schwarzen Bergen herum mit einem Müllsack in der Hand. Der Sack sah nicht sonderlich haltbar aus, denn an einer Seite war er von einem Flaschenhals durchbohrt, und oben war er auch nicht ordentlich mit einem Drahtverschluß gesichert, sondern nur mehrfach mit einem blauen Strick umwickelt. Schließlich stellte er ihn seitlich an einem der großen Haufen ab, die die Birke umgaben. Mrs. Julian zog die Vorhänge zu.

Mrs. Upton erschien pünktlich am nächsten Morgen, und sie platzte sofort mit ihrer Neuigkeit heraus. Ein Segen, daß sie solche stabile Konstitution besaß, dachte Mrs. Julian; manch eine Frau in ihrem fortgeschrittenen Alter hätte es krank gemacht – oder schlimmer –, wenn sie etwas Derartiges gehört hätte.

«Aber wie ist es möglich, daß *Sie* das wissen?» fragte sie, «es steht nichts davon in der Morgenzeitung.»

Stewart natürlich, Stewart, der Polizist.

«Sie ging von der Station nach Hause», erzählte Mrs. Upton, «hier durch die Wüstenei.» Sie wies mit dem Daumen in Richtung Wäldchen. «Na, wenn das nicht das Unheil herausfordern heißt – so eine eklige, dunkle einsame Gegend! Dieser Kerl, wer immer das nun war, hat ihr was auf den Kopf geschmettert, einen stumpfen Gegenstand, sagt man. Das war gegen halb neun, obwohl, gefunden haben sie sie erst um zehn. Stewart sagt, da war alles voller Blut. Es hat ihn furchtbar mitgenommen, und wo er doch an so was gewöhnt ist.»

«Was für eine entsetzliche Sache», sagte Mrs. Julian, «nein, was für eine schauerliche Sache. Armer Mr. Arnold!»

«Umgebracht, bloß wegen dem Geld in ihrer Handtasche! Und dabei war gar nicht viel drin. Heutzutage ist doch niemand mehr sicher.»

Nach so einem Ereignis ist es für Stunden schier unmöglich, seine Gedanken auf irgend etwas anderes zu konzentrieren. Mrs. Julian saß im Erker, das Strickzeug im Schoß, und betrachtete nachdenklich die Malkastenhäuser. Im Laufe des Vormittags erschien ein Fahrzeug, sicherlich ein Polizeiwagen, obwohl er keine blaue Lampe hatte, und zwei Polizisten in Zivil wurden in das Haus mit der roten Tür eingelassen. Vermutlich von Mr. Arnold selbst, der jedoch für Mrs. Julian nicht sichtbar war.

Wie mußte es wohl sein, auf so gewalttätige Art seinen Ehepartner zu verlieren? Selbst einen so unvollkommenen Ehepartner, wie die arme Mrs. Arnold es gewesen war? Ob Mr. Laindon es wohl schon wußte, überlegte Mrs. Julian. Sie konnte sich beim besten Willen nicht vorstellen, wie ihm zumute sein mußte. Aus keinem der Häuser des Malkastenplatzes kam jemand heraus, auch ging niemand hinein, und um ein Uhr mußte Mrs. Julian ihren Erker verlassen, um zum Essen ins Speisezimmer zu gehen.

«Na ja, Sie wissen ja, was die Polizei immer sagt, nicht wahr?» meinte Mrs. Upton und setzte ihr ein noch ziemlich rohes Lammkotelett vor. «Die Ehemänner sind immer die ersten, die verdächtigt werden. Wirft ein schockierendes Licht auf die Ehe, finden Sie nicht auch?»

Mrs. Julian gab keine Antwort, sondern hob lediglich die Schultern. Ihre beiden Ehemänner waren ihr sehr zugetan gewesen, und sie fand, *sie* habe keinerlei persönliche Erfahrung bezüglich derart unzivilisierter Verhältnisse, von denen Mrs. Upton da redete. Aber konnte man dasselbe wohl von Mrs. Arnold sagen? Hatte sie nicht gerade von ihrem Erker aus seit Wochen, seit Monaten den Zustand der Arnoldschen Ehe ergründet und schon längst einen schlimmen Ausgang befürchtet?

Dies war der Moment – oder vielleicht auch ein wenig später, als sie wieder an ihrem Fenster saß –, in dem Mrs. Julian anfing, sich als eine potentielle Miss Marple oder Miss Silver zu betrachten, auch wenn sie in letzter Zeit keine Werke der jeweiligen Schöpfer dieser Damen gelesen hatte. So war es vielleicht eher, daß sie den simplen gesunden Menschenverstand erkannte, der der Idee von den alten Damen als Detektiven zugrunde lag. Wer sonst hatte auch die Muße, so genau zu beobachten? Wer sonst hatte lebenslange Erfahrungen mit der menschlichen Natur hinter sich? Wer sonst hatte genügend Desillusionierung erfahren, um fähig zu sein, derart widerlichen Fakten unerschrocken ins Gesicht zu sehen?

Denn ohne Zweifel waren die Fakten, denen Mrs. Julian ins Gesicht blickte, widerlich. Und dennoch kombinierte sie methodisch: Mrs. Arnold war eine treulose Ehefrau gewesen. Sie hatte mit Mr. Laindon so etwas wie eine Liebesaffäre unterhalten. Daß Mr. Arnold davon nichts gewußt hatte, ergab sich daraus, daß sich dieses außereheliche Abenteuer während seiner Abwesenheit abspielte. Daß er dann anfing zu begreifen, ergab sich aus seinem Benehmen vom Samstag abend. Was lag also näher, als daß er sich am Sonntag abend aufgemacht hatte, um seine Frau an der Station abzuholen, sich wegen eben dieser Angelegenheit mit ihr gestritten und sie dann in blinder Eifersucht niedergeschlagen hatte? Als Mrs. Julian ihn also das erste Mal gesehen hatte, da war er gerade vom Tatort nach Hause gerannt, die

Mordwaffe – von der Mrs. Upton sagte, die Polizei suche jetzt danach – unter dem Jackett verborgen.

Der Vormittag war grau und feucht gewesen, aber nach dem Mittag klärte es sich auf, und eine schwache, wäßrige Sonne kam zum Vorschein. Mrs. Julian zog ihren Fehmantel an und ging in den Garten. Es war das erste Mal nach neun Tagen, daß sie wieder ausging.

Der Komposthaufen hatte nicht sonderlich an Umfang zugenommen. Vielleicht hatte das Gewicht des Schnees ihn zusammengepreßt, oder – was wahrscheinlicher war – Mrs. Upton hatte versäumt, ihre Pflicht zu tun. Verärgert ging Mrs. Julian in den Vorgarten und hob den Deckel der Mülltonne, wohl wissend, was sie darin finden würde. Aber nein, sie hatte Mrs. Upton unrecht getan. Die Mülltonne war leer und ganz sauber. Sie blieb am Zaun stehen und blickte zur Müllhalde hinüber.

Welche Beleidigung fürs Auge das war! Allenthalben quoll der Müll aus den Säcken, sei es, weil sie unachtsam gepackt oder verschlossen worden waren, so daß die nassen, ekelhaften Hügel übersät waren von zerrissenem, nassen Papier, Kartons und Verpackungen, und sich dazwischen in den Vertiefungen wie widerwärtiges, wucherndes Gewächs ein Konglomerat aus faulenden Früchten und Gemüseabfällen, verschimmeltem Brot, aus Teeblättern, Kaffeesatz und Glasscherben abgelagert hatte. In einer Mulde entstand eine Bewegung. Maden? Oder die schnüffelnde Nase einer Ratte? Mrs. Julian schauderte und blickte schnell fort; sie hob die Augen, und ihr Blick fiel auf den Sack, den Mr. Arnold am gestrigen Abend dort unter der Birke abgestellt hatte. Da lag er immer noch, der Sack, der von dem Hals einer Flasche durchstoßen und mit einem blauen Strick zugebunden war.

Sie ging ins Haus zurück. War sie eigentlich berechtigt, diese ihre Kenntnis für sich zu behalten? Inzwischen gab es für sie keinen Zweifel mehr daran, was Mr. Arnold getan hatte: Nachdem er seine Frau ermordet hatte, war er nach Hause gerannt, hatte seine blutbeschmierten Kleider gegen saubere eingetauscht. Und in den Müllsack, den er sich von draußen hereinholte, stopfte er dann die Kleidungsstücke, die er so hastig ausgezogen hatte, und ebenso den sogenannten «stumpfen Gegenstand», das Mordinstrument – eine Eisenstange vielleicht oder ein Stück Metallrohr, das er im Wäldchen aufgesammelt hatte. Bei dieser Gelegenheit hatte er den Drahtverschluß verlegt, konnte so schnell keinen anderen finden und mußte darum den Sack mit irgend etwas zumachen, was gerade zur Hand war, nämlich einem Stückchen Schnur. Und dann ab damit über die Straße, wie er es bei etlichen vorangegangenen Gelegenheiten getan hatte, dieses Mal jedoch, um dort einen Sack zu deponieren, welcher Beweisstücke enthielt, die ihn überführen mußten, wenn man ihn auf seinem Grund und Boden fände. Aber was konnte wohl anonymer sein als ein schwarzer Plastiksack auf einem öffentlichen Müllabladeplatz? Dort würde er einer unter Tausenden sein und – so mußte er angenommen haben – unmöglich zu identifizieren.

Mrs. Julian gefiel der Gedanke, ihrem freundlichen und aufmerksamen Nachbarn Unannehmlichkeiten zu bereiten, ganz und gar nicht, aber Gerechtigkeit mußte sein. Wenn sie Kenntnisse besaß, die die Polizei sich nicht auf andere Weise verschaffen konnte, so war es ganz einfach ihre Pflicht, diese zu offenbaren. Je mehr sie darüber nachdachte, desto fester war sie davon überzeugt, daß dies zur korrekten Aufklärung des Verbrechens an Mrs. Arnold führen mußte. Hätte nicht auch Miss Seaton so gedacht? Und wäre nicht auch Miss Marple, nachdem sie Parallelen zwischen Mr. Arnolds Verhalten und dem irgendeines St.-Mary-Mead-Gatten festgestellt, nachdem sie die traurige Bedeutung des Streites am Samstag abend bedacht und erwogen hatte – wäre sie nicht auch in dieser Angelegenheit an das Criminal Investigation Department herangetreten?

Sie zögerte nur Minuten, ehe sie sich das Telefonverzeichnis holte und die Nummer heraussuchte. Es war drei Uhr nachmittags, als sie das örtliche Polizeirevier anrief.

Der Kriminalbeamte und der Polizist, die Mrs. Julian eine halbe Stunde später aufsuchten, zeigten keinerlei Erstaunen darüber, daß sie von jemandem wie ihr mit Informationen versehen wurden. Vielleicht lasen auch sie die Werke jener Schöpfer der alten Spürhund-Ladys? Sie behandelten Mrs. Julian mit großer Höflichkeit, und nachdem sie ihnen erklärt hatte, was sie vermutete, schlugen sie vor, sie solle die beiden doch an den Rand des Müllberges begleiten und ihnen den verdächtigen Sack zeigen.

Aber das könne sie ja ebensogut auch von ihrem rechten Erkerfenster aus tun. Die Ermittlungsbeamten nickten, schrieben sich Verschiedenes in ihre Notizbücher, bedankten sich bei ihr und gingen. Eine Weile später erschien ein Transporter, ein Polizist in Uniform stieg aus und nahm den Sack mit. Mrs. Julian blieb am Fenster sitzen, arbeitete an dem durchbrochenen Muster am Vorderteil ihrer dunkelblauen Jacke weiter und wartete auf Mr. Arnolds Festnahme. Mit Zittern und Zagen und voll widerstrebender Sympathie für ihn blickte sie hinüber. Den ganzen Tag hatte es in der Gegend von Polizisten gewimmelt. Sie waren in den Müllbergen herumgeklettert, hatten Gärten durchsucht und an den Türen geklingelt, aber keiner von ihnen ging hin, um Mr. Arnold festzunehmen.

Rein gar nichts passierte, außer, daß um acht Uhr abends Mr. Laindon klingelte. Er schien sehr durcheinander, sein Gesicht sah weiß und mitgenommen aus. Er käme, sagte er, um Mrs. Julian zu fragen, ob ihr daran gelegen sei, zu den Kosten eines Kranzes für Mrs. Arnold etwas beizusteuern, oder würde sie lieber persönlich Blumen schicken?

«Ich glaube, es ist mir lieber, ich entrichte meinen kleinen Tribut an Blumen selber», sagte Mrs. Julian ziemlich frostig.

«Natürlich, wie es Ihnen lieber ist. Ich gehe eigentlich auch nur herum und frage die Leute, um mich abzulenken. Ich bin völlig aus der Bahn geworfen durch diese Geschichte. Sie waren so wundervoll zu mir, die Arnolds, müssen Sie wissen. Bessere Freunde konnte man nicht haben. Mir ging es ziemlich schlecht, als ich herzog – meine Scheidung und alles das –, und die Arnolds, also die kümmerten sich um mich wie um einen Bruder, die sorgten dafür, daß ich nie mir selbst überlassen blieb, bestanden darauf, daß ich mit ihnen ausging... Und dann muß eine so grauenhafte Sache passieren, und ausgerechnet einem so wundervollen Menschen wie ihr...»

Mrs. Julian hatte keine Lust, sich derartige Dinge anzuhören. Natürlich gab es genug Leute, die sich von so einer Geschichte einwickeln ließen. Sie ging zu Bett und fragte sich, ob die Festnahme wohl während der Nacht erfolgen würde, diskret, so daß die Nachbarn es nicht mitbekamen?

Am nächsten Morgen sahen die Malkastenhäuser aus wie immer. Natürlich taten sie das. Die Festnahme von Mr. Arnold würde ja auch kaum ihr Äußeres verändern. Um halb zehn klingelte das Telefon, und Mrs. Upton nahm den Anruf entgegen. Sie kam ins Morgenzimmer, wo Mrs. Julian eben ihr Frühstück beendete.

«Die Kripo will noch mal vorbeikommen und Sie sprechen. Ich hab gesagt, ich würde fragen. Ich hab gesagt, Sie fühlten sich dem vielleicht nicht gewachsen, schließlich wären Sie ja nicht mehr so jung, wie Sie mal waren.»

«Das sind Sie und die Polizisten auch nicht», erwiderte Mrs. Julian, und dann sprach sie selbst mit dem Inspektor und sagte, er könne kommen, wann es ihm paßte.

Während der nächsten halben Stunde rumorten etliche nicht unerfreuliche Phantasien in Mrs. Julians Kopf herum. Das kommt wohl häufig dabei heraus, wenn man sich mit Charakteren aus der Literatur identifiziert. Sie malte sich aus, daß man ihr zu ihrem Scharfsinn gratulierte oder sogar, daß sich später, anläßlich eines neuerlichen, unglaublichen Verbrechens Polizeibeamte höchsten Ranges ratsuchend an sie wandten. Mrs. Upton hatte sie, aufs ganze gesehen, recht ordentlich bedient, so gut man es in diesen schlimmen Zeiten eben erwarten konnte. Eines Tages vielleicht, wenn es um Stewarts Beförderung ginge, dann könnte wohl ein Wort von ihr an der rechten Stelle…

Es klingelte an der Tür. Es waren dieselben Beamten wie am Vortage. Mrs. Julian war ein wenig enttäuscht, sie fand, mittlerweile stünde ihr etwas Höherrangiges zu. Die beiden begrüßten sie mit jovialem Lächeln und forderten sie auf, ihr in ihre eigene Küche zu folgen, sie wollten ihr dort etwas zeigen. Zwischen sich trugen sie eine große Segeltuchtasche.

Der Kriminalbeamte bat Mrs. Upton, ihnen einen Bogen Zeitungspapier zu geben, und bevor Mrs. Julian einwenden konnte, daß sie leider alle alten Zeitungen verbrannt hätten, war der «Daily Telegraph» vom Samstag zur Stelle, aus seinem Versteck hervorgezaubert. Und dann zog er zu Mrs. Julians Verblüffung aus der Segeltuchtasche den schwarzen Plastiksack hervor, der an der Seite durchstochen und oben mit einem blauen Strick zugebunden war, genau den, den sie am Sonntag abend Mr. Arnold auf dem Müllplatz hatte abladen sehen.

«Ich hoffe, Sie finden es nicht zu unappetitlich», sagte der Mann, «einen kurzen Blick auf den Inhalt dieses Sackes zu werfen.»

Mrs. Julian war doch sehr befremdet, daß er *so etwas* einem Menschen ihres Alters zumutete. Dennoch gab sie durch ein schwaches Nicken und eine leise Handbewegung zu verstehen, daß sie einwilligte, während sie sich innerlich wappnete gegen den Anblick irgendeines entsetzlichen Schlagwerkzeuges, an dem womöglich Blut und Haare klebten, sowie eines blutverschmierten Jacketts und ebensolcher Hosen, die aus den Tiefen des Sackes zum Vorschein kommen würden. Und sie war fest entschlossen, sie würde weder in Ohnmacht fallen noch schreien, was immer sie auch zu Gesicht bekäme.

Der Polizist löste den Strick, öffnete den Sack weit, und vorsichtig begann der Inspektor, den Inhalt auf den Zeitungsbogen zu schütten, den Mrs. Upton auf dem Boden ausgebreitet hatte. Er verteilte ihn, so gut es ging, in verschiedene kleine Haufen: Eine Menge Orangenschalen, diverse Fäden dunkelblauer, zweifädiger Strickwolle, unzählige Earl-Grey-Teebeutel, Kartoffelschalen, Kohlblätter, ein Lammkotelettknochen, die Sherryflasche, deren Hals sich durch die Seite des Sackes gebohrt hatte, und sieben Ausgaben des «Daily Telegraph» sowie eine des Observer», und bei allen stand an den Rand gekritzelt: «Julian, 1 Abelard Avenue»... Mrs. Julian blickte auf den Küchenboden, sie blickte den Inspektor an und den Polizisten und den knappen Meter dunkelblauer, zweifädiger Wolle, den er immer noch in der Hand hielt, nachdem er ihn vom Hals des Sackes abgewickelt hatte.

«Ich begreife das nicht», sagte sie.

«Ich glaube, dieser Sack sieht ganz so aus, als ob er Abfälle aus Ihrem eigenen Haushalt enthält, Mrs. Julian», sagte der Inspektor, «mit anderen Worten, es ist Ihr eigener Müll, alles selbst weggeworfen.»

Mrs. Julian setzte sich hin. Schwer ließ sie sich auf einen der Korbstühle sinken und blickte starr auf die gegenüberliegende Wand. In ihrem Gesicht verspürte sie ein seltsam prickelndes, heißes Gefühl, das sie seit über sechzig Jahren nicht mehr erlebt hatte. Sie errötete.

«Ich verstehe», sagte sie.

Der Inspektor begann die Abfälle in den Sack zurückzustopfen. Mrs. Upton sah ihm dabei kichernd zu.

«Falls Sie nicht unsere sämtlichen Vorräte an Sherry ausgetrunken haben, Mrs. Upton», sagte Mrs. Julian, «dann sollten wir diesen beiden Herren jetzt wohl ein Gläschen anbieten.»

Die beiden Polizisten tranken, obgleich im Dienst – was nach Mrs. Julians bisherigen Ansichten jeden Alkoholkonsum verbot –, jeder zwei Gläser. Die beiden waren um Worte nicht verlegen und plauderten mit Mrs. Upton munter drauflos, wahrscheinlich über das Thema vergangener und zukünftiger Großtaten ihres Sohnes Stewart.

Mrs. Julian hörte kaum zu und sagte nichts. Sie begriff inzwischen voll und ganz, was geschehen war. Mr. Arnold hatte seine Sachen ausgezogen, weil sie feucht waren, und er beschloß, seinen Müll noch am gleichen Abend fortzutragen, weil er vergessen oder versäumt hatte, das am Samstag morgen zu tun. Also hatte er seinen eigenen genommen und wahrscheinlich auch den von Mr. Laindon. An diesem Punkt hatte sie ja das Fenster verlassen, um ans Telefon zu gehen. Und in den paar Minuten, die sie mit ihrem Neffen geredet hatte, war Mr. Arnold mit seinem Schubkarren an ihrer Tür vorbeigekommen, hatte den Deckel der Mülltonne gehoben, und als er darin einen vollen Abfallsack fand, hatte er ihn mitgenommen. Und es war dieser Sack, ihr eigener, den sie ihn hatte abladen sehen, als sie wieder hinausblickte!

Kein Wunder, daß der Herd fast nie gebrannt hatte, kein Wunder, daß der Komposthaufen nicht gewachsen war. Kaum hatte es angefangen mit Schnee und Frost, kaum wußte sie, daß ihre Herrin deshalb im Haus bleiben würde, hatte sich Mrs. Upton über die hygienischen Anordnungen hinweggesetzt und war zu Sack und Mülltonne zurückgekehrt. Und wozu hatte das nun geführt!

Die beiden Polizisten gingen fort und luden netterweise den Sack auf der Müllhalde ab, als sie daran vorbeikamen. Mrs. Upton sah Mrs. Julian an, und Mrs. Julian sah Mrs. Upton an, und Mrs. Upton meinte grinsend: «Also, ich möchte bloß mal wissen, was *das* nun sollte!»

Noch nie hatte sich Mrs. Julian so sehr nach jenen Tagen zurückgesehnt, da sie in solch einem Fall auf der Stelle die Kündigung ausgesprochen hätte. Aber heutzutage war das unmöglich. Wo sollte sie einen Ersatz finden? So war denn alles, was sie sagte – wohl wissend, daß es unverständlich war: «Ein Fauxpas, Mrs. Upton, das war es.» Und dann ging sie langsam hinaus, ins Wohnzimmer, wo sie ihr Strickzeug von dem Sessel im Erker nahm und damit in die hinterste Ecke des Zimmers zog.

Als Detektiv war sie ein Versager. Und doch war es ironischerweise unmittelbar ihren Bemühungen zu verdanken, daß Mrs. Arnolds Mörder der Gerechtigkeit überantwortet wurde.

Mrs. Julian hielt es nicht lange fern von ihrem Fenster aus, und als sie am nächsten Tag dorthin zurückkehrte, geschah es eben rechtzeitig um zuzusehen, wie die Müllmänner den Abfallberg abtrugen und die Säcke zu einer anderen Deponie oder zur Verbrennungsanlage transportierten. Wie sie bereits aus ihrer Zeitung wußte, war der Streik beendet. Aber die Suche nach dem Mordinstrument war es noch nicht. Und jetzt, da die Abfälle fort waren, gab es mehr Bewegungsfreiheit und Platz zum Suchen. Bei Einbruch der Nacht hatte man das Mordwerkzeug dann gefunden, und vierundzwanzig Stunden später wurde der junge, arbeitslose Mechaniker, der Mrs. Arnold um des Inhaltes ihrer Handtasche willen niedergeschlagen hatte, festgenommen und unter Anklage gestellt.

Man ermittelte ihn durch den Schraubenschlüssel, mit dem er sie erschlagen und den er, als er an Mrs. Julians Zaun vorüberkam, mitten in ihren Komposthaufen geworfen hatte.

Die falsche Kategorie

Seit einer Woche hatte es keinen Mordfall mehr gegeben. Die Abendzeitung widmete statt dessen ihre Frontseite der allgemeinen ökonomischen Situation und einem Erdbeben in der Türkei. Auf der dritten Seite jedoch wurde das Interesse an dieser Serie von Morden wachgehalten. Es gab dort Fotografien aller sechs Opfer, die alle sichtbar demselben Typus angehörten. Bei jedem von ihnen, obgleich sie sich in den Details ihrer Gesichtszüge natürlich unterschieden, gab es die gleichen großen, feuchten Augen, den vollen, weichen Mund und das lange, dunkle Haar.

Barrys Mutter blickte von der Zeitung auf. «Ich möchte nicht, daß du abends weggehst.»

«Was, ich?» sagte Barry.

«Jawohl, du. All diese Morde sind hier in der Umgebung passiert. Ich mag es nicht, wenn du nach Einbruch der Dunkelheit fortgehst. Und du hast es ja auch nicht nötig, es ist ja nicht so, daß du zur Arbeit mußt.» Sie stand auf und begann den Tisch abzuräumen, und dabei redete sie in ihrer leisen, anklagenden Art weiter: «Ich würde ja nichts sagen, wenn du ein großer, kräftiger Bursche wärst. Wenn du die Größe deines Vetters Ronnie hättest, da würde ich kein Wort sagen. Aber ein Junge von deiner Größe hat gegen diesen Verrückten keine Chance.»

«Verstehe», erwiderte Barry. «Und wessen Schuld ist es, daß ich bloß einsachtundsechzig groß bin? Darf ich darauf hinweisen, daß eine Frau von einssechzig, die einen Kerl heiratet, der nur fünf Zentimeter größer ist, nicht gerade Riesen als Kinder erwarten kann? Kapiert?»

«Ich glaube manchmal, du stromerst abends bloß so rum und tust, was du willst, um dir selbst zu beweisen, daß du genau so 'n großer Mann bist wie dein Vetter Ronnie.»

Er brachte sein Gesicht ganz nahe an ihrs. «Hör mal, ja? Jetzt ist Schluß damit, klar?» Er wedelte mit der Zeitung. «Ich hab vielleicht nicht die richtige Größe, aber ich gehöre auch nicht zur richtigen Kategorie. Ist dir das schon mal aufgefallen? Nein?»

«Schon gut, schon gut. Wenn du bloß nicht immer gleich brüllen würdest.»

In seinem Zimmer zog Barry sich seine neue Samtjacke über und tupfte sich Eau de Cologne auf Handgelenke und Hals. Er sah schick und geschniegelt aus. Seine Mutter warf ihm einen mißbilligenden Blick zu, als er auf dem Weg zur Hintertür an ihr vorüberkam. Dann wandte sie sich wieder der Betrachtung der Zeitungsfotos zu. Sechs in zwei Monaten. Die mädchenhaften Gesichter, rehäugig und schüchtern, blickten sie an oder sahen zur Seite oder starrten auf ferne, unbekannte Objekte. Nach einer Weile faltete sie die Zeitung zusammen und schaltete den Fernseher ein. Barry war tatsächlich nicht die richtige Kategorie, damit mußte sie sich trösten.

Es gefiel ihm, sich die Stellen anzusehen, wo man die Leichen der Opfer gefunden hatte. Das vermittelte ihm das elektrisierende Prickeln der Gefahr und ein seltsames Gefühl der Befriedigung. Das erste Opfer war ganz nahe bei seinem Zuhause erdrosselt worden, auf einem Weg, der zuerst zwischen verkommenen Parzellen hindurchführte und dann zu einem Hohlweg wurde, der zwischen den hohen, braunen Mauern eines Konvents und der niedrigeren, roten Ziegelmauer einer Schule verlief.

Barry schlug diesen Weg zum lebhafteren Teil der Stadt ein. Er ging rasch, aber ohne Furcht, und er verweilte an der Stelle, wo Pat Leston gestorben war, ein stockfinsterer Platz zwischen den Lichtzonen zweier Laternen. Wie er da so stand, kam es ihm vor, als atme die unheimlich feucht-stille Atmosphäre noch immer das Böse und den Horror der Tat. Er mochte das, er atmete sie tief ein, und dann ging er weiter, um auf verwilderten Grundstücken, im Gemeindepark, in einer einsamen Gasse voll verrufener Häuser jene anderen Mordplätze aufzusuchen. Nach dem letzten Mordfall hatte man die Unterführung geschlossen, und zu seiner Enttäuschung stellte Barry fest, daß sie immer noch versperrt war.

Er war gut und gern zwei Kilometer gegangen und hatte kaum

einen Menschen gesehen. Die Leute blieben zu Hause. Es hatte sogar, das war ihm aufgefallen, eine Art Panik geherrscht, als es auf sechs zuging, die Dämmerung hereinbrach und Busse und U-Bahnen die letzten Pendler entließen. Paarweise hasteten sie nach Hause und ließen die Stadt so ausgestorben zurück, als ob dort eine Seuche gewütet hätte.

Barry bog in die High Street ein, ging sie ganz entlang und sah keinen Menschen, bis auf jene, die durch das Metall und das Glas von Motorfahrzeugen geschützt waren. Nur eine alte Frau saß zusammengekauert auf einer Stufe, in schmutzige Kleider gehüllt, ein Tuch über dem Kopf und eine Flasche in der Hand. Sie war ebenso ungefährdet wie er, genauso weit oder noch weiter entfernt von der richtigen Kategorie.

Dennoch hielt er weiter Ausschau. Sein größtes Vergnügen nämlich, abgesehen davon, die Orte aufzusuchen, wo die sechs gestorben waren, bestand darin, das nächste Opfer zu ermitteln. Wie großartig auch die Zeitungen und die Polizei daherredeten, niemand kannte diesen speziellen Menschentyp so gut wie er: schlank und feinknochig, langbeinig, mit Hohlkreuz, mit riesigen Augen, stark ausgeprägten Gesichtszügen und langem, dunklen Haar. Er war fast sicher, daß er selbst zwei Wochen vor dem Mord auf die richtige Person als potentielles Opfer getippt hatte, aber genau wußte er es natürlich nicht.

Heute hatte er noch niemanden gesehen, der als nächstes in Frage kam, obgleich er auf seinem Weg mit großer Faszination den Ausgang der U-Bahn beobachtete. Aber jetzt, als er den *Red Lion* betrat und auf die Bar zusteuerte, fiel sein Blick auf eine Person, die jenem Typus so haargenau entsprach wie noch keine, die er bisher «ausgesucht» hatte. Er geriet in geradezu taumelnde Erregung. Aber es war unklug, sich dabei ertappen zu lassen, wie man ganz offen jemanden anstarrte, jetzt, da alle Welt auf der Hut und derartig nervös war. Der Barkeeper sah ihn fragend an. Er bestellte ein kleines Helles, bezahlte, trank einen ersten Schluck und drehte sich dann, als der Barmann sich wieder ans Gläserspülen machte, langsam rückwärts, um jenen Anblick voll auszukosten – diese Schlankheit, dieser scheue, seelenvolle Blick, die großen, ausdrucksvollen Augen und diese Mähne schwarzen Haares…

Aber die Dinge hatten sich geändert, während der paar Sekunden, die er der Person den Rücken zugewandt hatte. Vorher war ihm jedenfalls nicht aufgefallen, daß sich zwei Leute im Raum befanden, und jetzt saßen sie zusammen. Seine Intuition, auf die sich Barry viel zugute hielt, sagte ihm, daß ohne Zweifel das Mädchen sich an den Mann herangemacht hatte. Davon überzeugte ihn die Art, wie sie auf ihn einredete, während sie ihr volles Glas hob, und etwas in ihrem Blick, scheu und doch provozierend.

Er hörte sie sagen: «Also vielen Dank, aber ich hatte nicht die Absicht...», dann verstummte die Stimme, abgewürgt von dem frechen Lachen des anderen.

«...mich anzumachen, eh? Mach dir nichts draus, Liebling. Ist mir 'n Vergnügen. Dein Kerl gehört wohl zur unpünktlichen Sorte, wie?»

Sie gab keine Antwort. Barry starrte wie gelähmt, fasziniert von der Ähnlichkeit mit Pat Leston, nein, noch mehr – fasziniert davon, daß sich in diesem Gesicht eine Quintessenz, eine geballte Mischung, ein Konzentrat all jener Züge fand, die sich in Variationen an jedem der sechs anderen gezeigt hatten. Und was der Sache eine besonders pikante Note verlieh, war, dieses Gesicht Seite an Seite mit so viel brutaler Häßlichkeit zu sehen. Er staunte über den Nerv dieses Mädchens, über ihren Mut, sich an ihn heranzumachen. Jetzt fing sie schon wieder an. Sie legte ihm doch tatsächlich die Hand auf den Ärmel.

«Du hast wohl selbst 'ne Verabredung?» fragte sie.

Der Mann lachte ironisch. «Allerdings hab ich eine, Herzchen. Ich hab hier bloß zehn Minuten totgeschlagen.» Er machte Anstalten aufzustehen.

«Komm, jetzt spendier ich dir ein Glas.»

Seine Antwort war bloß ein neuerliches, anmaßendes Lachen. Ohne das Mädchen noch einmal anzusehen, ging er durch die Schwingtür hinaus auf die Straße. Daß Leute sich bei dem derzeitigen Angstklima einer solchen Gefahr aussetzten, verschlug Barry den Atem, während er mit den Augen dem Mädchen folgte, das jetzt ebenfalls die Kneipe verließ. Und wenig später war sie menschenleer, nachdem die vermutlich einzigen Gäste des Abends gegangen waren.

Eine merkwürdige Idee samt all ihren phantastischen Möglichkeiten schoß ihm durch den Kopf. Er blieb auf dem Bürgersteig stehen und blickte die ganze High Street entlang. Aber das Mädchen hatte die Straße überquert und wartete an der Bushaltestelle, während der Junge gerade noch in der Ferne zu sehen war, wie er auf den Eingang zur Tiefgarage zusteuerte.

Barry verwarf seine Idee. Vielleicht war sie lächerlich, für ihn jedoch war sie ziemlich verwirrend. Er überquerte hinter dem herankommenden Bus die Straße und überlegte, wie er den Rest des Abends verbringen sollte. Alles, was ihm einfiel, war, sich noch einmal die Plätze jener Mordfälle anzusehen und dann nach Hause zu gehen.

Es mußte der falsche Bus für sie gewesen sein. Sie wartete noch immer. Und als Barry näherkam, sprach sie ihn an. «Ich hab dich da im Pub gesehen.»

«Ja», sagte er. Er wußte nie, was er mit Mädchen reden sollte. Sie irritierten ihn, sie schüchterten ihn ein, besonders, wenn sie größer waren als er, und das waren die meisten. Und die kleinen Dünnen verabscheute er.

«Ich dachte», meinte sie zögernd, «ich dachte, ich hätte da jemanden gefunden, der mich nach Hause begleitet.»

Barry gab keine Antwort. Sie trat aus dem Wartehäuschen heraus, ganz dicht an ihn heran, und er sah, daß sie viel größer und mächtiger war, als er zuerst gedacht hatte.

«Ich muß gerade meinen Bus verpaßt haben, und der nächste kommt erst in zehn Minuten.» Sie sah sich in der glitzernden Menschenleere des Geschäftsviertels um, und er folgte ihrem Blick – alles hell erleuchtet, glänzend, übersät mit den schwarzen Löchern von Eingängen und Passagen.

«Wenn du in meine Richtung gehst», meinte sie, «ich dachte, vielleicht...»

«Ich gehe durch den Weg», sagte er. Hier in der Gegend nannten ihn alle bloß so – den Weg.

«Das paßt genau.» Es klang geradezu eifrig, fast bittend. «Das ist 'ne Abkürzung zu meiner Wohnung. Ist es okay, wenn ich mit dir geh?»

«Bitte schön», sagte er. «Eins der Opfer ist da unten umgebracht worden. Stört dich das nicht?»

Sie zuckte bloß die Achseln. Und dann gingen sie gemeinsam die gelb und weiß beleuchtete Straße hinunter, ohne zu reden und mindestens einen Meter voneinander entfernt. Es war ein feuchtkalter Abend, und ein Windstoß fuhr ihnen entgegen, als sie hinter den Geschäften in den Weg einbogen. Der Wind verfing sich in dem langen, roten Schal, den sie trug, und sie stopfte ihn in den Mantel zurück. Barry trug nie einen Schal, wie es die meisten Leute zu dieser Jahreszeit taten. Es amüsierte ihn, wie viele noch immer einen trugen, als ob ihnen noch nie die Tatsache zum Bewußtsein gekommen war, daß all die sechs Opfer mit ihren eigenen Schals erdrosselt worden waren.

An diesem Ende des Weges gab es Laternen. Sie waren mit eisernen Halterungen an der roten und der braunen Mauer befestigt. Das scharf geschnittene Gesicht des Mädchens sah grünlich aus in dieser Beleuchtung, ausgemergelt, und so verstört. Auf einmal fühlte er sich ihr gegenüber gar nicht mehr befangen, er hatte keine Angst mehr, mit ihr zu reden.

«Die meisten Leute», fing er an, «würden nicht für eine Million Pfund abends hier langgehen.»

«Aber du tust es doch auch», sagte sie. «Du bist doch alleine hier entlanggekommen.»

«Und keiner hat mir eine Million gegeben», versetzte er keck. «Guck mal, hier lag die erste Leiche, gleich hinter dieser Ecke.»

Sie warf einen flüchtigen, ausdruckslosen Blick auf die Stelle und ging weiter, ein paar Schritte vor Barry her. Er holte sie ein. Wenn sie nicht diese hohen Absätze trüge, dann wäre sie gar nicht so viel größer als er. Er reckte sich zu seiner vollen Größe auf, dehnte seine Wirbelsäule, als könne der Wunsch und die Anstrengung ihn so groß machen wie Vetter Ronnie.

«Ich bin stärker als ich aussehe», sagte er. «Ein Mann ist ja immer stärker als eine Frau. Das liegt an den Muskeln.»

Er hätte ebensogut gar nichts gesagt haben können, gemessen an der Notiz, die sie von ihm nahm. Die Mauern waren zu Ende, statt dessen kam das niedrige Geländer, hinter dem sich die Gartenparzellen dehnten mit ihren verwilderten Beeten voller Kohlstrünke und dem ins Kraut geschossenen Gestrüpp. Dahinter, aber in weiter Ferne, ragten die Hinterseiten hoher Häuser auf, versehen mit hölzernen Balkonen und eisernen Treppen. Ein blasser Mond war zum Vorschein gekommen und warf seinen dünnen, goldenen Schimmer über den trostlosen Anblick.

«Hier wird bestimmt nächstens wieder jemand umgebracht», sagte er. «Das ist genau der richtige Platz hier. Keiner da, der was sehen könnte. Der Mörder kann durch die Schrebergärten entkommen.»

Sie blieb stehen und sah ihn an. «Denkst du eigentlich nie an was anderes als an diese Morde?»

«Verbrechen interessiert mich nun mal. Ich würde gern wissen, *warum* er es tut.» Er sprach geradezu einschmeichelnd, seine Verärgerung über sie war wie fortgeblasen, nachdem sie ihm am Ende doch ihre Aufmerksamkeit zuwandte. «Was glaubst du, warum er das macht? Es ist nicht wegen Geld und auch nicht wegen Sex. Was hat er gegen sie?»

«Vielleicht haßt er sie.» Ihre eigenen Worte schienen sie zu erschrecken, und, seltsam, sie riß sich heftig den Schal ab, der wieder im Wind flatterte, und stopfte ihn in die Manteltasche. «Ich kann das verstehen.» Sie blickte ihn mit einer Mischung aus Abscheu und Angst an. «Ich hasse Männer, deshalb kann ich es verstehen», sagte sie, und ihre Stimme war schrill und zitterte. «Los, gehen wir weiter.»

«Nein.» Barry streckte die Hand aus und berührte ihren Arm. Seine Finger klammerten sich in ihren Mantelärmel. «Nein, das reicht nicht als Antwort. Also – wenn er sie haßt, warum tut er es aber?»

«Vielleicht ist er zu oft enttäuscht und betrogen worden», sagte sie und trat ein paar Schritte von ihm weg. «Vielleicht ist er vor langer Zeit mal sehr verletzt worden. Und vielleicht will er sie gar nicht töten, aber er kann nicht dagegen an.» Und als sie heftig seine Hand von ihrem Arm schüttelte, stieß sie die Worte hervor: «Oder er ist einfach bloß häßlich. Oder klein, wie du!»

Barry hob sich auf die Zehenspitzen, um genauso groß zu sein wie sie. Er trat einen Schritt auf sie zu, die Fäuste erhoben. Sie trat rückwärts bis an das Geländer, und er sah, wie ein Zittern sie durchlief. Und dann fuhr sie herum und begann zu rennen, stolpernd, weil ihre Absätze so hoch waren. Es waren diese hohen Absätze oder die Unebenheit des Bodens oder auch die plötzliche

Dunkelheit, als Wolken den Mond verbargen, die sie zu Fall brachten.

Sie lag zusammengekauert auf dem Boden, einen Schuh hatte sie verloren. Langsam hob sie den Kopf und sah Barry von unten her in die Augen. Er machte keinen Versuch, sie anzufassen. Sie kämpfte sich auf die Füße, wischte ihre schmutzigen, blutenden Hände an ihrem Schal ab, und plötzlich, ohne ein weiteres Wort, waren sie in der Dunkelheit ineinander verkrallt.

Diverse wichtige Merkmale unterschieden diesen Mordfall von den anderen. Es gab Blutspuren an diesem Opfer, das blonde Haare hatte statt dunkler, andererseits jedoch sowohl Patrick Leston als auch Dino Facci stark ähnelte. Anscheinend hatte, da Barry Halford keinen Schal trug, der Mörder seinen eigenen benutzt. Letztendlich jedoch war es die Zeugenaussage eines schlanken, dunkelhaarigen Gastes aus dem *Red Lion*, die die Polizei zu der Schlußfolgerung brachte, daß der Mörder dieser sieben jungen Männer eine Frau war.

Der gefallene Vorhang

Der Vorfall hatte sich im Frühjahr nach seinem sechsten Geburtstag ereignet. Seine Mutter sprach davon immer nur als von «jenem grauenvollen Nachmittag». Immerhin ist es keine Übertreibung, denn sie redete oft darüber, besonders dann, wenn er sich auf irgendeine Weise hervortat, was häufig der Fall war, denn er war gut in der Schule und schaffte Prüfungen spielend.

Zeigte sie zum Beispiel ihren Freundinnen sein Freischwimmerzeugnis oder einen Preis, mit dem er für seine Geographiekenntnisse ausgezeichnet worden war, so sagte sie wohl: «Wenn ich bedenke, wir hätten Richard verlieren können an jenem grauenvollen Nachmittag! Da *muß* man doch einfach glauben, daß einer über uns wacht, nicht wahr?» Und indem sie ihn mit den Armen umklammerte: «Du hättest getötet werden können – oder noch schlimmer!» (Eine wahrhaft bemerkenswerte Feststellung!) «Unerträglich, auch nur daran zu denken!»

Anscheinend war es aber nicht unerträglich, darüber zu reden. «Nicht einmal, ach, fünfzigmal habe ich ihm eingeschärft, nicht mit Fremden zu sprechen oder in irgendwelche Autos zu steigen. Aber Jungens sind eben Jungens, und als es soweit war, da hatte er alles vergessen. Natürlich wurde er mit Süßigkeiten geködert und in den Wagen gelockt.» An diesem Punkt folgte jeweils ein Wispern, begleitet von bedeutsamen Blicken in seine Richtung. «Drohungen, Schlüpfrigkeiten, verführt zu Gott weiß was... Wir werden nie erfahren, wieso wir ihn lebend wiederbekommen haben.»

Was Richard nicht begreifen konnte war, woher seine Mutter soviel darüber wußte. Sie war doch gar nicht dabeigewesen. Bloß er und der Mann waren dabeigewesen, und *er* konnte sich auf rein gar nichts mehr besinnen. Ein Vorhang war vor dem Teil seines Gedächtnisses niedergegangen, der die Details «jenes grauenvollen Nachmittags» speicherte. Nur an das, was unmittelbar davor und unmittelbar danach geschah, konnte er sich erinnern.

Sie wohnten damals in Upfield, einem südlichen Vorort Londons, in einem kleinen Reihenhaus in der Petunia Street, er und seine Mutter und sein Vater. Seine Mutter war schon über vierzig gewesen, als er geboren wurde, und er hatte weder Brüder noch Schwestern. («Darum haben wir dich ja so lieb, Richard.») Er durfte nicht mit den anderen Kindern auf der Straße spielen. («Du bleibst wohl besser für dich, Liebling.») Gleich um die Ecke in der Lupin Street wohnte seine Großmutter, die Mutter seines Vaters. Großmutter kam nie zu ihnen ins Haus, obwohl sein Vater das wohl sehr gern gesehen hätte.

«Ich wollte, du würdest meine Mutter Sonntag zum Tee einladen», hörte er ihn einmal sagen.

«Wenn diese Frau auch nur einen Fuß in dieses Haus setzt, Stan, dann verlasse ich es auf der Stelle.»

So kam also Großmutter nie zum Tee.

«Ich weiß sehr wohl, was recht und billig ist, Stan, und ich habe durchaus nicht vor, den Jungen von seiner Großmutter fernzuhalten. Einmal in der Woche kannst du meinetwegen mit ihm rübergehen, solange ich nicht persönlich mit ihr in Berührung kommen muß.»

Es gab insgesamt drei Häuser, in die zu gehen Richard gestattet wurde – sein eigenes, das der Großmutter und dann das Nachbarhaus in der Petunia Street, in dem die Wilsons mit ihrer Brenda und ihrem John wohnten. Manchmal spielte er dort mit John im Garten, aber viel Spaß machte das nicht, denn Brenda, die viel älter war, beinahe schon sechzehn, schimpfte unentwegt mit ihnen herum, sie sollten sich nicht schmutzig machen. Er und John gingen in dieselbe Schulklasse, aber seine Mutter ließ ihn nie allein mit John gehen, dabei war die Schule nur drei Straßen entfernt. Ja, sie war äußerst besorgt und nervös seinetwegen. Noch ehe der Unterricht zu Ende war, wartete sie bereits am Schultor auf ihn, um ihn sicher nach Hause zu bringen.

Aber einmal in der Woche ging er nicht direkt nach Hause. Er freute sich schon immer auf den Mittwoch, denn das war der Nachmittag, den er bei seiner Großmutter verbrachte, und die kurze Spanne, wenn seine Mutter ihn allein ließ bis zu dem Augenblick, da er das Haus der Großmutter erreichte, war die einzige Zeit, die er ganz für sich allein hatte.

Es spielte sich immer gleich ab: Mutter holte ihn von der Schule ab, und sie gingen den Plumtree Grove entlang bis zur Ecke Petunia Street. Die Lupin Street zweigte ein Stückchen weiter unten vom Grove ab. Seine Mutter geleitete ihn noch über die Straße, dann winkte sie ihm mit einem ermutigenden Lächeln nach, bis sie ihn um die Ecke Lupin Street verschwinden sah. Bis zu Großmutters Haus waren es von dort noch knappe hundert Meter. Und diese hundert Meter, das war seine Freiheit, seine Eigenständigkeit.

«Vergiß nicht – den ganzen Weg tüchtig laufen, ja?» rief Mutter ihm jedesmal nach.

Aber hinter der Ecke hörte er jedesmal auf zu rennen und trödelte gemächlich weiter. Dann spielte er wohl mit der Katze, die immer auf dem verwilderten Grundstück herumstromerte, oder er kletterte auf den aufgeschichteten Ziegelsteinen herum, die anscheinend vergebens auf Bauleute und Mörtel warteten, um zu irgend etwas verarbeitet zu werden. Manchmal, wenn ihre Arthritis sie nicht zu sehr plagte, stand Großmutter auch an der Tür und wartete auf ihn. Dann fand er es auch gar nicht weiter schlimm, daß er Katze und Klettern diesmal auslassen mußte, denn bei Großmutter war es immer so gemütlich. Großmutter hatte einen mächtig großen Fernseher – ungewöhnlich groß für jene Tage –, und vor dem durfte er sitzen und Schokolade futtern, bis sein Vater in der Fabrik Schluß hatte und zum Tee erschien. Und was für ein Tee! Bratfisch und Pommes frites gab es, aber nicht etwa fertig gekauft, sondern von der Großmutter selbst zubereitet; danach dann Sahnebaisers und Schokoladenéclairs, Pfirsiche aus der Dose, mit süßer Kondensmilch drüber, und das alles spülte man mit köstlichem Zitronensprudel hinunter. («Es ist eine Schande, wie deine Mutter den Jungen verzieht, Stan!») Eigentlich sollten sie um sieben zu Hause sein, aber jedesmal wenn es auf sieben zuging, fiel der Großmutter ein, daß es im Fernsehen gleich einen Cowboyfilm gäbe, und dann hätte sie ja auch noch ein bißchen Cola und ein paar Kekse und Kartoffelchips, die man dabei knabbern könne... Sie konnten von Glück sagen, wenn sie vor neun in der Petunia Street anlangten.

«Beschwere dich nicht bei *mir*», sagte seine Mutter dann, «wenn seine schulischen Leistungen morgen darunter leiden.»

An «jenem grauenvollen Nachmittag» ließ seine Mutter ihn wie gewöhnlich an der Ecke laufen, nachdem sie ihn über die Straße gebracht hatte. Daran konnte er sich noch gut erinnern, ebenso daß er Ausschau gehalten hatte, ob Großmutter an der Tür wartete. Als er sah, daß sie nicht dort stand, war er auf das Baugrundstück geschlichen, um die Katze aus ihrem Unterschlupf zu scheuchen, den sie sich im Ziegelschutt gebaut hatte. Es war Ende März, ein schöner Nachmittag, und jetzt um vier Uhr herrschte noch vollstes Tageslicht. Er hatte die Katze gestreichelt, hatte noch gedacht, wie mager und knochig sie doch war und daß ein Quentchen von Großmutters Fisch und Pommes frites ihr sehr guttun würden, und dann ... Ja, was dann? An diesem Punkt fiel der Vorhang. Drei Stunden später hob er sich dann wieder. Da war er im Plumtree Grove und schlenderte gemächlich vor sich hin. («Rannte in wilder Panik, und dieser Kerl hinter ihm her!») Na, und wem konnte man dort schon begegnen? Natürlich Wilsons Brenda auf dem Wege zu ihrem allabendlichen Treffen mit ihrem Freund! Brenda hatte mit dem Finger auf ihn gezeigt, hatte ihn angestarrt und gellend aufgeschrien. Und dann war sie auf ihn zugestürzt, hatte ihn umschlungen, ihn an sich gequetscht, daß ihm Hören und Sehen verging. Vielleicht war es dieser Schreck gewesen, weshalb er sein Gedächtnis verloren hatte? Aber die anderen sagten nein. Sie sagten, er sei schon vorher erschrocken («zu Tode erschrocken») gewesen, und Brendas Überfall oder der markerschütternde Schrei, den seine Mutter von sich gegeben hatte, als sie ihn sah, hätten damit nichts zu tun.

Die Petunia Street war voll von Polizeifahrzeugen gewesen, und vor ihrem Haus stand eine Menschentraube. Brenda zerrte ihn hindurch und schrie: «Ich hab ihn gefunden, ich hab ihn gefunden!»

Und plötzlich war da sein Vater gewesen; ganz weiß im Gesicht redete er auf die Polizisten ein, und seine Mutter lag halbtot auf dem Sofa und kriegte Brandy eingeflößt, und – Wunder über Wunder! –, auch Großmutter war da! Das war überhaupt das denkwürdigste Ereignis gewesen an jenem denkwürdigen Nachmittag: seine Großmutter hatte ihren Fuß ins Haus gesetzt, ohne daß seine Mutter auf der Stelle daraus verschwunden war!

Sie fingen alle gleichzeitig an, ihm Fragen zu stellen. Hatte er sie eigentlich beantwortet? Das einzige, was noch in seinem Gedächtnis haftete, war der Schrei seiner Mutter, dieser langgezogene, gellende Ton, und der große, offene Mund, aus dem er kam, während sie sich auf ihn stürzte. Irgendwie – obwohl er das nicht hätte erklären können – verband er diesen Schrei und die Art, wie sie ihn packte, als wolle sie ihn verschlingen, mit dem Fallen des Vorhangs.

Von nun an wurde er auch nicht für einen Augenblick allein gelassen; nicht einmal mehr mit John in Wilsons Garten durfte er spielen. Und an Besuche bei der Großmutter war überhaupt nicht zu denken, nicht einmal unter Aufsicht, denn Großmutters Arthritis war so schlimm geworden, daß sie sie ins Altenspital des Upfielder Krankenhauses gebracht hatten. Der Mann wurde übrigens niemals gefaßt. Ein paar Jahre später wurde ein kleines Mädchen aus dem Plumtree Grove entführt und ermordet. Auch diesen Täter entdeckte man nie, aber seine Mutter war überzeugt, es sei ein und derselbe Kerl gewesen.

«Genausogut hätte es unsern Richard treffen können. Gar nicht auszudenken, daß so ein Bursche die Gegend unsicher macht wie ein wildes Tier.»

«Was hat er mir denn getan, Mami?» fragte Richard zaghaft.

«Wenn du es nicht mehr weißt, um so besser. Vergiß es einfach, streich es ein für allemal aus deinem Leben.»

Ja, wenn sie ihn nur gelassen hätte!

«Was hat er mir getan, Papa?»

«Ich weiß es nicht, Richard. Keiner von uns weiß es, weder ich noch die Polizei, noch deine Mutter, auch wenn sie es glaubt. Frauen tun nun mal gern so, als ob ihnen nichts auf der Welt verborgen wäre, und ich glaube eben, daß du ihr auch nicht mehr erzählt hast als uns.»

Sie brachte ihn zur Schule und holte ihn wieder ab, bis er zwölf war. Die anderen Kinder hänselten ihn gnadenlos. Weder durfte er zu ihnen nach Hause gehen, noch durften sie ihn besuchen. («Man kann nie wissen, wen die so alles kennen und was für einen Umgang die haben.») Erst als er ihr über den Kopf gewachsen war und jeder einsehen mußte, daß er viel zu groß war, um von irgendeinem Mann angegriffen zu werden, hörte seine Mutter auf, ihn auf Schritt und Tritt zu begleiten.

Das Erwachsenwerden lüftete zwar nicht den Schleier über «jenen grauenvollen Nachmittag», aber es brachte doch die Erkenntnis mit sich, *was* alles hätte geschehen können. Und als er langsam begriff, daß es nicht bloß Drohungen, Schläge oder Schauergeschichten waren, mit denen der Fremde ihm zugesetzt haben konnte, da fing er an, sich wie ein Aussätziger zu fühlen, so, als sei sein Körper von einem widerwärtigen Schleim überzogen, den nichts und niemand abwaschen konnte. Und es gab keine Möglichkeit, die Wahrheit zu erfahren! Ihm blieb nichts übrig, als zu hoffen, daß seine Mutter die Sache endlich auf sich beruhen ließe. Darüber hinaus konnte er sich nur strikt vor allen näheren Bekanntschaften hüten und mit aller Kraft für die Schule arbeiten. Dort machte er sich dann auch sehr gut, weil er ziemlich intelligent war und keinerlei äußere Ablenkung hatte. Niemand überraschte es, daß er den Sprung an eine gute Universität schaffte – nicht gerade Oxford oder Cambridge, aber doch eine fast ebenso gute («Allein der Gedanke, daß all die Intelligenz vergeudet gewesen wäre, wenn dieser Kerl seinen Willen bekommen hätte!») –, wo er auf einen wissenschaftlichen Abschluß hinarbeitete. Er war das erste Mitglied der Familie, das je ein College oder eine Universität besucht hatte, und die einzige Wolke am Himmel, wie sein Vater sich ausdrückte, war, daß es der Großmutter nicht vergönnt war, ihn in seinem Glanz zu sehen.

Sie war im Hospital gestorben, als er vierzehn war, und hatte seinen Eltern ihr Haus hinterlassen. Sie verkauften es ebenso wie ihr eigenes und schafften dafür ein weit schöneres und größeres an, mit einer Garage und einem ordentlichen Garten, in einem Vorort, der fünf Kilometer von Upfield entfernt lag. Ihr bißchen Erspartes vererbte die Großmutter Richard; es sollte ihm ausgezahlt werden, wenn er achtzehn war. Es war gerade genug, um sich einen Wagen davon zu kaufen, und als er in den Osterferien von der Universität heimkam, da erstand er einen zwei Jahre alten Ford und machte seinen Führerschein.

«Nein, dieser Junge», sagte seine Mutter, «er schafft einfach *jede* Prüfung, die ihm in die Quere kommt. Es ist fast, als *könnte* ihm gar nichts schiefgehen, selbst wenn er es darauf anlegte. Er hat eben einen Schutzengel, der über ihm wacht; den hat er immer schon gehabt, seit er sechs Jahre alt war.» Ihr Mann hatte sie wegen ihres allzu brillanten Gedächtnisses gerügt, so daß sie jetzt «jenen grauenvollen Nachmittag» nur noch andeutungsweise erwähnte. «Ja, seitdem das – na, du weißt schon – passiert ist und er verschont geblieben ist.»

Bewundernd sah sie zu, wie er sicher und gelassen um den Block chauffierte. Bloß schade, daß er nicht ein nettes Mädchen neben sich sitzen hatte, eine vernünftige, arbeitsame Braut, keins von diesen Pipimädchen, eine, die die Anzahlung für ein Haus und für anständige Möbel zusammensparte. Richard hatte noch nie ein Mädchen gehabt. Im College hatte es zwar eine gegeben, die er mochte und die ihn – so glaubte er wenigstens – vielleicht auch mochte. Aber er hatte sie nie gebeten, mit ihm auszugehen. Er war sich eben nicht sicher, ob er einer Mädchenbekanntschaft überhaupt gewachsen wäre, von Liebe ganz zu schweigen.

Am Tag nachdem er seinen Führerschein gemacht hatte, fiel ihm ein, er könne mal nach Upfield hinüberfahren und John Wilson besuchen. Natürlich steckte, wie er sich selbst eingestand, mehr dahinter als der Wunsch, eine alte Freundschaft aufzufrischen. John war bisher sein einziger Freund gewesen, aber er hatte sich ihm immer unterlegen gefühlt, denn John war (weil man ihm die Chance dazu gegeben hatte) stets vergnügt und gesellig gewesen. Schon als er vierzehn war, hatte der ein Mädchen gehabt, mit dem er ging. Im eigenen Wagen bei den Wilsons vorzufahren, frisch von der Universität, nach Abschluß des zweiten Semesters – diese Vorstellung gefiel ihm sehr.

Es war ein Mittwoch Anfang April, ein schöner, milder Nachmittag, und jetzt, um vier Uhr, herrschte noch vollstes Tageslicht. Er hatte sich den Mittwoch ausgesucht wegen des frühen Ladenschlusses in Upfield. John würde also um diese Zeit nicht mehr in der Eisenwarenhandlung sein, in der er arbeitete, seit er vor drei Jahren die Schule verlassen hatte.

Er fuhr aus südlicher Richtung den Plumtree Grove entlang und hatte fast die Petunia Street erreicht, da kam ihm plötzlich die Idee, mal wieder einen Blick auf Großmutters altes Haus zu werfen und nachzusehen, ob auf dem verwahrlosten Grundstück inzwischen irgend etwas gebaut worden war. Jahrelang, eigentlich sein halbes Leben lang hatten die Ziegelsteine dort zwecklos herumgelegen. Die magere alte Katze allerdings war schon verschwunden oder gestorben, längst bevor seine Eltern umzogen. Tatsächlich, die Ziegelsteine lagen noch immer da, inzwischen überwuchert von Gras und Nesseln. Er bog in die Lupin Street ein und fuhr langsam am Rinnstein entlang, bis er Großmutters Haus im Blickfeld hatte. Es steckte genug von seiner Mutter in ihm, das ihn hinderte, direkt vor dem

Haus anzuhalten. («Bleib für dich und kümmere dich nicht um Dinge, die dich nichts angehen!») Also hielt er in einiger Entfernung an.

Man hatte es hellrosa gestrichen und die Fensterrahmen in Himmelblau dagegen abgesetzt. Richard fand, früher sei es schöner gewesen, beigefarben verputzt und mit braunem Holz. Dennoch fuhr er nicht weiter. Ein merkwürdiges Gefühl hatte sich seiner bemächtigt, so sonderbar und bedrängend, wie er es noch niemals erlebt hatte. Gebannt verharrte er auf seinem Platz und starrte auf die verödete Wildnis aus Bauschutt, Ziegeln und wucherndem Unkraut. Ach was, nichts als Sentimentalität, Nostalgie, sagte er zu sich selbst – lediglich die Erinnerung an jene Mittwochnachmittage, die immer die Höhepunkte der ganzen Woche gewesen waren, weiter nichts!

Es war wirklich absurd, wie er jetzt diese Schutthalde mit den Augen absuchte und förmlich darauf wartete, daß die alte Katze auftauchte. Wenn sie noch lebte, dann mußte sie inzwischen etwa so alt sein wie er, und so alt wird selten eine Katze. Und trotzdem, seine Blicke suchten wie gebannt weiter. Und da, gerade als er energisch versuchte, jene träumerische, halb betäubte Befangenheit abzuschütteln und endlich zu John zu fahren, da regte sich etwas Lebendiges hinter dem Gestrüpp. Ein Junge, vielleicht acht Jahre alt. Richard hatte nicht die Absicht, aus dem Wagen zu steigen. Und dennoch fand er sich draußen wieder. Ohne zu wissen, wie es geschah, schloß er die Tür ab und schlenderte zu dem Baugrundstück hinüber.

Natürlich, man konnte ja vom Auto aus nicht viel sehen, keine Einzelheiten… das mußte der Grund gewesen sein, weshalb er ausgestiegen war, lediglich der Wunsch, das Paradies seiner Kindheit genauer zu betrachten. Sehr klein erschien es ihm, bei weitem nicht als die wilde Hügellandschaft voller Bausteinhaufen und grasüberwachsenen Mulden, an die er sich erinnerte, nichts als ein verwildertes Fleckchen Land, keine acht Meter breit und knapp doppelt so lang. Natürlich war es ihm damals größer vorgekommen, weil er selber so viel kleiner gewesen war, kleiner sogar als der Knirps, der jetzt auf dem Ziegelhaufen saß und ihn neugierig ansah.

Er hatte nicht die Absicht, mit dem Jungen zu reden. Schließlich war er ja kein Kind mehr, sondern ein Mann. Und wenn schon für

Kinder ein striktes Verbot bestand, nicht mit Fremden zu sprechen, so bestand doch wohl ein zwar unausgesprochenes, aber ebenso striktes Verbot für einen Mann, mit Kindern zu sprechen. Wenn er beabsichtigt hätte, mit diesem Jungen zu reden, dann wären seine Worte sehr viel anders ausgefallen, etwa, daß auch er früher schon hier gespielt oder daß er einmal hier in der Nähe gewohnt hätte. Die Worte, die ihm tatsächlich von den Lippen kamen, mußten ihm von einer unsichtbaren Macht in den Mund gelegt worden sein, eine Macht, die sich tief in seinem Inneren verbarg.

«Weißt du nicht, daß das unbefugte Betreten des Grundstücks verboten ist?»

Der Junge rutschte zögernd von dem Steinhaufen herunter. «Aber alle Kinder spielen hier, Mister.»

«Schon möglich, aber das ist keine Entschuldigung. Wo wohnst du?»

In der Petunia Street, aber heute gehe ich zu meiner Großmutter... Nein.

«In der Upfield High Road.»

«Na, dann steig mal in meinen Wagen», sagte der Mann. «Ich fahre dich nach Hause.»

Zweifelnd meinte der Junge: «Aber es wird keiner zu Hause sein. Meine Mutti arbeitet mittwochs bis spät, und einen Vater habe ich nicht. Ich soll immer gleich von der Schule nach Hause gehen und mir meinen Tee und mein Essen machen und dann warten, bis Mutti um sieben kommt.»

...Zu meiner Großmutter zum Tee und zum Essen...

«Und warum bist du nicht gleich nach Hause gegangen? Statt dessen lungerst du hier rum und betrittst unbefugt fremder Leute Eigentum.»

«Sind Sie Polizist, Mister?»

«Ja», sagte der Mann, «ja, das bin ich.»

Der Junge stieg bereitwillig in den Wagen. «Fahren wir jetzt zur Polizei?»

«Vielleicht fahren wir später zum Revier. Erst mal möchte ich mich mit dir unterhalten. Zunächst einmal fahren wir...» Ja, wohin sollten sie fahren? Der Süden Londons war reich an Grünflächen und Parklandschaften. Der Wandsworth Park, der Tooting Park, Streatham Park... Wie kam er ausgerechnet auf den Drywood

Park, der doch so weit entfernt war, eine Gegend, die er nur vom Hörensagen kannte, ohne je im Leben dort gewesen zu sein, soweit er wußte? Aber der Mann damals hatte ihn gekannt, und jetzt war er der Mann, nicht wahr? «Wir fahren zum Drywood Park, und da unterhalten wir uns ein bißchen. Da auf der Ablage ist noch ein bißchen Schokolade. Kannst dir was nehmen, wenn du magst.» Er ließ den Motor an, und sie fuhren an Großmutters altem Haus vorbei. «Na, nimm schon alles», sagte er.

Und der Junge nahm alles. Er hieße Barry, erzählte er; er war acht Jahre alt und hatte weder Bruder noch Schwester, noch einen Vater, bloß seine Mutti, und die arbeitete, damit sie beide leben konnten. Seine Mutti hatte ihm eingeschärft, niemals zu einem Fremden ins Auto zu steigen. Aber bei einem Polizisten war das ja was anderes, nicht wahr?

«Ganz was anderes», meinte der Mann.

Es war nicht leicht, den Drywood Park zu finden, denn die Beschilderung war dürftig hier draußen. Aber merkwürdig, nachdem er erst einmal hingefunden hatte, war ihm die gesamte Anlage irgendwie vertraut.

«So, jetzt parken wir», sagte er, «unten am See.» Mit Leichtigkeit fand er den See. Man folgte einfach dem Fahrweg, der den Park in zwei Hälften teilte, und bog dann links in einen schmalen Pfad ab. Auf dem See schwammen Enten. Er war von Bäumen umgeben, aber in der Ferne sah man doch Häuser und eine Reihe kleiner Läden. Dicht am Wasser hielt er an und stellte den Motor ab.

Barry war völlig ruhig. Aufmerksam und voller Vertrauen lauschte er dem Vortrag des Polizisten über gutes Betragen, über unbefugtes Betreten fremder Grundstücke, und er wurde auch nicht nervös oder unaufmerksam, als der Mann seine Lektion beendet hatte und anfing, von sich selbst zu erzählen. Der Mann hatte ein schrecklich einsames Leben gehabt, fast eine Art Gefängnisdasein, denn er hatte nie allein ausgehen dürfen. Sogar wenn er in seinem Zimmer über den Schularbeiten saß, hatten sie ihn überwacht. («Laß deine Tür offen, Liebling. In diesem Haus haben wir keine Geheimnisse voreinander.») Und nicht einen einzigen Freund hatte er gehabt. Ob vielleicht Barry sein Freund sein wollte? Bloß für ein paar Stunden, bloß für einen Nachmittag? Barry wollte.

«Aber jetzt sind Sie doch erwachsen», meinte er tröstend.

Der Mann nickte. Später, behauptete Barry, wenn er sich auf die Einzelheiten dieses «schrecklichen Erlebnisses», wie seine Mutter es nannte, besann, dies sei der Moment gewesen, da der Mann angefangen hätte zu weinen, denn Barry vergaß nie die geringste Kleinigkeit.

Eine kleine, ziemlich schmutzige Hand schob sich über die Hand des Mannes und hielt sie fest. Noch nie hatte jemand auf diese Weise seine Hand gehalten. Einfach so – weder besitzergreifend noch befehlend («Faß mich fest an, Richard, wenn wir über die Straße gehen!») – sondern zart, mitleidig, liebevoll. Ihre Hände blieben verschlungen. Hatte zuerst die kleine über der großen gelegen, so umschloß später die große die kleine und hielt sie sehr fest. Eine Spannung, ein Gefühl, das die Zeit stillstehen ließ, bannte die beiden Menschen im Wagen. Dann brach das Kind den Bann, und die Zeit lief weiter.

«Ich krieg ein bißchen Hunger», sagte es kläglich.

«Kein Wunder, du hast ja auch nichts gegessen. Weißt du was? Wir könnten ja ein bißchen Fisch mit Pommes frites essen? Eins von den Geschäften dort drüben ist eine Imbißstube.»

Barry war schon dabei, aus dem Wagen zu klettern.

«Nein, du nicht», sagte der Mann. «Es ist besser, ich gehe allein. Du wartest hier, okay?»

«Okay», sagte Barry.

Es dauerte bloß zehn Minuten – denn er wußte genau und ohne hinzusehen, welches der Geschäfte es war –, und als er zurückkam, saß Barry geduldig da und wartete auf ihn. Der Bratfisch und die Pommes frites waren gut, fast so gut wie die, die Großmutter immer gemacht hatte. Als sie mit dem Essen fertig waren und ihre fettigen Finger an seinem Taschentuch saubergewischt hatten, war die Dämmerung hereingebrochen. In den weit entfernten Häusern und Läden flammten die Lichter auf, aber hier unten am See unter den Bäumen war es ganz dunkel.

«Wieviel Uhr ist es?» wollte Barry wissen.

«Viertel nach sechs.»

«Dann muß ich jetzt nach Hause.»

«Wie wär's mit ein bißchen Versteckspielen? Deine Mutti ist doch jetzt noch gar nicht da. Und ich kann dich in zehn Minuten nach Upfield zurückbringen.»

«Ich weiß nicht... wenn sie nun früher kommt?»

«Bitte», sagte der Mann, «bitte, bitte, bloß eine kleine Weile. Als ich ein Kind war, da hab ich auch hier Verstecken gespielt.»

«Aber Sie haben doch gesagt, Sie hätten nie irgendwo gespielt. Sie haben gesagt...»

«So, hab ich? Vielleicht stimmt es auch gar nicht. Ich bin ein bißchen durcheinander, weißt du.»

Barry sah ihn ernst an. «Gut. Aber ich versteck mich zuerst.»

Er blickte Barry nach, wie er zwischen den Bäumen verschwand. Erwachsene, die Verstecken spielen, halten sich nie an die Spielregeln, von wegen bis hundert zählen! Aber der Mann tat es. Er zählte langsam und genau, und dann stieg er aus dem Wagen und begann um den See herumzugehen. Er brauchte lange, bis er Barry fand, der bei diesem Spiel viel routinierter war als er, eine Routine, die sich erst recht zeigte, als der Junge mit Suchen dran war. Die Dunkelheit wurde immer dichter, und außer ihnen war keine Menschenseele im Park. Er und das Kind waren ganz allein. Jetzt versteckte sich wieder Barry. Laut zählend saß der Mann im Wagen – achtundneunzig, neunundneunzig, hundert. Als er verstummte, wurde ihm die tiefe Stille ringsum bewußt, die nur durch das schwache Summen des Verkehrs auf der South Circular Road durchbrochen wurde, so wie auch die Dunkelheit durch einen rötlichen Schimmer gemildert wurde, die Lichtglocke des abendlichen Londons. Der Junge steckte weder hinter einem der Bäume am Wasser noch zwischen den Büschen, und auch nicht unter dem Gestrüpp am Graben neben dem Fahrweg.

Wo, zum Teufel, hatte sich der dumme Bengel verkrochen? Sein plötzlicher Ärger war völlig irrational, schließlich hatte er das Spiel ja selbst vorgeschlagen. War er wütend, weil der Junge ihm überlegen war? Oder steckte etwas viel Elementareres, Untergründigeres dahinter? Blinder Jähzorn, daß dieser dumme kleine Knirps sich ihm entzog?

«Wo bist du, Barry? Los, kommt raus. Mir reicht's jetzt.»

Keine Antwort. Der Wind raschelte durch die Blätter, und ein kleiner Zweig fiel ihm aus einer Baumkrone vor die Füße. Mein Gott, dieser kleine Teufel! Was mache ich, wenn ich ihn nicht finde? Was denkt der sich eigentlich?

Wenn ich den kriege, dann... den bringe ich um!

Er zitterte plötzlich. Das Blut pulsierte dröhnend in seinem Kopf. Er brach einen Stock aus dem Gestrüpp und begann, wie wild um sich zu schlagen. Wütend rief er in die Dunkelheit hinein: «Barry! Barry, komm raus, sag ich dir. Komm sofort raus, hast du gehört?» Er kümmert sich nicht um mich, er mag mich nicht, niemand mag mich…

Da hörte er ein leises Kichern aus der Baumkrone über sich, dann ein Knacken der Zweige, ein rutschendes Geräusch. Und schwang da nicht Hohn mit in dem Kichern? Da! Nein, nicht direkt über ihm, dort seitlich. Aber wo denn, wo genau? Da, direkt über dem Ufer. Dort in dem Baum, der fast über das Wasser hinausragte. Mit einem hörbaren Plumps landeten zwei kleine Füße auf dem Erdboden, begleitet wiederum von diesem aufgeregten Kichern, das einen verrückt machen konnte! Der Mann stand ganz still. Seine Finger flochten sich ineinander, als umschlössen sie einen zarten Hals, drückten unaufhaltsam zu, bis es knackte und alles Leben herausgepreßt war… Lauf, Barry, lauf…! Lauf, Richard, lauf in den Plumtree Grove, zu Brenda, nach Hause zu Mutter, die so genau weiß, was ein «grauenvoller Nachmittag» ist.

Der Mann brach durch die Büsche zum Teich hinunter. Der Junge war inzwischen wieder entwischt, aber weit konnte er nicht sein. Und seine Beine waren schließlich lang und stark genug, um ihn einzuholen. Und seine Hände waren stark genug, um ein für allemal Schluß zu machen mit den Zweifeln, mit der Angst und mit dem Vorhang vor seinem Gedächtnis.

Aber der Junge war einfach nirgends… nirgends! Halt! Dieses Geräusch, das konnten doch nur Füße sein, die sich angstvoll, Schritt für Schritt davonstahlen. Er fuhr herum. Und da kam das Kind auf ihn zu. Ein wenig beklommen ging es zwischen den hohen Baumstämmen hindurch – es kam auf ihn zu! Seine Kehle war wie zugeschnürt. Es mußte etwas in seinem Gesicht sein, etwas Drohendes, ein furchtbarer Ernst, verstärkt wohl noch durch das Halbdunkel, denn der Junge verhielt den Schritt. Lauf, Barry, lauf! Lauf ganz schnell fort…

Sie starrten einander an, einen Augenblick, eine Ewigkeit, die zwölf lange Jahre umspannte. Und plötzlich brach das Kind in ein jauchzendes Lachen aus, furchtlos und voller Unschuld. Es rannte vorwärts und warf sich in die Arme des Mannes. Und der Mann fing das Kind auf, erlöst von der Angst und dem Zorn eines halben Lebens. Er hob den Jungen in die Höhe, hob ihn lachend an sein lachendes Gesicht. Sie lachten um die Wette, voll stürmischer Freude, daß sie sich endlich doch noch gefunden hatten in der Dunkelheit unter den wispernden Bäumen, und sie hielten einander umschlungen in warmer Freundschaft.

«Komm jetzt», sagte Richard, «ich bringe dich nach Hause. Ich weiß selbst nicht, was ich mir dabei gedacht habe, mit dir hier herauszufahren.»

«Na, um Verstecken zu spielen», meinte Barry, «es war doch prima, oder?»

Sie gingen zum Wagen zurück. Es war zwar schon nach sieben, als sie in der Upfield High Road ankamen, aber doch noch nicht viel später.

«Ich glaube nicht, daß Mutti schon da ist.»

«Ich lasse dich hier aussteigen, nicht vor eurem Haus.» Richard machte die Tür auf, um ihn hinauszulassen. «Und, Barry...?»

«Ja, was ist, Mister?»

«Steig nie wieder zu einem Fremden ins Auto, ja? Versprichst du mir das?»

Barry nickte. «Okay.»

«Ich hab mich früher mal von einem fremden Mann mitnehmen lassen. Und dann konnte ich mich jahrelang nicht mehr daran erinnern, was geschehen war. Aber heute ist mir alles wieder eingefallen, weil ich dir begegnet bin. Jetzt weiß ich wieder alles haargenau. Der war ganz in Ordnung, der Mann damals, bloß ein bißchen einsam – so wie ich heute. Wir waren im Drywood Park, haben Fisch und Pommes frites gegessen und haben Verstecken gespielt, geradeso wie du und ich. Und dann hat er mich zurückgebracht, bis dicht vor mein Haus, so wie ich dich jetzt zurückbringe. Aber immer geht das nicht so ab.»

«Woher wissen Sie das?»

Richard blickte auf seine kräftigen Hände. «Ich weiß es eben», sagte er. «Wiedersehen, Barry, und... vielen Dank!»

Er fuhr weiter. Bloß einmal blickte er noch zurück, um zu sehen, ob das Kind heil nach Hause gekommen war. Barry erzählte seiner Mutter alles haarklein. Aber sie ließ sich nicht davon abbringen, daß es eine schlimme Sache gewesen sei, und rief die Polizei an. Weil Barry jedoch die Nummer des Wagens nicht angeben konnte und auch keine Ahnung hatte, wie der Fremde hieß, war da wenig zu machen. Der Mann wurde nie gefunden.

So was tut man doch nicht

«So was tut man doch nicht.» Das sind die letzten Worte aus «Hedda Gabler», und Ibsen läßt es jenen Mann aus einer Art Fassungslosigkeit heraus sagen, konsterniert, weil die Realität soviel abwegiger ist als alle Fiktion. Ich weiß genau, wie es dem Mann zumute war, denn ich sage es mir selbst jedesmal wieder, wenn meine Gedanken an die harte Tatsache stoßen, daß Reeve Baker wegen des Mordes an meiner Frau fünfzehn Jahre im Gefängnis absitzt, daß ich dabei meine sehr eigene Rolle gespielt habe und daß alles dies ausgerechnet uns dreien geschehen mußte! «So was tut man doch nicht.» Aber man tut es doch.

Für mich war das Leben bis dahin niemals ungewöhnlicher gewesen als fiktive Begebenheiten. Es war immer wunderbar alltäglich, ruhig und behaglich gewesen, und bei den meisten Leuten, die ich kannte, verlief es in ganz ähnlichen Gleisen. Bloß bei Reeve war es anders. Gerade dieser Kontrast zwischen seiner Art zu leben und meiner eigenen war es ja auch, weshalb ich mir Reeve zum Freund machte und seine Gesellschaft immer so sehr genoß. Wenn er gegangen war, sagte ich dann wohl selbstzufrieden zu Gwendolen:

«Mein Gott, wie langweilig muß ihm unser Leben vorkommen.»

Einer meiner Bekannten hatte ihm meinen Namen genannt, als er mit seinen Finanzen hoffnungslos durcheinandergeraten war und Schwierigkeiten mit der Steuerbehörde bekam. Als Steuerberater, der unter seinen Klienten eine Menge Schriftsteller hat, war ich an ihre unverantwortliche Einstellung dem Geld gegenüber gewöhnt – an die Art, wie sie unfehlbar ihr künstlerisches Temperament als Entschuldigung heranziehen für etwas, das in Wirklichkeit nichts anderes als wohlberechnete Steuerhinterziehung ist. Es gelang mir, die Dinge für Reeve in Ordnung zu bringen und ihm zu zeigen, wie er mehr oder weniger liquide bleiben konnte. Ich nehme an, es war eine Geste der Dankbarkeit, daß er Gwendolen und mich zum Essen in ein Restaurant einlud. Daraufhin baten wir ihn wenig später zu uns nach Hause, und schon bald waren wir enge Freunde geworden.

Schriftsteller und die Art und Weise, wie sie arbeiten, haben etwas Faszinierendes für so simple Gemüter wie mich. Mir ist es ein Rätsel, woher sie ihre Ideen beziehen, wie sie eine Sache aufbauen, wie sie ihre Gestalten erfinden, sie sprechen lassen und so weiter. Aber Reeve verstand sich sehr gut darauf. Dann versetzte er das Ganze mir nichts, dir nichts an den Hof Ludwigs des Fünfzehnten oder ins mittelalterliche Italien oder sonstwohin. Ich habe seine sämtlichen neun historischen Romane gelesen und seine – sagen wir: Virtuosität sehr bewundert. Aber eigentlich habe ich sie nur ihm zu Gefallen gelesen. Denn im Grunde sind mir Kriminalromane viel lieber, und mit einem anderen literarischen Genre habe ich mich selten abgegeben.

Gwendolen meinte einmal, es sei doch schier unglaublich, wie Reeve auch noch seine Bücher derartig mit Dramatik vollstopfen könne, wo doch sein Leben schon ein einziges Drama sei. Vermutlich müsse er das alles auf dem Papier loswerden. Aber ich glaube eher, daß im Grunde jeder seiner Helden er selbst ist, lediglich umgesetzt in die Gestalt des Cesare Borgia oder des Casanova. In allen nämlich konnte man Reeve wiedererkennen, hochgewachsen, schön und atemberaubend, wie sie waren, und jeder ein wahrer Teufel, wenn es um Frauen ging. Reeve war, als ich ihn kennenlernte, etwa seit einem Jahr von seiner Frau geschieden und hatte seitdem einen wahren Rattenschwanz von Freundinnen gehabt, Mannequins, Schauspielerinnen, Mädchen aus der Modebranche, Sekretärinnen, Journalistinnen, Lehrerinnen, hochkarätige Geschäftsführerinnen und sogar eine Zahnärztin. Einmal, als wir bei ihm zu Besuch waren, spielte er uns eine Schallplatte mit einer Arie aus «Don Giovanni» vor, einer weiteren Gestalt übrigens, mit der er sich identifizierte und über die er schrieb. Sie nannte sich die Registerarie und zählte all die verschiedenen Frauentypen auf, die der Don geliebt hatte – Blonde, Brünette, Rothaarige, Junge, Alte, Reiche und Arme; und enden tut sie sinngemäß etwa so: Solange eine nur einen Unterrock trägt, weiß man, was er tun wird. Komisch, ich weiß sogar noch den italienischen Text für diese Stelle, obgleich es das einzige Italienisch ist, das ich überhaupt kann. *Purche porti la gonella voi sapete quel che fa.* Danach lacht dann der Sänger ziemlich anzüglich, das Hohnlachen eines Verführers, genau abgestimmt auf die Begleitmusik. Und Reeve lachte auch. Er meinte, das sei ihm aus der Seele gesprochen.

Ich bin altmodisch, ich weiß. Ich bin konventionell. Sex ist was für die Ehe, soweit es mich betrifft, und was man an Sex vor der Ehe erlebt – bei mir war es nie viel –, also ich kann nicht anders daran zurückdenken als an ein etwas peinliches Geheimnis. Ich konnte auch nie recht glauben, daß es bei den Leuten wirklich soviel Sex außerhalb der Ehe gab. Das war doch alles Klatsch und Angeberei, dachte ich. Ja, das habe ich tatsächlich geglaubt. Ich machte mich sogar selbst zum Narren, indem ich mir einbildete, wenn Reeve von einem neuen Mädchen erzählte, mit dem er «ausginge», dann meine er wirklich Ausgehen, sie zum Essen einladen oder zum Tanzen oder so; und dann brächte er sie im Taxi heim, vielleicht mit einem Gutenachtkuß an der Haustür. Bis ich ihn an einem Sonntag, an dem wir ihn zum Mittagessen eingeladen hatten, morgens anrief, um ihn zu fragen, ob wir uns nicht vorher zu einem Aperitif im Pub treffen wollten. Er klang völlig verschlafen, und im Hintergrund hörte ich ein Mädchen kichern. Und da hörte ich ihn sagen:

«Zieh dir was an, Mäuschen, und mach uns 'ne Tasse Tee, ja? Mir brummt der Schädel so entsetzlich.»

Ich erzählte es Gwendolen.

«Was hattest *du* denn gedacht?»

«Ich weiß nicht», erwiderte ich. «Mindestens dachte ich, du würdest schockiert sein.»

«Wieso? Er ist ein sehr gut aussehender Mann und erst siebenunddreißig; das ist doch natürlich.» Aber sie war doch ein wenig rot geworden. «Ich bin ja auch ziemlich schockiert», fügte sie rasch hinzu. «Für unsereins ist das eben nichts, diese Art, wie er lebt, nicht wahr?»

Und dennoch nahmen wir gewissermaßen daran teil, sozusagen vom Rande her. Denn als wir Reeve besser kannten, verzichtete er auf all die Umschreibungen und Ausflüchte, mit denen er bisher unsere Gefühle geschont hatte, und erzählte uns ohne Hemmungen Anekdoten aus seiner amourösen Gegenwart oder Vergangenheit.

Etwa von dem Mädchen, das so verrückt nach ihm war, daß sie sich, selbst nachdem er mit ihr gebrochen hatte, in seine Wohnung schlich und sich nackt in sein Bett legte, und das an einem Abend, als er gerade mit einer neuen Freundin nach Hause kam. Oder die Geschichte von der verheirateten Frau, die ihn zwei Stunden lang in ihrem Schrank versteckt hielt, bis ihr Mann endlich fortging... Und dann das Mädchen, das kam, um ein Pfund Zucker zu leihen, und die ganze Nacht blieb... Blonde Mädchen, dunkle Mädchen, dicke, dünne, reiche, arme... *Purche porti la gonella voi sapete quel che fa.*

«Wirklich – eine andere Welt», sagte Gwendolen.

Und ich setzte hinzu: «In der die anderen leben.»

Wir waren eingeschliffen auf solche Klischees. Unser ganzes Leben war ein einziges Klischee: das typische, weitverbreitete Leben der Mittelklasse in der westlichen Welt. Wir besaßen ein alleinstehendes Haus in einem der *richtigen* Vororte, und wir besaßen solide Möbel und unverwüstliche Teppiche. Ich hatte meinen Wagen und sie den ihren. Ich fuhr um halb neun ins Büro und kam um sechs zurück. Gwendolen putzte das Haus, ging einkaufen und gab Damenkaffees. Abends saßen wir am liebsten zu Hause vorm Fernseher, und gewöhnlich gingen wir um elf Uhr schlafen. Ich glaube, ich bin ein guter Ehemann gewesen. Nie habe ich den Geburtstag meiner Frau vergessen oder versäumt, ihr an unserem Hochzeitstag Rosen zu schicken, nie habe ich mich vor meinem Anteil am Geschirrspülen gedrückt. Und sie war eine ausgezeichnete Ehefrau, eher romantisch veranlagt als sinnlich. Jedenfalls, mit mir war sie nie sehr sinnlich.

Sie bewahrte jede Geburtstagskarte auf, die ich ihr jemals schickte, ebenso sämtliche Aufmerksamkeiten zum Valentinstag aus der Zeit, als wir verlobt waren. Gwendolen gehörte zu den Frauen, die mit Hingabe auch die kleinsten Andenken sammeln. In einer Schublade ihrer Frisierkommonde verwahrte sie zum Beispiel die Menükarte des Restaurants, in dem wir unsere Verlobung gefeiert haben, eine Ansichtskarte des Hotels, in dem wir unsere Flitterwochen verbrachten, und sämtliche Fotos, die je von uns gemacht wurden, die Hochzeitsbilder jedoch in einem ledergebundenen Album. Ja, sie war erzromantisch, und trotz all ihrer Schüchternheit warf sie Reeve gelegentlich in einer Anwandlung von Kühnheit seine Gefühllosigkeit vor.

«Aber das kannst du doch nicht machen mit jemandem, der dich liebt», sagte sie einmal, als er uns seine brutale Absicht kundtat, mir nichts, dir nichts in Urlaub zu fahren, ohne seiner neuesten Freundin zu sagen, wohin er führe oder auch nur, daß er überhaupt wegführe. «Du brichst ihr ja das Herz!»

«Gwendolen, Liebling, sie hat doch gar kein Herz. Frauen haben nun mal keins. Statt dessen besitzen sie einen ganz anderen Mechanismus, nämlich eine Kombination aus Teleskop, Lügendetektor, Skalpell und Kastrationswerkzeug.»

«Du bist einfach zynisch», erwiderte meine Frau. «Paß auf, eines Tages verliebst du dich selbst, und dann wirst du sehen, wie das ist.»

«Nicht unbedingt. Wie schon der alte Shaw sagt –» Reeve zitierte ständig, was andere Schriftsteller gesagt hatten – «behandle nicht die anderen, wie du von den anderen behandelt werden möchtest, denn wir haben nun mal nicht alle den gleichen Geschmack.»

«Wir haben wohl alle den gleichen Geschmack, wenn es darum geht, schlecht behandelt zu werden.»

«Daran hätte sie denken sollen, bevor sie versuchte, mich und mein Leben zu steuern. Nein, nein, ich werde mal in aller Stille eine Weile verduften. Vielleicht fahre ich auch gar nicht weg; vielleicht sage ich auch bloß, ich führe weg, und verkrieche mich vierzehn Tage in meinen vier Wänden. Man füllt einfach den Gefrierschrank voll, legt sich einen Alkoholvorrat an... Ich hab das schon mal gemacht, in einer ähnlichen Situation. Das ist äußerst angenehm, und ich kriege einen Berg Arbeit geschafft.»

Gwendolen verschlug es die Sprache, und ich muß sagen, mir auch. Man fragt sich nach diesen Kostproben von Reeves Moral vielleicht, was es denn war, das ich an Reeve so mochte. Ich weiß es jetzt selbst nicht mehr. Sein Charme vielleicht, seine überschäumende Gastfreundschaft, das reuevolle Bedauern, mit dem er von seinem Leben sprach, während er meines als das Ideal hinstellte, von dem alle Welt träumte; vielleicht seine Hilflosigkeit gegenüber Finanzangelegenheiten und dazu seine Bewunderung für meine Fähigkeit, sie in den Griff zu bekommen; seine Art, mich zu behandeln, als seien wir beide Männer von Welt, bloß ich hätte den besseren Teil erwählt... Wenn wir ihn zu einer unserer langweiligen, bescheidenen Parties einluden, so war er jedesmal der aufregende Mittelpunkt, der witzige Unterhalter, der Retter in der Not bodenloser Langeweile, der geschäftige Barmann und vor allem der einzige unter unseren Bekannten, der nicht Steuerberater, Bankdirektor, Rechtsanwalt, praktischer Arzt oder Geschäftsführer einer Firma war. Wir hatten seine Bücher im Regal stehen. Unsere Freunde borgten sie aus und erzählten ihren Bekannten, sie hätten

Reeve Baker in unserem Haus kennengelernt. Er verlieh uns jenes Flair, das uns um Zentimeter über das Niveau der Bourgeoisie erhob und uns interessant erscheinen ließ.

Vielleicht hätte ich mich damals lieber ernsthaft fragen sollen, was *er* eigentlich an uns hatte.

Es war vor ungefähr einem Jahr, als mir erstmals eine gewisse Kühle zwischen Gwendolen und Reeve auffiel. Der scherzhafte Umgangston, den sie beide mit Begeisterung gepflogen hatten – eine Mischung aus neckischen Liebeserklärungen und flammenden Komplimenten seinerseits und schüchtern-empörten Verweisen ihrerseits –, war abrupt verstummt. Wenn wir drei beisammen waren, so unterhielten sie sich quasi nur über mich, so als ob ich ihr Dolmetscher sei. Ich fragte Gwendolen, ob Reeve etwas getan habe, das sie verärgert hätte?

Sie sah mich fassungslos an. «Wieso fragst du das?»

«Du wirkst jetzt immer ein bißchen mürrisch ihm gegenüber.»

«Das tut mir leid», erwiderte sie. «Ich werde mir Mühe geben, netter zu sein. Ich wußte gar nicht, daß ich mich so verändert habe.»

Auch mir gegenüber hatte sie sich verändert. Manchmal zuckte sie schon zusammen, wenn ich sie nur berührte, und wenn sie sich mir auch niemals verweigerte, so lag doch eine apathische Ergebenheit in ihren Umarmungen.

«Was ist eigentlich los?» fragte ich nach einem völligen Fehlschlag, der mich sehr verstörte, weil es das erste Mal war.

Sie sagte, nichts sei los, und dann meinte sie: «Wir werden einfach älter. Du kannst eben nicht erwarten, daß es immer noch so ist, als wären wir frisch verheiratet.»

«Um Gottes willen», sagte ich, «du bist fünfunddreißig und ich neununddreißig. Wir sind doch noch nicht senil.»

Sie seufzte und sah unglücklich aus. Überhaupt war sie launisch und schwierig geworden. Zwar machte sie in Reeves Gegenwart kaum noch den Mund auf, aber wenn er nicht da war, redete sie viel über ihn, sie ergriff geradezu jeglichen Vorwand, sich über ihn und seinen Charakter zu verbreiten. Als an unserem zehnten Hochzeitstag eine Glückwunschkarte von ihm kam, die an uns beide gerichtet war, schien sie unsäglich verärgert. Ich hatte ihr wie immer Rosen schicken lassen. Ende der Woche vermißte ich die Quittung für eine Rechnung, die ich bezahlt hatte – als Wirtschaftsprüfer bin ich in diesen Dingen begreiflicherweise sehr eigen –, und ich wühlte im Papierkorb herum, weil ich dachte, ich hätte sie vielleicht weggeworfen. Ich fand sie auch tatsächlich. Und ich fand noch etwas, nämlich die Glückwunschkarte, die ich Gwendolen zusammen mit den Rosen geschickt hatte.

Alle diese Dinge bemerkte ich wohl. Das war ja gerade das Unglück bei mir, ich registrierte die Dinge zwar, aber es fehlte mir an Lebenserfahrung, um zwei und zwei zusammenzuziehen und zu einem unumstößlichen Ergebnis zu kommen. Ich besaß einfach nicht genug gesunden Menschenverstand, um dahinterzukommen, weshalb meine Frau nie zu Hause war, wenn ich sie nachmittags anrief, oder weshalb sie unentwegt neue Kleider kaufte. Ich bemerkte es, ich wunderte mich darüber, aber das war auch alles.

Auch an Reeve fiel mir einiges auf. Vor allem, daß er aufhörte, von seinen Liebschaften zu sprechen.

«Er wird wohl endlich erwachsen», meinte ich zu Gwendolen.

Sie reagierte voller Wärme, ja Begeisterung. «Das glaube ich allerdings auch.»

Aber sie hatte sich getäuscht. Die Phase, die ich für sein Zölibat hielt, dauerte bloß drei Monate. Und als er dann wieder eine neue Freundin erwähnte, tat er es nur mir gegenüber. Sehr vertraulich, bei einem Wochenenddrink im Pub, erzählte er mir von diesem «saftigen Küken», kaum zwanzig Jahre alt, das er in der vorigen Woche auf einer Party kennengelernt hätte.

«Das hält doch wieder nicht, Reeve», warnte ich ihn.

«Das will ich auch stark hoffen! Wer will schon, daß es *dauert*?»

Gwendolen jedenfalls bestimmt nicht. Als ich es ihr erzählte, war sie zuerst ungläubig, dann entgeistert. Und als ich sagte, es täte mir leid, ihr davon erzählt zu haben, weil Reeves Rückfall sie so sehr aufrege, da fauchte sie mich an, sie hätte nicht vor, sich mit mir über Reeve zu unterhalten. Danach wurde sie immer reizbarer, nervöser und auch deprimierter. Wenn das Telefon klingelte, stürzte sie hin. Ein- oder zweimal kam ich nach Hause und fand weder meine Frau noch ein Abendessen vor. Und wenn sie dann kam, sah sie blaß und elend aus und sagte, sie habe einen Spaziergang gemacht. Ich bestand darauf, daß sie unseren Arzt aufsuchte, und der verschrieb ihr

Beruhigungsmittel, die aber ihre Depressionen nur noch verstärkten.

Reeve hatte ich seit einer Ewigkeit nicht gesehen. Aber eines Tages rief er mich aus heiterem Himmel im Büro an, um mir zu sagen, er führe jetzt für drei Wochen nach Südfrankreich.

«Und das bei dem wackeligen Zustand deiner Finanzen?» fragte ich. Ich hatte einen Kampf mit ihm ausfechten müssen, ehe ich ihn so weit kriegte, daß er die Januarrate seiner zweimal jährlich fällig werdenden Einkommensteuer zahlte, und ich wußte, daß er praktisch bankrott war, bis er im Mai die Vorauszahlung für sein neues Buch bekommen würde. «Südfrankreich ist ganz schön teuer, was?»

«Ich schaff das schon», war seine Antwort. «Mein Bankdirektor gehört zu meinen Bewunderern, der läßt mich mein Konto überziehen.»

Gwendolen schien nicht sonderlich überrascht, als sie von Reeves Ferienplänen erfuhr. Er hatte mir erzählt, er führe allein – das «saftige Küken» war längst in der Versenkung verschwunden –, und sie meinte bloß, er brauchte eben Ruhe, zumal dort keins von diesen Mädchen wäre, die ihm so zusetzten, wie sie es ausdrückte.

Als ich Reeve kennengelernt hatte, wohnte er in einer Mietwohnung, aber ich überredete ihn, eine Eigentumswohnung zu kaufen, aus Sicherheitsgründen und auch als Investition. Sie eine Gartenwohnung zu nennen, war reichlich übertrieben; genaugenommen war es Souterrain, die Tiefetage eines großen, viktorianischen Hauses in Bayswater. Eigentlich führte mich mein Weg zum Büro nicht durch seine Straße, aber manchmal, wenn der Verkehr sehr stark war, schlich ich mich so hinten herum und kam dann an seinem Haus vorbei. So war es auch eines Morgens wieder, als er schon etwa zwei Wochen verreist war, und natürlich warf ich im Vorüberfahren einen Blick auf sein Fenster. Man wirft nun mal einen Blick auf die Fenster eines Freundes, wenn man daran vorbeikommt, meine ich, selbst wenn man weiß, daß dieser Freund gar nicht zu Hause ist. Sein Schlafzimmer ging nach vorne hinaus und das Fenster war zur Hälfte sichtbar, die untere Hälfte dagegen hinter dem aufgeschütteten Rasen verborgen. Ich sah, daß die Vorhänge zugezogen waren. Nicht besonders schlau, dachte ich, geradezu eine

Einladung für Einbrecher! Und dann dachte ich nicht weiter daran. Zwei Tage später kam ich wieder vorüber, diesmal sehr langsam, weil der Verkehr sich staute, und wieder schaute ich zu Reeves Fenster hinüber. Jetzt waren die Vorhänge nicht mehr ganz geschlossen, sie klafften in der Mitte etwa fünfzehn Zentimeter auseinander. Was immer nun ein Einbrecher auch tun mag, es ist sehr unwahrscheinlich, daß er die Fenstervorhänge aufzieht. Ich dachte in diesem Falle auch weniger an Einbrecher, als daß Reeve wohl vorzeitig zurückgekommen sei.

Da ich ohnehin zu spät zur Arbeit kommen würde, wenn ich noch länger in diesem Verkehrsstau steckenbliebe, stellte ich kurzentschlossen den Wagen bei der nächsten freien Parkuhr ab. Klopfen wir doch mal an beim alten Reeve, dachte ich, und lassen uns von ihm eine Tasse Kaffee machen! Niemand öffnete. Aber als ich nochmals einen Blick auf das Fenster warf, da war ich fast sicher, daß die Vorhänge inzwischen wieder bewegt worden waren, und zwar während der letzten zehn Minuten. Ich klingelte bei der Frau in der oberen Wohnung. Sie kam im Morgenmantel an die Tür.

«Es tut mir leid, Sie zu stören», entschuldigte ich mich, «aber wissen Sie zufällig, ob Mr. Baker schon zurück ist?»

«Der kommt erst am Samstag», erwiderte sie.

«Wissen Sie das genau?»

«Natürlich weiß ich das genau», sagte sie ziemlich ungnädig. «Ich habe ihm am Montag eine Nachricht durch die Tür geschoben, und wenn er schon zurück wäre, dann hätte er sich das Päckchen, das ich für ihn angenommen habe, doch sofort abgeholt.»

«Wissen Sie, ob er seinen Wagen genommen hat?» fragte ich und kam mir dabei vor wie der Detektiv in meinen Lieblingskrimis.

«Natürlich hat er den Wagen genommen. Was soll das alles? Was hat er denn getan?»

Ich versicherte, er habe gar nichts getan, soweit ich wüßte, und sie knallte mir die Tür vor der Nase zu. Also ging ich hinüber zu dem Garagenanbau des Hauses. Viel konnte ich durch die kleinen Riffelglasscheiben der verschlossenen Tür von Reeves Garage nicht sehen, aber doch genug, um sicher zu sein, daß sie nicht leer war, daß vielmehr jener grünliche Schimmer von Reeves Fiat herrührte. Und da wußte ich Bescheid. Der war überhaupt nicht weggefahren! Ich schmunzelte in mich hinein bei dem Gedanken, wie er sich die ganzen drei Wochen dort in seiner Wohnung versteckt hielt, von Tiefkühlkost lebte und sich die meiste Zeit in den hinteren Räumen aufhielt, wo er, da sie auf einen Hof mit hohen Mauern hinausgingen, ungefährdet Licht anhaben konnte, bei Tag und bei Nacht. Warten wir also bis Samstag, sagte ich mir. Und ich malte mir aus, wie ich ihn nach Details seiner Reise ausfragen würde, wie ich ihm kleine Fallen stellen würde, bis selbst er mit seiner Schriftstellerphantasie würde zugeben müssen, daß er überhaupt nicht fort gewesen war.

Gwendolen deckte gerade den Tisch fürs Abendessen, als ich heimkam. Ich hatte beschlossen, niemanden außer ihr in den Spaß einzuweihen, den ich mit Reeve vorhatte. Sie horchte auch sofort auf, als ich nur Reeves Namen erwähnte, aber als ich mit meinem Bericht bei seinem Wagen angekommen war, der in der Garage stünde, da starrte sie mich an, und alle Farbe wich aus ihrem Gesicht. Sie setzte sich hin, und das Bündel Messer und Gabeln, das sie hielt, fiel in ihren Schoß.

«Um Himmels willen, was ist denn los?» fragte ich.

«Wie kann er nur so grausam sein! Wie kann er zu irgend jemandem so grausam sein!»

«Ach, Liebling, Reeve ist nun mal völlig skrupellos, wenn es sich um Frauen handelt. Du weißt doch, er hat uns ja selbst erzählt, daß er das schon früher getan hat.»

«Ich rufe ihn an», sagte sie, und ich sah, daß sie zitterte. Sie wählte seine Nummer, und ich hörte das Rufzeichen.

«Er wird nicht abnehmen», prophezeite ich. «Wenn ich gewußt hätte, daß es dich derartig aufregt, dann hätte ich es dir nicht erzählt.»

Sie sagte kein Wort mehr. Auf dem Herd in der Küche kochte das Essen, der Tisch war erst halb gedeckt, aber sie kümmerte sich nicht darum und ging in die Diele. Und kurz darauf hörte ich die Haustür zufallen.

Ich weiß, ich bin ein bißchen schwer von Begriff in mancher Hinsicht, aber dumm bin ich nicht. Selbst ein Mann, der seiner Frau so vertraut, wie ich es tat – genauer gesagt, der nie auch nur die Notwendigkeit für solch ein Vertrauen in Betracht gezogen hatte –, mußte jetzt begreifen, daß irgend etwas passiert war. Nichts Besonderes natürlich, beruhigte ich mich selbst; der Zusammenbruch einer Schwärmerei ihrerseits, einer Art Heldenverehrung, die Reeve durch seine Schmeicheleien und Vertraulichkeiten in ihr entfacht hatte. Natürlich fühlte sie sich hintergangen, betrogen, wenn sie jetzt erfuhr, daß er sie über seine Pläne und Absichten beschwindelt hatte, nachdem er ihr vorgegaukelt hatte, sie sei seine ganz spezielle Freundin und Mitwisserin all seiner Geheimnisse. Immerhin ging ich nach oben, um mich selbst zu vergewissern, durch einen Blick in jene Kommodenschublade nämlich, in der sie ihre kleinen Schätze verwahrte. Unanständig? Sie selbst schloß sie ja niemals zu; nie hatte sie versucht, ihren Inhalt vor mir geheimzuhalten.

Und all die kleinen Souvernirs von unserer ersten Begegnung, unserer Brautzeit, unserer Hochzeit waren noch da. Zwischen einer Geburtstagskarte und einem Gruß zum Valentinstag fand ich eine gepreßte Rose. Aber da lagen auch, etwas abseits in einem Nest aus dem Spitzentaschentuch, das ich ihr einmal geschenkt hatte, ein Knopf und ein Medaillon. Das Medaillon hatte sie von ihrer Mutter geerbt, die verblaßte Fotografie im Innern jedoch – irgendeine undefinierbare, längst verstorbene Verwandte – war durch einen Ausschnitt aus einem Schnappschuß ersetzt worden, und er stellte Reeve dar. Und in der anderen Seite befand sich eine Haarlocke. Den Knopf kannte ich. Er stammte von Reeves Blazer, und man sah auch, daß er nicht einfach abgeschnitten worden war. Er mußte ihn also irgendwo in unserem Haus verloren haben, und sie hatte ihn aufgehoben. Das Haar gehörte auch Reeve, schwarz, wellig und hier und da von einem grauen Faden durchzogen; und es war ebenfalls nicht abgeschnitten worden. Sie mußte es bei einem unserer Besuche in seiner Wohnung heimlich aus seiner Haarbürste gezupft und zu einer Locke zusammengedreht haben. Arme kleine Gwendolen... Lediglich sekundenlang hatte ich Reeve verdächtigt; einen schmerzlichen Augenblick lang, nachdem sie gegangen war, saß ich da und fragte mich, ob er etwa... Konnte mein bester Freund...? Aber nein! Er hatte ihr ja nie einen Brief oder etwa Blumen geschickt. Es war also alles nur ihre Einbildung, und aus diesem Grunde – ich wußte ja schließlich, wohin sie gegangen war – *mußte* ich verhindern, daß sie zu ihm ging und eine Demütigung erfuhr.

Ich steckte die Sächelchen in meine Tasche in dem vagen Gedanken, sie könnten mir helfen, ihr klarzumachen, wie kindisch sie sich benahm. Sie hatte nicht ihr Auto genommen. Gwendolen scheute sich immer, in der Londoner Innenstadt herumzufahren. Ich stieg also in meinen Wagen und fuhr zu der U-Bahnstation, an der sie, wie ich wußte, aussteigen würde.

Eine Viertelstunde nachdem ich dort war, erschien sie, schritt schnell davon und warf nervöse Blicke nach rechts und links. Als sie mich sah, fuhr sie zusammen und blieb stocksteif stehen.

«Steig ein, Liebling», sagte ich sanft, «ich möchte mit dir reden.»

Sie stieg ein, aber sie sprach kein Wort. Ich fuhr zur Bayswater Road hinunter und von dort in den Hydepark. Dort hielt ich auf dem Ring unter den Platanen an, und weil sie immer noch schwieg, sagte ich:

«Du mußt nicht glauben, daß ich dich nicht verstehe. Wir sind jetzt zehn Jahre lang verheiratet, und ich muß zugeben, ich bin ein ziemlich langweiliger Bursche. Reeve ist so ganz anders, so aufregend und... Also, es ist wahrscheinlich nur natürlich, wenn du jetzt glaubst, du seist in ihn verliebt...»

Sie sah mich mit steinernem Gesicht an. «Ich liebe ihn, und er liebt mich.»

«Ach, Unsinn», sagte ich, aber es war nicht die Kühle des Frühlingsabends, die mich frösteln machte. «Er hat seinen Charme spielen lassen, und du bist darauf reingef...»

Sie unterbrach mich: «Ich lasse mich scheiden.»

«Um Himmels willen», sagte ich. «Du kennst doch Reeve kaum. Du bist doch noch nie mit ihm allein gewesen, oder?»

«Nie mit ihm allein gewesen?» Sie brach in ein schrilles, verzweifeltes Gelächter aus. «Er ist seit sechs Monaten mein Geliebter. Und jetzt gehe ich zu ihm. Um ihm zu sagen, daß er sich von nun an nicht mehr vor den Frauen zu verstecken braucht, denn ich werde immer bei ihm sein.»

Wie gelähmt starrte ich sie im Halbdunkel des Wagens an. «Das glaube ich dir nicht», würgte ich hervor, aber ich glaubte ihr doch. Ja, ich glaubte ihr. «Du meinst, du und er... und alles... Du, meine Frau?»

«Ich werde Reeves Frau sein. Ich bin die einzige, die ihn versteht, die einzige, mit der er reden kann. Das hat er mir selbst gesagt, bevor – bevor er wegfuhr.»

«Bloß – er ist gar nicht weggefahren.» Aufquellende Röte breitete sich vor meinen Augen aus wie eine riesige Blutlache. «Dumme

Gans!» schrie ich sie an. «Begreifst du denn nicht, daß er sich vor *dir* versteckt? Er hat es getan, um *dich* loszuwerden, so wie er zuvor all die anderen losgeworden ist. Dich lieben? Er hat dir noch nicht mal das kleinste Geschenk gemacht, nicht mal ein Foto. Wenn du jetzt hingehst, wird er dich nicht reinlassen. Du bist die letzte, die er reinlassen würde.»

«Ich geh aber zu ihm», schrie sie zurück und machte sich wild an der Wagentür zu schaffen. «Ich gehe zu ihm, und ich lebe mit ihm. Und dich will ich *nie* wiedersehen!»

Am Ende bin ich dann heimgefahren. Ihr Wunsch ist in Erfüllung gegangen. Sie hat mich nie wiedergesehen.

Als sie um elf nicht zurück war, benachrichtigte ich die Polizei. Sie baten mich, aufs Polizeirevier zu kommen und eine Vermißtenanzeige aufzugeben. Im übrigen nahmen sie meine Ängste nicht besonders ernst. Anscheinend vermutet man, wenn eine Frau in Gwendolens Alter verschwindet, mit Sicherheit, daß sie mit einem Mann auf und davon ist. Ernst nehmen taten sie es allerdings, als ein Parkwächter am nächsten Morgen ihre strangulierte Leiche zwischen ein paar Büschen fand.

Das war am Donnerstag. Die Polizei wollte wissen, wohin Gwendolen möglicherweise gegangen sein konnte, so weit entfernt von ihrem Haus? Sie verlangten Namen und Adressen unserer sämtlichen Freunde und Bekannten. Kannten wir irgend jemanden in Kensington oder Paddington oder Bayswater, irgendwo in der Umgebung des Hydeparks? Ich sagte, nein, nicht daß ich wüßte. Am nächsten Tag fragten sie mich wieder, und ich sagte, als ob es mir soeben einfiele:

«Höchstens Reeve Baker. Der Schriftsteller, wissen Sie.» Ich gab ihnen seine Adresse. «Aber der ist auf Urlaub, schon seit drei Wochen. Er kommt erst morgen zurück.»

Was danach passiert ist, erfuhr ich bei der Zeugenvernehmung während Reeves Prozeß – seinem Prozeß wegen des Mordes an meiner Frau. Die Polizei erschien am Samstagmorgen bei ihm. Ich glaube, anfangs haben sie ihn nicht im geringsten verdächtigt. Nach allem, was ich als notorischer Kriminalromanleser weiß, wird man ihn bis ins einzelne nach unserem Privatleben ausgefragt haben.

Sein Pech war es, daß die Polizisten schon mit ein paar seiner Nachbarn gesprochen hatten. Reeve hatte doch alle diese Leute glauben lassen, er sei wirklich verreist. Der Milchmann zum Beispiel und der Zeitungsjunge waren überzeugt, er sei nicht zu Hause gewesen. Als sie ihn dann selbst vernahmen und er sehr wohl wußte, weshalb sie es taten, da geriet er in Panik und wagte nicht zu sagen, er sei in Frankreich gewesen. Sie hätten ihm ja auch ohne die geringsten Schwierigkeiten das Gegenteil beweisen können. Also erzählte er die Wahrheit, gab an, er habe sich versteckt gehalten, um sich den Nachstellungen einer Frau zu entziehen. Welcher Frau? Das wollte er nicht sagen. Aber die Frau aus dem Obergeschoß tat es. Immer und immer wieder hatte sie schließlich beobachtet, wie Gwendolen ihn an den Nachmittagen besucht hatte, sie hatte gehört, wie sie sich gestritten hätten, wie Gwendolen wild beteuert habe, sie liebe ihn, und er habe gebrüllt, er ließe sich nicht an die Kette legen, und er würde alles daransetzen, sich vor ihrer Besitzgier zu retten. Natürlich hatte er kein Alibi für den Mittwochabend. Es entging dem Richter und den Geschworenen nicht, daß er sein Bestes tat, sich eins zurechtzubasteln, schließlich ist es bei einem Schriftsteller nicht weiter verwunderlich, wenn seine Phantasie mit ihm durchgeht. Aber er bedachte dabei nicht, wie hartnäckig und gründlich die Polizei arbeitet. Und abgesehen davon gab es ja auch knallharte Indizien für seine Schuld. Hauptsächlich waren es drei Beweisstücke, die bei Gericht vorgelegt wurden: Reeves Blazer, an dessen Ärmel ein Knopf fehlte, der dazugehörige Knopf und ein Büschel seiner Haare. Der Knopf war bei Gwendolens Leiche gefunden worden, und die Haare hafteten an ihrem Mantel…

Meine eifrige Lektüre von Kriminalromanen ist also nicht umsonst gewesen. Allerdings habe ich seither keinen einzigen mehr gelesen. So was tut man doch nicht, finde ich, nach so einer Geschichte.

Ein schlechtes Herz

Sie waren ziemlich aufdringlich gewesen, und so hatte er denn, als sie ihn zum drittenmal fragten, schließlich angenommen. Ergeben, ja, fast fatalistisch hatte er zugesagt, zum Essen zu ihnen zu kommen. Aber als er sich dann auf den Weg machte – weit aus London hinaus –, da dachte er verdrossen, sie hätten eigentlich soviel Takt besitzen können, die Bekanntschaft mit ihm völlig abzubrechen. Kein anderer Angestellter, den er entlassen hatte, war ihm je derartig penetrant auf den Leib gerückt. Gedroht hatte man ihm – das ja, etliche sogar hatten ihm gedroht, und einer hatte sogar versucht, ihn zu erpressen, aber keiner hatte die Unverfrorenheit besessen, ihn zum Essen einzuladen. Das gehörte sich einfach nicht. Ein dezenter Mann hätte das nie getan. Aber Hugo Crouch war eben kein dezenter Mann, und das war es ja – unter anderem – auch gewesen, weshalb er ihn gefeuert hatte

Er wußte genau, weshalb sie ihn eingeladen hatten. Sie wollten ihn ins Kreuzverhör nehmen. Weil er das ahnte, hatte er ja auch vorgeschlagen, man solle sich – auf seine Kosten – in einem Restaurant treffen. In einem öffentlichen Restaurant konnte man schließlich einen Mann nicht weithin hörbar unter Anklage stellen, dort wäre er ihnen nicht so auf Gedeih und Verderb ausgeliefert gewesen. Aber sie hatten hartnäckig darauf bestanden, daß er zu ihnen hinauskäme, und schließlich hatte er sich darein gefügt. Immerhin war er ein älterer Mann mit einer Herzschwäche, und dann diese fast zwanzig Kilometer von seiner Wohnung bis zu ihrem Haus, im Schneckentempo durch den Nebel und den Nieselregen eines widerlichen Februarabends. Das war einfach unzumutbar, aber er würde ihnen schon zeigen, daß er es schaffte, *ihn* kriegten sie damit nicht klein! O ja, der Präsident der Firma Fraser würde ihnen schon zeigen, daß er sich von einem aufgeblasenen Weltbeglücker wie Hugo Crouch nicht einschüchtern ließ, er würde die Situation meistern, genauso wie er damals mit dem Erpresser fertig geworden war.

Als er die Ausläufer des Waldes erreichte, pladderte der Regen so heftig, daß er die Scheibenwischer auf äußerste Geschwindigkeit schalten mußte. Wieder einmal war er dankbar, daß er sich diesen neuen Wagen mit all seinen aufwendigen Extras angeschafft hatte. Und ganz gewiß hätte die Firma diese Anschaffung nicht verkraftet, wenn er Hugo Crouch auch nur einen Tag länger behalten hätte. Wenn er all den idiotischen Forderungen Hugos nachgegeben hätte, dann säße er heute noch mit dem alten Daimler da; und die Winter-Kreuzfahrt hätte er sich ebensowenig leisten können. Hugo war ihm ein richtiger Dorn im Fleische gewesen mit seinen Extratouren und mit diesem Spleen, in einem Haus mitten im Epping Forest zu wohnen, jawohl, buchstäblich mitten im Wald, völlig isoliert, nicht einmal in Reichweite eines der umliegenden Dörfer. Ein Direktor der Firma Fraser hatte gefälligst erreichbar zu sein. Sich hier draußen zu vergraben, das war doch einfach lächerlich.

Die mächtigen Scheinwerfer des Wagens schnitten einen gewundenen Fahrweg aus dem Dunkel. Die grauen Baumstämme zu beiden Seiten verliehen ihm Ähnlichkeit mit einem düsteren Säulengang. Alle paar Sekunden wurde das Bild durch einen Regenvorhang ausgelöscht, um unter dem Schwung der Scheibenwischer für kurze Augenblicke wieder zu erscheinen. Glücklicherweise war er schon einmal hier gewesen, sonst hätte er leicht die hohe Mauer mit dem hölzernen Tor verfehlen können, hinter der das Crouchsche Haus lag, eine viktorianische Villa mit spitzem Giebel, schmutzfarben, schäbig, in seinen Augen einfach scheußlich. Jeder der einen Abrißauftrag dafür erteilen würde, erwiese der ganzen Umgebung einen Dienst, dachte er grimmig, als er durch das hölzerne Tor fuhr. Nicht ein einziges Licht war zu sehen. Er erinnerte sich, ihre Wohnzimmer lagen nach hinten heraus, aber sie hätten ja schließlich zu seiner Orientierung etwas Beleuchtung einschalten können. Ohne seine Scheinwerfer hätte er den Eingang nie gefunden. Er preßte die Schachtel Pfefferminzkonfekt, die er für Elisabeth Crouch mitgebracht hatte, an sich und hastete den überfluteten gepflasterten Weg entlang, daß das Wasser nur so aufspritzte. Von oben plätscherte der Regen aus der schadhaften Dachrinne herab wie aus unzähligen Wasserhähnen. Und die rettende Eingangstür war natürlich – wie konnte es anders sein! – an der entlegensten Seite des Hauses. Schwer zu sagen, wo bei denen hier der Garten endete und der Wald anfing. Irgendeine Begrenzung war jedenfalls nicht zu sehen. Überhaupt gar nichts war zu sehen außer ein paar triefenden Ästen und Zweigen, schwach beleuchtet durch den matten Schimmer, der aus dem Oberlicht über der Haustür fiel.

Er ließ die Glocke anhaltend schrillen, ohne den Finger vom Klingelknopf zu nehmen, einzig in der Hoffnung, daß die Nässe nicht schon durch seinen Mantel in den neuen Maßanzug gedrungen wäre. Soeben traf ein neuerlicher Sturzbach ihn von oben in den Nacken, so daß er am ganzen Körper schlotterte. Da endlich öffnete sich die Tür.

«Duncan! Sie müssen ja total naß sein! War die Fahrt schlimm?»

«Kann man wohl sagen», japste er nur und trat mit eingezogenem Kopf in den rettenden Windfang. «Schauderhafter Abend!»

Er warf ihr förmlich die Konfektschachtel zu und gab ihr die Hand. Dann fiel ihm ein, früher hatten sie sich freundschaftlich auf die Wange geküßt. Nun, er hatte nie etwas dagegen, eine hübsche Frau zu küssen, und ihre Schuld war es ja schließlich nicht gewesen. «Wie geht es Ihnen, Elisabeth?» fragte er, nachdem ihre Wangen sich berührt hatten.

«Danke, gut. Geben Sie mir Ihren Mantel. Ich bringe ihn in die Küche, damit er trocknet. Hugo ist im Wohnzimmer. Sie kennen ja den Weg, nicht wahr?»

Einen endlosen Korridor entlang, wie er sich entsann, der weder ordentlich beleuchtet noch im mindestens geheizt war. Der ganze Kasten hier schrie förmlich nach einer Zentralheizung. Er war inzwischen so bis auf die Knochen durchgefroren, daß er nur sehnsüchtig an seine Wohnung denken konnte, wo die Heizkörper immer so heiß waren, daß man selbst jetzt im Februar die Fenster aufreißen mußte, und wo ihm seine Haushälterin just um diese Zeit eine heiße Pastete servieren würde und danach ein Poulet San Josef. Elisabeth Crouch war, soweit er sich erinnerte, eine ziemlich dürftige Köchin.

An der Wohnzimmertür blieb er stehen und wappnete sich für die Begegnung. Er hatte Hugo Crouch nicht mehr gesehen, seit der Mann erhobenen Hauptes sein Büro verlassen hatte, weil er, Duncan Fraser, Präsident der Firma Fraser, ihm überzeugend dargelegt hatte, daß er in einer anderen Position wahrscheinlich glücklicher wäre.

Also gut, je eher die ersten Worte geschafft waren, desto besser. Sehr wenige Männer in seiner Position würden sich solche Sache wohl so zu Herzen nehmen, wie er mit seiner Feinfühligkeit es tat; und sehr wenige wären nach dieser Geschichte überhaupt noch gekommen! Er würde sich freundlich, zwanglos, allenfalls ein wenig väterlich geben. Und vor allem würde er unter keinen Umständen die Rede auf Hugos Entlassung kommen lassen. Durch nichts würde er sich dazu bringen lassen, darüber zu sprechen, wenn er es nicht wollte, und letzten Endes würde wohl die Höflichkeit, die sie ihm als Gastgeber schuldeten, dem einen Riegel vorschieben. Er öffnete die Tür, lächelte heiter und brachte sogar ein fröhliches Augenzwinkern zuwege. «Hallo, hier bin ich also, Hugo. Ich habe es tatsächlich geschafft.»

Crouch trug eine ausgesprochen saure Miene zur Schau, einen Ausdruck, den Duncan oft auf seinem Gesicht gesehen hatte, wenn er wieder mal Hugos mehr als extravagante Anordnungen oder Forderungen hatte annullieren müssen. Er lächelte nicht. Ernst reichte er Duncan die Hand und fragte ihn, was er zu trinken wünsche.

Duncan blickte sich flüchtig in dem Zimmer um, das sich nicht verändert hatte und immer noch mit den ziemlich scheußlichen viktorianischen Möbeln ausstaffiert war. Wenigstens brannte im Kamin ein mächtiges Holzklobenfeuer. «Ach ja, einen Drink», seufzte er und rieb sich die Hände. Am liebsten hätte er einen Whisky gehabt, aber darum zu bitten, wagte er nicht, denn der Doktor hatte ihn verboten. «Einen kleinen trockenen Vermouth vielleicht?»

«Ich fürchte, ich habe überhaupt keinen Vermouth im Hause.»

Diese Abfuhr versetzte ihm doch einen leichten Schock, auch wenn sie in beiläufigem Ton gesprochen war, und auch wenn er dergleichen eigentlich hätte erwarten müssen. Eine erste Herausforderung? Jedenfalls hatte es ihm einen Stich versetzt. Natürlich, er hatte ja gewußt, daß sie ihm zusetzen würden, aber er hatte nicht damit gerechnet, daß der erste Schlag so prompt erfolgen würde. Also gut, sollte er doch durchblicken lassen, daß er sich eine wohlsortierte Bar nicht mehr leisten konnte, weil er seine Stellung verloren hatte. Er, Duncan, würde sich dadurch nicht aus der Fassung bringen lassen. «Dann einen Sherry, bitte», sagte er. «Haben Sie Sherry?»

«Ja, Sherry haben wir», erwiderte Hugo. «Kommen Sie, setzen Sie sich ans Feuer.»

Als er vor den leise zischenden Buchenscheiten saß und langsam auftaute, beschloß er, die Konversation zunächst auf das Wetter zu beschränken. Es war ja wohl auch das naheliegendste Thema, um das Eis zu brechen, bis Elisabeth erschien. Sie kamen auch ganz wacker damit zurecht, schweiften sogar ab zu Sturmfluten an der Ostküste Englands und zu Autounfällen im Nebel, bis sie schließlich zurückkam und sich neben Duncan setzte.

«Wir haben weiter niemanden eingeladen, Duncan. Wir wollten Sie ganz für uns haben.»

Überflüssige Bemerkung unter diesen Umständen, dachte er. Natürlich hatten sie niemanden weiter eingeladen. Die Gegenwart weiterer Gäste hätte ja ihre Pläne durchkreuzt. Aber vielleicht war sie doch nicht so überflüssig gewesen, sondern so eine Art Eröffnungsschachzug?

«Na, wundervoll», erwiderte er.

«Wir haben uns doch eine Menge zu erzählen; da dachte ich, es sei netter so.»

«Viel netter.» Eine Menge zu erzählen? Es gab doch wohl nur eins, was sie damit meinen konnte. Aber sie sollte nur nicht denken – und der stumme Hugo da drüben mit seiner grimmigen Duldermiene ebensowenig –, daß er ihnen auch nur einen Millimeter entgegenkommen würde. Wenn sie partout das bewußte Thema ansteuern wollten, so sollten sie die ganze vorbereitende Wühlarbeit gefälligst allein bewältigen. «Wir unterhielten uns gerade darüber», informierte er sie, «wie tragisch doch all diese Verkehrsunfälle sind. Und ich meine, dem könnte doch auf sehr simple Weise abgeholfen werden.» Er erläuterte diese simple Methode, aber er merkte wohl, daß sie daran nicht besonders interessiert waren, und es überraschte ihn nicht, als Elisabeth sagte:

«Das ist wirklich faszinierend, Duncan, aber sprechen wir doch zunächst einmal von Ihnen. Was haben Sie denn so gemacht in letzter Zeit?»

Das Geschäft unter Kontrolle gebracht, das dein Mann beinahe ruiniert hätte!

«Ach, so dies und jenes», meinte er gedehnt, «nicht viel.»

«Haben Sie in diesem Winter wieder eine Kreuzfahrt unternommen?»

«Äh, ja. Ja, richtig. In die Karibik.»

«Das ist ja nett. Ich glaube, die Abwechslung hat Ihnen gutgetan.»

Sie mußte also herausstreichen, wie sehr er es nötig hätte, daß ihm etwas «guttäte»! Und natürlich war sie nur auf die Kreuzfahrt zu sprechen gekommen, um anzudeuten, daß manche Leute sich so was eben nicht leisten konnten. «Ja, es war eine wunderbare Erholung», erwiderte er aufgeräumt. «Ich kann Ihnen da eine höchst amüsante Geschichte erzählen, die mir auf der Heimfahrt passiert ist.» Er erzählte sie ihnen, aber es klang nicht sonderlich amüsant. Elisabeth lächelte bemüht, Hugo jedoch verzog keine Miene. «Na ja, damals wirkte es komisch», meinte er kleinlaut.

«Wir können in fünf Minuten essen», lenkte Elisabeth ab. «Sagen Sie, Duncan, haben Sie eigentlich dieses Landhaus in Südfrankreich gekauft, auf das Sie damals so versessen waren?»

«O ja, das habe ich gekauft.» Was sah sie ihn so neugierig an, geradezu impertinent? Sie wartete wohl darauf, daß er sich dafür entschuldigte, sein eigenes Geld ausgegeben zu haben!

«Nun hören Sie sich bloß diesen Regen an», sagte er kopfschüttelnd. «Er hat noch kein bißchen nachgelassen!»

Ja, das fanden sie auch. Und dann senkte sich bleiernes Schweigen herab. Er sah es deutlich an den Blicken, die die beiden austauschten – in solchen Dingen konnte man ihm nichts vormachen –, sie hatten begriffen, daß sie bislang nichts erreicht hatten. Ganz schön betreten sahen die beiden aus, dachte er triumphierend. Aber die Frau eröffnete bereits die nächste Runde, und diesmal schon mit härteren Bandagen.

«Stellen Sie sich vor, wen wir letzte Woche getroffen haben, Duncan. John Churchouse!» Der Mann, der vor ein paar Jahren die anfallenden Druckereiaufträge für die Firma Fraser erledigt hatte. Duncan erinnerte sich, er mußte die Aufträge zu der Zeit erhalten haben, nachdem Hugo zum Direktor befördert worden war. Er richtete sich in seinem Sessel auf und trank den Rest seines Sherrys.

«Er erzählte uns, daß er monatelang im Krankenhaus gelegen – und daß er sehr viele Aufträge verloren hat. Er tat mir so...»

«Bitte, dürfte ich mir wohl die Hände waschen?» fragte Duncan mit fester Stimme. «Vielleicht sagen Sie mir, wo das Bad ist?»

«Natürlich.» Sie sah enttäuscht aus. Sollte sie nur! «Oben an der Treppe, die Tür genau geradeaus.»

Duncan begab sich also ins Badezimmer. Er durfte sich natürlich nicht einbilden, sich ein für allemal aus der Schlinge gezogen zu haben. Bestimmt würden sie während der Mahlzeit wieder über ihn herfallen. Wahrscheinlich betrachteten sie eine Tafelrunde als den angemessenen Ort für ein Kreuzverhör. Na schön, ihn sollte es nicht anfechten, und bisher hatte er sich ja ganz gut gehalten.

Beide warteten sie am Fuß der Treppe, um ihn ins Eßzimmer zu geleiten, und wieder sah er, wie die Frau ihrem Mann einen Blick zuwarf, der einem Rippenstoß nicht unähnlich war. Hugo kriegte anscheinend kalte Füße. In solchen Fällen waren ja immer die Frauen die treibenden Kräfte! Duncan streifte mit einem flüchtigen Blick den Eßtisch und die Platte mit den Horsd'œuvres. Sardinen, Anchovis und Artischockenherzen – reichlich unpassend für diese Jahreszeit.

«Was haben Sie sich bloß für Umstände gemacht, Elisabeth», sagte er bewundernd.

Sie sah ihn mit einem betörenden Lächeln an. Er hatte es ganz vergessen, dieses Lächeln, das ihr ganzes Gesicht erhellte und die Augen aufblitzen ließ, irisierend blau wie das Gefieder des Eisvogels. «Die Arbeit, die uns freut, wird zum Ergötzen», zitierte sie.

«Ah, ‹Macbeth›.» Sehr gut, ein ausgezeichnetes Thema, um sie während des Vorgerichtes abzulenken! «Wissen Sie noch? Nur ein einziges Mal sind wir drei gemeinsam im Theater gewesen, und es gab ‹Macbeth›.»

«Ich weiß», erwiderte sie. «Brot, Duncan?»

«Ja, bitte. Ich habe übrigens vorige Woche diese großartige ‹Macbeth›-Aufführung einer polnischen Theatergruppe gesehen. Vielleicht waren Sie auch dort?»

«Wir waren in diesem Winter überhaupt nicht im Theater», sagte Hugo kalt. Sie mußte ihm unter dem Tisch einen Fußtritt versetzt haben, um ihm diesen Seitenhieb zu entlocken. Duncan ging nicht darauf ein und verbreitete sich statt dessen über Einzelheiten des polnischen «Macbeth», obwohl ein wachsendes inneres Unbehagen ihm derartig zusetzte, daß er sich plötzlich auf alle möglichen Namen nicht mehr besinnen konnte, weder auf die der Shakespeare-Gestalten noch auf die der Schauspieler.

«Ich wollte, Keith hätte es sehen können», meinte Elisabeth. «Es ist sein Wahlthema fürs Examen.»

Sie wollte ihn also zwingen, nach ihren Söhnen zu fragen, damit sie ihm erzählen konnte, daß sie sie aus diesem unsinnig teuren Internat herausnehmen müßten. Er dachte ja gar nicht daran! Das war vielleicht reichlich unhöflich, aber er würde nicht fragen.

«Ich glaube, Sie haben unsere Kinder nie kennengelernt, Duncan?»

«Nein, nie.»

«Sie bekommen nächste Woche Schulferien und kommen nach Hause. Ich bin so froh, daß ihre Ferien mit meinen zusammenfallen.»

«Ihre Ferien?» fragte er mißtrauisch.

«Elisabeth ist wieder Lehrerin geworden.»

«Ach, wirklich?» meinte Duncan. «Nein, danke, ich möchte nichts mehr. Es war köstlich. Kann ich Ihnen helfen? Etwas tragen vielleicht...?»

«Bitte bemühen Sie sich nicht. Ich werde schon allein fertig.» Sie sah ziemlich gekränkt aus. «Wenn ihr zwei mich entschuldigen wollt. Ich werde mal nach dem Hauptgericht sehen.»

So blieb er also mit Hugo allein in dem zugigen Eßzimmer zurück. Er schob die Beine seitlich unter dem Tischtuch hervor, um sie möglichst nahe an den elektrischen Ofen mit der einen dürftigen Heizspirale zu bringen. Hugo plagte sich mit dem Korken einer Weinflasche ab. Er fluchte verhalten, weil er es nicht schaffte, ihn herauszuziehen.

«Lassen Sie mich mal versuchen, Hugo.»

«Danke, ich schaff das schon allein, besonders wenn Sie mir nicht so auf die Finger gucken», versetzte Hugo unbeherrscht, um dann völlig zusammenhanglos – aber daran war man bei den beiden ja gewöhnt! – fortzufahren: «Übrigens absolviere ich einen Kursus als Wirtschaftsprüfer.»

«Na ja, als Weinkellner sind Sie ja schon nahezu bilanzsicher, Hugo», witzelte Duncan, «ha, ha, ha!»

Hugo lachte nicht. Er war endlich mit dem Korken fertig geworden. «Ich denke, ich werde es schon schaffen. Mit Zahlen konnte ich ja schon immer ganz gut umgehen.»

«O ja, das konnten Sie allerdings. Mehr als gut sogar.» Das stimmte wirklich. Bloß mit dem Personal war der Mann unglaublich umgegangen, hatte Nachwuchskräften und kleinen Sekretärinnen Flausen in den Kopf gesetzt, die ihrem Stellenwert nicht entsprachen. «Ich bin überzeugt, daß Sie es schaffen.»

Warum kam denn nun die Frau nicht endlich zurück? Es mußten zehn Minuten vergangen sein, seit sie durch diese kilometerlangen Korridore in die Küche entschwunden war. Seine eigene Frau – sie war lange tot – hätte das Hauptgericht servierfertig in Schüsseln warmgestellt, bevor man sich zum Horsd'œuvre niedergesetzt hätte.

«Sie müssen sich qualifizieren, das ist die Hauptsache», fügte er hinzu. In der Ferne hörte er die Räder des Servierwagens herankommen. Eine größere Erleichterung hätten auch die Räder eines nahenden Zugs nicht auslösen können, nachdem man eine Stunde auf dem eisigen Bahnsteig gewartet hat. Er konnte zwar die Frau nicht besonders leiden, aber alles war besser, als mit Hugo allein zu sein. Warum sollte er eigentlich nicht den Stier bei den Hörnern packen, bevor sie sich an das lächerlich schmächtige Brathähnchen machten, das soeben erschienen war? Er zwang sich also zu einem Lächeln, und dann sagte er: «Ich sage Ihnen, Sie beide sind im wahrsten Sinne des Wortes auf die Füße gefallen. Glauben Sie mir, Hugo, wenn Sie erst ein erfolgreicher Wirtschaftsprüfer geworden sind, dann werden Sie zurückblicken und Gott danken, daß Ihre und Frasers Wege sich getrennt haben.»

So, das war's, damit mußte es genug sein. Sie hatten ihn ihrem Verhör unterzogen, und jetzt sollten sie ihn gefälligst in Ruhe dieses halbzerkochte Zeug essen lassen, das sie ihm da als Abendessen auftischten. Wenigstens würden sie nun wohl von irgend etwas anderem anfangen und nicht länger alles ihm überlassen, nachdem er schon den ganzen Abend die Konversation bestritten hatte. Aber statt einer Unterhaltung herrschte tiefe Stille. Keiner von ihnen wußte irgend etwas zu sagen. Und wie sehr sich Duncan, während er sich mannhaft mit seinem Hühnerflügel abmühte, auch das Hirn nach einem Gesprächsthema zermarterte, ihm fiel partout nichts ein. Ihr Haus, seine Wohnung, die Belegschaft bei Fraser, sein Wagen, die Lebenshaltungskosten, ihr Lehrerinnenjob, Hugos Kursus, die soeben verflossene Weihnachtszeit, der bevorstehende Sommer, alle diese Themen würden doch bloß unausweichlich wieder auf Hugos Entlassung zurückführen. Duncan erkannte mit verzweifelter Wut, daß überhaupt *alle* Themen der Welt darauf zurückführen würden, denn er war nun mal er, und sie waren sie, und die Entlassung stand bei diesem trübsinnigen Gastmahl zwischen ihnen wie ein unbezwingbares Schreckgespenst. Von Zeit zu Zeit hob er den Blick von seinem Teller in der Hoffnung, sie werde sein vielgerühmtes Lächeln erwidern, jenes Lächeln, das durch übermäßige Abnutzung steif und grau geworden war. Aber jedesmal, wenn er sie anschaute, fixierte sie ihn stumm und mit angespannten Gesichtszügen, sehr nüchtern, fast verbissen. Ihre Augen hatten das Eisvogelblau verloren; sie waren verhangen und dunkel wie Rauchglas.

Sie hatten also immer noch nicht genug, sie und ihr mürrischer, saftloser Ehemann! Sie wollten ihn wohl am Boden kriechen sehen. Nicht genug damit, daß er Hugos Entlassung mit offener Freimütigkeit erwähnt hatte, sie erwarteten anscheinend eine Erklärung, eine Entschuldigung. Gut, sie sollten ihre Erklärung haben. Es gab anscheinend keinen Ausweg. Sorgfältig legte er Messer und Gabel nebeneinander auf den leergegessenen Teller. Bestimmt, aber höflich lehnte er ab, als die Gastgeberin ihm nochmals anbot. Er holte tief Atem, so wie er es oft zu Beginn einer Vorstandssitzung tat und wie er es fast immer hatte tun müssen bei jenen Direktionsversammlungen, auf denen Hugo Crouch so hartnäckig und borniert auf Gehaltserhöhungen für die Angestellten bestanden hatte.

«Meine liebe Elisabeth», begann er, «mein lieber Hugo. Ich weiß sehr wohl, weshalb Sie mich heute abend eingeladen haben und auf was Sie beide dauernd anspielen, seit ich das Haus betreten habe. Und weil ich Ihre sehr liebenswürdige Gesellschaft lieber ohne weitere Peinlichkeiten genießen möchte, will ich hier und jetzt das tun, was Sie anscheinend von mir erwarten, nämlich Ihnen erklären, wie es dazu kam, daß ich Hugo zu bedenken gab, ob er sich nicht auf einem anderen Posten wohler fühlen würde als in der Firma Fraser.»

Elisabeth sagte: «Aber Duncan, hören Sie...»

«Sie können Ihre Einwände später vorbringen, Elisabeth. Vielleicht überrascht es Sie, wenn ich sage, daß ich alles, was geschehen ist, einzig und allein *mir selbst* vorwerfen muß. Ja, ich gestehe es, alles war *meine* Schuld.» Er hob eine Hand, um Hugo zum Schweigen zu bringen. «Nein, Hugo, lassen Sie mich ausreden. Wie ich schon sagte, es war meine Schuld. Mir ist eine Fehleinschätzung unterlaufen. O ja, so war es. Ich hätte, als ich Sie beförderte, einfach sehen müssen, daß Sie den Posten nicht ausfüllen würden. Ich muß mir selber den Vorwurf machen, Ihre – nun ja, Ihre Grenzen nicht erkannt zu haben.»

Sie waren stumm. Und sie blickten weder ihn noch einander an.

«Wir Männer in verantwortungsvoller Stellung», fuhr er fort, «wir müssen es uns auch ankreiden lassen, wenn die Leute, die wir einstellen, nicht die Kapazitäten entwickeln, die wir in ihnen vermutet haben. *Wir* sind es dann, denen es an Voraussicht fehlte, das ist alles. *Ich* trage die ganze Verantwortung auf meinen Schultern. Könnten wir es damit nun bewenden lassen? Vergeben und vergessen?»

Er hatte selten derartig verlegene und beschämte Gesichter gesehen – ein Zeichen mehr, wie wenig die beiden ihm gewachsen waren. Seine Erklärung war sicher das letzte gewesen, was sie erwartet hatten, und jede Erwiderung erübrigte sich. Er reichte ihr seinen Teller mit dem kleinen Grabhügel aus Hühnerknochen und Kartoffelschalen, und als sie ihn nahm, sah er ihr Gesicht in plötzlichem Zorn aufflammen.

Er konnte sich nicht verkneifen, sie zu fragen: «Nun, Elisabeth, haben Sie mir vergeben?»

«Dazu ist es jetzt zu spät. Aus und vorbei», sagte sie mit sehr kalter Stimme. «Für all so was ist es jetzt zu spät.»

«Tut mir leid, wenn ich Ihnen nicht die Erklärung gegeben habe, die Sie erwartet haben. Ich habe Ihnen nur die Wahrheit gesagt.»

Sie erwiderte nichts mehr. Auch Hugo sagte nichts. Und auf einmal fühlte Duncan sich sehr unbehaglich. Ihre verachtungsvollen Gesichter, die Art, wie die beiden innerlich auf Distanz gingen... das war fast zu viel. Sein Herz begann zu hämmern. Er suggerierte sich, daß ein beschleunigtes Herz gar nichts bedeutete; nicht Herzklopfen war es schließlich, was er fürchten mußte, sondern dieser ganz spezifische Herzschmerz. Ostentativ nahm er eine seiner kleinen weißen Pillen und hoffte, sie würden daran merken, was sie angerichtet hatten.

Als sie auch weiterhin schwiegen, sagte er: «Ich glaube, ich sollte jetzt vielleicht gehen.»

«Sie haben noch keinen Kaffee getrunken», wandte Elisabeth ein.

«Macht nichts, es wäre wohl besser...»

«Bitte bleiben Sie noch zum Kaffee», sagte sie ruhig und ernst. «Ich bestehe darauf», fügte sie hinzu und zwang sich zu einem Lächeln.

Wieder saßen sie im Wohnzimmer, und sie boten ihm Cognac an. Er lehnte ab, weil er noch nach Hause fahren mußte, und je eher er sich auf diesen elenden Heimweg machen konnte, desto erlöster würde er sein. Hugo nahm sich einen großen Cognac und kippte ihn mit einem Schluck in sich hinein, ganz genauso, wie man Cognac niemals trinken sollte, außer man hat einen Schock erlitten oder muß sich für irgend etwas stählen. Elisabeth hatte die Abendzeitung genommen und versuchte gekünstelt, eine Unterhaltung über den Mord in Gang zu bringen, der auf der Titelseite abgehandelt wurde.

«Ich muß wirklich gehen», sagte Duncan.

«Trinken Sie doch noch einen Kaffee, es ist ja noch nicht mal zehn.»

Warum wollten sie partout, daß er bleiben sollte? Oder vielmehr, warum wollte sie es? Hugo griff schon wieder zur Cognacflasche. Duncan sagte sich, daß seine Gegenwart für die beiden bestimmt ebenso ermüdend war wie umgekehrt. Sie hatten doch erreicht, was sie wollten; oder etwa nicht? Er trank seine zweite Tasse Kaffee so schnell, daß er sich den Mund verbrannte. Dann stand er auf.

«Ich hole einen Schirm und begleite Sie nach draußen», erbot sich Hugo.

«Vielen Dank.» Es war überstanden! Jetzt würde er machen, daß er wegkam, und nie im Leben brauchte er ihnen wieder zu begegnen! Plötzlich packte ihn das beklemmende Gefühl, er könne gar nicht schnell genug aus diesem Haus wegkommen. Wirklich, seit er seine kleine Rede gehalten hatte, war die Atmosphäre ganz und gar unerträglich gewesen. «Gute Nacht, Elisabeth», sagte er. Mein Gott, was gab es denn für Platitüden, die nicht allzu absurd klangen? «Danke fürs Essen. Vielleicht treffen wir uns mal wieder.»

«Ach ja. Und ich hoffe, bald, Duncan», erwiderte sie, aber sie reichte ihm nicht ihre Wange zum Kuß. Durch die offene Tür schlug der Regen gegen ihren langen Rock. Sie sah ihm nach, wie er mit Hugo hinausging, und ließ das Licht auf den Weg fallen, bis die beiden um die Ecke des Hauses verschwunden waren.

Er war kaum um die Ecke, da durchfuhr ihn ein heftiger Schock.

Seine Scheinwerfer leuchteten schwach, und zwar brannte das Fernlicht, aber mit dem matten Schein des Standlichts.

«Wie ist denn *das* passiert?»

«Ich nehme an, Sie haben das Licht angelassen, um den Weg zur Haustür zu sehen, und dann haben Sie es vergessen.»

«Ich bin ganz sicher, das habe ich *nicht.*»

«Es muß aber so gewesen sein. Halten Sie mal den Schirm, ich versuche mal, ihn anzulassen.» Hugo ließ Duncan auf dem überschwemmten Weg unter dem winzigen Schirm stehen, setzte sich auf den Fahrersitz und steckte den Schlüssel ins Zündschloß. Die Scheinwerfer flammten auf und erloschen dann. Sonst passierte nichts. Es war jetzt stockdunkel. «Nicht der leiseste Funke», seufzte Hugo. «Ihre Batterie ist hin.»

«Das *kann* doch nicht sein!»

«Ich fürchte aber, es ist so. Versuchen Sie selbst.»

Duncan tat es und wurde bei der Prozedur sehr naß.

«Wir gehen wohl lieber ins Haus zurück. Hier draußen werden wir naß bis auf die Knochen.»

«Was ist denn los?» fragte Elisabeth, die noch immer in der Haustür stand.

«Seine Batterie ist leer. Der Wagen springt nicht an.»

Natürlich konnten sie nichts dafür, aber insgeheim gab Duncan ihnen doch die Schuld. Schließlich war es vor ihrem Haus passiert, nachdem sie ihn zu einem abgefeimten Zweck hier herausgelockt hatten. Es lag ihm auch nicht das mindeste daran, seinen Ärger zu kaschieren.

«Tja, ich fürchte, dann muß ich mir Ihren Wagen ausleihen, Hugo.»

Elisabeth schloß die Tür. «Wir haben keinen Wagen mehr, Duncan. Wir konnten ihn nicht mehr unterhalten. Entweder den Wagen – oder wir hätten die Jungens aus dem Internat nehmen müssen. Also haben wir ihn verkauft.»

«Ich verstehe. Wenn ich dann vielleicht mal Ihr Telefon benützen dürfte, um mir ein Taxi zu bestellen. Ich habe die Nummer eines Taxiunternehmens in der Brieftasche.» Ein Blick in ihr Gesicht sagte ihm, daß auch das nicht möglich sein würde. «Jetzt sagen Sie bloß noch, Sie haben auch das Telefon abgeschafft.» Sollten sie sich zum Teufel scheren, alle beide!

«Natürlich hätten wir es uns auch weiterhin leisten können, bloß wir brauchten es einfach nicht mehr. Es tut mir leid, Duncan, aber ich weiß beim besten Willen nicht, was Sie jetzt tun können. Aber wir könnten uns ja wenigstens drinnen hinsetzen, wo es wärmer ist.»

«Ich will mich nicht hinsetzen.» Duncan brüllte es fast. «Ich muß nach Hause.» Er schüttelte die Hand ab, die sie ihm auf den Arm gelegt hatte, als wollte sie ihn – so kam es ihm vor – mit Gewalt hier festhalten. «Dann muß ich eben bis zum nächsten Haus mit Telefon laufen.»

Hugo öffnete die Tür. Der Regen war mehr eine Wand aus Wasser als eine Folge niederfallender Tropfen. «Bei diesem Wetter?»

«Was soll ich denn sonst tun?» schrie Duncan gereizt.

«Die Nacht über hierbleiben», sagte Elisabeth ruhig. «Ich wüßte wirklich nicht, was Sie anderes tun könnten, als über Nacht hierzubleiben.»

Das Bett war genau das, was man vom Crouchschen Haushalt erwarten konnte – hart, schmal und kalt. Sie hatte ihm eine Wärmflasche hineingelegt, ein Objekt, das er seit Jahrzehnten nicht mehr zu Gesicht bekommen hatte. Und Hugo hatte ihm einen Pyjama geliehen. Während all dieser Vorbereitungen hatte er unentwegt protestiert, er könne nicht bleiben und es müsse doch einen anderen Ausweg geben. Aber am Ende hatte er dann nachgegeben. Nicht daß sie übermäßig gastfreundlich gewesen wären, ihr Verhalten bei der ganzen Angelegenheit war eher ... ja, wie eigentlich gewesen? Duncan lag in der Dunkelheit, hielt die Wärmflasche zwischen die Knie geklemmt und überlegte, *wie* ihr Verhalten gewesen war. Fatalistisch, ja, das traf es am besten. Sie hatten sich benommen, als sei dies nun eben unvermeidbar. Es gab keinen Fluchtweg für ihn, also mußte er halt bleiben, ob ihnen das nun gefiel oder nicht.

Fluchtweg war natürlich ein lächerliches Wort, aber auf derartige Ausdrücke verfiel man eben, wenn man für eine ganze Nacht in einem Haus in der Falle saß, deren Bewohner alles andere als freundschaftlich, wenn nicht gar feindselig waren. Weshalb war er bloß so ein Idiot gewesen, die Autoscheinwerfer anzulassen? Er *mußte* es ja getan haben, obgleich er sich partout nicht daran erinnern konnte. Aber niemand sonst hätte sie schließlich eingeschaltet – warum auch?

Er wünschte, die beiden würden endlich auch zu Bett gehen. Daß sie es noch nicht getan hatten, sah er an dem Licht, dem rechteckigen Rahmen aus gleißender Helligkeit um seine Schlafzimmertür. Und dann konnte er sie auch reden hören, nicht einzelne Worte, lediglich das Gemurmel ihrer Unterhaltung. Diese spätviktorianischen Häuser waren so jämmerlich gebaut, man hörte jedes Geräusch. Das Trommeln des Regens auf dem Dach klang, als pladdere er auf Pappe statt auf Ziegel. Nein, auf viel Schlaf konnte er nicht hoffen. Wie sollte man schlafen bei all den Geräuschen, bei allem, was ihn bedrückte; die Sorge zum Beispiel, wie er den Wagen wieder flott kriegen und wie er überhaupt morgen ins Büro kommen sollte? Und dann machte es ihn allmählich auch sehr nervös, daß die beiden so endlos aufblieben, besonders weil sie gesagt hatten: «Wenn Sie vielleicht als erster ins Badezimmer gehen wollen, Duncan? Wir kommen dann gleich hinterher!» Gleich hinterher! Das mußte jetzt reichlich eine halbe Stunde her sein. Er drückte auf den Knopf seiner Nachttischlampe und sah, daß es halb zwölf war. Höchste Zeit, daß sie ins Bett kamen, wenn sie morgen früh in ihre Schule und er in seinen Wirtschaftsprüferkursus mußte!

Wieder lag er im Dunkeln, und angesichts des irritierenden Lichtrahmens um die Tür begann er nochmals, über die Scheinwerfergeschichte nachzugrübeln. Natürlich war es schwierig, sich einer Sache ganz sicher zu sein, wenn man so durcheinander war wie er im Moment. Das innere Unbehagen, das sie im Laufe des Abends in ihm ausgelöst hatten, war einfach grauenhaft. Die schlimmsten Momente waren die gewesen, als er mit Hugo allein war, während die Frau dieses uralte Huhn aus ihrem Backofen geangelt hatte, das sie ihnen dann auftischte. Sie hatte eine wahre Ewigkeit gebraucht, dieses Hauptgericht zuzubereiten, wenn man bedachte, was dann schließlich dabei herausgekommen war. Konnte sie womöglich...? Aber nein, nur eine Verrückte hätte so etwas tun können, und welchen Grund sollte sie auch gehabt haben? Außer... Wenn man an solch einem gottverlassenen Ort wohnte, und man wollte einen Gast dazu bringen, über Nacht zu bleiben – wenn man jemanden mit aller Gewalt *halten* wollte – was lag dann näher, als seinen Wagen außer Gefecht zu setzen? Er schauderte, auch wenn er sich sagen mußte, daß solche Hirngespinste absurd waren.

Jetzt kamen sie wenigstens nach oben. Jedes Dielenbrett in diesem Hause knarrte, aber die Treppenstufen spielten geradezu eine Melodie wie eine kaputte alte Violine. Er hörte Hugo etwas murmeln – der Bursche hatte entschieden zuviel Cognac getrunken –, und dann sagte sie: «Laß alles andre mir.»

Wieder durchlief ihn ein Schauer, der nichts mit der Kälte zu tun hatte. Er begriff nicht, warum er plötzlich zitterte. Es war doch eine höchst natürliche Sache, wenn eine Frau so etwas vorm Zubettgehen sagte? Sie meinte damit lediglich: Du gehst schon ins Bett, ich schließe noch zu und mache das Licht aus. Und doch – der Satz war ihm irgendwie geläufig... und zwar in einem ganz anderen Zusammenhang. Er wälzte sich auf die andere Seite, fort von dem Licht und hinein in neue Mulden der eiskalten Laken und überlegte streng, wo er das gehört hatte. Ein Zitat? Jawohl, und zwar aus «Macbeth». Lady Macbeth sagt es, während sie und ihr Mann den Mord an dem alten König aushecken. Und wie war doch gleich der Name des alten Königs? Douglas? Donald?

Jetzt kam einer von ihnen aus dem Badezimmer und der andere ging hinein. Brauchten die immer solche Ewigkeit, um ins Bett zu kommen? Die Toilettenspülung röhrte, und ein Sturzbach ergoß sich durch die Rohrleitungen, die anscheinend genau unter seinem Bett verliefen. Füße tappten über den Vorplatz, und eine Tür wurde geschlossen. Sie schliefen also in dem Zimmer neben seinem. Er drehte sich um. Wenn doch endlich das verdammte Licht ausgehen würde! Dumm übrigens, daß da kein Schlüssel im Schloß steckte, so daß er die Tür nicht abschließen konnte.

Kaum hatte dieser Gedanke sein Gehirn gestreift, da erschien er ihm auch schon mehr als absurd. Sein Schlafzimmer abschließen – in einem Privathaus? Und wenn nun seine Gastgeberin am Morgen mit einer Tasse Tee erschiene? Sie würde das sehr befremdlich finden. Und es war sehr möglich, daß sie kam, nachdem sie ihm schon eine Wärmflasche ins Bett gelegt und ein Glas Wasser auf den Nachttisch gestellt hatte. Er konnte also nicht mal im Traum daran denken, seine Tür abzuschließen. Und warum sollte er auch? Da! Einer von ihnen war schon wieder im Badezimmer!

Plötzlich mußte er an einen der Männer denken, die er entlassen hatte; an den, der ihm gedroht hatte. «Glauben Sie ja nicht», hatte er gesagt, «daß Sie damit ungeschoren davonkommen. Und wenn Sie mir und meinem Haus mit Ihrer üblen Visage auch nur auf einen Kilometer zu nahe kommen, dann wird es Ihnen leid tun ... falls Sie dazu dann noch Zeit haben!» Natürlich war er ungeschoren davongekommen, und nichts hatte ihm leid getan. Andererseits war er auch lieber nicht in der Kilometer-Bannmeile jenes Mannes aufgetaucht ... Jetzt war das Licht endlich erloschen. Schlaf jetzt, ermahnte er sich selbst, entleere deine Gedanken oder denke an etwas Schönes. An den Sommerurlaub in deinem Landhaus zum Beispiel ...

Die Gartenanlagen mit dem Oleander und den Bougainvillea würden wundervoll sein. Die Sonne würde seine alten Knochen wärmen, wenn er auf der Terrasse säße und durch die Schneise zwischen den Pinien hinabschauen würde auf das blaue Dreieck des Mittelmeeres, leuchtender und sanfter als die Augen einer Frau ... Ach, denk doch nicht an *diese* Frau, vergiß sie! Vielleicht sollte er die Terrasse höher aufschütten und verbreitern lassen und dort den Torso – vermutlich römisch – aufstellen, den er in den Pinienwäldern gefunden hatte? Es würde einen Haufen Geld kosten, aber es war ja *sein* Geld. Warum sollte er denn nicht sein eigenes Geld ausgeben? Er mußte wirklich versuchen, weniger dünnhäutig zu sein, sich weniger anfechten zu lassen von dem absurden sozialen Gewissen, das er aus undefinierbaren Gründen in letzter Zeit entwickelt hatte. Nicht daß er sich dadurch tatsächlich hätte abhalten lassen, sein Geld auszugeben oder sich zu vergnügen, mußte er sich mit einem inneren Schmunzeln eingestehen. Trotzdem, es war einfach lästig, weiter nichts.

Er würde also die Terrasse vergrößern und den Salon vielleicht mit einem schwarzen Marmorfußboden auslegen lassen. Frasers Profite schienen in diesem Jahr auf einen neuen Rekord zuzusteuern. Warum sollte eigentlich nicht dieser Bursche, dieser Churchouse, wieder ihre Druckaufträge übernehmen? Wenn der wirklich auf dem letzten Loch pfiff und verzweifelt war, dann würde er zweifellos jede Gelegenheit beim Schopfe fassen und zu einem sehr niedrigen Preis arbeiten ...

Verdammt noch mal, jetzt reichte es aber! Nun redeten die da drüben schon wieder! Er konnte sie durch die Wand flüstern hören, hastig und aufgeregt. Das war vielleicht ein merkwürdiges Paar, diese beiden! Nicht den leisesten Funken Humor. Verbissen ernst, wie Gestalten aus einer Tragödie.

«Die Arbeit, die uns freut, wird zum Ergötzen.» Macbeth hatte das gesagt, Macbeth, der den alten König tötet. Und sie hatte es zu ihm, Duncan, gesagt, als er sich für die Mühe entschuldigte, die er verursachte. Der König hieß übrigens auch Duncan. Natürlich, so hieß er. Er selbst hieß Duncan, und der alte König auch. Und auch er war ja in gewisser Hinsicht ein alter König, der Monarch des Fraser-Imperiums. Tuschel, tuschel, wisperten die Wände.

Er setzte sich auf und machte das Licht an. So fühlte er sich besser. Also, er war aber doch sicher, daß er diese Autoscheinwerfer nicht angelassen hatte! «Laß alles andere mir...» Warum hatte sie gerade *das* gesagt? Warum nicht, wie jeder andere es getan hätte: «Ich kümmere mich schon um alles»? Macbeth und seine Frau hatten dem alten König in ihrem Hause Gastfreundschaft erwiesen und ihn dann in seinem Bett ermordet, obgleich er ihnen nichts Böses getan hatte, nichts, außer daß er der König war. Es bestand da doch wohl keine Parallele, oder? Denn er, Duncan Fraser, hatte sehr wohl etwas getan, etwas, das Rache herausfordern konnte. Er hatte Hugo Crouch gefeuert und ihn um seinen Lebensunterhalt gebracht. Nein, eine Parallele war es nicht...

Er knipste das Licht wieder aus, seufzte und legte sich erneut hin. Die beiden flüsterten immer noch. Er hörte die Dielen knacken, als einer von den beiden aus dem Schlafzimmer ging. Nein, es war keine Parallele, es war schlimmer. Warum hatte er das nicht früher gesehen? Lady Macbeth und ihr Gatte hatten keinen Grund – nicht den geringsten... Der Schweiß brach ihm aus der Stirn, und er langte nach dem Glas Wasser. Aber dann trank er doch nicht. Es war natürlich idiotisch, es nicht zu tun, aber... Der Morgen würde ja bald kommen. «Oh, nie soll die Sonne den Morgen sehen...!» Wo kam das vor? Mußte er sich das noch fragen?

Wer immer von den beiden im Badezimmer gewesen war, jetzt verließ er es und ging zu dem anderen zurück. Aber nur für einen Moment. Wieder hörte er die Dielen ächzen, wieder rumorte dort jemand auf dem dunklen Vorplatz herum. Dunkel, jawohl, stockdunkel, denn diesmal hatten sie das Licht nicht angemacht. Und jetzt fühlte Duncan den ersten Schwall richtiger Angst, wie er ihn nicht mehr erlebt hatte, seit er als kleiner Junge einmal im Hause seiner Eltern im Kinderzimmerschrank eingeschlossen gewesen war. Er *durfte* keine Angst haben, befahl er sich selbst, er mußte an sein Herz denken! Warum sollten sie auf Rache sinnen? Er hatte ihnen doch alles erklärt. Er hatte ihnen die volle Wahrheit gesagt und die ganze Last der Verantwortung auf seine Schultern genommen.

Das Zimmer war so dunkel, daß er nicht sehen konnte, wie sich der Türgriff bewegte. Aber hören tat er es. Es quietschte kaum hörbar. Sein Herz begann schwer und dumpf zu pochen. Er krümmte seinen Körper zusammen und drängte sich rückwärts gegen die Wand. Wer immer es war, jemand war in sein Zimmer gekommen! Seine – oder ihre? – Umrisse hoben sich rabenschwarz gegen die Dunkelheit ab.

«Was…? Wer…?» stammelte er mit trockener Kehle.

Der Schatten löste sich auf, glitt davon, und die Tür wurde sachte geschlossen. Sie wollten sehen, ob er schliefe. Sie wollten ihn im Schlaf umbringen! Er setzte sich auf, machte die Lampe an und verbarg das Gesicht in den Händen. «Oh, nie soll die Sonne den Morgen sehen!» Sämtliche Möbel würde er vor die Tür schieben, diese Kommode da, sein Bett, den Sessel. Seine Kehle war ausgedörrt, er griff wieder nach dem Wasserglas und nahm einen tiefen Zug. Es war eiskalt.

Sie flüsterten nicht mehr; sie warteten schweigend. Er stand auf und hängte sich seinen Mantel über. In der bitteren Kälte fing er an, die Möbel von den Wänden zu rücken. Er versuchte, das eiserne Bettgestell anzuheben, das sich so schmal und klein anfühlte, wenn man darin lag, und das doch so unheimlich schwer war.

Nach dem zweiten vergeblichen Versuch richtete er sich auf, und da fühlte er es – den Schmerz in der Brust, den linken Arm hinunter, wie eine Zwinge, die zusammengeschraubt und zugleich glühendheiß wurde. Mit rotglühenden Eisenfingern packte sie seinen Körper und preßte seine Rippen zusammen. Der Schweiß rann ihm am Körper entlang, als sei die Temperatur im Raum plötzlich ins Ungeheure gestiegen. O Gott, o Gott, das Wasser, das er getrunken hatte! Sie mußten ihm einen Arzt holen, sie *mußten* einfach, sie konnten doch nicht so erbarmungslos sein. Er war alt und müde, und sein Herz war schlecht!

Er zerrte den Mantel über dem Schmerz zusammen und stolperte hinaus auf den dunklen Flur. Ihre Tür – wo war ihre Tür? Er fand sie, indem er an der Wand entlangtastete, kratzend wie ein gefangenes Tier, und als er sie gefunden hatte, stieß er sie auf, stand schwankend auf der Schwelle und hielt den Schmerz mit beiden Händen umklammert.

Sie saßen aufrecht im Bett, mit dem Rücken gegen ihn. Ja, sie lagen nicht im Bett, sie saßen aufrecht da, ihre Silhouetten hoben sich gegen den schwachen Lichtschein ihrer Nachtlampen ab.

«Oh, bitte», stöhnte er, «bitte helfen Sie mir! Töten Sie mich nicht! Ich flehe Sie an, töten Sie mich nicht. Auf den Knien flehe ich Sie an, vergeben Sie mir. Ich weiß, es war falsch, was ich getan habe. Ich habe etwas Furchtbares getan. Nein, es war keine Fehleinschätzung, ich habe Hugo gefeuert, weil er zuviel für die Belegschaft wollte. Er wollte mehr Geld für jeden einzelnen von ihnen, und ich wollte das nicht zulassen. Ich wollte meinen neuen Wagen und meine Urlaubsreisen. Ich mußte meine Ferienvilla haben, mein schönes Landhaus, meinen schönen Garten. O Gott, ich weiß, ich war habgierig, und diese Schuld lastet mir seit Monaten Tag für Tag auf dem Gewissen. Ja, die ganze Schuld …»

Sie wandten sich ihm zu, zwei weiße Gesichter, unversöhnlich und gnadenlos. Decken und Laken flogen zur Seite, und sie kletterten aus dem Bett. «Habt Mitleid mit mir!» schrie er. «Tötet mich nicht! Ich gebe euch alles, was ich habe, ich gebe euch eine Million …»

Sie packten ihn mit ihren Händen, aber es war zu spät. Sie hatte ihm ja gesagt, es sei zu spät …

«In unserem Haus!» sagte sie.

«Nicht doch», erwiderte Hugo. «Das sind die Worte von Lady Macbeth. Was heißt das schon, ob es nun in unserem Haus passiert oder nicht?»

«Ich wollte, ich hätte ihn nie eingeladen.»

«Ja, das war deine Idee. Du hast gesagt, wir wollen ihn einladen, weil er Witwer ist, weil er einsam ist. Mir lag nichts an ihm. Es war doch gräßlich, wie er dauernd darauf bestand, über meine Entlassung zu reden, während wir uns abmühten, das Thema um jeden

Preis zu vermeiden. Ich hatte wirklich die Nase voll, als er dann auch noch über Nacht hierbleiben mußte.»

«Was machen wir denn jetzt?» wollte Elisabeth wissen.

«Die Polizei holen, denke ich, oder einen Arzt. Es hat aufgehört zu regnen. Ich werde mich anziehen und losgehen.»

«Aber dir geht es doch nicht gut. Du hast dich die ganze Nacht übergeben.»

«Ich bin wieder ganz okay. Ich hab einfach zuviel Cognac getrunken. War ja auch ein einziger Stress, der ganze Abend. Gott, was für eine Einladung! Keiner wußte mehr, worüber er noch reden könnte! Als du vorhin in seinem Zimmer warst, da war er doch noch ganz in Ordnung, oder?»

«Er schlief halbwegs. Das glaubte ich jedenfalls. Ich wollte mich entschuldigen für die Unruhe, die du veranstaltet hast, aber er schien so halb und halb zu schlafen. Hast du irgendwas mitgekriegt von dem, was er sagen wollte, als er hier hereinkam? Ich nicht.»

«Nein, das war ein einziges Lallen. Wir hätten nicht das geringste mehr für ihn tun können, Liebling. Wir haben ja noch versucht, ihn aufzufangen, ehe er umfiel.»

«Ich weiß.»

«Er hatte eben ein schlechtes Herz.»

«In mehr als einer Beziehung, der arme alte Mann», sagte Elisabeth, und sie breitete eine Wolldecke über Duncan, obwohl er weit davon entfernt war, Wärme, Kälte, Schuld, Angst oder sonst irgend etwas zu fühlen.

Man kann gar nicht vorsichtig genug sein

An ihrem neunzehnten Geburtstag war Della Galway zum ersten (und fast auch zum letzten) Mal mit einem Mann ausgegangen. Er stellte seinen Wagen ab, weil sie in ein Restaurant gehen wollten, und sie fragte ihn, ob er auch alle Türen und den Kofferraum abgeschlossen habe? Und als er noch einmal umkehrte und meinte, ja, es wäre wohl besser, das zu tun, da fragte sie ihn, weshalb er nicht ein einbruchsicheres Lenkradschloß hätte?

Ihre Eltern hatten sie dazu erzogen, vorsichtig zu sein. Als sie dann ihr glückliches Heim in dem sicheren kleinen Provinzstädtchen später verließ, da nahm sie die diesbezüglichen Vorstellungen ihrer Eltern mit nach London. Anfangs konnte sie nur die Miete für ein möbliertes Zimmer aufbringen. Es regte sie auf, daß die anderen Mieter oft spät in der Nacht heimkamen und die Haustür einfach nur eingeklinkt ließen. Obgleich ihr Zimmer im obersten Stockwerk des Hauses lag und sie nichts besaß, das zu stehlen sich lohnte, lag sie stundenlang im Bett und schwitzte vor Angst. In ihrer Firma war es genau dasselbe. Kein Mensch kümmerte sich dort um Sicherheitsvorkehrungen. Della war immer die letzte, die fortging, und manchmal ging sie zwei-, ja, dreimal zurück und vergewisserte sich, daß alle Bürotüren und das Außenportal ordnungsgemäß verschlossen waren.

Der Personalchef legte ihr schließlich nahe, sie solle mal einen Psychiater aufsuchen.

Della war sehr ehrgeizig. Sie besaß ihr Volkswirtschaftsdiplom, hatte einen Abschluß in Betriebswirtschaft und war aus ihrem Sekretariats- und Buchhaltungslehrgang als Beste hervorgegangen. Sie wußte, ein Psychiater würde irgendeinen Defekt bei ihr finden – schließlich mußten diese Leute ihr Geld verdienen wie jeder andere auch –, und die endlosen Therapiesitzungen, die dann zwangsläufig folgen mußten, würden sie ihrem Ziel, der erste weibliche Direktor der Firma zu werden, nicht gerade näherbringen.

«Das ist nicht nötig», sagte sie in ihrer kurzangebundenen Art. «Schließlich ist es das Firmeneigentum, um das ich mich sorge. Wenn die Leute riskieren wollen, ihre wertvollen Geräte zu verlieren, bitte schön, dann ist das ihre Sache.»

Also hörte sie auf, zurückzugehen und die Türen zu überprüfen. Ihr konnte es ja egal sein, ihre eigene Sicherheit stand schließlich nicht auf dem Spiel. Und prompt brachen drei Wochen später zwei Männer ein, stahlen sämtliche elektrischen Schreibmaschinen und zerstörten den Computer vollständig. So hatte sie also nachträglich recht bekommen – obwohl sie das nicht weiter erwähnte. Die Drohung mit dem Psychiater hatte sie derartig in Schrecken versetzt, daß sie in der Firma niemals wieder ihre Einbrecherangst durchblicken ließ.

Als sie befördert wurde und eine Gehaltserhöhung bekam, beschloß sie, sich eine eigene Wohnung zu nehmen. Die Vermieterin war eine Frau so recht nach Dellas Herzen. Und auch Mrs. Swanson mochte Della vom ersten Augenblick an und erklärte ihr wie einer verwandten Seele die Sicherheitsvorkehrungen des Hauses.

«Dies ist zwar eine sehr gute Gegend, Miss Galway, aber die Kriminalität in London nimmt ja ständig zu, und ich sage immer, man kann gar nicht vorsichtig genug sein.»

Della konnte nur sagen, das sei ihr aus der Seele gesprochen.

«Deshalb lasse ich die Seitenpforte von der Straße immer verschlossen und von innen abgeriegelt. Und die Hintertür der Wohnung, die auf diesen kleinen Hof führt, muß ebenfalls immer abgesperrt und verriegelt sein. Das Badezimmerfenster, sehen Sie, geht auf den Garten hinaus, deshalb möchte ich, daß die Gartentür und die Badezimmertür des Nachts gleichfalls immer abgeschlossen sind.»

«Sehr vernünftig», stimmte Della zu. Sie bemerkte, daß an dem Schiebefenster des Wohn-Schlafzimmers Feststellschrauben angebracht waren, so daß es sich nicht weiter als höchstens fünfzehn Zentimeter öffnen ließ. «Wie hoch, sagten Sie, ist die Miete?»

«Zwanzig Pfund die Woche.» Mrs. Swanson war immerhin in erster Linie Vermieterin und erst an zweiter Stelle eine verwandte Seele, deshalb betonte sie, als Della zögerte: «Es ist eine Gartenwohnung, vollständig separat, und Sie haben Ihr eigenes Telefon. Ich habe nie die geringste Schwierigkeit, sie zu vermieten. Um zwei, zum Beispiel, kommt noch jemand, der sie besichtigen möchte.»

Della zögerte nicht weiter. Am Ende der Woche zog sie ein, nachdem sie Mrs. Swanson ihre Referenzen vorgewiesen und beteuert hatte, sie sei eine ruhige Mieterin, äußerst gewissenhaft in bezug auf Schlösser und Riegel und nicht im mindesten geneigt, «unbefugte» Personen über Nacht bei sich zu behalten. Mit «unbefugten» Personen meinte Mrs. Swanson Männer. Nach der Episode mit dem Auto an ihrem neunzehnten Geburtstag hatte Della sich zwar noch versuchsweise auf Männerbekanntschaften eingelassen, aber keiner war mehr als zweimal mit ihr ausgegangen, und keiner war je auch nur so weit vorgedrungen, sie etwa zu küssen. Sie wußte gar nicht, warum das so war, sie war doch immer höflich und nett gewesen, hatte immer darauf bestanden, für sich selbst zu zahlen, war immer darauf bedacht gewesen, ihren Mantel, ihre Handtasche und ihre Einkäufe selbst zu tragen, um ihrem Begleiter keine Mühe zu machen. Ebenso hatte sie auch immer ein wachsames Auge auf *seine* Brieftasche und seine Schlüssel gehabt und stets vorgeschlagen, daß *sie* die Theaterkarten in sichere Verwahrung nähme, und schließlich hatte sie auch noch dafür gesorgt, daß es nicht gar zu spät für ihn wurde. Daß ein Mann nach dem anderen sie versetzte, bekümmerte sie wenig. Kein Funke sexueller Gefühle hatte sie je beunruhigt, und die Vorstellung, ihr wohlgeordnetes, routinemäßig verlaufendes Leben mit einem Mann zu teilen – unordentliche, hilflose, inkonsequente Kreaturen, die sie mit Ausnahme ihres Vaters anscheinend alle waren –, diese Vorstellung war geradezu deprimierend. Sie zog es vor, sich aus eigener Kraft durchzusetzen. Eines Tages vielleicht, wenn sie so um fünfunddreißig wäre – abgesichert mit dem Spitzengehalt einer Geschäftsführerin –, ja, wenn dann vielleicht ein gleichgesinnter, ruhiger und vernünftiger Mann des Weges käme… Aber bis dahin brauchte Mrs. Swanson keine Bedenken zu haben.

Della war sehr glücklich mit ihrer Wohnung. Sie war äußerst ruhig, ein kleines Refugium, still und geschützt an der Rückseite des Hauses. Nie hörte sie einen Ton von ihren Nachbarn in den anderen Wohnungen, und umgekehrt natürlich auch nicht. Nur gelegentlich begegnete sie jemandem, wenn sie von ihrem eigenen Wohnungseingang durch den Flur zur Haustür hinüberging. Es waren mausgraue Leute, die verstohlen und eilig ihren Höhlen zustrebten und allenfalls ein Kopfnicken oder ein gemurmeltes «Guten Abend» riskierten. So sollte es ja auch sein. Auch die Wohnung war genauso, wie sie sein sollte.

Der kombinierte Wohn-Schlafraum sah bei Tag aus wie ein Wohnzimmer, denn das Bett wurde lediglich zur Nacht aus einer durch einen Vorhang verborgenen Wandnische heruntergeklappt. Das Fenster ging auf den Hof hinaus, den Della aber nie benutzte. Nie entriegelte sie die Seitenpforte zur Straße oder die Hintertür oder – überflüssig, das zu betonen – versuchte gar, die Feststellschrauben zu lösen, um das Fenster weiter als fünfzehn Zentimeter zu öffnen.

Jeden Abend, wenn sie das Geschirr gespült und jede Fläche der akkurat geordneten Küche saubergewischt, wenn sie ihr Bad genommen, ihren Schlaftrunk bereitet und das Bett aus der Wand geklappt hatte, machte sie sich auf ihren Sicherheits-Rundgang, genau wie es ihr Vater zu Hause immer getan hatte. Als erstes schloß sie die Hintertür auf, schob die Riegel zur Seite und überquerte den Hof, um zu prüfen, ob das Seitentor zur Straße ordnungsgemäß gesichert war. Es war zwar immer, als habe niemand auch nur daran gerührt, aber Della wollte doch lieber ganz sichergehen, und manchmal ging sie sogar mehrmals zurück, für den Fall, daß der Augenschein getrogen hatte. Dann verriegelte und verschloß sie die Hintertür der Wohnung, ebenso die Gartentür und die Badezimmertür. Alle diese Türen gingen von einem kleinen Raum ab, der etwa zweieinhalb Meter im Quadrat maß und von Mrs. Swanson das Gartenzimmerchen genannt wurde und das seinerseits wieder durch eine Tür zur Küche hin abgeriegelt werden konnte. Auch diese Tür schloß Della ab. Sie bedauerte, daß man nicht auch die Tür abschließen konnte, die von der Küche zum Wohn-Schlafzimmer führte, aber aufgrund einer unverständlichen Nachlässigkeit seitens Mrs. Swanson fehlte hier ein Schloß. Ihre eigentliche Eingangstür im Wohn-Schlafzimmer dagegen war natürlich mit einem Sicherheitsschloß ausgestattet. Als letztes, bevor sie zu Bett ging, verriegelte sie diese Wohnungstür.

Dann war sie sicher. Obwohl sie manchmal noch ein- oder zweimal wieder aufstand, um sich äußerste Gewißheit zu verschaffen, fiel sie doch meist nach diesen Vorbereitungen in einen gnädigen Schlaf, in dem Bewußtsein, daß selbst der gerissenste Einbrecher nicht hereinkommen konnte.

Aber eine Schattenseite gab es doch, nämlich die Miete.

«Diese Wohnung», erklärte Mrs. Swanson, «ist ja eigentlich auch für zwei Leute gedacht. Vor Ihnen hat ein Ehepaar darin gewohnt, und davor haben zwei Damen sie sich geteilt.»

«Ich könnte nicht mein Bett mit jemandem teilen», erwiderte Della schaudernd, «oder auch nur mein Zimmer.»

«Wenn Sie eine nette Freundin als Mitbewohnerin fänden, dann hätte ich nichts dagegen, im Gartenzimmerchen noch ein einzelnes Bett aufzustellen. Auf diese Weise könnte Ihre Freundin ungehindert durch die Hoftür aus und ein gehen, vorausgesetzt, Sie versprechen mir hoch und heilig, sie abends immer ordentlich zu verriegeln.»

Della dachte nicht daran, nach einer Wohnungspartnerin zu inserieren. Man kann gar nicht vorsichtig genug sein. Andererseits *mußte* sie einfach jemanden finden, wenn sie in der Lage sein wollte, sich neue Wintergarderobe zu kaufen, ganz zu schweigen von den Heizkosten für die Wohnung. Aber es mußte die richtige Person sein, jemand, der nicht nur ihren eigenen Ansprüchen genügte, sondern auch Mrs. Swansons …

«Oh, das ist ja entzückend!» sagte Rosamund Vine. «So ruhig und sauber. Und einen Garten haben Sie auch! Sie hätten mal das Loch sehen sollen, in dem ich bisher gehaust habe. Das wimmelte nur so von Mäusen.»

«Mäuse gibt es nur», entgegnete Della streng, «wenn man Essen herumliegen läßt.»

«Das tue ich ganz bestimmt nicht. Ich werde immer ganz achtsam sein. Ich bezahle also die Hälfte der Miete, und ich bekomme den Schlüssel für die Hintertür, ja? Auf diese Weise störe ich Sie nicht, wenn ich mal abends spät nach Hause komme.»

«Ich hoffe, Sie werden abends nicht spät nach Hause kommen», meinte Della. «Mrs. Swanson ist sehr eigen in dieser Hinsicht.»

«Kein Sorge», Rosamund klang fast bitter, «es gibt nämlich auch nichts und niemanden, der mich bis spät in die Nacht von zu Hause fernhalten könnte. Und überhaupt, der letzte Bus hält ja um Viertel vor zwölf hier am Ende der Straße.»

Della schob ihre Bedenken beiseite, und Mrs. Swanson schien keine zu haben, nachdem sie sich mit Rosamund unterhalten hatte. Ihr Hauptanliegen war es, dem Mädchen die Sicherheitsvorkehrungen zu erklären. Rosamund hörte bescheiden und unter ernstem Kopfnicken zu. Della war froh, daß diese Aufgabe nicht ihr zugefallen war, denn sie wollte nicht, daß Rosamund nachher übertriebene Dinge in der Firma herumerzählte. Um so besser, wenn sie alles auf Mrs. Swanson schieben konnte.

Rosamund Vine war mit der gleichen Sorgfalt ausgewählt worden, die Della bei jeglicher Entscheidung walten ließ. Drei Wochen lang hatte sie sie beobachtet und die Ohren offengehalten, ehe sie sich entschloß. Sie hatte sich tunlichst niemanden mit einem zu niedrigen Gehalt ausgesucht, andererseits aber auch niemanden, der in der Firma eine ihr überlegene Stellung einnahm. Auch die Vorstellung einer außergewöhnlich hübschen Mitbewohnerin behagte ihr nicht – so eine führte bestimmt einen hektischen Lebenswandel – oder auch einer gar zu gescheiten Person, die sie womöglich in ermüdende Diskussionen verwickelte. Ein elegantes Mädchen würde die Schränke mit ihren Kleidern und das Badezimmer mit ihrem Kosmetikkram füllen; und ein begabtes Mädchen würde Musikinstrumente, einen Webstuhl oder Kisten voller Bücher anschleppen. Nein, von allen Kandidatinnen blieb schließlich nur Rosamund übrig. Sie war klein, ruhig und nicht unansehnlich, eine Sekretärin (aber nicht Dellas Sekretärin) und überdies die Tochter eines Geistlichen, der auch noch zufällig zur selben Zeit auf derselben Universität gewesen war wie Dellas Vater. Es war Della, die ähnliche Moralbegriffe hegte wie eine viktorianische Hausherrin gegenüber den «Verehrern» ihrer Dienstmädchen, nicht entgangen, daß das Mädchen nie einen Freund erwähnt hatte und daß ihr auch kein Bürotratsch über Rosamunds Liebesleben zu Ohren gekommen war.

Also richteten sich die beiden jungen Frauen wohlgemut zusammen ein. Selten gingen sie abends aus. Della ging stets Punkt elf ins Bett, und sie hätte natürlich von diesem Zeitpunkt an Rosamund einfach auf ihr eigenes Zimmerchen verweisen können, aber eine kleine Schwierigkeit gab es. Wenn Rosamund in ihrem Gartenzimmerchen auf dem Bett saß – denn sonst konnte sie nirgends sitzen –, dann war es für Della nicht möglich, ihre gewohnte Sicherheitsrunde zu machen. Ein einziges Mal hatte sie es, unter Rosamunds erstaunten Blicken, versucht.

«Großer Gott», hatte Rosamund gesagt, «das ist hier ja wie Fort

Knox. All diese Schlüssel und Riegel! Wovor hast du denn bloß solche Angst?»

«Mrs. Swanson will es eben so haben», erwiderte Della. Aber am nächsten Abend machte sie für beide einen heißen Schlaftrunk und schickte Rosamund damit voraus ins Wohn-Schlafzimmer, dann schlich sie sich in den Hof zu einer geheimen Überprüfung der Außenpforte.

Als sie zurückkam, untersuchte Rosamund gerade interessiert ihren Nachttisch. «Warum legst du bloß alles so abgezirkelt genau hin, Della? Dein Buch genau im rechten Winkel zum Tisch, die Zigarettenschachtel im rechten Winkel zum Buch, und sieh mal, der Aschenbecher exakt zwei Finger breit von der Lampe entfernt, als ob du nachgemessen hättest.»

«Ich bin eben von Natur aus ein ordentlicher Mensch.»

«Das Rauchen ist bei dir eigentlich komisch. Ich wäre nie darauf gekommen, daß du rauchst, bis ich hier eingezogen bin. Eigentlich paßt das gar nicht zu deinem Charakter. Und dann dieses Glas Wasser hier. Mußt du denn nachts Wasser trinken?»

«Nicht immer», erwiderte Della geduldig. «Aber ich könnte doch Durst bekommen, und dann brauche ich nicht aufzustehen und welches zu holen, nicht wahr?»

Rosamunds Fragen waren ihr durchaus nicht unangenehm. Sie zeigten doch nur, daß das Mädchen von ihrer Lebensart lernen wollte. Della brachte ihr bei, daß ein Zimmer täglich abgestaubt, der Kühlschrank einmal wöchentlich abgetaut und der Frühstückstisch gedeckt werden mußte, bevor man ins Bett ging, ebenso daß sämtliche Fenster geschlossen und die Feststellschrauben angezogen sein mußten. Sie fragte Rosamund aus über die Zimmer, in denen sie früher gewohnt hatte, in der Absicht, ihr ihren jetzigen Komfort gegenüber der Schäbigkeit vergangener Zeiten bewußtzumachen, und sie bekam einen richtigen Schock, als Rosamund zögernd damit herausrückte, daß sie in einigen dieser Gemächer – Bodenräume, provisorisch umgebaute Garagen – mit einem Mann zusammengelebt hatte. Della sagte zwar nichts, aber sie gefror geradezu. Gottlob bemerkte Rosamund ihre Mißbilligung und verschonte sie mit Details. Bald danach begann sie jedoch, abends auszugehen.

Della wollte gar nicht wissen, wohin sie ginge und mit wem. Sie hatte schließlich genug zu tun, um ihre Abende auszufüllen, sei es, daß sie sich Büroarbeit mit nach Hause brachte, oder auch Hausarbeit, Waschen und Bügeln, dann der Brief an ihre Eltern zweimal wöchentlich und schließlich noch ihr Handels-Spanisch, das sie sich mittels Schallplatten selbst beibrachte. Nein, es war fast eine Erleichterung, Rosamund nicht dauernd um sich zu haben. Außerdem konnte sie so in Ruhe ihre Sicherheitsrunde machen. Das Hoftor konnte sie dabei natürlich nicht absichern, solange Rosamund nicht zu Hause war; bis dahin mußte es unverriegelt bleiben, und die Hintertür zur Wohnung, für die Rosamund den Schlüssel hatte, ebenfalls. Aber immer hörte sie spätestens gegen zehn Minuten vor zwölf die Seitenpforte zur Straße sich öffnen und schließen, hörte, wie Rosamund stehenblieb und die Riegel vorschob, dann ihre leisen Schritte über den Hof, die Hintertür, wie sie auf- und dann wieder abgeschlossen wurde. Danach konnte Della in Ruhe einschlafen.

Das erste Problem entstand, als Rosamund eines Nachts nach Hause kam und das Hoftor nicht hinter sich zuriegelte. Della lauschte angestrengt in die Dunkelheit, aber sie war ganz sicher, die Bolzen waren nicht vorgeschoben worden. Selbst wenn die Hintertür zugeschlossen war – undenkbar, die Seitenpforte einzig und allein durch dieses lausige kleine Schloß abgesichert zu wissen! Sie schlüpfte in ihren Morgenmantel und ging durch die Küche in das Gartenzimmerchen. Rosamund war schon im Bett, ihre Kleidungsstücke lagen überall verstreut. Della sammelte sie auf und faltete sie ordentlich zusammen. Sie kam aus dem Hof zurück, nachdem sie die Riegel vorgeschoben hatte, da richtete sich Rosamund auf und fragte:

«Was ist denn los? Kannst du nicht schlafen?»

«Doch, doch», meinte Della mit einem kleinen, nachsichtigen Lachen, «aber Mrs. Swanson könnte bestimmt kein Auge zutun, wenn sie wüßte, daß du die Seitenpforte nicht verriegelt hast.»

«Hab ich das nicht? Ach, Della, ich weiß die meiste Zeit überhaupt nicht recht, was ich tue. Ich kann an nichts anderes mehr denken als an Chris. Ach, er ist einfach umwerfend! Und ich glaube allen Ernstes, er ist nach mir genauso verrückt wie ich nach ihm. Es kommt mir vor, als ob er mein ganzes Leben verändert hat.»

Della verbrachte den ganzen nächsten Abend damit, sich die Beschreibung des umwerfenden Chris anzuhören, wie hochintelligent er war – obgleich es ihm im Moment nicht gelang, einen seinen

Fähigkeiten angemessenen Job zu finden –, wie amüsant und gebildet – und dabei leider so arm, daß er darauf angewiesen war, im Zimmer eines Freundes unterzuschlüpfen, während der verreist war. Della hörte ergeben zu, lächelte, machte hie und da passende Bemerkungen, aber sie konnte sich kaum entsinnen, sich je so gelangweilt zu haben. Jedesmal wenn sie aufstand und eine ihrer spanischen Schallplatten auflegen wollte, schwärmte Rosamund bereits wieder von einer neuen Facette seiner schillernden Persönlichkeit, bis Della schließlich sagen mußte, sie habe Kopfschmerzen, und ob Rosamund sie wohl ein wenig allein lassen würde?

«Du wirst ihn ja sowieso morgen kennenlernen. Ich habe ihn zum Abendessen eingeladen.»

Unglücklicherweise war das der Abend, an dem sie bei ihrer Tante am entgegengesetzten Ende Londons zu Abend aß. Die beiden hatten sich anscheinend mächtig gut amüsiert, wie Della an dem Zustand der Küche sehen konnte, als sie nach Hause kam. Es gab wenig Dinge, die sie mehr verabscheute als feuchtes Geschirr, das einfach zum Trocknen stehengelassen wurde. Rosamund schlief schon. Della schlich sich in den Hof, um nachzusehen, ob die Bolzen vorgeschoben waren.

«Ich hab dich gestern abend spät noch so lange rumoren gehört», sagte Rosamund am nächsten Morgen. «Hast du dich über irgendwas geärgert?»

«O nein, gar nicht. Ich konnte wohl bloß nicht einschlafen, weil es später geworden war, als ich es gewöhnt bin.»

«Ganz schön verrückt, was?» meinte Rosamund und kicherte.

In der nächsten Nacht verpaßte sie den letzten Bus.

Della hatte einen angenehmen Abend verbracht. Zuerst hatte sie den Jahresbericht der Firma durchgearbeitet, dann eine Lektion Spanisch gelernt, und gegen elf lag sie im Bett und las die Memoiren einer erfolgreichen Firmenchefin. Um halb zwölf knipste sie ihre Nachttischlampe aus. Von nun an lag sie im Dunkeln und wartete auf das Geräusch der Seitenpforte.

Ihr Wecker hatte leuchtende Zeiger, und als der große über die Zehn hinauskroch, verspürte sie ein unangenehmes nervöses Prickeln, das sich über ihren ganzen Körper ausbreitete. Sie machte das Licht an, knipste es jedoch sofort wieder aus. Sie wollte nicht, daß Rosamund hereingestürzt käme mit all ihren albernen Fragen und

Bemerkungen. Aber Rosamund stürzte nicht herein, und die Zeiger des Weckers legten sich übereinander, als es Mitternacht war. Jetzt gab es keinen Zweifel mehr: Der letzte Bus war weg, und Rosamund war nicht mitgekommen.

Also gut, das dumme Ding sollte nur nicht denken, daß sie sich so was gefallen ließe. Sie würde jetzt eigenhändig das Hoftor verriegeln, und Rosamund konnte dann draußen auf der Straße bleiben. Natürlich würde sie vielleicht einfach an der Haustür klingeln, einfältig und unüberlegt genug war sie ja dazu. Aber das war dann auch nicht zu ändern. Della würde sich lieber um ein oder zwei Uhr wachklingeln lassen, als dazuliegen und zu wissen, daß diese elende Seitenpforte jedermann offenstünde. Sie zog den Morgenmantel über und ging durch die tadellos aufgeräumte Küche ins Gartenzimmerchen. Rosamund hatte einen albernen Vorhang vor die Hintertür gehängt, nicht eigentlich einen Vorhang, sondern einen ziemlich schmutzigen indischen Bettüberwurf. Mit spitzen Fingern hob sie ihn hoch – und da wurde es ihr blitzartig klar. Sie *konnte* die Pforte zur Straße gar nicht abriegeln, denn die Hintertür zum Hof war ja verschlossen, und Rosamund hatte den Schlüssel.

Aber ein praktischer Mensch wie sie ließ sich davon nicht einschüchtern. Dann würde sie eben zur Haustür hinausgehen, zur Seitenpforte herumlaufen und... aber nein, das ging ja auch nicht! Wenn sie die Pforte aufmachte und dann von innen verriegelte, dann säße sie selbst ja eingesperrt im Innenhof. Die einzige Möglichkeit war, aus dem Fenster zu klettern. Verzweifelt bemühte sie sich, die Fensterschrauben zu lösen. Aber die waren seit Jahren nicht mehr benutzt worden und ließen sich nicht drehen. Sie zitterte, als sie sich auf ihre Bettkante setzte und sich eine Zigarette anzündete. Zum erstenmal in ihrem Leben befand sie sich nachts an einem unsicheren Ort, allein in einer Londoner Wohnung, mit nichts zwischen sich und ganzen Horden gewalttätiger Einbrecher als dem kümmerlichen Schloß einer Haustür, das jeder hergelaufene Dieb in fünf Minuten knacken konnte.

Welche geradezu kriminelle Fahrlässigkeit von Mrs. Swanson aber auch, die Tür zwischen Küche und Wohn-Schlafraum nicht mit einem Schloß zu versehen! Und nicht ein einziges schweres Möbelstück weit und breit, das sie gegen die Tür stellen konnte! Gewiß, das Telefon stand neben ihrem Bett, aber wenn sie nun ein Geräusch hörte und die Polizei anriefe – bestand denn überhaupt eine Chance, daß sie rechtzeitig kämen, ehe sie selbst ermordet und die ganze Wohnung verwüstet wäre?

Womit Mrs. Swanson die Wohnung allerdings ausgestattet hatte, das war ein so furchterregendes Brotmesser, wie Della es noch nie gesehen hatte. Das holte sie sich aus der Küche und legte es unter ihr Kopfkissen. So fühlte sie sich ein wenig sicherer. Aber angenommen, sie wachte nun nicht auf, wenn der Kerl hereinkäme, angenommen… Aber das war lächerlich, sie würde sowieso nicht schlafen. Erschöpft, zitternd und gegen die Übelkeit kämpfend, kroch sie unter die Decke und knipste nach fieberhaftem Überlegen die Lampe aus. Vielleicht wenn kein Licht brannte, würde er an ihr vorübergehen, würde gar nicht wissen, daß sie da war, würde weitergehen ins Innere des Hauses, und wenn sie dann nicht schon vor Angst gestorben war…

Um zwanzig Minuten nach eins, als sie eben drauf und dran war, nach einem Taxi zu telefonieren, um in ein Hotel zu fahren, hörte sie die Seitenpforte klicken, und Rosamund trat in den Innenhof. Della fiel mit einer so abgrundtiefen Erleichterung in die Kissen zurück, daß sie es nicht einmal mehr fertigbrachte, hinauszugehen und die Riegel zu überprüfen. Was machte es schon, wenn sie nicht vorgeschoben waren! Der Kerl würde ja zuerst an Rosamund vorbeikommen und sie zuerst töten. Della mußte sich eingestehen, daß sie sich keinen Deut darum scherte, was Rosamund zustoßen konnte, sondern einzig und allein um ihre eigene Sicherheit bangte.

Um halb sieben schlich sie sich in die Küche und legte das Brotmesser zurück, und sie saß mißgelaunt in der blitzsauberen Wohnung beim Frühstück, als Rosamund um acht Uhr erschien.

«Ich hab den letzten Bus verpaßt, ich mußte ein Taxi nehmen.»

«Du hättest mich wenigstens anrufen können.»

«Herrgott, du klingst ja wie meine Mutter. Es war schon schlimm genug, aufzustehen und…» Rosamund wurde rot und legte erschrocken die Hand auf den Mund. «Ich meine, rauszugehen und das Taxi anzuhalten und… Na ja, und soo spät war es ja nun auch nicht», murmelte sie.

Ihr kleiner Ausrutscher war Della nicht entgangen. Aber sie war zu erschöpft, um ihr Vorhaltungen zu machen. Sie sagte lediglich, Mrs. Swanson wäre bestimmt sehr ungehalten, wenn sie das wüßte, und ob Rosamund ihr bitte nächstes Mal rechtzeitig im voraus Bescheid sagen könnte, wenn sie beabsichtigte, spät zu kommen? Aber als sie am Abend wieder zusammentrafen, meinte Rosamund, sie könne nun mal nicht im voraus Bescheid sagen – sie wisse ja schließlich selber nie... Da schwieg Della. Was hatte es auch für einen Sinn zu wissen, wann Rosamund heimkäme, wenn sie das Seitentor doch nicht verriegeln konnte?

Drei Tage später riß ihr der Geduldsfaden.

An zwei der dazwischenliegenden Abende hatte Rosamund den letzten Bus verpaßt. Das Merkwürdige daran war, daß sie nicht im geringsten elend und übernächtigt aussah, Della aber dafür um so mehr. In der vergangenen Nacht hatte sie geschlagene drei Stunden steif vor Angst im Bett gelegen, das Brotmesser in der Hand, während das alte Haus um sie her in allen Fugen geknackt und das Hoftor im Winde gescheppert hatte.

«Ich möchte bloß wissen, weshalb du überhaupt noch nach Hause kommst.»

«Hättest du nichts dagegen, wenn ich es nicht tue?»

«Nicht die Bohne. Mach, was du willst.»

Heimlich, noch bevor Rosamund die Wohnung durch die Haustür verließ, schlüpfte Della hinaus und riegelte das Hoftor zu. Und Rosamund, gedankenlos wie sie war, überprüfte es natürlich auch nicht, bevor sie den Hinterausgang der Wohnung abschloß. Um zehn fiel Della in einen bleiernen Schlaf, aus dem sie kurz nach zwei Uhr geweckt wurde durch heftiges Klopfen am Seitentor, dem kurz darauf ein durchdringendes Klingeln an der Haustür folgte.

«Du hast mich ausgesperrt!» schluchzte Rosamund. «Das hat sogar meine Mutter nie gemacht. Ich war da draußen ausgesperrt auf der Straße, und ich bin völlig durchgefroren. Was hab ich dir denn getan, daß du mich so behandelst?»

«Du hast doch gesagt, du würdest nicht nach Hause kommen.»

«Wollte ich ja auch nicht. Aber wir sind ausgegangen, und Chris hatte seinen Schlüssel vergessen, und da mußte er bei einem Freund schlafen. Wär ich doch bloß auch mitgegangen!»

Hm, hier schieden sich denn wohl die Geister, fand Della. Und obgleich es nachts halb drei war, schien ihr der Zeitpunkt gekommen, die Dinge energisch klarzustellen. Mit wohlartikulierter, schulmeisterhafter Stimme erklärte sie Rosamund:

«Ich glaube, wir müssen unsere Arrangements ändern, Rosamund. Deine Wege sind nicht meine Wege, und wir beide passen eben nicht zusammen, nicht wahr? Du kannst hier wohnen bleiben, bis du etwas anderes gefunden hast, aber ich möchte, daß du augenblicklich anfängst, dir etwas zu suchen.»

«Aber was hab ich denn getan? Ich hab doch nie Krach gemacht, und ich hab auch meine Freunde nicht mitgebracht. Ich hab noch nicht mal dein Telefon benutzt, nicht ein einziges Mal. Ehrlich, Della, ich hab mir so Mühe gegeben, die Wohnung sauber und ordentlich zu halten – Mann, das hat mich fast umgebracht!»

«Ich habe dir meine Ansicht gesagt. Wir sind eben sehr verschiedene Menschen.»

«Na schön, ich zieh am Sonnabend aus. Dann geh ich eben wieder zu meiner Mutter, das ist auch nicht schlimmer. Weiß der Himmel... Und dann werden vielleicht Chris und ich...»

«Du gehst jetzt wohl besser zu Bett», unterbrach Della sie kalt. Sie selbst aber konnte nicht einschlafen. Sie fragte sich, wieso sie ein so schlechter Menschenkenner gewesen war. Und sie fragte sich auch, wie sie jetzt die Miete bezahlen wollte. Sie mußte sich jemand anderen suchen, was sonst? Eine ältere Frau vielleicht, eine Witwe oder eine Junggesellin in den mittleren Jahren...

Was sie bestimmt nicht tun würde war, Rosamund in dieser Endphase ihres Zusammenlebens noch ihre ständige Angst wegen der Seitenpforte zu offenbaren. Denn wenn es irgend etwas gab, was sie tröstete, so war es das Bewußtsein, daß Rosamund sie für eine starke, reife und vernunftvolle Person hielt. Daraus daß sie es ihr verheimlichte, ergaben sich jedoch für sie schier unerträgliche Höllenqualen. Rosamund schien nämlich zu glauben, allein schon ihr Anblick wäre ein Ärgernis für Della, deshalb verließ sie jeden Abend die Wohnung bereits, ehe Della nach Hause kam, und jedesmal ließ sie das Seitentor unverriegelt und die Hintertür verschlossen. Della wußte nie, ob das Mädchen mit dem letzten Bus fahren, ob sie ein Taxi nehmen oder ob Chris sie in den frühen Morgenstunden nach Hause bringen würde. Sie wußte auch nicht, ob Chris irgendwo in der Nähe wohnte oder weit entfernt. Jetzt wünschte sie, sie hätte ein wenig genauer zugehört bei Rosamunds Herzensergüssen und ihrerseits ein paar Fragen gestellt. Statt dessen hatte sie immer nur mit Schaudern daran gedacht, wie gräßlich es doch sei, mit einem Mann schlafen zu müssen, und dabei überlegt, ob sie es wohl über sich brächte, dergleichen für sich selbst auch nur in Betracht zu ziehen.

Jede Nacht nahm sie das Brotmesser mit ins Bett. Und nachdem einer von den mausgrauen Mitbewohnern, den sie im Korridor traf, ihr erzählt hatte, daß im Hause nebenan eingebrochen worden sei und daß die alte Bewohnerin einen Schlag über den Schädel bekommen hätte, fühlte sie sich bestärkt in der Überzeugung, daß das eine vernünftige Vorsichtsmaßnahme sei. Rosamund kam einmal um eins, einmal um halb drei und einmal überhaupt nicht nach Hause. Della bekam dunkle Ränder um die Augen, ihre Haut sah grau aus, und sie schlief während der Arbeit über ihrem Schreibtisch ein, während eine blitzäugige Rosamund in der Damentoilette ihren Kolleginnen von den Freuden ihrer Beziehung zu Chris berichtete.

Aber jetzt galt es nur noch, eine einzige Nacht zu überstehen.

Rosamund hatte die Nachricht hinterlassen, sie werde heute nicht nach Hause kommen. Sie würde Della ja am folgenden Abend sehen, wenn sie ihre Koffer holte und damit zu ihrer Mutter zöge. Aber sie hatte vergessen, die Seitenpforte zu verriegeln. Della dachte allen Ernstes daran, erst von innen die Bolzen vorzuschieben und dann hinüberzuklettern, zurück auf die Straße. Aber die Tür war zu hoch und zu glatt für Dellas Kletterkünste, und eine Leiter gab es nicht. Ihr blieb also nichts übrig, als ergeben ihre letzte Nachtwache anzutreten, mit Zigaretten, mit einem Glas Wasser, mit dem Telefon und dem Brotmesser. Eigentlich hätte sie erträglicher sein müssen, diese letzte Nacht, eben weil es die letzte war, statt dessen war sie schlimmer als alle vorherigen. Sie lag im Dunkeln und dachte an die alte Frau aus dem Nebenhaus, das ganz genauso gebaut war wie das, in dem sie wohnte, und an den Einbrecher, der genau wußte, wie man am einfachsten hineinkam. Sie versuchte krampfhaft, an etwas anderes zu denken, an irgend etwas, aber die alles beherrschende Angst erstickte ihre schwachen Versuche, sich etwa auf den nächsten Tag zu konzentrieren, auf die Arbeit, auf ihren Ehrgeiz, auf die Erlösung und Seelenruhe von morgen, wenn dieses Seitentor verriegelt sein würde, ein für allemal, um nie wieder geöffnet zu werden.

Rosamund hatte gesagt, sie würde nicht heimkommen. Aber man konnte sich nicht auf das verlassen, was sie sagte. Della war deshalb auch nicht weiter überrascht (wenngleich ungeheuer erleichtert), als sie kurz vor zwei die Pforte klicken hörte. Mit einem geradezu ekstatischen Seufzer – denn nun war alles ausgestanden – wartete sie auf das Geräusch der Bolzen, wenn sie vorgeschoben würden. Aber das Geräusch kam nicht. Nun, das war nicht weiter schlimm. Sie würde die Riegel selbst vorschieben, wenn Rosamund im Bett war. Sie hörte sehr behutsame Schritte, und dann wurde die Hintertür aufgeschlossen. Rosamund brauchte diesmal länger als sonst, um die Tür aufzubekommen, aber vielleicht war sie müde oder betrunken oder weiß der Himmel was.

Stille.

Dann quietschte die Hintertür und machte leise knarrende Geräusche, so als ob Rosamund sich nicht die Mühe gemacht hätte, sie fest abzusperren. Bleiern vor Müdigkeit raffte Della sich auf und legte sich ihren Morgenmantel um die Schultern. Gerade in diesem Augenblick ging das Licht in der Küche an. Als gleißendes Rechteck fiel der Schein durch die Ritzen der alten Tür. Das sah Rosamund gar nicht ähnlich. Rosamund ging nie nochmals in die Küche, wenn sie heimkam, sondern fiel augenblicklich ins Bett, ohne sich auch nur das Gesicht zu waschen. Ein unbezähmbares Zittern befiel Della. Steif und dennoch schlotternd vor Angst horchte sie. Da! Schritte auf dem Küchenboden. Die Kühlschranktür wurde geöffnet. Dann Geräusche, als suche jemand in den Schränken herum, eine Schublade wurde aufgezogen, Besteck schepperte. Sie wollte rufen: «Rosamund, Rosamund, bist du das?» Aber sie hatte keine Stimme mehr. Ihr Mund war trocken, und die Stimme versagte ihr den Dienst. Blitzartig durchfuhr sie ein Gedanke, der ihr nie zuvor gekommen war, und versetzte sie in flammende Panik. Wie konnte sie denn wissen, wie hatte sie je wissen können, ob es Rosamund war oder jemand anders, der die Wohnung durch die Seitenpforte und die zerbrechliche Hintertür betrat?

Und dann ertönte ein Husten.

Ein schwaches Hüsteln nur, mehr ein Räuspern, um die Stimme frei zu bekommen, aber es war eine männliche Stimme.

Da war ein Mann in der Küche!

Das Telefon fiel Della nicht ein. Ihr fiel nur – obgleich sie sie im Grunde keinen Augenblick vergessen hatte – die alte Frau aus dem Nebenhaus ein. In blindem Entsetzen fuhr sie mit der Hand unter das Kissen und griff nach dem Messer. Sie riß die Küchentür auf, und da war er, ein großer Mann, jung und kräftig. Da stand er vor ihr, Mrs. Swansons Silberbesteck in der einen Hand, und die schwere eiserne Pfanne in der anderen. Della zögerte nicht. Sie stach mit dem Messer zu. Sie stach und stach, bis das helle Blut gegen die weißen Wände, über die saubere Bügelwäsche und den akkurat gedeckten Frühstückstisch spritzte.

Der Kommissar war sehr nett zu Rosamund Vine. Er redete sie mit ihrem Vornamen an und gab ihr eine Tasse Kaffee zu trinken. Sie trank den Kaffee, obgleich sie gar nicht recht mochte, weil sie schon im Krankenhaus welchen bekommen hatte, als man ihr sagte, daß Chris tot sei.

«Jetzt erzählen Sie mir mal über letzte Nacht, ja, Rosamund?»

«Also, ich bin mit meinem Freund ausgegangen – Chris, Chris Maitland. Er hatte seinen Schlüssel vergessen und wußte nicht, wo er schlafen sollte. Da habe ich gesagt, er sollte einfach mit mir kommen und früh morgens wieder verschwinden, bevor sie – bevor Della aufsteht. Wir mußten ihretwegen sehr vorsichtig sein. Und wir waren ja auch ganz leise. So gegen zwei haben wir uns reingeschlichen.»

«Sie haben sich also nicht bemerkbar gemacht?»

«Nein, wir dachten doch, sie schliefe. Darum haben wir auch nicht miteinander gesprochen, nicht mal geflüstert. Aber sie muß uns gehört haben.» Ihre Stimme schwankte ein wenig. «Ich bin gleich ins Bett gegangen. Aber Chris hatte Hunger, und ich hab ihm gesagt, wenn er mucksmäuschenstill ist, dann kann er sich was aus dem Kühlschrank holen. Ich hab ihm auch erklärt, wo Messer und Gabeln und Teller sind. Als nächstes hab ich dann diesen grauenhaften Schrei gehört, und dann bin ich rausgerannt, und – und Chris war... Da war überall Blut...»

Der Kommissar wartete, bis sie ruhiger geworden war.

«Was glauben Sie, weshalb sie ihn mit dem Messer angegriffen hat?» wollte er wissen.

«Ich weiß nicht.»

«Ich glaube, Sie wissen es doch, Rosamund.»

«Ja, vielleicht weiß ich es.» Rosamund blickte zu Boden. «Sie mochte es nicht, daß ich wegging.»

«Weil sie Angst hatte, allein zu sein?»

«Della Galway», sagte Rosamund, «hatte vor gar nichts Angst. Mrs. Swanson, ja, die fürchtete sich vor Einbrechern, aber Della doch nicht. Alle Leute im Haus wußten das von der Frau nebenan, die totgeschlagen worden war, und alle waren nervös. Alle außer Della. Die hat es mir gegenüber nicht mal erwähnt, dabei muß sie es sehr wohl gewußt haben.»

«Sie kann also nicht angenommen haben, Chris sei ein Einbrecher?»

«Aber natürlich nicht!» Rosamund fing an zu weinen. «Sie sah bloß einen Mann – meinen Mann! Sie selbst hat ja nie einen kriegen können. Jedesmal wenn ich versucht hab, ihr von ihm zu erzählen, wurde sie ganz sauer und abweisend. Sie hat uns letzte Nacht kommen gehört, und sie wußte natürlich, was wir... Na, und das hat ihr den Rest gegeben. Ich hab mal gehört, daß die in der Firma sie zum Psychiater schicken wollten, und jetzt weiß ich auch, warum.»

Der Kommissar fröstelte ein bißchen trotz seiner langen Erfahrung. Angst vor Einbrechern, das konnte man noch verstehen, aber so etwas... «Jetzt wird man sie jedenfalls bestimmt zum Psychiater bringen.» Und dann schickte er das weinende Mädchen nach Hause zu ihrer Mutter.

Die Doppelgängerin

Merkwürdige, hexenhaft anmutende Wesen saßen um den Tisch in Mrs. Cleasants Wohnzimmer. Eine von ihnen, ein angesehenes Medium, schien soeben aus einem Haufen Tarockkarten wahrzusagen. Später dann, wenn es dunkel wäre, würden sie zum Tischrücken übergehen. Ihr Ziel war, den Geist des vor einem Jahr verstorbenen Mr. Cleasant herbeizuzitieren und außerdem, so dachte Peter wütend, Lisa wieder einmal zu Tode zu ängstigen.

«Wo gehst du hin?» fragte Mrs. Cleasant, als Lisa zurückkam und den Mantel anhatte.

Peter antwortete für sie. «Ich nehme sie mit auf einen Spaziergang im Holland Park, und dann essen wir irgendwo zusammen.»

«Holland Park?» sagte das Medium. Wenn Leichen reden könnten, hätten sie gewiß eine Stimme wie diese Frau. «Seien Sie vorsichtig, nehmen Sie sich in acht. Das ist ein Ort mit einem ganz speziellen Ruf.»

Die Hexenweiber blickten sie erwartungsvoll an, aber das Medium wandte sich wieder ihren Tarockkarten zu und beäugte die Kaiserin, die sie bis auf drei Zentimeter an ihre lange Nase heranbrachte. Übel werden konnte einem bei diesem ganzen Weiberklüngel, dachte Peter. Noch sechs Monate, und er würde Lisa ein für allemal herausholen aus dieser Hexenversammlung!

Es war ein Sonntagnachmittag im Frühling, und die Luft im Park war frisch und rein, beinahe wie Landluft. Peter atmete sie in tiefen Zügen ein und reinigte sich von der Atmosphäre jenes Wohnzimmers. Er wünschte, auch Lisa würde dadurch ein wenig gelöster, ein bißchen weniger nervös und überspannt. Aber die Hand, die er nicht in der seinen hielt, griff fortwährend nach dem Amulett, das sie an einer Kette um den Hals trug, oder reckte sich aus, um auf Holz zu klopfen, wann immer sie an einem Zaun vorüberkamen.

Plötzlich fragte sie: «Was meinte die Frau eigentlich mit dem ganz speziellen Ruf, den dieser Park hat?»

«Irgendein dämlicher Aberglaube. Wie soll ich das wissen? Ich hasse solche Dinge.»

«Ich auch», meinte sie. «Aber ich fürchte mich davor.»

«Wenn wir erst verheiratet sind, mußt du nichts mehr damit zu tun haben. Dafür sorge ich schon. O Gott, ich wünschte, wir könnten sofort heiraten, oder du würdest einfach zu mir ziehen, bis wir es tun können.»

«Ich kann dich ohne Mamas Einwilligung nicht heiraten, bevor ich achtzehn bin, und wenn ich einfach zu dir ziehe, dann wird sie mich unter gerichtliche Vormundschaft stellen.»

«Bestimmt nicht, Lisa.»

«Immerhin brauchen wir ja bloß noch sechs Monate zu warten. Für mich ist es doch auch schwer. Glaubst du, ich würde nicht auch lieber mit dir zusammenleben als mit Mama?»

Er mußte lächeln über ihre kindliche Zurechtweisung. «Komm, versuch mal, ein bißchen vergnügter auszusehen, ich möchte eine Aufnahme von dir machen. Wenn ich schon nicht dich selbst haben kann, dann will ich wenigstens ein Bild von dir haben.» Sie hatten einen offenen, sonnigen Platz erreicht. Er setzte sie auf einen Baumstumpf und bat sie zu lächeln. Dabei zog er die Kamera aus dem Etui. «Sieh nicht die Leute an, Liebling, sieh mich an.»

Zu dumm, daß der Mann und das Mädchen sich ausgerechnet in diesem Augenblick auf der hölzernen Bank niederlassen mußten!

«Lisa!» sagte er scharf und bereute es sofort, denn ihr Gesicht war plötzlich erstarrt zu einer Maske des Entsetzens. Er trat zu ihr. «Was ist denn los, Lisa?»

«Sieh mal das Mädchen an», stammelte sie.

«Na schön. Und was ist mit ihr?»

«Sie sieht genauso aus wie ich. Sie ist meine Doppelgängerin.»

«Unsinn. Wie kommst du denn darauf? Ihr Haar hat die gleiche Farbe, und ihr habt etwa die gleiche Figur, aber sonst gibt es gar keine Ähnlichkeiten. Sie ist doch um Jahre älter als du, und sie ist...»

«Peter, du mußt das doch sehen! Sie könnte mein Zwilling sein. Sieh mal, der Mann, der bei ihr ist, hat es auch gemerkt. Er hat mich angeguckt und dann etwas zu ihr gesagt, und jetzt sehen sie beide her.»

Er konnte allerhöchstens eine oberflächliche Ähnlichkeit feststellen. «Gut, angenommen, sie wäre deine Doppelgängerin – was ich partout nicht finden kann –, was soll's? Warum bist du deshalb so außer dir?»

«Weißt du denn nicht Bescheid über Doppelgänger? Weißt du nicht, daß man seinen eigenen Tod sieht, wenn man seinem Doppelgänger begegnet, daß man innerhalb eines Jahres stirbt?»

«O Lisa, nun komm. So etwas Dummes habe ich noch nie gehört. Das ist wieder so ein Blödsinn, den du bei diesen verrückten alten Hexen aufgeschnappt hast. Das ist doch hirnverbrannter Aberglaube!» Aber nichts, was er sagte, konnte sie beruhigen. Ihr Gesicht war kalkweiß geworden, und in ihren Augen lag Angst. Mehr besorgt als ärgerlich streckte er die Hand aus und half ihr auf die Beine. Zitternd lehnte sie sich gegen ihn, und er sah, daß sie ihr Amulett umklammerte. «Komm, laß uns gehen», sagte er. «Wir suchen uns einen anderen Platz zum Fotografieren. Schau sie einfach nicht an, wenn es dich aufregt. Vergiß sie.»

Als sie den Weg hinuntergegangen und verschwunden waren, sagte der Mann auf der Bank zu seiner Begleiterin: «Hast du wirklich nicht gesehen, daß das Mädchen dein Ebenbild war?»

«Ich habe dir doch schon gesagt – nein.»

«Natürlich siehst du ein gut Teil älter und härter aus, das muß man zugeben.»

«Vielen Dank.»

«Aber sonst bist du beinahe ihre Doppelgängerin. Wenn man ein Dutzend Jahre und ein Dutzend Liebesaffären abzieht, dann *wärst* du ihre Doppelgängerin.»

«Stephen, wenn du wieder Streit anfangen willst, dann sag Bescheid, und ich geh nach Hause.»

«Ich fange überhaupt nichts an. Ich bin lediglich fasziniert durch ein ungewöhnliches Phänomen. Der Holland Park gilt als unheimlicher Ort. Es heißt doch, man könne hier leicht seinem eigenen Doppelgänger begegnen.»

«Das habe ich nie gehört.»

«Und doch, meine liebe Zoe, ist es so. –
‹Der Priester Zoroaster, mein totes Kind,
sah sein eignes Ebenbild
im Garten wandeln...›»

«Von wem ist das?»

«Shelley. Der Aberglaube lehrt, daß man innerhalb des nächsten Jahres stirbt, wenn man seinem Doppelgänger begegnet.»

Sehr langsam wandte sie sich ihm zu und blickte ihn an: «Möchtest du, daß ich im nächsten Jahr sterbe, Stephen?»

Er lachte: «Oh, *du* stirbst doch nicht. Du hast ja nicht sie gesehen, sondern sie hat dich gesehen; und es hat sie sehr erschreckt. Er fotografierte sie gerade, hast du das nicht gesehen? Ich wollte, ich hätte ihn gebeten, eine Aufnahme von euch beiden zusammen zu machen. Warum versuchen wir nicht, sie einzuholen?»

«Weißt du, du hast wirklich eine kranke Phantasie.»

«Nein, bloß eine gesunde Neugier. Komm jetzt mit, wenn wir schnell gehen, erwischen wir sie noch beim Eingang.»

«Wenn es dir Spaß macht», seufzte Zoe.

Peter und Lisa sahen die beiden anderen nicht kommen. Sie gingen eng umschlungen, und es war Peter gelungen, sie durch Pläneschmieden für ihre Hochzeit von dem Thema der Doppelgängerin abzulenken. Beim nördlichen Eingangstor sagte plötzlich jemand hinter ihm: «Entschuldigen Sie.» Er drehte sich um und sah den Mann vor sich, der auf der Bank gesessen hatte.

«Ja bitte?» sagte er ziemlich steif.

«Ich nehme an, Sie halten dies für eine große Unverschämtheit, aber ich habe Sie beide da hinten gesehen, und ich war – ja, ich war geradezu erschlagen von der Ähnlichkeit zwischen meiner Freundin und der jungen Dame, mit der Sie zusammen sind. Eine verblüffende Ähnlichkeit, finden Sie nicht?»

«Kann ich nicht finden», erwiderte Peter kurz angebunden. Er wagte gar nicht, Lisa anzusehen. Das hatte gerade noch gefehlt! Tiefe Bestürzung erfüllte ihn. «Nein, offen gesagt, ich sehe überhaupt keine Ähnlichkeit.»

«Aber das *müssen* Sie doch. Schauen Sie, ich wollte Sie um einen riesigen Gefallen bitten, nämlich ein Foto von den beiden gemeinsam zu machen. Würden Sie das tun? Bitte sagen Sie nicht nein!»

Peter war drauf und dran abzulehnen, und durchaus nicht höflich, da sagte Lisa: «Warum nicht? Natürlich wird er das tun. Es ist doch solch ein spaßiger Zufall, das sollten wir im Bild festhalten.»

«Sie sind ein nettes Mädchen! Ich glaube, wir sollten uns miteinander bekannt machen, was? Ich bin Stephen Davidson, und dies ist Zoe Conti.»

«Lisa Cleasant und Peter Milton», sagte Peter, noch völlig verblüfft durch Lisas warmes Entgegenkommen.

«Hallo, Lisa und Peter, nett, Sie kennenzulernen. So, jetzt stellt ihr beiden Mädchen euch mal dort drüben in das Fleckchen Sonnenschein...»

Also machte Peter eine Aufnahme und versprach, Stephen und Zoe einen Abzug zu schicken, sobald der Film entwickelt wäre. Sie gab ihm die Adresse der Wohnung, die sie mit Stephen bewohnte, und er stellte fest, daß sie nur zwei Straßen von seiner eigenen entfernt war. Sie hätten nun gemeinsam weitergehen können, was Stephen, der mehrfach lauthals diesen neuerlichen Zufall erwähnte, anscheinend sehr lieb gewesen wäre, aber Peter sah den gequälten Ausdruck in Lisas Augen und wimmelte die beiden ab. So trennten sie sich in der Holland Park Avenue.

«Du bist doch nicht böse, daß wir nicht mit ihnen zusammen gehen?» fragte Lisa.

«Natürlich nicht. Ich bin doch viel lieber mit dir allein.»

«Da bin ich froh.» Sie fügte hinzu: «Ich hab es für dich getan.»

Er verstand. Sie hatte es seinetwegen getan, um ihm zu beweisen, daß sie mit ihren abergläubischen Ängsten fertig werden konnte. Um seinetwillen, weil er es wollte, würde sie es versuchen. Er nahm sie in die Arme und küßte sie.

Sie schmiegte sich an ihn. Er konnte ihren Herzschlag spüren. «Ich erzähle auch niemand anderem davon», erklärte sie, und er verstand, sie meinte ihre Mutter und die anderen Hexenweiber.

Er zeigte ihr die Aufnahmen nicht, als der Film entwickelt war. Zoe und Stephen sollten ihren Abzug bekommen, und damit hätte die ganze Angelegenheit dann ein Ende. Aber als er die Aufnahme in einen Umschlag steckte, fiel ihm ein, daß er ja ein paar Worte dazu schreiben mußte, und das fand er lästig, denn das Briefschreiben liebte er ganz und gar nicht. Außerdem, wenn er den Brief ohnehin zur Post tragen mußte, dann konnte er ihn ebensogut zu ihrer Wohnung bringen. Und das tat er eines Abends auch. Er hatte durchaus nicht die Absicht hineinzugehen, aber als er den Umschlag in den Briefkasten schob, erschien Zoe hinter ihm auf der Treppe.

«Kommen Sie doch rein und nehmen Sie einen Drink.»

Ihm fiel keine Ausrede ein, also nahm er an. Sie führte ihn zwei Treppen hinauf, und während des Gehens betrachtete sie das Foto.

«Das soll nun also unsere phantastische Ähnlichkeit sein», meinte sie. «Haben Sie sie eigentlich bemerkt?»

Peter verneinte. Er fragte sich wirklich, wie Lisa so albern hatte sein können, in dieser dreißigjährigen Frau, die heute abend derartig mitgenommen und verhärmt aussah, ihre Doppelgängerin zu erblicken. «Sie hat wohl größtenteils in der Phantasie Ihres Freundes bestanden», sagte er, als sie die Wohnung betraten. «Ich bin gespannt, was er jetzt darüber denkt.»

Einen Moment zögerte sie. Dann kam ihre abrupte Antwort: «Er hat mich verlassen.»

Peter war verwirrt. «Das tut mir leid.» Er sah ihr ins Gesicht, in die Augen, deren dunkle Ringe fast wie Blutergüsse aussahen. «Sind Sie sehr unglücklich?»

«Ich werde wenigstens keine Überdosis nehmen, wenn es das ist, was Sie meinen. Wir waren vier Jahre lang zusammen. Da ist es ganz schön hart. Aber ich will Sie damit nicht anöden. Reden wir von was anderem.»

Peter hatte höchstens eine halbe Stunde bleiben wollen, aber aus der halben Stunde wurde eine ganze, und als Zoe sagte, sie würde jetzt ihr Abendessen kochen, und ob er nicht bleiben wolle und mit ihr zusammen essen, da willigte er ein. Es war interessant, sich mit ihr zu unterhalten. Sie war Musiktherapeutin, und sie erzählte von ihrer Arbeit und spielte ihm Platten vor. Als sie die Mahlzeit beendet hatten, ein einfaches, aber ausgezeichnetes Essen, da fing sie an, über ihr privates Leben zu sprechen, auch über ihre schwierige Beziehung zu Stephen. Aber sie sprach ohne Selbstmitleid. Und sie konnte ebenso gut zuhören wie selbst erzählen. Es bedeutete ihm viel, sich einmal einer reifen, ausgewogenen Frau anvertrauen zu können, die ihm zuhörte, ohne ihn zu unterbrechen. Er erzählte von sich und Lisa, daß sie heiraten wollten, sobald sie achtzehn wäre und die Hälfte des väterlichen Vermögens erbte. Nicht daß das Geld irgend etwas damit zu tun hätte, beeilte er sich hinzuzufügen. Ihm wäre es lieber gewesen, sie hätte keinen Penny besessen. Alles was er wollte war, sie aus dieser ungesunden Atmosphäre dilettantischen Okkultismus herauszuholen, aus ihrem klösterlich-strengen Zuhause, wo sie zwar bewacht, aber dennoch korrumpiert wurde.

«Wovor hat sie Angst?» fragte Zoe, als er ihr von dem unerläßlichen Amulett erzählte und von ihrer Manie, Holz anzufassen.

Er hob die Schultern. «Vor dem Schicksal? Vor irgendeiner Rachegöttin, die ihr ihr Glück neidet?»

«Oder vielleicht vor einem Verlust», ergänzte Zoe. «Sie hat ihren Vater verloren. Vielleicht hat sie Angst, auch noch Sie zu verlieren.»

«Das ist das letzte, wovor sie sich fürchten müßte.»

Es war nach Mitternacht, als er ging. Er hatte vor, Lisa am nächsten Tag zu erzählen, wo er gewesen war. Es gab keine Geheimnisse zwischen ihnen. Aber Lisa war nervös und bedrückt – sie und Mrs. Cleasant waren bei einer spiritistischen Sitzung gewesen –, und er hielt es für klüger, nicht noch einmal ein Thema anzuschneiden, das besser der Vergessenheit anheimfiele. Also sagte er nichts. Schließlich würde er ja Zoe auch niemals wiedersehen.

Aber etwa einen Monat später – einen Monat, den er und Lisa sehr gelöst und glücklich miteinander verbracht hatten – traf er das ältere Mädchen zufällig in der Portobello Road wieder. Während sie miteinander plauderten, fiel ihm ein, daß er in ihrer Wohnung eine Mahlzeit eingenommen hatte und daß er ihr eine Einladung schuldete. Ja, er und Lisa würden sie zum Essen ausführen. In ihrer jetzigen Verfassung würde Lisa Freude daran haben, und es würde ihr guttun, wenn sie jetzt, nach einer gewissen Zeitspanne, einsah, daß ihr Aberglaube sie zu einem Irrtum verleitet hatte. Er unterbreitete Zoe die Einladung. Zunächst zögerte sie, aber als sie hörte, daß sie zu dritt sein würden, nahm sie an. Also – gemeinsames Abendessen in vierzehn Tagen; er und Lisa würden sie abholen.

«Ich habe übrigens dieses Mädchen getroffen, Zoe, und ich habe sie eingeladen, mit uns essen zu gehen. Einverstanden?»

Der Ausdruck eines verängstigten Kindes erschien auf Lisas Gesicht.

«O nein, Peter! Ich glaube, du verstehst doch wohl, daß ich sie nie wiedersehen möchte.»

«Aber warum denn nicht? Du hast doch jetzt die Fotografie gesehen und weißt, wie albern deine Befürchtungen waren. Und Stephen wird nicht dabeisein. Ich weiß, du mochtest ihn nicht, und ich ihn auch nicht. Aber sie sind gar nicht mehr zusammen. Er hat sie verlassen.»

Sie zitterte. «Laß uns nicht näher mit ihr bekannt werden, Peter.»

«Aber ich habe sie eingeladen», entgegnete er. «Ich kann das jetzt nicht mehr rückgängig machen.»

Als der verabredete Abend kam, erschien Zoe an der Tür in einem langen Kleid. Sie hatte das Haar aufgesteckt und sah königlich aus, auf geheimnisvolle Weise verwandelt.

«Wo ist Lisa?» fragte sie.

«Sie kann nicht mitkommen. Sie und ihre Mutter fahren Ende der Woche auf Urlaub nach Griechenland, und sie ist mit Packen beschäftigt.» Zum Teil war das wahr, und er sagte es so überzeugend, als sei es die volle Wahrheit. Er konnte seinen Blick nicht von der neuen, veränderten Zoe lösen, und insgeheim war er froh, daß er einen Tisch in einem exklusiven Restaurant bestellt hatte.

In dem sanften Lampenlicht sah sie wieder ganz jung aus. Und zum erstenmal sah er jetzt die Ähnlichkeit zwischen ihr und Lisa. Durch die Zauberei des Lichts und der Kosmetik, vielleicht auch durch sein eigenes, sehnsüchtiges Wunschdenken, waren sich die ältere und die jüngere Schwester an Jahren nähergekommen und zu Zwillingen geworden. Es hätte wirklich seine Lisa sein können, die ihm hier gegenübersaß an dem Tisch mit dem Silberbesteck, den Kristallgläsern und der Vase mit der einzelnen Rose, aber eine Lisa, die durch Lebenserfahrung gereift war. Nie hätte Lisa so über Bücher, über Musik und Reisen sprechen, nie auch nur mit so ernster Aufmerksamkeit zuhören können. Er bedauerte es, als der Abend zu Ende ging und er sich an ihrer Tür von ihr verabschiedete.

Lisa schien seine Verabredung mit Zoe vollkommen vergessen zu haben. Sie erwähnte sie mit keinem Wort, und auch er tat es nicht. Am nächsten Morgen würde sie mit ihrer Mutter zu der vierwöchigen Ferienreise aufbrechen, die der Arzt Mrs. Cleasant wegen ihres Gesundheitszustandes verordnet hatte.

«Ich wollte, ich müßte nicht fahren», sagte sie zu Peter. «Du weißt gar nicht, wie ich dich vermissen werde.»

«Glaubst du, ich vermisse dich nicht?»

«Paß gut auf dich auf. Ich werde keine ruhige Minute haben, aus Sorge, daß dir was passieren könnte. Du darfst jetzt nicht lachen, aber als mein Vater noch lebte, da hörte ich, wenn er verreist war, vier- oder fünfmal am Tag die Nachrichten für den Fall, daß es einen Flugzeugabsturz oder sonst eine Katastrophe gegeben hätte.»

«Aber *du* bist doch diejenige, die wegfährt, Lisa.»

«Das kommt aufs gleiche heraus.» Sie faßte nach ihrem Amulett und hob es in die Höhe. «Ich habe ja dies hier, aber du... Willst du mein vierblättriges Kleeblatt haben, wenn ich es dir schenke?»

«Ich dachte, du hättest dich von dem ganzen Unsinn gelöst», sagte er, und seine Enttäuschung über sie überschattete ihren Abschied. Sie küßte ihn mit einer Art leidenschaftlicher Traurigkeit.

«Bitte schreib mir», bat sie. «Ich schreibe dir jeden Tag.»

Gegen Ende der ersten Woche begannen ihre Briefe einzutreffen. Es waren die ersten Briefe, die er je von ihr bekommen hatte, und sie waren wie Schulaufsätze in Geographie, hier und da angereichert durch Liebeserklärungen für den Klassenlehrer. Er war ein wenig enttäuscht, ja, fast ärgerlich. Er fühlte sich einsam ohne sie, und doch fürchtete er um das Bild, das er sich von ihr gemacht hatte. Er brauchte jemanden, mit dem er darüber sprechen konnte, und nach ein paar Tagen des Zauderns rief er Zoe an. Zehn Minuten später saß er in ihrer Wohnung, trank Kaffee und hörte Musik. Ihre Gegenwart war tröstlicher, als er es für möglich gehalten hätte, denn bei einer gewissen Wendung ihres Kopfes, bei ihrer Art zu lächeln und durch die Linie, mit der ihr Haar vom Mittelscheitel aus in die Stirn fiel, glaubte er, Lisa vor sich zu sehen.

Und doch nutzte er die Gelegenheit nicht, um von seinen Zweifeln zu sprechen, sondern sagte nur: «Ich begreife gar nicht, wie ich mal denken konnte, ihr sähet euch nicht ähnlich.»

«Ich habe es doch auch nicht gesehen.»

«Dabei ist es überwältigend, einfach unheimlich.»

Sie lächelte. «Wenn Ihre Besuche bei mir Ihnen helfen, über die Zeit hinwegzukommen, während sie fort ist, dann habe ich nichts dagegen, Peter. Ich kann das verstehen, ich erinnere Sie an Lisa, und dadurch wird alles einfacher für Sie.»

«Es ist nicht bloß das», wehrte er ab. «Sie müssen nicht denken, daß es nur das ist.»

Sie erwiderte nichts. Es war nicht ihre Art nachzubohren, Verhöre anzustellen oder ein egoistisches Selbstwertgefühl hervorzukehren. Aber als sie das nächste Mal zusammen waren, da erklärte er es ihr unaufgefordert, und er erschrak zutiefst vor seinen eigenen Worten, die weit verräterischer und unmißverständlicher waren als die Gedanken, denen sie entsprangen.

«Es ist nicht wahr, daß Sie mich an Lisa erinnern. Das ist es nicht.

Es ist einfach… Ich sehe in Ihnen das, was Lisa einmal werden könnte; bloß, sie wird niemals so werden.»

«Wer wollte auch gerne so werden wie ich?»

«Jedes junge Mädchen. Denn Sie sind so, wie eine Frau sein sollte, Zoe, klug und vernünftig und freundlich und eigenständig und – schön.»

«Und selbst wenn es so wäre», meinte sie leichthin, «warum sollte Lisa nicht auch so werden?»

«Weil sie, wenn sie achtzehn ist, wohlhabend sein wird, eine reiche Erbin. Sie wird nie für ihr eigenes Auskommen arbeiten, kämpfen oder lernen müssen. Wir werden in einem Haus in der Nähe ihrer Mutter wohnen, und sie wird werden wie ihre Mutter, hohl und neurotisch. Sie wird von Schlaftabletten leben, wird ihre ganze Zeit mit Spiritisten zubringen und sich in irgendwelche krankhaften Kults verstricken. Wenn ich Sie dagegen ansehe, dann sehe ich nicht Lisas Doppelgängerin. Das heißt, ich sehe sie schon – ihre Alternative gewissermaßen, wenn Sie so wollen, nach einer Spanne von dreizehn Jahren, wenn ihr ein anderer Lebensweg vorgezeichnet worden wäre. Und ebenso sehe ich Sie, wie *Sie* sein würden, wenn Sie ein Leben geführt hätten, wie Lisa es führt und immer führen wird.»

«Sie können ihr doch helfen, solch ein Leben nicht zu führen, wenn Sie sie lieben», sagte Zoe ernst.

Und dann hörten Lisas Briefe plötzlich auf zu kommen. Eine ganze Woche verstrich ohne einen einzigen Brief. Angesichts dessen, was mit ihm geschah, hatte er beschlossen, Zoe nicht wiederzusehen. Aber sie wohnte so nahe, und er dachte so oft an sie, daß er nicht widerstehen konnte. Er ging zu ihr und erzählte ihr eine Lüge, von der er sich einredete, sie könnte wahr sein: Lisa war zu jung, um irgend jemanden treu und unverbrüchlich lieben zu können. Ihre Briefe wären immer kühler geworden und endlich gar nicht mehr gekommen. Zoe hörte ihm still zu, seinen drängenden Überzeugungsversuchen, seinen Vergleichen zwischen seiner Verlassenheit und der ihren; und als er sie küßte, da erwiderte sie seine Küsse zuerst voller Zweifel, dann aber mit einer Glut, die ihrer eigenen Einsamkeit entsprang. Sie schliefen miteinander. Und als er sie später fragte, ob er die Nacht über bei ihr bleiben dürfe, da sagte sie ja. Und er blieb.

Von da an verbrachte er jede Nacht bei ihr. Er ging kaum noch nach Hause. Als er es doch einmal tat, fand er zehn Briefe auf der Fußmatte liegen. Lisa und ihre Mutter waren weitergereist auf irgendeine ägäische Insel – die Heimat eines Mystizisten, den Mrs. Cleasant dringend kennenlernen wollte –, wo der Postverkehr mehr oder minder dem Zufall überlassen blieb. Voller Ungeduld und Schuldgefühle las er die kindischen Briefe, das ewige «Peter, Liebling, ich vermisse dich, ich werde nie wieder wegfahren...» und dann ging er zurück zu Zoe.

Warum hatte er Zoe nur von diesen Briefen erzählt! Er wünschte, er hätte es nicht getan. Um ihrer Klugheit und Aufrichtigkeit willen hatte er sie begehrt, und jetzt schlugen genau diese Eigenschaften gegen ihn zurück.

«Wann kommt sie wieder?»

«Nächsten Sonnabend.»

«Peter, ich weiß zwar nicht, was du tun willst, mich verlassen und sie heiraten, oder sie verlassen und bei mir bleiben, aber wie immer du dich entscheidest, du *mußt* ihr von uns erzählen.»

«Das kann ich nicht!»

«Du mußt. So oder so, du mußt. Und wenn du bei mir bleiben willst, welche Alternative hättest du auch?»

Sie beide behalten, bis er sich sicher war, bis er es genau wußte, was richtig war! «Du weißt, ich kann ohne dich nicht sein, Zoe. Aber ich kann ihr das nicht sagen, noch nicht. Sie ist ein solches Kind.»

«Du willst dieses Kind heiraten, Peter. Du liebst sie doch.»

«Tue ich das?» fragte er sich zögernd. «Jedenfalls glaubte ich es.»

«Sie zu hintergehen, Peter, dazu gebe ich mich nicht her, das mußt du verstehen. Wenn du nicht versprichst, ihr alles zu erzählen, dann kann ich dich nicht wiedersehen.»

Vielleicht, wenn er Lisa wiedersähe... Am Sonntagmorgen ging er durch den Park zum Haus ihrer Mutter. Das Medium war da und noch eine andere Frau, die aussah wie eine Eingeweihte bei einer schwarzen Messe; tiefernst lauschte sie Mrs. Cleasants Bericht über den Mystizisten und sein spirituelles Eindringen in die Geheimnisse der Großen Pyramide. Lisa flog in seine Arme und weinte vor Glück.

«Das Kind hat jede Nacht von Ihnen geträumt, Peter», sagte Mrs.

Cleasant mit abwesendem Blick. «Und was für Träume sie gehabt hat! Natürlich ist sie übersinnlich begabt, genau wie ich. Als wir merkten, daß der Postverkehr sich verzögerte, beschwor ich sie, Ihnen durch die Macht des Gedankens eine Botschaft zu senden. Aber sie weigerte sich.»

«Ich wußte, du würdest das nicht mögen», erklärte Lisa. Sie saß auf seinen Knien und schmiegte sich in seine Arme. Er konnte es ihr nicht erzählen! Später vielleicht, wenn er die Hochzeit erst einmal hinausgezögert und die Gemüter sich ein wenig abgekühlt hätten und... Jetzt jedenfalls kam es gar nicht in Frage, es ihr zu sagen.

Zoe aber erzählte er, er habe es ihr gesagt. Er *mußte* es tun, damit er sie wiedersehen konnte.

«Wie hat sie es aufgenommen?»

«Oh, ziemlich gut», log er. «Während der Ferien scheint sie die Aufmerksamkeit sehr vieler Männer auf sich gezogen zu haben. Ich glaube, sie fängt gerade erst an zu begreifen, daß ich nicht der einzige Mann auf der Welt bin.»

«Und sie nimmt es hin – das mit uns?»

Warum fragte sie so hartnäckig, warum machte sie es ihm so schwer? Er redete kühn drauflos, voll innerem Abscheu gegen sich selbst.

«Ich wage zu behaupten, sie sieht darin für sich selbst sogar so etwas wie einen Fluchtweg in die Freiheit.»

Das überzeugte sie. Wer selber daran gewöhnt ist, die Wahrheit zu sagen, der kommt nicht darauf, der Aufrichtigkeit des anderen zu mißtrauen. «Ich bin ihr zwar nur einmal begegnet, und das auch nur für ein paar Minuten, aber ich frage mich doch, ob du dir nicht etwas vorgemacht hast, Peter, als du sagtest, sie liebte dich so sehr? Du wirst sie also nicht wiedersehen?»

Er sagte nein. Er sagte, es sei alles aus zwischen ihnen, sie hätten sich getrennt. Aber die Ungeheuerlichkeit dessen, was er getan hatte, entsetzte ihn. Und als er das nächste Mal mit Lisa zusammen war, da konnte er nicht anders, als ihr wieder und wieder zu sagen, wie sehr er sie liebe und wie sehr er sich danach sehne, sie mit sich fortzunehmen. War er im Begriff, diese kindische Leidenschaft für eine Frau, die fünf Jahre älter war als er selbst, zu überwinden? Die beiden waren sich in vieler Hinsicht so ähnlich. Und wenn er nun irgendwann einmal der einen überdrüssig wurde und sich nach der anderen sehnte? Und doch ging er in der folgenden Nacht wieder zu Zoe.

Mit bewundernswerter, aber auch erschreckender Geschicklichkeit teilte er seine Zeit zwischen der einen und der anderen. Es war nicht allzu schwierig. Gesellschaftliche – und okkultistische – Verpflichtungen nahmen Lisa ständig in Beschlag, und Zoe glaubte ihm, wenn er sagte, er sei durch seine Arbeit aufgehalten worden. Der Herbst kam, und immer noch dauerte es an, sein Doppelleben. Seine Bindung an Zoe, ja, seine Abhängigkeit von ihr, war immer stärker geworden, und es tat ihm leid um jede Minute, die er ohne sie verbringen mußte. Aber Lisa und ihre Mutter hatten das Hochzeitsdatum festgesetzt, und wie gelähmt sah er es näher und näher kommen.

Eines Nachmittags im Oktober wollte er sich mit Zoe am Nordeingang des Holland Parks treffen. Lisa mußte zu einer Anprobe ihres Hochzeitskleides, und hinterher war sie mit ihrer Mutter zum Essen eingeladen, in der Hexenhöhle – wie er es nannte – des Mediums. Soweit war alles in Ordnung. Er wartete fast eine Stunde lang am Eingang. Als Zoe nicht kam, ging er zu ihrer Wohnung, aber niemand öffnete auf sein Klingeln. Von seiner eigenen Wohnung aus rief er während des Abends fünfmal bei ihr an, aber jedesmal verhallte das Klingeln im Leeren. Er verbrachte eine schlaflose Nacht, seit vier Monaten die erste, in der er allein war.

Den ganzen nächsten Tag versuchte er von seiner Arbeitsstelle aus, Zoe zu erreichen, und das erste Mal, seit er sie kannte, unterließ er es, Lisa anzurufen. Aber als er um sechs nach Hause kam, klingelte sein eigenes Telefon. Natürlich würde das Zoe sein, sie *mußte* es sein! Er nahm den Hörer ab und hörte Mrs. Cleasants schleppende Stimme.

«Peter?»

Die Enttäuschung durchfuhr ihn wie ein Schmerz. «Ja», antwortete er mühsam. «Wie geht es Ihnen? Wie geht es Lisa?»

«Peter, ich habe sehr schlechte Nachrichten. Ich glaube, Sie kommen besser her. Ja, jetzt, sofort.»

«Was ist denn los? Ist Lisa etwas passiert?»

«Lisa ist – ist von uns gegangen. Heute nacht hat sie eine Überdosis meiner Pillen genommen. Ich habe sie heute morgen gefunden – tot.»

Er stürzte aus dem Haus. Leblos und fahl waren die Blätter in der Dämmerung des Parks, einige fielen bereits von den Zweigen. Hier an dieser Stelle hatte er die Aufnahme gemacht, als die Bäume ihr erstes Frühlingsgrün zeigten, genau hier hatte er Lisa hingesetzt, mitten in einen Flecken hellen Sonnenscheins. Und da hatte sie Zoe gesehen.

Mrs. Cleasant war nicht allein. Einige Damen ihres magischen Zirkels waren bei ihr, aber sie war ruhiger, als er sie je erlebt hatte. Er vermutete, sie stand unter Drogen.

«Wie ist es passiert?» fragte er.

«Wie ich Ihnen gesagt habe. Sie nahm eine Überdosis.»

«Aber – warum?» Er wand sich unter den Blicken des Mediums, das ihn anstarrte, als sähe es Geister hinter ihm.

«Mit Ihnen hat es nichts zu tun, Peter», sagte Mrs. Cleasant. «Sie haben Sie geliebt, das wissen Sie. Und sie war so glücklich gestern. Ihre Anprobe wurde kurzfristig abgesagt. Da sagte sie, sie brauche frische Luft, es sei so ein wunderbarer Tag, und sie würde zu Ihnen gehen. Sie hatte ihr Amulett weggeworfen – das Amulett, das sie immer getragen hat –, weil Sie es nicht leiden konnten, wie sie erklärte. Ich habe sie beschworen, es nicht zu tun, es war ja ein harmloses Ding, und vielleicht nützt so etwas, wer weiß? Wenn sie es getragen hätte...»

«O ja, wenn sie unter dem großen Schutz gestanden hätte!» warf das Medium ein.

Mrs. Cleasant fuhr fort: «Wir waren zum Essen eingeladen. Als sie nicht kam, ging ich allein. Ich dachte doch, sie sei bei Ihnen – gut aufgehoben bei Ihnen, Peter. Aber ich ging doch früher wieder nach Hause, und da war sie dann. Sie sah so müde und verängstigt aus und sagte, sie ginge jetzt ins Bett. Ich fragte noch, ob irgend etwas nicht stimme, und da sagte sie...» Aber Mrs. Cleasants Stimme erstickte unter Schluchzen, und die Hexenweiber umflatterten sie, tätschelnd und murmelnd.

Schließlich war es das Medium, das es ihm mit ihrer Totenstimme erklärte: «Sie sagte, sie habe im Park ihre Doppelgängerin gesehen.»

«Aber das war doch vor sechs Monaten!» brach es aus ihm heraus. «Das war im April.»

«Nein, sie hat ihre Doppelgängerin gestern nachmittag gesehen, ihr eignes Ebenbild im Garten wandeln. Und sie hat gewagt, es anzusprechen. Wer weiß denn, was der eigene Tod einem antwortet, wenn man es wagt, ihn anzureden?»

Da rannte er fort, fort aus dem Haus. Er winkte einem Taxi, und mit erstickter Stimme gab er dem Fahrer Zoes Adresse. Ihre Fenster waren hell erleuchtet. Er läutete, wieder und wieder. Und dann, als sie nicht kam und das Licht drinnen immer noch brannte, hämmerte er mit den Fäusten gegen die Tür und schrie ihren Namen. Als er begriff, daß sie nicht kommen würde, daß er sie für immer verloren hatte, sie und ihr Ebenbild, sie und ihre Doppelgängerin, da sank er auf der Schwelle zusammen und begann zu weinen.

Der Taxifahrer, der eben auf der Suche nach einem Fahrgast die Straße wieder herunterkam, hielt ihn für betrunken, und nachdem er den gestammelten Wortfetzen mühsam seine Adresse entnommen hatte, fuhr er ihn nach Hause.

Die Venusfliegenfalle

Kaum hatte Daphne ihren Hut abgenommen und ihn auf Merles Bett gelegt, da griff Merle auch schon danach und stülpte ihn sich auf ihre gelben Locken. Es war ein roter Filzhut, und zufällig paßte er genau zu Merles rotem Kleid.

«Es ist doch merkwürdig», meinte Merle und betrachtete sich in ihrem Frisierspiegel, «jeder, der uns beide sieht – jeder Außenseiter, meine ich –, würde nie darauf kommen, daß *ich* die Einzelgängerin bin und *du* all die Männer und Kinder hattest.»

«Ich hatte nur zwei Männer und drei Kinder», erklärte Daphne.

«Du weißt schon, was ich meine», sagte Merle, und Daphne, die neben ihre Freundin getreten war, mußte zugeben, daß sie es wußte. Merle war so üppig, so rosig und überquellend feminin, während sie selbst – nun ja, sie hatte es aufgegeben zu verhehlen, daß sie eine kleine, vertrocknete Witwe war, der man jeden einzelnen Tag ihrer siebzig Jahre ansah.

Merle nahm den Hut ab und legte ihn neben die Stoffpuppe, unter deren gelbem Satinrock sich ihr Nachthemd und der Beutel mit Lockenwicklern verbarg. «Komm, jetzt zeige ich dir die Wohnung, und dann nehmen wir einen Sherry und machen es uns gemütlich. Ich habe sogar deinen sweet Sherry besorgt. Du siehst, ich habe selbst nach vierzig Jahren deine Vorlieben nicht vergessen.»

Daphne sagte nicht, daß es trockener Sherry war, den sie damals wie heute bevorzugte. Ergeben ging sie hinter Merle her, und erst jetzt wurde ihr die ungewöhnliche Hitze bewußt. Wahre Wolken von Wärme entströmten den schweren Relieftapeten und den üppigen Flauschteppichen.

«Ich bin ganz hingerissen, daß du hier in dieses Haus ziehst, meine Liebe. Hier, dies ist mein kleines Extrazimmer. Es ist doch gut zu wissen, daß man mal Freunde beherbergen könnte, wenn man wollte. Nicht daß viele kämen. Ganz unter uns, Liebste, die Leute gönnen es mir eben nicht, daß ich es zu etwas gebracht habe, und das so ganz aus eigener Kraft. Die Menschen sind ja so niederträchtig, das habe ich besonders festgestellt, als ich älter wurde. Darum bin ich ja auch so froh, daß du eingewilligt hast herzuziehen, ich meine, daß *einmal* jemand meinem Rat gefolgt ist.»

«Du hast das hier alles sehr hübsch gemacht.»

«Na ja, ich sage immer, das Apartment bot die Möglichkeiten, und ich habe den Geschmack beigesteuert. Deine Wohnung ist natürlich viel beschränkter, und ehrlich gesagt, sie bietet sich kaum an für eine großzügige Ausgestaltung. Ich an deiner Stelle würde als allererstes eine Zentralheizung einbauen lassen.»

«Das werde ich wohl auch tun, wenn ich es mir leisten kann.»

«Weißt du, Daphne, es gibt Dinge, bei denen man es sich einfach schuldig ist, sie sich zu leisten. Aber das mußt du selbst am besten wissen, ich denke nicht daran, mich da einzumischen. Wenn dir die Kälte zu sehr zusetzt, bist du jedenfalls jederzeit hier oben willkommen. *Jederzeit*, wohlverstanden. So, jetzt kommt mein Wohnzimmer, meine Pièce de résistance.»

Merle machte die Tür auf wie ein junges Mädchen, das den Deckel eines Schmucketuis mit dem Geschenk eines Liebhabers öffnet.

«Oh, was für eine Menge Pflanzen», sagte Daphne beklommen.

«Ich war schon immer verrückt nach Pflanzen. Mein erstes eigenes Unternehmen war ja auch ein Blumenladen. Ich hätte eine kleine Goldmine daraus machen können, wenn meine Partnerin nicht so gemein und rachsüchtig gewesen wäre. Die war von vornherein darauf aus, mich rauszuekeln. Gefällt dir mein Boudoir? Ich habe es erst letztes Jahr vollständig renovieren lassen, und ich finde, dieser Perlmutterglanz ist eine gelungene Sache.»

Es herrschte hier die Atmosphäre eines Treibhauses. Zwei Sessel, ein Sofa und die Lampen daneben auf den von Krimskrams überladenen Beistelltischchen waren in der Mitte des großen Raumes wie auf einer Insel zusammengedrängt. Nein, nicht wie auf einer Insel, dachte Daphne, mehr wie in einer Lichtung in einem tropischen Urwald. Borde, Fensterbänke, weiße Tröge auf schmiedeeisernen Beinen waren überwuchert von üppig sprossendem Pflanzenwuchs, grün, glänzend, voll dichten Blattwerks, eine unbewegliche Wildnis, der ein merkwürdig grüner Geruch entströmte.

«Sie verschlingen all meine Zeit. Es ist ja nicht bloß das Gießen, die Sorge für die richtige Temperatur und so. Nein, Pflanzen wissen es, wenn man sie liebt. Sie gedeihen nur in einer Atmosphäre der Liebe. Ehrlich, ich glaube nicht, daß du in ganz London ein gelungeneres Exemplar einer Opuntia findest als meine hier. Besonders stolz bin ich auf die Peperomias und natürlich auf die Xygocacti. Ich nehme an, du hast sie in ihrer natürlichen Umgebung wachsen sehen bei all deiner verrückten Herumreiserei?»

«Wir waren meist in Stockholm oder New York, Merle.»

«Ach, wirklich? Es sind eben so viele Jahre vergangen, während du dir nicht die Mühe gemacht hast, einmal zu schreiben. Ich bin gar nicht mehr auf dem laufenden. *Ich* dagegen habe nämlich sehr viel an dich gedacht. Du mußt wissen, daß du wirklich immer mein Mitgefühl hattest bei dieser ewigen Umzieherei und dieser gräßlichen Scheidung von – wie hieß er noch gleich? Und dann die Kinder, mit denen du fertig werden mußtest, und dann wieder eine neue Heirat und all das! Ich fand immer, es war doch schade, daß ich so viel aus meinem Leben gemacht hatte, während du… Was ist denn los?»

«Diese Pflanze, Merle! Sie hat sich bewegt.»

«Das kommt, weil du sie berührt hast. Wenn du einen ihrer Münder anrührst, dann schließt sie sich. Sie nennt sich Dionaea Muscipula.»

Die Pflanze stand ein wenig abseits in einem Majolicatopf, der in einem kunstvollen weißen Ständer steckte. Sie sah sehr gesund und kräftig aus, hatte zarte, schimmernde Blätter, und aus ihrer Mitte wuchsen fünf rotgoldene Blüten. Als Daphne genauer hinsah, gewahrte sie, daß diese Blüten tatsächlich eher Mündern ähnelten, wie Merle es gesagt hatte, als Blumen. Wie bärtige Münder sahen sie aus, sanft, reif und saftig. Einer davon war jetzt geschlossen.

«Hat sie auch einen gewöhnlichen Namen?»

«Natürlich. Venusfliegenfalle. Muscipula heißt Fliegenfresser, meine Liebe.»

«Was, um alles in der Welt, meinst du damit?»

«Daß sie Fliegen frißt. Ich habe mich jahrelang abgemüht, eine zu züchten. Und als es mir endlich gelang, war ich ganz außer mir.»

«Ja, ja, aber was meinst du damit, sie frißt Fliegen? Sie ist doch kein Tier.»

«In gewissem Sinne doch, Liebling. Das Problem ist nur, es gibt hier nicht viele Fliegen. Darum füttere ich sie mit kleinen Fleischstückchen. Du bist ziemlich blaß geworden, Daphne. Hast du Kopfschmerzen? Komm, jetzt trinken wir unseren Sherry, und dann sehe ich zu, daß ich eine Fliege fange. Dann kannst du zuschauen, wie sie sie auffrißt.»

«Das möchte ich wirklich lieber nicht tun, Merle», sagte Daphne und rückte von der Pflanze fort. «Ich will gewiß deine Gefühle nicht verletzen, aber ich kann nicht – also, ich meine, ich verabscheue die Vorstellung, freie Lebewesen zu fangen und sie an – an dieses Ding da zu verfüttern.»

«Freie Lebewesen? Wir reden schließlich von Fliegen.» Merle, üppig und nach Parfum duftend, griff Daphne am Arm und zog sie fort. Ihr Kleid war aus rotem Chiffon mit flatternden Ärmeln, und ihre Fingernägel hatten die gleiche Farbe. «Das Schlimme an dir ist, du bist nichts als ein Nervenbündel, heute noch viel mehr als damals in unserer Mädchenzeit. Ich danke Gott jeden Tag von neuem, daß ich nicht einmal weiß, was das ist, neurotisch zu sein. Komm, hier ist dein Sherry. Ich habe dir ein großes Glas vollgefüllt, damit du wieder zu Kräften kommst. Ich werde es mir zur Aufgabe machen, auf dich aufzupassen, Daphne. Du kennst doch sonst niemanden in London, oder?»

«Nein, kaum jemanden», erwiderte Daphne und setzte sich so, daß sie die Venusfliegenfalle nicht sehen konnte. «Meine Jungens sind in den Staaten, und meine Tochter in Schottland.»

«Gut, dann mußt du also jeden Tag hier heraufkommen. O nein, du störst nicht. Als ich erfuhr, daß du tatsächlich herkommen würdest, da habe ich mir gesagt, ich muß dafür sorgen, daß Daphne sich nicht einsam fühlt. Aber glaube bloß nicht, daß du mit den anderen Mietern hier im Haus zurechtkommst. Entweder sind sie hochnäsige Snobs, oder sie sind – na ja, eben nicht gerade die Sorte Menschen, die man kennenlernen möchte. Aber was reden wir über die anderen. Reden wir doch von uns. Es sei denn, du findest deine Vergangenheit zu schmerzlich, um darüber zu sprechen?»

«Das würde ich nicht gerade sagen...»

«Nein, du reißt dich sicherlich nicht darum, unliebsame Erinnerungen wieder aufzufrischen. Jetzt gieß ich dir noch ein Tröpfchen Sherry in dein Glas, und dann erzähle ich dir alles über mein letztes Unternehmen, meine Agentur.»

Daphne lehnte ihren Kopf gegen ein Kissen, schob eine Efeuranke beiseite und stellte sich aufs Zuhören ein.

Merle schabte von einem Filetsteak breiiges Fleischmus herunter. Sie war heute ganz in durchsichtiges Gold gehüllt und trug eine Bernsteinkette um den Hals, die jedoch halb unter ihrer Rüschenschürze verborgen war.

«Das habe ich immer für meine Babies gemacht, wenn ich anfing, sie auf feste Kost umzustellen», sagte Daphne.

«Babies, Babies – du immer mit deinen Babies! Jetzt kommst du seit drei Wochen tagtäglich hierherauf, und ich glaube, du hast dir keine einzige Gelegenheit entgehen lassen, über deine Babies und deine Männer zu reden. Es tut mir leid, meine Liebe, ich wollte dich nicht kränken, aber man kriegt es wirklich so satt, diese Frauen wie du, die unentwegt von diesem Aspekt des Lebens reden, als hätte unsereins allen Ernstes etwas versäumt.»

«Warum schabst du eigentlich dieses Fleisch, Merle?»

«Um meine kleine Venus zu füttern. Das ist ihr Frühstück. Komm mal mit. Ich habe auch eine Fliege für sie, die habe ich unter einem Sherryglas gefangen. Mehr als eine konnte ich leider nicht erwischen.»

Die Fliege war sehr klein. Sie krabbelte an der Innenseite des Glases in die Höhe, aber als Merle erschien, begann sie zu fliegen und summte verzweifelt gegen die durchsichtige Glocke ihres Gefängnisses. Daphne wandte sich ab. Sie trat an das große, mit Pflanzen vollgestellte Erkerfenster und tat, als interessiere sie sich für die Aussicht. Sie hörte das kratzende Geräusch des Glases und Merles triumphierend japsenden Atemzug. Ihre Schritte waren sehr schwer, und die Fußbodenbretter unter dem dicken Teppich knarrten. Mit sehr sanfter, mütterlicher Stimme begann Merle, auf die Pflanze einzureden.

«Wirklich eine wundervolle Aussicht», sagte Daphne betont lebhaft. «Man kann kilometerweit sehen.»

Merle sagte: «C'est Venus toute entière à sa proie attachée.»

«Wie bitte?»

«Du warst ja nie gut in Sprachen, meine Liebe. Komm, tu bloß nicht so, als ob du von der Aussicht begeistert bist. Du bist bloß überempfindlich, wenn es um die wahren Finessen des Gärtnerns geht. Ich kann solche Verlogenheit nicht ausstehen. Außerdem bin ich jetzt fertig. Sie hat ihr Frühstück gegessen, und all ihre Münder sind geschlossen. Wem winkst du da eigentlich zu?»

«Einem netten jungen Paar, das in der Wohnung nebenan wohnt.»

«Also, bitte tu das nicht.» Merle sah ebenfalls hinunter, dann richtete sie sich hoch auf, ganz goldener Faltenwurf und steife, goldene Locken. «Du kannst es ja nicht wissen, Liebes, aber diese beiden Leute sind nun wirklich das letzte. Erstens einmal sind sie kein Paar; sie sind nicht verheiratet, da bin ich mal sicher. Gewiß, mich geht es ja nichts an. Was mich aber sehr wohl was angeht, ist, daß sie hier einen Hund halten – da, sieh mal, diese Töle, dieser Spaniel –, und dabei verstößt es absolut gegen die Hausordnung, in diesen Wohnungen Tiere zu halten.»

«Und was ist mit deiner Fliegenfalle?»

«Komm, sei nicht albern, ja? Wie ich schon sagte, die halten sich diesen Hund, der den ganzen Garten verdreckt. Ich habe schon an die Hausverwaltung geschrieben, aber diese Leute sind ja so lax; die haben vor mir keinen Respekt, wohl, weil ich eine alleinstehende Frau bin. Aber gerade vorgestern habe ich noch einmal geschrieben, und soweit ich weiß, werden sie jetzt tatsächlich hinausgesetzt.»

Zehn Meter unterhalb des Fensters, auf dem Parkplatz zwischen dem Haus und dem Garten, hob der junge Mann in Jeans und Lederjacke seinen Hund hoch und verstaute ihn auf dem Rücksitz eines ramponierten Autos. Seine Begleiterin, deren hüftlanges Haar annähernd die Farbe von Merles Kleid hatte, nahm auf dem Beifahrersitz Platz. Aber der junge Mann zögerte mit dem Einsteigen. Merle hatte ihr Gesicht dicht an die Fensterscheibe gebracht, da blickte er hinauf und hob zwei weit gespreizte Finger.

«Ooh!» japste Merle. «Das einzige, was man mit solchen Leuten machen kann ist, sie einfach zu ignorieren. Stell dir vor, der läßt den Köter seine Notdurft gegen ein wirklich bezauberndes Exemplar von Cryptomeria japonica verrichten. Ach, vergessen wir ihn und trinken wir lieber eine schöne Tasse Kaffee.»

«Merle, wie lange leben eigentlich diese Blüten an deiner Venus-Dingsda? Ich meine, die verwelken doch bald mal, oder?»

«Nein, das tun sie nicht. Die blühen eine wahre Ewigkeit. Weißt du, Daphne, so gern ich dich auch habe, aber ich würde dich um keinen Preis allein in dieser Wohnung lassen. Du hast ja geradezu einen persönlichen Haß auf meine Muscipula. Du würdest sie am liebsten umbringen, was?»

«Ich setze jetzt mal den Kaffee auf», entgegnete Daphne. Merle telefonierte nach einem Taxi. Dann verstaute sie ihr kleines rotes Notizbuch mit all den Telefonnummern darin in ihre scharlachfarbene Kunstledertasche, ebenso ihren Lippenstift, den goldgetönten Kompaktpuder, ihre Schlüssel, ihr Scheckbuch und vier Fünfpfundnoten.

«Wir hätten doch zu Fuß gehen können», meinte Daphne.

«Nein, das hätten wir nicht, meine Liebe. Wenn ich meinen Einkaufstag habe, dann möchte ich mich frisch fühlen und mich nicht schon durch den Fußmarsch halb tot machen. Es ist ja wohl nicht die Geldausgabe, die dir Kopfzerbrechen macht, wie? Denn du weißt ja, daß *ich* das bezahle. Ich bin mir des Unterschieds zwischen unseren Einkünften durchaus bewußt, Daphne, und wenn ich ihn sonst nicht weiter erwähne, so nur weil ich mich bemühe, taktvoll zu sein. Ich möchte dir heute etwas kaufen, irgend etwas wirklich Hübsches zum Anziehen. In meinen Augen ist es eine wahre Schande, daß deine werten Ehemänner sich nicht besser darum gekümmert haben, daß du anständig versorgt bist.»

«Ich habe vollkommen genug zum Anziehen, Merle.»

«Ja, aber alles grau und schwarz. Das einzige helle Stück, das du besitzt, ist dieser rote Hut, und den trägst du auch gar nicht mehr.»

«Ich bin eben alt, meine liebe Merle. Ich mag mich nicht mit grellen Farben aufdonnern. Ich habe mein Leben hinter mir.»

«Nun, *ich* habe meins nicht hinter mir! Ich meine, ich...» Merle biß sich auf die Lippen und verschmierte dabei tiefroten Lippenstift auf ihre Zähne. Sie marschierte durch den Raum, nahm ihren Ozelotmantel von der Rückenlehne des Sofas und blieb vor der Venusfliegenfalle stehen. Ihre flammenfarbenen Mäuler standen offen. Sie tippte mit den Fingerspitzen dagegen, und sofort schnappten sie zu. Merle kicherte. «Weißt du, woran du mich erinnerst, Daphne? An eine Fliege. Genauso siehst du nämlich aus mit deinem grauen Mantel und dem komischen kleinen Schleierfummel an deinem Hut. Wie eine Fliege!»

«Da ist das Taxi», sagte Daphne.

Vor dem riesigen, überheizten Kaufhaus stiegen sie aus. Merle schleppte Daphne durch die Schmuckabteilung, durch die Parfumerie, an runden Ständern mit Gürteln und Plastikmodellen für Miederwaren vorüber. Mit dem Lift fuhren sie aufwärts. Merle erstand ein Modellkleid aus orangefarbenem Chiffon mit Ziermünzen am Rock. Dann ging es wieder abwärts mit dem Lift und ins nächste Warenhaus. Merle kaufte eine exklusive Gesichtslotion, Eau de Cologne und einen goldenen Parfumzerstäuber. Wieder ging es mit der Rolltreppe nach oben. Merle kaufte einen glänzenden Messinggürtel und versuchte, für die Freundin einen grün-blauen Seidenschal zu kaufen. Daphne willigte schließlich ein, sich ein paar Strümpfe schenken zu lassen, elastische Stützstrümpfe für ihre Krampfadern.

«Jetzt essen wir auf dem Dachgarten Mittag», erklärte Merle.

«Ich hätte nur gern eine Tasse Tee.»

«Und ich nehme erst mal einen gewaltigen Sherry. Aber zuerst muß ich mich frisch machen. Ich muß dringend einen Penny ausgeben und mir mein Gesicht zurechtmachen.»

Sie mußten Schlange stehen mit ihrem Penny. Der Vorraum der Damentoilette hatte an der einen Seite Ablagen aus grünem Marmor mit Spiegeln darüber, und auf der gegenüberliegenden Seite eine Reihe grüner Waschbecken. Daphne setzte sich. Ihre Füße waren geschwollen. Es waren wohl zwanzig oder dreißig Frauen hier, die ihre Gesichter herrichteten, falsche Augenwimpern neu befestigten und dergleichen mehr. Ein Mädchen, dessen Gesicht ihr irgendwie bekannt vorkam, bürstete sich das lange, rotblonde Haar. Merle stellte ihre Handtasche auf einem freien Plätzchen der grünen Marmorplatte ab. Sie wusch sich die Hände, entnahm dem Duftspender ein Wölkchen Calèche und fächelte sich, während sie zurückkam, Luft zu, indem sie ihren Mantel hastig abwechselnd auf- und zumachte. Hier war es noch heißer als in ihrer Wohnung.

Sie setzte sich nieder und drehte ihren Hocker zum Spiegel.

«Wo ist meine Handtasche?» schrie sie plötzlich. «Ich habe meine Handtasche hier abgestellt. Jemand hat meine Handtasche gestohlen. Daphne, Daphne, jemand hat meine Handtasche gestohlen!»

Das perlmutterfarbene Satinsofa bog sich unter Merles Gewicht. Daphne strich sanft die goldenen Locken zurück und legte einen neuen, mit Kölnisch Wasser getränkten Wattebausch auf die rote, von Falten durchzogene Stirn.

«Na, schon ein bißchen besser?»

«O ja, ich bin völlig in Ordnung. Schließlich gehöre ich nicht zu diesen neurotischen Weibern, die wegen so etwas Zustände kriegen. Gott sei Dank hatte ich ja einen zweiten Schlüssel beim Portier hinterlegt, und das Sicherheitsschloß war nicht abgesperrt.»

«Du wirst beide Schlösser auswechseln lassen müssen, Merle.»

«Natürlich werde ich das gelegentlich tun. Ich werde mich nächste Woche darum kümmern. Schließlich kann hier wohl kaum jemand reinkommen, nicht wahr? Sie wissen ja nicht, wer ich bin. Ich meine, sie wissen doch nicht, wessen Schlüssel sie erwischt haben.»

«Aber sie haben deine Handtasche.»

«Daphne, Liebling, hör doch auf, ewig wiederzukäuen, was wir längst wissen. Ich weiß doch, daß sie meine Handtasche haben. Der springende Punkt ist aber, es war nichts in der Tasche, woraus ersichtlich wird, wer ich bin.»

«Es war zum Beispiel dein Scheckbuch mit deinem Namen drin.»

«Mein Name, Liebes, ist – falls es deiner Aufmerksamkeit entgangen sein sollte – Mrs. Smith. Schließlich habe *ich* meinen Namen nicht mein Leben lang dauernd geändert wie du.» Merle richtete sich auf und nahm einen Schluck sweet Sherry. «Der Kaufhausdirektor war sehr charmant, nicht wahr? Und die Polizisten auch. Ich glaube fast, sie finden sie wieder, weißt du. Es ist ja auch eine sehr besondere Tasche, nicht so etwas wie das grauschwarze Ding, das du da mit dir herumschleppst. Meine kleine rote hätte glatt in deine hineingepaßt. Ein Jammer, daß ich nicht daran gedacht habe, sie wirklich hineinzutun.»

«Ja, hättest du nur», meinte Daphne.

Daphnes Telefon klingelte. Es war halb zehn Uhr. Sie saß vor ihrem elektrischen Öfchen und beendete eben ihr Frühstück.

Merle klang ganz aufgeregt. «Was sagst du bloß! Ist es nicht wunderbar? Eben ruft der Kaufhausdirektor an, um mir zu sagen, daß sie meine Tasche gefunden haben. Na ja, es war nicht er persönlich, es war seine Sekretärin, so ein dümmliches Mädchen mit affektierter Sprache. Aber das geht mich ja nichts an. Sie haben meine Tasche im Vorraum der Damentoilette gefunden. Sie war hinter einen Heizkörper gerutscht. Ist das nicht ein wahres Wunder? Natürlich war das Geld weg, aber mein Scheckbuch und meine Schlüssel waren noch drin. Ich bin bloß froh, daß ich gestern nicht deinen Rat befolgt und sofort die Schlösser habe auswechseln lassen. Es ist eben nie gut, impulsiv zu handeln, Daphne.»

«Nein, wahrscheinlich nicht.»

«Ich habe verabredet, daß ich um elf Uhr komme und meine Tasche abhole. Sobald ich also aufgelegt habe, telefoniere ich nach einem Taxi; und ich möchte, daß du mitkommst, Liebes. Ich nehme nur noch schnell ein Bad und versorge meine Pflanzen – übrigens ist es mir geglückt, eine Schmeißfliege für Venus zu fangen –, dann wird das Taxi hier sein.»

«Ich fürchte, ich kann nicht mitkommen, Merle.»

«Was soll denn das heißen? Und warum, um alles in der Welt, nicht?»

Daphne zögerte, dann sagte sie: «Ich habe zwar gesagt, ich kenne kaum jemanden in London, aber diesen einen kenne ich doch, diesen... Nun ja, er war ein Freund meines zweiten Mannes, und er kommt heute zum Lunch zu mir, Merle. Er kommt um zwölf. Ich muß also hierbleiben und alles vorbereiten.»

«Ein *Mann*?» fragte Merle. «Schon *wieder* ein Mann?»

«Ich halte dann eben nach deinem Taxi Ausschau, Merle, und wenn ich sehe, daß du zurück bist, dann komme ich rasch hinauf, und du erzählst mir alles, ja? Tut mir leid, daß ich nicht...»

«Leid? Was tut dir leid? Ich kann meine Handtasche schließlich auch alleine abholen. Ich bin ja daran gewöhnt, auf eigenen Füßen zu stehen.» Krachend wurde der Hörer aufgelegt.

Merle nahm ein Bad und zog das orangefarbene Kleid an. Ein ziemlich auffälliges Gewand für den Vormittag mit all seinen Rüschen und Goldmünzen, aber sie konnte nicht anders, als ein neu erstandenes Kleid auch sofort anzuziehen. Der Ozelotmantel würde ja auch das meiste verdecken. Dann wässerte sie die Peperomias und strich ein wenig Blätterwachs auf den Efeu. Die Schmeißfliege war während der Nacht gestorben, aber der Dionaea Mmuscipula schien das nichts auszumachen. Sie reckte Merle ihre offenen, orangefarbenen Schlünde entgegen und verschlang die tote Schmeißfliege ebenso gierig wie die Filetstückchen.

Merle setzte ihren Turban aus cremefarbener Seide auf und legte einen langen, leuchtendroten Chiffonschal um. Ihr Ersatzschlüssel für das Sicherheitsschloß lag wie immer unter dem Topf mit der Sansevieria. Also sperrte sie beide Türschlösser ab. Dann brachte das Taxi sie zum Warenhaus. Merle segelte hochgemut ins Direktionsbüro, und als der Manager ihr erklärte, er habe keine Sekretärin, und weder habe er in ihrer Wohnung angerufen, noch habe man leider ihre Tasche gefunden, da fiel sie in sich zusammen wie ein großer, orangefarbener Luftballon, in den jemand eine Nadel gepiekt hatte.

«Da hat man Ihnen wohl leider einen Bären aufgebunden, Miss Smith.»

Merle riß sich zusammen. Das schaffte sie noch allemal, sie mit ihrer hervorragenden Selbstdisziplin! Die lächerlichen Hilfsangebote des Managers für ihr inneres Gleichgewicht jedenfalls – Aspirin, einen Cognac, Benachrichtigung der Polizei und dergleichen – hatte sie nicht nötig. Sie sagte ihm gehörig ihre Meinung, nämlich, *wenn* hier eine Verschwörung gegen sie im Gange sei – und davon sei sie überzeugt –, dann sei *er* bestimmt mit von der Partie. Dann rauschte sie die Treppen hinunter und verschaffte sich mit rudernden Armen und lauthals schreiend ein Taxi.

Das erste, was ihr merkwürdig vorkam, als sie zu Hause anlangte, war, daß die Tür nur mit dem Sicherheitsschloß abgesperrt war. Sie hätte schwören können, daß sie beide Schlösser verriegelt hatte, aber ihr Gedächtnis hielt sie wohl zum Narren, kein Wunder nach dem Schock, den sie erlitten hatte. Auf dem Teppich in der Diele lag ein wenig Erde. Merle mochte das gar nicht, Erde auf ihrem goldenen Velours! Sie schwitzte in ihrem Ozelotmantel, also zog sie ihn aus und öffnete die Tür zum Wohnzimmer.

Daphne sah das Taxi kommen und Merle daraus hervorschießen wie die orangefarbene Orchidee aus der schwarzen Hutschachtel des Zauberers. Sie schien außer sich vor Aufregung, ihr Turban war total verrutscht. Daphne lächelte in sich hinein und schüttelte den Kopf. Sie deckte den Tisch und machte den Salat, von dem sie wußte, daß der Freund ihn gern aß, für den Lunch fertig, dann ging sie nach oben zu Merle.

Auf jedem Treppenpodest hing ein Spiegel. Daphne war so klein und dünn, daß sie durch das Steigen kaum außer Atem geriet. Jedesmal wenn sie einen Treppenabsatz erreicht hatte, sah sie eine kleine, graue Frau sich entgegenkommen, eine Frau mit weichem weißem

Haar und großen, ein wenig schüchternen grauen Augen, die ein graues Wollkleid trug, halb verdeckt durch eine zarte Spitzenstola. Sie lächelte ihrem Spiegelbild zu. Gewiß, sie war jetzt alt, aber sie hatte ihre großen Augenblicke gehabt, ihre Freuden, ihre Genugtuungen, ihre innigen Glücksmomente. Und jetzt stand ihr ein neuerliches Vergnügen bevor, eine Begegnung, auf die sie sich schon seit Wochen freute. Und wer wußte, was sich daraus entwickeln würde? Mit einem letzten Lächeln für ihr flatterndes graues Spiegelbild stieß sie die angelehnte Tür zu Merles Wohnung auf.

Jemand hatte in Merles grüner Laube, in diesem Garten des Paradieses, eine Bombe geworfen. Nein, das konnte es nicht gewesen sein, denn die Zimmerdecke war noch da, ebenso der Teppich und die perlmutterfarbene Satingarnitur, wenn auch zerrissen und über und über mit Erde beschmiert. Jede einzelne Pflanze war umgeknickt und auseinandergerissen worden. Blätter lagen zuhauf auf dem Boden wie herbstliches Laub, bloß diese waren grün, üppig, zerquetscht. Und inmitten dieser Verwüstung, zwischen zerrissenen Blättern und gekappten Stengeln, aus denen der Saft troff, zwischen Scherben von Porzellan lag die Venusfalle. Ihre Wurzeln waren aus dem Ballen gerissen, und ihre Münder für immer geschlossen.

Merle versuchte zu schreien, aber sie brachte nur ein gurgelndes Geräusch zustande, den von Entsetzen zu einem Röcheln erstickten Aufschrei aus einem Alptraum. Sie fiel auf die Knie und kroch blindlings umher. Keuchend und unverständliche Worte murmelnd, grub sie in der verstreuten Erde herum, griff nach zerfetzten Blättern und versuchte, sie zusammenzusetzen wie Teile eines Puzzles. Sie kauerte sich über die Fliegenfalle, nahm sie liebkosend in die Arme und wiegte sich unter Wehklagen hin und her.

Sie hörte nicht, daß die Tür ins Schloß fiel. Es dauerte lange, ehe sie Daphne gewahrte, die neben ihr stand und stumm auf sie herunterblickte. Merle hob ihr rotes, tränenüberströmtes Gesicht. Daphne hatte die Hand über den Mund gepreßt, die Hand mit den beiden Eheringen. Und Merle meinte, Daphne müsse sich den Mund zuhalten, um nicht in lautes Lachen auszubrechen.

Langsam und schwerfällig erhob sie sich. Sie hielt ihren langen, orangefarbenen Schal in den Händen und drehte ihn, drehte ihn…

Und sie war überrascht, wie gut ihre Stimme ihr gehorchte, wie ruhig und normal sie klang.

«Du hast es getan», sagte sie, «*du* hast es getan. Du hast meine Handtasche gestohlen, und du hast meine Schlüssel genommen. Und dann hast du mich hier fortgelockt, und dann bist du hier hereingekommen und hast es gemacht.»

Daphne begann zu zittern und schüttelte nur den Kopf. Sie flog am ganzen Körper, und die Hand schlug schlotternd gegen ihren Mund. Sie wußte nicht, sprach Merle zu sich selbst oder zu ihr, sie wußte nur, daß es stimmte: «Du hast mich gehaßt, du warst so neidisch! Du hattest nichts, aber ich, ich hatte Erfolg, Liebe und Glück.» Ihre Stimme hob sich, und mit ihr der Schal. «O ja, wie du mich haßt, immer schon ...!» schrie Merle. «Haß, Haß, giftiger, neidischer Haß!» Riesig, rot und ausufernd wuchs sie über Daphne her, umfing sie mit Moschusduft, mit Blütenranken, umschlang mit dem Schal den fragilen Insektenhals und überwältigte die Fliege. Bis die Fliege aufhörte zu zittern und stille war.

Ein älterer Herr mit einem schwarzen Homburg hatte den Vorplatz überquert und stieg die Stufen hinauf, einen Strauß Blumen in der Hand. Der junge Mann in der Lederjacke beachtete ihn nicht. Er wischte sich Erde und klebriges Grün von den Händen und sagte zu dem Mädchen mit den langen Haaren: «Rache ist süß.» Dabei warf er die scharlachfarbene Handtasche hinten in seinen Wagen. Dann stiegen sie ein, er, das Mädchen, der Hund, und fuhren davon.

Die Anschmiegsame

Das Mädchen hing an ihren Händen außen an einem Balkongitter. Der Balkon war im zwölften Stockwerk des Hochhauses nebenan. Seine Wohnung lag im neunten Stock, und er mußte zu ihr hochblikken. Es war halb sieben Uhr morgens. Er war durch den Lärm eines Flugzeugs geweckt worden, das abenteuerlich tief über die Häuser hinweggebraust war. Er war hochgefahren und ans Fenster getreten. Sein verschlafener Blick glitt über einen leeren blauen Himmel, leer bis auf den verschwindenden, blitzenden Pfeil des Flugzeugs, und er blieb im Niedergleiten – ungläubig zunächst – an der baumelnden Gestalt hängen.

Er glaubte allen Ernstes zu träumen. Schließlich war diese Stunde des Sonnenaufgangs ja auch die Stunde der Träume. Dann, als er begriff, daß er nicht träumte, nahm er an, es handle sich um ein Filmdouble. Natürlich, es ging um eine Filmszene, und da unten wimmelten sie gewiß alle herum, die Kameramänner, das ganze Filmteam, und alle Sicherheitsvorkehrungen waren peinlich korrekt eingehalten worden. Und wahrscheinlich war das Mädchen auch noch nicht einmal ein richtiges Mädchen, sondern eine ausgestopfte Puppe. Er öffnete das Fenster und blickte hinunter. Die Parkplätze, die gepflasterten Höfe, die Grasflächen zwischen den Häusern, alles lag leer und verlassen. An der Balkonbrüstung bewegte sich eine Hand der Puppe, umklammerte seinen Halt fester, verzweifelter... Da mußte er es denn glauben, was hier augenscheinlich geschah – unglaublich allein deshalb, weil dem Melodram, diesem häufigen Bestandteil realen Lebens, immer etwas Unglaubwürdiges anhaftet. Dieses Mädchen hier versuchte sich umzubringen, aber jetzt hatte sie den Mut verloren und versuchte, am Leben zu bleiben. Über diesen seinen Gedanken und Schlußfolgerungen verstrichen etwa dreißig Sekunden. Dann handelte er. Er griff nach dem Telefon und wählte den Notruf der Polizei.

Das Erscheinen der Polizeiwagen und die Rettung des Mädchens in letzter Minute wurden zum Hauptthema des Geschwätzes und der Spekulationen unter den Hausbewohnern beider Wohnblöcke. Irgend jemand hatte herausbekommen, daß er es gewesen war, der die Polizei alarmiert hatte, und er wurde zum Helden wider Willen. Er war ein bescheidener, ruhiger junger Mann, den soviel geballtes Rampenlicht durchaus irritierte. So war er erleichtert, als das Gerede allmählich verstummte, weil die Sensation verklungen war und er endlich wieder seine Wohnung betreten und verlassen konnte, ohne daß man mit Fingern auf ihn zeigte wie auf den heiligen Georg und ihm womöglich auch noch gratulierte.

Etwa vierzehn Tage nach jenem dramatischen Morgen, als er sich fertig machte, um ins Theater zu gehen und eben in seinen Mantel schlüpfte, klingelte es an seiner Tür. Er erkannte das Mädchen, das draußen stand, nicht. Er hatte ja auch nie ihr Gesicht gesehen.

Sie sagte: «Ich bin Lydia Simpson. Sie haben mir das Leben gerettet. Ich bin gekommen, um Ihnen zu danken.»

Er war vollkommen verwirrt. «Aber das ist doch nicht nötig», erwiderte er verlegen lächelnd. «Nein, wirklich, das ist doch nicht nötig. Ich habe nur getan, was jeder andere auch getan hätte.»

Sie war ruhig und gelassen, nicht im geringsten so, wie er sich eine erfolglose Selbstmordkandidatin vorgestellt hätte. «Aber niemand anderes *hat* es getan», meinte sie.

«Möchten Sie nicht hereinkommen? Vielleicht auf einen Drink?»

«O nein. Das war nicht meine Absicht. Und ich sehe, Sie wollen gerade ausgehen. Ich wollte Ihnen nur vielen, vielen Dank sagen.»

«Aber ich bitte Sie – nicht der Rede wert!»

«Nicht der Rede wert, jemandem das Leben zu retten? Ich werde Ihnen *immer* dankbar sein.»

Er wünschte, sie würde entweder hereinkommen oder fortgehen. Wenn dies hier sich noch länger hinzöge, dann würden die Leute in den anderen Wohnungen seines Stockwerks es hören, würden herauskommen, und schon würde es wieder losgehen mit dem Gerede über die «tapferste Tat des Jahres». «Aber nicht doch», wehrte er sich verzweifelt, «wirklich, ich habe es schon fast vergessen.»

«*Ich* werde es nie vergessen.»

Ihre Art, so ruhig und doch so intensiv, bereitete ihm Unbehagen; um so erleichterter war er, als sie gedankenvoll lächelnd im Lift verschwand. Ein Glück, daß sie sich wahrscheinlich nie wieder begegnen würden. Das Merkwürdige war, daß sie es dennoch taten, nämlich am nächsten Morgen an der Bushaltestelle. Sie kam nicht wieder auf seine Rettungsaktion zu sprechen, sondern erzählte ihm von ihrem neuen Job, der auch der Grund war, weshalb sie um diese Zeit an der Haltestelle war. Es stellte sich heraus, daß ihre Arbeitgeber ihre Büros in der Citystreet hatten, direkt neben seiner Firma, deren Klienten sie auch noch waren. Sie fuhren also gemeinsam zur Arbeit. Er verließ sie mit weit anderen Gefühlen als denen vom Abend zuvor. Es war kaum zu glauben, daß sie dreißig war – diese Information hatte er von seinen Nachbarn –, sie sah wesentlich jünger aus, klein und fragil wie sie war, mit ihrer sehr weißen Haut und ihrem sehr blonden Haar.

Es wurde ihnen zur Gewohnheit, morgens gemeinsam mit dem Bus zu fahren, und manchmal winkte sie ihm vom Balkon aus zu. Eines Abends trafen sie sich zufällig vor ihrem Büro. Sie trug einen Arm voller Akten, um zu Hause weiterzuarbeiten, und meinte seufzend, wenn sie gewußt hätte, wie schwer sie seien, hätte sie sie bestimmt nicht mitgenommen. Natürlich trug er sie ihr den ganzen Weg bis in ihre Wohnung und blieb dann auf einen Drink. Sie sagte, sie würde jetzt ihr Abendessen kochen, ob er nicht einfach bleiben wolle? Er blieb. Während sie in der Küche war, nahm er sein Glas mit hinaus auf den Balkon. Merkwürdiges Gefühl, sich vorzustellen, wie sie damals im Morgengrauen in ihrer Verzweiflung hier herausgetreten war, sich außen an der Brüstung heruntergelassen hatte, und wie ihr dann plötzlich der Mut abhanden gekommen war angesichts der gähnenden Tiefe, auf deren Grund der Tod lauerte. Als sie ins Zimmer zurückkam, fiel ihm erneut auf, wie zart sie war, wie ungeheuer schutzbedürftig.

Die Wohnung war makellos ordentlich und sauber. Die meisten Mädchen, die er kannte, lebten mehr oder minder in einem Chaos. Unabhängig und emanzipiert, wie sie waren, drängten sie sich in die Männerberufe und verachteten weibliches Können als entwürdigend. Seine Mutter war eine Superhausfrau gewesen, und so liebte er allein schon aus Gewohnheit ein makellos sauberes Zuhause. Lydias Möbel waren wunderbar poliert. Wenn sie ihn je wieder einlüde, beschloß er im stillen, dann würde er nicht versäumen, ihr Blumen für diese funkelnden Glasvasen mitzubringen.

Nach dem Essen, einer ausgezeichneten, ja exzellenten Mahlzeit, hatten Speis und Trank seine Hemmungen so weit abgebaut, daß er sie unvermittelt fragte:

«Warum haben Sie es getan?»

«Sie meinen, warum ich versucht habe, mich umzubringen?» Sie sprach sanft und mit sachlicher Gelassenheit, so als hätte er sie gefragt, warum sie ihre Stellung gewechselt hätte. «Ich war verlobt, und er hat mich wegen einer anderen verlassen. Es schien so sinnlos, noch weiterzuleben.»

«Und sind Sie jetzt darüber hinweg?»

«O ja. Ich bin glücklich, daß es mir nicht gelungen ist. Oder besser gesagt, daß Sie mich daran gehindert haben.»

«Sie werden das nie wieder versuchen, ja?»

«Nein, warum sollte ich auch? Was für eine Frage!»

Es machte ihn seltsam glücklich, daß sie versprochen hatte, es nicht noch einmal zu versuchen. «Jetzt möchte ich Sie aber auch einmal zum Essen einladen», sagte er beinahe beim Fortgehen. «Warten Sie... Nicht am Montag, wie wäre es mit...»

«Wir brauchen das doch jetzt nicht zu verabreden, nicht wahr? Wir sehen uns doch morgen früh.»

Sie hatte ein sehr süßes Lächeln. Er mochte die aggressiven, selbstsicheren Frauen nicht. Lydia trug niemals Hosen oder Minikleider, sondern lange, weite Röcke mit Blumenmustern. Als er seine Hand um ihren Ellbogen legte, um sie über die Straße zu führen, griff sie nach seinem Arm und ließ ihn nicht mehr los.

«Wählen Sie für mich», bat sie, als ihr im Restaurant die Speisekarte vorgelegt wurde.

Sie rauchte nicht und trank nichts Härteres als süßen Weißwein. Sie konnte auch nicht Auto fahren. Manchmal fragte er sich, wie sie es fertigbrachte, einen anspruchsvollen Job auszufüllen, ihre Miete aufzubringen und ganz allein zu leben. Sie war so überaus feminin, so anschmiegsam und sanft. Und es schmeichelte ihm, als Tränen in ihren großen, grauen Augen erschienen, weil er sie wegen einer Firmenangelegenheit eines Abends nicht sehen konnte. Es war seit drei Wochen der erste Abend, den sie nicht gemeinsam verbrachten, und er vermißte sie derartig, daß ihm klar wurde, er mußte in sie verliebt sein.

Seinen Heiratsantrag, höchst formell dargebracht und von einem riesigen Strauß roter Rosen begleitet, nahm sie ohne Zögern an.

«Natürlich will ich dich heiraten. Mein Leben hat dir gehört seit dem Moment, da du es gerettet hast. Ich hatte schon immer das Gefühl, zu dir zu gehören.»

Sie heirateten sehr schnell. Lydia hatte etwas gegen eine große Hochzeit. Überhaupt paßten er und sie so ideal zusammen. Ihr Geschmack stimmte in so vielen Dingen überein; ihre gemeinsame Vorliebe für Ruhe und Ordnung zum Beispiel, für eine geradezu altmodische Lebensweise voller Gleichmaß und feststehender Gewohnheiten. Und sie hatten die gleichen Ziele: ein Haus in den nordwestlichen Vororten und zwei Kinder. Aber zunächst einmal würde sie noch weiter arbeiten.

Er war entzückt und voller Bewunderung, wie sie es schaffte, das neue Haus so tadellos in Ordnung zu halten, ihn jeden Morgen mit frischgewaschener Unterwäsche und gebügeltem Oberhemd und jeden Abend mit einem vorzüglichen Essen zu versorgen. Soviel Fürsorge war ihm nicht mehr zuteil geworden, seit er das Haus seiner Mutter verlassen hatte. Genauso, fand er, sollte eine Frau sein – unauffällig tüchtig, sanft, aber fachkundig, feminin und süß, aber dennoch gebildet. Der Haushalt lief so reibungslos, als ob zwei unsichtbare Dienstmädchen den ganzen Tag darin am Werk wären.

Um die tägliche Hausarbeit zu schaffen, stand sie jeden Morgen um sechs auf. Er schlug vor, eine Putzfrau einzustellen, sie jedoch wollte keine. Aber sie widersprach nicht etwa voller Trotz, sondern so, daß es ihm schmeichelte.

«Ich könnte es gar nicht ertragen, wenn eine andere Frau für deine Sachen sorgte, Liebling.»

Sie war einfach vollkommen.

Sie gingen gemeinsam zur Arbeit, gemeinsam zum Lunch, sie kamen gemeinsam heim, aßen zusammen, sahen zusammen fern, hörten Musik oder lasen in friedvoll schweigsamer Zweisamkeit. An den Wochenenden verbrachten sie jede Minute zusammen. Sie waren sich einig, daß ihr Haus aufs perfekteste eingerichtet werden mußte mit Wasch- und Spülmaschine, Trockner, Gefrierschrank, Mixern, Staubsauger und Bohnermaschine, mit supermodernem oder richtig antikem Mobiliar, also gingen sie an den Samstagen gemeinsam Einkaufen.

Er war glücklich. So mußte eine Ehe sein, fand er. Das war es, was im Gottesdienst gemeint war – ein Fleisch, und nichts sonst zählte mehr. Er hatte in der Tat fast alles aufgegeben; die Leute etwa, die er früher gekannt hatte. Lydia war keine sehr gesellige Frau und hatte keine Freundinnen. Er fragte sie, warum eigentlich nicht.

«Frauen», meinte sie, «wollen doch nur andere Frauen kennenlernen, um mit ihnen über ihre Männer zu klatschen. Und ich habe eben über meinen Mann nichts zu klagen, Liebling.»

Seine eigenen Freunde schienen ein wenig eingeschüchtert durch die pompöse Großartigkeit, mit der sie sie bewirtete, durch die Fingerschalen, die Obstmesser und dergleichen. Vielleicht waren sie aber auch durch ihr unmißverständlich langes Schweigen irritiert, durch die gewisse Art, immer wieder verstohlen auf die Uhr zu sehen. Es war ja auch nur natürlich, daß sie es nicht mochte, wenn die Leute die halbe Nacht blieben. Sie wollte eben mit ihm allein sein. Das würden sie doch wohl verstehen und ein Einsehen haben. Nein, seine Klienten und ihre Frauen *konnten* nicht irritiert sein, im Gegenteil, sie mußten sich gefreut haben. Denn wo sonst hätte man ihnen in einem Privathaus ohne Angestellte ein Dinner mit fünf Gängen vorgesetzt, noch dazu ein so exquisit zubereitetes? Natürlich hatte Lydia die ganze Zeit davor in der Küche gestanden, und ebenso natürlich war sie nach dem Essen halt erschöpft gewesen, nun ja, ein wenig bissig vielleicht gegenüber dem Herrn, der Kaffee über ihren neuen Teppich verschüttet hatte oder gegenüber jenem anderen, einem amüsanten, aber taktlosen Börsenmakler, der ihn partout überreden wollte, übers Wochenende auf einen Herren-Golf-Ausflug mitzukommen.

«Warum haben die eigentlich geheiratet», fragte sie nicht ganz ohne Grund, «wenn sie immer alles daransetzen, von ihren Frauen wegzukommen?»

Eigentlich hätte er etwa jetzt, im Alter von vierunddreißig Jahren, in seinem Beruf befördert werden müssen. Er arbeitete seit fünf Jahren bei seiner Firma und erwartete, zum Direktor ernannt zu werden. Weder er noch Lydia konnten verstehen, weshalb seine Ernennung so lange auf sich warten ließ.

«Ob das womöglich damit zusammenhängt, daß ich nicht nach Feierabend im Büro herumsitze und mit den anderen trinke?»

«Die werden doch wohl verstehen, daß ein verheirateter Mann mit seiner Frau zusammen sein möchte.»

«Wer weiß. Ich hätte vielleicht doch zu dieser Riverboatparty gehen sollen, bloß, du weißt ja, da waren Frauen nicht mit eingeladen. Ich konnte mir doch denken, wie unglücklich du gewesen wärst, wenn ich allein gegangen wäre.»

Wie auch immer, er hatte sich wahrscheinlich völlig geirrt, was den Grund für die Verzögerung seiner Ernennung betraf, denn gerade als er begann, sich deswegen ernsthafte Gedanken zu machen, bekam er seinen Direktorenposten. Das bedeutete Gehaltserhöhung, ein eigenes Büro und eine eigene Sekretärin. Allerdings war er etwas beunruhigt durch verschiedene andere Konsequenzen der Beförderung, vor allem die Aussicht auf künftige Auslandsreisen. Aber davon brauchte er Lydia ja vorerst noch nichts zu erzählen. Statt dessen erwähnte er die Sekretärin, die er jetzt einstellen mußte.

«Das ist ja wunderbar, Liebling.» Sie waren zur Feier des Ereignisses zu zweit essen gegangen. Von seiner Idee, eine Party zu geben, hatte Lydia nichts gehalten. «Ich habe vierzehntägige Kündigung», sagte sie, «aber zwei Wochen wirst du doch warten können, ja? Ach, es wird wundervoll, wenn wir den ganzen Tag zusammen sein können!»

«Ich verstehe nicht ganz», sagte er, obwohl er sehr wohl verstand.

«Liebling, du bist ein bißchen begriffsstutzig heute abend. Wo könntest du wohl eine bessere Sekretärin finden als mich?»

Sie waren mittlerweile vier Jahre verheiratet.

«Du wirst deine Stellung aufgeben und ein Baby bekommen.»

Sie nahm seine Hand und lächelte ihm ins Gesicht. «Das kann warten. Wir brauchen keine Kinder, die uns einander näherbringen. Du bist mein Mann und mein Kind und mein Freund, alles zugleich, und das ist genug für mich.»

Er mußte ihr klarmachen, warum es für sie nicht in Frage käme, seine Sekretärin zu werden. Es stimmte zwar alles haargenau, was er ihr über interne Firmenpolitik, über Günstlingswirtschaft und so weiter erzählte, und wie heikel es in seiner Position wäre, wenn seine Ehefrau für ihn arbeitete, aber sehr überzeugend brachte er seine Argumente nicht vor.

Sie sagte nur mit ihrer kleinen, sanften Stimme: «Können wir jetzt gehen, bitte? Könntest du um die Rechnung bitten? Ich möchte hier fort.»

Kaum waren sie zu Hause, da begann sie zu weinen. Er versuchte es neuerlich mit Erklärungen. Aber sie weinte nur. Er sagte, sie könne ja andere Leute fragen. Jeder würde es ihr bestätigen. Ein Direktor in einer kleineren Firma wie seiner könne nicht seine Frau für sich arbeiten lassen. Sie könne ja den Vorstand persönlich anrufen, wenn sie ihm nicht glaube.

Sie erhob nicht einmal ihre Stimme; sie wurde ja nie wild oder hysterisch. «Du willst mich nicht», sagte sie wie ein zurückgewiesenes Kind.

«Ich will dich sehr wohl. Ich liebe dich, aber – begreifst du denn nicht? – hier handelt es sich um meine Arbeit, das ist etwas anderes.» Er wußte schon, bevor er das Folgende sagte, daß er es lieber hätte lassen sollen. «Du mochtest meine Freunde nicht, und ich habe sie aufgegeben. Ich lade meine Klienten nicht mehr hierher ein. Ich bin tagtäglich nur etwa sechs Stunden von dir fort. Ist das alles noch nicht genug für dich?»

Es gab keinen Streit. Sie wiederholte nur immer wieder, er wolle sie nicht. Sie weinte fast die ganze Nacht, und am Morgen war sie zu erschöpft, um zur Arbeit zu gehen. Zweimal rief er sie während des Tages an. Ihre Stimme klang zwar tränenverschleiert, aber ruhig; anscheinend hatte sie resigniert. Das erste, was ihm auffiel, als er am Abend in die Tür seines Hauses trat, war der Gasgeruch.

Sie lag auf dem Küchenboden. Auf einem Kissen vor dem geöffneten Gasofen ruhte ihr zarter, blonder Kopf. Ihr Gesicht war sanft gerötet.

Er riß das Fenster auf und trug sie hin, hielt ihren Kopf in die frische Luft. Sie war am Leben, sie würde wieder zu sich kommen! Als ihr Puls kräftiger wurde und sie regelmäßiger zu atmen begann, küßte er sie wie von Sinnen, beschwor sie laut, nicht zu sterben, sondern für ihn zu leben. Als er glaubte, es riskieren zu können, sie für einen Augenblick allein zu lassen, alarmierte er über den Notruf einen Krankenwagen.

Sie behielten sie ein paar Tage im Krankenhaus, und es war von psychotherapeutischen Maßnahmen die Rede. Sie weigerte sich jedoch, sich einer Behandlung zu unterziehen.

«Ich habe es nie getan, außer wenn ich wußte, daß ich nicht geliebt wurde», sagte sie.

«Was meinst du damit – ‹nie›, Liebling?»

«Als ich siebzehn war, nahm ich eine Überdosis Tabletten, weil ein Junge mich verlassen hatte.»

«Das hast du mir nie erzählt.»

«Ich wollte dich nicht aufregen. Ich wäre lieber gestorben, als dich unglücklich zu machen.»

Angenommen, er hätte sie nicht rechtzeitig gefunden? Er schauderte bei dem Gedanken an diese Möglichkeit. Das Haus war grauenhaft ohne sie. Er vermißte sie schmerzlich, und er nahm sich vor, ihr in Zukunft noch mehr Zeit und Aufmerksamkeit zu widmen.

Sie machte sich nichts daraus, in den Ferien zu verreisen. Und weil sie niemals Urlaub machten, selten Gäste einluden und keine Kinder hatten, war es ihnen möglich, Ersparnisse zu machen. Sie verkauften ihr Haus und erwarben ein größeres, moderneres. Seine Firma forderte ihn auf, für drei Wochen nach Kanada zu reisen. Er zögerte nicht eine Sekunde, er lehnte augenblicklich ab.

Ein aufstrebender jüngerer Kollege bekam den Kanada-Auftrag. Es irritierte ihn, als ihm in der Firma ein Gerücht zu Ohren kam, seine Frau sei irgendwie leidend, und das bloß, weil sie ihre Stellung aufgegeben hatte, seit sie das neue Haus gekauft hatten. Lydia leidend? Sie war glücklicher, als sie es je gewesen war, stattete das Haus mit Neuanschaffungen aus, renovierte eigenhändig Zimmer, ließ den Garten neu anlegen. *Wenn* einer von ihnen kränklich war, dann er. Er schlief in letzter Zeit nicht gut und war Schüben von Depressionen ausgeliefert. Der Arzt verschrieb ihm Tabletten gegen die Schlaflosigkeit und riet ihm zu einer Luftveränderung. Vielleicht arbeitete er zuviel? Ob er es nicht einrichten könne, einen Teil seiner Arbeit zu Hause zu erledigen?

«Ich habe es auf mich genommen», erklärte Lydia sanft, «den Doktor anzurufen und das vorgeschlagen. Du könntest doch zwei oder drei Tage in der Woche zu Hause bleiben, und ich erledige die Sekretärinnenarbeit für dich.»

Sein Vorgesetzter war einverstanden. Er glaubte zwar, einen Anflug von Befremden im Lächeln des Mannes zu erkennen, aber er erhielt die Erlaubnis, zu Hause zu arbeiten, und manchmal sah er, obwohl er mit seinen Mitarbeitern telefonierte, vier oder fünf Tage hintereinander keinen anderen Menschen als seine Frau. Sie war, wie er feststellen mußte, als Sekretärin ebenso perfekt wie als Ehefrau. Ihm blieb kaum etwas zu tun. Sie formulierte seine Presseverlautbarungen und schrieb seine Briefe, ohne daß er sie diktieren mußte, erledigte mit Charme und Sachkenntnis Telefongespräche und arrangierte seine Verabredungen. Und wenn die Arbeit getan war, umsorgte sie ihn unermüdlich. Nicht daß sie je etwa einen schnellen Imbiß vom Tablett gegessen hätten – jeder Mittagstisch, jede Abendtafel war raffiniert gedeckt. Und wenn es ihm auch manchmal in den Sinn kam, daß während der letzten zwei Jahre nur sechs andere Menschen von diesen Kristallgläsern, dem Silber, dem ganzen luxuriösen Aufwand Gebrauch gemacht hatten, so sagte er es nicht laut.

Seine Depressionen verschwanden nicht, nicht einmal, nachdem er inzwischen außer Schlaftabletten auch noch Beruhigungsmittel schluckte. Sie sprachen nie mehr über ihre Selbstmordversuche, aber er mußte oft daran denken, und er fragte sich, ob er vielleicht irgendwie angesteckt worden sei von ihrer Neigung. Wenn er vor dem Schlafengehen eine Pille aus der Glasflasche in seine Hand fallen ließ, dann war oft die Versuchung groß, sie alle herauskullern zu lassen und sie mit einem Schluck frischen, kalten Wassers hinunterzuspülen. Warum, wußte er selbst nicht, denn er hatte doch alles, was ein Mann sich nur wünschen konnte – eine perfekte Ehe, ein schönes Haus, eine gute Stellung, eine ausgezeichnete körperliche Gesundheit und nichts, was ihn belastete oder einschränkte. Denn wie hatte Lydia es ausgedrückt? «Kinder wären doch eine solche Belastung gewesen, Liebling», oder, als er vorschlug, sie sollten sich einen Hund anschaffen: «Haustiere sind eine so entsetzliche Belastung, und sie ruinieren einem das ganze Haus.» Jawohl, dieses Zuhause und diese Annehmlichkeiten waren genau das, was er sich immer gewünscht hatte. Und dennoch, als er auf die Vierzig zuging, begann er schlecht zu träumen, und seine Träume handelten von Gefängnissen.

Eines Tages sagte er zu ihr: «Ich kann jetzt verstehen, warum du versucht hast, dich umzubringen. Ich meine, ich kann verstehen, daß jemand es tun möchte.»

«Siehst du, wir verstehen uns eben wirklich in jeder Beziehung», meinte sie. «Aber laß uns nicht mehr davon reden. Ich werde es nie wieder versuchen.»

«Und ich bin wohl nicht der Selbstmördertyp, oder?»

«Du?» Sie war keineswegs alarmiert, sie nahm ihn einfach nicht ernst, wie sie ihn ja überhaupt immer nur in der Beziehung zu sich selbst sah, niemals als Einzelperson. Und er machte sich auch augenblicklich im stillen Vorwürfe. Lydia? Lydia, die ihm ihr ganzes Leben gewidmet hatte, die seine kleinsten Wünsche und Bedürfnisse ihren eigenen überordnete? «Du? Du hättest doch überhaupt keinen Grund dazu», sagte sie lachend. «Du weißt doch, wie sehr du geliebt wirst. Außerdem würde ich dich rechtzeitig retten, genau wie du mich gerettet hast.»

Seine Firma hatte sich vergrößert, und man hatte den Plan gefaßt, eine Filiale in Melbourne zu eröffnen. Nachdem er so energisch bestritten hatte, daß seine Frau leidend sei oder daß etwas mit ihr nicht stimme, bot ihm sein Chef die Chance, für drei Monate nach Australien zu gehen und die Zweigstelle dort in Gang zu bringen. Wiederum zögerte er nicht: er nahm an. Natürlich würde die Firma für seine Reise aufkommen. Als er nach Hause fuhr, überlegte er, wie teuer Lydias Flug nach Melbourne, ihre Hotelunterkunft und ihr Unterhalt dort sein würden. Alle Selbstmordgedanken waren wie fortgeblasen. Er konnte es schaffen, er würde es glatt schaffen! Drei Monate fort sein, überlegte er, in einem ganz neuen Land, ganz neue Leute kennenlernen, und dann am Ende noch gelobt werden für die geleistete Arbeit, vielleicht auch eine Gehaltserhöhung...

Sie kam ihm in der Diele entgegen und umarmte ihn. Diese Umarmungen beim Abschied und beim Wiedersehen (obwohl diese Gelegenheiten immer seltener wurden) waren noch genauso leidenschaftlich wie in der ersten Zeit ihrer Verlobung. Er mußte sich allerdings darauf gefaßt machen, daß sie ihr Haus nicht gern verlassen würde, aber das mußte durchgestanden werden. Am Ende würde sie, wie sie es so oft beteuert hatte, überallhin mit ihm gehen.

Er trat in die weitläufige Wohnhalle. Sie war makellos wie immer, aber irgend etwas war anders; irgendeine große Veränderung war hier vor sich gegangen. Ihr roter Teppich war durch einen neuen ersetzt worden, zart cremefarben, dick und flauschig. «Gefällt er dir?» fragte sie lächelnd. «Ich habe ihn heimlich gekauft und verlegen lassen, als Überraschung für dich. O Liebling, gefällt er dir nicht?»

«Doch, doch, er gefällt mir», erwiderte er. Und dann fragte er: «Wieviel hat er gekostet?»

Das war eine Frage, die er kaum jemals stellte, aber jetzt hatte er seine Gründe. Sie nannte eine Summe, die ziemlich genau den Kosten für ihre Australienreise gleichkam.

«Wir hatten doch gesagt, wir legen es zurück, um Anschaffungen für das Haus zu machen», sagte sie und legte ihm die Arme um den Hals. «Insofern ist es doch eigentlich keine Extravaganz. Der hält ewig. Und für was sonst sollen wir schließlich Geld ausgeben, wenn nicht für unser Haus?»

Er küßte sie und meinte, es sei schon in Ordnung. Nein, es sei keine Extravaganz, ja, und er würde ewig halten, ewig...

Sie speisten von Kopenhagener Geschirr, von georgianischem Silber und von Waterford-Kristall. Auf dem Tisch war ein Blumenarrangement, das seinen süßen Duft an die schale Atmosphäre drohenden Verrats verschwendete: Er mußte nach Australien, und sie konnte nicht mitkommen! Er fürchtete sich, es ihr zu sagen. Eine unsägliche Feigheit lähmte ihn.

Woche um Woche drückte er sich davor, es ihr zu sagen, und er ertappte sich bei dem infamen Gedanken – warum sollte er es ihr überhaupt sagen? Er wollte, er mußte fort! Konnte er nicht einfach abhauen, und bei der ersten Zwischenlandung irgendwo aus Europa anrufen und sagen, man hätte ihn ohne Vorankündigung geschickt, in einer dringenden Angelegenheit? Er hätte schon früher versucht, sie anzurufen, aber keine Verbindung bekommen? Sie würde keinen Selbstmordversuch unternehmen, da war er sicher, wenn sie wußte, daß er zu weit weg wäre, um sie zu retten. Und sie würde ihm verzeihen, denn sie liebte ihn ja. Aber dem standen zu viele praktische Hindernisse im Wege, seine Kleidung zum Beispiel, das ganze Gepäck. Es war verrückt, an so etwas auch nur zu denken! Lydia so etwas anzutun! Nicht einmal seinen ärgsten Feind würde er so behandeln, geschweige denn seine geliebte Frau.

Wie sich herausstellte, hätte er auch nicht einmal die Möglichkeit dazu gehabt. Sie war schließlich seine Sekretärin, und kein Mann, wieviel er auch seiner Frau verschweigen mag, kann vor seiner Sekretärin Geheimnisse haben. Die Fluglinie rief wegen einer Rückfrage an, und so erfuhr sie es.

«Wie lange wirst du fortbleiben?» fragte sie matt.

«Drei Monate.»

Sie wurde blaß. Wie unter einem körperlichen Schwächeanfall sank sie zurück.

«Ich werde jeden Tag schreiben – und telefonieren.»

«Drei Monate», wiederholte sie.

«Ich habe mich einfach nicht getraut, es dir zu sagen. Ich *muß* fahren, Liebling. Begreifst du nicht, daß ich fahren muß? Es würde eine Unsumme kosten, dich mitzunehmen, und wir haben das Geld einfach nicht.»

«Nein», sagte sie, «nein, natürlich nicht.»

Sie weinte bitterlich die folgende Nacht, aber am nächsten Morgen erwähnte sie seine bevorstehende Reise nicht wieder. Sie arbeiteten zusammen wie immer, kameradschaftlich und konzentriert, aber ihr Gesicht war weiß wie Papier. Als sie ihre Arbeit beendet hatten, fing sie an, von den Sachen zu reden, die er brauchen würde, und von den Koffern, die angeschafft werden mußten. Mit trauriger, monotoner Stimme erklärte sie, sie werde schon alles erledigen, er solle sich den Kopf nur nicht belasten mit den Vorbereitungen.

«Und du wirst dir auch keine Sorgen um mich machen wegen der Flugreise?»

Die Art, wie sie es lächelnd unter Kopfschütteln verneinte, als sei seine Frage absurd, unrealistisch, sagte es ihm nur allzu deutlich: Die Toten können sich keine Sorgen machen. Sie hatte vor zu sterben. Er begriff, daß es sträflich optimistisch gewesen war, sich einzubilden, sie werde keinen Selbstmordversuch unternehmen, wenn er nur weit genug fort sei.

Die Zeit verstrich. Nur noch ein Tag bis zu seiner Abreise. Aber er würde nicht fahren, er wußte das. Er wußte es schon seit über einer Woche, bloß er scheute sich ebenso davor, seinem Chef zu sagen, daß er nicht fahren würde, wie er sich davor gefürchtet hatte, seiner Frau zu sagen, daß er es tun würde. Wieder träumte er von Gefängniszellen, und beim Erwachen erkannte er, daß sein Leben entweder von Knechtschaft und Furcht oder von Gefangenschaft und Furcht beherrscht wurde.

Aber *einen* Ausweg gab es aus beidem. Es war am Nachmittag des letzten Tages, als er sich entschloß, ihn einzuschlagen. Er hatte weder seiner Frau noch seinem Chef gesagt, daß er nicht nach Australien fahren würde, deshalb war alles fix und fertig gepackt und sein Gepäck in der Diele zusammengestellt mit einer Präzision, wie nur Lydia sie beherrschte. Sie hatte gesagt, sie ginge eben fort, um seinen leichten Anzug, den er am nächsten Tag tragen sollte, aus der Reinigung zu holen, und er hatte die Haustür ins Schloß fallen hören.

Das war vor einer halben Stunde gewesen. Während ihrer Abwesenheit, so hatte sie ihm tieftraurig und zärtlich eingeschärft, solle er doch nach oben gehen und überprüfen, ob sie beim Packen irgend etwas Lebensnotwendiges vergessen hätte. Schließlich ging er wirklich nach oben, aber aus einem anderen Grund. Nichts Lebensnotwendiges, etwas Sterbensnotwendiges war es, was er wollte – die Flasche mit den Schlaftabletten.

Die Schlafzimmertür war geschlossen. Er öffnete sie und sah sie auf dem Bett liegen. Sie war gar nicht fortgegangen. Seit einer halben Stunde schon lag sie da, die leere Tablettenflasche noch immer in der schlaffen Hand. Er fühlte ihr den Puls, und ein kräftiges, wenn auch unstetes Pochen teilte sich seinen Fingern mit. Sie lebte noch. Eine Viertelstunde etwa, und der Noteinsatzwagen würde sie ins Krankenhaus geschafft haben. Er packte das Telefon und setzte einen zitternden Finger in die Drehscheibe, um den Notruf zu wählen. Sie würde gerettet werden. Gott sei Dank war er wieder einmal gerade noch rechtzeitig gekommen!

Er blickte auf ihr friedvolles, ruhiges Gesicht nieder. Sie sah kein bißchen älter aus als an jenem Tage, als sie zu ihm gekommen war, um ihm für die Rettung ihres Lebens zu danken. Zögernd, fast ohne seinen Willen, löste er den Finger von der Wählscheibe. Ein dumpfer Schluchzer erstickte ihn fast, und er hörte sich wie von ferne in wimmerndes Weinen ausbrechen. Er nahm sie in die Arme, küßte sie leidenschaftlich und rief immer und immer wieder ihren Namen.

Und dann ging er schnell aus dem Zimmer und verließ das Haus. Ein Bus kam: Er stieg ein und löste einen Fahrschein zu einem weit entfernten Außenbezirk. Dort legte er sich in einem Park, den er nie zuvor gesehen hatte, ins Gras und fiel in einen tiefen Schlaf.

Als er aufwachte, war es fast dunkel. Er sah auf seine Uhr und stellte fest, daß mehr als genügend Zeit verstrichen war. Er wischte sich die Augen trocken, denn anscheinend hatte er im Schlaf geweint, erhob sich und ging nach Hause.

Die Essigmutter

Alles dies ist geschehen, als ich elf war.

Mop Felton ging mit mir zusammen in die Schule und galt als meine Freundin. Ich sage «galt», denn sie war eine jener «dicken» Freundinnen, die alle kleinen Mädchen zu haben scheinen, ohne sie allzu gern zu mögen. Ich hatte Mop nie richtig gemocht. Das wußte ich damals schon ebenso wie heute, aber sie war nun mal meine Freundin, weil sie in der nächsten Straße wohnte, weil sie im selben Alter und in derselben Klasse war und weil meine Eltern – obgleich nicht näher bekannt mit den Feltons – es so wollten.

Mop war ein nervös-überspanntes, dramatisches Geschöpf, in mancher Hinsicht uralt für ihr Alter, in anderer wiederum überaus jung. Rückblickend scheint es mir, als hätte sie überhaupt kein Selbstvertrauen, dafür aber eine um so höhere Selbsteinschätzung gehabt. Sie war ein Einzelkind, das zu lautstarken Wutanfällen oder beleidigtem Schweigen Zuflucht nahm, wenn man es aufzog. Sie war groß, sehr mager und dunkel, und es war nicht allein ihr Haar, dünn und strähnig, das ihr ihren Spitznamen eingetragen hatte. Ihr richtiger war Alicia. Ich weiß nicht, weshalb wir sie Mop nannten, und wenn ich heute darin eine entfernte Anspielung auf «mopping and mowing» erblicke (eine Shakespearesche Floskel für Grimassenschneiden, die allenfalls zu ihr gepaßt hätte), oder wenn der einsilbige Name die Verwandtschaft mit einem Irrwisch, mit etwas Hexenhaftem suggeriert (ebenfalls durchaus passend), dann unterstelle ich uns wahrscheinlich einen intellektuellen Esprit, den wir damals gar nicht besaßen. Wir schwelgten geradezu in Spitznamen. Vielleicht tun das alle Schulmädchen. Wir verfuhren bei ihrer Erfindung weder subtil noch geistreich. Ich, Margaret, wurde zum Beispiel Margarine tituliert. Rhoda Joseph, die einmal bei einer öffentlichen Wordsworth-Rezitation steckengeblieben war und munter drauflos improvisiert hatte, war seither für alle Zeiten Lucy; und Elizabeth Goodwin hieß Tölpel, seit ihr dieser Beiname einmal auf dem Hockeyplatz von einer höheren Autorität verpaßt worden war. Unsere Spitznamen waren auch nicht obligatorisch, sie konnten jederzeit durch unsere richtigen Vornamen ersetzt werden. Wir gebrauchten sie zum Beispiel niemals in Gegenwart unserer Eltern oder Lehrer; und sie ihrerseits hätten sich, wenn sie ihnen zu Ohren gekommen wären, niemals herabgelassen, uns so zu nennen. Um so erstaunlicher war es deshalb, sie aus dem Mund Mr. Feltons zu hören, des ältesten und reichsten all unserer Väter.

Wenn er aus dem Geschäft kam und ein Zimmer betrat, in dem Mop und ich waren, dann sagte er wohl: «Na, wie geht's denn meiner alten Mopsy heute?» Und zu mir gewandt: «Sieh da, die lustige alte Margarine!»

Ich kicherte dann, so wie ich es immer tat, wenn mir etwas einigermaßen Verwirrendes begegnete, das ich nicht recht verstand. Ich war zwar ein aufgewecktes Kind, aber nicht sonderlich sensibel. Überhaupt sind ja Kinder meistens nicht besonders einfühlsam. Ich kann mich nicht erinnern, daß mir Mop je leid getan hätte, weil sie einen Vater hatte, der – obwohl schon über fünfzig –, sich allzu oft benahm, als seien sie gleichaltrig. Trotzdem war ich's zufrieden, daß mein eigener Vater, wenn Mop hereinkam, höchstens leicht abwesend von seinem Buch aufblickte und murmelte: «Hallo – äh, Alicia, nicht wahr?»

Die Feltons gehörten einer etwas gehobeneren Gesellschaftsschicht an als wir, eine Tatsache, die ich ohne Fragen und ohne Verdruß hinnahm. Ihr Haus war viel größer als unseres, beide Eltern besaßen einen eigenen Wagen, und sie speisten abends warm. Gewöhnlich gab Mr. Felton Mop dabei ein halbes Glas Sherry zu trinken.

«Du sollst nicht wie eine Ignorantin aufwachsen, was Weine betrifft», sagte er dann wohl.

Und wenn ich bei ihnen war, dann bekam ich auch Sherry. Ich nehme an, es war Manzanilla, denn er war sehr trocken und blaßgelb, von der gleichen Farbe wie der Stein in dem Ring, den Mrs. Felton trug und der ihren Ehering vollständig überdeckte.

Sie besaßen ein Ferienhaus auf dem Lande, in das sie übers Wochenende fuhren, oder auch manchmal während der Sommerferien. Einmal nahmen sie mich für einen Tag mit. Und in dem Sommer nach meinem elften Geburtstag sagte Mr. Felton:

«Warum nimmst du nicht die alte Margarine mit in die Ferien?»

Heute kommt es mir merkwürdig vor, daß ich überhaupt mitfahren wollte. Ich hatte eine sehr glückliche Kindheit, eine ruhige, unverbrüchliche, von keinerlei Überlegungen belastete Beziehung zu meinen Eltern und meinen Brüdern. Eigentlich mochte ich Rhoda und Elizabeth viel lieber als Mop, deren Wutanfälle, Spinnereien und ewige Launen mich anödeten, und Mrs. Felton mochte ich von allen Erwachsenen, die ich kannte, am allerwenigsten. Trotzdem wollte ich sehr gerne mitfahren. Die Wahrheit war, daß sich schon damals meine Leidenschaft für Häuser bemerkbar machte, eine Passion, die später dazu führte, daß ich Architektin wurde, und ein einziger Tag bei den Feltons auf dem Lande hatte genügt, um mich in ihr Bauernhaus zu verlieben. Mein ganzes bisheriges Leben hatte sich in einer etwa 1935 erbauten Doppelhaushälfte in einem Londoner Vorort abgespielt. Das Landhaus der Feltons, das den (wenn auch nicht für meine Begriffe) reichlich prätentiösen Namen «Sanctuarium» hatte, war ein vierhundert Jahre altes Fachwerkhaus, der Traum jedes Kalendermachers, das Ideal einer Schokoladenreklame. Ich sehnte mich danach, in diesen uralten Mauern zu schlafen, über Fußböden zu gehen, die schon dagewesen waren, bevor die Armada kam, mein Gesicht gegen Fensterscheiben zu pressen, in denen sich schon die Halskrause oder der gestärkte Kragen eines Puritaners gespiegelt hatten.

Meine Mutter hatte allerlei Einwände. Es gefiel ihr zwar, daß ich mit Mop bekannt war, vielleicht auch, daß ich in das soziale Ambiente der Feltons einbezogen wurde, aber mir war schon früher aufgefallen, daß sie mich nicht allzu gern der Obhut der Mrs. Felton überließ.

«Und Mr. Felton wird doch lediglich an den Wochenenden dort sein», meinte sie unsicher.

«Wenn es Margaret nicht gefällt», beruhigte mein Vater sie, «dann schreibt sie eben nach Hause, und wir schicken ihr ein Telegramm, in dem steht, daß du dir ein Bein gebrochen hast.»

«Besten Dank», sagte meine Mutter. «Ich wollte, du brächtest den Kindern nicht solche Täuschungsmanöver bei.»

Aber am Ende willigte sie doch ein. Wenn ich mich unglücklich fühlte, dann sollte ich von einer Telefonzelle des Dorfes aus anrufen, und dann würden sie mir ein Telegramm schicken, daß ich dringend meine Großmutter besuchen müßte. *Das* bedeutete anscheinend nicht, mir Täuschungsmanöver beizubringen.

Ich war denn auch zunächst nicht im mindesten unglücklich, und es dauerte eine ganze Weile, ehe ich auch nur leise beunruhigt war. Es gab so viel zu tun, denn es war dort ein Obstzuchtgebiet, und wir pflückten für Mr. Gould, den Farmer, Früchte. Dafür wurden wir auch bezahlt, was Mrs. Felton anscheinend für unter unserer Würde hielt. Sie pflegte keinen Umgang mit Farmern oder Landarbeitern. Ihre engste Freundin war eine gewisse Lady Elsworthy, eine alte Dame, deren Titel sie in meiner Einschätzung in die höchsten Ränge der Aristokratie beförderte. (Später erfuhr ich, daß sie die Witwe eines geadelten Beamten der Zivilverwaltung war.) Ich erstarb jedenfalls vor Schüchternheit, wann immer sie und ihr Sohn im «Sanctuarium» auftauchten. Um so lieber war mir die Gesellschaft unserer nächsten Nachbarin, einer Mrs. Potter, die sich ihrerseits vielleicht an meiner jugendlichen Begeisterung für Architektur freute. Jedenfalls gewährte sie mir Zutritt zu «The Hall», einem William-and-Mary-Herrenhaus, durch dessen weitläufige Gemächer ich an ihrer Hand gehen durfte, eingeschüchtert vor Staunen und vollkommen glucklich.

Das «Sanctuarium» hatte einen kleinen Salon, ein großes Wohn- und Eßzimmer, eine Küche und ein Badezimmer im Parterre und zwei Schlafzimmer im Obergeschoß. Die Zimmerdecken waren schräg und derartig dicht an dicht von Balken abgestützt – von denen manche auch noch geschnitzt waren –, daß sie mir heute trotz aller Echtheit wahrscheinlich geradezu vulgär vorkommen würden. Ebenso bin ich überzeugt, daß ich heute die gesamte Einrichtung der Feltons vulgär finden würde, denn all ihre Wohlhabenheit führte nicht etwa dazu, daß sie echte Antiquitäten sammelten. Sie besaßen vielmehr diese typischen, abgewetzten oder mit künstlicher Patina überzogenen Tische und kleine Schreibpulte, wie sie – höchst geschickt an den richtigen Stellen mit Kratzern und Kerben versehen, und mit überzeugend verblichenem, goldgeprägtem Leder in Braun, Oliv oder Bernsteinfarbe ausgelegt – in einer Antiquitätenfabrik in Romfort hergestellt wurden. Ich wußte das, weil Mr. Felton, der übers Wochenende kam, es jedem erzählte, der in der Nähe war.

«Und wie alt würden Sie dies hier schätzen, Lady Elsworthy?» fragte er dann wohl und tappte dabei auf eines der gefälschten Tischchen, auf das er ihr Glas mit zitronengelbem Sherry abstellte. «Hundertfünfzig Jahre? Zweihundert?»

Natürlich wußte sie es nicht oder war vielleicht zu wohlerzogen, es zu sagen.

«*Ein* Jahr ist die richtige Antwort! Fließbandarbeit vom letzten Jahr, und ich behaupte, daß höchstens ein Experte den Unterschied feststellen kann.»

Dann bekam Mop ihr halbes Glas Sherry, ich bekam meins, und die Erwachsenen beobachteten uns gespannt und warteten geradezu auf die Anzeichen von Betrunkenheit, die sie anscheinend bei den Jungen so amüsant und bei den Alten so abstoßend finden. Anschließend gab es Dinner mit rotem oder weißem Wein, von dem wir allerdings nichts bekamen. Sie tranken immer Wein, sogar dann, wenn die Mahlzeit, was häufig vorkam, nur aus Sandwiches und kalten Beilagen bestand. Mr. Felton pflegte ihn sonnabends mitzubringen, manchmal einen ganzen Karton mit zwölf Flaschen. Ob es guter französischer Wein war, oder das billige, saure Zeug, das mein Vater Rachenputzer nannte? Was immer ich auch durch Mr. Feltons Genußsucht über Sherrysorten gelernt hatte, in puncto Wein blieb ich eine Ignorantin.

Wein aber spielt in dieser Geschichte eine Rolle, und zwar eine wichtige. Denn einmal, als sie an dem dunkelroten Zeug in ihrem Glas nippte – blutschwarz, und wenn ich mich recht erinnere, mit einem noch schwärzeren, flockigen Bodensatz –, sagte Lady Elsworthy:

«Selbst wenn Sie nur eine bescheidene Weintrinkerin sind, meine Liebe, sollten Sie sich – ja wirklich, das sollten Sie unbedingt! – eine Essigmutter zulegen.»

Ich war nicht die einzige unter den Anwesenden, die anfing zu kichern. Es gab Ausrufe wie: «Eine *was*?» und Gelächter, bis Lady Elsworthy zu einer ausführlichen Erklärung ansetzte, was eine Essigmutter sei, nämlich eine Kultur von Essigbakterien, die Wein in Essig verwandelt. Ihr Sohn, den die Erwachsenen Peter nannten, steuerte chemische Details bei, die Potters stellten interessierte Fragen, und von Zeit zu Zeit sagte jemand: «Essigmutter – was für ein Name!» Mich interessierte das alles nicht sonderlich, also trollte ich mich in den Garten, wo sich nach ein paar Minuten Mop zu mir gesellte. Sie hatte wie immer ein Buch bei sich, aber anstatt sich hinzusetzen, das Buch aufzuschlagen und so zu tun, als ob ich Luft sei, wie sie es gewöhnlich tat, stand sie an einen Baum gelehnt und starrte in die Ferne, über das Stour Valley und die Weeping Hills hinweg, und ihr Gesicht hatte jenen angespannten Ausdruck, der meistens ihren Wutanfällen vorausging. Ich fragte sie, was los sei.

«Ich habe mich übergeben.»

Ich wußte zwar, das stimmte nicht, trotzdem fragte ich sie, warum.

«Dieses gräßliche alte Weib und dieses gräßliche Ding, über das sie dauernd redete! Wie ein Stück Leber in einer Flasche, hat sie gesagt.» Ihr Mund zitterte. «Warum nennt sie es bloß Essig*mutter*?»

«Weiß ich doch nicht», sagte ich. «Vielleicht weil Mütter Kinder machen, und das Ding macht Essig?»

Aber das schien sie nur noch wütender zu machen, und sie stieß mit dem Fuß gegen den Baum.

«Wollen wir zum Teich hinuntergehen, oder willst du lesen?» fragte ich.

Aber Mop antwortete mir nicht, deshalb schlenderte ich allein zum See hinunter und beobachtete die Fledermäuse, die über den blaßgrünen Himmel zuckten. Mop war in unser Schlafzimmer hinaufgegangen. Sie lag im Bett und las, als ich zurückkam. Obwohl ich selbst keine Leseratte war, weiß ich noch genau, welche Bücher sie mochte, und ich erinnere mich, daß meine Mutter fand, man solle ihr nicht erlauben, sie zu lesen. An jenem Abend war es Lefanus «Onkel Silas», in das sie sich vertiefte, nachdem sie Dr. James' «Geistergeschichten eines Antiquars» gerade ausgelesen hatte. Ich glaube nicht, daß ich damals eine Beziehung zwischen ihrem literarischen Geschmack und ihrer Reaktion auf die Essigmutter erkannte, ebensowenig wie ich letzteres mit irgendeinem Mangel in ihrem Verhältnis zu ihrer eigenen Mutter in Verbindung brachte. Ich konnte es wohl auch gar nicht, ich war ja viel zu jung. Außerdem hatte mich persönlich die Unterhaltung während des Abendessens nicht im mindesten angefochten, und ich ging ohne die leiseste Vorahnung dessen, was kommen würde, zu Bett.

Als Mop und ich am nächsten Morgen aus der Kirche kamen – im nachhinein glaube ich, daß Mr. und Mrs. Felton uns weniger aus überzeugter Frömmigkeit hinschickten, als um auf die Nachbarn Eindruck zu machen –, trafen wir im «Sanctuarium» wieder einmal die Elsworthys an. Lady Elsworthy, ihr Sohn und Mrs. Felton blickten gespannt in einen bauchigen Glasballon, dessen enger Hals mit einem Stopfen verschlossen war. Darin war eine braune Flüssigkeit, auf der ein lappiges Gerinnsel schwamm, das in der Tat große Ähnlichkeit mit einer Scheibe Leber hatte.

«Es ist lebendig», sagte Mop angeekelt, «es ist eine Art Tier.»

Lady Elsworthy sagte unwirsch, sie solle nicht solche Zimperliese sein, und Mrs. Felton lachte dazu. Ich glaube, meine Mutter wäre ärgerlich geworden, wenn ein Gast in unserem Hause zu mir gesagt hätte, ich solle nicht solche Zimperliese sein. Und außerdem sah ich, daß Mop sich diesmal wirklich übergeben würde.

«Wir müssen es aber nicht behalten, oder?» fragte sie kläglich.

«Natürlich werden wir es behalten», erwiderte Mrs. Felton. «Was fällt dir überhaupt ein, so zu reden, wo Lady Elsworthy sie mir freundlicherweise geschenkt hat! Jetzt werden wir nie wieder den ekelhaften Fabrikessig kaufen müssen.»

«Essig kostet doch gar nicht viel», wandte Mop flehentlich ein.

«Also das ist mir vielleicht ein Kind! Sie denkt wohl, das Geld wächst auf den Bäumen!»

Nun erging sich Lady Elsworthy in Instruktionen, wie das Ding zu behandeln sei. Es mußte in der Wärme stehen. «Nicht etwa da draußen in Ihrer eisigen Küche, meine Liebe!» Und es mußte mit Wein gefüttert werden, mit den Resten aus jeder Flasche, die sie tranken. «Aber bitte keinen Weißwein. Erzähle du ihr, warum nicht, Peter, du weißt, ich kenne mich mit dem wissenschaftlichen Kram nicht so aus. Und dann darf sie auf keinen Fall mit einem Messer oder einem Löffel berührt werden.»

«Ja, wenn sie mit Metall in Berührung kommt», erklärte Peter Elsworthy, «dann schrumpft sie zusammen und stirbt. Sie sehen, in gewisser Hinsicht ein zartes Pflänzchen.»

Mop war hinausgegangen und hatte die Tür hinter sich zugeknallt. Lady Elsworthy beugte sich hingebungsvoll über ihr Geschenk, hob den Glasballon auf und trug ihn an einen Platz, wo es weder zu hell, noch zu kalt war. Aus dem Garten hörte ich das Dröhnen des Rasenmähers, mit dem Mr. Felton sich emsig abmühte. Die beiden anderen hatten sich ein wenig von dem Fenster und der breiten Bahn hellen Sonnenlichts entfernt, in dem sie gestanden hatten. Als Peter Elsworthy von dem «zarten Pflänzchen» sprach, sah ich, wie seine und Mrs. Feltons Augen sich begegneten und seltsame Blicke austauschten – rätselhaft, unverständlich und meinem Wissen über solche Dinge um Jahre voraus. Sein Gesicht wurde ganz weich und merkwürdig. Fast hätte ich losgekichert, so wie ich manchmal im Kino kicherte, aber ich hütete mich doch lieber, lief in den Garten und prustete dort los. «Hihi, verknallt sind die, total verknallt!» Und dabei stieß ich aufgeregt meinen Fuß gegen einen Stein.

Aber ich war nicht allein. Mr. Felton erschien hinter mir. Er schob den Rasenmäher vor sich her, und wie gewöhnlich schwitzte er in der Hitze, so daß sein Gesicht rot und roh aussah wie das Innere eines Beafsteaks, nachdem der kroß gebratene Rand abgeschnitten ist. In meinen Augen war er mehr ein Großvater als ein Vater.

«Und wer ist verknallt, meine alte Margarine? Füße weg, oder ich schneide dir die Zehen ab!»

Es war August, und die Jagdsaison hatte begonnen. Deshalb nahm Mr. Felton an den Sonntagnachmittagen jetzt immer seine Schrotflinte, die sonst sehr dekorativ in der Küche hing, und ging auf Kaninchenjagd. Ich nehme an, er tat es weniger aus dem Wunsch, Kaninchenfleisch zu essen, als um mit den Elsworthys mithalten zu können, die blindlings auf alles Wehrlose schossen, das da fleuchte und kreuchte. Aber er war ein miserabler Schütze, und ich war jedesmal erleichtert, wenn er mit leeren Händen heimkam. Am Sonntagabend fuhr er dann jedesmal wieder nach London zurück.

«Der arme Daddy muß wieder in die Tretmühle», pflegte er beim Abschied zu sagen. «Paß gut auf dich auf, meine alte Mop.» Und zu mir gewandt, meinte er verschmitzt: «Und du gib acht, daß du nicht schmilzst in all dem Sonnenschein, Margarine!»

An jenem Sonntag ließ Mrs. Felton ihn versprechen, am nächsten Wochenende wieder ein Dutzend Flaschen mitzubringen.

«Nachschub für meine Essigmutter.»

«Es ist doch dumm, Wein zu verschwenden, um Essig daraus zu machen», sagte Mop. Ich verstand nicht, warum sie während dieser Abschiedsszenen immer so nervös und mit geballten Fäusten um ihre Eltern herumstrich und sie beide nicht aus den Augen ließ. Heute weiß ich, daß sie sich, obwohl sie so rüde gegen sie war und sich nicht viel aus ihnen zu machen schien, verzweifelt danach sehnte, Anzeichen von Zuneigung zwischen den beiden zu sehen, Zärtlichkeiten, die über die apathische Geste, mit der Mrs. Felton ihm ihre Wange entgegenhob und den flüchtigen Kuß, den Mr. Felton darauf placierte, hinausgingen. Aber sie wartete vergebens, und jedesmal wenn das Auto verschwunden war, erlag sie prompt einer ihrer anscheinend unerklärlichen Anwandlungen von schlechter Laune oder Gekränktheit.

So begann eine neue Woche, in welcher sich unsere Gewohnheiten, wie sie bis dahin gang und gäbe waren, sehr verändern sollten.

Wie ein ordentlicher professioneller Schriftsteller habe ich der Gestalt der Mrs. Felton bisher nur Andeutungen zuteil werden lassen und dadurch, wie ich hoffe, die Neugier des Lesers geweckt. Bisher habe ich es mir versagt, sie genauer zu beschreiben. Aber nachdem nun (wie in jedem guten Theaterstück) ihr Auftritt durch die Münder der anderen Gestalten quasi angekündigt ist, will ich nicht länger zögern. Die Bühne ist frei für sie, und sie wird sie unter Fanfarenklängen und in großer Aufmachung betreten.

Sie war eine große, schlanke Frau, und ihre Haut war braun wie die eines blassen Indianers. Ich fand sie alt und sehr häßlich, und die Bemerkung meiner Mutter, die ich einmal aufgeschnappt hatte, nämlich, sie sei bildschön, wenn man das Zigeunerhafte möge, konnte ich ganz und gar nicht verstehen. Sie war wohl etwa siebenoder achtunddreißig. Ihr Haar war schwarz und kraus wie ein Büschel vom Feuer versengten Heidekrauts, und es wuchs ihr so weit ins Gesicht, daß es fast bis an ihre gewölbten schwarzen Augenbrauen reichte. Sie hatte einen großen Mund mit dicken, bräunlichen Lippen, die sie niemals anmalte, und riesengroße Augen, deren Weiß wie feuchte Eierschale schimmerte.

Auf dem Land trug sie Hosen und ein Hemd. Manche ihrer Kleider nähte sie selbst, und die waren ziemlich auffallend. Ich erinnere mich an einen langen, weiten Kapuzenmantel aus braunem Rupfen und an ein langes Abendkleid aus besticktem Leinen. Zu jener Zeit trugen die Damen höchst selten lange Mäntel und Kleider, weder abends noch am Tag. Sie war Kettenraucherin, und ihre Finger waren gelb vom Nikotin.

Mich ignorierte sie fast vollständig. Ich wurde durchgefüttert, wurde angehalten, mich ordentlich zu waschen und meine Kleidung zu wechseln, und es wurde mir verboten, nach Dunkelwerden draußen zu sein. Aber abgesehen davon sprach sie kaum mit mir. Ich glaube, sie hatte eine tief eingewurzelte Abneigung gegen Kinder, denn Mop erging es kaum besser als mir. Mrs. Felton gehörte zu der Sorte Frauen, die ihre Kinder nur anreden, um sie auszuschimpfen. Wie adrett und wohlanständig Mop sich auch herrichtete und wie sehr sie sich gelegentlich auch um tadelloses Benehmen mühte – und ich glaube, sie strengte sich wirklich an –, nie brachte Mrs. Felton es über sich, sie zu loben. Oder wenn sie es wirklich einmal tat, so ließ sie prompt zu guter Letzt noch einen giftigen Stich folgen, ein «Na ja, aber sieh dir mal deine Nägel an!» oder «Das ist ja sehr nett, aber muß es ausgerechnet in diesem Augenblick sein?» Und Mops Name schrillte auf ihrer Zunge, als sei er eigens deshalb ausgewählt worden, eine kleine grüne Schlange, die heimtückisch aus ihrer Höhle schlüpfte, eine Schleimspur hinter sich lassend, ein bösartiges Zischen: «Alicia!»

Aber zu Beginn jener dritten Woche vollzog sich mit ihr eine leichte Veränderung. Nicht daß sie netter und freundlicher geworden wäre, nein, eher abwesender, auf nervöse Weise in sich gekehrt. Mops Unarten blieben unbeachtet, und auch ich erntete keine giftigen Blicke, wenn ich zu spät zu Tisch kam. Es war am Abend des Dienstags, als die erste Flasche Wein auf dem Abendbrottisch erschien.

Wir nahmen dieses Abendbrot – kalt, wie gewöhnlich, aber doch mehr als eine Teemahlzeit – meistens gegen halb acht oder acht Uhr ein, und danach wurden wir ins Bett geschickt. Und noch nie waren wir aufgefordert worden, zum Essen Wein zu trinken. Selbst an den Wochenenden bekamen wir ja niemals Wein, abgesehen von den winzigen Gläsern Sherry aus Erziehungsgründen. Aber an diesem Abend stellte Mrs. Felton zur Zeit des Sonnenuntergangs – ich weiß noch, das Zimmer war ganz orange und warm und still – statt der Teekanne eine Flasche Rotwein und drei Gläser auf den Tisch.

«Ich mag keinen Wein», sagte Mop.

«O ja, du magst ihn sehr wohl. Du magst doch Sherry.»

«Ich mag dies dunkle, rote Zeug nicht. Das schmeckt bitter. Daddy würde auch nicht erlauben, daß ich Wein trinke.»

«Dann werden wir es Daddy eben nicht erzählen. Und wenn es bitter schmeckt, kannst du dir Zucker hineintun. Mein Gott, jedes andere Kind würde sich vorkommen wie im Himmel, wenn es Wein zum Essen bekäme. Du weißt eben gar nicht, wie gut du es hast, nie hast du das gewußt. Du bist durch und durch undankbar.»

«Du willst ja bloß, daß wir es trinken, damit du die Reste für dein gräßliches Essig-Dingsda nehmen kannst», giftete Mop.

«Das ist nicht gräßlich. Untersteh dich, so mit mir zu sprechen!» versetzte Mrs. Felton, und doch war so etwas wie Erleichterung in ihrer Stimme. Ob ich mich wirklich daran erinnere? Kann ich das damals tatsächlich bemerkt haben? Nein. Ich weiß es wohl erst heute, nachdem all die Zeit vergangen ist und ich mit jedem Jahr die Zusammenhänge deutlicher begriff. Also gut, ich hörte keine Erleichterung, sah kein untergründiges Motiv in Mrs. Feltons Beharrlichkeit. Ich nahm es kritiklos hin, obwohl es absurd war und die Dinge geradezu auf den Kopf zu stellen schien, daß wir eine teure Substanz trinken sollten, damit die übrigbleibenden Reste in eine billige Substanz verwandelt werden konnten. Aber die Kindheit ist nun mal ein Wunderland, in dem es oftmals gilt, schon vor dem ersten Hahnenschrei ein halbes Dutzend Unwahrscheinlichkeiten gläubig hinzunehmen.

Ich trank also meinen Wein, und Mop trank widerwillig sogar zwei Gläser, nachdem sie Zucker hineingerührt hatte. Das meiste übrige trank Mrs. Felton, die sodann den Rest als Nahrung für die Essigmutter in den Glasbehälter goß. Ich glaube nicht, daß ich je zuvor Wein getrunken oder auch nur probiert hatte. Er stieg mir zu Kopf, und kaum lag ich gegen neun Uhr im Bett, als ich auch schon in einen schweren Schlaf fiel.

Mop war sogar noch vor mir eingeschlafen. Ohne sich zu waschen, war sie ins Bett getaumelt, und schon während ich mein Nachthemd anzog, hörte ich ihre schweren Atemzüge. Das war ungewöhnlich. Nicht daß sie an krankhafter Schlaflosigkeit litt, aber für ein Kind war sie doch ein schlechter Schläfer. Wenn ich abends langsam in die sanften Wolken des Schlafs eintauchte, in den köstlichen Dämmerzustand, der jeden Augenblick in völlige Bewußtlosigkeit übergehen konnte, hörte ich sie meistens sich in ihrem Bett hin und her wälzen oder sogar aufstehen und im Zimmer herumwirtschaften. Ich wußte auch, daß sie manchmal nach unten ging, um ein Glas Wasser zu holen, oder auch nur, um ein wenig bei ihrer Mutter zu sein, denn jedesmal nach solcher nächtlichen Exkursion nahm Mrs. Felton sie sich beim Frühstück gehörig vor, indem sie irgendwelchen unsichtbaren Zuhörern vorjammerte, wieso sie denn bloß mit einem derartig ruhelosen, nervösen Kind geschlagen sei, das nicht einmal als Baby je eine Nacht friedlich durchgeschlafen hätte.

An diesem Dienstagabend hatte sie jedenfalls keine Schwierigkeiten mit dem Einschlafen. Erst viel später, tief in der Nacht, wie sie mir am nächsten Morgen erklärte, sei sie aufgewacht und habe dann stundenlang schlaflos gelegen. Sie hatte die Kirchturmuhr zwei und drei schlagen hören; ihr Kopf hatte geschmerzt, und sie hatte ein merkwürdiges Zittern in den Gliedmaßen gespürt. Aber soweit ich weiß, erzählte sie nichts davon ihrer Mutter, und ihr Kopfweh muß wohl im Laufe des Vormittags vergangen sein, denn als ich um zehn das Haus verließ, um mit Mrs. Potter zu einer Auktion zu gehen, die in einem der benachbarten Herrenhäuser abgehalten wurde, da lag sie auf einer Decke auf dem vorderen Rasen und las das Buch, das Mr. Felton ihr am Wochenende mitgebracht hatte – «Fünfzig verwunschene Häuser». Und als ich zurückkam, las sie immer noch, war vertieft in den «Kupferstich» oder sonst eine Schauergeschichte des Blackwood-Verlags.

Etwa an diesem Tag begann auch das, was ich heute ihre Besessenheit in bezug auf die Essigmutter nennen würde. Des öfteren, mindestens drei- oder viermal, fand ich sie, wenn ich ins Eßzimmer trat, vor der Romfort-Fabrik-Antiquität von Tisch, auf welchem Lady Elsworthys Geschenk stand, und sie starrte mit atemloser, angewiderter Faszination auf die Bakterienkultur in dem Glas, als handle es sich um ein in Alkohol konserviertes Reptil. Für mich war dieses Ding in keiner Weise widerlich oder unheimlich, es war im Grunde noch nicht einmal eine Neuigkeit. Ich hatte einmal in Großmutters Speisekammer einen vergessenen Teller Kompott gesehen, der vollständig gegoren und verschimmelt war, und abgesehen davon, daß der Pilzschwamm auf dem Kompott grünlich gewesen war, bestand kaum ein Unterschied zu diesem Bakteriengewächs. Mops Gesichtsausdruck, abgestoßen und gebannt zugleich, ließ mich kichern. Und das war ein Fehler, denn sie fuhr herum und holte mit ihrem dünnen, drahtigen Arm aus.

«Halt dein Maul, du! Ich hasse dich!»

Aber bis zum Abendessen hatte sie sich beruhigt und sprach auch wieder mit mir. Wir saßen auf der Mauer über der Straße und sahen zu, wie Mr. Goulds Herefordkühe von der Weide den Weg entlang zur Farm zurückgetrieben wurden. Schwalben saßen auf den Telefondrähten aufgereiht wie weiße und schwarze Perlen an einer Kette. Der Himmel war gelbgrün, und große Vögel zogen heimwärts darüber hin.

«Am liebsten würde ich einen Teelöffel reinstecken», sagte Mop unvermittelt, «und dann zugucken, wie sie zusammenschrumpft und stirbt.»

«Sie würde es merken», sagte ich.

«Wer – sie?»

«Na, deine Mutter natürlich.» Ich wunderte mich über die Frage, wo die Antwort doch auf der Hand lag. «Wer denn sonst?»

«Was weiß ich.»

«Das ist doch bloß ein Pilz», meinte ich, «der tut dir doch nichts.»

«Alicia! Aliiicia!» Ein schriller, schleimiger Schrei, eine Geisterstimme, die Assoziationen von Wein und Essig heraufbeschwor.

«Los, komm, Margarine», sagte Mop. «Das Abendbrot ist fertig.»

An diesem Abend bekamen wir keinen Wein, aber am nächsten erschien wiederum eine Flasche mit drei Gläsern. Auch das Essen war reichhaltiger als sonst, Fleischpastete mit Kartoffeln und Salat. Vielleicht war der Wein diesmal süßer oder von besserer Qualität, denn er schmeckte mir gut, und ich trank zwei Gläser. Es kam mir nie in den Sinn, mich zu fragen, was meine Eltern – außerordentlich mäßig und nahezu abstinent – von dieser Verderbnis ihrer Tochter wohl denken würden. Aber wie sollte ich auch. Für ein Kind sind nun mal Erwachsene allwissend. Sowenig ich Mrs. Felton mochte, ich hätte ihr nie unterstellt, daß sie mir Böses zufügen oder auch nur zulassen würde, daß mir Böses geschah.

Auch Mop trank folgsam. Diesmal gab es keinen Widerspruch von ihrer Seite. Vielleicht versuchte sie wieder einmal, sich bei ihrer Mutter einzuschmeicheln. Wir gingen um neun zu Bett, und ich glaube, Mop schlief noch vor mir ein. Ich schlief tief und bleiern wie gewöhnlich, und doch war ich mir während der Nacht einer Störung bewußt, so als hätte mich jemand aufgeweckt und mit mir gesprochen. Daran erinnerte ich mich zunächst undeutlich, als ich am nächsten Morgen erwachte. Es war gegen sieben, ein perlmuttschimmernder Morgen voller Vogelgezwitscher. Mop saß im Nachthemd auf der Fensterbank.

Sie sah jammervoll aus, so als ob sie sich gerade übergeben hätte, oder als ob eine böse Erkältung im Anzug sei.

«Ich hab heute nacht versucht, dich aufzuwecken», sagte sie.

«Ja, mir war auch so... Hast du schlecht geträumt?»

Sie schüttelte den Kopf. «Ich bin aufgewacht und hörte die Uhr eins schlagen, und dann habe ich Schritte gehört – hier unten auf dem Weg.»

«Du meinst, hier im Garten?» fragte ich verblüfft. «Kamen sie oder gingen sie?»

«Weiß ich nicht», sagte sie merkwürdig verkniffen. «Sie müssen wohl gekommen sein.»

«Ein Einbrecher? Wir sollten mal runtergehen und nachsehen, ob was gestohlen worden ist.»

«Es war *kein* Einbrecher.» Sie war richtig böse auf mich, und ihr Gesicht sah ganz fleckig aus. «Ich bin ja unten gewesen. Erst lag ich eine Weile wach und hörte nichts mehr, aber ich konnte nicht mehr einschlafen und hatte Durst auf einen Schluck Wasser. Da bin ich runtergegangen.»

«Na und? Weiter!» drängte ich.

Aber Mop konnte nicht weitersprechen. Und selbst ich, unsensibel und gleichgültig ihr gegenüber, wie ich nun einmal war, merkte, daß irgend etwas sie zutiefst verstört hatte. Und auf einmal wußte ich wieder, was mich in der Nacht für kurze Augenblicke aufgeweckt hatte, ich erinnerte mich plötzlich genau, was geschehen war. Jemand hatte halb erstickt geschrien, wie unter einem Alptraum. Mop war durch ihre eigenen Angstschreie aufgewacht, und die Worte, die sie gestammelt hatte, waren: «Die Essigmutter! Die Essigmutter!»

«Du hattest eben einen Alptraum», sagte ich tröstend.

«Oh, halt bloß den Mund», stöhnte Mop. «Du kapierst aber auch nie was. Ich werde dir nie wieder was erzählen.»

Aber später am Tag erzählte sie es mir dann doch. Ich glaube, sie sah inzwischen die Ereignisse der Nacht etwas klarer, obwohl sie immer noch sehr verstört wirkte, als sie zum Höhepunkt dessen kam, was nach ihrer beharrlichen Meinung auf keinen Fall ein Traum gewesen war. Sie sei, so erzählte sie, etwa eine halbe Stunde, nachdem sie die Schritte im Garten gehört hatte, hinuntergegangen. Licht hatte sie nicht angemacht, denn der Mond schien sehr hell. Die Tür zum Eßzimmer stand ein wenig offen, und als sie hineinblickte, sah sie in einem Sessel am Fenster eine Gestalt kauern, deren Kopf von einer Kapuze verhüllt war. Die Gestalt sei ganz in Braun gekleidet gewesen. Und dann sei die Kapuze heruntergeglitten und habe das Gesicht freigegeben. Und da hätte sie losschreien müssen, wegen dieses Gesichts, das gar kein Gesicht gewesen sei, sondern ein großes, lappiges Stück blutiger Leber.

«Du hast geträumt», beruhigte ich sie. «Das *mußt* du geträumt haben. Du warst nämlich im Bett, als du geschrien hast, also hast du es geträumt.»

«Ich *bin* aber runtergegangen», versteifte sich Mop.

«Kann ja sein», räumte ich bereitwillig ein, «aber das andere war bestimmt ein Traum. Denn deine Mutter wäre doch bestimmt gekommen, wenn sie dich unten hätte schreien hören.»

Mit keinem Wort wurde der Traum, oder was immer es gewesen war, noch erwähnt. Am folgenden Sonnabend kam Mr. Felton und nahm uns mit zur Young Farmers Show in Marks Tey. Er brachte mir Grüße meiner Eltern und die Nachricht, daß mein ältester Bruder sein Examen bestanden und sieben Einsen bekommen hätte. Darüber war ich sehr glücklich. Am Sonntagnachmittag ging er mit Peter Elsworthy auf die Jagd, und als sie wiederkamen, erklärte Peter, er werde mit Mop und mir und Mrs. Felton am nächsten Dienstag an die See fahren.

Dieser Dienstag war ein wundervoller Tag, vielleicht der schönste der ganzen Ferien im «Sanctuarium», und nachdem ich am Morgen nach Mops bösem Traum schon überlegt hatte, ob ich vom Dorf aus den verabredeten, verlogenen Telefonanruf tätigen sollte, fand ich nun erleichtert, daß ich sehr gern noch bis zum Ferienende bleiben würde.

Mittags gab es ein Picknick, und wir badeten begeistert im seichten Wasser der flach anlaufenden See. Mrs. Felton trug ein ordentliches, blau-weißes Baumwollkleid, in dem ihre braune Haut wie Bronze wirkte, hatte ihr Haar zu einer glatten Frisur gebändigt, lächelte, war freundlich und nannte Mop sogar einmal «Liebes». Auf einmal mochte ich sogar Peter Elsworthy. Wahrscheinlich war es eine jener plötzlichen blinden Schwärmereien, wie sie bei kleinen Mädchen nur allzu leicht ausgelöst werden – durch ein Lächeln, durch einen einzigen Satz, gesprochen wie zu einem Gleichaltrigen, durch eine zufällige Berührung mit der Hand... Dort auf dem sonnigen Strand jedenfalls fühlte ich mich durch unerklärliche Gefühle zu ihm hingezogen, in eine Leidenschaft getrieben, die sein Anblick vorher nie bei mir ausgelöst hatte und die ebenso schnell wieder erstarb, wie sie aufgelodert war. Als die Sonne unterging und wir den Strand verlassen hatten, da war er wieder weiter nichts als Mrs. Feltons Freund vorn auf dem Fahrersitz des Wagens.

Ich war ihm den ganzen Tag über wie ein kleiner Hund gefolgt, und vielleicht war diese unverhohlene Ergebenheit schuld daran, daß er uns an unserer Gartentür absetzte und sich weigerte, mit hineinzukommen, um das Gedeihen der Essigmutter zu bewundern. Seine Entschuldigung war, er müsse seine Mutter zu einer Dinnereinladung seiner Tante begleiten. Mrs. Felton schnappte wütend ein, als er weg war, und wir bekamen ein Abendessen aus geronnenem Rührei und Zitronenlimonade vorgesetzt.

Am nächsten Abend erschien eine Flasche Claret auf dem Tisch. Während des Essens klingelte das Telefon, und weil Mrs. Felton durch das Gespräch draußen beschäftigt war, nahm ich mir die Kühnheit heraus, mein Glas Wein in den Bottich mit der Essigmutter zu gießen.

«Das sag ich ihr», zischte Mop mir zu.

«Ist mir egal», sagte ich, «ich kann das einfach nicht trinken, dies eklige, saure Zeug.»

«Was fällt dir ein, Daddys Wein eklig zu nennen, wo du hier zu Gast bist!» empörte sie sich. Aber sie sagte Mrs. Felton nichts. Ich glaube, eigentlich hätte sie ihren eigenen Wein gern hinterhergegossen, aber vielleicht fürchtete sie, der Pegel in dem Krug würde zu stark ansteigen. Oder war sie damals schon so weit, daß keine zehn Pferde sie mehr in die Nähe der Essigkultur gebracht hätten?

Ich hatte keinen Wein nötig, um schläfrig zu werden, aber wenn ich ihn getrunken hätte, wäre mein Schlaf vielleicht noch schwerer und tiefer gewesen. Dünnes Mondlicht lag über unserem Zimmer, als ich nachts aufwachte. Mops Bett war leer. Sie stand an der Tür, hielt sie halb offen und zitterte am ganzen Körper. Es war ein bißchen gespenstisch, wie ihr langer Schatten so über die Fachwerkbalken der Wände waberte. Aber ich konnte nicht das geringste hören.

«Was ist denn los?» fragte ich.

«Da unten ist jemand.»

«Woher weißt du? Brennt dort Licht?»

«Ich habe Glas gehört», wisperte sie.

Wie kann man Glas hören? Aber ich wußte schon, was sie meinte, und es behagte mir gar nicht. Ich stand ebenfalls auf, ging zur Tür hinüber und blickte die Treppe hinunter. Ein schwacher Lichtschein fiel unter der Tür des Eßzimmers hindurch, ein weißlicher Schimmer, der vom Mondlicht herrühren konnte, oder auch von der Öllampe, die sie manchmal benutzten. Und dann hörte auch ich Glas – das Klirren von Glas gegen Glas, und ein feines, tröpfelndes Geräusch.

Schweratmend und mit hysterischer Stimme flüsterte Mop: «Und wenn sie nun nachts umgeht, in jedes Haus, wo sie eine haben? Sie geht um und wacht über sie, und dann – dann passiert es! Da, jetzt ist sie unten, und jetzt macht sie es. Horch!»

Glas gegen Glas...

«Das ist doch verrückt», sagte ich energisch, «das kommt bloß von den Büchern, die du immer liest.»

Sie antwortete nicht. Wir machten die Tür zu, legten uns wieder ins Bett und ließen die Bettlampe an. Das Licht war beruhigend. Wir hörten die Uhr zwölf schlagen. Da sagte ich: «Können wir jetzt wieder schlafen?» Und als Mop nickte, machte ich das Licht aus.

Der Mond war verschwunden, vielleicht durch die Wolken verdeckt. Durch die schwarze Stille ertönte ein seltsamer, langgezogener Schrei. Ich wußte nicht, was das war, aber kein Kind von elf Jahren konnte das schließlich wissen. Mir war nur klar, daß der Schrei nichts mit Kummer, mit Schmerzen oder Schrecken zu tun hatte, sondern mit Triumph, mit etwas endlich Erreichtem; dennoch war er zugleich unwirklich, weit außerhalb menschlicher Selbstbeherrschung.

Mop begann zu schreien.

Ich hatte das Licht angemacht, hüpfte auf meinem Bett auf und nieder und brüllte sie an, sie solle still sein. Da flog die Tür auf, und Mrs. Felton kam hereingestürzt, mit wilder Haarmähne, den dunklen, blutfarbenen Seidenmantel hastig um den Körper gezerrt und in der Taille verknotet. Ich war auf Wut und Empörung gefaßt, aber

Mrs. Felton sagte nichts. Sie tat etwas, was ich bei ihr noch nie gesehen hatte, etwas, das ich bei ihr nie für möglich gehalten hatte. Sie riß Mop in ihre Arme, streichelte sie, wiegte sie hin und her. Beide weinten sie – wiegten sich auf dem Bett hin und her und weinten. Und ich hörte Schritte auf dem Gartenweg. Leise und gleichmäßig entfernten sie sich und verhallten schließlich.

Mop verlor über alles das am nächsten Tag kein einziges Wort. Sie zog sich in ihre Bücher und ihre Launen zurück. Heute glaube ich, daß die unerwartete Demonstration der Zuneigung, die sie in jener Nacht von ihrer Mutter erfahren hatte, sie zu der Hoffnung verleitete, es möchten weitere folgen. Statt dessen verfiel Mrs. Felton in eine seltsame Abwesenheit, in eine Art permanenter Trance. Mit kichernder Verlegenheit beobachtete ich, wie sie Mop einfach übersah, Mop, die um sie herumstrich, ihr ins Gesicht blickte und versuchte, ihre Aufmerksamkeit zu erregen. Als Mop es schließlich aufgab und sich mit Dr. James und seine Dämonen in den Garten zurückzog, lag Mrs. Felton auf dem Eßzimmersofa, rauchte und starrte an die Decke. Einmal ging ich hinein, um meine Strickjacke zu holen, denn Mrs. Potter wollte mich am Nachmittag in die mittelalterliche Stadt Lavenham mitnehmen; da lag sie immer noch dort, lächelte höchst seltsam in sich hinein, und ihre langen braunen Hände spielten mit den rotbraunen Perlen ihrer Halskette.

Am Freitagnachmittag brach sie zu einem einsamen Spaziergang auf und blieb Stunden fort. Es war sehr heiß, zu heiß, um sich in einem Garten aufzuhalten, in dem es nur den mageren Schatten eines Apfelbaums gab. Deshalb saß ich am Eßtisch und arbeitete an meinem Skizzenbuch mit Landhausentwürfen, zu denen Mrs. Potter mich angeregt hatte, und Mop las, als das Telefon klingelte. Mop ging hinüber und nahm ab, und selbst bis ins Eßzimmer, über den Flur hinweg, konnte ich Mr. Feltons Trompetenstimme hören.

«Wie geht's, wie steht's, meine alte Mop?»

Ich konnte alles mit anhören, nämlich, daß er schon heute abend kommen würde statt morgen früh. So gegen Mitternacht würde er dasein, und sie sollte es bitte der Mutter ausrichten. Aber die sollte nicht auf ihn warten, er hätte ja einen Schlüssel. Und seine schönsten Grüße bitte an die gute alte Margarine, wenn sie nicht inzwischen bereits zu einem kleinen Pfützchen zerschmolzen wäre!

Mrs. Felton kam um fünf zurück – in Peter Elsworthys Wagen. In ihrem Haar waren Blätter, und hinten an ihrem Rock kleine Grashalme. Sie steckten die Köpfe über der Essigmutter zusammen, brachten sie in einen schattigen, kühlen Winkel und begeisterten sich an der Farbe der Flüssigkeit unterhalb des schwimmenden Leberlappens.

«Ein zartes Pflänzchen, das nicht überhitzt werden darf», meinte Peter Elsworthy, zupfte ein Blatt aus Mrs. Feltons Haar und lachte dabei. Ich fragte mich, wieso ich ihn jemals auch nur hatte nett finden können.

Mop und ich bekamen zum Abendbrot Rosé aus einer gedrungenen, flachen Flasche, auf deren Etikett der Kreuzgang eines Klosters abgebildet war. Inzwischen hatte Mrs. Felton wohl begriffen, daß ich keinen Wein nötig hatte, um müde zu werden, darum erließ sie es mir, mehr als ein Glas zu trinken. Der Glasbottich mit der Essigmutter war dreiviertel voll. Ich war schon im Bett und Mop schon fast ausgezogen, als mir einfiel, was ihr Vater ihr aufgetragen hatte.

«Ach, ich hab ganz vergessen, es ihr zu sagen», gähnte Mop, der die Augen fast zufielen.

«Du kannst doch runtergehen und es ihr jetzt noch sagen.»

«Da wäre sie höchstens sauer. Und außerdem hat er ja einen Schlüssel.»

«Du magst bloß nicht allein im Dunkeln runtergehen», sagte ich. Mop erwiderte nichts. Sie ging zu Bett und zog sich die Decke über den Kopf.

Wir haben nie wieder miteinander gesprochen.

Sie kam nach den Ferien nicht wieder in die Schule, und nach einem halben Jahr sagte mir meine Mutter, sie würde überhaupt nicht wiederkommen. Ich erfuhr nie, was mit ihr geschehen war. Das einzige – oder fast das einzige –, an was ich mich von ihr erinnere, war ihr mageres, bleiches Gesicht, das in letzter Zeit immer so verstört ausgesehen hatte, mit tiefen, dunklen Rändern um die Greisinnenaugen. Und ich erinnere mich noch an die Bücher auf ihrem Nachttisch. «Fünfzig Geisterhäuser», «Die Werke des Sheridan Lefanu», «Das Beste von Montague Rhodes James». Und dann an das bleiche Mondlicht in unserem Zimmer mit all seinen Balken und der schrägen Decke. Die nächtliche Stille der gespenstischen alten Landschaft. Der Weindunst in meiner Kehle, die Benommenheit, die in schweren Schlaf überging...

Aus diesem schweren Schlaf war ich durch zwei scharfe Explosionen gerissen worden, durch das Geräusch splitternden Glases. Mop war schon aus dem Zimmer, bevor ich aus dem Bett torkelte, mit meinem vernebelten Kopf kaum wissend, wo ich war. Irgendwo unten schrie Mop wie von Sinnen. Ich ging hinunter. Das ganze Haus, dieses Haus mit dem Namen «Sanctuarium», war hell erleuchtet. Ich machte die Tür zum Eßzimmer auf.

Mr. Felton lehnte gegen den Tisch, die Schrotflinte noch immer in der Hand. Ich glaube, er weinte. An viel Blut kann ich mich nicht erinnern, bloß an die bräunliche Nacktheit der Mrs. Felton, und über sie geneigt Peter Elsworthy, der sich seinen verwundeten Arm hielt. Und dann an den Geruch von Schießpulver wie bei einem Feuerwerk und an den ätzenden Essiggestank überall, von dem einem übel wurde. Und zwischen Glasscherben die gellend schreiende Mop mit einem Messer, mit dem sie unablässig auf die dicke, schleimige Lebermasse einstach, die auf dem Teppich lag.

Das Fallen der Münze

Die Hotelwirtin führte sie zwei Treppen hinauf zu ihrem Zimmer. Einen Lift gab es nicht. Es gab auch keine Zentralheizung, und es war – obzwar bereits April – sehr kalt.

«Bißchen klein, wie?» meinte Nina Armadale.

«Es ist aber ein Doppelzimmer. Tut mir leid, etwas anderes haben wir nicht mehr.»

«Ich nehme an, ich muß dankbar sein, daß es nicht auch noch ein Doppelbett hat», sagte Nina.

Ihr Mann zuckte bei diesen Worten zusammen, das tat ihr richtig wohl. Sie trat ans Fenster und blickte in eine schmale Gasse hinunter, die von einer Backsteinmauer begrenzt war. Die Uhr der Kathedrale schlug fünf. Nina konnte sich vorstellen, wie das werden würde, mit diesen stündlichen Glockenschlägen die ganze Nacht hindurch, womöglich sogar jede Viertelstunde. Nur gut, daß sie ihre Schlaftabletten bei sich hatte.

Die Hotelwirtin versuchte immer noch, sich für den Mangel an Bequemlichkeit zu entschuldigen. «Sehen Sie, morgen findet in der Kathedrale eine große Hochzeit statt. Sir William Tarrants Tochter. Es kommen an die fünfhundert Gäste, und die meisten von ihnen übernachten hier in der Stadt.»

«Wir gehen auch hin», erklärte James Armadale. «Deshalb sind wir ja gekommen.»

«Dann werden Sie das Problem sicherlich verstehen. Also, das Badezimmer ist gleich da hinten im Flur, rechts herum und dann die dritte Tür links. Abendessen um halb acht und Frühstück zwischen acht und neun. Oh, und ich zeige Mrs. Armadale wohl besser noch, wie man den Gasofen anstellt.»

«Ersparen Sie sich die Mühe», fauchte Nina, «ich weiß, wie man einen Gasofen anstellt.» Sie plagte sich gerade mit der Schranktür ab, die anfangs partout nicht aufgehen wollte, und als sie endlich offen war, sich nicht wieder schließen ließ.

Die Hotelière sah ihr schweigend zu und hielt es wohl für sinnlos, helfend einzugreifen. Sie wandte sich an James: «Ich meine auch, wie die Gasuhr hier zu bedienen ist. Es ist ein Münzapparat mit einem Einwurfschlitz, in den passen Fünf-Pence-Stücke. Wir finden, damit können unsere Gäste am einfachsten zurechtkommen.»

James hockte sich neben sie auf den Boden und nahm den grauen Metallkasten in Augenschein. Es war eine altmodische Gasuhr mit Messingverzierungen, wie er sie seit seiner Studentenzeit in einem möblierten Zimmer nicht mehr gesehen hatte. Eine Skala mit einem roten Zeiger gab die Gasmenge an, für die man bezahlt hatte. Im Augenblick stand der Zeiger auf Null.

«Sie müssen den Hebel nach links drehen, dann stecken Sie die Münze in den Schlitz, und dann drehen Sie nach rechts...»

James bemerkte mit Erleichterung, daß Nina nicht mehr zuhörte. Wenn nämlich der unvermeidliche Streit losginge – und der *würde* ausbrechen, sobald die Frau gegangen wäre –, dann drehte er sich vielleicht mehr um die Lästigkeit, überhaupt an dieser Hochzeit teilzunehmen, für die er nun wirklich nichts konnte, als um die verspätete Hotelbuchung, für die er sehr wohl etwas konnte.

«...dann drehen Sie ihn nach rechts und warten, bis Sie die Münze fallen hören. Ist das klar?» James beteuerte, das sei völlig klar, vielen Dank auch – und kaum hatte die Wirtin das Zimmer verlassen, da legte Nina los:

«Kannst du mir vielleicht *einen* vernünftigen Grund nennen, weshalb wir nicht hätten morgen herkommen können?»

«Ich könnte dir sogar mehrere nennen», antwortete James ergeben, «aber der wichtigste ist der, daß ich keine Lust hatte, hundertachtzig Kilometer in Gehrock und Zylinder mit dem Auto zu fahren.»

«Du meinst wohl, du hattest keine Lust, mit deinem üblichen Samstagmorgen-Sülzkopf zu fahren.»

«Laß uns keinen Streit anfangen, Nina. Laß uns wenigstens für diesen Abend ein bißchen Frieden halten. Sir William ist der Vorsitzende meiner Firma. Ich muß es mir also als Ehre anrechnen, daß wir zu dieser Hochzeit eingeladen worden sind, und wenn wir dafür einen ungemütlichen Abend und eine unbequeme Nacht in Kauf nehmen müssen, dann läßt sich das eben nicht ändern. Das gehört nun mal zum Geschäft.»

«Sag mal, großkotziger geht's wohl nicht, wie?» fragte sie auf eine Art, die man bei einer weniger attraktiven Frau giftig genannt hätte. «Ich möchte mal wissen, was dein dämlicher Sir William Tarrant sagen würde, wenn er seinen Verkaufsdirektor zu Gesicht kriegte, nachdem der eine Flasche Whisky intus hat.»

«Er sieht mich eben nicht», sagte James kühl und zündete sich eine Zigarette an. Und weil sein Kampfgeist noch nicht erlahmt war, fügte er hinzu: «Das ist *dein* Privileg.»

«Privileg!» Nina, die bisher wütend ihren Koffer ausgepackt und ihre Sachen wahllos auf eins der beiden Betten geworfen hatte, hörte jetzt abrupt damit auf, denn dabei vergeudete sie Teile der Energie, die sie zum Streiten brauchte. Sie setzte sich aufs Bett und zischte: «Gib mir 'ne Zigarette. Manieren hast du wohl gar keine, was? Weißt du eigentlich, wie ungebildet du bist? Diese Bude hier paßt haargenau zu dir, das ist genau dein Milieu, mit Münzgasuhr, und das Klo hundertfünfzig Meter weit entfernt. *Dir* macht das nichts aus, solange bloß eine Bar in Reichweite ist. Aber ich – ich habe dabei das Privileg, mein Schlafzimmer mit einem widerlichen Säufer zu teilen!» Sie holte tief Luft wie ein Schwimmer und tauchte erneut in ihr Element ein: «Ist dir klar, daß wir seit zwei Jahren nicht mehr in einem Zimmer geschlafen haben? Daran hast du wohl nicht gedacht, was, als du mit der Hotelreservierung bis zur letzten Minute gewartet hast! Oder vielleicht – ja, natürlich, o mein Gott! –, vielleicht *hast* du sogar daran gedacht. Oh, ich kenne dich so gut, James Armadale! Du hast dir gedacht, hier so mit mir in einem Zimmer, und wenn wir uns dann gemeinsam ausziehen, das würde Wunder wirken, wie? Da würde ich weich werden. Da würde ich – wie nennt man das doch gleich – die ehelichen Beziehungen wiederaufnehmen. Du hast absichtlich dafür gesorgt, daß sie uns dieses – dieses Kabuff geben! Du Schwein hast es extra so eingefädelt!»

«Nein», sagte James. Er sagte es ruhig und kaum hörbar, denn der innere Abscheu, der ihn erfaßt hatte, machte ihm das Sprechen fast unmöglich.

«Du verdammter Lügner! Glaubst du, ich hätte vergessen, was für einen Aufstand du gemacht hast, als ich dich in das Extraschlafzimmer ausquartiert habe? Und glaubst du, ich habe das mit dem Weibsbild vergessen, mit dieser Frances? Ich werde das niemals vergessen, und ich werde dir niemals verzeihen. Also glaube bloß nicht, ich würde Vergangenes vergangen sein lassen, wenn du versuchst mich zu befummeln, nachdem die Bar heute nacht schließt.»

«Das werde ich nicht tun», sagte James, und flüchtig dachte er daran, daß die Bar in einer Viertelstunde aufmachte. «Ich werde nie mehr versuchen, dich – wie du es so reizend nennst – zu befummeln.»

«Nein, weil du weißt, daß du damit bei mir nicht landen kannst. Du weißt, daß du dir damit eine Ohrfeige einhandeln würdest, die du nicht so bald vergißt.»

«Nina», sagte er, «laß uns mit dieser Unterhaltung aufhören. Das ist doch hypothetisch, es wird ja gar nicht passieren. Wenn wir auch weiterhin zusammenleben – und ich denke, das werden wir tun, obgleich Gott allein weiß, weshalb –, könnten wir dann nicht versuchen, in Frieden zu leben?»

Sie wurde rot und sagte: «Daran hättest du denken müssen, bevor du mich mit dieser Frau betrogen hast.»

«Das ist jetzt drei Jahre her», erwiderte er seufzend, «drei Jahre. Ich will dich nicht provozieren, und wir haben es ja auch schon sattsam besprochen, aber du weißt schließlich sehr gut, warum ich dich betrogen habe. Ich bin erst fünfunddreißig, ich bin noch ziemlich jung. Ich habe es nicht verkraftet, daß man mir ‹eheliche Beziehungen› wie ein Almosen gewährte, oder, wenn du das lieber hörst, daß ich dich sechsmal im Jahr befummeln durfte. Müssen wir das denn noch erörtern?»

«Wenn es nach mir geht, nicht. In meinen Augen ist es völlig gleichgültig, welche Entschuldigungen du vorbringst.» Der Zigarettenqualm in dem winzigen Zimmer ließ sie husten. Sie öffnete das Fenster und sog die feuchtkalte Luft ein. «Du fragst mich», fuhr sie fort und wandte sich zu ihm um, «weshalb wir auch weiterhin zusammenleben müssen. Ich werde dir sagen, warum. Weil du mich geheiratet hast. Ich habe ein Recht auf dich, und ich lasse mich niemals scheiden. Mich hast du sicher, bis daß der Tod uns scheidet. Bis zum Tode, James, klar?»

Er antwortete nicht. Ein eisiger Hauch war ins Zimmer gefahren, als sie das Fenster geöffnet hatte, und er griff in seine Tasche. «Wenn du bis zum Abendessen hier drinnen bleiben willst», meinte er, «dann machen wir wohl lieber den Gasofen an. Hast du vielleicht ein Fünf-Pence-Stück? Ich habe nämlich keines, ich muß erst wechseln.»

«Oh, du wirst es schon schaffen, das Wechseln. In der Bar nämlich. Nur zu deiner Information: Ich habe überhaupt kein Geld mitgenommen. Das ist *dein* Privileg.»

Als er sie allein gelassen hatte, saß sie minutenlang in dem kalten Zimmer und blickte reglos auf die Backsteinmauer der Kirche. Bis daß der Tod uns scheidet, hatte sie zu ihm gesagt. Und sie meinte es ernst damit. Sie würde ihn nie verlassen, und nie und nimmer würde sie zulassen, daß er sie verließ, aber sie hoffte, er würde sterben. Es war nicht ihre Schuld, daß sie frigide war. Sie hatte immer geglaubt, er faßte es auch so auf. Sie hatte geglaubt, ihre Schönheit, ihre Fähigkeiten als Hausfrau und Gastgeberin würden jenen gewissen Ekel, den sie nicht ändern konnte, kompensieren. Dieser Ekel richtete sich ja auch nicht gegen ihn persönlich, sondern gegen alle Männer. Er schien sich damit abgefunden zu haben und trotzdem mit ihr glücklich zu sein. Auf ihre geschlechtslose Weise hatte sie ihn ja auch geliebt. Und gerade als er ihr glücklicher und gelöster erschienen war als je zuvor während ihrer Ehe, als er endlich aufgehört hatte, jenes peinvolle Ansinnen an sie zu stellen und trotzdem so liebevoll zu ihr war, ja, sie mit Geschenken geradezu überschüttete, da hatte er es ihr plötzlich und ohne jede Scham gebeichtet. Es würde ihr nichts ausmachen, hatte er gesagt, das wisse er genau. Sie würde es ihm nicht verübeln, wenn er anderswo fände, was sie ihm offensichtlich so widerstrebend gäbe. Und da er für sie sorge und fast alle seine Freizeit mit ihr verbringe und sie als seine Frau respektiere, müsse sie doch – da sie Sex nun einmal verabscheute – erleichtert sein, daß er jemand anderen gefunden habe.

Er hatte behauptet, ihre durch die sexuelle Verdrängung aufgestauten Aggressionen seien schuld gewesen, daß sie wie eine Furie auf ihn losgefahren sei und mit den Fäusten auf ihn eingeschlagen habe, daß sie Worte geschrien habe, von denen er nicht mal geahnt hätte, daß sie sie kannte. Bis zu ihrem Todestag würde sie seine Entgeisterung nicht vergessen. Er hatte allen Ernstes gedacht, es würde ihr nichts ausmachen! Es hatte wochenlanger Sticheleien, Szenen und Drohungen bedurft, um ihn so weit zu bringen, Frances aufzugeben. Sie hatte ihn aus ihrem Schlafzimmer verbannt und sich in einen bitteren, erbarmungslosen Rachedurst eingesponnen, der anhalten würde, bis daß der Tod sie schied. Er hatte bis heute nicht begriffen, wie tödlich er sie verletzt hatte. Andere Frauen hatte es seither nicht mehr gegeben, aber er hatte zu trinken begonnen. Auch jetzt trank er natürlich, überlegte sie, und gegen neun würde er dann stockbetrunken auf dem Bett dort liegen, das nur knapp einen halben Meter von ihrem entfernt stand. Das Zimmer war zu kalt, um noch länger darin herumzusitzen. Sie versuchte, den Gasofen anzumachen, stellte den Schalter der Düsen auf EIN, aber nichts passierte, als sie ein Streichholz daranhielt. Also ging sie entschlossen nach unten in den Aufenthaltsraum, in dem ein Kaminfeuer brannte und wo die Leute vor dem Fernseher saßen.

Beim Dinner trafen sie wieder zusammen.

James Armadale hatte seinen ersten Viertelliter Whisky bereits intus, und jetzt bestellte er zu der braunen Windsorsuppe und dem aufgewärmten Lammbraten eine Flasche Burgunder.

«Eine Frage aus purer Neugier, James», meinte Nina ironisch, «warum trinkst du so viel?»

«Um meine Sorgen zu ersäufen», erwiderte James. «Der klassische Grund, und in meinem Fall stimmt er sogar. Willst du auch ein bißchen Wein?»

«Ja, ich trinke wohl besser ein Glas mit, was? Denn sonst trinkst du die ganze Flasche leer.»

Der Speisesaal war voll. Die meisten anderen Gäste waren mittleren Alters oder schon älter. Viele von ihnen waren wahrscheinlich Hochzeitsgäste, genau wie sie. Er hatte bemerkt, daß ihr Erscheinen einige Aufmerksamkeit erregt hatte und daß man an den Nachbartischen wohlwollende Kommentare über sie austauschte. Es bereitete ihm ein bitter-schales Vergnügen, daß man sie wahrscheinlich als ein gutaussehendes, wohlsituiertes und vielleicht sogar glückliches Paar einschätzte.

«Nina», fing er an, «wir können so nicht weitermachen. Das ist nicht fair, gegenüber keinem von uns beiden. Wir machen nicht nur uns selbst kaputt, sondern den anderen auch. Wir müssen uns darüber unterhalten, was wir tun können.»

«Gut gewählt, der Zeitpunkt, was? Ich denke nicht daran, mich darüber in aller Öffentlichkeit zu unterhalten.»

Sie hatte mit leiser, verhaltener Stimme gesprochen, weit entfernt von dem aggressiven Tonfall vorhin im Schlafzimmer, und sie warf flinke, nervöse Blicke auf die Nachbartische ringsum.

«Eben weil dies sozusagen ein öffentlicher Platz ist, meine ich, haben wir bessere Chancen, vernünftig darüber zu reden. Wenn wir allein sind, wirst du sofort hysterisch, und dann kann keiner von uns ruhig und vernünftig bleiben. Wenn wir hier und jetzt darüber sprechen, dann glaube ich dich gut genug zu kennen, daß du mich nicht anschreien wirst.»

«Ich könnte aber einfach rausgehen, nicht wahr? Außerdem bist du betrunken.»

«Ich bin nicht betrunken. Offen gestanden werde ich's in einer Stunde wahrscheinlich sein – ein Grund mehr, weshalb wir uns hier und jetzt unterhalten sollten. Sieh mal, Nina, du liebst mich doch nicht, das hast du mir oft genug gesagt, und entgegen deiner verrückten Einbildung, ich hätte irgendwelche Absichten auf dich – ich liebe dich auch nicht. Die Gründe für alles das haben wir so oft erörtert, daß ich jetzt nicht noch einmal darauf zurückkommen muß, aber können wir denn nicht wirklich zu einer Art freundschaftlichem Arrangement kommen und uns trennen?»

«Damit du dann alle Weiber kriegen kannst, die du willst? Damit du dann diese Hure in mein Haus bringen kannst?»

«Nein», sagte er, «das Haus kannst du haben. Das Gericht würde dir wahrscheinlich ein Drittel meines Einkommens zugestehen, aber ich gebe dir mehr, wenn du willst. Ich würde dir die Hälfte geben.» Fast hätte er hinzugesetzt: «Bloß, um dich loszuwerden», aber das verkniff er sich, es hätte zu provokativ gewirkt. Seine Sprache wurde bereits zähflüssig und undeutlich.

Obwohl er es beabsichtigt hatte, reizte es seinen Zorn, wie unter dem äußeren Zwang der Situation ihre Stimme sanft und ihr Gesicht kontrolliert blieb. Die Worte, die sie benutzte, waren allerdings die gleichen wie sonst. Er hatte sie schon tausendmal gehört. «Wenn du mich verläßt, dann folge ich dir. Ich gehe in die Firma und erzähle denen dort alles. Ich setze mich vor deine Tür. Ich will nicht allein gelassen werden. Lieber würde ich sterben. Ich will keine geschiedene Frau sein, bloß, weil du mich satt hast.»

«Wenn du so weitermachst», sagte er mit dicker Zunge, «dann wirst du dich als Witwe wiederfinden. Gefällt dir das besser?»

Wären sie allein gewesen, sie hätte ihm ihr Ja ins Gesicht gebrüllt. Aber sie waren nicht allein, also wandte sie ihm ihr dünnes, scharfes Lächeln zu, ein Lächeln, das ein unbeteiligter Beobachter als Amusement über ein internes, eheliches Späßchen werten konnte. «Ja», sagte sie, «ich möchte gerne Witwe sein, *deine* Witwe. Trink dich nur zu Tode, warum auch nicht? Es ist das einzige, was du tun kannst, wenn du mich loswerden willst.»

Die Kellnerin kam an ihren Tisch. James bestellte einen doppelten Cognac und «einen Kaffee für meine Frau». Er wußte, er würde sie nie loswerden. Er gehörte eben nicht zu den Männern, die einen öffentlichen Bankrott ihres Lebens verkraften. Szenen im Geschäft, Belästigungen, Einmischung von Freunden und Vorgesetzten. Er war sich darüber kar – entweder eine gütliche Trennung oder gar keine. Und da sie sich nie dazu bereit finden und ihn auch weder verstehen noch ihm verzeihen würde, mußte er es eben weiterhin durchstehen. Mit dieser Hilfe, dachte er, als der Cognac eine nebelhafte Euphorie in seinem Gehirn auszubreiten begann. Er leerte sein Glas auf einen Zug, murmelte ihr wegen der Zuhörer ein «Entschuldige mich» zu und verließ den Speiseraum.

Nina verzog sich wieder in das Fernsehzimmer. Es lief ein Film über ein Ehezerwürfnis, das dem ihren nicht unähnlich war. Die alten Damen mit ihrem Strickzeug und die alten Herren mit ihrer Verdauungszigarre ließen es lustlos über sich ergehen. Sie beschloß, sich ins Auto zu setzen und irgendwohin zu fahren. Es war egal wohin, alles war ihr recht, wenn es nur weit genug entfernt war von diesem Hotel und James und der Kirchturmuhr, deren Schlagwerk die Stunden mit langgezogenen, metallischen Klängen in Viertelstundensegmente zerschnitt. Es mußte doch irgendwo in der Stadt ein ruhiges Plätzchen geben, wo man eine Tasse Kaffee bekommen konnte, oder vielleicht ein Kino, in dem nicht gerade ein Film über Eheprobleme lief, oder über das, dachte sie schaudernd, was die Leute sexuelle Beziehungen nannten. Sie ging nach oben, um sich die Wagenschlüssel und ein bißchen Geld zu holen.

James schlief fest. Er hatte die Krawatte abgenommen und die Schuhe ausgezogen, sonst war er völlig angezogen. Er lag auf dem Rücken und schnarchte. Dumm von ihm, nicht unter die Decke zu kriechen. Er würde frieren. Vielleicht starb er an Unterkühlung? Nun, sie würde ihn jedenfalls nicht zudecken. Lediglich das Fenster würde sie zumachen, damit es nicht zu eisig wäre, wenn sie heimkam. Die Autoschlüssel waren in seiner Jackentasche, vermischt mit einer Handvoll Kleingeld. Sie schüttelte sich, als sie die Wärme seines Körpers durch den Stoff fühlte. Sein Atem roch nach Alkohol, und er schwitzte trotz der Kälte. Unter dem Kleingeld waren zwei Fünf-Pence-Stücke. Eins davon würde sie aufheben, um es am Morgen in die Gasuhr zu werfen. Gräßlicher Gedanke, sich für die Hochzeit anzuziehen bei einer Zimmertemperatur um den Nullpunkt! Eigentlich konnte sie die Münze auch gleich einwerfen, dann brauchte sie den Gasofen morgen früh nur noch anzustellen, oder auch, wenn sie gegen Mitternacht nach Hause kam, um sich etwas aufzuwärmen.

Das Zimmer war schwach erhellt vom gelblichen Licht der Straßenlaterne draußen in der Gasse. Sie kauerte sich vor den Gasofen und stellte fest, daß sie den Schalter nach ihrem vergeblichen Versuch, die Flammen zu entzünden, nicht wieder ausgeschaltet hatte. Es war nicht ratsam, die Münze einzuwerfen, während der Schalter auf EIN stand, und für fünf Pence Gas ins Zimmer strömen zu lassen, noch dazu bei fest verschlossenem Fenster und einer schweren, alten Tür, an deren Rändern es nicht die kleinste Ritze gab. Langsam streckte sie die Hand aus, um den Hebel auf AUS zu drehen.

Ihre Finger berührten ihn. Dann verharrte ihre Hand regungslos. Sie hörte in der Stille das heftiger werdende Pochen ihres Herzens, während die Idee mit ihrer ganzen brillanten Infamie von ihr Besitz ergriff. Nicht ratsam...? War sie verrückt? Es wäre nicht ratsam, die Münze einzuwerfen, während die Düsen geöffnet waren? Was wäre denn wohl ratsamer, wirkungsvoller, endgültiger? Sie zog die Hand zurück und umschloß sie mit der anderen, weil sie zitterte. Sie richtete sich auf und betrachtete ihren schlafenden Mann. Schweißperlen standen ihm auf der blassen Stirn. Sein Schnarchen war genauso schwer und rhythmisch wie das Schlagen ihres Herzens. Witwe, dachte sie, allein und frei in einem Hause, das sie mit niemandem zu teilen brauchte. Nicht geschieden, verachtet, enteignet und verlacht von Richtern und Rechtsanwälten wegen des Makels ihrer Frigidität, nicht verspottet von dieser Frances und ihren Nachfolgerinnen, sondern eine Witwe, der alle Welt Mitleid und Respekt entgegenbringen würde. Und wohlsituiert außerdem, vielleicht sogar reich mit den Einkünften aus James' Lebensversicherung und höchstwahrscheinlich einer Pension von Sir William Tarrant.

James würde nicht vor Mitternacht aufwachen. Nein, das war falsch – er *wäre* vor Mitternacht nicht aufgewacht. Was sie meinte, war, er würde überhaupt nicht mehr aufwachen.

Die Düsen für die Gasflammen waren noch immer aufgedreht, voll aufgedreht. Sie nahm das Fünf-Pence-Stück und ging leise wieder zur Gasuhr. Es gab zwar nichts, das ihn jetzt aufwecken konnte, dennoch schlich sie auf Zehenspitzen. Das Fenster war fest geschlossen, und dahinter nichts als die schmale Gasse, die schimmernde Laterne und die hohe Mauer der Kathedrale. Sie kniete sich hin und sah sich das Zählwerk genauer an. Es war das erste Mal in ihrem behüteten, verwöhnten Luxusleben, daß sie sich genötigt sah, eine Münzgasuhr mit einem Geldstück zu versehen. Aber wenn Dummköpfe wie Hotelangestellte und die Art von Gästen, die in solchen Absteigen zu wohnen pflegte, damit fertig wurden, dann konnte sie es wohl auch. Es war sicherlich kein Malheur, daß sie den Instruktionen der Inhaberin nicht aufmerksam zugehört hatte. Was hatte sie doch gesagt? Den Hebel nach links drehen, die Münze einstecken, nach rechts drehen. Nina zögerte einen Moment, gerade lange genug, um Erinnerungsfetzen an sich vorüberziehen zu lassen. James, als sie frisch verheiratet waren, James, geduldig, lieb und voller Selbstverleugnung während ihrer Flitterwochen, James, der versicherte, ihre Gefühlskälte sei nicht weiter schlimm, Zeit und Liebe würden schon... James' verschämt lächelndes Geständnis, bei dem er ihr Frances' Namen an den Kopf warf, James, der auf eine dreitägige Sauftour verschwand, weil sie nun einmal nicht vorgeben konnte, daß die Wunde, die er ihr verpaßt hatte, nur ein oberflächlicher Kratzer gewesen wäre, und dann James, Abend für Abend für Abend betrunken... Sie verlor keine Zeit. Sie nahm ihren Mantel, schob die Wagenschlüssel in ihre Handtasche, dann kniete sie sich nochmals hin, legte den Hebel nach links, schob das Fünf-Pence-Stück in den Schlitz, drehte den Hebel nach rechts, ging eilig, ohne sich noch einmal umzuschauen, aus dem Zimmer und schloß die Tür hinter sich.

Die Kirchturmuhr schlug Viertel vor neun.

Als die Bar um halb zwölf Uhr schloß, kam ein Schwarm von

Gästen die Treppe herauf, und ihr lautstarkes Geschwätz hätte auch den gesündesten Schläfer aufgeweckt. Sie weckten auch James auf. Eine ganze Weile lag er mit offenen Augen und bewegte sich nicht, bis er die Kirchturmuhr Mitternacht schlagen hörte. Als der letzte Glockenton verhallt war, tastete er nach der Lampe und knipste sie an. Wie ein Messer fuhr ihm das grelle Licht in den Schädel, und er stöhnte. Aber so fühlte er sich ja fast immer gegen Mitternacht, kein Grund also, deswegen Aufhebens zu machen. Wen würde es auch kümmern, wer würde es auch nur hören, wenn er es täte? Nina war anscheinend noch immer unten im Aufenthaltsraum. Die Hoffnung, sie werde aus Angst, mit ihm allein zu sein, die ganze Nacht dort unten bleiben, war wohl zu hoch gespannt. Nein, wenn jetzt das Fernsehprogramm zu Ende war, dann würde sie heraufkommen und wieder loszetern wegen seiner Betrunkenheit, wegen seiner Untreue – nicht daß es nach Frances noch weitere gegeben hätte –, und sie würden hier liegen, miteinander keifen und sticheln, bis sich ein grauer Schimmer in das gelbe Laternenlicht mischen und die Kirchturmuhr ihnen verkünden würde, daß der Tag angebrochen wäre.

Und dabei war sie einmal so süß gewesen, so untröstlich und verzweifelt wegen ihres traurigen Versagens. Es wäre ihm nie eingefallen, ihr deswegen Vorwürfe zu machen, obwohl sein Körper litt. Und der Ausweg, den er dann fand und den er so treuherzig beichtete, hätte für sie alle drei eine Lösung sein können, wenn Nina vernünftig gewesen wäre. Und wohl zum tausendstenmal fragte er sich, warum er so blöde gewesen war, es ihr zu beichten. Durch diesen kleinen Betrug hätte er jetzt glücklicher sein können als je zuvor während seiner Ehe. Aber er war nicht in der richtigen Verfassung zum Nachdenken. Was hatte die Frau gesagt, wo das Badezimmer sei? Rechts den Flur entlang und dann die dritte Tür links. Er blieb liegen, bis die Uhr Viertel nach zwölf schlug, dann sah er ein, daß er es nicht länger aushalten konnte und sich auf den Weg machen mußte.

Die kalte Luft im Korridor – mein Gott, das war ja eher wie Januar als wie April! – brachte ihn ein wenig zu sich. Um so stärker spürte er den pochenden Kopfschmerz. Es war ein Wahnsinn, so weiterzumachen. Was, zum Teufel, tat er da eigentlich, wollte er partout mit fünfunddreißig Jahren zum Alkoholiker werden? Er brauchte sich gar nichts vorzumachen, er *war* bereits Alkoholiker, ein Säufer. Und wenn er mit Nina zusammenblieb, dann würde er mit vierzig ein totaler Alkoholiker sein. Aber wie sollte man eine Frau verlassen, die einen nicht loslassen wollte? Seinen Posten aufgeben, abhauen, bis ans Ende der Welt... solche wilden Gedanken kamen ihm häufig um Mitternacht, aber wenn dann der Morgen kam, das wußte er, dann würde er doch wieder genauso weitermachen.

Etwa zehn Minuten lang blieb er im Badezimmer. Als er durch den Korridor zurückging, hörte er Schritte auf der Treppe, und weil er wußte, daß er gräßlich aussah und ebenso gräßlich nach Alkohol roch, verbarg er sich hinter der offenen Tür einer Besenkammer. Aber es war nur seine eigene Frau. Sie verlangsamte ihre Schritte, während sie auf ihr Zimmer zuging, als müsse sie sich wappnen für irgend etwas – für meinen Anblick wahrscheinlich, dachte er. Hatte sie wirklich so starke Aversionen gegen ihn, daß sie tief durchatmen und die Fäuste ballen mußte, ehe sie ihm gegenübertreten konnte? Sie war sehr blaß, ja, sie sah geradezu krank aus, völlig verstört, und als sie die Tür aufgemacht und eingetreten war, da schnappte sie hörbar nach Luft; fast war es ein erstickter Aufschrei.

Er trat hinter ihr ins Zimmer. Sie fuhr herum, erblickte ihn – und er glaubte, sie würde in Ohnmacht fallen. Schon vorher hatte sie blaß ausgesehen, aber jetzt wurde sie weiß wie Papier. Früher, als er sie noch geliebt, als er noch gehofft hatte, er könnte sie lehren, ihn zu lieben, wäre er zutiefst beunruhigt gewesen. Jetzt bekümmerte es ihn wenig, er fragte bloß: «Hast wohl was Schlimmes im Fernsehen gesehen?»

Sie antwortete ihm nicht, sondern setzte sich auf ihr Bett und vergrub den Kopf in den Händen. James zog sich aus und kroch ins Bett. Bald darauf stand auch Nina auf und begann, sich langsam und mechanisch auszukleiden. Wie immer, wenn er aus einem Alkoholexzeß auftauchte, wurde sein Körper von einem Zucken befallen, und sein Kopf war hellwach. Er würde stundenlang nicht wieder einschlafen können. Neugierig und leidenschaftslos beobachtete er sie. Er hatte längst aufgehört, Vergnügen oder gar Erregung zu empfinden, wenn er ihr beim Ausziehen zusah. Es belustigte ihn höchstens, daß sie auch jetzt – obwohl sie sich anscheinend in einer Art Schock befand, denn ihre Hände zitterten – nicht auf ihre typischen, prüden Schutzmaßnahmen verzichtete, auf die Art, ihm den

Rücken zuzukehren, wenn sie aus ihrem Kleid stieg, oder sich das Nachthemd über den Kopf zu ziehen, bevor sie ihre Unterwäsche ablegte.

Sie zog ihren Morgenmantel an und ging ins Badezimmer. Als sie zurückkam, glänzte ihr Gesicht, das sie vom Make-up gereinigt hatte, fettig, und sie schlotterte am ganzen Körper.

«Nimm lieber 'ne Schlaftablette», meinte er.

«Ich hab schon im Badezimmer eine genommen. Ich wollte ein Bad nehmen, aber es gab kein warmes Wasser.» Und während sie ins Bett stieg, schimpfte sie in ihrer üblichen, schrillen Tonlage: «Nichts funktioniert in diesem verdammten Hotel. Nichts, aber auch gar nichts klappt!»

«Mach das Licht aus und schlaf. Man könnte ja denken, du müßtest den Rest deines Lebens hier verbringen und nicht bloß eine Nacht.»

Sie erwiderte nichts. Sie sagten einander nie gute Nacht. Als sie die Lampe gelöscht hatte, war es nicht sonderlich dunkel im Zimmer, denn die Laterne draußen auf der Gasse brannte noch. Selten hatte er Schlaflosigkeit als so quälend empfunden. Außerdem beschlich ihn jetzt ein Gefühl, auf das er nicht gefaßt gewesen war: Er mochte nicht das Schlafzimmer mit ihr teilen.

Ihre kalte Sittsamkeit, die ihn früher so erregt hatte, stieß ihn jetzt ab. Er stützte sich auf einen Ellbogen und betrachtete sie verstohlen. In der defensiven Stellung einer Frau, die Gewalttätigkeit fürchtet, lag sie flach auf dem Bauch, die Arme unter dem Kopf gefaltet. Obwohl die Schlaftablette bereits ihre Wirkung getan hatte und sie fest schlief, wirkte ihr Körper steif und gespannt, als könne er durch die leiseste Berührung in wilde Gegenwehr versetzt werden. Sie roch kalt, ja, sie verströmte einen säuerlichen Salzgeruch, als hätte sie Seewasser in den Adern statt Blut. Er mußte an Frauen mit richtigem, warmem Blut denken, an Frauen, die aus dem Schlaf erwachten, wenn sich das Gesicht ihres Mannes ihnen näherte, Frauen, die sich nicht abwehrend in sich zurückzogen, sondern lächelnd die Arme ausstreckten... Für alle Zeit würde sie ihn von solchen Frauen fernhalten – bis der Alkohol oder die Zeit ihn genauso erstarren ließ, wie sie es war.

Plötzlich war ihm klar, daß er in diesem Zimmer nicht bleiben konnte. Er war imstande, irgend etwas Entsetzliches zu tun, sie zusammenzuschlagen vielleicht, oder sogar sie umzubringen. Aber so sehr er sich auch wünschte, sie los zu sein, weder Zeit noch Geld mehr an sie zu verschwenden, der Gedanke, sie umzubringen, war ebenso absurd wie grotesk, das war einfach undenkbar. Trotzdem, bleiben konnte er hier nicht.

Er stand auf und schlüpfte in seinen Morgenrock. Er würde in den Aufenthaltsraum hinuntergehen, wo sie ferngesehen hatte, würde sich eine Wolldecke nehmen und den Rest der Nacht dort verbringen. Sie würde vor neun Uhr sowieso nicht aufwachen, und um die Zeit wäre er dann zurück, um sich für diese leidige Hochzeit anzuziehen. Wirklich komisch, daß sie ausgerechnet zu einer Hochzeit gingen, daß sie Zeuge sein würden, wie ein anderer in dasselbe Boot stieg. Allerdings war es wohl nicht ganz dasselbe Boot, denn wenn man dem Firmenklatsch trauen durfte, hatte Sir Williams Tochter ihre warmen Arme schon vielen Männern geöffnet…

Die Kirchturmuhr schlug eins. Bis neun würde das Zimmer eisig sein, und sie würden den Gasofen anmachen müssen. Eigentlich konnte er gleich ein Fünf-Pence-Stück in den Zähler einwerfen, dann wäre der Ofen gebrauchsfertig.

Die Vorderseite des Geräts lag im Schatten, aber die Zähluhr war deutlich zu sehen im Schimmer der Straßenlaterne. James kniete sich hin und dachte an die Anweisungen der Inhaberin. Besser, er probierte zunächst einmal so, bevor er sein Fünf-Pence-Stück – sein einziges – einwarf. Merkwürdig übrigens, er hätte schwören können, daß er zwei davon gehabt hatte, als er sich vorhin ins Bett gelegt hatte. Also – was hatte sie gesagt? Hebel nach links drehen, Münze einwerfen, Hebel nach rechts drehen, bis das Fallen der Münze zu hören ist. Er behielt also seine Münze in der Hand – schließlich wollte er sie nicht riskieren, falls es stimmte, was Nina behauptete, daß nämlich in diesem Hotel nichts funktionierte. Er drehte den Hebel nach links und dann nach rechts, so weit es ging.

Eine Münze fiel mit dumpfem, metallischem Klicken, und der rote Zeiger bewegte sich auf der Skala und zeigte die Einzahlung an. Gut. Er war froh, daß er sein Geld nicht vergeudet hatte. Ein Gast vor ihnen mußte die Münze eingeworfen und den Hebel nicht weit genug nach rechts gedreht haben.

James vergewisserte sich noch einmal, daß das Fenster geschlossen war, damit die Kälte nicht eindringen konnte, warf einen letzten Blick auf die schlafende Frau, dann verließ er das Zimmer und schloß die Tür hinter sich.

Beinahe menschlich

Der Chef lag dösend auf dem Sofa. Monty saß ihm gegenüber hochaufgerichtet auf seinem Sessel. Keiner von beiden rührte sich, als Dick sich Gin und Soda eingoß. Die beiden hielten nichts von harten Getränken, der Chef hatte allein schon gegen den Geruch etwas, aber es war nicht seine Art, seine Gefühle zu zeigen. Monty trank gelegentlich Bier, wenn er mit Dick in der *George Tavern* war. Er wiederum konnte Zigarettenrauch nicht ausstehen, und als ihm jetzt der Qualm von Dicks Capstan in die Nase stieg, nieste er.

«Gesundheit!» sagte Dick. Es war wohl besser, er rauchte sie in der Küche zu Ende, während er ihnen ihre Abendmahlzeit zurechtmachte. Es war nicht fair Monty gegenüber, ihn in seinem Alter zum Husten zu bringen. Womöglich kriegte er davon wieder Bronchitis. Es gab nichts, was Dick nicht für Montys Wohlergehen getan hätte, aber als er das Steak aus dem Kühlschrank genommen hatte und noch einmal ins Wohnzimmer zurückging, um sein Glas zu holen, da war es doch der Chef, an den er sich wandte. Monty, das war sein Freund, der beste Gefährte der Welt, den Chef dagegen konnte man nicht in solchem Licht sehen; er war eben mehr der Boss, den man respektieren und dem man sich unterordnen mußte.

«Hungrig, Chef?» fragte er.

Der Chef verließ seinen Sofaplatz und ging in die Küche. Dick folgte ihm. Es war schon fast dunkel draußen, aber doch noch hell genug, um Dick auf Montys Mantel, den alten, karierten, aufmerksam zu machen, der immer noch auf der Wäscheleine hing. Besser, er holte ihn herein, falls es in der Nacht Regen geben würde. Dick ging also auf den Hof und hoffte wider besseres Wissen, daß der alte Tom, sein Nachbar von nebenan, das Licht in der Küche nicht bemerkte und sofort ankam. Aber diese Hoffnung war ja immer vergebens. Er hatte kaum die erste Wäscheklammer abgenommen, da hörte er bereits das Knarren der Tür und dann die brüchige, greinende Stimme:

«Wird wohl wieder kalt heute nacht.»

«Hm», meinte Dick.

«Würde mich nicht wundern, wenn es Frost gibt.»

Na wenn schon! Dick sah die wuchtige Gestalt des Chefs, die ihren Schatten in das hellerleuchtete Rechteck der Tür warf. Sehr gut, dachte er, dadurch werde ich ihn los. Hochaufgerichtet, wie er jetzt am Zaun stand, war der Chef einen guten Kopf größer als der alte Tom, der nervös grinsend zurückwich.

«Genau wie die Kinder, was?» krächzte der Alte. «Beinahe menschlich, das ist richtig unheimlich. Sieh mal, er versteht jedes Wort, das man sagt.»

Dick antwortete nicht. Er folgte dem Chef in die Küche und knallte die Tür hinter sich zu. Nichts ärgerte ihn mehr, als wenn die Leute glaubten, sie machten einem Tier Komplimente, indem sie es mit Menschen verglichen. Als ob nicht der Chef und Monty in jeder Hinsicht – geistig, körperlich und moralisch – hundertmal besser waren als alle menschlichen Wesen, denen er je begegnet war! Genau wie die Kinder – was für ein hirnverbrannter Quatsch! Kinder, die auf ihr Abendbrot warteten, würden heulen, einem auf die Nerven gehen und einem dauernd im Weg stehen. Seine Hunde dagegen, geduldig, stoisch und zielstrebig, wie sie waren, saßen ruhig und schweigend da und sahen zu, wie er ihre Steingutschüsseln mit Steak, Schrot und Vitaminzusätzen füllte. Und wenn dann die Schüsseln Seite an Seite auf dem Fußboden standen, dann schritten sie mit gelassener Würde darauf zu.

Dick sah ihnen beim Fressen zu. Monty mit seinen vierzehn Jahren hatte einen Appetit wie eh und je, bloß brauchte er länger als der Chef. Seine Zähne waren eben nicht mehr das, was sie einmal gewesen waren. Als der alte Hund seine Schüssel saubergeleckt hatte, tat er, was er immer getan hatte, seit er ein Welpe gewesen war. Er kam auf Dick zu und legte seine graue Schnauze in dessen ausgestreckte Hand. Dick kraulte ihm die Ohren.

«Guter alter Hund», sagte er. Er haßte die gängige Gewohnheit, zu einem Hund «alter Junge» zu sagen. Das waren keine Jungens. Jungens waren dreckig, laut, unbeherrscht, und sie stanken. «Ja, du bist ein Prachtstück. Guter Hund, feiner Hund!»

Ganz anders der Chef. Solche Demonstrationen von Zuneigung und Dankbarkeit wären unter seiner Würde gewesen, unvereinbar mit seinem Stammbaum und seinem Selbstverständnis. Dick und Monty kannten denn auch ihren Platz und traten zur Seite, damit der Chef in majestätischer Haltung durch die Tür schreiten und seinen Platz auf dem Sofa wieder einnehmen konnte. Dick schob Montys Sessel näher an die Heizung. Halb sieben Uhr. Er trank seinen Gin aus.

«Ich muß noch mal weggehen», erklärte er. «Aber spätestens um zehn bin ich wieder da, und dann machen wir einen tüchtigen Spaziergang. Okay?»

Monty kam mit ihm bis an die Haustür. Das hatte er immer so gehalten, und das würde er auch weiterhin tun, obgleich seine Hinterbeine steif waren vom Rheumatismus. Wir werden alle alt, dachte Dick; ich muß mich darauf gefaßt machen, daß ich ihn verliere, dieses Jahr, nächstes Jahr... Er ließ sich auf die Knie nieder und tat etwas, was er mit keinem Mann, keiner Frau und keinem Kind je getan hätte, er vollführte jene abstoßende Geste, die ihn immer fast krank machte, wenn er sah, wie sie zwischen zwei Menschen ausgetauscht wurde: Er nahm Montys Kopf in beide Hände und preßte seine Lippen auf die runzlige Stirn. Monty wedelte mit dem Schwanz und gab kleine, grunzende Glückslaute von sich. Dick schloß die Tür und holte seinen Wagen aus der Garage.

Er fuhr etwa hundert Meter die Straße entlang bis zur Telefonzelle. Für geschäftliche Angelegenheiten benutzte er nie sein privates Telefon, sondern immer eine der öffentlichen Telefonzellen zwischen seinem Haus und der *George Tavern*. Noch fünf Minuten, dann würde der Apparat drinnen anfangen zu klingeln. Außer natürlich, es ginge wieder mal etwas schief und die Sache liefe wieder mal nicht so, wie sie es geplant hatte. Diese dämliche... ja, was? Dick haßte die verbreitete Gewohnheit, die Bezeichnungen für weibliche Tiere – Ziege, Kuh, Stute – als Schimpfnamen für Frauen zu verwenden. Wenn er seine Verachtung für das andere Geschlecht zum Ausdruck bringen wollte, dann griff er auf einschlägige Bezeichnungen aus dem Straßenjargon zurück, oder auch einfach nur auf die verächtlichste, simpelste, prägnanteste und übelste, die er sich denken konnte, nämlich «Weib»! Auch jetzt sagte er es leise vor sich hin und zog die Lippen angeekelt in die Breite. Dämliches, habgieriges, beschissenes Weib!

Als seine Uhr knapp Viertel vor sieben zeigte, betrat er das Telefonhäuschen. Er brauchte nur genau sechzig Sekunden zu warten. Punkt Viertel vor begann die Glocke zu schrillen. Dick hob den Hörer ab und sagte das Losungswort, damit sie wußte, daß er selbst am Apparat war und nicht irgendein Wichtigtuer, der sich einen Spaß erlaubte.

Er hatte ihre Stimme noch nie gehört. Sie war nervös, klang nach höherer Bildung, meilenweit entfernt jedenfalls von allen Welten, in denen er sich je bewegen würde. «Heute abend paßt es», sagte sie.

«Wird ja auch Zeit.» All ihre bisherigen Vereinbarungen waren durch seinen Gewährsmann zustande gekommen, und jedesmal war die Planung durch Verzögerungen von ihrer Seite geplatzt. Es war jetzt sechs Wochen her, seit er auf das Ding angesetzt worden war und sogar schon die erste Rate erhalten hatte. «Bringen wir es also endlich hinter uns.»

Sie räusperte sich. «Hören Sie mal, ich möchte nicht, daß Sie irgendwas Näheres über uns erfahren – ich meine, wer wir sind, oder so. Klar?»

Als ob es ihn interessierte, wer «sie» waren oder welche dreckige Leidenschaft sie an dieses Telefon, in diese Komplicenschaft getrieben hatte! Trotzdem sagte er sehr von oben herab:

«Es wird ja wohl in der Zeitung stehen, was?»

Nackte Angst machte ihre Stimme dünn. «Sie könnten mich erpressen!»

«Und Sie könnten *mich* erpressen, wenn Sie das meinen. Das Risiko gehen wir beide ein. Also los, machen Sie weiter.»

«Na gut. Also, es ist ihm nicht gutgegangen, aber jetzt ist er wieder in Ordnung, und er hat seine üblichen Spaziergänge wiederaufgenommen. Er wird um halb neun hier von zu Haus fortgehen und den West Heath Path in Richtung Finchley Road entlangspazieren. Weshalb er ausgeht und wohin er geht, das brauchen Sie ja nicht zu wissen, das geht Sie nichts an.»

«Ich wüßte auch nicht, was mich weniger interessierte», knurrte Dick. «Am besten, Sie warten an einer möglichst einsamen Stelle des Weges und so weit von den Häusern entfernt wie irgend möglich.»

«Das überlassen Sie mal mir. Ich kenne mich dort aus. Woran kann ich erkennen, daß er es ist?»

«Er ist fünfzig, kräftig, mittelgroß, silberweißes Haar, kleiner

Schnurrbart. Er trägt keinen Hut, hat einen schwarzen Mantel mit schwarzem Pelzkragen an, darunter einen grauen Tweedanzug. Er müßte gegen zehn vor neun in der Mitte des West Heath Path angelangt sein.» Ihre Stimme wankte ein wenig. «Es wird doch nicht zu – grausam, ich meine, zu blutig zugehen, ja? Wie werden Sie es machen?»

«Erwarten Sie von mir, daß ich Ihnen das am Telefon erzähle?»

«Nein, nein, vielleicht nicht. – Die ersten tausend haben Sie doch bekommen?»

«Ja, vor sechs Wochen», versetzte Dick.

«Ich konnte nichts für die Verzögerung. Es war nicht meine Schuld. Sie werden den Rest innerhalb einer Woche bekommen. Auf die gleiche Weise wie die erste Rate...»

«Also gut, auf dem gleichen Weg. Ist das jetzt alles? Ist das alles, was ich wissen muß?»

«Ich denke schon», sagte sie. «Da wäre noch etwas – aber nein, das ist unwichtig.» Sie zögerte. «Sie lassen mich doch nicht im Stich, nicht wahr? Heute abend ist die letzte Chance. Wenn es nicht heute abend passiert, dann verliert die ganze Sache ihren Sinn. Morgen ist die Situation eine völlig andere, und ich kann nicht...»

«Wiederhören», sagte Dick und knallte den Hörer auf die Gabel, um diese hysterisch werdende Stimme abzuwürgen. Er wollte wirklich nichts über die näheren Umstände wissen und in ihre kranken Emotionen hineingezogen werden. Verdammtes... *Weib*! Nicht daß er irgendwelche Skrupel gehabt hätte. Für das, was sie ihm zahlte, hätte er hundert Männer ermordet statt einen einzigen. Ihn interessierte daran einzig und allein das Geld. Was kümmerte es ihn, wer er war oder wer sie war, oder warum sie ihn aus dem Wege haben wollte? Mochte sie nun seine Frau sein oder seine Geliebte, was hieß das schon. Derartige Beziehungen waren Dick sowieso gänzlich fremd, und allein bei dem Gedanken an das, was es bedeutete, wurde ihm übel. Küsse, Umarmungen, der ekelhafte Akt, den sie vollzogen wie... nein, eben nicht wie Tiere, bei Tieren war das dezent, fast würdevoll, nein, wie *Menschen*! Er spuckte in die Ecke der Telefonzelle und trat hinaus in die kalte Abendluft.

Während er nach Hampstead hinausfuhr, dachte er über das Geld nach. Durch diesen Betrag würden seine zusammengekratzten Ersparnisse genau an seine Wunschvorstellungen heranreichen. Seit

Jahren schon, seit er Monty aus der Tierhandlung geholt hatte, arbeitete er verbissen auf dieses Ziel hin. Schwindleraffären, ein paar Morde aus Rache, brutale Schlägereien, das Ausbaldowern von Raubüberfällen, alles das war sehr lukrativ gewesen, und durch seine bescheidene Lebensweise – das Hundefutter war dabei immer die größte Geldausgabe gewesen – hatte er nun endlich genug beisammen, um das Haus kaufen zu können, das ihm vorschwebte. Es würde in Schottland stehen, an der Nordwestküste, kilometerweit von jedem Dorf entfernt, eine felsige Klitsche mit genügend Grund und Boden drumherum, daß Monty und der Chef den ganzen Tag frei herumlaufen konnten. Nur zu gerne malte er sich aus, wie sie dreinblicken würden, wenn sie ihr eigenes Stückchen Moorland vor sich sähen und ihre eigenen Kaninchen zum Jagen! Er würde noch genügend Ersparnisse übrigbehalten, um für den Rest seines Lebens nicht mehr arbeiten zu müssen. Vielleicht würde er sich noch mehr Tiere anschaffen, ein Pferd vielleicht und ein paar Ziegen. Aber keine weiteren Hunde, solange Monty noch am Leben war. Das wäre nicht fair, und es war schon verwerflich genug, ja, geradezu Verrat, jetzt bereits Pläne zu machen für die Zeit nach Montys Tod…

Was es bestimmt nicht geben würde in der Umgebung seines neuen Heimes, das waren Menschen. Mit ein wenig Glück würde er wochenlang keines Menschen Stimme hören. Die menschliche Rasse mit ihrem häßlichen Gesicht würde für immer aus seinem Leben ausgeschlossen sein. Dort oben im Hochland mit Monty und dem Chef würde er endlich vergessen, wie sie vierzig Jahre lang mit ihm umgesprungen waren, mit ihrer Grausamkeit und ihrer Niedrigkeit, sein brutaler, betrunkener Vater, seine Mutter, die immer nur auf Männer und auf ihr Vergnügen aus gewesen war. Später dann das Pflegeheim, die Reformschule, die Fabrikmädchen mit ihrem Gekicher über seine Unbeholfenheit und sein pickeliges Gesicht, die Arbeitgeber, die ihn nicht nehmen wollten, weil er ein Vorstrafenregister statt einer Ausbildung hatte. Jetzt endlich würde er seinen Frieden haben.

Er mußte also einen Mann töten, um es zu schaffen. Es war ja nicht das erste Mal. Er würde ihn ohne Leidenschaft und innere Anteilnahme umbringen, genauso leichthin, wie ein Fleischer ein Lamm tötet, ohne alles Mitleid. Zuerst ein kurzer Schlag auf den

Kopf, um ihn außer Gefecht zu setzen – Dick fürchtete sich nicht etwa, seinem Opfer Schmerz zuzufügen, sondern Blut auf seine Kleider zu bekommen –, und dann der entscheidende Druck hier oben, genau auf das Zungenbein...

Dick befühlte seinen eigenen Hals, um den gewissen Punkt zu ertasten. Dann parkte er den Wagen und ging in eine Kneipe. Er ließ sich ein Sandwich und noch einen Gin mit Wasser geben. Die Katze des Pächters kam und sprang ihm auf den Schoß. Er zog wie ein Magnet Tiere an. Sie wußten eben, wer ihr Freund war. Zu schade, daß der Chef Katzen so sehr haßte, sonst würde er seine schottische Menagerie um ein oder zwei bereichern. Halb acht. Dick nahm sich immer sehr viel Zeit, wenn er einen Job ausführte. Immer mit der Ruhe – das war wichtig. Sanft setzte er die Katze auf den Boden.

Gegen acht hatte er Hampstead Village hinter sich gelassen, fuhr den Branch Hill hinunter, am Whitestone Pond vorüber und hielt in der West Heath Road an. Es war eine schöne, sternklare und frostige Nacht, genau wie der alte Depp von nebenan es prophezeit hatte. Minutenlang blieb er im Wagen sitzen und überlegte, ob er irgendwie mit der Frau, mit der er gesprochen hatte, in Verbindung gebracht werden konnte. Nein, da gab es nichts. Sein Gewährsmann war so verläßlich und vertrauenswürdig, wie ein menschliches Wesen überhaupt sein konnte, und auch die Methode des Geldtransfers war narrensicher. Und was eine mögliche Spur zwischen ihm und dem Mann betraf, den er jetzt umbringen würde, so wußte Dick sehr wohl – der sicherste Mord ist der Mord durch einen völlig Fremden. Und zu seinem eigenen und seiner Auftraggeberin Glück *war* er ein Fremdling in der Welt der Menschen.

Jetzt hieß es, Posten zu beziehen und den Weg zu beobachten. Er brachte den Wagen in der Templewood Avenue möglichst dicht an den Punkt heran, wo der Fußweg abzweigte und sich über die West Heath schlängelte. Er wollte auf Nummer Sicher gehen. Es gab zwar kein eigentliches Risiko, aber es war doch immer gut, einen schnellen Rückzug sicherzustellen. Er schlenderte den Weg entlang, der zwischen Gartenzäunen bergan führte, ein steiler Pfad, anderthalb Meter breit, mit Stufen hier und da, wo das Gefälle zu steil wurde. Oben stand eine Laterne, und eine zweite etwa fünfzig Meter weiter, dort wo der Weg von Steinmauern eingegrenzt war. Zwischen den beiden Laternen gab es eine Stelle mit lockerem Sandboden, von

Bäumen und Buschwerk bewachsen. Hier, ja, hier würde er es machen, beschloß Dick. Er würde sich zwischen die Bäume stellen, bis der Mann den ummauerten Teil des Wegs herunterkäme, und er würde warten, bis er die erste Lichtzone hinter sich, die zweite aber noch nicht erreicht hatte. Hier, an der dunkelsten Stelle, würde er ihn packen. Keinerlei Dächer waren zu sehen, nur die Rückseiten weitläufiger Gärten, schwarz und verwildert. Die Sterne glitzerten zwar hell, aber der Mond war nur eine dünne weiße Sichel und gab wenig Licht.

Ein Glück, daß die bittere Kälte die meisten Leute im Hause hielt. Kaum war ihm der Gedanke durch den Kopf gegangen, da hörte er Schritte in der Ferne, und seine Hand schloß sich fester um den Metallbolzen in seiner Tasche. Wie bitte? Doch wohl jetzt noch nicht? Jetzt, um fünfundzwanzig Minuten nach acht? Oder hatte das dämliche Weibsbild schon wieder einen Fehler gemacht? Nein, hier kam ein Mädchen. Das Klicken ihrer Absätze verriet es bereits von ferne, und dann erschien sie selbst im Schein der Laterne. Mit einer Art perverser Neugier betrachtete er sie, wie sie näher kam, ein großes, schlankes Mädchen, aber dennoch mit diesen widerwärtigen Wölbungen unter dem Mantel. Rasch und nervös ging sie durch diese gottverlassene Gegend, blickte ruckweise, wie ein verängstigter Vogel, nach rechts und links, und ihr Körper wirkte geradezu deformiert durch die abstoßend enge Kleidung und den steifen Gang auf den hohen Absätzen. Nichts von der Anmut und der Würde eines Tiers! Brennend gern hätte Dick ihr einen Schrecken eingejagt. Er hätte sich auf sie stürzen und sie schütteln mögen, bis ihre Zähne aufeinanderschlügen, oder sie die Stufen hinunterjagen. Aber die Vorstellung, ohne zwingende Notwendigkeit mit menschlichem Fleisch in Berührung zu kommen, entsetzte ihn. Außerdem hätte sie sein Gesicht sehen und ihn womöglich wiedererkennen können, wenn man später die Leiche entdecken und Zeter und Mordio schreien würde. Was sollte denn aus Monty und dem Chef werden, wenn sie ihn erwischten und einlochten? Der Gedanke machte ihn frösteln.

Er ließ das Mädchen vorübergehen und wartete geduldig weiter. Dünne Wolkenfetzen verdeckten die Sterne. Um so besser, wenn es ein bißchen dunkler würde... Zwanzig vor neun. Jetzt mußte er losgegangen sein und zum Whitestone Pond hinaufspazieren.

Dick hätte gern eine Zigarette geraucht, aber er sagte sich, das Risiko lohne sich nicht. Der Geruch konnte den Mann stutzig machen. Wieder faßte er nach dem umwickelten Metallbolzen und der locker aufgewickelten, dünnen Bilderschnur in seiner Tasche. Mit einigem Glück würde in einer Viertelstunde alles vorüber sein. Dann nichts wie zurück nach Hause zu seinem Abendspaziergang mit Monty und dem Chef, und gleich morgen würde er den Häusermakler aufsuchen, dessen Annoncen er in der Sonntagszeitung gesehen hatte. Vollkommen einsam, würde er sagen; es mußte vollkommen einsam gelegen sein, mit viel Land drumherum, vielleicht nahe an der Küste? Dem Chef würde das Schwimmen bestimmt Spaß machen, auch wenn er das wohl noch nie getan hatte in seinem Leben, das er ausschließlich in der schmutzigen Seitengasse eines Großstadtviertels zugebracht hatte. Aber alle Hunde konnten schwimmen, allein durch die Weisheit der Natur, ganz anders als die Menschen, denen man es erst beibringen mußte – wie sie ja überhaupt alles und jedes, was sie unternahmen, erst mühsam lernen mußten...

Schritte. Ja, es war jetzt Zeit. Zehn vor neun; anscheinend war er also an Pünktlichkeit gewöhnt. Um so schlimmer für ihn. Dick verhielt sich vollkommen still, starrte auf den dunklen Zwischenraum zwischen den Mauern, bis der vage Umriß seines Opfers am Ende des Hohlwegs erschien. Während der Mann sich dem Bereich der Laterne näherte, straffte sich Dick, umschloß den Bolzen mit der Hand. Ihre Beschreibung war übrigens sehr präzise gewesen. Es war eine untersetzte Gestalt, die sich da im diffusen Licht abzeichnete; schimmernd lag es auf dem schweren, silbernen Haar und dem dichten, schwarzen Pelzkragen. Hätte Dick überhaupt jemals moralische Zweifel gehabt gegenüber dem, was er vorhatte – dieser Anblick spätestens hätte sie zerstreut. Verschwendete dieser Abschaum der Menschheit eigentlich je einen Gedanken an die Leiden der heimtückisch in Fallen gefangenen Tiere, die man ihren Todesqualen überließ, bloß damit ihre Felle auf den Mantelkragen reicher Bastarde landeten? Dick sammelte Spucke im Mund und spie leise, aber voller Haß ins Gebüsch.

Der Mann schlenderte gelöst und arglos heran, und die dunkle Schattenzone nahm ihn auf. Da trat Dick zwischen den Büschen hervor, hob den Arm und schlug zu. Der Mann gab ein Ächzen von sich, kaum lauter als ein Schluckauf, und fiel schwer in sich zusammen. Es gab kein Blut, keinen einzigen Tropfen. Dick mußte seinen Ekel vor der widerwärtigen Berührung mit dem schweren, fleischigen Körper niederkämpfen. Er griff mit beiden Händen unter die in sich zusammensackenden Schultern und schleifte den Mann unter die Laterne. Er war bewußtlos und würde es fünf Minuten lang bleiben – es sei denn, er wäre in fünf Minuten oder auch schon vorher tot.

Dick verschwendete keine Zeit damit, sein Gesicht zu betrachten, das interessierte ihn nicht. Er schob seinen Totschläger in die Tasche zurück und holte die Schnur heraus. Ein Knoten, eine Schlinge, das Ganze um den Hals gelegt, ein ruckartiger Druck gegen das Zungenbein…

Ein feiner Laut ließ ihn innehalten, als die Schnur noch schlaff in seiner Hand lag. Es waren keine Schritte, nur ein leichtes Tapsen. Er fuhr herum. Den Hohlweg herunter kam, den Schwanz steil aufgereckt, die Nase am Boden, ein Jagdhund, ein schwarz, braun und weiß gefleckter Basset. Es war einer der schönsten Hunde, die Dick je gesehen hatte – nur, ausgerechnet jetzt lag ihm nichts daran. Himmel und Hölle, dachte er, der wird auf mich zukommen, das taten sie doch immer!

Und tatsächlich, der Hund verhielt am Rande der Dunkelzone und lief dann in den Tümpel von Licht, in dem Dick hockte. Das Tier hob den Kopf und ging schwanzwedelnd auf ihn zu. Dick verfluchte das Schicksal, nicht den Hund, und streckte die Hand aus.

«Feiner Hund», flüsterte er. «Ja, du bist ein As. Ein feiner Hund bist du. Aber jetzt hau ab, ja, los, geh nach Haus!»

Der Hund entzog sich seiner Hand mit reservierter Höflichkeit, schritt an ihm vorbei und stupste seine Nase gegen das Gesicht des bewußtlosen Mannes. Das gefiel Dick ganz und gar nicht. Der Bursche konnte schließlich davon aufwachen.

«Nun mach schon!» sagte er ungeduldig und legte seine Hände schwer auf das schimmernde, dreifarbige Fell. «Dies hier ist nichts für dich. Los, hau ab, Kleiner, troll dich!»

Aber der Basset wollte nicht. Sein Schwanz zitterte, und er fing an zu winseln. Abwechselnd sah er Dick und den Mann an und gab jenes leise Fiepen von sich, das halbwegs zwischen Wimmern und Pfeifen angesiedelt ist. Da löste Dick seine Hand aus dem dicken, warmen Fell, denn eine entsetzliche Ahnung hatte ihn beschlichen. Angst, vermischt mit Übelkeit, stieg in ihm auf. Er griff in die Tasche des Mantels mit dem schwarzen Pelzkragen und brachte zum Vorschein, was er befürchtet hatte – eine geflochtene, lederne Hundeleine.

Dieses gottverdammte Weibsbild! War es das gewesen, was sie noch hatte sagen wollen, dann aber für unwichtig hielt? Daß dieser Mann nämlich hier vorüberkommen würde, weil er seinen Hund spazierenführte? Unwichtig – Himmel Herrgott! Unwichtig, ob die arme, kleine Kreatur zusehen mußte, wie sein Herr ermordet wurde, um dann ganz allein über eine der befahrensten Hauptverkehrsstraßen Londons hinweg seinen Weg nach Haus finden zu müssen! Oder hatte sie vielleicht gedacht, er würde den Hund auch gleich umbringen? Die bodenlose Unmenschlichkeit dieser Vorstellung ließ sein Blut kochen. Am liebsten hätte er dem Kerl, so wie er da lag, den Fuß ins Gesicht gestoßen, aber er tat es nicht. Er brachte es irgendwie nicht fertig, solange der Hund zuschaute.

Aber er würde sich nicht unterkriegen lassen. Sein Haus in Schottland wartete auf ihn! Er war es dem Chef und Monty schuldig, dieses Haus anzuschaffen. Er würde nicht das ganze Geld sausen lassen, bloß weil dieses Weib wieder mal alles verkehrt gemacht hatte. Es *mußte* sich ein Ausweg finden lassen. Zum Beispiel, den Hund an die Leine zu nehmen und ihn beim Whitestone Pond über die Straße zu bringen; dann wäre er in Sicherheit. Und sein Herr bis dahin übrigens auch, denn der fing schon jetzt an, sich stöhnend zu regen. Oder er konnte den Hund ins Auto bringen. Zutraulich genug war er, weiß der Himmel – vollkommen ohne Argwohn, ohne Witterung für das, was Dick getan hatte, was er noch tun würde... Und dann? Den Mann ermorden und den Hund des Toten mit nach Hause nehmen? Sich öffentlich sehen lassen mit dem Hund in seinem Wagen? Das war doch wohl ein Witz! Ihn am Laternenpfahl festbinden? Noch nie in seinem Leben hatte er einen Hund angebunden, und er würde auch jetzt nicht damit anfangen.

Nackte Verzweiflung packte ihn. Nicht daß er gegen den Hund Groll hegte oder auch nur den leisesten Ärger; er fühlte nichts als die hilflose Resignation eines Vaters, dessen Kind ins Zimmer kommt und seinen Beischlaf stört. Das Kind geht nun einmal vor, da gibt es nichts.

Widerstrebend entfernte er die Schnur. Unsanft hob er dabei den silberhaarigen Kopf, und der Mann stöhnte. In der Tasche, wo die Hundeleine gesteckt hatte, war ein harter, metallener Gegenstand gewesen, ein flaches Cognacfläschchen. Dick schraubte es auf und goß dem Mann ein wenig davon in den Mund. Der Hund beobachtete ihn und schlug mit dem Schwanz auf den Boden.

«Wo – wo bin ich? Was ist passiert?»

Dick machte sich nicht die Mühe zu antworten.

«Ich habe ein – einen Schlag auf den Kopf bekommen. Mein Gott, brummt mir der Schädel! Ich war weg, was?» Er griff in seine Tasche und fummelte an seiner Brieftasche herum. «Nichts angerührt, Gott sei Dank. Ich werde – ich werde mal versuchen, mich hinzusetzen. O ja, das ist besser. Wo ist Bruce? Oh, da ist er. Guter Junge, Bruce! Bin ich froh, daß ihm nichts passiert ist!»

«Das ist ein feiner Hund», sagte Dick abwesend. «Kommen Sie, Sie stützen sich wohl besser auf mich. Ich hab meinen Wagen da.»

«Sie sind zu gütig, wirklich, zu gütig. Welch ein Glück für mich, daß Sie gerade vorbeigekommen sind.»

Dick erwiderte nichts. Er mußte sich fast übergeben, als der Mann sich an seinen Arm klammerte und sich gegen ihn lehnte. Mit Bruce an der Leine gingen sie die Stufen hinunter und machten sich auf den Weg zum Auto. Es war eine wahre Erlösung, diese ekelhafte Berührung wieder los zu sein, dieses Schwergewicht, das nach Angstschweiß roch. Dick verfrachtete Bruce auf den Rücksitz, streichelte ihn und murmelte beruhigende Worte.

Das Haus, zu dem man ihn dirigierte, war sehr groß, fast eine Art Herrenhaus, an der East Heath. Alle Fenster waren hell erleuchtet. Dick hievte den Mann aus dem Wagen und schob ihn vor sich her zur Haustür. Bruce lief hinter ihnen her. Er läutete, und ein Mädchen mit Schürze und Häubchen öffnete. Hinter ihr in der Diele stand eine hochgewachsene junge Frau im Abendkleid.

Sie sagte nur ein Wort: «Vater!», und ihre Stimme war krank vor Bestürzung. Aber es war die gleiche Stimme. Er erkannte sie ebenso, wie sie die seine erkannte, als er sich abwandte von dieser Kulisse des Wohlstands und sagte: «Ich gehe dann jetzt.»

Ihre Blicke begegneten sich. Ihr Gesicht war kalkweiß und häßlich geworden durch die enttäuschte Hoffnung. Sie reichte ihrem Vater den Arm, dann fragte sie schroff: «Was ist denn passiert?»

«Ich bin überfallen worden, Liebling, aber ich bin wieder ganz in Ordnung. Dieser Herr hier ist gerade im richtigen Augenblick vorbeigekommen. Ich habe mich noch gar nicht richtig bei ihm bedankt.» Er streckte die Hand nach Dick aus. «Sie müssen hereinkommen. Sie müssen uns Ihren Namen sagen. Nein, ich bestehe darauf. Sie haben mir wahrscheinlich das Leben gerettet. Ich hätte da draußen an Unterkühlung sterben können.»

«Aber nein», sagte Dick, «doch nicht mit dem Prachthund, den Sie da haben.»

«Na, der war nicht gerade eine große Hilfe! Ein Bodyguard bist du nicht gerade, was, Bruce?»

Dick beugte sich nieder und tätschelte den Hund. Er schüttelte die Hand ab, die ihn zurückhalten wollte, wandte sich zum Gehen und sagte: «Sie werden nie kapieren, was für eine Hilfe der war!»

Ohne sich umzusehen, stieg er in seinen Wagen. Als er davonfuhr, sah er im Rückspiegel, wie die Frau ins Haus zurückging, während der Vater leicht benommen auf der Auffahrt stehenblieb und seinem Retter hilflose Gesten des Dankes nachwinkte.

Um Viertel vor zehn war Dick wieder zu Hause. Monty wartete im Flur auf ihn, der Chef dagegen lag noch immer im Wohnzimmer auf dem Sofa. Dick nahm die Leinen, hüllte Monty in seine beste Hundedecke und machte die Haustür auf.

«Zeit für ein Bierchen, noch schnell, ehe die Kneipe schließt, Monty», sagte er. «Hinterher machen wir dann unsere Runde.» Er und die Hunde atmeten die dieselschwangere Luft ein, und Monty mußte niesen. «Gesundheit», sagte Dick. «Beschissene Gegend hier, was? Es ist ja eine verdammte Schande, aber es hilft nichts, ihr müßt noch ein bißchen länger warten auf unser Haus in Schottland.»

Und langsam, weil Monty nicht mehr so schnell konnte, gingen die drei zur *George Tavern* hinunter.

Kein Herz und keine Seele

Es war Mutter, die Marjorie von Paulines Freund erzählte, nicht Pauline selbst. Pauline sagte ja nie viel. Sie war schon immer ein mürrisch-verschlossenes Mädchen gewesen; mittlerweile allerdings kaum noch ein Mädchen, mußte Marjorie denken. Mutter wartete, bis sie aus dem Zimmer gegangen war, um den Tee zu holen, dann beugte sie sich in ihrem Stuhl nach vorn, legte beide Hände um den Griff ihres Stockes und flüsterte:

»Pauline hat einen Freund, einen Herrn!»

«Woher weißt du das?» fragte Marjorie. Dumme Frage – natürlich wußte Mutter es, schließlich sorgte sie ja mit allen Mitteln dafür, daß sie und Pauline ständig zusammen waren.

«Er war gestern abend hier. Erst nachdem ich ins Bett gegangen bin, ist er gekommen, aber ich konnte sie unten reden hören. Er ist nicht sehr lange geblieben, und als er ging, hörte ich ihn sagen: ‹Ich als Arzt muß dir sagen, Pauline…› Ich nehme also an, sie hat ihn damals kennengelernt, während – während ihrer Abwesenheit.»

Marjorie liebte es gar nicht, wenn von Paulines «Abwesenheit» gesprochen wurde. Es war vielleicht töricht – engstirnig, sagte George sogar –, aber Irrenanstalt ist und bleibt nun mal Irrenanstalt, auch wenn man sie heutzutage Nervensanatorium nannte, und ihr persönlich behagte der Gedanke, daß ihre Schwester dort gewesen war, nun einmal nicht. Akute Psychose – hätte der Facharzt es nicht auch Nervenzusammenbruch nennen können? – so was in der Familie zu haben, war doch beschämend.

«Vielleicht ist er aus – nun, aus beruflichen Gründen gekommen? Hast du sie gefragt?»

«Nein, das mochte ich nicht, Liebling. Du weißt ja, wie Pauline ist.»

Und ob Marjorie das wußte! Und jetzt mußten sie aufhören zu reden, weil Pauline mit dem Teetablett kam. Sie bestrich ein Kuchenbrötchen mit Butter, schnitt es in kleine Häppchen, band Mutter eine Serviette um den Hals, und all das verrichtete sie vollkommen schweigend.

«Warum nimmst du denn das gute Geschirr?» fragte Mutter.

«Was meinst du, Mama?» wandte Marjorie ein. «Das ist doch das alte blaue Geschirr, das ihr immer benutzt.»

«Nein, das ist es nicht.»

Marjorie versuchte nochmals zu protestieren, aber Pauline unterbrach sie. «Laß das. Sie kann es ja nicht sehen. Du weißt doch, wie schlecht ihre Augen sind.» Sie bedachte Mutter mit einem routinierten Krankenschwesterlächeln. «Na schön, dann benutzen wir eben das gute Geschirr», meinte sie, und dabei wischte sie ihr die Mundwinkel mit einem Papiertuch trocken.

Bald nachdem sie fertig waren, ging Marjorie fort. George und die Kinder, das war ihre ständige, unanfechtbare Entschuldigung. Es war ihr eben nicht möglich, lange zu bleiben. Mutter verstand das auch. Immerhin hatte sie das Geschirr abgewaschen, bevor sie ging, unter Paulines stummen Blicken, diesem entsetzlichen Schweigen, das schwerer zu ertragen war als jedes Geräusch. Am Sonnabendnachmittag war sie wieder da, um bloß mal eben hereinzuschauen, wie sie sagte, bevor sie ihre Besorgungen machte.

«Gestern abend war er wieder da», wisperte Mutter.

«Wer war da?»

«Der Doktor, der Freund von Pauline. Und er ist so lange geblieben! Ich habe schließlich nach Pauline geklingelt, weil ich auf die Toilette wollte. Es war schon elf Uhr durch, und als ich wieder im Bett war, konnte ich ihn immer noch reden hören.» Pauline war im Garten gewesen, um die frischgewaschene Wäsche von der Leine zu nehmen, Bettücher, Überschlaglaken, Handtücher, Servietten und Mutters Nachthemden. Als sie ins Zimmer zurückkam, betrachtete Marjorie sie voller Unbehagen. Ihre Schwester sah erschöpft aus. Sie war eine große, hagere, dunkelhäutige Frau, und jetzt war sie so dünn geworden, daß die alte, formlose Hose ihr lose von den Hüften hing. Schwarze Schatten umgaben ihre Augen, deren verschleierter Blick vielleicht auf die Medikamente zurückzuführen war, die sie ständig nahm, seit sie aus jener «Abwesenheit» zurück war.

«Hab ich irgendwo einen Fleck?» fragte Pauline schroff. «Oder bin ich so entzückend, daß du deine Augen nicht abwenden kannst?»

«Entschuldigung, ich war bloß in Gedanken.» Marjorie sagte, sie müsse jetzt lieber gehen, ehe die Geschäfte zumachten, und Mutter dankte ihr, daß sie gekommen sei, bloß «um nach mir alter, lästiger Person zu sehen». Marjorie traute sich nicht, Pauline noch einmal anzublicken. Sie erledigte ihre Einkäufe und kam in ziemlich schlechter Gemütsverfassung nach Hause. Aber sie wartete doch lieber, bis die Kinder verschwunden waren, ehe sie ihrem Mann das Herz ausschüttete. Der siebzehnjährige Brian und die sechzehnjährige Susan nämlich waren, wenn von ihrer Großmutter die Rede war, imstande, mit der Leichtfertigkeit der Jugend zu beteuern, die Nanna sei «ein liebes, altes Goldstück», und sie hätten nichts dagegen, wenn sie zu ihnen zöge, und daß es doch «ein echter Stress» für Tante Paulinchen sei, niemals weg zu können.

«Pauline hat einen Freund, George.»

«Du machst Witze.»

«Nein, wirklich nicht. Er ist Arzt, und sie hat ihn kennengelernt, als sie da draußen in Hightrees war. Und er ist schon zweimal abends vorbeigekommen und jedesmal bis spät geblieben. Mutter hat es mir erzählt.»

«Soso, die gute alte Pauline», schmunzelte George. «Sie ist vierzig, wenn mich nicht alles täuscht, was?»

«Sie ist zweiundvierzig», entgegnete Marjorie knapp. «Du weißt sehr gut, daß sie sieben Jahre jünger ist als ich.»

«Dabei sieht sie gar nicht danach aus, was? Die Leute halten dich immer für die Jüngere.» George lächelte seine Frau liebevoll an und griff nach der Abendzeitung.

«Du mußt mir jetzt zuhören, George. Bitte lies jetzt nicht. Ich bin noch nicht fertig. George, nimm mal an – ich meine, stell dir mal vor, sie würde heiraten?» Sie stieß die Worte atemlos, fast hysterisch hervor. «Angenommen, sie heiratet diesen Arzt?»

«Was, die gute Pauline?»

«Na ja, warum nicht? Ich weiß, sie ist nicht mehr jung und auch nicht gerade eine Augenweide, aber wenn man sich die Frauen so ansieht, die dann doch noch heiraten… Ich meine, auf das Aussehen scheint es dabei nicht so sehr anzukommen. Ich gebe nichts auf das, was die jungen Leute heutzutage reden – schließlich möchten alle Frauen heiraten, weshalb also nicht auch Pauline?»

«Aber erst mal muß ein Mann sie heiraten *wollen*.»

«Ja, schon, aber betrachte es mal von dieser Seite: Er ist Arzt, und Pauline wollte doch immer Ärztin werden, bloß Mutter ließ es nicht zu, und sie mußte sich damit begnügen, Krankenschwester zu werden. Und dann hat sie einen männlichen Verstand. Wenn sie will, ist sie mir haushoch überlegen beim Reden. Vielleicht haben die beiden eine Menge gemeinsam?»

«Na, dann viel Glück, kann ich nur sagen. Die ganze Zeit, seit ich sie kenne, ist sie noch nicht mal mit einem Mann ausgegangen, und wenn sie jetzt einen ergattern und sich verheiraten kann, ja, wie ich schon sagte – dann viel Glück!»

«Aber George, verstehst du denn nicht? Was wird dann aus Mutter? Ein Arzt hat doch bestimmt eine Praxis, ist ewig überarbeitet und was so alles dazugehört. Er wird Mutter nicht haben wollen. Du weißt nicht, wie entsetzlich Mutter ist. Sie scheucht Pauline fünf-, sechsmal während der Nacht auf. Wegen jeder Kleinigkeit läutet sie die Glocke, die sie am Bett hat. Und wenn sie tagsüber auf ist, dann hält sie Pauline pausenlos in Trab, sie verlangt ihre Brille oder ihr Strickzeug oder ihre Pillen. Pauline beklagt sich ja nie, aber manchmal glaube ich, sie würde alles tun, um bloß wegzukommen. Ich weiß, ich sollte das nicht sagen, aber ich frage mich manchmal, ob sie diesen ganzen Zusammenbruch nicht simuliert hat damals, als Mutter ihren ersten Schlaganfall hatte, in der Hoffnung, daß sie dann nie mehr zurück müßte und...»

«Machst du nicht vielleicht aus einer Mücke einen Elefanten?» meinte George besänftigend. «Soweit ich weiß, ist der Bursche ja bisher nur zweimal dagewesen, und vielleicht kommt er doch gar nicht mehr wieder.»

Aber dies war nun einmal die größte Sorge in Marjories Leben: daß eines Tages ihre Mutter bei ihnen leben müßte. Sie begriff ja selbst kaum, wie sie es so lange geschafft hatte, das zu verhindern. Seit dem Beginn von Mutters Krankheit nämlich wäre *sie* eigentlich die gegebene Person gewesen, für sie zu sorgen. Zum einen war sie immer Mutters Lieblingstochter gewesen. Denn Pauline hatte eigentlich ein Junge werden sollen. Noch heute konnte Marjorie sich erinnern, wie sie als Siebenjährige die Mutter zu ihren Freundinnen sagen hörte: «Ich trage nach vorn, also wird es diesmal ein Junge.» Paul – der Name stand fest, die blauen Babysachen waren fertig. Mutter war nie richtig darüber hinweggekommen, eine zweite

Tochter zu haben. Marjorie erinnerte sich gut, es hatte Zurücksetzungen gegeben bis an den Rand der Grausamkeit. Vernichtende Worte, als Pauline Medizin studieren wollte, verletzende Bemerkungen, daß sie nie geheiratet hatte. Marjorie hatte ein großes Haus, groß genug, um für Mutter ein eigenes Wohn-Schlafzimmer einzurichten. Sie hatte keinen Beruf, ihre Kinder waren schon weitgehend auf sich gestellt. Welch ein Glück für sie, daß Pauline nicht Paul geworden war, denn kein Mann hätte seinen Beruf, seine Wohnung, seine ganze gewohnte Lebensführung aufgegeben, um eine ungeliebte und lieblose Mutter zu pflegen…

Solange Mutter lebte, war es jedoch nie zu spät für eine Veränderung. Und Marjorie wußte, daß sie bei George und den Kindern nicht auf Unterstützung rechnen konnte. Ja, selbst George würde sich stillschweigend der Invasion einer Schwiegermutter fügen. Schließlich wäre es ja auch nicht *er*, den Mutter nachts hochjagen oder dem sie die Ohren vollquengeln würde über Zugluft, Rheumatismus, Augentropfen oder heiße Milch. Von *ihm* wurde ja auch nicht erwartet, sich dauernd Geschichten anzuhören, wieviel besser alles im Jahre 1910 gewesen sei, oder sich tagtäglich in grämlichem Ton fragen zu lassen:

«Meinst du, ich überstehe noch einen Winter, Liebes?»

Obwohl sie die Ältere war, hatte sie immer ein wenig Angst vor Pauline gehabt. Als Kind war ihre Schwester ein überaus verschlossenes Geschöpf gewesen, das sich oft stundenlang in ihrem Zimmer einschloß. Sie hatte damals einen selbst erfundenen Freund gehabt, eine gar nicht ungewöhnliche Kindheitserscheinung, wie sie auch Marjories Tochter Susan durchgemacht hatte. Aber Paulines «Pablo» hatte sie hartnäckig noch bis in ihre Backfischzeit hinein begleitet und war immer das Sprachrohr für ihre eigenen Gefühle gewesen. «Pablo sagt, er will nicht gehen», hieß es, wenn irgendein Unternehmen vorgeschlagen wurde, zu dem Pauline selbst keine Lust hatte. «Pablo haßt dich», wenn es darum ging, Paulines eigenen Haß zum Ausdruck zu bringen. Pablo – aus «Pablo, der Fischer», einem populären Song jener Zeit, vermutete Marjorie – war erst während Paulines Pubertät verschwunden, und Marjorie konnte sich nicht erinnern, daß ihre Schwester seither jemals wieder ihre Gefühle gezeigt hätte. Nein, weder als Vater starb, noch als Marjories erstes Baby tot zur Welt kam. Und als man ihr sagte, daß die einzige Alternative zu Mutters Unterbringung in einem Pflegeheim mit einem Wochensatz von sechzig Pfund darin bestünde, daß sie ihren Beruf und ihre Wohnung aufgäbe, da hatte sie lediglich mit ausdruckslosem Gesicht gesagt:

«Ich nehme an, mir bleibt gar keine andere Wahl.»

Niemals hatte sie auf Marjorie als Alternative verwiesen. Aber als Marjorie zum erstenmal in dem neuen Haushalt der beiden zu Besuch gekommen war, da hatte Pauline ihrer bisherigen Gewohnheit, sich zur Begrüßung und beim Abschied zu küssen, sehr ruhig, aber unmißverständlich ein Ende gemacht, indem sie es diesmal nicht tat. Seitdem hatten sie nie mehr einen Kuß ausgetauscht. Auch nicht als Mutter ihren zweiten Schlaganfall erlitt, auch nicht als Mutter vorübergehend im Hospital war und Marjorie Pauline in Hightrees besuchte. Kein Wort der Klage über die ihr auferlegten Härten kam je über Paulines dünne, zusammengepreßte Lippen, und niemals auch setzte sie sich gegen Mutter persönlich zur Wehr, so unerträglich sie sich auch benahm. Höchstens zählte sie manchmal mit kalter, monotoner Stimme die Arbeiten auf, die sie seit dem vergangenen Abend verrichtet hatte:

«Mutter hat mich um Mitternacht geweckt, und dann wieder um vier und um fünf. Aber trotzdem war ihr Bett naß. Bis acht hatte ich alles wieder gewaschen, und dann habe ich das Wohnzimmer saubergemacht. Dann bin ich Einkaufen gegangen, aber ich hatte Mutters Rezept vergessen, also mußte ich noch einmal zurückkommen und es holen.»

Marjorie wand sich jedesmal vor Scham und Schuldgefühlen bei diesen Monologen und fing regelrecht an zu zittern, wenn Pauline am Ende ihre großen verschleierten Augen auf sie richtete, auf deren Grund ein Funke bitterer Ironie zu glimmen schien. Diese Augen sagten, was die Lippen nie gesagt hätten: «Denn wer da hat, dem wird gegeben werden, wer aber nicht hat, dem wird auch, was er hat, genommen werden.» Marjorie hätte es besser ertragen und wäre weniger verstört gewesen, wenn es zu einer richtigen Auseinandersetzung zwischen ihnen gekommen wäre. Aber das war bei Pauline unmöglich. Entschuldigte sie sich bei Pauline für einen ausgelassenen Besuch, so sagte sie nur: «Ist schon gut. Mach, wie es dir paßt.» Wollte sie ihr Mut zusprechen, so hieß es nur: «Mir fehlt nichts. Laß mich in Ruhe.» Äußerte sie ihr Mitgefühl – begleitet natürlich von der Entschuldigung, daß sie selbst eben eine eigene Familie hätte, um die sie sich kümmern müsse –, dann kriegte sie überhaupt keine Antwort, wenn sie nicht einen Blick voll tiefster Verachtung als Antwort werten wollte. Deshalb scheute sich Marjorie vorerst, bei Pauline wegen des Arztfreundes auf den Busch zu klopfen.

Eine Woche später jedoch sah sie sich genötigt, es doch zu tun. Schon als sie ins Zimmer trat, merkte sie, daß irgend etwas geschehen war, das Mutter aufgeregt hatte. Ihre Mundwinkel zeigten steil nach unten, und sie warf Pauline unentwegt beleidigte, streitsüchtige Blicke zu. Pauline ihrerseits saß eisern da, entschlossen, Mutter und Marjorie nicht eine Sekunde allein zu lassen, obwohl ihr nicht entgangen sein konnte, daß Mutter darauf brannte, Marjorie für sich allein zu haben. Aber um drei klingelte der Mann von der Wäscherei, und zu Mutters Glück schien es Schwierigkeiten zu geben wegen eines fehlenden Kopfkissenbezugs, die Pauline fast fünf Minuten lang an der Haustür festhielten.

«Der Mann war gestern abend wieder hier, Marjorie», erzählte Mutter hastig. «Und er ist in mein Zimmer gekommen und hat mit mir gesprochen. Geschimpft hat er mit mir, Marjorie, entsetzliche Sachen hat er zu mir gesagt.»

«Um Himmels willen, was meinst du damit, Mutter?»

«O Liebling, ich hoffe, sie kommt nicht gleich wieder. Ich hab ihn also gestern abend unten reden hören. So gegen zehn war es. Ich hatte mein Glas Wasser ausgetrunken, und Pauline hat mir ein neues gebracht, aber ich konnte nicht schlafen, mir war so heiß. Deshalb hab ich wieder nach Pauline geläutet, damit sie mir das Daunenkissen wegnimmt. Ich mußte klingeln und klingeln, bis sie endlich kam, und natürlich konnte ich nicht anders – na ja, mir war eben ein bißchen weinerlich zumute, Marjorie.» Mutter schnüffelte und schluckte. «Das nächste, was ich dann mitkriegte, war, daß dieser Mann, dieser Doktor, einfach in mein Zimmer hereingeplatzt war und anfing, mich zu beschimpfen.»

«Aber was hat er denn gesagt?»

«Er war sehr frech, richtig unverschämt, Marjorie. Ich wollte, du wärst hier gewesen, um mich zu beschützen. Pauline war jedenfalls nicht da, bloß er. Und wie er mich angeschrien hat!»

Marjorie war außer sich. «Aber *was* hat er gesagt?»

«Bloß, weil er Arzt ist... Ärzte haben doch nicht das Recht zu sagen, was ihnen paßt, wenn man nicht ihr Patient ist, oder?»

«Mutter, jetzt erzähl es mir bitte, bevor Pauline zurückkommt.»

«Er hat gesagt, ich hätte verdammtes Glück, und das müßte ich mir mal klarmachen, und ich sei selbstsüchtig und anspruchsvoll, und ich hätte meine Tochter in den Zusammenbruch getrieben, und wenn ich nicht aufhörte, sie nachts aufzuscheuchen, dann würde sie wieder einen kriegen, und... O Marjorie, es war so entsetzlich! Er redete und redete immer weiter, mit solcher tiefen, befehlsgewohnten Stimme. Ich fing an zu weinen, und ich dachte schon, er wollte mich packen und mich schütteln. Er stand da so an der Tür gegen das Licht, und er drohte mir mit der Hand und – und er schimpfte die ganze Zeit mit mir und...»

«O mein Gott», sagte Marjorie. Jetzt *mußte* sie mit Pauline sprechen. Sie seufzte jämmerlich. Warum mußte ausgerechnet *das* passieren? Nicht daß es sie sonderlich berührte, was jemand zu ihrer Mutter sagte – es geschah ihr ganz recht, und schließlich war das alles nur zu wahr –, aber daß dieser Jemand Pauline gegenüber Zusammenhänge erwähnte, die sie selbst wahrscheinlich nie durchschaut hätte! Wenn das so weiterging, dann... Sie ging in die Diele hinaus, wo Pauline gerade den Wäschemann abgefertigt hatte.

«Mutter redet schon den ganzen Tag über von nichts anderem. Gleich heute morgen ging es los», kam Pauline ihr zuvor.

«Na ja, kein Wunder. Du weißt, ich kritisiere dich nicht gern, aber du solltest wirklich nicht zulassen, daß irgendwelche Leute – ich meine Fremde – Mutter so aufregen.»

Pauline setzte den schweren Wäschekorb auf dem Küchentisch ab. Sie sah noch müder aus als sonst. Ihre Haut war welk und mitgenommen. Der Mangel an Schlaf, Ruhe und Erholung hatte seine Spuren hineingegraben. Sie zuckte nur die Schultern.

«Und du glaubst ihr? Du nimmst all das Geschwätz für bare Münze?»

«Soll das heißen, du hast gar keinen Freund, der Arzt ist? Und er war gestern abend gar nicht in Mutters Zimmer und hat sie beschimpft? Das ist alles Einbildung?»

«Stimmt», sagte Pauline lakonisch und füllte den Kessel. «Das war reine Phantasie. Sie wird eben senil.»

«Aber Mutter hat doch noch nie Phantasie gehabt. Sie hat ihn wirklich gehört. Sie hat ihn gesehen.»

«Sie kann gar nicht sehen», sagte Pauline, «jedenfalls nicht viel. Es war ein Traum.»

Einen Augenblick lang war Marjorie überzeugt, daß Pauline log, aber bei ihr konnte man das ja nie wissen. Und was war schließlich das Wahrscheinlichere? Daß Pauline, die durch einen Freund doch nur an Achtung und Interesse gewinnen konnte, dessen Existenz ableugnete, oder daß Mutter, die achtzig Jahre alt, halb blind und obendrein vielleicht senil war, wie Pauline behauptete, einen Angsttraum zur Realität aufbauschte? War es vielleicht möglich, daß sich hier Mutters Gewissen äußerte? Gewiß, das war sehr weit hergeholt – abwegig, würde ihr Sohn oder ihre Tochter es nennen –, aber sie wollte, es wäre wahr! Denn die andere Möglichkeit war ja wirklich ganz unerträglich! Es war George, der die Dinge beim Namen nannte. Pauline war immer so ein stilles Wasser. Ich begreife schon, welches Spiel sie da treibt. Sie hält ihn so lange im Hintergrund, bis er mit seinem Antrag herausrückt.»

«O George, nein! Aber sie sah so merkwürdig aus, als ich von ihm sprach. Und George, das Schlimmste ist doch, wenn er Pauline heiratet, dann wird er auf keinen Fall wollen, daß Mutter bei ihnen lebt, wenn er so über sie denkt – niemals!»

Das Problem verursachte ihr solche Kopfschmerzen, daß sie, als der nächste Pflichtbesuch fällig war, anrief, um zu sagen, daß sie nicht kommen könne. Eine Männerstimme antwortete.

«Hallo?»

«Tut mir leid, ich glaube, ich habe eine falsche Nummer gewählt. Ich wollte Miß Needham sprechen.»

«Miß Needham hat sich gerade hingelegt – zu einer wohlverdienten Ruhepause.»

Die Stimme war tief, kultiviert und autoritativ. »Ist das vielleicht zufällig Mrs. Crossley?»

Nach Luft japsend sagte Marjorie, ja, das sei sie. Sie war viel zu verdattert, um zu fragen, ob es ihrer Mutter gutginge, und wer er überhaupt sei. Die Antwort auf die erste Frage wäre ihr sowieso egal gewesen, und die Antwort auf die zweite wußte sie ja auch so. Außerdem schnitt er ihr sofort das Wort ab und setzte zu einer äußerst anmaßenden Gardinenpredigt an.

«Mrs. Crossley, ich als Arzt überschreite wohl nicht die Grenzen des Zulässigen, wenn ich Ihnen sage, daß Sie persönlich gegenüber der Situation hier im Hause eine unverantwortliche Haltung einnehmen. Ich hoffe schon lange auf eine Gelegenheit, Ihnen das zu sagen. Nach allem, was Ihre Schwester mir erzählt hat, scheint es nicht den leisesten Grund zu geben, weshalb Sie nicht, was die Pflege von Mrs. Needham betrifft, auch einen Teil der Lasten übernehmen könnten.»

«Ich verstehe nicht, ich…» stammelte Marjorie wie vom Donner gerührt.

«Nein, Sie verstehen nicht, was? Vielleicht haben Sie es nur nicht für nötig gehalten, mal ein wenig genauer darüber nachzudenken. Ihre Mutter ist eine sehr anspruchsvolle, eine sehr eigensüchtige Frau. Ich habe selbst mit ihr gesprochen, obwohl ich aus Erfahrung weiß, daß es sinnlos ist, jemandem in ihrem Alter und in ihrer Verfassung derartige Binsenwahrheiten zu sagen.»

Es war also doch wahr. Flammende Wut auf Pauline stieg in Marjorie auf. «Ich denke, das wäre doch wohl Sache von Mutters behandelndem Arzt», sagte sie empört. «Ich weiß wirklich nicht, was ein Außenseiter…»

«Ein Außenseiter?» Als ob sie ihm damit die unglaublichste Beleidigung angetan hätte. «Ich bin ein naher Freund Ihrer Schwester, Mrs. Crossley, vielleicht der einzige wahre Freund, den sie hat. Also sprechen Sie bitte nicht von einem Außenseiter. Wenn Sie auch nur das geringste Verständnis für Ihre Schwester haben, dann glaube ich, werden Sie wohl einsehen…»

«Ich möchte darüber nicht sprechen!» Marjorie schrie es fast. Ihr Kopf drohte zu zerspringen. «Das ist nicht Ihre Angelegenheit, und ich wünsche keine Unterhaltung darüber!»

Sie erzählte es George.

«Er hat gesagt, er sei ein enger Freund, ihr einziger wahrer Freund. George, die beiden brüten das gemeinsam aus! Er hat vor, sie zu heiraten, aber vorher will er Mutter aus dem Wege haben. Er will *mir* Mutter aufhalsen, und dann werden sie heiraten, und… o George, was soll ich bloß tun?»

Auf jeden Fall zunächst weder Mutter noch Pauline besuchen. Marjorie dehnte ihre Kopfschmerzen über die beiden nächsten Besuchstermine hinaus, und danach wurde sie von einer halb erfundenen, halb erlittenen Virusinfektion heimgesucht. Natürlich mußte sie wiederum anrufen, um es zu erklären, und sie wählte die Nummer mit zitternden Fingern, weil womöglich wieder dieser entsetzliche Mann an den Apparat käme. Aber er kam nicht. Pauline war noch verkniffener als sonst. Marjorie erwähnte den Arztfreund lieber nicht, aber als sie eben den Hörer auflegen wollte, glaubte sie im Hintergrund das an Mutter gewandte Murmeln seiner Stimme zu hören.

Schließlich waren es George und Brian, die Mutter einen Besuch abstatteten. Als sie zurückkamen, lag Marjorie im Bett und versuchte, die Quecksilbersäule in ihrem Thermometer über siebenunddreißig zu treiben, indem sie es in ihr Heizkissen vergrub.

Sie hätten zwar Paulines Freund nicht gesehen, berichteten sie, aber die Nanna sei ganz erfüllt gewesen von ihm, anscheinend ein charmanter Mann, der sie gänzlich für sich eingenommen habe. Pauline habe die ganze Zeit, während sie erzählte, mit verschlossenem Gesicht dabeigesessen und ihr nur ab und zu einen verärgerten Blick zugeworfen.

«Er hat irgendeinen russischen Namen», berichtete George, obwohl er sich nicht mehr genau darauf besinnen konnte, und Brian redete ihrgendwelchen Unsinn über Hunde und Reaktionen und anderes Zeug, dem Marjorie nicht folgen konnte. «Er wohnt in Kensington und hat eine große Praxis. Eins von diesen großen Häusern am Campden Hill, du weißt doch, wo ich meine. Pauline hat vor Jahren in einem dieser Häuser eine Privatpflege gemacht. So ein Zufall, was?»

Aber Marjorie war jetzt nicht an solchen Zufällen interessiert.

«Wird er sie heiraten?»

«Ich denke schon», sagte Brian, «nach allem, was Nanna berichtet, was er alles so gesagt hat.»

«Was willst du damit sagen?»

«Na ja, Tante Paulinchen ging raus, um für uns Kaffee zu machen, und während sie draußen war, beteuerte Nanna, er sagte ihr immer wieder, wie reizend ihre Tochter doch sei, und welch scharfen Verstand sie hätte, und wie sie hier so einfach verschlissen würde, und so weiter.»

«Nanna muß sich völlig geändert haben. Sonst hat sie nie ein gutes Wort für Pauline übriggehabt.»

«Sie *hat* sich geändert», bestätigte George. «Sie ist jetzt ganz und gar dafür, daß Pauline geht und ihr eigenes Leben lebt, und auch dafür, daß sie zu uns kommt und hier bei uns lebt. Dr. Sowieso hat ihr gesagt, das wäre doch eine gute Idee, verstehst du? Und ich muß sagen, Marjorie, aufs Ganze gesehen ist es denn wohl auch das Beste. Wenn Nanna ihr Haus verkauft und uns ein wenig von dem Geld abgibt, und wir machen einen Anbau...»

«Ich gehe doch sowieso im Herbst auf die Universität», warf Brian ein.

«Ich habe es nie so ganz fair gefunden», fuhr George fort, «der guten Pauline die ganze Bürde mit Nanna allein aufzuerlegen. Es sieht ja auch nicht so aus, als wären die beiden je besonders gut miteinander ausgekommen, und...»

«Dabei ist Nanna so lieb mit Leuten, mit denen sie auskommt», meldete sich wieder Brian.

«Ich *will* es nicht! Ich *kann* es nicht!» schrie Marjorie. «Und niemand kann mich dazu zwingen!»

Für eine kleine Weile versuchte das auch niemand. Marjorie verlängerte ihre Krankheit, reicherte sie an durch Rückenschmerzen und vage Klimakteriumsbeschwerden, so lange sie konnte. Mutter benutzte das Telefon nie, und Marjorie konnte an den Fingern einer Hand die Gelegenheiten abzählen, bei denen Pauline sie während der letzten zwei Jahre angerufen hatte. Jetzt hatte also die Verbindung zwischen ihnen ganz aufgehört. Marjorie begann wieder auszugehen, vermied es aber geflissentlich, in die Nähe von Mutters Haus zu kommen. Und ihre Familie – George, Brian und Susan – vermied geflissentlich das Thema Großmutter, wohl um einen neuerlichen hysterischen Ausbruch zu verhindern. Bis George eines Tages sagte:

«Ich hatte einen Anruf von diesem Arzt, von Paulines Freund.»

«Ich möchte darüber nichts wissen, George», sagte Marjorie aufgeschreckt. «Das ist nicht seine Angelegenheit. Ich habe dir gesagt, ich will Mutter nicht hier haben, und damit basta.»

«Genaugenommen», fuhr George vorsichtig fort, «hat er mich schon ein paarmal angerufen, bloß, ich habe es dir nicht erzählt, weil ich weiß, wie sehr es dich aufbringt.»

«Natürlich bringt es mich auf. Ich bin schließlich krank.»

«Nein, das bist du nicht», erwiderte George mit unerwarteter

Festigkeit. «Du bist gesund wie ein Fisch im Wasser. Eine kranke Frau könnte nicht eine solche Mahlzeit zu sich nehmen, wie du sie soeben gegessen hast. In Wirklichkeit ist es Pauline, die krank ist, Marjorie. Sie bricht einfach zusammen. Das hat er mir so schonend wie möglich beigebracht. Er ist wirklich ein rücksichtsvoller Bursche. Aber wir müssen da irgend etwas unternehmen.»

«Jeder andere Mann wäre dankbar», schluchzte Marjorie, «wenn seine Frau verhindern würde, daß ihre Mutter zu ihnen zöge.»

«Gut, ich bin eben nicht jeder andere Mann. Mir macht der ganze Aufwand und die Extrakosten eben nichts aus. Wir werden alle unser Scherflein beitragen, Brian und Susan auch. Begreifst du denn nicht – jetzt sind *wir* dran, Marjorie! Pauline hat es jetzt zwei Jahre lang gemacht. Der Doktor sagt, sie kriegt einen neuen Zusammenbruch, wenn wir nicht eingreifen, und weiß Gott, was dabei herauskommen kann.»

«Ihr seid alle gegen mich», jammerte Marjorie unter Tränen. Und weil er ihr Ehemann war und es ihr nicht weiter darauf ankam, was sie in seiner Gegenwart sagte, fuhr sie fort: «Pauline hat doch noch Tabletten aus ihrer Krankenschwesterzeit, Morphium und ich weiß nicht was noch. Es müßte doch so was wie – wie nennt man es doch? –, wie Euthanasie möglich sein. Es müßte doch einen Weg geben, Leute wie Mutter aus ihrer Misere zu erlösen.»

Er sah sie an, und seine Augen wurden schmal. «Es gibt *keinen*, Marjorie. Möglich, daß Hunde glücklicher dran sind als Menschen. Und es gibt auch keine geriatrische Klinik, die Mutter aufnimmt. Es gibt niemanden als uns, Marjorie. Du tätest also gut daran, deine Wasserspiele abzustellen und dich damit abzufinden.»

Oh, sie wußte, wie es sein würde. Monate würde es dauern, bis Mutter ihr Haus verkauft hätte und das Geld für eine Erweiterung ihres eigenen Hauses zur Verfügung stände, und ein volles Jahr würde wahrscheinlich vergehen, bevor dieser Anbau fertig war. Und wenn er dann fertig und Mutter installiert wäre, würde alles noch schlimm genug werden. Aber *vorher*…! Ihr Eßzimmer in ein Schlafzimmer umgewandelt, jeder Abend verdorben durch den Aufwand, Mutter ins Bett zu bringen, Nächte, die noch schlimmer sein würden als zu Brians und Susans Babyzeit. Und sie war schließlich nicht mehr dreißig. Der Fernseher zu einem Flüstern gedrosselt, nachdem Mutter im Bett war, ihre Einkaufsbummel beschnitten, ihre kleinen Kinobesuche am Nachmittag ein für allemal vorbei... Marjorie überlegte, ob sie wohl den Mut aufbrächte, sich die Treppe hinabzustürzen und sich ein Bein zu brechen, so daß die anderen einsehen mußten, daß es nicht in Frage kam, Mutter aufzunehmen. Aber sie konnte sich ja auch das Genick brechen...

Und während *ihr* alles dies geschah, würde Pauline im Glanze von Campden Hill leben, mit einem exotischen, russischen Namen, mit einem frisch angetrauten Ehemann, einem gebildeten, reichen Mann. Sie würde Parties geben, berühmte Chirurgen, Professoren und sonstwen bei sich zu Gast haben, würde Auslandsreisen machen – es war einfach unerträglich! Vielleicht fehlte ihr der Mut, sich die Treppe hinabzustürzen, aber sie würde sehr wohl den Mut aufbringen, Pauline gegenüberzutreten und ihr klipp und klar zu sagen: Nein! Nein, ich will es nicht! Du hast damit angefangen, nun mußt du es auch bis zum Ende durchstehen. Drehe von mir aus durch, brich zusammen, werde verrückt, stirb... Jawohl, stirb von mir aus, bevor ich mir deinetwegen mein Leben ruiniere!

Natürlich würde sie es nicht so ausdrücken. Sie würde fest und freundlich auftreten. Sie würde sogar anbieten, manchmal bei Mutter zu bleiben, damit Pauline ausgehen konnte, alles, alles, bloß nicht die hautnahe Dauerbelastung, die sie genauso knebeln würde, wie sie Pauline jetzt knebelte.

Die Dinge sind nie so, wie wir sie uns vorstellen. Keine Situation entwickelt sich jemals so, wie wir es erwartet haben. Als Marjorie sich endlich zu einem neuerlichen Besuch durchgerungen hatte, da machte sie sich auf eine zornige, vorwurfsvolle Pauline gefaßt, vielleicht auch auf eine Pauline, die mit Hochzeitsplänen beschäftigt war, und auf eine Mutter, die verstört vor der bevorstehenden Veränderung ihres Lebens zurückschreckte. Sie war überzeugt, die beiden wären ihr böse, weil sie so lange nicht gekommen war. Aber Mutter war wie immer. Sie freute sich, Marjorie zu sehen, und sie lechzte danach, sie für sich allein zu haben, zu eifrig getuschelten Vertraulichkeiten, aber mehr noch, um sie besorgt zu fragen, ob es ihr wieder besser ginge? Ihre halbblinden Augen suchten Marjories Gesicht nach Anzeichen von Hinfälligkeit ab, sie griff nach ihrer Hand und ermahnte sie, sich warm anzuziehen.

Es gab wohl niemanden, der weniger nach einer potentiellen

Braut aussah als Pauline, fand Marjorie. Sie wirkte noch hagerer als früher, und das dunkel verfärbte, fleckige Gesicht mit den tiefen Schatten und der welken, runzligen Haut erinnerte sie an Bilder von indischen Bettlern. Als Pauline in die Küche verschwand, um Tee zu machen, ging Marjorie ihr nach und nahm all ihren Mut zusammen.

«Wie bist du zurechtgekommen, Pauline?»

«Na ja. Immer dasselbe.» Und obgleich sie nicht danach gefragt worden war, fuhr sie fort: «Mutter hat mich viermal geweckt letzte Nacht. Im Korridor ist sie hingefallen, und ich mußte sie ins Bett zurückschleppen. Und die Wäscherei ist nicht gekommen, also habe ich die Bettwäsche selbst gewaschen. Schwieriges Unternehmen, sie trocken zu bekommen, wenn es so regnet wie heute.»

«Ich habe mir überlegt, ich könnte ja an zwei Abenden in der Woche herkommen und bei Mutter bleiben, damit du ausgehen kannst. Und schließlich könnte ich auch einen Teil der Wäsche zu Hause in meiner Maschine waschen. Genaugenommen könnte ich auch alles waschen. Jede Woche.»

Pauline zuckte mit den Schultern. «Wie du willst.»

«Wie ich will – das sagst du immer so», erwiderte Marjorie und verlieh ihrer Stimme die nötige Gereiztheit. «Aber wenn du dich dauernd beklagst wie eben, was soll ich denn sonst noch sagen?»

«Ich beklage mich nicht.»

«Du vielleicht nicht. Aber sonst tut es ja jeder. Du weißt sehr genau, wen ich meine. Ich kann diese fremde Einmischung nicht hinnehmen und dann so tun, als gäbe es sie nicht.»

«Ich würde bei einem Ehemann nicht von fremder Einmischung sprechen.»

Einen Moment lang dachte Marjorie, sie bezöge das auf George. Dann begriff sie blitzartig, was Pauline wirklich meinte, und das verlieh ihr den Impetus, den sie brauchte. «Ich kann dir ebensogut gleich klipp und klar sagen, Pauline, daß ich Mutter nicht bei uns haben will, und dabei bleibt es! Ich will sonst alles tun, was in meiner Macht steht, aber das nicht. Dazu bringt mich kein Mensch. Ich tue es nicht!»

Pauline antwortete nicht. Sie nahmen ihren Tee in nahezu völligem Schweigen ein. Marjorie konnte sich nicht erinnern, sich jemals in ihrem Leben so entsetzlich gefühlt zu haben. Ehe sie fortging, sagte sie an der Haustür: «Laß mich wissen, an welchen Abenden du mich hier haben willst, und du kannst Bescheid geben, wann George mit dem Wagen kommen soll, um die Wäsche abzuholen.»

«Mir ist das egal», sagte Pauline, «ich bin immer hier.»

Natürlich rief sie nicht an. Marjorie wußte, daß sie es nicht tun würde. Und was hatte es eigentlich für einen Zweck, abends hinzugehen, wenn Pauline gar nicht ausgehen wollte, wenn sie lieber tête-à-tête mit ihrem Doktor zu Hause blieb?

«Mutter wird nicht zu uns ziehen», berichtete sie George, «das ist definitiv. Ich habe das alles mit Pauline geklärt. Sie ist durchaus imstande weiterzumachen, wenn ich ein bißchen helfe.»

«Mir hat man aber ganz was anderes gesagt.»

«Und ich sage dir eben dies. Punkt!» Marjorie verabscheute die Art, wie er sie in letzter Zeit immer anblickte, mit stummem, befremdetem Vorwurf. «Diese Woche hat sie die Wäsche selbst gewaschen, und nächste Woche kommen die Laken und die großen Stücke in die Wäscherei. Ich dachte, wir könnten am Freitag vorbeifahren und ihre kleine Wäsche holen; die stecke ich dann in meine Maschine.»

Also rief Marjorie am Donnerstag an. Sie wählte dazu den Vormittag, damit nicht der Mann an den Apparat käme. Schließlich haben Ärzte wohl morgens keine Zeit für private Telefongespräche. Pauline war am Apparat.

«Gut, morgen, wenn du willst.»

«Es ist doch wohl, was *du* willst, Pauline», erwiderte Marjorie. Sie fand, ihre Schwester hätte wenigstens danke sagen können.

Sie setzte noch hinzu, daß sie um sieben Uhr dort sein würden. Aber dann war George um sieben noch nicht nach Hause gekommen, also wählte Marjorie wiederum Mutters Nummer. Was machte es schon, wenn *er* an den Apparat käme. Sie zeigte doch nur, daß sie nicht die gleichgültige Person war, für die er sie hielt. Er meldete sich wirklich. Und er war sehr höflich. Mr. und Mrs. Crossley könnten nicht vor halb neun Uhr kommen? Aber das machte doch nichts. Er würde dann noch dasein, und er freue sich, sie nun endlich kennenzulernen.

«Jetzt werden wir ihn also endlich zu Gesicht bekommen», meinte Marjorie zu George, als er nach Hause kam. «Und daß du's mir nicht vergißt – wenn es womöglich wieder um diesen Unsinn geht, daß wir Mutter nehmen sollen und so, dann erwarte ich von dir, daß du mich unterstützt, daß wir es gemeinsam abblocken, wie ein Herz und eine Seele.»

Mutters Haus lag im Dunkeln, und auch das Licht im Korridor ging nicht an, nachdem Marjorie geläutet hatte. Sie läutete nochmals, und dann läutete George.

«Hast du einen Schlüssel?» fragte George.

«In meiner Tasche. O George, du glaubst doch nicht...? Ich meine...?»

«Wie soll ich das wissen? Los, laß uns die Tür aufmachen!»

Kein Mensch im Flur, niemand in den unteren Räumen. Marjorie hatte das Licht angemacht und begann die Treppe hinaufzusteigen. George folgte ihr. Sie waren halb oben, da hörten sie eine Männerstimme, die beruhigend, aber doch voller Autorität auf jemanden einredete. Sie kam aus Mutters Zimmer, dessen Tür ein wenig offenstand.

«Es war das Beste für sie, Pauline. Ich habe ihr zweihundert Milligramm gegeben, aufgelöst in ihrer warmen Milch. Sie hat nicht gelitten, sie ist einfach eingeschlafen, Pauline.»

Marjorie gab ein halbersticktes Wimmern von sich. Sie wandte sich nach George um und klammerte sich an seine Schultern. Während er sich an ihr vorbeischob, hörten sie wieder die Stimme. Mit einschläfernder Monotonie wiederholte sie die gleichen Worte.

«Ich habe ihr zweihundert Milligramm gegeben, aufgelöst in ihrer warmen Milch... Sie hat nicht gelitten... Es war das Beste für sie... Ich habe es für dich getan, Pauline, für uns...»

George stieß die Tür zum Schlafzimmer auf. Mutter lag auf dem Rücken, das Gesicht wächsern und eingesunken, die nun völlig blicklosen Augen weit geöffnet. Sonst war niemand im Zimmer als Pauline.

Pauline erhob sich, als sie hereinkamen, begrüßte sie durch ein würdevolles Neigen des Kopfes, legte die Finger auf Mutters Augen und schloß ihr die Lider. Marjorie starrte auf die Szene, paralysiert von eiskaltem Entsetzen wie im Angesicht des Übernatürlichen. Und dann wandte sich Pauline feierlich vom Bett ab, streckte die rechte Hand aus und trat auf sie zu.

Mit tiefer, kultivierter Stimme, einer Stimme, deren zurechtweisender Ton bei den Telefongesprächen jetzt gemildert war durch das Mitgefühl für die Leidtragenden, sagte sie:

«Guten Tag. Ich bin Doktor Pawlow. Es ist zwar bedauerlich, daß wir uns unter so traurigen Umständen kennenlernen, aber…»

Marjorie begann zu schreien.

Ruth Rendell

«Mich fasziniert jedesmal wieder, wie leise–harmonisch die Romane von **Ruth Rendell** beginnen, wie verständlich und normal die ersten Schritte sind, mit denen die Figuren ins Verhängnis laufen. Ruth Rendells liebevoll–ironisch geschilderte Vorstadtidyllen sind mit einer unterschwelligen Spannung gefüllt, die atemlos macht.»
Hansjörg Martin

Eine Auswahl der thriller von Ruth Rendell:

Dämon hinter Spitzenstores
(thriller 2677)
Ausgezeichnet mit dem Gold Dagger 1975, dem begehrtesten internationalen Krimi–Preis.

Der Pakt
(thriller 2709)
Pup ist sechzehn und möchte seine Stiefmutter loswerden. Aus dem Spiel mit der Schwarzen Magie wird tödlicher Ernst...

Flucht ist kein Entkommen
(thriller 2712)
«... ein sanfter, trauriger Thriller. Mit einer Pointe wie ein Feuerwerk.»
Frankfurter Rundschau

Die Grausamkeit der Raben
(thriller 2934)
«... wieder ein Psychothriller der Sonderklasse.»
Cosmopolitan

Der Kuß der Schlange
(thriller 2934)

Die Masken der Mütter
(thriller 2723)
Ausgezeichnet mit dem Silver Dagger 1984.

3017/3

rororo thriller

Durch Gewalt und List
(thriller 2989)

Den Wolf auf die Schlachtbank
(thriller 2996)

Mord ist des Rätsels Lösung
(thriller 2899)

In blinder Panik
(thriller 2798)
«Ruth Rendell hat sich mit diesem Krimi selbst übertroffen: die Meisterin der Spannung ist nie spannender zu lesen gewesen.»
Frankfurter Rundschau

Die Tote im falschen Grab
(thriller 2874)

Mancher Traum hat kein Erwachen
(thriller 2879)

Der Herr des Moores
(thriller 3047)

«Ruth Rendell – die beste Kriminalschriftstellerin in Großbritanien.»
Observer Magazine

Barbara M. Gill

«Bestechende Logik, gekonnte Dialoge und atemberaubende Handlungen.»
Saarbrücker Zeitung

Nocturno für eine Hexe
(thriller 2926)
«Das ist eine Fahrstuhlfahrt in den Abgrund. Angetrieben von Mißverständnissen, gekränkter Eitelkeit und Haß. Ausgelöst durch ein Mädchen, das auf geheimnisvolle Weise der Frau auf einem alten Foto gleicht ... ein Thriller, der einen frösteln läßt.»
Frankfurter Rundschau

Seminar für Mord
(thriller 2775)

Herzchen
(thriller 2818)
Die kleine Zanny ist ein reizendes Mädchen mit blauen Augen und blonden Locken. Aber Zanny kann es nicht ertragen, wenn ihr jemand etwas wegnimmt ...

Die Zeit danach
(thriller 2968)
Maeve Barclay ist an ihrem siebenundzwanzigsten Geburtstag aus der Haft entlassen worden. Die Rückkehr in ihr Haus ist ein ebensolcher Kulturschock wie das Gefängnis, das unauslöschliche Spuren bei ihr hinterlassen hat. Ihr Mann, erfolgreicher Börsenmakler, möchte dieses dunkle Kapitel so schnell wie möglich vergessen, doch die Vergangenheit holt Maeve immer wieder ein ...

Der zwölfte Geschworene
(thriller 2738)

rororo thriller

Die Rapunzel-Morde
(thriller 3046)
Der tödlich verunglückte Bradshaw hat durch seinen Bericht wesentlich zur Überführung des fünffachen Frauenmörders Hixon beigetragen. Aber Hixon gesteht nur vier Morde, den fünften habe er nicht begangen. Seltsamerweise ist genau bei dieser Toten Bradshaws Bericht unpräzise. Chief Inspector Maybridge ahnt bald, daß er vor einem bizarren Mordfall steht.

Blind in den Tod
(thriller 3053)

rororo thriller wird herausgegeben von Bernd Jost. Ein Gesamtverzeichnis der Reihe finden Sie in der *Rowohlt Revue*. Jedes Vierteljahr neu. Kostenlos in Ihrer Buchhandlung.

Linda Barnes

«Carlotta Carlyle ist eine großartige Bereicherung der schnell wachsenden Gruppe intelligenter, witziger, verführerischer, tougher, aber dennoch verwundbarer Privatdetektivinnen ...»
The Times

Carlotta steigt ein
(thriller 2917)
Carlotta Carlyle, Privatdetektivin, Ex–Cop und Hin–und–wieder–Taxifahrerin, bekommt von der alten Dame Margaret Devens den Auftrag deren spurlos verschwundenen Bruder zu suchen...
«Linda Barnes' Stil gefällt mir ungemein gut: klar, straff und aufregend.»
Tony Hillermann

Carlotta fängt Schlangen
(thriller 2959)
Zwei Fälle halten Carlotta in Atem: in Fall 1 sucht sie im Auftrag ihres kürzlich suspendierten Freundes Mooney eine Entlastungszeugin. Hauptmerkmale: Wasserstoff–Blondine, attraktive Nutte, Schlangen–Tätowierung. Fall 2 beschert ihr eine halbwüchsige Ausreißerin, Tochter aus gutem Hause und Schülerin der ebenso teuren wie angesehenen Emmerson–Privatschule. In beiden Fällen führen die Spuren in Bostons üblen Rotlichtbezirk.

Früchte der Gier *Ein Michael Spraggue-Roman*
(thriller 3029)
Michael Spraggue, Schauspieler und Detektiv (auch wenn seine Lizenz schon abgelaufen ist) bekommt es in seinem ersten Fall mit gleich drei Kofferraum–Leichen zu tun.

rororo thriller

Marathon des Todes
(thriller 3040)
Jemand will die Wahl von Senator Donagher verhindern und Spraggue einen Mord...

Blut will Blut
(thriller 3064)
Wer goß Blut in den Bloody Mary, wer enthauptete Puppen und Fledermäuse? Und wer legte den toten Raben ins Büro des Theaterdirektor? Michael Spraggue wird wieder einmal gefordert.

Im Wunderlich Verlag ist erschienen:

Carlotta jagt den Coyoten
Roman
288 Seiten. Gebunden

Carlotta spielt den Blues
Roman
288 Seiten. Gebunden

rororo thriller wird herausgegeben von Bernd Jost. Ein Gesamtverzeichnis der Reihe finden Sie in der *Rowohlt Revue*. Jedes Vierteljahr neu. Kostenlos in Ihrer Buchhandlung.

Crime Ladies

«Es liegt in der Tradition des Kriminalromans, daß Frauen bessere Morde erfinden. Aber warum? Diese Frage kann einen wirklich um den Schlaf bringen!»
Milena Moser in «Annabelle»

Patricia Highsmith
Venedig kann sehr kalt sein
(thriller 2202)
Peggy liegt eines Morgens tot in der Badewanne. Niemand zweifelt, daß sie sich selbst die Schlagader aufgeschnitten hat. Nur für den Vater ist klar: der Ehemann muß schuldig sein...
«Unter den Großen der Kriminalliteratur ist Patricia Highsmith die edelste.»
Die Zeit

Nancy Livingston
Ihr Auftritt, Mr. Pringle!
(thriller 2904)
Pringle vermißt eine Leiche
(thriller 3035)
«Wer treffenden, sarkastischen, teils tief eingeschwärzten Humor und exzentrische Milieus schätzt, komm mit Privatdetektiv G.D.H. Pringle, einem pensionierten Steuerbeamten, der die Kunst liebt, ganz auf seine Kosten.»
Westdeutscher Rundfunk

Anne D. LeClaire
Die Ehre der Väter
(thriller 2902)
Herr, leite mich in Deiner Gerechtigkeit
(thriller 2783)
Peter Thorpe zieht an die Küste von Maine und hat zum erstenmal in seinem Leben den Eindruck ehrlichen, rechtschaffenden Menschen zu begegnen. Hier gibt es keine Lügner, Diebe, Mörder. Oder doch?

3022/3

rororo thriller

Jen Green (Hg.)
Morgen bring ich ihn um! *Ladies in Crime I - Stories*
(thriller 2962)
Diese Anthologie von sechzehn Kriminalgeschichten von Amanda Cross über Sarah Paretsky bis Barbara Wilson zeigt in Stil und Humor die breite schriftstellerische Palette der Autorinnen.

Jutta Schwarz (Hg.)
Je eher, desto Tot *Ladies in Crime II - Stories*
(thriller 3027)

Irene Rodrian
Strandgrab
(thriller 3014)
Eine Anzeige verführt so manches Rentnerpaar, die Ersparnisse in ein traumhaftes Wohnprojekt im sonnigen Süden zu investieren. Sie können ja nicht ahnen, daß sie nicht nur ihr Geld verlieren, sondern auch ihr Leben aufs Spiel setzen...
Tod in St. Pauli *Kriminalroman*
(thriller 3052)
Schlaf, Bübchen, schlaf
(thriller 2935)

Serientäter

Robert Brack
Die siebte Hölle
(thriller 2941)
Oldtimer bringen's besser als Bücher, meint der bankrotte Buchhändler Jercy Pacula, und überführt zwei Limousinen nach Lissabon...
Schwere Kaliber
(thriller 2967)
Psychofieber
(thriller 3058)

Frank Göhre
Schnelles Geld
(thriller 3048)
Der erste, seit Jahren vergriffene Kriminalroman von Frank Göhre, der mit mehreren Literaturpreisen ausgezeichnet wurde und als Kinofilm Beachtung fand. Neu bearbeitet und wesentlich erweitert.
Der Tod des Samurai
(thriller 2832)
Ein Thriller über organisiertes Verbrechen in Hamburg.
Der Tanz des Skorpions
(thriller 3025)
Letzte Station vor Einbruch der Dunkelheit
(thriller 2795)
Der Schrei des Schmetterlings
(thriller 2759)

Daniel Pennac
Wenn nette alte Damen schießen...
In Belleville, dem Kreuzberg von Paris, schneidet ein erbarmungsloser Killer armseligen Rentnern die Kehlen durch. Angst macht sich breit, gefolgt von einer kräftigen Paranoia. Ausgezeichnet mit dem «Prix Mystère de la critique».
(thriller 2921)
Königin Zabos Sündenbock
(thriller 3003)

rororo thriller

30 Jahre thriller Jubiläums-Lesebuch
(thriller 3030)
Dieser Jubiläumsband präsentiert einen opulenten Querschnitt durch die Geschichte der rororo thriller- Reihe und bietet literarischen Nervenkitzel pur. Die Palette internationaler Autoren gleicht einem Who is Who der Kriminalliteratur.

Pacio Ignacio Taibo II
Der melancholische Detektiv *Drei Fälle für Héctor Belascoarán Shayne*
(thriller 3039)
Der Boxer Angel, Freund von Detektiv Héctor Belascoarán, wird beim Training im Ring von einem Unbekannten erschossen. Mögliches Motiv: eine alte Rivalität um eine Frau... Taibo liefert nicht nur ungewöhnliche Stories, sondern ein dichtes Bild von Mexiko, seiner Atmosphäre, seinen Problemen und seiner Faszination.
Das bizarre Leben
(thriller 2940)
Comeback für einen Toten
(thriller 3019)

3024/4a